TREM-
-BALA

KOTARO ISAKA

TREM-
-BALA

Tradução de André Czarnobai

Copyright © 2010 Kotaro Isaka / CTB Inc.

Todos os direitos reservados.

Publicado originalmente em japonês como *Maria Beetle*. Direitos de tradução para o português adquiridos mediante acordo com a CTB Inc.

TÍTULO ORIGINAL
Maria Beetle

PREPARAÇÃO
Carolina Vaz
Stella Carneiro

REVISÃO
Cristiane Pacanowski | Pipa Conteúdos Editoriais
Mariana Gonçalves

FOTO DE CAPA
Shutterstock

DESIGN DE CAPA
Dan Mogford

ADAPTAÇÃO DE CAPA E DIAGRAMAÇÃO
Henrique Diniz

CIP-BRASIL. CATALOGAÇÃO NA PUBLICAÇÃO
SINDICATO NACIONAL DOS EDITORES DE LIVROS, RJ

I74t

    Isaka, Kotaro, 1971-
       Trem-bala / Kotaro Isaka ; tradução André Czarnobai. - 1. ed. - Rio de Janeiro : Intrínseca, 2022.
       464 p. ; 23 cm.

       Tradução de: Maria beetle
       ISBN 978-65-5560-494-8

       1. Contos americanos. I. Raposo, Alexandre. II. Título.

21-75170   CDD: 895.63
                                CDU: 82-3(520)

Meri Gleice Rodrigues de Souza - Bibliotecária - CRB-7/6439
17/12/2021   21/12/2021

[2022]
Todos os direitos desta edição reservados à
Editora Intrínseca Ltda.
Rua Marquês de São Vicente, 99, 6º andar
22451-041 — Gávea
Rio de Janeiro — RJ
Tel./Fax: (21) 3206-7400
www.intrinseca.com.br

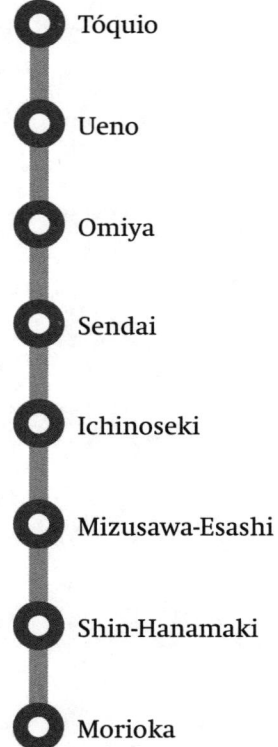

KIMURA

A ESTAÇÃO DE TÓQUIO ESTÁ ABARROTADA. Já faz algum tempo desde a última vez em que Yuichi Kimura esteve aqui, então ele não tem certeza se ela está sempre lotada desse jeito. Se alguém lhe dissesse que havia algum evento especial acontecendo, ele acreditaria. As turbas que vêm e vão o empurram, fazendo-o se lembrar do programa de TV a que assistiu com Wataru, um sobre pinguins, todos amontoados, coladinhos. *Pelo menos os pinguins têm uma desculpa*, pensa Kimura. *Faz muito frio onde eles moram.*

Ele espera por uma brecha na torrente de pessoas e corta caminho por entre as lojas de suvenires e quiosques, apertando o passo.

Após subir um lance curto de escadas, Kimura chega à catraca do trem-bala, o Shinkansen. Ele fica tenso assim que cruza o portão da bilheteria automatizada, imaginando que, de alguma forma, ela possa detectar a pistola no bolso do seu casaco e prendê-lo ali enquanto os seguranças o cercam, mas nada disso acontece. Ele diminui o passo e olha para o painel, para conferir a plataforma do seu trem, o Hayate. Um policial uniformizado está de guarda, mas o tira aparentemente não presta a menor atenção nele.

Um menino que parece ter uns oito ou nove anos com uma mochila nas costas esbarra em Kimura. Ele sente um aperto no peito ao pensar em Wataru. Ele imagina seu filho lindo, deitado inconsciente e imóvel numa cama de hospital. A mãe de Kimura berrou quando o viu. "Olhe pra ele, parece que está só dormindo, como se nada tivesse acontecido. Como se ele estivesse ouvindo tudo o que estamos dizendo. Isso é demais pra mim." Pensar naquilo faz Kimura sentir-se estraçalhado por dentro.

Esse filho da puta vai pagar. Quando alguém pode empurrar um menino de seis anos do telhado de uma loja e seguir andando livre e ileso por aí é porque tem alguma coisa muito errada com o mundo. Kimura sente o peito apertar novamente, não de tristeza, mas de raiva. Ele avança depressa em direção à escada rolante segurando com força um saco de papel. *Eu parei de beber. Eu consigo andar em linha reta. Minhas mãos estão firmes.*

O Hayate já está na plataforma, esperando sua vez de partir. Kimura vai disputando espaço com a multidão até o trem e embarca na primeira porta que vê, no terceiro vagão. De acordo com as informações que levantou com seus antigos contatos, seu alvo está sentado no lado dos assentos para três pessoas, na quinta fileira do sétimo vagão. Ele vai entrar no vagão de trás e atacá-lo sorrateiramente pelas costas. Tranquilo, bem objetivo e alerta.

Ele segue até o espaço que conecta os vagões. Há um recuo com uma pia à esquerda, e ele para em frente ao espelho. Fecha a cortina que separa o pequeno lavabo do restante do trem. Então, olha para o seu reflexo. Cabelo desgrenhado, remela no canto dos olhos. Fios do bigode apontando para todos os lados. Até sua barba de três dias parece malcuidada. Um verdadeiro farrapo. Não é fácil se ver daquele jeito. Ele lava as mãos, esfregando-as debaixo d'água até que a torneira automática se fecha. Seus dedos tremem. *Isso não é a bebida, é só o nervosismo*, ele diz a si mesmo.

Ele não usava a arma desde que Wataru havia nascido. Mal tocou nela enquanto se preparava para essa missão. Agora, está feliz por não a ter jogado fora. Uma arma vem bem a calhar quando você quer dar um susto em alguém, quando precisa deixar bem claro que algum idiota passou muito dos limites.

A face no espelho se retorce. Rachaduras partem o vidro, a superfície se incha e se deforma, e um sorriso sarcástico se esculpe em seu rosto.

— O que passou, passou — diz seu reflexo. — Você vai dar conta de puxar o gatilho? Você não passa de um bêbado que não conseguiu proteger nem o próprio filho.

— Eu parei de beber.

— Seu filho está no hospital.

— Eu vou pegar o filho da puta.

— Você vai conseguir perdoá-lo?

A bolha de emoção dentro de sua cabeça não faz mais nenhum sentido e, portanto, explode.

Ele enfia a mão no bolso do casaco esportivo preto e puxa a arma de lá, depois tira um objeto fino e cilíndrico de dentro do saco de papel. Ele encaixa o silenciador e o rosqueia até o final. Aquilo não vai eliminar completamente o barulho do tiro, mas, numa .22 como essa, vai abafá-lo e deixar parecendo um *puf*, mais fraco que o som de uma arminha de brinquedo.

Ele se olha mais uma vez no espelho, assente, coloca a arma dentro do saco de papel e se afasta da pia.

Uma atendente está preparando o carrinho de lanches, e ele quase a atropela. Kimura abre a boca para gritar "Sai da frente!", mas seus olhos encontram as latinhas de cerveja e ele prontamente bate em retirada.

"Lembre-se, um gole e acabou." As palavras do pai vêm à sua mente. "O alcoolismo nunca desaparece de verdade. Basta um gole para começar tudo de novo."

Ele entra no quarto vagão e segue pelo corredor. Um homem sentado à sua esquerda está ajeitando as pernas e esbarra em Kimura quando ele passa. A arma está segura dentro do saco de papel, porém está maior do que o normal por causa do silenciador, e bate contra as pernas do homem. Kimura puxa rapidamente o saco para perto de si.

Seus nervos se tensionam, e ele sente uma onda de adrenalina. Vira-se para o homem — expressão amigável, óculos de armação preta, inclinando a cabeça timidamente ao pedir desculpas. Kimura estala a língua, dá as costas e está prestes a seguir em frente quando o senhor amigável lhe diz:

— Ei, seu saco está rasgado.

Kimura para e olha. É verdade, tem um rasgo no saco, mas não há nada saindo por ele que possa ser facilmente identificado como uma arma.

— Cuide da sua vida — resmunga ele, enquanto vai se afastando.

Ele deixa o quarto vagão e começa a ganhar velocidade enquanto cruza o quinto e o sexto.

Certa vez, quando ainda estava acordado, Wataru perguntou: "Por que o vagão número um do Shinkansen é o que fica por último?"

A mãe de Kimura respondeu: "Porque o vagão que estiver mais próximo de Tóquio é o número um."

"Por que, papai?"

"O vagão mais próximo de Tóquio é considerado o primeiro vagão, o vagão seguinte é o segundo. Então, quando pegamos o trem para a cidade onde o papai cresceu, o vagão número um é o que fica por último, mas quando voltamos para Tóquio, o número um é o que vai na frente."

"Quando o Shinkansen viaja na direção de Tóquio, dizem que ele está subindo, e os trens que deixam a cidade estão descendo", acrescentou o pai de Kimura. "Tóquio sempre é o centro de tudo."

"Vovô, vovó, então vocês sempre sobem pra nos visitar!"

"Bom, nós queremos ver vocês, por isso viemos. Subimos o morro a toda velocidade!"

"Mas não são vocês quem sobem, é o Shinkansen!"

O pai de Kimura, olhou para o filho.

"O Wataru é uma graça. Difícil acreditar que é seu filho."

"As pessoas me perguntam o tempo todo 'Quem é o pai?'"

Os pais dele ignoraram o comentário azedo e saíram tagarelando animadamente:

"Vai ver as coisas boas pularam uma geração!"

Ele entra no sétimo vagão. À esquerda do corredor há fileiras de assentos para duas pessoas e, à direita, assentos para três, todos virados para a frente, de costas para Kimura. Ele enfia a mão dentro do saco, envolve a coronha da arma e então começa a andar, contando as fileiras.

Há mais assentos vazios do que ele esperava, meia dúzia de passageiros espalhados. Na quinta fileira, ao lado da janela, ele vê a parte de trás da cabeça de um adolescente. O garoto se espreguiça. Ele veste uma camisa de colarinho branco por baixo de um blazer. Está impecável, feito um aluno digno de integrar um quadro de honra. Vira-se para olhar pela janela e fica encarando, pensativo, outro trem-bala parando na plataforma.

Kimura se aproxima. A uma fileira de distância, ele é acometido por um instante de hesitação. *Eu vou mesmo machucar um garoto que parece tão inofensivo?* Ombros estreitos, estrutura delicada. Parece só um adolescente discretamente empolgado por viajar sozinho no Shinkansen. A determinação e a agressividade dentro de Kimura arrefecem um pouco.

Então, faíscas estalam à sua frente.

Num primeiro momento, ele acha que o sistema elétrico do trem entrou em curto. Mas era o seu próprio sistema nervoso entrando em colapso por uma fração de segundo, primeiro com faíscas e, depois, com um apagão. O garoto encostado na janela havia girado o corpo e encostado uma coisa parecida com um enorme controle remoto de TV na coxa de Kimura. Quando finalmente percebe que aquilo é uma arma de choque artesanal tipo a que aqueles adolescentes usavam, Kimura já está paralisado, completamente imóvel, com todos os pelos de seu corpo eriçados.

Quando dá por si, está abrindo os olhos, sentado ao lado da janela. Suas mãos estão amarradas à sua frente. Seus tornozelos também, envoltos em faixas de um tecido resistente e fita adesiva. Kimura agita os braços e as pernas, mas seu corpo não sai do lugar.

— Você é muito burro, Sr. Kimura. Não acredito que seja tão previsível. Você é mais confiável que um programa de computador. Sabia que você viria atrás de mim aqui. Sei exatamente o que veio fazer.

O garoto está sentado bem ao seu lado, falando de forma descontraída. Alguma coisa em suas pálpebras bem-marcadas e no seu nariz pequeno lhe confere um aspecto um tanto quanto feminino.

Este garoto havia empurrado o filho de Kimura do telhado de uma loja, e estava rindo quando fez isso. Embora estivesse no ensino médio, falava com a confiança de alguém que tinha vivido muito mais tempo.

— Eu sei que já disse isso, mas ainda estou surpreso com como tudo correu tão bem. A vida é mesmo muito fácil. Mas não pra você, sinto dizer. E pensar que você ainda largou sua preciosa bebida e se preparou tanto pra isso!

FRUTA

— Ei, como está o corte? — pergunta Tangerina, sentado no corredor, a Limão, ao lado da janela.

Eles estão no terceiro vagão, fileira dez, no assento de três lugares. Limão está olhado pela janela, resmungando.

— Por que eles tinham que acabar com a série 500? Os trens azuis? Esses eram os melhores. — Então, como se finalmente tivesse ouvido a pergunta, ele franze a testa. — Que corte?

Sua cabeleira volumosa parece a juba de um leão, mas é difícil dizer se se trata de um penteado elaborado ou se ele simplesmente nunca penteia o cabelo. O total desinteresse de Limão pelo trabalho ou, para falar a verdade, por qualquer coisa, fica evidente em seu olhar e em seus lábios retorcidos. Por um instante, Tangerina se pergunta se é o visual de seu parceiro quem dita sua personalidade ou o contrário.

— Deixa eu pensar, Limão. Ah, sim, de quando cortaram você ontem. — Ele aponta. — Esse corte aí na sua cara.

— Quando foi que me cortaram?

— Quando você estava salvando esse riquinho aqui.

Tangerina aponta, então, para a pessoa sentada no assento do meio. Um cara mais jovem, de vinte e poucos anos, cabelo comprido, espremido entre os dois. Ele olha para Limão e depois para Tangerina repetidas vezes. Hoje ele parece bem melhor do que na noite de ontem, quando o resgataram. Eles o encontraram amarrado e espancado, tremendo incontrolavelmente. Mas menos de vinte e quatro horas depois ele parecia ter praticamente voltado ao normal. *Não deve estar pensando em nada*, reflete Tangerina. Geralmente é o que acontece com gente que não lê ficção. São vazios e monocromáticos por dentro, então conseguem seguir em frente sem nenhum problema. Eles engolem uma coisa e esquecem no instante em que desce pela garganta. São fisicamente incapazes de sentir empatia. Essas são as pessoas que mais precisariam ler ficção, mas, na maioria dos casos, já é tarde demais.

Tangerina confere o relógio. Nove da manhã, ou seja, nove horas desde que salvaram o moleque. Ele estava de refém num prédio na região de Fujisawa Kongocho, numa salinha três andares abaixo do térreo. Esse riquinho é o único filho de Yoshio Minegishi, e Tangerina e Limão o tiraram de lá.

— Eu jamais seria estúpido a ponto de deixar alguém me cortar. Dá um tempo.

Limão e Tangerina têm a mesma altura, pouco menos de um metro e oitenta, e a mesma compleição esguia. As pessoas costumam achar que os dois são irmãos, até mesmo gêmeos. Matadores de aluguel gêmeos. Toda vez que alguém se refere a eles como irmãos, Tangerina sente uma profunda frustração. Para ele, é inacreditável que alguém seja capaz de compará-lo a alguém tão desleixado e simplório. Limão, por outro lado, provavelmente não está nem aí. Tangerina não suporta o estilo destrambelhado de Limão. Um de seus colegas disse uma vez que era muito fácil trabalhar com Tangerina, mas com Limão era horrível. Era a mesma coisa com a fruta — ninguém quer comer um limão. Tangerina concordou sem nem pestanejar.

— Então que corte é esse aí no seu rosto? Tem um risco vermelho enorme na sua cara. Eu ouvi quando aconteceu. Aquele vagabundo veio com uma faca pra cima de você e você deu um berro.

— Eu nunca gritaria por causa disso. Se eu gritei foi porque foi muito fácil matar aquele cara, e fiquei decepcionado. Tipo, meu Deus, que baita bunda mole, sabe? Enfim, esse negócio na minha cara não é um corte. É só uma irritação na pele. Eu tenho alergia.

— Nunca vi uma alergia que parecia tanto um corte de faca.

— Por acaso você é o criador das alergias?

— Eu sou o quê? — Tangerina estranha a pergunta.

— Foi você quem criou as irritações e reações alérgicas neste mundo? Ou você é algum tipo de especialista em saúde, e está desconsiderando meu histórico de vinte e oito anos com alergias? O que você sabe sobre alergias, afinal?

Era sempre assim. Limão ficava exaltado e começava a despejar acusações sem sentido para quem quer que estivesse em volta. Se Tangerina não reconhecer sua culpa ou simplesmente parar de lhe dar ouvidos, Limão continuará com aquilo indefinidamente. Então, eles escutam um barulhinho entre eles, vindo do moleque, o filho de Minegishi, que está fazendo ruídos indistintos.

— Hã...

— Que foi? — pergunta Tangerina.

— Que foi? — pergunta Limão.

— Hã, é, quais são mesmo os nomes de vocês?

Quando eles o encontraram na noite passada, o garoto estava amarrado a uma cadeira, todo retorcido como um trapo velho. Tangerina e Limão o acordaram e o carregaram para fora, e tudo que ele dizia era *desculpa, desculpa,* não conseguia falar mais nada. Tangerina percebeu que o moleque provavelmente não tinha a menor ideia do que estava acontecendo.

— Eu sou o Dolce, ele é o Gabbana — diz Tangerina, espontaneamente.

— Não — retruca Limão, balançando a cabeça. — Eu sou o Donald e ele é o Douglas.

— Quem?

Mas assim que termina de perguntar, Tangerina sabe que aqueles são personagens de *Thomas e Seus Amigos*. Não importa qual seja o assunto, Limão sempre dá um jeito de puxar a conversa para Thomas, um programa de TV infantil exibido muito tempo atrás, filmado com trenzinhos de brinquedo, que Limão adora. Sempre que ele precisa criar uma alegoria, as chances de que vá buscar a inspiração num episódio de *Thomas e Seus Amigos* são grandes. Como se tudo que ele aprendeu sobre a vida e a felicidade tivesse vindo desse programa.

— Eu tenho certeza de que já te disse isso antes, Tangerina. Donald e Douglas são locomotivas pretas gêmeas. Eles falam de uma forma muito polida. "Ora, ora, se não é o nosso grande amigo Henry", tipo assim. Falar desse jeito causa uma ótima impressão. Tenho certeza de que você concorda.

— Não posso dizer que sim.

Limão enfia a mão no bolso de sua jaqueta, vasculha por um tempo e então tira de lá um pedaço de papel brilhoso mais ou menos do tamanho de uma caderneta de anotações. Ele aponta para o papel.

— Olha, esse é o Donald. — Há vários trens no papel, adesivos de *Thomas e Seus Amigos*. Um é preto. — Não importa quantas vezes eu diga, você sempre esquece os nomes. Parece até que você não está nem se esforçando pra lembrar.

— Não estou mesmo.

— Você é muito sem graça. Olha, vou te dar isso para você lembrar dos nomes deles. Começando por aqui, este é o Thomas, aqui está o Oliver, viu, eles fizeram até uma fila para você. Até o Diesel...

Limão começa a falar os nomes, um por um. Tangerina empurra a cartela de adesivos de volta para ele.

— Então, hã, quais são os nomes de vocês? — pergunta o filho de Minegishi.

— Hemingway e Faulkner — diz Tangerina.

— Bill e Ben também são gêmeos, assim como Arry e Bert — acrescenta Limão.

— Nós *não somos* gêmeos.

— Tá bem, Donald e Douglas — disse o filho de Minegishi, sério. — Meu pai contratou os senhores para me salvar?

Limão começa a cutucar seu ouvido, aparentando desinteresse.

— É, acho que sim. Mas, para ser sincero, a gente meio que teve que aceitar esse trabalho. Muito perigoso dizer não pro seu pai.

Tangerina concorda.

— Seu pai é um sujeito assustador.

— Você também acha ele assustador? Ou será que ele pega leve com você porque você é o filho dele? — Limão cutuca o riquinho bem de leve, mas o moleque dá um pulo.

— Ah, hã, não, eu não acho ele tão assustador assim.

Tangerina abre um sorriso amarelo. Ele está começando a se acostumar com o cheiro característico dos assentos de trem.

— Você sabe as coisas que o seu pai fez quando estava em Tóquio? Só tem história maluca. Tipo uma vez quando uma menina atrasou um pagamento cinco minutos e ele cortou o braço dela fora, você já ouviu essa? Não um dedo, tá ligado, foi o braço inteiro. E nem estamos falando de um atraso de cinco horas, ela estava só cinco minutos atrasada. E ele arrancou o braço dela...

Tangerina para de falar, talvez percebendo que o ambiente bem iluminado do Shinkansen não era o lugar adequado para entrar em detalhes mais sangrentos.

— Sim, já ouvi essa — murmura o riquinho, parecendo desinteressado. — Depois ele colocou num micro-ondas, né? — completa, como se estivesse falando de uma vez que seu pai experimentou uma receita nova.

— Tá, e aquela história — Limão se aproxima e cutuca o moleque de novo — do cara que não pagava o que devia, e ele pegou o filho desse cara, botou os dois frente a frente, deu um estilete pra cada um e...

— Já ouvi essa também.

— Você já ouviu essa? — Tangerina parece perplexo.

— Mas, falando sério, o seu pai é um cara esperto. Ele simplifica as coisas. Se alguém está causando problemas, ele manda outra pessoa se livrar dele, e se alguma coisa é muito complicada, ele diz pra deixar pra lá. — Limão fica observando pela janela um outro trem que chega à estação. — Não muito tempo atrás tinha um cara em Tóquio chamado Terahara. Ganhou muito dinheiro, mas fez a maior confusão no processo.

— Sim, era dono de uma organização chamada Maiden. Eu sei. Já ouvi falar dele.

O moleque está começando a se sentir à vontade, querendo demonstrar certa autoridade. Tangerina não gosta daquilo. Ele conseguia se envolver com a história de um moleque mimado se ela estivesse num livro, mas, na vida real, não tinha o menor interesse. A única coisa que aquilo estava fazendo era lhe deixar irritado.

— Então, a Maiden acabou faz uns seis, talvez sete anos — continua Limão. — Tanto Terahara quanto seu filho morreram, e o negócio acabou. Depois que isso aconteceu, seu pai deve ter percebido que as coisas iam ficar feias, então ele simplesmente vazou da cidade, foi para o norte, para Morioka. Como eu falei, ele é esperto.

— Hã. Valeu.

— Por que está me agradecendo? Isso não foi um elogio ao seu pai. — Limão fica olhando o trem branco partir e desaparecer na distância com a melancolia típica das despedidas.

— Não, eu quis agradecer por terem me salvado. Eu estava achando que para mim já era. Eles me amarraram, acho que eram uns trinta caras. Me enfiaram num porão e tudo. Eu pensei que eles me matariam mesmo que meu pai pagasse o resgate. Eles pareciam odiar muito o meu pai. Eu estava pensando "pra mim acabou, com certeza".

O riquinho estava ficando cada vez mais falante, e Tangerina fecha a cara.

— Você interpretou bem a situação. Em primeiro lugar, praticamente todo mundo odeia o seu pai. Não só os seus amiguinhos de ontem à noite. Eu diria que é mais fácil você encontrar uma pessoa que é, sei lá, imortal, do que alguém que não odeia o seu pai. Em segundo, como você disse, eles teriam te matado no instante em que recebessem o dinheiro, sem dúvida. Quando você pensou "pra mim já era", você estava certíssimo.

Minegishi tinha entrado em contato com Tangerina e Limão direto de Morioka, incumbindo-os da missão de levar o dinheiro do resgate até os sequestradores e resgatar seu filho. Parecia bem simples na teoria, mas, na prática, nunca é.

— Seu pai foi muito específico — diz Limão, resmungando, enquanto conta nos dedos. — Salvem meu filho. Tragam o dinheiro do resgate de volta. Matem todos os envolvidos. Até parece que ele vai conseguir tudo que ele quer, né?

A lista de Minegishi estava em ordem de prioridade. O mais importante era trazer seu filho de volta, depois o dinheiro e, por último, matar todos os canalhas.

— Mas, Donald, você fez tudo isso. Você mandou muito bem. — Os olhos do riquinho brilhavam.

— Ei, Limão. Cadê a mala?

Tangerina fica nervoso de repente. Limão deveria estar com a mala contendo o dinheiro do resgate. Não parecia grande o bastante para uma viagem internacional, mas era um modelo de um porte decente, com uma alça reforçada. Naquele momento, ela não estava nem no compartimento superior de bagagens, nem debaixo do banco, nem em lugar algum.

— Tangerina, você percebeu! — Limão joga seu corpo totalmente para trás e acomoda as pernas sobre o assento à sua frente, abrindo um sorrisão. Em seguida, começa a vasculhar seu bolso. — Foi aqui que eu coloquei a mala.

— A mala não cabe aí no seu bolso.

Limão ri, apesar de mais ninguém acompanhá-lo.

— Sim, tudo que tenho no bolso é esse pedacinho de papel.

Ele tira algo do tamanho de um cartão de visita e fica balançando-o no ar.

— O que é isso? — O riquinho se inclina para ver mais de perto.

— É um bilhete de um sorteio daquele supermercado em que paramos no caminho pra cá. Eles fazem um sorteio por mês. Olha só, o primeiro prêmio é uma passagem! E acho que eles fizeram alguma besteira, porque não tem data de validade, então se você ganhar, pode viajar quando quiser!

— Dá pra mim?

— De jeito nenhum, não vou dar isso pra você. Pra que você precisa de uma passagem? Seu pai pode pagar pelas suas viagens. Seu pai pode comprar qualquer passagem que você quiser.

— Limão, esquece esse sorteio e me diz onde você enfiou a porcaria da mala. — A voz de Tangerina está levemente alterada. Um pressentimento horrível percorre seu corpo.

Limão o encara serenamente.

— Você não entende muito de trens, então vou explicar. Nos modelos atuais do Shinkansen, tem um compartimento nos espaços que conectam os vagões para as bagagens maiores. Malas para viagens internacionais, equipamento de esqui, esse tipo de coisa.

Tangerina fica sem palavras por um momento. Para aliviar a pressão que faz sua cabeça ferver, ele dá uma cotovelada no braço do riquinho por puro reflexo. O moleque dá um grito e choraminga em protesto, mas Tangerina o ignora.

— Limão, os seus pais não te ensinaram a ficar sempre de olho nas suas coisas? — Ele se esforça ao máximo para manter a voz calma.

Limão fica nitidamente ofendido.

— O que você quer dizer com isso? Você está vendo algum lugar aqui onde eu poderia ter colocado a mala? Tem três pessoas sentadas nesse lugar, como é que eu ia enfiar essa mala aqui? — Gotas de saliva chovem sobre o riquinho. — Eu precisei colocar em *outro lugar*!

— Poderia ter colocado no compartimento superior.

— Como não era você quem estava carregando, você não sabe, mas aquela coisa é pesada!

— Eu carreguei, sim, por um tempo, e ela não é tão pesada assim.

— E você não acha que se uma pessoa visse dois caras meio suspeitos tipo nós carregando uma mala, ia pensar "Deve ter alguma coisa de valor aí dentro", e nós seríamos descobertos? Estou tentando ser discreto aqui!

— Nós não seríamos descobertos.

— Seríamos, sim. E enfim, Tangerina, você sabe que os meus pais morreram num acidente quando eu estava no jardim de infância. Eles não tiveram tempo de me ensinar muita coisa. Mas se eles me ensinaram alguma coisa, não foi ficar sempre perto da minha mala.

— Você é um idiota.

O celular no bolso de Tangerina vibra. Ele o tira do bolso, vê quem está ligando e faz uma careta.

— É o seu pai — diz para o riquinho.

Enquanto Tangerina se levanta e segue na direção do espaço que conecta os vagões, o Shinkansen começa a se mover.

A porta automática se abre e Tangerina atende a ligação assim que pisa no corredor. Ele encosta o telefone no ouvido e ouve a voz de Minegishi.

— E aí?

É uma voz suave, porém penetrante. Tangerina se aproxima da janela e acompanha a cidade, que vai passando diante de seus olhos.

— O trem acabou de sair.

— Meu filho está em segurança?

— Se ele não estivesse, eu não estaria no trem.

Então Minegishi pergunta se eles estão com o dinheiro e o que aconteceu com os sequestradores. O barulho do trem aumenta, e fica mais difícil de ouvir a ligação. Tangerina faz o seu relatório.

— Assim que vocês trouxerem meu filho de volta, o trabalho está encerrado.

Você está aí relaxando na sua casa de campo, será que você se preocupa mesmo com o seu filho? Tangerina morde a língua.

Minegishi desliga. Tangerina se vira para voltar, mas para de supetão: Limão está de pé bem à sua frente. É uma sensação estranha encarar alguém que tem exatamente a sua altura, quase como olhar para um espelho. Mas a pessoa que ele vê é mais desleixada e se comporta de forma muito pior do que ele, o que dá a Tangerina a sensação peculiar de que seus defeitos adquiriram uma forma humana e agora o estão encarando nos olhos.

A tradicional inquietação de Limão está a todo vapor.

— Tangerina, a coisa tá feia.

— Que coisa? Não venha me culpar pelos seus problemas.

— Esse problema é seu também.

— O que houve?

— Você disse pra eu colocar a mala com a grana no compartimento superior, né?

— Sim.

— Bom, eu também comecei a ficar preocupado com isso, então fui buscar a mala. Lá no compartimento de bagagens do outro lado.

— Boa ideia. E aí?

— Ela sumiu.

Os dois atravessam voando o terceiro vagão em direção ao corredor na outra ponta. O compartimento de bagagens fica ao lado dos banheiros e das pias. Duas prateleiras, uma mala grande em cima de uma delas. E não é a que contém o dinheiro de Minegishi. Ao lado, um pequeno espaço vazio que parece algum dia ter abrigado um telefone público.

— Você colocou ela aqui? — Tangerina aponta para a prateleira vazia embaixo da mala grande.

— Sim.

— E onde ela está?

— Talvez no banheiro?

— A mala?

— Sim.

Não fica evidente se Limão está brincando ou falando sério quando ele para na frente do banheiro masculino e abre a porta. Mas quando ele grita "Onde você está? Pra onde é que você foi? Volta!", sua voz é pura loucura.

Talvez alguém tenha pegado por engano, pensa Tangerina, mas ele sabe que isso não é verdade. Seu coração acelera. O fato de estar nervoso o deixa ainda mais nervoso.

— Ei, Tangerina, sabe quais são as três palavras que descrevem nossa situação neste momento? — Tem um músculo pulsando sem parar no rosto de Limão.

Neste momento, o carrinho de lanches entra no corredor. A jovem que o empurra para e pergunta se eles gostariam de alguma coisa, mas eles não querem que ela escute aquela conversa, então a dispensam. Tangerina espera até que ela e o carrinho desapareçam do outro lado da porta.

— Três palavras? "Nós estamos ferrados"?

— Nós estamos *fodidos*.

Tangerina sugere que eles voltem aos seus assentos para se acalmar e pensar numa solução. Ele vai na frente, e Limão o segue.

— Olha só, eu não terminei. Que outras três palavras podemos usar?

Pode ser que Limão esteja confuso, ou que seja apenas muito burro, mas não há um pingo de nervosismo em sua voz. Tangerina finge que não o ouviu, entra no terceiro vagão e caminha pelo corredor. O trem não está cheio, talvez uns quarenta por cento de sua lotação num dia de semana, nesta hora da manhã. Tangerina não sabe quantas pessoas costumam pegar o Shinkansen, mas ele tem a impressão de que o movimento está tranquilo.

Como estão andando em direção aos fundos do vagão, os passageiros estão sentados de frente para eles. Pessoas de braços cruzados, de olhos fechados, lendo jornais, funcionários de empresas. Tangerina examina os compartimentos de bagagem superiores e os debaixo dos assentos, procurando por uma mala preta de tamanho médio.

O filho de Minegishi continua sentado em seu lugar, no meio do vagão. Ele reclinou o banco para trás e está com os olhos fechados e a boca aberta, o corpo inclinado na direção da janela. Deve estar cansado, afinal, há dois dias foi sequestrado, amarrado e torturado, e depois resgatado no meio da noite e levado até aquele trem sem pregar os olhos nem por um segundo.

Mas nenhum desses pensamentos cruza a mente de Tangerina. Em vez disso, ele sente o coração disparar. *Só me faltava essa*. Ele se descontrola por um instante, mas se recupera, sentando-se rapidamente ao lado do moleque e tocando seu pescoço.

Limão se aproxima.

— Dormindo no meio de uma crise, patrãozinho?

— Limão, a nossa crise acaba de se agravar.

— Como?

— O patrãozinho morreu.

— Não brinca. — Vários segundos depois, Limão acrescenta: — Nós estamos fodidos *pra cacete*. — Em seguida ele conta em seus dedos e resmunga. — Ah, aí já são cinco palavras.

NANAO

Nanao não consegue parar de pensar que: se aconteceu uma vez, pode acontecer de novo, e se aconteceu duas vezes, pode acontecer três, e se aconteceu três vezes, pode acontecer quatro; portanto, podemos muito bem afirmar que se algo acontece uma vez, vai continuar acontecendo para sempre. Como num efeito dominó. Cinco anos atrás, em seu primeiro trabalho, as coisas ficaram muito mais arriscadas do que ele esperava, de modo que repetiu para si mesmo: *Se isso aconteceu uma vez, pode acontecer de novo.* Como se aquele pensamento tivesse força própria, seu segundo trabalho também foi um desastre, assim como seu terceiro. Sempre era uma tremenda bagunça.

"Você pensa demais", Maria lhe disse em diversas ocasiões. Quem passa os trabalhos para Nanao é Maria, que descreve a si própria como sendo basicamente um balcão de informações e reclamações, embora Nanao acredite que ela não se resuma a isso. Palavras dançavam em sua mente como epigramas. *Eu faço a comida e você come, Você manda e eu obedeço.* Uma vez ele perguntou a ela: "Maria, por que você não faz nenhum trabalho?"

"Mas eu tenho um trabalho."

"Eu quis dizer um *trabalho*. Sabe como é, na rua. Esse tipo de trabalho."

Nanao tentou elaborar uma metáfora, como se ela fosse um craque de futebol que ficava na lateral do campo orientando os amadores que tropeçavam nos próprios pés dentro de campo e os criticando pelos seus erros. "E se você é o craque, eu sou um amador. Não seria mais fácil se o craque entrasse em campo? Seria menos estresse para todos os envolvidos, e os resultados seriam melhores."

"Fala sério, eu sou uma mulher."

"Sim, mas você é muito boa de kenpo. Eu já vi você derrotar três homens ao mesmo tempo. E tenho certeza de que você é mais confiável do que eu."

"Não foi isso que eu quis dizer. Eu sou uma mulher. E se o meu rosto ficar desfigurado?"

"Em que ano você nasceu? Já ouviu falar de igualdade de gênero?"

"Essa conversa configura assédio sexual."

Como não conseguia avançar nesse assunto com ela, Nanao desistiu. Pelo jeito, a situação não mudaria: Maria seguiria dando as ordens, e Nanao as cumpriria. O craque mandando no amador.

Sobre esse trabalho, Maria disse a mesma coisa que havia dito sobre todos os outros.

— É fácil. Só entrar e sair, pá-pum.

Nanao já tinha ouvido aquela promessa outras vezes, mas quase não tinha mais forças para protestar.

— Acho que alguma coisa vai dar errado.

— Como você é pessimista. Você parece um caranguejo-ermitão que não quer sair da concha por medo de um terremoto.

— É disso que os caranguejos-ermitões têm medo?

— Se eles não tivessem medo de terremoto, eles não teriam casas portáteis, não é mesmo?

— Talvez eles só queiram evitar pagar os impostos.

Ela ignorou aquela tentativa desesperada de fazer piada.

— Escuta, o tipo de trabalho que nós fazemos é, basicamente, violento. É um trabalho perigoso, então você não deveria ficar tão espantado sempre que aparece um probleminha. Dá pra dizer que esse probleminha é justamente o seu trabalho.

— Probleminha não — retruca Nanao, enfaticamente. — Nunca é só um *probleminha*. — Ele fez questão de ser totalmente objetivo nesse ponto. — Eu nunca tive só um *probleminha*. Tipo naquele trabalho no hotel, quando eu tinha que tirar fotos daquele político que estava tendo um caso. Você disse que seria fácil, pá-pum.

— E era fácil, tudo que você tinha que fazer era tirar umas fotos.

— Seria fácil, óbvio, se não tivesse rolado um tremendo tiroteio no hotel.

Um homem de terno abriu fogo, de repente, no lobby do hotel, atirando em todas as direções. Mais tarde ele seria identificado como um proeminente burocrata que, em meio a uma crise de depressão, matou diversos hóspedes antes de começar a lidar com a polícia. Aquilo não tinha nenhuma ligação com o trabalho de Nanao, foi tudo uma tremenda coincidência.

— Mas você se saiu muito bem! Quantas pessoas você salvou no final das contas? E você quebrou o pescoço do atirador!

— Era ele ou eu. E a vez em que eu tive que ir até aquela lanchonete provar uma novidade no menu e depois ficar exaltando o quanto ela era deliciosa, uma verdadeira explosão de sabores?

— Você está dizendo que não era deliciosa?

— *Era* deliciosa. Só que aí teve uma *explosão* no restaurante!

Um funcionário demitido poucos dias antes tinha detonado uma bomba. Embora a explosão não tivesse causado muitas mortes, o interior da lanchonete logo ficou tomado pelas chamas e pela fumaça, e Nanao fez tudo o que podia para tirar os clientes de lá. Mas aconteceu de um criminoso conhecido estar no lugar naquele momento, e um atirador de elite havia sido contratado para matá-lo usando um fuzil de precisão, o que só deixou o cenário mais caótico.

— Mas você também mandou muito bem... você encontrou o atirador e deu uma surra nele. Mais um dos seus grandes sucessos!

— Você me disse que esse também seria um trabalho fácil.

— Bom, mas qual o grande problema em comer um hambúrguer?

— E com o meu último trabalho foi a mesma coisa. É só esconder um dinheiro no banheiro de uma lanchonete, você disse. Mas minhas meias ficaram encharcadas e eu quase acabei comendo um hambúrguer cheio de mostarda. Não existe isso de trabalho fácil. É perigoso ser tão otimista. Mas, enfim, você ainda não me disse nada sobre esse trabalho que você quer que eu faça agora.

— Eu disse, sim. É para roubar uma mala e sair do trem. Só isso.

— Você não me disse onde a mala está ou de quem ela é. Você quer que eu simplesmente pegue o Shinkansen e depois você entra em contato com mais detalhes? Pra mim não está parecendo que vai ser tão fácil assim. E você quer que eu desembarque do trem com a mala em Ueno? Isso é logo depois de Tóquio. Mal vou ter tempo.

— Pense assim: quanto mais complicado é um trabalho, mais informação você precisa antes de executá-lo. Observações específicas, testes, planos de contingência. Por outro lado, se você não sabe de nenhum detalhe de antemão, isso significa que o trabalho vai ser fácil. Por exemplo, se você tivesse um trabalho que consistisse em inspirar e expirar três vezes, você precisaria saber de algum detalhe com antecedência?

— Que lógica mais torta é essa? Não vai rolar. Não tem como esse trabalho ser tão fácil como você está dizendo. Não existe isso de trabalho fácil.

— É óbvio que existe. Tem um monte de trabalhos fáceis.

— Diga um.

— O meu. Ser uma intermediária é a coisa mais fácil do mundo.

— Puxa, que ótimo pra você.

Nanao espera o trem na plataforma. Seu celular vibra, e ele o leva até o ouvido bem na hora que uma voz anuncia nos alto-falantes: "O Hayate-Komachi com destino a Morioka chegará dentro de instantes na plataforma vinte." A voz masculina reverbera pelo espaço, fazendo com que Nanao tenha dificuldades em escutar o que Maria está dizendo.

— Ei, você está me escutando? Consegue me ouvir?

— O trem está chegando.

O anúncio provoca uma movimentação ruidosa na plataforma. Nanao sente como se de repente tivesse sido envolvido por uma membrana invisível, bloqueando os sons ao seu redor. Um vento forte de outono começa a soprar. Há pedaços de nuvens espalhados pelo céu, parecendo intensificar seu tom azul-claro.

— Vou entrar em contato com você assim que as informações sobre a bagagem chegarem, o que acho que deve acontecer assim que o trem sair.

— Você vai me ligar ou mandar mensagem?

— Ligar. Fique com o telefone à mão. Você pode fazer isso, né?

O bico fino do Shinkansen começa a aparecer, trazendo o trem branco e comprido à estação. Ele diminui a velocidade e para na plataforma. As portas se abrem, os passageiros desembarcam. A plataforma fica abarrotada de pessoas, que tomam os espaços vazios como água sobre uma superfície seca. As filas de pessoas que esperam para embarcar se desmancham. Ondas humanas escorrem escada abaixo. Aqueles que ficaram nas plataformas se reorganizam mais uma vez em filas, sem falar com ninguém, nem olhar para ninguém. Ninguém deu nenhuma ordem, todo mundo simplesmente volta ao seu lugar automaticamente. *Que bizarro*, pensa Nanao. *E eu estou fazendo a mesma coisa.*

Porém, eles ainda não podem embarcar — as portas continuam fechadas, possivelmente para que a equipe de limpeza dê uma geral no trem. Ele segue na ligação com Maria por mais alguns segundos antes de desligar.

— Eu queria ir no vagão verde! — diz uma voz ali perto.

Ele se vira e vê uma mulher de maquiagem pesada e um homem baixinho segurando um saco de papel. O homem tem uma cara redonda e barba. Parece um pirata de brinquedo. A mulher usa um vestido verde sem mangas, exibindo os braços definidos. O vestido é supercurto. Nanao desvia o olhar das coxas à mostra, sentindo-se mais desconfortável do que deveria e encostando nos óculos de armação preta.

— O vagão verde é muito caro. — O homem coça a cabeça e mostra suas passagens para a mulher. — Mas olha só, estamos no segundo vagão, na fileira dois. Dois-dois, que nem dois de fevereiro. Seu aniversário!

— Esse *não* é o meu aniversário. Eu pus este vestido verde porque achei que a gente ia no vagão verde!

A mulher musculosa demonstra seu descontentamento dando um gemido, e depois soca o ombro do homem, fazendo com que ele derrube seu saco de papel, esparramando o conteúdo pelo chão. Uma pequena avalanche de roupas sai de dentro do saco: uma jaqueta vermelha, um vestido preto. Tem alguma coisa preta e peluda no meio de tudo, parecendo um animal pequeno, o que faz Nanao se assustar. Ele chega a ter calafrios com a aparição surpresa da criatura não identificada. O homem recolhe a peça com irritação. Nanao vê que é só um aplique. Ou melhor, uma peruca. Após olhar melhor, Nanao vê que a pessoa de vestido verde tem pomo de adão, ombros largos. Os braços musculosos não incomodam Nanao, mas ele tem muita dificuldade com as coxas expostas pelo vestido curto.

— Ô, camarada, você não vai parar de me comer com os olhos, não?

Nanao toma um susto, percebendo que a voz está falando com ele.

— Isso aí, camarada — diz o barbudo com cara de brinquedo enquanto dá um passo em sua direção, ainda agachado —, dá uma boa olhada. Quer essas roupas? Eu te vendo, dez mil ienes. E aí? Mostre a grana. — Ele continua enfiando as roupas dentro do saco.

Eu não compraria essas coisas nem por cem ienes, Nanao pensa em dizer, mas sabe que aquilo só o faria se envolver ainda mais. Ele suspira. *Já começou a dar errado.*

— Vamos lá, vamos lá, eu sei que você pode pagar — pressiona o homem. Ele parece um valentão extorquindo outro aluno no colégio. — Belos óculos, sabe-tudo. Você é um sabe-tudo?

Nanao vira o rosto e sai andando.

Concentre-se no trabalho.

Sua missão é simples. Pegue a mala, desça na próxima parada. *Sem problemas. Nada vai dar errado, não vai ter nenhuma surpresa.* Uma pessoa musculosa e toda maquiada e um homem barbudo gritaram com ele, mas esse seria o maior problema que Nanao enfrentaria hoje. Ele diz isso a si mesmo como se estivesse fazendo um ritual, como se afastasse as energias negativas do seu caminho.

Uma voz sai pelos alto-falantes agradecendo às pessoas por terem esperado. É uma mensagem pré-gravada, mas alivia o estresse da espera. Pelo menos para Nanao, ainda que ele não tenha esperado por tanto tempo assim. Ele escuta um funcionário da companhia anunciar que as portas se abrirão e, em seguida, como que por mágica, é o que elas fazem.

Ele confere o número do seu assento. Quarto vagão, fileira um, assento D. Ele se lembra do que Maria disse quando lhe entregou o bilhete: "Não sei se você sabe, mas o Hayate tem lugares marcados. Eu reservei o seu com antecedência porque você vai ter que desembarcar depressa. Achei que um no corredor seria mais fácil."

"O que tem dentro dessa mala, afinal?"

"Eu não faço ideia, mas tenho certeza de que não é nada importante."

"Ah, você tem certeza? Você realmente espera que eu acredite que você não sabe o que tem dentro dela?"

"Estou falando sério. Você quer que eu pergunte ao cliente e o deixe irritado?"

"E se for algum tipo de contrabando?"

"Tipo o quê?"

"Sei lá, um cadáver, um monte de dinheiro, drogas ou um enxame de insetos?"

"Um enxame de insetos seria horrível."

"Os outros três seriam piores. Tem algo ilegal nessa mala?"

"Não sei ao certo."

"Então tem, né?" Nanao estava começando a perder a paciência.

"Não importa o que tenha dentro da mala, tudo que você tem que fazer é transportá-la. Fácil, fácil."

"Isso não faz o menor sentido. Beleza, então que tal você ir buscá-la?"

"De jeito nenhum. Muito arriscado."

★ ★ ★

Nanao se acomoda no assento no fundo do quarto vagão. Uma grande quantidade de assentos está vazia. Ele espera pela partida do trem, com o celular na mão e os olhos no aparelho. Nada de Maria ainda. Ele vai chegar à estação Ueno poucos minutos após saírem da estação Tóquio. Terá pouquíssimo tempo para roubar a mala. Isso o preocupa.

A porta automática zune e alguém adentra o vagão. Bem quando isso acontece, Nanao tenta arrumar as pernas cruzadas e bate com o joelho no saco de papel do homem que está entrando. O homem o encara. Parece nitidamente transtornado — barba malfeita, rosto pálido, olhos fundos. Nanao desculpa-se rapidamente.

Para ser exato, foi o homem quem esbarrou nele, então era ele quem deveria pedir desculpas, mas Nanao não se importa. Ele quer evitar qualquer tipo de confronto. Vai pedir quantas desculpas forem necessárias para evitar um confronto. O homem se vira para ir embora, enfurecido, mas Nanao percebe um rasgo no saco de papel, possivelmente causado pela colisão em sua perna.

— Ei, seu saco está rasgado.
— Cuide da sua vida. — O homem sai arrastando os pés.

Nanao tira a pochete de couro que carrega na cintura para conferir sua passagem mais uma vez. A pochete está cheia de coisas, um bloco com uma caneta, arame, um isqueiro, comprimidos, uma bússola, um ímã extremamente potente em formato de ferradura e um rolo grosso de fita adesiva. Há também três relógios de pulso, digitais, com alarme. Ele aprendeu que alarmes podem ser úteis em diversas situações. Maria tira sarro dele, chamando-o de canivete suíço ambulante, mas são só coisas que ou ele tem em sua cozinha, ou comprou numa loja de conveniência. Exceto pelas pomadas corticoides e contra inflamação, para o caso de ele se queimar ou se cortar.

Um homem que a Srta. Sorte costuma esnobar não tem outra escolha a não ser estar preparado. É por isso que Nanao está sempre com sua pochete mil e uma utilidades.

Ele pega a passagem do Shinkansen nas entranhas da pochete. Precisa ler duas vezes o que está impresso nela: é uma passagem de Tóquio a

Morioka. *Por que Morioka?* Assim que ele se faz essa pergunta, seu celular toca. Ele atende imediatamente e escuta a voz de Maria.

— Ok, vamos lá. Está entre os vagões três e quatro. Tem um compartimento de bagagem nesse espaço e a mala preta está lá. Há uma espécie de adesivo perto da alça. A pessoa a quem essa mala pertence está no vagão três, então assim que você pegar a bagagem, vá na outra direção e saia do trem o mais rápido possível.

— Entendi. — Ele faz uma pausa por um instante. — Acabo de perceber uma coisa. Eu tenho que desembarcar em Ueno, mas, por algum motivo, minha passagem vai até Morioka.

— Nenhum motivo específico. Para um trabalho como esse, fazia mais sentido te dar uma passagem que fosse até o final da linha. Só para o caso de acontecer alguma coisa.

Nanao sobe um pouco o tom de voz.

— Então você *acha* que alguma coisa vai acontecer.

— É só por precaução. Não precisa ficar todo alterado por causa disso. Tente sorrir. Como é mesmo aquele velho ditado? Um belo sorriso abre muitas portas.

— Seria bem esquisito eu ficar aqui sentado sorrindo sozinho.

Ele desliga. O trem começa a se mover.

Nanao se levanta e segue até os fundos do vagão.

Cinco minutos até chegar em Ueno. Vai ser apertado. Por sorte, ele encontra imediatamente o compartimento de bagagens e localiza a mala preta sem nenhum problema. É uma mala média, com rodinhas. Tem um adesivo perto da alça. É de um material duro, embora ele não consiga identificar do que é feita. Ele a tira da prateleira da maneira mais discreta possível. *Um trabalho fácil*, Maria havia dito, em sua voz doce. Até aqui foi bem fácil mesmo. Ele confere o tempo. Quatro minutos até a chegada na estação Ueno. *Vamos, vamos.* Nanao volta para o quarto vagão com a mala, andando de forma lenta e calculada. Ninguém parece estar prestando a menor atenção nele.

Ele atravessa aquele vagão, depois o quinto, e acessa o espaço entre este e o sexto.

Então, Nanao para e solta o ar, aliviado. Estava preocupado que alguma coisa talvez pudesse estar bloqueando a porta, uns moleques tirando um cochilo ou se maquiando na frente dela, ocupando espaço, e quando eles vissem que Nanao estava olhando para eles diriam "Ei, qual é o problema?", ou começariam a xingá-lo, ou quem sabe um casal estivesse no meio de uma briga e o obrigasse a escolher um dos lados, arrastando-o para o meio da discussão. O que quer que fosse, ele tinha certeza de que aconteceria alguma coisa para lhe atrapalhar.

Mas não há ninguém perto da porta, de modo que ele se sente aliviado. Tudo que lhe resta fazer agora é chegar a Ueno e descer do trem. Sair da estação e ligar para Maria. Ele já consegue ouvi-la tirando sarro dele. *Viu só como foi fácil*, ela vai dizer, e, mesmo não gostando de ser provocado, ele preferiria mil vezes ser provocado a enfrentar qualquer tipo de problema mais sério.

O lado de fora fica escuro de repente assim que o trem mergulha num túnel, sinalizando sua chegada eminente à plataforma subterrânea de Ueno. Nanao segura com força a alça da mala e confere seu relógio, embora não tenha nenhum motivo para isso.

Vê seu reflexo na janela da porta. Até ele precisa admitir que parece o tipo de cara que não tem sorte, dinheiro ou sucesso. Ex-namoradas já haviam reclamado: "Desde que a gente começou a namorar, eu estou sempre perdendo minha carteira", "Parece que as coisas dão sempre errado quando estou com você", "Minha pele está cada dia pior". Ele protestava, dizendo que nenhuma dessas coisas poderia ser culpa sua, mas, de alguma forma, Nanao sabia que provavelmente era. Como se sua má sorte as tivesse contaminado.

O zunido estridente do trem sobre os trilhos começa a diminuir. As portas se abrirão à esquerda. O exterior se ilumina e, de repente, a estação aparece, como se eles tivessem chegado a uma cidade futurista dentro de uma caverna. As pessoas espalhadas pela plataforma começam a se afastar dos trilhos. Bancos, escadarias e painéis digitais vão desaparecendo à esquerda.

Nanao fica olhando pelo vidro, para assegurar-se de que ninguém o surpreenda pelas costas. Se o dono da mala ou qualquer outra pessoa o confrontar, as coisas podem se complicar. O trem começa a reduzir a velocidade. Aquilo o faz pensar na vez em que jogou roleta num cassino. A maneira como a roleta desacelerava parecia dar pistas muito importantes sobre o número em que a bola pararia. Ele fica com a mesma sensação conforme o Shinkansen vai se aproximando da plataforma, desacelerando preguiçosamente, como se estivesse escolhendo onde parar, qual vagão na frente de qual passageiro, quem eu vou pegar, quem eu vou pegar? E então, ele para.

Um homem está parado do outro lado da porta, exatamente na frente de Nanao. Um cara pequeno, usando uma boina que o faz parecer com um detetive particular de uma história infantil. A porta não se abre imediatamente. Faz-se uma longa pausa, como quando você está segurando a respiração debaixo d'água.

Nanao e o homem estão um de frente para o outro, com uma janela de vidro entre os dois. Nanao franze a testa. *Conheço um cara que tem esse mesmo aspecto deprimente e usa esse mesmo chapéu idiota de detetive.* O homem que Nanao tem em mente está no mesmo ramo que ele — atividades clandestinas, negócios perigosos. É um cara qualquer, mas que fala como se fosse grande coisa, sempre dando ares de grandeza aos seus feitos e falando mal de todo mundo. É por isso que as pessoas o chamam de Lobo. Não por ele ser heroico e solitário como o animal. Tem mais a ver com o lobo de mentira sobre o qual o menino daquela história não para de falar. Mas ele não parece se importar com o apelido pejorativo, porque sempre comenta, cheio de orgulho, que foi o Sr. Terahara quem lhe deu. Terahara administrava o mundo do crime, era um homem ocupado, então ficava difícil acreditar que ele perderia seu tempo dando um apelido a alguém. Mas o Lobo, aparentemente, achava que tinha sido assim que aconteceu.

O Lobo tinha um monte de histórias fantasiosas. Como a que contou a Nanao uma vez quando os dois estavam no mesmo bar. "Sabe aquele cara, o tal dos suicídios? O que executa políticos e burocratas e faz parecer que eles se mataram? Acho que chamam ele de Baleia, ou Orca, uma coisa assim. As pessoas andam dizendo que ele está sumido. Sabe por quê? Porque eu peguei o cara."

"Como assim 'pegou'?"

"Recebi um trabalho, sabe como é. Matei o Baleia."

O especialista em suicídios que atendia pela alcunha de Baleia realmente tinha desaparecido de repente, e os profissionais do ramo estavam mesmo comentando o assunto. Uns diziam que o assassino era alguém da área, outros diziam que ele havia se envolvido num acidente horrível, e tinha até mesmo quem dissesse que o cadáver do sujeito havia sido arrematado por uma bolada por um político com quem ele tinha uma rusga antiga, que pendurou seu corpo em casa como se fosse uma decoração. Mas, qualquer que fosse a verdade, uma coisa estava evidente: para um trabalho daquela magnitude, ninguém jamais teria contratado o Lobo, que fazia só serviços de mensageiro ou era enviado para assustar mulheres e civis.

Nanao sempre se esforçava ao máximo para não ter que lidar com o Lobo. Quanto mais ele olhava para o sujeito, mais queria lhe dar um soco na cara, o que ele sabia que só lhe traria problemas. E ele tinha motivo para desconfiar do próprio autocontrole, pois, certa vez, Nanao realmente havia agredido o Lobo.

Ele estava descendo uma ruela na região dos bares quando se deparou com o Lobo prestes a bater em três meninos que não deviam ter mais do que dez anos.

"O que você pensa que está fazendo?", perguntou Nanao.

"Esses fedelhos estavam tirando sarro de mim. Vou dar uma surra neles." Então, ele fechou o punho e acertou um dos meninos petrificados bem no rosto. Nanao sentiu o sangue subir à cabeça. Ele derrubou o Lobo com um soco e chutou sua cabeça.

Maria ficou sabendo sobre o incidente e fez questão de dar a sua alfinetada. "Você é mesmo muito bonzinho, protegendo criancinhas."

"Não fiz isso porque eu sou bonzinho." Aquilo tinha alguma coisa a ver com a imagem de uma criança assustada, indefesa, implorando para que alguém a salvasse. "Quando eu vejo uma criança em perigo, não consigo me conter."

"Ah, é por causa do seu trauma? Essa palavra está muito em voga."

"Isso não é justo, é muito mais complexo do que uma tendência do momento."

"A modinha do trauma já passou", disse ela, com certo desdém.

Ele tentou explicar que não era uma modinha. Embora a palavra "trauma" tenha se tornado um clichê e, de repente, todo mundo estivesse traumatizado por alguma coisa, ainda assim as pessoas precisavam lidar com as mazelas do passado.

"Bom, o Lobo está sempre mexendo com crianças e animais, seres mais frágeis do que ele, e isso é cruel. Ele é péssimo, sério. E sempre que ele se vê em perigo, começa a falar sobre o Terahara. 'Eu sou protegido do Terahara, vou contar pro Sr. Terahara.'"

"O Terahara está morto."

"Ouvi dizer que quando o Terahara morreu o Lobo chorou tanto que ficou desidratado. Um idiota. Mas, enfim, você deu uma surra nele no fim das contas."

Ser chutado na cabeça por Nanao feriu tanto o corpo do Lobo quanto o seu orgulho. Ele ficou furioso e, com os olhos semicerrados, prometeu que se vingaria na próxima vez que os dois se encontrassem. Então saiu correndo. Aquela foi a última vez que eles se viram.

As portas do Shinkansen se abrem. Nanao está prestes a desembarcar, segurando a mala. Agora ele está frente a frente com o homem de boina, que se parece exatamente com o Lobo, uma semelhança realmente espantosa, e então o homem aponta para ele e diz:

— Ah, é *você*.

E Nanao se dá conta que lógico que aquele cara é ninguém menos que o próprio Lobo.

Ele tenta sair rapidamente, mas o rosto do Lobo parece uma máscara de determinação sinistra enquanto ele o empurra de volta, forçando sua entrada no trem e jogando Nanao para trás.

— Ora, ora, que sorte a minha encontrar você aqui — diz o Lobo, satisfeito. — Que beleza! — Ele respira, inflando as narinas.

— Vamos deixar para a próxima. Eu vou descer aqui. — Nanao mantém a voz baixa, preocupado que falar alto possa atrair a atenção do dono da mala.

— Você acha que eu vou deixar você fugir? Eu tenho uma conta para acertar com você, amigão.

— Acerta comigo mais tarde. Estou trabalhando. Ou melhor, não precisa acertar nada, sua dívida está perdoada.

Não tenho tempo para isso, e bem quando esse pensamento cruza a mente de Nanao, as portas se fecham rapidamente. O Shinkansen parte, indiferente ao dilema de Nanao. Ele escuta a voz de Maria vindo de algum lugar: *Viu só como esse trabalho era fácil?* Nanao quer gritar de frustração. O trabalho desandou, exatamente como ele imaginava que aconteceria.

O PRÍNCIPE

| 1 | 2 | 3 | 4 | 5 | 6 | **7** | 8 | 9 | 10 |

Ele abre sua mesinha, coloca uma garrafa d'água sobre ela e, em seguida, abre um pacote de chocolates e joga um deles na boca. O trem deixa Ueno e retorna à superfície. Poucas nuvens flutuam pelo céu, em grande parte limpo e azul. *O dia está tão ensolarado quanto eu*, pensa. Ele enxerga um campo de golfe, com uma grade de proteção que parece um mosquiteiro verde gigante. O campo desliza para a esquerda, dando lugar a uma escola, um conjunto de retângulos de concreto com alunos uniformizados por trás das janelas. Podem ser do ensino fundamental ou do ensino médio, e o Príncipe Satoshi passa alguns instantes tentando descobrir qual dos dois, mas decide, quase que imediatamente, que aquilo não importa. São todos iguais. Se forem alunos do fundamental, como ele, ou se forem mais velhos, todo mundo é igual. Todo mundo é tão previsível. Ele se vira para Kimura, sentado ao seu lado. Este homem é o exemplo perfeito do quanto os seres humanos são enfadonhos e medíocres.

No início, ele ficou se debatendo, apesar de estar totalmente preso com fita adesiva, incapaz de ir a qualquer lugar. O Príncipe pegou a arma que havia tomado dele e ficou segurando-a bem perto dos dois para que ninguém mais pudesse vê-la.

— Calma, isso não vai durar muito tempo. Se você não ouvir a história até o final, Sr. Kimura, garanto que vai se arrepender.

Isso o fez se acalmar.

Então o Príncipe pergunta:

— Eu estava aqui pensando, você não achou, em nenhum momento, que tinha alguma coisa estranha? Eu pegando o Shinkansen sozinho e você descobrindo onde eu estava sentado com tanta facilidade? Nunca passou pela sua cabeça que isso era uma armadilha?

— Foi você quem passou essas informações?

— Bom, eu sabia que você estava me procurando.

— Eu estava te procurando porque você desapareceu. Estava se escondendo, não estava indo à escola.

— Eu não estou me escondendo. Eu não podia ir à escola, a minha turma foi suspensa por motivos de saúde.

Aquilo era verdade. Embora ainda faltasse um tempo até o inverno, um surto de gripe havia acometido a turma, e todos os alunos foram mandados para casa por uma semana. A epidemia não demonstrou nenhum sinal de que estava cedendo, então os alunos precisaram ficar em casa por mais uma semana. Os professores nunca pararam para tentar entender como a gripe havia se espalhado, nem o seu período de incubação, ou qual percentual dos casos se tornava severo. Simplesmente tinham um sistema automático no qual se um determinado número de alunos ficava doente, a turma inteira tinha que ficar em casa. O Príncipe achava aquilo ridículo. Seguir um conjunto de regras sem nem pensar duas vezes, tudo para evitar assumir qualquer responsabilidade, evitar correr qualquer risco. Ao decretar aquela suspensão sem hesitar por um instante sequer, todos os professores lhe pareceram burros, uns idiotas que haviam desligado o cérebro. Nenhuma consideração, nenhuma análise, nenhuma iniciativa.

— Você sabe o que eu fiz enquanto não tinha aula?

— Não me interessa.

— Eu estava pesquisando sobre você, Sr. Kimura. Descobri que você está muito irritado comigo.

— Eu não estou irritado com você.

— Ah, é?

— Estou muito mais do que irritado com você, seu merda.

Kimura cospe as palavras como se estivesse cuspindo sangue, fazendo um sorriso surgir no rosto do Príncipe. Pessoas que não conseguem controlar suas emoções são as mais fáceis de lidar.

— Bom, de qualquer maneira, eu sabia que você queria me pegar. Imaginei que iria me procurar e partiria para cima de mim assim que me encontrasse. Então, sabia que seria perigoso continuar em casa e, como você estava vindo atrás de mim, achei que deveria saber tudo que eu pudesse sobre você. Sabe, quando você quer ir pra cima de alguém, ou derrotar alguém, ou usar alguém, a primeira coisa que você precisa fazer é conseguir informações sobre essa pessoa. Você começa pela família, depois o emprego, seus hábitos, seus passatempos, e essas coisas dizem tudo o que você precisa saber. Do mesmo jeito que a Receita Federal faz.

— Que tipo de aluno do fundamental usa a Receita Federal como exemplo? Puta que pariu, você é o pior. — Ele ironiza. — O que um moleque de colégio conseguiria descobrir?

O Príncipe franze a testa, decepcionado. Este homem não o está levando a sério. Ele está deixando sua idade e aparência o iludirem, subestimando seu inimigo.

— Com o valor certo, você consegue qualquer informação.

— Não diga que você quebrou o seu porquinho!

O Príncipe está profundamente decepcionado.

— Às vezes não precisa ser dinheiro. Talvez exista um homem que goste de garotinhas do fundamental. Digamos que ele esteja disposto a bancar o detetive se, em troca, puder passar a mão em uma adolescente nua. Ele pode descobrir que a sua esposa deixou de amar você, que você se divorciou e mora sozinho com seu filhinho lindo, que você é alcoolista, esse tipo de coisa. E talvez eu tenha algumas amigas que não se importariam de tirar a roupa se eu pedisse.

— Você fez uma colegial ficar com um adulto? Você obrigou alguma menina ingênua a fazer uma coisa dessas?

— Estou só dando um exemplo. Não vá ficando animadinho. Só estou dizendo que o dinheiro não é tudo, as pessoas têm um monte de desejos, e fazem coisas por diversos motivos. É tudo uma questão de influência. Provoque da maneira correta e até mesmo um aluno do fundamental consegue obrigar qualquer pessoa a fazer seja lá o que for. E, sabe, o desejo sexual é o meio mais fácil de incitar alguém. — O Príncipe assume um tom provocativo. Quanto mais emotiva uma pessoa fica, mais fácil é controlá-la. — Mas eu fiquei impressionado quando soube sobre as coisas perigosas com as quais você costumava se envolver. Me diga, senhor, você já matou alguém? — O Príncipe observa a arma em sua mão, ainda apontada para Kimura. — Quer dizer, você estava carregando isso. Muito legal. Essa coisa que você colocou na ponta é para a arma não fazer barulho, né? Muito profissional. — Ele mostra o silenciador, que foi removido. — Fiquei tão assustado que quase chorei — diz o Príncipe, num tom dramático e meio cantado, mas é óbvio que não está falando a verdade. Se estava quase chorando foi pelo esforço de segurar uma gargalhada.

— Então você estava me esperando aqui?

— Fiquei sabendo que você estava me procurando, então espalhei a informação de que eu estaria neste trem. Você contratou alguém para descobrir onde eu estava, né?

— Um velho conhecido.

— De quando você ainda estava na ativa. E ele não achou estranho que você estivesse procurando um adolescente?

— A princípio, sim. Ele disse que não sabia que eu gostava desse tipo de coisa. Mas quando contei minha história, ele ficou puto, queria que eu encontrasse você. Ninguém pode fazer uma coisa dessas com o seu filho e sair ileso, ele disse.

— Mas, no fim das contas, ele acabou te traindo. Eu descobri que ele estava perguntando por aí sobre mim, então fiz uma contraproposta para que ele passasse a informação que eu queria que chegasse até você.

— Mentira.

— Quando ele soube que poderia fazer o que quisesse com uma adolescente, a respiração dele ficou pesada. Eu fiquei pensando: "Será que todo adulto é assim?"

O Príncipe adora fazer isso, mexer com os sentimentos das pessoas, lançar palavras feito garras sobre elas. Fortalecer o corpo é fácil, mas desenvolver resistência emocional é bem difícil. Mesmo se você se considera uma pessoa tranquila, é quase impossível não reagir quando se é alfinetado.

— Não sabia que ele gostava desse tipo de coisa.

— Você não deveria confiar nos seus velhos conhecidos, Sr. Kimura. Não interessa o que você acha que eles lhe devem, cedo ou tarde eles vão esquecer. A sociedade baseada na confiança mútua acabou há muito tempo, se é que ela existiu algum dia. Mas, mesmo assim, você realmente apareceu. Eu mal pude acreditar. Você é um sujeito muito confiável. Ei, eu estava querendo perguntar, como é que está o seu filho?

Ele devora mais um chocolate.

— Porra, como você acha que ele está?

— Fale baixo, Sr. Kimura. Se alguém vier até aqui, você estará em maus lençóis. Você está com uma arma e tudo mais — sussurra o Príncipe de forma teatral. — Fica frio.

— É você quem está segurando a arma, você é quem vai ter problemas.

O Príncipe segue se decepcionando com o fato de Kimura jamais ultrapassar os limites da previsibilidade.

— Eu diria que fiquei assustado e peguei a arma de você.

— E o fato de eu estar amarrado?

— Não importa. Você é um viciado em etanol, um ex-segurança, atualmente desempregado, e eu sou só um aluno do fundamental. De que lado você acha que eles ficariam?

— Que porra é essa de etanol? Eu sou viciado em álcool.

— Etanol *é* álcool, é o que torna uma bebida alcoólica. Sabe, preciso dizer que fiquei impressionado por você ter conseguido parar de beber. Falando sério, é difícil. Aconteceu alguma coisa que ajudou você a parar? Tipo o seu filho quase ter morrido?

Kimura o encara com uma fúria ensandecida.

— Enfim, vou perguntar de novo, como está o seu lindo filhinho? Qual é o nome dele? Não consigo lembrar, mas sei que ele gosta de telhados. Agora, ele deveria tomar mais cuidado. Quando uma criança pequena sobe num lugar tão alto sozinha, às vezes ela cai de lá. As grades de proteção dos telhados de lojas nem sempre são firmes, e crianças acabam se enfiando nos lugares mais perigosos.

Kimura parece que está prestes a começar a gritar.

— Senhor, fique quieto ou vai se arrepender.

O Príncipe se vira para olhar pela janela, bem quando o Shinkansen com destino a Tóquio passa na direção oposta, tão rápido que não é nada além de um borrão. O trem chacoalha por inteiro. Ele fica muito empolgado com toda aquela força e velocidade. Um homem estaria totalmente indefeso contra um objeto gigante de metal viajando a mais de duzentos quilômetros por hora. *Imagine como seria colocar uma pessoa na frente de um Shinkansen, ela ficaria em pedaços.* Aquela diferença avassaladora de forças o fascina. *E eu sou igual. Posso não ser capaz de me mover a duzentos quilômetros por hora, mas posso destruir pessoas do mesmo jeito.* Um sorriso se forma espontaneamente.

Os amigos do Príncipe o tinham ajudado a levar o filho de Kimura até o telhado da loja. Eram colegas de classe seguindo suas ordens, na verdade. O menino de seis anos estava apavorado; nunca havia ficado cara a cara com a crueldade até aquele momento.

Ei, olha ali, perto da grade de proteção, vai ali e olha pra baixo. Não precisa ter medo, é seguro.

Ele disse aquilo com um sorriso acolhedor, para que o menino acreditasse nele.

Tem certeza? Eu não vou cair?

Ele mentiu para o menino, o empurrou e se sentiu incrivelmente bem com aquilo.

Kimura faz uma careta.

— Você não ficou preocupado pensando que eu pudesse vir pegar você aqui?

— Preocupado?

— Você sabe que tipo de trabalho eu costumava fazer. Você imaginou que eu estaria armado. Se qualquer coisa desse errado, eu poderia ter matado você.

— Hum, deixa eu pensar. — O Príncipe realmente está pensando. Ele não sentiu nem um pingo de medo. Na verdade, estava empolgado, querendo saber se as coisas aconteceriam exatamente como ele imaginava que aconteceriam. — Não achei que você fosse atirar em mim ou me esfaquear de cara.

— Por que não?

— Com tudo que você sente a meu respeito, me eliminar assim tão rápido não seria o suficiente. — Ele dá de ombros. — Achei que você não se daria por satisfeito de chegar sorrateiramente por trás e me matar. Você ia querer me assustar, me ameaçar, me fazer chorar, ouvir minhas desculpas, não é?

Kimura não confirma nem nega. *Os adultos sempre ficam de boca fechada*, pensa o Príncipe, *quando eu tenho razão*.

— Enfim, eu achei que poderia te pegar primeiro. — O Príncipe puxa o *taser* artesanal de dentro de sua mochila.

— O cara é a porra de um eletricista.

O Príncipe saboreia a última reverberação do outro Shinkansen passando, e então se vira para encarar Kimura.

— Sr. Kimura, quando você ainda estava na ativa, quantas pessoas o senhor matou?

Se um olhar pudesse matar, os olhos injetados de Kimura já teriam feito isso. *Ele pode estar todo amarrado, mas não desiste de partir pra cima de mim mesmo assim.*

— Eu já matei gente — diz o Príncipe. — A primeira vez foi quando eu tinha dez anos. Uma pessoa só. Nos três anos de lá pra cá, mais nove. Dez no total. O seu número é maior que esse? Ou menor?

Kimura parece ter sido pego de surpresa. Mais uma vez, o Príncipe fica triste com a sua reação. *Esse cara se desestabiliza com tão pouco.*

— Mas eu preciso dizer que, pessoalmente, matei só uma pessoa.

— Que porra isso quer dizer?

— Correr riscos é uma coisa idiota, né? Quero me certificar de que você não está me confundido com alguém idiota o bastante para fazer algo assim.

O rosto de Kimura se contorce.

— Não sei do que você está falando.

— Bom, o primeiro — começa o Príncipe.

Quando estava no primário, um dia, depois de voltar do colégio, ele saiu de novo em sua bicicleta e foi até uma livraria grande para comprar um livro que queria. Ao voltar para casa, ele pegou uma rua principal e parou a bicicleta bem na faixa de pedestres, esperando que o sinal abrisse. Ao seu lado estava um homem vestindo um blusão, de fone de ouvido e olhando para o celular, e ninguém mais por perto. Praticamente não havia tráfego também — a rua estava tão tranquila que dava pra ouvir com facilidade a música vazando do fone do sujeito.

Não existia nenhum motivo real para que o Príncipe começasse a pedalar quando a luz ainda estava vermelha. Ele só pensou que ela estava demorando muito tempo para ficar verde e, como não havia nenhum carro, não fazia sentido ficar esperando obedientemente até que o sinal abrisse. Ele avançou com a bicicleta e atravessou a rua. No instante seguinte, ouviu-se uma barulheira às suas costas — pneus cantando e o barulho de impacto, embora o som da colisão tenha acontecido primeiro e o guincho do carro freando só depois. Ele se virou para olhar e viu uma minivan preta parada no meio da rua, com um homem barbudo desembarcando pelo lado do motorista. O homem de blusão estava no chão, e seu telefone, despedaçado.

O Príncipe ficou se perguntando por que o homem teria atravessado quando um carro estava vindo, mas imediatamente criou um cenário plausível em sua mente: quando ele atravessou com a bicicleta, o homem achou que o sinal tinha ficado verde. De fone de ouvido e olhos grudados no celular, ele deve ter só detectado o movimento da bicicleta e a seguiu por reflexo. E foi assim que ele acabou morto por uma minivan. A aparição repentina da minivan foi mais surpreendente para o Príncipe do que a morte do homem, considerando que a rua parecia totalmente deserta, mas, de qualquer jeito, o homem tinha morrido. Mesmo do outro lado da rua, o Príncipe podia ver que ele não estava respirando. O cabo do fone se esparramava pelo chão como se fosse um filete de sangue.

— Aprendi duas coisas com isso.

— O quê? — resmungou Kimura. — Que você sempre deve obedecer aos sinais de trânsito?

— A primeira é que se você for cuidadoso na execução, você pode matar uma pessoa sem levar a culpa. Essa situação toda foi tratada como um acidente de trânsito. Ninguém deu a menor atenção para mim.

— Imagino.

— A segunda coisa foi que, apesar de uma pessoa ter morrido por minha culpa, eu não me senti nem um pouco mal com aquilo.

— Que bom pra você.

— Foi assim que começou. Que eu comecei a me interessar por matar. Como é matar uma pessoa, como ela reage quando você a está matando, esse tipo de coisa.

— Você queria cometer o maior dos pecados, é isso? Você acha que é especial porque consegue se imaginar fazendo uma coisa tão horrível que sequer passa pela cabeça das pessoas normais? Escuta, todo mundo tem esse tipo de pensamento, mesmo que nunca vá fazer nada a respeito. Porque é errado matar uma pessoa, ou como é que todo mundo consegue dormir tranquilo sabendo que todas as coisas vivas um dia vão morrer, ah, como a vida é vazia! Todo mundo pensa nessas coisas. Isso faz parte da angústia de qualquer adolescente.

— Por que é errado matar uma pessoa?

O Príncipe não está sendo cínico nem tentando fazer piada, ele realmente gostaria de saber a resposta. Gostaria de conhecer um adulto que pudesse lhe dar uma resposta satisfatória. Sabia que Kimura não seria esse adulto. Ele conseguia imaginar a posição arrogante de Kimura: *Não tem problema nenhum matar alguém desde que não seja eu nem ninguém da minha família, fora isso, quem se importa?*

Kimura dá um sorriso irônico.

— Não acho que tenha nada de errado em matar uma pessoa. Quer dizer, desde que não seja eu ou alguém da minha família. Mas, fora isso, beleza, vai lá, mate e morra, boa sorte.

O Príncipe suspira pesadamente.

— Impressionado?

— Não, só decepcionado com uma resposta tão previsível. Mas enfim, como eu estava dizendo, depois disso, eu decidi começar a fazer alguns experimentos. Primeiro eu quis matar alguém de uma forma um pouco mais direta.

— E essa foi a pessoa que você matou pessoalmente.

— Exato.

— Então quando você empurrou o Wataru do telhado, isso também foi um experimento? — A voz de Kimura está baixa, porém pesada, destilando veneno.

— Não, não. Acho que seu filho queria brincar com a gente, ou algo assim. A gente disse pra ele nos deixar em paz, mas ele insistiu. A gente estava trocando figurinhas no estacionamento que fica no telhado da loja. A gente disse que era perigoso ficar lá em cima, que não era para ele correr, mas ele saiu correndo pelas escadas e, quando a gente se deu conta do que estava acontecendo, ele caiu.

— Você e os seus amigos o *empurraram*!

— Uma criança de seis anos? De cima de um telhado? — O Príncipe cobre a boca com a ponta dos dedos, num gesto caricato de falsa surpresa. — A gente nunca faria uma coisa horrível dessas! Eu nunca teria nem pensado nisso. Adultos têm cada ideia...

— Eu vou matar você, seu merda.

As mãos e os pés de Kimura estão atados, mas isso não o impede de sacudir seu corpo na direção do Príncipe, mordendo o ar.

— Sr. Kimura, pare. — O Príncipe espalma as mãos à sua frente. — O que eu vou dizer agora é muito importante, então preste atenção. Pode salvar a vida do seu filho. Se acalme um minuto. — Sua voz está completamente serena.

Kimura está transtornado, suas narinas infladas de tanta raiva, mas a menção à vida do filho o detém, e ele se ajeita no assento.

Então, a porta do vagão se abre às suas costas. Deve ser o carrinho de lanches, uma vez que se ouve alguém dizendo "Com licença" seguido pelos sons de alguma transação. Kimura torce o corpo para ver.

— Não tente nenhuma gracinha com a atendente, senhor.
— Gracinha? Você quer dizer, tipo, convidá-la pra sair?
— Quero dizer pedir ajuda.
— Tente me impedir.
— Isso tiraria todo o sentido da coisa.
— Que sentido? Que porra de sentido?
— Seria muito fácil para você pedir ajuda, mas você não pode fazer isso. Eu quero que você experimente essa sensação de impotência. Se eu te obrigasse a ficar de boca fechada, isso tiraria todo o sentido disso. Eu quero que você sinta como é não fazer nada mesmo quando você pode. Eu quero te ver sofrer.

O olhar de Kimura se transforma, mudando da raiva para uma mistura de nojo e medo, como se ele tivesse acabado de descobrir algum novo tipo de inseto horrível. O homem força uma risada para disfarçar sua frustração.

— Desculpe, mas quanto mais você me diz que eu não posso, maior é a chance de eu tentar. É assim que eu sou, que eu sempre fui. Então, quando a menina passar por aqui com o carrinho eu vou me jogar em cima dela, e vou gritar "Socorro, faz alguma coisa com esse moleque aqui". Se você está dizendo que não quer que eu faça isso, com certeza vou fazer.

Por que esse velho é tão teimoso? Mesmo com as mãos e os pés amarrados, mesmo sem a arma, mesmo com a dinâmica de poder entre nós dois, como é que ele ainda consegue falar desse jeito comigo? A única explicação possível é o fato de ele ser mais velho que eu. Ele viveu mais tempo que eu, só isso. O Príncipe não consegue evitar sentir pena de Kimura. *E veja só onde esses milhares de dias que ele desperdiçou o trouxeram.*

— Vou dizer isso da maneira mais objetiva possível, Sr. Kimura, para você entender. Se você não seguir as minhas instruções, ou se alguma coisa acontecer comigo, seu filhinho internado no hospital estará em apuros.

Kimura fica em silêncio.

O Príncipe sente um misto de satisfação e desânimo. Ele tenta se concentrar na sensação de prazer que experimenta ao observar alguém completamente confuso.

— Eu tenho uma pessoa de prontidão perto do hospital, em Tóquio. O hospital em que seu filho está, entendeu?

— Perto quanto?

— Talvez até dentro do hospital. O que importa aqui é que essa pessoa está perto o suficiente para executar o serviço assim que for preciso.

— O serviço...

— Se ele não conseguir falar comigo, é o que vai fazer.

O rosto de Kimura é uma expressão óbvia de sua angústia.

— Como assim, se não conseguir falar com você?

— Ele vai me ligar mais ou menos nos horários em que o trem chega a cada estação... Omiya, Sendai e Morioka... para saber se está tudo bem. Se eu não atender, ou se ele concluir que alguma coisa deu errado...

— Quem é, um dos seus amigos da escola?

— Não, não. Como eu disse antes, as pessoas fazem coisas por um monte de motivos diferentes. Algumas gostam de garotinhas, outras de dinheiro. Acredite ou não, muitos adultos têm uma noção do que é certo ou errado totalmente tendenciosa, e essas pessoas são capazes de fazer praticamente qualquer coisa.

— E o que o seu amigo vai fazer?

— Pelo que entendi, ele trabalhava para uma empresa que produz equipamentos hospitalares. Não seria difícil para ele desconfigurar a máquina que está conectada ao seu filho.

— Não seria difícil meu cu. Ele não conseguiria fazer nada.

— Bom, não temos como saber até ele tentar. Como eu disse, ele está esperando num lugar muito próximo ao hospital. Esperando por um sinal. Tudo que eu preciso fazer é ligar para ele e dar o sinal verde, e ele vai cumprir a missão. E se ele me ligar, mesmo que não seja num dos horários programados em cada estação, e o telefone tocar mais de dez vezes sem resposta, isso também é um sinal verde. Se isso acontecer, o meu amigo vai até o hospital e começará a mexer no respirador do seu filho.

— Que regras bizarras. Tudo é sinal verde, basicamente. E se a gente estiver num lugar em que o seu telefone fique sem sinal?

— Andaram instalando antenas nos túneis dos trens, então não acho que isso vá acontecer. Mas provavelmente é melhor você rezar para que isso não aconteça, por via das dúvidas. De todo modo, se você tentar alguma gracinha, eu simplesmente não vou atender quando o meu amigo ligar. Talvez eu desembarque em Omiya, vá ao cinema e desligue o telefone por algumas horas. Quando eu sair de lá, alguma coisa horrível vai ter acontecido à máquina que mantém seu filho vivo.

— Você está blefando. — Kimura o fuzila com o olhar.

— Não estou blefando. Estou falando muito sério. Acho que quem está blefando aqui é você.

As narinas infladas de Kimura sugerem que ele está prestes a explodir, mas, por fim, parece que ele percebe que não há nada que possa fazer. Ele relaxa o corpo e desaba no assento. A atendente passa com o carrinho, e o Príncipe a chama e compra uma caixa de bombons. Olhar para Kimura sentado ao seu lado de boca fechada e com o rosto todo vermelho de raiva lhe dá um prazer extraordinário.

— É melhor você prestar muita atenção no meu celular, Sr. Kimura. Se eu receber uma ligação e ele tocar dez vezes, você não vai ficar contente com o que vai acontecer.

FRUTA

< 1 | 2 | **3** | 4 | 5 | 6 | 7 | 8 | 9 | 10 >

— Tangerina, o que a gente vai fazer?

O filho de Minegishi está sentado em frente a Limão, de olhos fechados, sem se mover. Parece estar tirando sarro deles com a boca aberta daquele jeito. Limão fica desconfortável.

— O que a gente pode fazer? — Tangerina esfrega o rosto vigorosamente. Ver Tangerina perdendo o controle uma vez na vida faz Limão sentir uma leve satisfação. — Isso só aconteceu porque você o perdeu de vista. Por que deixou o moleque sozinho?

— Eu tive que fazer isso. Você encheu o meu saco por causa da mala, então eu quis ver como ela estava. O que você esperava que eu fizesse depois que você me deu aquela bronca?

— A mala com certeza foi roubada. — Tangerina suspira. — Com você é tudo mais ou menos, as coisas que você diz, as coisas que você faz, o jeito que você pensa. Sua personalidade é certamente do tipo B.

Limão bufa.

— Não me reduza ao meu tipo sanguíneo. Não existe evidência científica disso. Quando você fala uma coisa dessas a sério, fica parecendo um idiota. Se fosse verdade, você seria organizado e preciso só porque o seu tipo sanguíneo é A.

— Eu *sou* organizado e preciso, e quando eu faço o meu trabalho, eu faço direitinho.

— Falar é fácil. Escuta, eu assumo os meus erros. Mas eles não têm nada a ver com o meu tipo sanguíneo.

— É, você tem razão — diz Tangerina, de forma jovial. — Seus erros têm a ver com a sua natureza e a sua falta de noção.

Tangerina começa a ficar um pouco ansioso de estar de pé no corredor, então ele se inclina para empurrar o corpo do filho de Minegishi até o assento da janela, o apoia no vidro e inclina sua cabeça levemente para a frente.

— Acho que vamos ter que fingir que ele está dormindo, por enquanto.

Tangerina se senta no assento do meio, e Limão se acomoda no do corredor, murmurando de forma sombria:

— Puta merda, quem fez isso, sabe? Como é que ele morreu?

Tangerina começa a apalpar o cadáver. Não há nenhum corte evidente, nem sangue. Ele abre bem a boca do garoto e olha lá dentro, porém evitando fazer isso muito de perto para o caso de haver algo venenoso ali.

— Nenhuma marca aparente no corpo.

— Veneno?

— Pode ser. Ou talvez choque anafilático, alguma reação alérgica.

— Mas ele seria alérgico a que?

— Não sei. Eu não sou o criador das alergias, lembra? Vai saber, talvez toda essa agitação tenha sido demais pra ele, ser sequestrado e depois resgatado, ficar sem dormir... Vai ver ficou totalmente exausto e o coração não aguentou.

— E isso é medicamente possível?

— Limão, você já me viu lendo um livro de medicina?

— Você está sempre lendo alguma coisa.

Tangerina realmente leva um livro para onde quer que ele vá, até mesmo durante os trabalhos, para ler sempre que sobra um tempinho.

— Eu gosto de ficção, não de livros médicos. Como é que eu vou saber se existem casos de corações que simplesmente desistem de bater?

Limão puxa o cabelo.

— Mas o que a gente vai fazer? Ir até Morioka, chegar na casa do Minegishi, dizer "Desculpe, senhor, nós resgatamos o seu filho, mas ele morreu no Shinkansen"?

— Não se esquece de que o dinheiro do resgate também foi roubado.

— Se eu fosse o Minegishi, eu ficaria puto da vida.

— Eu também. Furioso.

— Mas, ao mesmo tempo, tudo que ele fez foi ficar lá sentado na casa de campo! — Eles não tinham certeza, mas havia rumores de que Minegishi estaria viajando com a amante e a filha ilegítima. — O filho do cara ser sequestrado já é um tremendo de um fiasco, e o cara ainda sai pra viajar com a namorada! Puta que pariu!

— A filha dele está no ensino fundamental, ouvi dizer que é bem bonitinha. E aí tem o herdeiro dele, esse riquinho aqui. Que é um zé-ninguém, um insignificante. Não é difícil imaginar qual dos dois ele ama mais. — Tangerina não parece estar brincando.

— Bem, agora ele é um zé-ninguém insignificante morto. Mas, olha, pode ser que o Minegishi não se incomode tanto com isso e pegue leve com a gente.

— Sem chance. Imagine que você tenha um carro, mas nem goste tanto assim dele. Se alguém bater nele, você ficaria puto mesmo assim. E ainda tem toda a questão da reputação.

Limão parece que vai começar a chorar pela falta de opções, mas Tangerina rapidamente leva um dedo à boca e diz: *Shh.*

— Vamos ter que pensar em um plano.

— Pensar coisas é seu trabalho.

— Idiota.

Limão começa a se mexer, examinando a janela, tudo que está próximo ao corpo, conferindo as mesinhas presas aos assentos à frente deles e as revistas dentro dos bolsões.

— O que você está fazendo?

— Achei que poderia encontrar alguma pista. Mas não tem nada. Riquinho imbecil.

— Pista?

— Tipo, talvez ele tivesse escrito o nome do assassino com sangue, ou algo assim. Poderia ter acontecido, né?

— Só se fosse um assassinato num livro de mistério. Não na vida real.

— Acho que você tem razão. — Desanimado, Limão coloca a revista de volta no lugar, mas segue cutucando e tateando o assento e as paredes ao redor do cadáver.

— Duvido que ele tenha tido tempo de deixar alguma pista antes de morrer. Ele nem está sangrando, como é que ele deixaria uma mensagem escrita com sangue?

Limão irrita-se com a lógica de Tangerina.

— Bom, morrer desse jeito não ajuda nada as pessoas que estão tentando resolver o caso. Fica aí de referência para o futuro, Tangerina: se você acha que alguém vai te matar, se certifique de deixar algumas pistas.

— Que tipo de pistas você gostaria que eu deixasse?

— Tipo o nome do assassino, ou a verdade por trás de tudo, algo assim. No mínimo, deixe bem claro se foi um assassinato, um suicídio ou um acidente. Senão, vai dificultar a minha vida.

— Se eu morrer, não vai ser suicídio — declara Tangerina de forma muito sincera. — Eu gosto de Virginia Woolf e de Mishima, mas suicídio não é a minha praia.

— Virginia quem?

— É muito mais difícil ficar lembrando de todos aqueles trens dos quais você não para de falar do que de livros. Por que você não tenta ler algum dos que eu te indiquei?

— Nunca gostei de livros, nem quando eu era criança. Você sabe quanto tempo eu demoro para terminar um livro? Já você nunca nem se esforça para se lembrar de todos os personagens de *Thomas e Seus Amigos*, não importa quantas vezes eu fale sobre eles. Você nem sabe qual deles é o Percy.

— Qual é mesmo o Percy?

Limão pigarreia.

— Percival é uma locomotiva pequena e verde. Ele é um sem-vergonha que adora se divertir, apesar de levar seu trabalho muito a sério. Ele está sempre pregando peças nos amigos, mas, ao mesmo tempo, também é um pouco ingênuo.

— Eu sempre me pergunto como é que você consegue memorizar todas essas coisas.

— Está na figurinha que vem junto com o brinquedo. Legal, né? É uma explicação bem simples, mas também tem profundidade. Percy está sempre pregando peças nos amigos, mas, ao mesmo tempo, também é um pouco ingênuo, sabe? Eu acho comovente. Chego a ficar um pouco emocionado, até. Aposto que os seus livros não têm toda essa profundidade.

— Tenta ler alguma coisa e veja por conta própria. Começa com, sei lá, *Ao Farol*.

— O que esse livro vai me ensinar?

— O quanto somos insignificantes, como a nossa vida é só mais uma em meio a outras incontáveis existências. Ele vai te fazer entender o quanto você é pequeno, o quanto você está perdido em meio às dimensões imensuráveis do oceano do tempo, engolido pelas ondas. É bem poderoso. "Perecemos, cada qual a sós."

— E o que isso quer dizer, porra?

— É uma fala de um dos personagens do livro. Quer dizer que todo mundo morre, e estamos sempre sozinhos quando isso acontece.

— Eu não vou morrer — ironiza Limão.

— Vai morrer, sim, e vai morrer sozinho.

— Mesmo se eu morrer, vou voltar.

— Sim, essa teimosia é bem a sua cara, mesmo. Mas eu vou morrer algum dia. Sozinho.

— E eu já estou te avisando, quando você morrer, me deixe alguma pista.

— Tá bem, tá bem. Se, por algum motivo, eu perceber que vou ser assassinado, farei o máximo para te deixar uma pista.

— Quando você for escrever o nome do assassino com sangue, deixa a letra bem legível, tá? E escreve de um jeito objetivo. Nada de iniciais ou abreviaturas misteriosas.

— Não vou escrever nada com sangue. — Tangerina para pra pensar por um instante. — Olha, o que você acha do seguinte? Se eu tiver a chance de falar com o assassino antes de ele me matar, eu deixo uma mensagem com ele.

— Uma mensagem?

— Eu digo alguma coisa que vai ficar na cabeça dele. Tipo, "Diga pro Limão que a chave que ele procura está no setor de bagagens da estação Tóquio", ou algo assim.

— Mas eu não estou procurando chave nenhuma.

— Não interessa. Vou dizer alguma coisa que atice a curiosidade do assassino. Aposto que, em algum momento, ele vai te abordar, fingindo que não te conhece, e perguntar gentilmente se você está procurando uma chave. Ou talvez ele simplesmente vá até o setor de bagagens na estação Tóquio.

— Alguma coisa que vai deixar o cara intrigado, né?

— E se você algum dia se deparar com uma pessoa assim, vai saber que foi ela quem me matou. Ou, no mínimo, que tem alguma coisa a ver com isso.

— Essa é uma mensagem enigmática pra caralho.

— Bom, eu não vou deixar uma mensagem que seja fácil pro assassino entender, né?

— Mas, olha. — Limão fica sério de repente. — Eu não vou morrer tão fácil.

— Não, imagino que não. E se você morrer, você é teimoso o bastante pra voltar.

— Você também, Tangerina. Se a gente morrer, a gente certamente vai voltar.

— Como as árvores que dão frutos todos os anos?

— Nós dois vamos voltar.

O Shinkansen dá uma guinada suave e começa a mergulhar no subsolo, sinalizando que eles estão se aproximando de Ueno. A vista da janela fica escura e o cenário dentro do trem aparece refletido no vidro. Limão puxa uma revista do bolsão nas costas do assento à sua frente e começa a ler.

— Ei — diz Tangerina quase que imediatamente —, não é hora pra ficar lendo de bobeira.

— Eu já disse isso várias vezes. Pensar é o seu trabalho. Quem tem que vender *mochi* é o vendedor de *mochi*, certo?

— Se eu sou um vendedor de *mochi*, o que sobra pra você?

O trem começa a desacelerar. Primeiro aparecem as luzes dentro do túnel e então, de repente, eles chegam a um espaço muito iluminado. A plataforma surge. Tangerina se levanta.

— Vai ao banheiro? — pergunta Limão.

— Vamos lá. — Tangerina tenta passar pelo seu parceiro.

— Para onde nós estamos indo? — Limão não está entendendo o que está acontecendo, mas se rende ao olhar intenso e assustador no rosto de Tangerina, fica de pé e o acompanha. — Nós vamos desembarcar? Você não acha um pouco extravagante pegar o Shinkansen para andar só uma estação?

A porta automática que leva ao espaço entre os vagões se abre. Não há mais ninguém lá. A plataforma desliza do lado de fora, à esquerda.

— Você está coberto de razão.

Limão franze a testa, intrigado.

— Pegar o Shinkansen em Tóquio para descer em Ueno *é mesmo* uma extravagância. Você poderia simplesmente pegar um trem local. Mas alguém pode querer desembarcar aqui, no fim das contas.

— Quem?

— Alguém que tenha roubado uma mala no Shinkansen e queira dar o fora o mais rápido possível.

Limão assente, começando a entender.

— Ah, saquei. — Ele chega mais perto da porta e bate no vidro com o dedo. — Se alguém desembarcar em Ueno, essa pessoa é o ladrão.

O trem começa a parar.

— Vai ser fácil ver se a pessoa está carregando nossa mala, mas existe a possibilidade de ela tê-la escondido dentro de outra mala. Mas teria que ser uma mala bem grande. De qualquer modo, qualquer pessoa que desembarque aqui é nosso principal suspeito. Se você vir alguém fazendo isso, vá atrás dela.

— Eu?

— Com quem mais eu estou falando? Quem tem que vender o *mochi* é o vendedor de *mochi*, certo? Talvez você nunca tenha vendido *mochi*, nem usado sua cabeça, mas eu sei que você já perseguiu ladrões.

Os freios cantam enquanto o trem vai perdendo velocidade até quase parar. Limão fica olhando para a plataforma, subitamente preocupado.

— O que eu faço se tiver mais de um?

— Acho que você vai ter que ir atrás do que parecer mais suspeito — diz Tangerina, secamente.

— Mas e se tiver mais de um que pareça suspeito? Hoje em dia todo mundo parece suspeito, caralho.

O trem para e as portas se abrem. Tangerina desembarca, e Limão segue logo atrás. Eles ficam parados ao lado do trem, observando se mais alguém sai dele. É uma linha reta paralela com a plataforma. Se prestarem atenção, vai ser bem fácil identificar alguém saindo do trem. Tanto Limão quanto Tangerina têm olhos de águia. Se alguma coisa se mover, mesmo que ao longe, eles vão perceber.

Ninguém sai.

Eles até veem um cara a dois ou três vagões de distância bem na frente do quinto ou sexto vagão apontando para dentro, uma pessoa que eles não reconhecem, usando uma boina, mas fora isso não tem mais nada particularmente digno de nota.

O trem é muito longo, e Tangerina se dá conta de que ele não consegue enxergar toda a sua extensão.

— Tá difícil ver o que está acontecendo lá na frente — resmunga ele.

— Duvido que o ladrão esteja num desses vagões. Tudo depois do vagão onze é o Komachi, que vai para Akita. Nós estamos no Hayate. O

Komachi está conectado ao nosso trem por enquanto, mas não existe uma ligação entre os dois.

— Que confuso. Trens são um pé no saco.

— Ei, Tangerina, não é legal dizer que uma coisa é um pé no saco.

Uma musiquinha toca na plataforma, indicando que o trem está prestes a partir. Um punhado de gente embarca, mas ninguém sai.

— O que a gente faz? — pergunta Limão.

— Não tem nada que a gente possa fazer — diz Tangerina —, exceto voltar para o trem.

Assim que eles retornam, o Shinkansen começa a se mover, subindo gradualmente em direção à luz do sol. Uma versão mais estridente da musiquinha de partida começa a tocar dentro do trem. Limão vai assobiando a melodia enquanto volta ao seu lugar, mas seu humor muda assim que ele vê o filho de Minegishi encostado na janela. É como se ele tivesse sido subitamente lembrado de um problema desagradável que precisa ser resolvido, o que faz sentido, porque realmente eles precisam resolver aquele problema, que certamente é bastante desagradável.

— Bom, aqui estamos outra vez. — Limão volta a se sentar no assento do corredor e cruza as pernas. — O que a gente faz agora? — Sua confiança no vendedor de *mochi* é uma verdadeira prova de fé.

— Provavelmente o ladrão ainda está no trem.

— Será que eu ainda tenho alguma bala? — Limão puxa sua arma do coldre escondido dentro do casaco. Ele gastou muita munição para resgatar o riquinho. — Só tenho mais um pente.

Tangerina confere a própria arma.

— Aqui também. Quase sem balas. Não achei que fosse precisar disso aqui no trem. Devia ter pensado melhor. — Então ele enfia a mão num bolso e puxa outra arma. — Mas eu tenho essa — diz ele, meio sem graça.

— Onde você conseguiu isso?

— Era de um dos sequestradores do moleque. Achei bonitinha, então eu peguei.

— Bonitinha? Armas não são bonitinhas. Não dá pra colar um adesivo do Thomas numa arma. *Thomas e Seus Amigos* é para crianças. Coisas bonitinhas e armas são totalmente diferentes.

— Não é desse tipo de coisa bonitinha que eu estou falando — rebate Tangerina, com um sorriso sacana. — Ela foi modificada. Ela não atira. Olha. — Ele aponta a arma para Limão, que desvia abruptamente.

— Ei, cuidado aí. Isso é perigoso.

— Não, estou te dizendo, essa coisa não atira. Parece uma arma normal, mas o cano está bloqueado. É uma arma explosiva, uma armadilha.

— Uma arma explosiva? Tipo que nem um trem desgovernado pode acabar explodindo em algum lugar?

Limão está pensando num filme que viu há algum tempo. Ele não ficou especialmente interessado pelo filme, mas gostou de ficar olhando para os trens e locomotivas nele. Aquilo tudo o deixava empolgado — o som das rodas estalando, o movimento das bielas, a poderosa nuvem de fumaça escapando pela chaminé, o ranger dos trilhos e, acima de tudo, a força extraordinária do trem de aço acelerando sobre eles. Ele não se lembrava da história do filme, mas tinha ficado com a imagem do protagonista na cabeça, equilibrando-se bravamente no teto do trem durante uma tempestade de neve. *Aquele cara também devia adorar trens.*

— Não, não, se você tentar atirar com essa, ela explode.

— Pra que você usaria uma coisa dessas?

— É uma armadilha. O cara que estava com ela parecia querer muito que eu pegasse. O que eu fiz, mas se eu tivesse puxado o gatilho, bum, ela teria explodido na minha mão e ele riria por último.

— Que bom que você percebeu. Como você consegue ser tão ligado?

— Eu não sou ligado, você que é desligado. Se aparece um botão, você aperta, se aparece uma corda, você puxa. Se você recebe um envelope misterioso pelo correio, você abre, e ele pode estar cheio de antrax.

— Se você está dizendo... — Limão descruza as pernas, se levanta e encara Tangerina. — Vou dar uma olhada por aí — avisa ele, apontando para a frente do trem com o queixo —, para ver se encontro algum suspeito. Quem quer que tenha pegado nossa mala deve estar aqui em algum lugar. E temos um bom tempo até chegar a Omiya.

— Quem fez isso deve ter escondido a mala em algum lugar e está tentando passar despercebido. Se você achar alguém estranho, dê uma conferida.

— Pode deixar.

— Mas não deixe muito evidente que você está fazendo isso. Não queremos fazer um escândalo. Seja discreto, ok?

— Você é um pé no saco.

— Não é legal dizer que alguém é um pé no saco — Tangerina devolve a alfinetada. — Vai logo. Se a gente não encontrar essa mala antes de o trem chegar a Omiya, já era.

— Sério?

Tangerina parece irritado. *Como ele consegue esquecer essas coisas?*

— Um dos homens do Minegishi vai estar lá esperando a gente, lembra?

— Sério? — Assim que Limão termina de dizer aquilo, ele se lembra deste detalhe: alguém estará esperando na estação para garantir que o filho de Minegishi e o dinheiro do resgate estejam sãos e salvos no Shinkansen. — Ah, é. Que merda.

NANAO

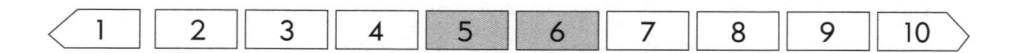

< 1 | 2 | 3 | 4 | **5** | **6** | 7 | 8 | 9 | 10 >

Que alegria encontrar você por aqui, os olhos brilhantes do Lobo parecem dizer enquanto ele agarra Nanao pelo colarinho e o empurra contra a porta às suas costas.

O trem deixa a estação subterrânea de Ueno, ganhando velocidade. A paisagem da cidade passa rápido do lado de fora.

Nanao tenta começar a reclamar que ele estava tentando desembarcar em Ueno, mas o Lobo coloca o antebraço em cima da boca dele e o pressiona contra a janela. A mala está do outro lado do vagão, perto da outra porta, sozinha. Nanao fica com medo de que o movimento do trem a faça deslizar para longe.

— Graças a você, perdi uns dentes de trás. — Bolhas de saliva se acumulam no canto da boca do Lobo. — Perdi meus *dentes*!

Eu sabia, pensa Nanao. *Eu sabia que alguma coisa assim ia acontecer.* Sua mandíbula está doendo por causa do braço do Lobo, porém, mais do que qualquer outra coisa, ele está desolado com aquela reviravolta abrupta. *Por que nenhum dos meus trabalhos pode ser tranquilo?* Agora ele vai ter que ficar no trem até Omiya, e existe uma boa chance de que acabe se deparando com o dono original da bagagem.

E para piorar, o Lobo está vomitando xingamentos e balançando a cabeça pra lá e pra cá, fazendo com que uma chuva de caspa despenque da cabeleira que escapa por baixo da boina. Repugnante.

O trem dá um solavanco, e o Lobo se desequilibra, reduzindo a pressão sobre a mandíbula de Nanao.

— Desculpe, desculpe — diz Nanao, o mais rápido que pode —, não vamos partir pra violência, tá bem? — Ele ergue as duas mãos. — Não vamos fazer uma cena aqui no Shinkansen. Vamos seguir viagem até Omiya, descer juntos e resolver isso lá.

Mas enquanto fazia essa proposta, Nanao tinha a terrível sensação de que ter perdido a chance de desembarcar em Ueno seria apenas o começo de uma derrocada profunda e consistente.

— Você não está em posição de fazer exigências, Joaninha.

Aquilo deixa Nanao irritado. Ele sente a cabeça ferver por um instante. Algumas pessoas no ramo o chamam de Joaninha. Ele não tem nada contra o inseto — acha as joaninhas bonitinhas, todas pequenas e vermelhas, com uma constelação de pintas pretas nas costas, e, sendo azarado como é, Nanao gosta especialmente das joaninhas com sete pintas, porque acha que elas podem trazer boa sorte. Mas quando outras pessoas do ramo o chamam de Joaninha com um sorriso sacana, é bem óbvio que estão tirando sarro dele — comparando-o a um inseto fraco e minúsculo. Ele não suporta isso.

— Chega. O que você quer comigo, afinal? — Assim que Nanao diz isso, o Lobo puxa uma faca. Nanao se retrai um pouco. — Ei, esconde isso aí. Se alguém vir essa faca, vai ter problema pra você.

— Cala a boca. Nós vamos até o banheiro. Eu vou te cortar todinho. Mas não precisa se preocupar, eu tenho um trabalho para fazer, então não vou ter tempo de fazer isso bem devagar, como eu gostaria. Se eu estivesse com tempo, eu te faria urrar, te faria implorar pra eu te matar, mas vou te dar essa colher de chá.

— Eu não gosto de banheiros públicos.

— Fico feliz em saber, porque a sua vida vai terminar num banheiro público. — Seus olhos exibem um brilho malévolo debaixo da aba da boina.

— Eu estou no meio de um trabalho.

— Eu também. E é um dos grandes, ao contrário do seu. Como eu disse, não tenho muito tempo.

— Você está mentindo. Ninguém te daria um trabalho grande.

— Não, é verdade! — O Lobo infla as narinas, revoltado com o ataque ao seu orgulho. Com a mão livre, ele vasculha o bolso do casaco e tira de lá uma foto. É de uma garota. — Conhece?

— Por que eu conheceria?

Nanao faz uma careta. O Lobo sempre carrega fotos de suas vítimas, uma que o cliente lhe dá e outra que ele mesmo tira quando termina o trabalho. Ele tem toda uma coleção de fotos de antes e depois — antes e depois da surra, antes e depois da morte — e adora ficar exibindo-as por aí. Essa é mais uma coisa que Nanao não suporta nele.

— Por que são sempre garotas? Você está atrás da Chapeuzinho Vermelho, é?

— Pelo visto você não sabe quem é essa daqui. Não é uma garota qualquer.

— Quem é ela?

— Isso aqui é vingança, cara, vingança. Uma vingança sangrenta. E eu sei exatamente onde ela está.

— Você está atrás de uma ex-namorada que te deu um pé na bunda?

O Lobo franze a testa.

— Ô, cara, também não precisa ser babaca.

— Diz o cara que bate em mulher.

— Pode pensar o que quiser. Enfim, eu não deveria estar perdendo meu tempo falando aqui com você, alguém pode chegar nela antes de mim. Eu sou tipo o Hideyoshi indo atrás do Akechi Mitsuhide. — Nanao não entende como aquela referência histórica do tempo dos samurais poderia se encaixar na situação. — Estou com pressa, então vamos resolver isso logo. — O Lobo encosta a lâmina no pescoço de Nanao. — Está com medo?

— Sim. — Nanao não sente a necessidade de mentir. — Não faça isso.

— *Por favor*, não faça isso.

— Por favor, não faça isso, Sr. Lobo.

Nanao sabe que se algum outro passageiro aparecer será um problema. Mesmo se ele não enxergar a faca, verá dois homens se agarrando e vai saber que alguma coisa está errada. *O que eu faço, o que eu faço?*

A pergunta fica ricocheteando em sua mente. A faca está encostada em seu pescoço, o Lobo pode cortá-lo a qualquer momento. A sensação da lâmina em sua pele quase faz cócegas.

Ainda de olho na faca, ele faz uma rápida avaliação da maneira como o Lobo está posicionado. Nanao é bem mais alto do que ele e, para poder encostar a faca em seu pescoço, o Lobo está desequilibrado. *Ele está totalmente exposto.* Ao mesmo tempo que conclui o pensamento, Nanao dá um passo para o lado e vai para as costas do Lobo, passa as mãos por debaixo de suas axilas e atrás de sua cabeça, prendendo-o numa chave de braço. Ele pressiona o queixo na nuca do Lobo, que fica desconcertado pela súbita reviravolta.

— Ei, pera aí, que isso?!

— Fica quieto — diz Nanao em seu ouvido. — Vai se sentar no seu lugar. Eu não estou a fim de encrenca.

Nanao sabe quebrar um pescoço. Quando era mais novo, praticava muito essa técnica, da mesma forma que alguém treina embaixadinhas com uma bola de futebol, até se tornar capaz de executá-la sem nem pensar. Depois que você consegue pegar a cabeça da pessoa, é só uma questão de ângulo e velocidade — dê uma boa torcida e o pescoço se parte em dois. Óbvio que, agora, Nanao não tem a intenção de quebrar o pescoço do Lobo. Ele não quer que as coisas fiquem mais complicadas do que já estão. Já é mais que suficiente dar uma chave de braço no cara e ameaçá-lo.

— Fica quieto, senão eu vou quebrar o seu pescoço.

— Tá bem, tá bem, me solta — balbucia o Lobo.

O trem dá mais um solavanco. Não é uma guinada muito brusca, mas ou Nanao não se posicionou da maneira correta ou os sapatos do Lobo são muito escorregadios — seja qual for o motivo, os dois desabam no chão.

Quando dá por si, Nanao está sentado no chão, com o rosto vermelho de vergonha por ter caído. Então ele percebe que ainda está segurando firme a cabeça do Lobo, seu punho fechado o segurando pelo cabelo. O Lobo está estirado no chão. Por um instante, Nanao teme que o sujeito possa ter se esfaqueado na queda, mas uma rápida olhada revela que a faca segue presa à mão do homem sem nenhum sangue na lâmina. Ele suspira de alívio.

— Ei, levanta. — Nanao abre os dedos, soltando o cabelo do Lobo, e lhe dá um empurrão pelas costas. A cabeça do Lobo balança descontrolada, como a de um bebê que ainda não consegue firmá-la.

Não. Nanao pisca várias vezes. Ele fica de frente para o Lobo. A expressão em seu rosto não está nada boa — olhos esbugalhados, boca aberta. E, é lógico, tem também o ângulo estranhíssimo do seu pescoço.

— Não, não, não. — Mas dizer isso não muda nada. Ele caiu segurando a cabeça do Lobo, e o impacto fez com que o pescoço se quebrasse.

O celular de Nanao vibra. Ele atende sem nem olhar para a tela. Só uma pessoa liga para ele.

— Eu realmente não acredito que exista isso de trabalho fácil — diz ele, enquanto se levanta.

Nanao também ergue o corpo do Lobo e o apoia contra o seu até que ele se equilibre, o que é mais difícil do que ele imaginava. É como manipular um boneco gigante.

— Por que não me ligou? Não acredito nisso! — Maria parece irritada. — Onde você está? Você desembarcou em Ueno, não é? Você pegou a mala?

— Ainda estou no Shinkansen. Estou com a mala. — Ele tenta manter o tom mais casual que pode. Seus olhos estão na mala, que deslizou até a outra porta. — Não desci em Ueno.

— Por que não? — Ela engrossa a voz. — O que aconteceu? — Ela sobe o tom. Então, abaixa a voz, aparentemente se esforçando para não perder a cabeça. — Embarcar num trem em Tóquio e descer em Ueno, isso é tão difícil assim pra você? O que você consegue fazer, exatamente? Será que consegue trabalhar como caixa de loja? Não, provavelmente não, é um trabalho muito complexo, com muitas variáveis e ajustes em tempo real. Acho que você consegue executar um trabalho que envolva só embarcar num trem na estação Tóquio. Entrar você consegue, o difícil é sair, né? De agora em diante só vou te passar trabalhos fáceis assim.

Nanao luta contra o impulso de jogar o celular no chão.

— Eu tentei desembarcar em Ueno. As portas se abriram, eu só precisava dar um passo, mas então ele estava lá, e ele entrou me empurrando para dentro do trem. Ele estava na plataforma, bem na minha frente, quando a porta se abriu. — Ele olha para o Lobo, apoiado nele. — E agora está aqui comigo.

— De quem diabos você está falando? Do deus do Shinkansen? Ele apareceu bem na sua frente e disse "Não desembarcarás"?

Nanao ignora a piadinha.

— O Lobo — responde ele, baixinho. — Você sabe, aquele merda que só pega trabalhos de torturar mulheres e animais.

— Ah, o *Lobo*. — A voz de Maria se transforma. Finalmente ela parece preocupada. Provavelmente não com o estado de Nanao, nada disso: ela está preocupada com o trabalho. — Ele deve ter adorado. Afinal, tem contas a acertar com você.

— Ele ficou tão feliz que me abraçou.

Maria fica em silêncio. Ela deve estar tentando processar a situação. Nanao segura o telefone com o ombro e a orelha enquanto levanta o Lobo, pensando onde poderia largar o corpo. *No banheiro, onde ele mesmo queria me largar?* Mas instantaneamente decide não fazer isso. Seria fácil esconder um cadáver no banheiro, mas ele ficaria paranoico, com medo de alguém encontrá-lo, e levantaria o tempo todo de seu assento para conferir, o que, provavelmente, atrairia uma atenção indesejada.

— E então, não vai me contar o que aconteceu?

— Bom, no momento estou tentando encontrar um lugar para esconder o cadáver do Lobo.

Outro silêncio do outro lado da linha. Então:

— Mas o que *aconteceu*? O Lobo embarcou e te deu um abraço. E agora ele está morto. O que aconteceu entre essas duas coisas?

— Praticamente nada. Ele puxou uma faca e encostou na minha garganta. E disse "eu vou te matar".

— Por quê?

— Como você mesma comentou, ele não era muito meu fã. Então eu consegui ir para trás dele, dei uma chave de braço no cara e ameacei quebrar o pescoço dele. Mas eu só ameacei, tá? Eu não ia fazer isso. Só que aí o trem deu uma guinada...

— Trens fazem essas coisas. Então foi assim que aconteceu.

— Eu ainda não estou acreditando que o Lobo apareceu exatamente naquele momento. — A voz de Nanao está carregada de frustração.

— Não fale mal dos mortos — disse Maria, solenemente. — Você sabe que não precisava matar o homem.

— Eu não queria fazer isso! Ele escorregou, a gente caiu, o pescoço dele quebrou. Não foi um erro, foi um ato divino.

— Não gosto de homens que ficam inventando desculpas.

— Não fale mal dos vivos — brinca ele, mas ela obviamente não está no clima. — Enfim, estou segurando o Lobo agora, e estou totalmente perdido. Digo, sobre o que fazer com o corpo.

— Se você está abraçado nele você pode muito bem ficar aí mesmo onde você está e fazer de conta que vocês estão se beijando. — Ela parece um tanto desesperada.

— Dois homens se beijando num trem durante todo o trajeto até Omiya. Não parece um plano muito realista.

— Se você quer um plano realista, que tal o seguinte: escolha um assento e o coloque lá. Tome cuidado para que ninguém veja você fazendo isso. Você pode colocá-lo no seu assento, ou encontrar a passagem dele e colocá-lo sentado lá.

Nanao concorda com a cabeça. Parece razoável.

— Obrigado. Vou tentar.

Ele vê o celular do Lobo escapando para fora do bolso no peito de seu casaco barato e o pega, pensando que talvez possa lhe ser útil. Ele o guarda no bolso de sua calça cargo.

— Não esquece da mala — acrescenta Maria.

— Que bom que você lembrou, já estava quase esquecendo.

Maria suspira bem alto.

— Dá o seu jeito aí. Estou indo dormir.

— Estamos no meio do dia.

— Virei a noite vendo filmes. Os seis episódios de *Star Wars*.

— Eu ligo mais tarde.

KIMURA

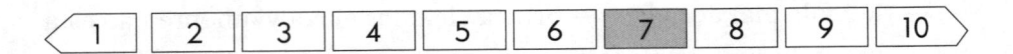

⟨ 1 | 2 | 3 | 4 | 5 | 6 | **7** | 8 | 9 | 10 ⟩

Kimura se contorce e flexiona os pulsos e tornozelos, na esperança de se libertar das faixas e da fita que o prendem, mas elas não dão o menor sinal de que estão cedendo.

Tem um truque, Yuichi. De repente, lhe vem à mente uma memória da infância. Alguém falando com ele. Uma cena na qual ele não pensava havia anos, talvez sequer tenha pensado uma única vez desde que aconteceu. A casa onde ele cresceu, um homem de vinte e poucos anos com os braços e as pernas amarrados. Seu pai ri. "Vamos ver se você consegue escapar, Shigeru." Sua mãe, ali perto, também ri animadamente, e um jovem Kimura em idade de frequentar o jardim de infância se junta a ela. Shigeru era um antigo colega de trabalho do pai que ainda o visitava de vez em quando. Ele parecia ser um homem honesto e sincero, e tinha um quê de impetuosidade, como se fosse um atleta profissional. Shigeru considerava o pai de Kimura uma espécie de mentor e era apaixonado pelo seu filho.

"Sabia que o seu pai era um cara muito temido lá no trabalho, Yuichi? Todo mundo o chamava de Condor." O pai de Kimura e seu amigo mais jovem compartilhavam o mesmo nome, Shigeru, e foi por isso que eles se aproximaram. Kimura se lembrava de quando o pai e Shigeru bebiam juntos, e o homem mais novo costumava reclamar do trabalho. "É pesado, sabe? Ando pensando em procurar outra coisa." Ouvir aquilo fez

Kimura perceber que os adultos também tinham os próprios problemas e que não eram tão fortes quanto pareciam. Em algum momento, eles perderam o contato com Shigeru. O que Kimura estava lembrando agora era de uma vez em que Shigeru imitou um ilusionista que estava apresentando um truque de escapismo na TV. "Eu também consigo fazer isso", disse ele, após ver o homem soltando de algumas amarras.

Os olhos de Kimura desviaram para a televisão e, naqueles segundos em que ele não estava olhando, Shigeru conseguiu soltar as cordas.

Como foi que ele fez aquilo? Como eu posso fazer a mesma coisa agora?

Ele tenta cavucar a memória em busca daquela informação crucial, alguma pista de como Shigeru conseguiu escapar, mas nada lhe vem à mente.

— Eu já volto, Sr. Kimura. Vou ao banheiro. — O Príncipe se levanta e vai até o corredor. Kimura fica olhando para o seu blazer. O menino obviamente pertencia a uma família de classe alta, criado em meio a todo tipo de oportunidade. *Não acredito que estou recebendo ordens desse fedelho.* — Ah, você quer alguma coisa para beber? — pergunta ironicamente o Príncipe. — Uma latinha de saquê? — Após aquela alfinetada, ele sai andando em direção aos fundos do trem. Kimura percebe que há um banheiro mais próximo do outro lado, mas não diz nada.

É um riquinho mesmo, sem dúvida, tem tudo de mão beijada. Um riquinho de alma podre. Ele se lembra de quando conheceu o Príncipe, há alguns meses.

Naquela manhã, ele voltou para casa depois de trabalhar no turno da noite no hospital em Kurai-cho, enquanto nuvens grandes e compridas tomavam o céu. Quando chegou em casa, Wataru estava reclamando de dor de barriga, então Kimura o levou imediatamente a um pediatra. Normalmente ele teria levado o filho até a creche e voltado para a cama, mas não teve chance naquele dia, e sua cabeça estava pesada de cansaço. O consultório do médico estava inesperadamente lotado. E, óbvio, ele não tinha como beber na sala de espera. Notou que as mãos estavam tremendo.

Todas as crianças ali lhe pareciam ter sintomas mais leves que os de Wataru. Ele foi ficando cada vez mais irritado enquanto olhava para seus rostos mascarados — *malditos mentirosos, eles deviam deixar as crianças que estão realmente sofrendo serem atendidas primeiro.* Ele encarou os outros pais, um a um. Toda vez que a enfermeira entrava e saía da sala, os olhos dele ficavam grudados em sua bunda.

No fim das contas, os sintomas de Wataru também eram leves. Pouco antes de eles serem chamados, o menino se virou e sussurrou timidamente: "Papai, acho que estou me sentindo melhor." Mas Kimura não quis voltar para casa sem falar com o médico depois de ter esperado todo aquele tempo, então disse para Wataru fingir que a barriga ainda estava doendo. Eles pegaram alguns remédios e saíram da clínica.

Assim que pisaram na rua, Wataru perguntou: "Papai, você estava bebendo?" Quando soube que seu filho estava se sentindo melhor, Kimura foi tomado por um tremendo alívio e deu um gole em seu cantil. Wataru deve ter visto.

Ele havia refletido sobre o assunto e concluído que se a dor de barriga de Wataru continuasse, ele provavelmente teria bebido muito por conta da preocupação, mas como isso não aconteceu, seria melhor apenas molhar a garganta. Kimura tirou o cantil do bolso, virou-se para a parede para que as outras pessoas na sala de espera não o vissem e tomou um golinho. Ele deixava o cantil sempre cheio de uísque barato e o levava consigo para o trabalho para que pudesse tomar um gole sempre que precisasse. Dizia para si mesmo que aquilo era a mesma coisa que alguém com alergia carregando um spray para o nariz. Sem o álcool, sua concentração diminuiria, e ele não seria muito útil como segurança. Suas mãos tremeriam, talvez ele até derrubasse a lanterna, e isso não seria nada bom. Ter uma bebida sempre ao seu alcance era como carregar um remédio para uma doença crônica. Ele havia se convencido de que precisava beber para fazer o seu trabalho.

"Wataru, você sabia que o uísque é uma bebida destilada, e que a destilação foi descoberta há muito tempo, na Mesopotâmia?"

É óbvio que Wataru não sabia o que era a Mesopotâmia. Tudo que ele sabia era que o pai estava inventando desculpas mais uma vez, mas aquela palavra era engraçada de dizer. Meso-po. Meso-pota-pota.

"Os franceses chamam os destilados de *eau de vie*. Sabe o que isso quer dizer? Água da vida. Não é legal? Água da vida!" Dizer aquilo o fez se sentir melhor. *É isso aí, a cada gole estou salvando a minha vida.*

"Mas o médico levou um susto porque você estava fedendo a bebida, papai."

"Ele estava de máscara."

"Mas mesmo de máscara ele sentiu."

"É a água da vida, quem se importa com o cheiro? O médico sabe disso", resmungou Kimura.

Enquanto cortavam caminho por um shopping para voltar para casa, Wataru disse que precisava fazer xixi. Kimura o conduziu até o prédio mais próximo, cheio de lojas de roupas populares entre os adolescentes, para procurar pelo banheiro. Não havia nenhum no primeiro andar, e Kimura começou a balbuciar uma sequência de palavrões enquanto eles pegavam o elevador para o segundo andar e atravessavam uma sequência aparentemente interminável de lojas para chegar aos banheiros nos fundos do prédio.

"Você pode ir sozinho, né, amigão? Eu te espero aqui fora."

Ele deu um tapinha na bunda de Wataru, então sentou-se em um banco próximo. Tinha uma vendedora peituda de camiseta curtinha na loja de acessórios que ficava na frente. Ele quis se sentar ali justamente para apreciar a vista.

"Sim, eu posso ir sozinho", declarou Wataru, orgulhoso, e entrou.

Ele voltou após o que pareceu apenas um segundo. Kimura olhou para as próprias mãos e percebeu que estava segurando o cantil. *Quando foi que eu o peguei? Não lembro, mas ainda está com a tampa, então não devo ter bebido nada.* Era como se ele estivesse tentando refazer os passos de uma outra pessoa.

"Bom, essa foi rápida. Você entrou?"

"Eu entrei, mas estava cheio!"

"Cheio de xixi?"

"Não, de meninos mais velhos."

Kimura levantou-se e foi na direção do banheiro. "Vamos ver."

"Eles eram meio assustadores", disse Wataru, pegando a mão do pai. "Vamos pra casa."

Kimura soltou a mão de Wataru. Se era um bando de adolescentes, eles provavelmente estariam fumando ou só de bobeira, talvez planejando roubar alguma coisa nas lojas. Ele achou que seria legal entrar ali e se divertir um pouco com eles. O sono e a bebida o tinham deixado de mau humor, e ele queria desestressar um pouco. "Espere aqui", disse a Wataru, e o deixou no banco.

Dentro do banheiro masculino, Kimura encontrou cinco meninos de uniforme escolar, parecendo bem jovens. O lugar era espaçoso, com urinóis em duas das paredes e quatro cabines privadas em outra. Os meninos estavam amontoados perto das cabines. Olharam para Kimura quando ele entrou, mas quase que imediatamente voltaram a atenção uns para os outros e continuaram a conversa. Kimura aproximou-se casualmente do urinol mais próximo a eles e começou a mijar. Tentou escutar o que eles estavam dizendo. Provavelmente algum papo sem sentido, planos para alguma pegadinha idiota. *Vou brincar um pouquinho com eles.* Ele havia se aposentado das coisas pesadas que costumava fazer para se sustentar, mas isso não significava que tinha parado de gostar de criar confusão.

"O que a gente vai fazer?" O garoto parecia irritado.

"Alguém vai ter que explicar isso pro Príncipe."

"Sim, mas quem? Foi você quem amarelou e fugiu."

"Não mesmo. Eu estava pronto pra fazer a parada. Foi o Takuya quem amarelou. Ele disse que estava com dor de barriga."

"Eu estava *mesmo* com dor de barriga."

"Diz isso pro Príncipe. Ai, minha barriga estava doendo, não consegui fazer o que você mandou!"

"Nem pensar. Quase não aguentei o choque da última vez. Se fosse mais forte, aposto que eu teria morrido."

Então, todos ficaram em silêncio.

Kimura não conhecia os detalhes do que eles estavam falando, mas dava para imaginar o contexto geral da situação.

Esses garotos tinham um líder. Talvez fosse um colega de classe, talvez um aluno mais velho, talvez até mesmo um adulto, mas alguém estava lhes dando ordens. Provavelmente era essa pessoa que eles chamavam de Príncipe. Que nome idiota. Então, eles não tinham feito o que sua alteza, o Príncipe, os havia mandado fazer. Eles o decepcionaram. O Príncipe provavelmente estava furioso. E agora esses moleques estavam no banheiro tentando pensar no que diriam a ele e quem levaria a culpa. A situação parecia ser essa. *Os plebeus não têm dinheiro suficiente para pagar tributos para o seu precioso Príncipe*, pensou ele, num tom sarcástico. Enquanto isso, seu jato de mijo simplesmente não terminava.

Mas tinha uma coisa que ele não conseguia entender: um dos moleques mencionou um choque. Será que ele estava falando de choque elétrico? Kimura ficou imaginando uma cadeira elétrica, do tipo que usam para execuções nos Estados Unidos. Por algum motivo, achava que não era daquilo que o moleque estava falando. Mas depois ele disse que se fosse mais forte, ele teria morrido, e aquilo ficou na cabeça de Kimura. Adolescentes costumam falar sobre matar ou morrer com alguma leveza, sem o peso que essas palavras deveriam conter, mas aquilo soou diferente. Deu a impressão de que o moleque estava realmente ciente da possibilidade da própria morte.

Por fim, ele terminou de mijar. Puxou o zíper e se aproximou dos garotos. "O que vocês estão fazendo num lugar imundo desses? Estão bloqueando a passagem. Mas enfim, quem é que vai se desculpar com sua majestade, o Príncipe?"

Ele esticou o braço e limpou a mão no ombro do menino mais próximo, o menorzinho.

Eles trocaram rapidamente de formação, deixando de estar amontoados para formar uma coluna virada de frente para Kimura. Usavam todos o mesmo uniforme, embora fossem bem diferentes entre si. Um era alto e cheio de espinhas, outro tinha a cabeça raspada, e outro era gordo e com cara de bobo. Eles estavam tentando intimidá-lo, mas, para Kimura, pareciam apenas uns garotinhos.

"Vocês não vão chegar a nenhuma conclusão ficando de papo-furado aqui. Não é melhor irem logo pedir desculpas pro tal Príncipe?" Kimura bateu palmas uma única vez, fazendo com que todos tomassem um susto.

"Não é da sua conta."

"Dá o fora, velhote."

Kimura não conseguiu evitar sorrir para eles, que tentavam parecer perigosos quando nitidamente não passavam de um bando de crianças inocentes.

"Vocês ficam treinando essas caras de mau no espelho? Quer dizer, eu fazia isso quando tinha essa idade. Franzia a testa, bem brabo, meio tá olhando o quê, caralho?. Esse tipo de coisa. Tem que treinar mesmo. Mas vou dizer uma coisa pra vocês: não vale a pena. Quando tiverem saído da puberdade e pensarem nisso, vão rir de si mesmos. É melhor ver pornografia na internet."

"Esse cara tá fedendo a bebida", disse o garoto de cabeça raspada. Ele até que era grande, mas o gesto caricato de apertar o nariz com os dedos o fez parecer um garotinho.

"Mas o que vocês querem fazer, afinal? Vamos lá, podem me dizer. Deixa o velhote aqui ajudar com os seus problemas. O que esse Príncipe de vocês aí quer que vocês façam?"

Os meninos pareciam confusos. Após um instante, o que estava mais atrás perguntou: "Como é que você sabe disso?"

"Eu ouvi a conversinha de vocês enquanto estava mijando." Kimura olhou para cada um dos garotos. "E aí, querem o meu conselho? Vou ficar feliz em ajudar. Falem pro velhote aqui sobre o Príncipe."

Os meninos ficaram em silêncio. Eles trocaram olhares entre si, como se estivessem fazendo uma reunião em silêncio.

Então, Kimura gritou: "Ha! Vocês acharam mesmo que eu ouviria os problemas de vocês? Só estava de sacanagem. Por que eu daria conselhos a um bando de fedelhos? Tenho certeza de que ele só devia querer que vocês entrassem numa sex shop ou dessem uma surra em alguém."

Mas os meninos não relaxaram nem um pouco. Na verdade, pareceram ficar ainda mais sérios. Kimura ergueu as sobrancelhas. *Por que eles estão tão estressados?* Ele foi andando até a pia e lavou as mãos. Pelo espelho, viu que os garotos refizeram o círculo e retomaram a reunião, mais agitados do que nunca.

"Foi mal ter tirado sarro de vocês, pessoal. Até mais." Ele secou as mãos na jaqueta de um deles, não o mesmo em quem havia feito da primeira vez, mas eles não lhe deram a menor atenção.

"Oi, Wataru, o papai voltou", disse Kimura ao sair do banheiro. Mas Wataru tinha desaparecido. Ele inclinou a cabeça. *Que porra é essa...?* Ficou olhando pelo corredor entre as lojas, mas seu filho não estava em lugar algum.

Ele deu uma corridinha até a vendedora peituda.

"Ei!"

Ela balançou o cabelo cheio de luzes ao olhar para ele com seus olhos enormes e uma expressão de descontentamento no rosto, embora ele não soubesse ao certo se por causa da maneira abrupta pela qual ele a abordou ou se por causa do cheiro de bebida.

"Você viu um garotinho, mais ou menos dessa altura?" Ele indicou com a mão na altura do seu quadril.

"Ah", disse ela, meio desconfiada, "eu vi, ele foi naquela direção". E apontou para o corredor que levava aos fundos da loja.

"Por que ele iria pra lá?"

"Não faço a menor ideia. Mas ele estava com outro menino."

"Como assim, outro menino?" A voz de Kimura subiu de tom. "Outro menino do jardim de infância?"

"Achei que talvez fosse o irmão mais velho dele. Parecia estar no fundamental. Bem-vestido, meio elegante."

"Elegante? Quem era?"

"Como é que eu vou saber?"

Kimura sai correndo sem dizer obrigado. Atravessa o corredor e dobra a esquina, olhando para todos os lados. *Wataru, aonde você foi, onde você está?* Ele pensa no olhar de desdém de sua ex-mulher quando ela perguntou se ele era realmente capaz de cuidar de uma criança. A ansiedade se converte numa torrente de suor, e seu coração começa a acelerar.

Quando ele finalmente encontrou Wataru perto das escadas rolantes, o alívio foi tão grande que ele quase caiu de joelhos. Seu filho estava de mãos dadas com um garoto vestindo um uniforme escolar.

Kimura gritou para chamar a atenção dos dois e correu em sua direção, arrancando a mão de Wataru da mão do menino. Apesar da violência do gesto, o garoto de uniforme pareceu inabalado. Ele olhou placidamente para Kimura. "Ah, então esse é o seu pai?"

O garoto tinha cerca de um metro e sessenta, magrinho, com um cabelo fino meio comprido, mas sem muito volume. Seus olhos eram grandes e brilhavam como os de um gato no escuro. *Quase parece uma menina*, pensou Kimura. Ele teve a sensação de ser encarado por uma mulher atraente e riu de si mesmo, desconfortável com aquela situação.

"Que diabos você acha que está fazendo?" Kimura apertou a mão de Wataru e o puxou para perto. Ele disse aquilo para o moleque de uniforme, mas Wataru achou que o pai estava gritando com ele.

"Ele disse que meu papai estava aqui", respondeu Wataru, apreensivo.

"Quantas vezes eu já te disse para não conversar com estranhos?", disse Kimura de forma assertiva, mas, assim que terminou de falar, ficou lembrando de todas as vezes em que seus pais, os avós de Wataru, o haviam criticado especificamente por não dizer esse tipo de coisa ao menino. Ele se virou para lançar um olhar furioso para o garoto de rosto bonito. "Quem é você?"

"Eu estudo no colégio Kanoyama." O garoto parecia calmo, como se estivesse fazendo apenas o que seus professores o haviam ensinado. "Meus amigos estão no banheiro, e eu imaginei que eles talvez pudessem assustar esse garotinho, então achei que seria melhor levá-lo para outro lugar. Daí ele me disse que não sabia onde o pai dele estava, e eu resolvi levá-lo até o balcão de informações."

"Eu também estava no banheiro. Wataru sabia disso. Não minta para mim."

Wataru parecia ter certeza de que seu pai estava zangado com ele, e apenas se encolhia e tremia.

"Olha, isso é estranho, ele não me disse que sabia onde você estava." O garoto parecia completamente impassível. "Talvez ele tenha ficado assustado com o jeito que eu falei e não conseguiu dizer nada. Eu fiquei preocupado, então pode ser que tenha sido meio grosseiro."

Kimura não estava gostando daquilo. Ele já estava incomodado pelo garoto ter levado Wataru com ele, e ainda tinha o fato de o moleque não estar nem um pouco abalado com o tom agressivo de suas perguntas. Não que o garoto estivesse sendo mal-educado ou respondão, nada disso: mas tinha alguma coisa perturbadora nele, um toque de malícia e astúcia.

Quando estava indo embora com o filho, Kimura disse:

"Aqueles meninos no banheiro estavam falando sobre um Príncipe. Pareciam estar no meio de uma reunião secreta, ou algo assim."

"Ah, esse sou eu", disse o menino, alegremente. "Meu sobrenome é Oji, que é escrito com os caracteres chineses para príncipe. Nome esquisito, né? Muita gente me sacaneia por causa disso. Satoshi Oji, mas me chamam de Príncipe Satoshi, ou simplesmente de Príncipe. Ah, e só pra você saber, eu e meus amigos costumamos nos encontrar no banheiro, mas a gente não fuma nem nada."

Realmente, um perfeito exemplar de bom menino.

Então, o garoto saiu andando na direção do banheiro.

O Príncipe entra novamente no vagão e se acomoda em seu assento, despertando Kimura de seus devaneios.

Com os pés e as mãos ainda amarrados, Kimura menciona o episódio.

— O que você ia fazer com o Wataru na primeira vez em que nos encontramos?

— Eu queria testar uma coisa — responde o Príncipe docemente. — Eu estava ouvindo os outros no banheiro.

— Ouvindo? Você grampeou o banheiro?

— Não, um dos meus amigos estava com um aparelho no bolso do casaco.

— Você tinha um espião? — Pareceu meio bobo dizer aquilo. — Estava com medo que estivessem falando mal de você?

— Não exatamente. Não me importo com o que as pessoas falam de mim. Mas se elas descobrirem que estão sendo escutadas, ou se desconfiarem de que alguém seja um espião, isso mexe com elas. Elas param de confiar umas nas outras. E isso é bom para mim.

— E o que isso tem a ver com qualquer outra coisa?

— Como eu disse, eu só estava ouvindo eles conversarem. Eu tinha planejado contar mais tarde que tinha um espião entre eles, o que teria deixado todo mundo paranoico. E, na verdade, foi exatamente isso o que acabou acontecendo. Mas, enquanto eu estava ali ouvindo, eu vi seu filho olhando para mim. Ele parecia interessado, então decidi brincar um pouco com ele.

— Ele tem seis anos. Não consigo imaginar que ele estivesse pensando em nada específico enquanto olhava para você.

— Eu sei. Mas ele estava ali e eu quis brincar com ele. Queria ver o efeito numa criancinha.

— Efeito do quê?

— Do choque elétrico. Queria ver como um menino daquela idade reagiria à alta voltagem. — O Príncipe aponta para a sua mochila e o *taser* dentro dela. — Eu queria fazer esse teste, mas então você apareceu e estragou tudo, Sr. Kimura.

FRUTA

Limão começa sua busca em direção à parte dianteira do trem, rumo ao vagão número quatro. Ele tenta se lembrar da aparência da mala roubada. *Como é que era aquele negócio mesmo?*

Quando ainda estava no colégio, sua professora havia dito aos seus avós que ele só conseguia se lembrar das coisas nas quais tinha algum interesse. Ele conseguia lembrar exatamente quais ferramentas o Doraemon utilizava em cada edição do mangá, disse a professora frustrada, mas não sabia sequer o nome do diretor da escola. Limão não entendia por que a professora estava tão chateada com aquilo. Entre o nome do diretor e as ferramentas do Doraemon, estava muito evidente o que era o mais importante.

A mala devia ter uns sessenta centímetros de altura por uns quarenta e cinco de largura. Tinha uma alça. E rodinhas. Era preta, feita de algum material duro, que era frio ao toque. Também tinha uma tranca com um código de quatro dígitos, mas Limão e Tangerina não sabiam a combinação.

"Se não sabemos qual é a combinação, como vamos trocá-la com os sequestradores?" Limão não conseguiu evitar fazer a pergunta a um dos homens de Minegishi quando pegaram a mala. "Se não podemos mostrar a eles que estamos com o dinheiro, como vocês esperam que o trabalho seja concluído?"

Foi Tangerina quem respondeu, com sua sensatez de sempre. "Eles não estão preocupados com os bandidos, e sim com a gente. Eles acham que a gente pode fugir com a grana."

"Mas que porra é essa? Se eles não confiam na gente, por que estamos trabalhando pra esses otários?"

"Não esquenta. Se você soubesse a combinação, não ia querer abrir a mala?"

Mais tarde, Tangerina sugeriu que eles fizessem algum tipo de marca na mala. Ele tirou um adesivo infantil do bolso e colou perto da tranca.

Ah, é, a mala está com o adesivo do Tangerina.

Na frente da entrada do quarto vagão, Limão se depara com a mulher empurrando o carrinho de lanches. Aparentemente ela está fazendo o inventário, pois digita alguma coisa num aparelhinho.

— Ei, você viu alguém carregando uma mala preta mais ou menos desse tamanho?

— Hã? — Ela parece surpresa, mas responde rapidamente. — Uma mala? — O avental azul por cima do seu uniforme a fazia parecer uma empregada doméstica.

— Sim, uma mala, uma bagagem feita para carregar coisas, sabe? Uma mala preta. Eu tinha deixado no compartimento de bagagens, mas ela desapareceu.

— Sinto muito, não sei dizer. — Ela parece incomodada com o olhar de Limão, e dá um passo para ficar atrás do carrinho, para que ele fique entre os dois.

— Não sabe dizer, né? Acho que não mesmo.

Limão segue em frente e entra no vagão quatro. O leve ruído da porta deslizando para abrir o lembra do interior de uma nave espacial que ele tinha visto num filme uma vez.

Não há muitos passageiros. Ele vai andando pelo corredor, conferindo o compartimento superior e a área debaixo dos assentos à sua esquerda e direita. Também não há muita bagagem, o que facilita a conclusão de que a mala preta que ele procura não está aqui. Entretanto, uma sacola de papel no compartimento suspenso à direita chama a sua atenção. Uma sacola de papel de um tamanho considerável, bem no meio do vagão. Ele não consegue ver o interior, mas fica se perguntando se alguém pode ter colocado a mala lá dentro. Assim que o pensamento cruza sua mente, ele não hesita e vai até a fileira onde está a sacola. Há um homem sentado ao lado da janela, e os outros dois assentos estão vagos.

Numa primeira olhada, Limão acha que o homem parece um pouco mais velho que ele, talvez tenha uns trinta anos. Pode ser universitário, embora esteja usando terno. Ele está lendo um livro com uma sobrecapa de papel com a logo da livraria.

Limão se senta na cadeira do corredor e se vira para o homem.

— Ei — diz ele, colocando a mão no braço do assento e inclinando-se em sua direção. — Essa sacola aí em cima — ele aponta para o compartimento de bagagem —, qual é o lance dela?

O homem leva alguns instantes até perceber que alguém está falando com ele. Por fim, ele olha para Limão e, em seguida, para o compartimento.

— Ah, é só uma sacola de papel.

— Sim, eu sei que é uma sacola de papel. O que tem nela?

— Hã?

— Minha mala desapareceu. Eu sei que ela ainda está dentro deste trem, então estou procurando por ela.

O homem processa essa informação por um segundo.

— Espero que você a encontre. — Então ele parece entender o que Limão está insinuando. — Ah, a sua mala não está na minha sacola. Eu não a peguei. Minha sacola está cheia de doces.

— É uma sacola bem grande. Os doces são grandes também?

— Não, é que são muitos.

O homem parece ser uma pessoa tímida e gentil, embora esteja espantosamente tranquilo com tudo aquilo.

— Bom, veremos. — Limão levanta parte do corpo e estica o braço para pegar a sacola. O homem não demonstra qualquer sinal de raiva ou preocupação. Simplesmente volta a ler seu livro. Um leve sorriso começa a se formar em seu rosto. Sua calma deixa Limão desconcertado.

— Depois que você tiver conferido, eu agradeceria se você colocasse a sacola no lugar em que ela estava.

Limão traz a sacola até o seu colo e a abre. Há muitos doces lá dentro, provavelmente comprados na estação Tóquio.

— Isso tudo é pra dar de presente, ou algo assim? Você comprou mesmo muito doce.

— Não conseguia me decidir, então comprei um monte de doces diferentes.

— As pessoas não se importam muito com o que você dá de presente a elas.

— Desculpe não poder ajudar mais. — O homem sorri gentilmente. — Você pode colocar a sacola de volta agora?

Limão se levanta e joga a sacola de qualquer jeito no compartimento. Então ele volta a se sentar, dessa vez no assento do meio, bem ao lado do homem. Ele balança o corpo para trás e para a frente, agitado.

— Tem certeza de que você não sabe onde está a minha mala?

O homem olha para Limão, mas não diz nada.

— Sabe, geralmente as pessoas ficam assustadas ou furiosas se alguém aparece de repente e começa a fuçar suas coisas. Mas você ficou aí sentado, bem tranquilo. É como se você estivesse me esperando. Parece um criminoso que tem um álibi, e aí não fica nervoso quando os policiais começam a interrogá-lo. Ah, não, detetive, eu estava no bar tal nessa hora. Mesma coisa aqui. Você sabia exatamente o que dizer quando eu cheguei. Né?

— Não seja ridículo. — O homem agora o fuzila com um olhar penetrante. Nesse momento, a capa de papel da livraria escorrega e Limão consegue ver o título do livro: *Bufês de hotel*, com fotos de comida logo abaixo. — Isso parece caça às bruxas, quando a mulher negar ser bruxa era prova de que ela era uma. Você acha que tem algo de suspeito em mim porque eu não tenho medo de você? — Ele fecha o livro. — Com certeza eu fiquei surpreso. Você surge do nada, senta aqui do meu lado e exige olhar a minha bagagem. Eu fiquei tão surpreso que não soube nem como reagir.

Você não parece nada surpreso, pensa Limão, mas diz apenas:

— O que você faz, afinal?

— Sou professor numa escola preparatória. Uma pequena.

— Professor, é? Nunca me dei bem com professores. Mas, ao mesmo tempo, todo professor que eu tive tinha medo de mim. Nenhum deles ficava tão tranquilo como você. Você está acostumado a lidar com delinquentes juvenis ou algo assim?

— Você quer que eu tenha medo de você?

— Não, na verdade não.

— Só estou tentando me portar como um ser humano normal. Não é como se eu estivesse tentando especificamente não ficar com medo. — O homem parece levemente confuso. — Mas se não estou com medo, pode ser por causa de umas coisas pesadas que me aconteceram um tempo atrás. Desde então, venho me sentindo um pouco mais inconsequente. Talvez tenha perdido a sensibilidade.

Coisas pesadas? Limão franze a testa.

— Algum aluno bandido bateu em você?

O homem semicerra os olhos mais uma vez, a testa começando a se enrugar, e, em seguida, abre um enorme sorriso. Aquilo o deixa meio parecido com um garotinho.

— Minha esposa morreu, eu conheci umas pessoas horríveis, muita coisa aconteceu. Mas, enfim — diz ele, e sua voz volta ao tom de antes —, chorar pelo leite derramado não vai me trazer nada de bom. Só estou tentando viver como se estivesse vivo.

— Como se você estivesse vivo? O que isso quer dizer? De que outro jeito você viveria?

— Bom, na verdade, a maioria das pessoas vive sem qualquer propósito, você não acha? Elas conversam e se divertem, ok, mas tem que haver mais alguma coisa, não sei...

— Tipo o quê? Uivar pra lua?

O homem abre um sorrisão e assente vigorosamente.

— Exato. Uivar para a lua com certeza te faria sentir vivo. E comer muita comida boa. — Ele abre o livro e mostra a Limão a foto de um bufê num hotel ocupando duas páginas.

Limão não sabe o que dizer e se dá conta de que não tem tempo para ficar ali conversando com aquele homem. Ele se levanta e vai até o corredor.

— Você me lembra do Edward, fessor.

— Quem é Edward?

— Um dos amigos de Thomas, a locomotiva. É a locomotiva número dois. — Limão começa a recitar de forma automática a descrição do personagem que havia memorizado: — Uma locomotiva muito amistosa, que é gentil com todos. Certa vez, ele ajudou o Gordon a subir uma colina, e em outra situação salvou o Trevor de ser destroçado. Todos na ilha de Sodor sabem que podem contar com o Edward.

— Uau. Você decorou tudo isso?

— Se Thomas caísse no vestibular, eu teria entrado na Universidade de Tóquio.

Após dizer isso, Limão sai andando e deixa o vagão.

Ele confere o compartimento de bagagens no espaço entre os vagões. Nada.

No meio do sexto vagão, ele se depara com o garoto.

Ele nem o tinha visto, era como se ele tivesse simplesmente se materializado ali e, de repente, os dois estão de frente um pro outro no meio do corredor. Parece que ele está no ensino fundamental, um desses garotos bonitinhos que você vê hoje em dia. Olhos brilhantes, nariz fino — como uma boneca que você não consegue saber direito se é menino ou menina.

— O que você quer? — Limão não tem muita certeza de como deve agir para fazer com que esse moleque saiba que ele é durão. Parece um moleque bem saudável, o que o faz lembrar de Percy, o trem verde.

— Você está procurando alguma coisa? Eu vi você espiando no banheiro.

O moleque dá a impressão de ser um desses alunos que só tira nota dez, o que deixa Limão um tanto quanto desconfortável. Ele nunca se deu muito bem com pessoas inteligentes.

— Uma mala. Preta, mais ou menos desse tamanho. Você viu? Acho que provavelmente não.

— Ah, na verdade eu vi.

Limão chega bem perto do rosto do moleque.

— Ah, é? Você viu?

O garoto se afasta um pouco, mas ele não está com medo.

— Eu vi alguém carregando uma mala desse tamanho — diz ele, demonstrando as dimensões com as mãos. — Uma mala preta. — Ele aponta o dedo para a parte da frente do trem, que acelera justamente nesse instante, fazendo com que Limão se desequilibre suavemente.

— Como ele era?

— Hum... — diz o menino, tocando o queixo com os dedos e inclinando a cabeça e os olhos para cima, fazendo toda uma ceninha de quem está tentando se lembrar de alguma coisa. A performance parece com algo que uma garota adolescente faria. — Ah, deixa eu ver, ele estava com uma calça escura e uma jaqueta jeans.

— Jaqueta jeans, é? Que idade?

— Vinte e muitos ou trinta e poucos, eu acho. Ah, e ele estava de óculos de armação preta. Meio bonitão.

— Valeu pela dica.

O menino faz um gesto com a mão dizendo "ah, não foi nada" e dá um sorriso tão intenso que ilumina todo o vagão.

Limão retribui com um sorriso amarelo.

— Você está sorrindo desse jeito porque você tem um coração de ouro ou porque está curtindo uma com a cara de um adulto?

— Nenhum dos dois — responde o menino, sem hesitar. — É só o jeito que eu sorrio.

— Você está querendo que os outros meninos no Shinkansen sorriam que nem você, desse jeito inocente, com os olhos brilhando?

— Senhor, você gosta do Shinkansen?

— Quem não gosta do Shinkansen? Quer dizer, eu gostava mais dos trens da série 500. Mas também acho o Hayate bem legal. Mas se você quer saber qual é o meu preferido, é o trem particular do Duque de Boxford.

O menino faz uma cara confusa.

— O que, você não conhece o Spencer? Você não assiste a *Thomas e Seus Amigos*?

— Acho que só assisti quando era criança.

Limão dá uma bufada.

— Você ainda é criança, caramba. Seu rosto parece o do Percy.

Então ele começa a ir até o próximo vagão para procurar pela pessoa que o menino descreveu, mas para quando vê o painel digital acima da porta. As letras correm para a esquerda, soletrando as palavras "Últimas Notícias". Distraído, Limão faz uma pausa para assistir. A primeira manchete diz que uma cobra foi roubada de uma pet shop em Tóquio. Aparentemente, era uma cobra rara. Não se sabia o motivo, mas Limão murmura pra si mesmo que alguém provavelmente estava querendo vender aquela cobra. Então, surge a próxima manchete: "Treze mortos em massacre em Fujisawa Kongocho. Câmeras de segurança foram sabotadas."

Foram treze? Pensar naquilo não desencadeia nenhum sentimento em especial. O cômodo no subsolo estava escuro, e ele havia atirado num homem desarmado atrás do outro, então não tinha certeza sobre os números. Todo aquele sangue e corpos dilacerados, mas ver a coisa por escrito deixa tudo muito banal.

— Que pesado. — O menino está parado atrás de Limão, aparentemente também lendo as notícias. — Treze pessoas.

— Eu matei pelo menos umas seis, talvez mais. Tangerina matou o resto. Não é pouco, mas também não é tanta gente assim.

— Quê?

Limão na mesma hora se arrepende de ter dito algo que não devia. Ele tenta mudar de assunto.

— Ei, você sabe como eles chamam essas coisas? Oficialmente? Dispositivo de transmissão de informações ao viajante. Você sabia disso?

— O quê?

— Esse negócio que passa as notícias.

— Ahhh. — O menino assente. — Sim, fico pensando de onde essas notícias vêm.

Limão sente um sorriso se formando em seu rosto.

— Eu vou te contar — declara ele, inflando as narinas. — Existem dois tipos de informação. Uma é qualquer coisa que eles escrevem na cabine do condutor, e a outra vem da estação central em Tóquio. As informações que vêm de dentro do trem são, você sabe, "vamos chegar à estação tal", esse tipo de coisa. Todo o resto, propagandas, notícias, tudo isso é enviado pela estação central. Sabe quando tem um acidente em algum lugar e isso bagunça todos os horários? Esse tipo de informação é digitada lá em Tóquio e aparece aqui no nosso trem. E as notícias? Também é fascinante como isso funciona. Notícias dos seis maiores jornais ficam em constante rotação. E isso não é tudo...

— Hã, acho que a gente está atrapalhando a passagem — diz o menino secamente, fazendo com que Limão volte a si.

O carrinho de lanches está parado bem atrás deles. A mulher que o empurra se encolhe quando vê Limão, como se estivesse lamentando o fato de esse homem insistir em aparecer em todos os lugares aonde ela vai.

— Mas eu ainda tinha um monte de outras coisas legais pra te contar.

— Coisas legais. — É evidente que o menino tem suas dúvidas.

— Você não achou legal? O negócio sobre o dispositivo de transmissão de informações ao viajante? Não curtiu? — Limão está sendo profundamente sincero. — Bom, enfim, valeu pela ajuda. Se eu encontrar minha mala, vai ser graças a você. Da próxima vez que eu te encontrar, vou te comprar uns doces.

NANAO

< 1 | 2 | 3 | 4 | 5 | 6 | 7 | 8 | 9 | 10 >

UM PASSAGEIRO ESTÁ VINDO na direção de Nanao, um garoto vestindo um blazer. Nanao guarda o celular no bolso traseiro da calça cargo, tentando se acalmar durante todo o processo. Ele está apoiando o corpo do Lobo contra a janela, e está perfeitamente ciente de que, se não fizer isso da maneira correta, sua cabeça tombará de um jeito perturbador.

— Está tudo bem? — pergunta o garoto, parando ao lado de Nanao.

Seus professores na escola devem tê-lo ensinado a perguntar isso para pessoas que parecem estar com algum problema — que é a última coisa de que Nanao precisa agora.

— Ah, sim, está tudo bem, ele só bebeu um pouquinho demais e a cabeça está girando. — Nanao faz questão de não falar muito rápido. Ele dá uma leve cutucada no corpo. — Ei, acorda. Você está assustando as crianças.

— Você precisa de ajuda para levá-lo de volta ao assento dele?

— Não, não, está tudo bem. Estamos nos divertindo.

Quem está se divertindo? Eu? Abraçando um cadáver e apreciando a vista?

— Hum, parece que alguém deixou cair alguma coisa. — O menino olha para o chão.

É uma passagem do Shinkansen. Provavelmente do Lobo.

— Desculpe, mas você poderia pegar para mim? — Nanao faz o pedido porque seria difícil para ele se inclinar enquanto segura o corpo, mas também porque ele tem a impressão de que aquilo talvez vá satisfazer a aparente necessidade que o garoto tem de ajudar as pessoas.

O garoto recolhe a passagem do chão.

— Muito obrigado — diz Nanao, cumprimentando-o com a cabeça.

— O álcool é uma coisa muito assustadora. O homem que está ao meu lado hoje também não consegue parar de beber. Ele causa um monte de problemas — conta o garoto, alegremente. — Até mais tarde.

— O garoto se vira para a entrada do sexto vagão. Mas então percebe a mala solitária na outra porta. — Essa mala é sua também, senhor?

Mas onde é que esse menino estuda, afinal de contas? Nanao quer que ele desapareça o mais rápido possível, mas o garoto parece determinado a ajudar o máximo que puder. *Onde é que ensinam as crianças a serem tão solícitas?* Mesmo sentindo sua frustração aumentar, Nanao pensa que, se algum dia ele próprio tiver filhos, gostaria que eles estudassem no colégio desse garoto. Mas, naquele momento, aquilo é apenas mais um lance de azar. Naquela situação específica, um encontro casual com uma criança tão caridosa e benevolente é um incidente bastante infeliz.

— Sim, é minha, mas pode deixar aí. Eu pego depois. — Ele sente que o seu tom de voz está ficando um pouco mais duro e tenta controlá-lo.

— Mas se você deixar a mala aqui, alguém pode pegá-la. — O garoto é persistente. — Se você baixar a guarda, as pessoas vão se aproveitar de você.

— Por essa eu não esperava. — Nanao acabou falando o que pensava. — Eu estava aqui pensando que o seu colégio tinha ensinado você a confiar nas pessoas. A teoria da bondade natural do homem.

— Por que achou isso?

O garoto sorridente parecia familiarizado com a teoria da bondade natural do homem, o que faz com que Nanao fique levemente constrangido. *Eu aprendi sobre isso há pouco tempo, através da Maria.*

— Não sei exatamente. — *Porque você parecia vir de uma escola cheia de alunos bem-comportados, eu acho.*

— Eu não acredito que as pessoas nasçam naturalmente boas ou más.

— Elas se tornam uma coisa ou outra, então?

— Não, eu acho que o bem e o mal dependem do seu ponto de vista.

Esse garoto é uma peça e tanto. Nanao fica estupefato. *Adolescentes costumam falar desse jeito?*

O menino se oferece para ajudar com a mala mais uma vez.

— Tá tudo bem, sério. — Se o menino continuar pressionando, pode ser que Nanao perca a paciência. — Eu cuido disso.

— Hm, o que tem nela?

— Não tenho muita certeza.

Uma resposta honesta num momento de descuido, mas o garoto ri, aparentemente pensando tratar-se de uma piada. Seus dentes brilham, perfeitamente brancos e alinhados.

Ele parece querer dizer mais alguma coisa, mas, após um momento, dá um tchau todo empolgado e ruma para o vagão número seis.

Aliviado, Nanao envolve o corpo do Lobo em seus braços e vai andando até a mala. Ele precisa pensar no que fazer, primeiro com o corpo e, depois, com a mala — e precisa fazer isso rápido. O dono da mala no terceiro vagão talvez ainda não tenha percebido que ela sumiu, mas, quando perceber, com certeza vai olhar o trem de ponta a ponta. Nanao sabe que, se ficar exibindo a mala por aí, há grandes chances de ser descoberto.

Com um braço ao redor do cadáver e a outra mão segurando a alça da mala, ele olha para a esquerda e para a direita, sem saber direito o que fazer. Primeiro o corpo, que provavelmente deveria ser colocado em algum assento. Seus olhos pousam sobre o receptáculo de lixo na parede. Há um buraco para garrafas e latas, uma fresta estreita para revistas e papéis e uma grande abertura para todo o resto.

Então ele percebe uma pequena saliência na parede, bem ao lado da fresta para as revistas. Parece uma fechadura, mas não há nenhuma abertura, apenas um calombo circular. Sem pensar no que está fazendo, ele estende a mão e o pressiona. Uma pequena peça metálica salta para fora com um clique. *O que temos aqui?* Ele gira a peça.

O que ele pensou ser parte da parede era, na verdade, uma pequena porta, que agora estava aberta. Há um enorme espaço lá dentro, como se fosse um armário. Uma prateleira divide o espaço em dois. Na parte de baixo, está pendurada uma sacola colorida, de um plástico grosso, que coleta todo o lixo que as pessoas jogam ali. Deve ser abrindo essa portinha que o pessoal da limpeza recolhe o lixo.

Porém, o que realmente interessa Nanao é o fato de a prateleira de cima estar vazia. Sem parar para pensar, ele agarra o corpo com mais força e levanta a mala com o outro braço, usando sua força e a inércia do movimento para colocá-la em cima da prateleira. No instante seguinte, fecha a portinha.

Nanao sente sua mente atormentada experimentar um leve relaxamento por ter encontrado aquele esconderijo de forma tão inesperada. Então, voltando sua atenção para o corpo em seus braços, ele confere a passagem que o garoto pegou do chão. Sexto vagão, fileira um. É a fileira mais próxima, no vagão mais perto dele. Perfeito para deixar o corpo sem levantar nenhuma suspeita.

Está acontecendo. As coisas estão dando certo. Mas então ele pensa: *Será que estão mesmo?*

Dois golpes de sorte para um cara que geralmente está mergulhado até o pescoço em uma maré de azar — primeiro, ter encontrado o depósito de lixo para esconder a mala e, segundo, o assento do Lobo estar tão perto. Uma parte de Nanao está soando todos os alarmes possíveis, temendo que seu destino cobre um preço por isso a qualquer momento, e a outra parte está lamentando que esses dois afortunados eventos representem o ápice de sua sorte.

A paisagem voa pela janela. Guindastes no topo de prédios em construção, fileiras de edifícios residenciais conectados uns aos outros, rastros de fumaça de aviões no céu, tudo desaparecendo numa velocidade constante.

Ele ajeita o cadáver nos braços. Carregar um homem adulto nos ombros certamente chamaria atenção, então ele coloca o Lobo de pé ao seu lado, ombro a ombro, como se estivessem treinando para uma corrida de três pernas. Ele dá alguns passos desajeitados. Aquilo também não parece muito natural, mas ele não consegue pensar em nenhuma outra opção.

A porta para o sexto vagão se abre. Nanao entra e desaba junto com o cadáver na primeira fileira, com dois assentos à sua esquerda, querendo sair logo do campo de visão das pessoas. Ele instala o Lobo no assento da janela e acomoda-se no assento do corredor, que, por sorte, está vago.

Ele se permite suspirar de alívio. Então o Lobo escorrega e cai por cima dele. Ele empurra o corpo rapidamente contra a janela e posiciona os braços e as pernas do homem da melhor maneira que pode, na tentativa de equilibrá-lo. Nanao nunca se acostumou com a imagem de um corpo sem vida. Ele se esforça para estabilizá-lo, para que pare de se mover. Primeiro, tenta encaixar o cotovelo do outro no peitoril da janela, mas como o Lobo é um cara pequeno, aquilo não fica muito natural. Após vários minutos de tentativa e erro, ele consegue encontrar uma posição que parece que vai funcionar, mas, instantes depois, o corpo começa a escorregar e desmorona, como uma avalanche em câmera lenta.

Nanao se controla para não perder a paciência enquanto se esforça laboriosamente para arrumar o corpo mais uma vez. Ele o encosta na janela, para que pareça que o Lobo está dormindo. E então, só para garantir, puxa sua boina bem para baixo.

Uma ligação de Maria. Nanao se levanta e volta até o espaço que conecta os dois vagões. Ele para ao lado da janela e leva o celular ao ouvido.

— Faça tudo que puder para desembarcar em Omiya. — Nanao dá um sorriso ácido. Não precisava nem falar. — E aí? Está curtindo seu passeio no Shinkansen?

— Não tive tempo de aproveitar nada. Estou me arrebentando aqui. Finalmente consegui sentar o Lobo no assento do cara. Parece que ele está dormindo. Escondi a mala, também.

— Olha só pra você, hein?

— Você não sabe nada sobre o dono dessa mala?

— Só que ele está no terceiro vagão.

— Nada mais específico? Se eu soubesse que tipo de pessoa eu devo evitar, já seria uma grande ajuda.

— Se eu soubesse de qualquer coisa, eu diria. Mas, de verdade, isso é tudo que eu sei.

— Me ajuda, mamãe Maria.

Parado perto da porta, ele consegue sentir as vibrações do trem sobre os trilhos. O celular está colado ao seu ouvido, sua testa pressionada contra a janela. Está fria, e ele fica olhando os prédios que vão passando.

A porta nos fundos do trem se abre e alguém entra no espaço entre os vagões. Nanao escuta a porta do banheiro se abrindo e a pessoa que entra, quem quer que seja, sai de lá imediatamente. Ele ouve a pessoa estalar a língua de irritação.

Ele tá procurando alguma coisa no banheiro?

Nanao arrisca uma espiada. Um homem, alto e esguio. Usando uma jaqueta, com uma camiseta cinza por baixo. Seu cabelo está todo bagunçado, como se ele tivesse acabado de se levantar da cama. Um olhar agressivo, como que disposto a puxar uma briga com o primeiro que encontrasse pela frente. Nanao o reconhece.

— Ei, isso me lembra uma coisa... — diz ele para o telefone, tentando manter a voz em um tom natural, como se fosse um passageiro comum conversando com alguém enquanto olha pela janela.

Ele permanece com as costas viradas para o homem.

— Alguma coisa errada? — Maria não deixa a mudança repentina na voz de Nanao passar despercebida.

— Quer dizer, bem, você sabe... — Ele tenta ganhar tempo, até o homem entrar no sexto vagão e a porta se fechar atrás dele. Então, a voz de Nanao volta ao normal. — Acabo de ver alguém que eu conheço.

— Quem? Alguém famoso?

— Um daqueles gêmeos. Você sabe. Uns gêmeos que atuam no nosso ramo. Limão e Lima, eu acho.

A voz de Maria fica séria.

— Limão e Tangerina. Eles não são gêmeos. São meio parecidos, então todo mundo acha que são gêmeos, mas, na verdade, eles são completamente diferentes.

— Um deles acaba de passar por mim.

— Resumidamente, Limão é o que gosta de Thomas, a locomotiva, e Tangerina é o mais sério, que gosta de ler romances. Limão é um representante clássico do tipo sanguíneo B, e Tangerina, um clássico do tipo A. Se eles se casassem um com o outro, com certeza terminaria em divórcio.

— Hum... Não consegui adivinhar o tipo sanguíneo do cara só de olhar pra ele — diz Nanao em um tom descontraído, para esconder seu nervosismo. Teria sido mais fácil identificá-lo se ele estivesse usando uma camiseta com um trem estampado nela. Então, Nanao verbaliza um mau pressentimento que vinha o incomodando: — Você acha que essa mala é deles?

— Pode ser. Também pode ser que eles não estejam juntos. Eles costumavam trabalhar separados.

— Alguém me disse uma vez que eles são os caras mais perigosos do ramo.

Aquilo já fazia algum tempo. Nanao tinha ido se encontrar num café 24 horas com um cara conhecido por seu trabalho como intermediário. O homem costumava executar todo tipo de serviço, de matador de aluguel a outros trabalhos perigosos, mas, quando começou a ganhar peso e ficar mais lento, cansou de trabalhar e passou a atuar como intermediário. Quando começou, aquilo ainda era uma novidade, mas, como ele era persistente e mantinha boas relações com as pessoas, conseguiu criar um nicho bem sólido para si próprio. Conforme foi ficando mais velho, também foi engordando, de modo que ter abandonado a ocupação anterior provavelmente foi a melhor escolha.

"Eu sempre fui melhor fazendo contatos", disse ele a Nanao, satisfeito consigo mesmo. "Acho que nasci para ser intermediário." Aquilo não fazia muito sentido para Nanao. Então, o homem fez uma proposta. "Você pegaria um trabalho que não veio da Maria? Porque eu tenho um serviço pra você. Com boas e más notícias."

O cara estava sempre falando de boas e más notícias.

"Quais são as boas notícias?"

"Paga muito bem."

"E as más?"

"Você enfrentaria uma competição bem acirrada. Tangerina e Limão. Sem sombra de dúvida são as pessoas no ramo que dão mais garantia de que o serviço será realizado. São os mais violentos e, com certeza, os mais perigosos."

Nanao recusou o trabalho sem nem pensar duas vezes. Não que ele tivesse algum problema em trabalhar para alguém que não fosse Maria. Foi por causa do uso repetido que esse cara havia feito da palavra "mais". Ele não estava a fim de enfrentar aqueles caras.

— Eu não queria me meter com esses dois — reclama Nanao para o telefone.

— Você pode até não querer, mas isso não vai impedi-los de se meterem com você. Se a mala for deles, é deles. — Maria parece calma. — Mas dizer que alguém é o mais perigoso do ramo é basicamente a mesma coisa que apontar os favoritos para ganhar o Oscar deste ano... as pessoas dizem o que elas quiserem. Afinal, são muitos candidatos. Tipo o Empurra. Você já ouviu falar dele, né? O cara que empurra as vítimas na frente de carros ou trens e faz com que as mortes pareçam um acidente? Algumas pessoas dizem que ele é o melhor do ramo. E teve uma época em que todo mundo dizia que era o Vespa.

Nanao conhecia aquele nome. Seis anos atrás, o Vespa tinha feito sua fama do dia para a noite ao invadir os escritórios de Terahara, o bambambã do mundo do crime, e executar o chefão. Ele usava uma agulha com veneno para espetar as pessoas no pescoço ou na ponta dos dedos. Havia rumores de que, na verdade, o Vespa eram duas pessoas trabalhando juntas.

— Mas ninguém mais fala do Vespa hoje em dia, né? Foi só uma febre, uma modinha. Exatamente como uma abelha, que só consegue dar a ferroada uma vez.

— Acho que sim.

— A maioria das coisas que você escuta sobre os caras da velha guarda é um monte de papo furado.

Isso lembra Nanao de outra coisa que o intermediário lhe disse.

"Eu sempre fico emocionado quando assisto a filmes antigos. Fico pensando: como é que eles faziam pra ficar tão bom se não tinham computação gráfica nem efeitos especiais? Tipo os filmes alemães da época do cinema mudo, eles são tão velhos, mas têm um brilho!"

"Você acha que o brilho é porque eles são velhos? Como uma antiguidade?"

O intermediário balançou a cabeça com um exagero teatral. "Não, não. O brilho é *apesar* de eles serem tão velhos. Veja *Metrópolis*, por exemplo. Da mesma forma, os profissionais das antigas eram muito durões. Eu diria que eles eram até mais fortes, mais robustos. Estavam num outro nível." Ele falava daquilo com paixão. "E você sabe por que esses caras da antiga nunca perdem?"

"Por quê?"

"Porque eles já estão mortos ou aposentados. Eles não podem mais perder."

"Acho que dá pra dizer isso, mesmo."

Então o intermediário assentiu de maneira grandiosa e começou a contar histórias sobre seus amigos lendários.

— Talvez, se eu me aposentasse agora — diz Nanao ao celular —, eu também viraria uma lenda.

— Ah, lógico — retruca Maria —, você entraria para a história como o homem que não conseguiu desembarcar do trem na estação Ueno.

— Vou desembarcar em Omiya.

— Certo. Daí eles não vão poder te chamar de o homem que não conseguiu desembarcar do trem em Omiya.

Nanao desliga o celular e volta ao seu assento original, no quarto vagão.

O PRÍNCIPE

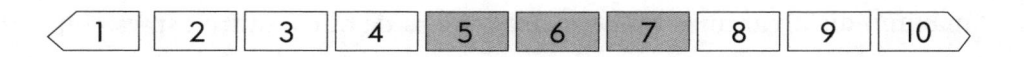

— Ei, Sr. Kimura — diz o Príncipe, baixinho —, acho que as coisas vão ficar interessantes por aqui.

— Interessante. Isso não existe. — Já fazia um bom tempo que Kimura vinha se sentindo apático. Ele ergue as mãos amarradas e coça o nariz com o dedão. — Que foi, você teve uma revelação divina? Percebeu que é um pecador? Essa sua ida ao banheiro parece ter sido emocionante.

— Na verdade, tem um banheiro bem ao lado do nosso vagão, mas eu fui na direção errada, então tive que atravessar todo o sexto vagão pra ir ao banheiro entre o seis e o cinco.

— Então até mesmo sua alteza, o Príncipe, comete erros?

— Mas as coisas sempre acabam acontecendo como eu quero. — Assim que as palavras saem de sua boca, o Príncipe fica pensando por que será que as coisas sempre acabam acontecendo como ele quer. — Mesmo quando eu faço tudo errado, acaba dando tudo certo pra mim. No fim, acabou sendo uma boa eu ter ido até esse banheiro mais longe. Antes de chegar lá, eu vi dois homens no espaço que conecta os vagões. Não dei muita bola pra eles e entrei direto no banheiro. Mas quando eu saí eles ainda estavam lá. Um abraçado no outro.

Kimura solta uma gargalhada.

— Quando uma pessoa está sendo abraçada por um amigo, geralmente ela está muito bêbada.

— Exatamente. E o cara que estava segurando o outro disse isso. Ele disse que o cara tinha bebido demais. Mas não foi o que pareceu.

— Como assim?

— Ele não estava se mexendo, mas não tinha cheiro de álcool. E, principalmente, parecia ter alguma coisa errada com o ângulo da cabeça dele.

— Com o ângulo da cabeça?

— Um dos caras, o de óculos de armação preta, estava tentando ao máximo disfarçar, mas tenho quase certeza de que o outro estava com o pescoço quebrado.

— Ok — diz Kimura, dando um grande suspiro. — Não tem a menor chance de ser isso o que estava acontecendo.

— Por que não? — O Príncipe olha para a janela atrás de Kimura, já pensando no seu próximo passo.

— Porque se alguém tivesse morrido, já estaria um tremendo tumulto a essa altura.

— O cara não queria que houvesse um tumulto e começou a dar um monte de desculpas. Ficou mentindo na cara dura.

Ele fica pensando no cara de óculos. Parecia uma pessoa boazinha, mas a oferta de ajudá-lo a carregar o cara supostamente bêbado o incomodou. Estava tentando manter as aparências, mas era óbvio que, por dentro, estava completamente desesperado. O Príncipe quase sentiu pena dele.

— E esse cara estava com uma mala.

— E daí? Você acha que ele vai tentar colocar o corpo dentro da mala? — Kimura pareceu estar sendo sarcástico.

— Na verdade, essa até que teria sido uma boa ideia. Mas provavelmente ele não caberia. O cara que ele estava segurando era pequeno, mas acho que não teria dado certo.

— Vá avisar um dos condutores. Diga pra ele que tem um passageiro com o pescoço quebrado, pergunte se isso é comum. Tem um desconto pra quem está com o pescoço quebrado? Vá descobrir.

— Não, valeu — responde o Príncipe, seco. — Se eu fizesse isso, eles parariam o trem. E... — Ele faz uma pausa por um instante. — Isso seria um *tédio*.

— Bom, e com certeza não queremos que sua majestade fique entediada.

— E tem mais. — O Príncipe abre um sorriso. — Eu estava voltando pra cá, mas não conseguia parar de pensar naquilo tudo, então voltei. Quando passei pelo sexto vagão, encontrei outro homem. Ele estava procurando aquela mala.

— E daí?

— Ele estava olhando o corredor, os assentos, procurando alguma coisa.

— E esse era um outro cara, diferente do cara de óculos com o amigo bêbado.

— Sim. Alto e magro, com um olhar meio maluco. Bem desleixado, não parecia exatamente um membro exemplar da sociedade. E ele perguntou pra um passageiro: "Ei, o que tem na sua sacola?!" Estranho, né? Ele parecia nervoso, e foi bem fácil ver que ele estava procurando por uma mala.

Kimura boceja de um jeito exagerado. *Esse velhote também está desesperado*, pensa o Príncipe, friamente. Incapaz de entender aonde o Príncipe quer chegar, sem saber por que ele está lhe contando tudo aquilo, Kimura está começando a ficar nervoso. Não quer que o seu antagonista muito mais jovem perceba o seu nervosismo, então finge um bocejo para esconder que está respirando fundo. *Só mais um pouco.* Kimura está prestes a reconhecer sua impotência, a futilidade de sua situação. *Só mais um pouquinho.*

As pessoas precisam encontrar uma maneira de se justificarem.

Uma pessoa não consegue viver se não for capaz de dizer a si própria que está certa, que é forte e tem valor. Então, quando suas palavras e ações divergem da visão que tem de si mesmas, elas começam a procurar desculpas para ajudá-las a se reconciliarem com essa contradição.

Pais que batem nos filhos, sacerdotes que se envolvem em atividades ilícitas, políticos que caem em desgraça — todos inventam desculpas.

Ser obrigado a se submeter à vontade de alguém é a mesma coisa. Faz com que as pessoas tentem justificar aquilo a si mesmas. Para evitar reconhecer a própria impotência, sua fraqueza abjeta, as pessoas tentam encontrar um motivo para aquilo. Elas pensam: essa pessoa deve ser muito especial para conseguir me derrotar dessa forma. Ou: qualquer um estaria indefeso nessa situação. Isso lhes dá alguma satisfação. Quanto mais autoestima e autoconfiança uma pessoa tem, mais ela precisa dessa justificativa. E, uma vez arranjando-a, as relações de poder estão definitivamente estabelecidas.

A partir daí, tudo que você precisa fazer é dizer duas ou três coisas que afaguem o ego dessa pessoa e ela fará tudo que você mandar. O Príncipe tinha feito aquilo muitas vezes com seus colegas de escola.

Estou vendo que funciona tão bem em adultos quanto em crianças.

— Basicamente, um homem está procurando por uma mala e outro está com ela.

— Então você deveria contar pra ele: aquele cara de óculos pretos está com a mala que você está procurando.

O Príncipe olha para a porta que leva ao outro vagão.

— Na verdade, eu menti. O homem de óculos pretos com a mala está atrás de nós, mas eu disse para o homem que está procurando que ele estava mais pra frente no trem.

— O que você está tentando fazer?

— É só um palpite, mas eu aposto que essa mala é bem valiosa. Quer dizer, tem alguém que está fazendo de tudo para encontrá-la, então ela deve valer alguma coisa...

Enquanto está falando, uma coisa ocorre ao Príncipe: se o homem que estava procurando pela mala veio em sua direção, ele não teria passado pelo homem de óculos pretos? Aquela não era uma mala que poderia ser dobrada e enfiada em algum lugar, então, se eles se encontraram, o homem que estava procurando pela mala a teria reconhecido imediatamente. Será que ele não viu? Ou quem sabe o homem de óculos pretos tenha se escondido dentro do banheiro com a mala?

— Acho que eu estava no segundo ano — diz o Príncipe a Kimura, dando um sorriso. É um sorriso tão grande que chega a esmagar suas bochechas. Sempre que faz isso, os adultos cometem o erro de vê-lo como uma criança inocente, totalmente inofensiva, e baixam a guarda. Ele conta com isso. E, conforme o esperado, a expressão de Kimura parece relaxar um pouco. — Na época, as figurinhas de robô eram muito populares. Todos os meus colegas colecionavam. Você comprava um pacotinho no supermercado por cem ienes, mas eu não entendia por que todo mundo gostava tanto daquilo.

— Como meu Wataru não pode comprar figurinhas, ele faz as próprias. Uma graça, né?

— Não acho. — Não havia por que mentir. — Mas pelo menos isso eu consigo entender. Em vez de comprar uma figurinha genérica que alguém fez por motivos comerciais, vale muito mais a pena fazer as suas de graça. O seu filho desenha bem?

— Nem um pouco. É uma graça.

— Não desenha? Que tosco.

Kimura lhe lança um olhar vazio por um instante e, em seguida, a raiva se manifesta como uma faísca atrasada em resposta ao insulto ao filho.

O Príncipe sempre escolhe suas palavras com cuidado. Se elas são violentas ou complacentes, ele nunca as diz sem antes considerar seus efeitos. Quer estar sempre no controle do que ele diz e de como ele diz. Ele sabe que o uso aparentemente casual de palavras agressivas como "tosco", "inútil" ou "desprezível" estabelece certa relação de poder. Mesmo quando não existe a menor justificativa para chamar alguém de tosco, inútil ou desprezível, aquilo provoca um efeito. Dizer coisas como "O seu pai é um inútil" ou "O seu estilo é desprezível" funciona como uma negação imprecisa das bases de uma pessoa, e por isso é um recurso bastante eficaz.

São raras as pessoas com um conjunto sólido de valores pessoais, pessoas realmente confiantes. E, quanto mais jovem alguém é, mais instáveis são os seus valores. Essas pessoas não conseguem deixar de ser influenciadas pelo seu ambiente. É por isso que o Príncipe costuma demonstrar as próprias convicções utilizando palavras de escárnio e desdém. Frequentemente, sua opinião subjetiva se manifesta com uma força objetiva, dando uma nítida indicação do seu status de superioridade. As pessoas pensam "Esse cara tem opiniões fortes, sabe do que está falando". Ele é tratado dessa maneira sem nem precisar fazer nada para que isso aconteça. Se, num grupo, você assume a posição daquele que estabelece os valores, o resto fica fácil. No círculo de amizades do Príncipe, não há exatamente um conjunto de regras como no futebol ou no beisebol, mas todos obedecem às suas ordens como se ele fosse o juiz.

— Um dia eu encontrei um pacote de figurinhas no estacionamento de uma loja. Não estava aberto, então imagino que tenha caído do caminhão quando estava sendo entregue. No fim das contas, tinha uma figurinha muito rara dentro dele.

— Sorte a sua.

— Exatamente. Tive muita sorte mesmo. Quando mostrei a figurinha na escola, aquele bando de fanáticos entrou em ebulição. "Dá pra mim", todo mundo dizia. Eu não precisava daquilo, e ia mesmo dar a figurinha pra alguém. Mas muita gente queria. Eu não sabia para quem dar, e então, de repente, e estou falando sério, eu não tinha planejado nada disso, mas, sem nem pensar muito, eu disse "Bom, eu não posso simplesmente dar isso de graça". O que você acha que aconteceu depois disso?

— Você vendeu pra quem pagou mais?

— Você é tão simplório, Sr. Kimura. Chega a ser fofo.

O Príncipe escolhe suas palavras intencionalmente. Não importava se o que Kimura disse era fofo ou não. O que importava era que o Príncipe havia julgado aquilo daquela maneira. Ele esperava que, agora, Kimura fosse achar que estava sendo tratado como uma criança. Agora ele está pensando: o que exatamente em mim é infantil? Ele não terá como fugir da ideia de que talvez seus pensamentos sejam meio juvenis. E é óbvio que não há como ele responder a essa pergunta, porque nada do que ele disse foi realmente fofo. Então, ele vai começar a achar que o Príncipe sabe a resposta, e começará a prestar atenção aos seus valores e critérios.

— Mas enfim, aparentemente ia mesmo acontecer um leilão, as pessoas começaram a anunciar seus valores. Mas aí alguém disse "Ei, Príncipe, e se eu te der uma outra coisa, que não é dinheiro? Eu faço o que você quiser". Foi aí que a situação mudou completamente. O garoto deve ter pensado que seria mais fácil fazer alguma coisa pra mim do que me pagar. Provavelmente ele não tinha dinheiro. Aí todo mundo começou a dizer a mesma coisa: "Eu faço o que você quiser." Foi então que eu percebi que poderia usar aquela situação para controlar a turma inteira.

— Aposto que foi o que você fez.

— Para fazer com que as pessoas competissem entre si, desconfiassem uma das outras.

— Então foi aí que sua majestade, o Príncipe, começou a se achar grandes merdas.

— Foi aí que eu percebi que as pessoas querem coisas, e que eu poderia me beneficiar se eu tivesse as coisas que elas queriam.

— Você deve ter ficado muito orgulhoso de si mesmo.

— Nem um pouco. Eu só comecei a querer descobrir até que ponto eu poderia afetar a vida das outras pessoas. Como já disse antes, é o princípio da alavanca. Eu posso me esforçar só um pouquinho e deixar alguém deprimido. Posso arruinar uma vida com o mínimo esforço. É bem impressionante.

— Não consigo me identificar. Mas e então? Foi isso que te levou a começar a matar pessoas?

— É, mas mesmo que eu não mate ninguém... Digamos que eu esteja quase me curando de uma gripe, mas ainda tossindo e tal. E acontece de passar pela rua uma mãe empurrando o bebê num carrinho. Quando ela não está olhando, eu me inclino e tusso na cara do bebê.

— Não parece grande coisa.

— Talvez o bebê não tenha se vacinado e pegue um vírus. Com uma simples tosse eu posso bagunçar a vida do bebê e a dos pais.

— Você realmente fez isso?

— Talvez. Ou digamos que eu vá até uma funerária e tropece nos enlutados bem quando estão transportando as cinzas de um membro da família. Faço de conta que escorreguei e caio em cima deles. As cinzas se espalham por toda a parte, é uma tremenda bagunça. Uma coisinha tão simples, mas isso deixa uma mancha na memória de uma pessoa. Ninguém acha que uma criança carrega maldade dentro de si, então ninguém seria muito duro comigo. E eu sou jovem demais para ser punido pela lei. O que significa que a família que deixou as cinzas caírem vai ficar ainda mais triste e frustrada.

— Você fez isso?

— Eu já volto.

O Príncipe se levanta.

— Aonde você vai?

— Quero ver se consigo encontrar a mala.

Ele olha em volta enquanto atravessa o sexto vagão em direção aos fundos do trem. O homem de óculos pretos não está lá. No compartimento superior há mochilas grandes, sacolas de papel e pequenas maletas. Nenhuma com o mesmo tamanho ou cor da mala que tinha visto. Ele está bastante convicto de que o homem de óculos pretos não está muito longe do sétimo vagão, onde ele e Kimura estão sentados. Ele tinha ficado de olho e não viu o homem passar por ele. O que significava que ele estava mais para trás no trem, em algum lugar entre os vagões cinco e um.

Ele deixa o sexto vagão, a mente em polvorosa.

Não há ninguém entre os dois vagões. E há dois banheiros. O mais próximo está trancado. Alguma outra pessoa deve estar usando a pia, porque a cortina está fechada. O homem de óculos pretos deve estar escondido no banheiro com a mala, possivelmente planejando ficar entocado ali até que o trem chegue a Omiya. Não seria má ideia. Talvez alguém reclamasse de um banheiro ocupado por tanto tempo, mas, como o trem não está muito lotado, é provável que não se torne uma grande comoção. O homem poderia muito bem estar ali dentro.

O Príncipe decide ficar ali por um tempo e ver o que acontece. Se a pessoa que estiver no banheiro não sair logo, ele pode pedir aos funcionários do trem que abram a porta. Tudo que ele precisaria fazer era desempenhar seu papel de aluno exemplar, solícito e obediente. "Hã, com licença, o banheiro está ocupado há um tempão, será que aconteceu alguma coisa?"

O funcionário do trem provavelmente não pensaria duas vezes antes de abrir a porta.

Enquanto pensa naquilo, a cortina ao lado da pia se abre, e ele leva um susto. Uma mulher emerge de lá, lhe lança um olhar constrangido e pede desculpas. O Príncipe quase devolve o pedido de desculpas por reflexo, mas consegue se conter. Pedidos de desculpas criam obrigações e hierarquias, de modo que ele nunca os faz quando não são necessários.

Ele fica olhando a mulher ir embora. Ela veste um casaco por cima do vestido, tem estatura e peso medianos e parece estar perto dos trinta anos. Aquilo o faz pensar repentinamente na sua professora do sexto ano. Seu nome era Sakura, ou Sato, ele não consegue lembrar. É óbvio que ele sabia o nome dela na época, mas, depois que concluiu o sexto ano, não viu mais motivo para continuar se lembrando daquilo, de modo que simplesmente apagou da memória. Professoras não são nada além de professoras, estão apenas ali, cumprindo uma função. É o mesmo com jogadores de beisebol, que nem perdem tempo decorando o nome dos adversários e referem-se a eles apenas pelas posições. Ele costumava dizer que "o nome e a personalidade de um professor não importam. Suas ideias e seus objetivos basicamente são sempre iguais. Quanto à personalidade e à mentalidade, no fim das contas, só existe uma meia dúzia de variações. Professores estão sempre querendo a nossa aprovação. Dava muito bem pra fazer uma tabela demonstrando isso: se fazemos tal coisa, eles fazem tal coisa, se agimos de tal maneira, eles reagem de tal maneira. São como ferramentas. E ferramentas não precisam ter nome próprio".

Quando ele dizia isso, a maioria de seus colegas simplesmente ficava olhando, sem entender nada. Na melhor das hipóteses, eles concordavam:

"É, acho que o nome dos professores não importa mesmo." Eles deveriam ter perguntado ao Príncipe se ele achava que eles também eram como ferramentas. No mínimo, deveriam ter pensado nisso. Mas ninguém nem cogitou.

Sua professora do sexto ano sempre o viu como um menino inteligente e talentoso, capaz de ajudar a construir uma ponte entre os professores e os alunos. Certa vez, ela chegou a agradecer a ele: "Se não fosse por você, Satoshi, eu nunca saberia que estava ocorrendo bullying nessa turma."

Ele sentiu até um pouco de pena por ela acreditar que ele fosse um aliado inocente. Uma vez ele deu uma pista de que talvez não fosse o que ela imaginava. Foi num trabalho que ele escreveu sobre um livro que falava sobre o genocídio em Ruanda. O Príncipe preferia livros de história e sobre questões mundiais aos de ficção.

Seus professores ficaram surpresos por ele ler um livro como aquele ainda tão novo. Ficaram impressionados. "Que coisa incrível", disseram. O Príncipe achava que se havia uma coisa na qual ele era especialmente bom era a leitura. Ele lia um livro, digeria as informações, seu vocabulário melhorava, seu conhecimento se expandia e, então, ele ia atrás de alguma coisa mais difícil para ler. O hábito da leitura o ajudou a traduzir conceitos abstratos e emoções humanas em palavras, e o permitiu pensar de forma objetiva sobre assuntos complexos. A partir daí, ficou fácil ajudar outras pessoas a expressarem seus medos, ansiedades e frustrações, o que as fazia confiar nele e sentirem que lhe deviam alguma coisa.

Ele aprendeu muito com o genocídio em Ruanda.

Lá havia dois grupos étnicos, os hutus e os tutsis. Fisicamente, eles eram mais ou menos parecidos, e havia muitos casamentos entre pessoas dos dois grupos. A distinção entre os hutus e tutsis era algo puramente artificial, inventada pelos seres humanos.

Em 1994, quando o avião do presidente de Ruanda foi abatido, os hutus deram início ao genocídio dos tutsis. Ao longo dos cem dias seguintes, cerca de oitocentas mil pessoas foram mortas, muitas executadas pelos facões dos próprios vizinhos, ao lado de quem tinham vivido por muitos anos. Uma conta rápida aponta que cerca de oito mil pessoas foram assassinadas por dia, o que significa cinco ou seis mortes por minuto.

Esse massacre absoluto de homens e mulheres, jovens e velhos, não foi um acontecimento em um passado longínquo, desconectado de qualquer senso de realidade. Não: aquilo tinha acontecido havia menos de vinte anos, e era isso o que mais fascinava o Príncipe.

"Foi difícil de acreditar que algo tão horrível pudesse ter acontecido de verdade", ele escreveu na sua redação, "e eu fiquei pensando que não podemos jamais nos esquecer dessa tragédia. Isso não foi apenas algo que aconteceu num país distante. O que eu aprendi foi que todos temos que encarar nossas fraquezas e fragilidades." Ele sabia que aquela era uma declaração um tanto vaga, mas também muito palatável, que funcionaria muito bem naquele tipo de texto. Impressões superficiais e, em última análise, desprovidas de sentido, que certamente seriam elogiadas pelos adultos. Mas ele também havia escondido uma verdade profunda em sua última frase.

Ele havia, realmente, aprendido uma coisa: como era fácil inflamar as pessoas. O Príncipe acabou descobrindo o mecanismo que faz com que seja muito difícil interromper as atrocidades assim que elas começam, o mecanismo que torna o genocídio possível.

Por exemplo, os Estados Unidos estavam relutantes em reconhecer que havia um genocídio em curso em Ruanda. Isso era o que o livro dizia. Em vez disso, eles ficaram tentando, desesperadamente, encontrar motivos para justificar por que aquilo *não era* um genocídio, desconsiderando todos os fatos. Embora houvesse relatos constantes de números cada vez maiores de tutsis sendo assassinados, os Estados Unidos assumiram uma posição evasiva, alegando ser difícil definir o que exatamente constituía um genocídio.

Por quê?

Porque se eles reconhecessem que aquilo era um genocídio, a ONU os obrigaria a tomarem alguma providência.

E a ONU agiu da mesma forma. Na prática, não fez nada.

Mas os ruandeses não eram os únicos que esperavam que os estadunidenses agissem de determinada maneira. A maioria dos japoneses acredita que, se houver algum problema de grandes proporções, os Estados Unidos e a ONU cuidarão disso. É um sentimento parecido com achar que a polícia vai resolver as coisas. Porém, na realidade, os EUA e a ONU não determinam seu plano de ação com base num senso de dever ou de obrigação moral, mas sim numa equação de lucros e prejuízos.

O Príncipe sabia, instintivamente, que aquilo não se aplicava exclusivamente à história de uma pequena nação africana. Era algo que poderia ser facilmente implementado na sua escola.

Se ocorresse um problema no corpo estudantil, digamos, um surto de casos de bullying violento, isso seria como um genocídio, e os professores agiriam como os EUA e a ONU.

Da mesma maneira que os estadunidenses não quiseram reconhecer que havia um genocídio em curso, os professores jamais admitiriam a existência de um problema de bullying. Se o fizessem, teriam que tomar providências, algo que lhes traria dor de cabeça e diversos problemas de logística.

Ele pensou que seria interessante tentar usar aquilo contra os professores, obrigando-os a reconhecer que o bullying existia, mas sem classificá-lo como um problema digno de alguma atitude. Tirou essa ideia de um trecho do livro sobre uma carnificina que aconteceu numa escola técnica em Ruanda. Na primeira vez que ele leu sobre esse episódio, seu corpo chegou a tremer de empolgação.

As tropas de paz da ONU foram posicionadas numa escola e um boato de que elas poderiam proteger as pessoas do genocídio começou a se espalhar. Cerca de dois mil tutsis se refugiaram no local, acreditando estarem a salvo. Infelizmente para eles, as tropas da ONU não tinham ordens para proteger os tutsis, mas sim para ajudar os estrangeiros a deixarem o país. Além disso, disseram aos soldados que eles não tinham a obrigação de salvar os tutsis.

Isso foi um tremendo alívio para os soldados. Eles não precisavam se envolver naquilo. Se tentassem proteger os tutsis, era muito provável que eles próprios corressem sério risco de vida. No fim das contas, os hutus cercaram a escola, as tropas da ONU lhes disseram que sua missão não envolvia nenhum tipo de combate direto e bateram em retirada.

Os dois mil tutsis dentro da escola foram imediatamente trucidados.

A presença de uma força de paz acabou gerando um número ainda maior de vítimas.

Fascinante.

Independentemente da maneira como agiam, em algum lugar, bem lá no fundo, todos os alunos acreditavam que os professores eram os responsáveis por manter a ordem dentro da sala de aula. Seus pais pensavam da mesma forma. Eles confiavam nos professores, lhes delegavam essa responsabilidade, e assim se sentiam seguros. O Príncipe sabia que se ele controlasse um professor, poderia tornar a vida do resto dos alunos um inferno.

Então ele elaborou um plano.

Primeiro, o Príncipe tentou espalhar um sentimento de preocupação sobre o que aconteceria caso os professores resolvessem tomar alguma providência contra o bullying. Ele deu à sua professora motivos para temer que talvez ela própria pudesse correr algum perigo. Depois disso, ela passou a criar justificativas para suas decisões, dizendo a si mesma que estava fazendo o que era melhor para a turma, embora não estivesse tomando nenhuma atitude concreta.

Ele também abordou essa questão em sua redação sobre o livro, dissertando sobre a falta de inteligência e a lógica egoísta dos EUA e da ONU. Achou que a professora perceberia o que ele estava fazendo, que estava, na verdade, escrevendo sobre ela, e que ele era um garoto perigoso. Ele lhe deu várias dicas.

Mas ela, é lógico, não notou nenhuma.

"Você leu mesmo esse livro difícil, Satoshi? Isso é muito impressionante", disse ela, alegre. "Tragédias como esta são horríveis. É difícil acreditar que seres humanos são capazes de fazer isso uns com os outros, não é?"

O Príncipe ficou decepcionado.

Para o Príncipe, era fácil entender como um genocídio podia acontecer. Era porque as pessoas tomavam decisões com base em seus sentimentos. Mas sentimentos são extremamente suscetíveis às influências externas.

Ele leu sobre um experimento famoso num outro livro. Reuniram um grupo de pessoas e lhes deram problemas para resolver, perguntas com respostas fáceis. Eles responderam uma por uma, e todos foram informados sobre como os demais haviam respondido. Porém, na verdade, havia apenas uma cobaia em cada grupo, e os demais tinham sido instruídos a darem respostas erradas de propósito. Surpreendentemente, uma em cada três vezes, o indivíduo que respondeu de acordo com a própria vontade escolheu a mesma resposta errada que os demais. No total, setenta e cinco por cento das cobaias deu, pelo menos, uma resposta que eles sabiam que estava errada.

Seres humanos são criaturas conformistas.

Outros experimentos similares foram realizados. Um deles identificou a situação ideal para o comportamento conformista: quando há altos riscos envolvidos, mas a pergunta é difícil e a resposta certa não é óbvia.

Quando isso acontece, as pessoas são muito mais propensas a adotar a opinião de outra pessoa como sendo sua.

Quando a pergunta tem uma resposta fácil, não costuma haver muito problema. As pessoas tendem a confiar em suas próprias decisões.

Se o risco for baixo, também é relativamente fácil. As pessoas não costumam hesitar em apresentar a própria resposta.

O Príncipe entendeu aquilo da seguinte maneira: quando uma pessoa tem uma decisão difícil a tomar, é possível que ela vá contra o seu código pessoal de ética, siga o grupo e até mesmo passe a acreditar que aquela é a resposta correta.

Quando pensou na situação nesses termos, ficou fácil enxergar não apenas por que o genocídio era difícil de ser contido, mas também por que continuava acontecendo. As pessoas que cometiam os homicídios não confiavam no próprio julgamento, simplesmente se alinhavam ao grupo e acreditavam que aquilo era o certo a ser feito.

O Príncipe ouve um barulho no banheiro, o som da descarga sendo acionada. A porta se abre, mas a pessoa que sai de dentro é um homem de meia-idade vestindo um terno, que vai direto à pia. Rapidamente, o Príncipe abre o banheiro e enfia a cabeça lá dentro. Apenas um simples vaso sanitário, nada de mais. Não havia nenhum lugar onde a mala pudesse estar escondida. Em seguida, ele confere o outro. É um banheiro feminino, mas isso não o impede.

Nenhuma mala.

Ele inclina a cabeça, pensativo. *Onde ela poderia estar?*

Era muito grande para ficar debaixo dos assentos do trem. Não está em nenhum dos compartimentos de bagagem, e nem nos banheiros.

Ele não tinha nenhum motivo específico para vasculhar as lixeiras, exceto pelo fato de já ter procurado em todos os outros lugares. Ele examina os buracos para garrafas e latas e a fresta para as revistas, aproximando o rosto delas, embora saiba que não há como uma mala caber ali. Ele olha pelo buraco, mas tudo que vê é lixo.

Então, ele percebe a pequena saliência.

Bem ali, ao lado da abertura para o lixo em papel. *Será?* Ele a pressiona, e uma manivela salta para fora com um clique. Ele a gira sem hesitar. A portinha se abre e seu coração dispara. Ele não fazia ideia de que havia uma porta ali. Dentro dela, uma prateleira, com o saco de lixo na parte de baixo e uma mala na parte de cima. Sem dúvida nenhuma é a mala que ele tinha visto quando se encontrou com o homem de óculos pretos.

Achei. Ele fecha a portinha e empurra a manivela de volta. Suspira lentamente. Não há por que ter pressa. O homem de óculos pretos provavelmente não virá atrás da mala tão cedo. *Provavelmente está pensando que pode deixá-la aqui até chegar ao seu destino e que ninguém irá encontrá-la.*

Como eu poderia deixar as coisas mais interessantes?

Saboreando a sensação de sucesso por ter encontrado a mala, ele começa a retornar para o sétimo vagão. *Eu sou muito sortudo mesmo.*

KIMURA

⟨ 1 | 2 | 3 | 4 | 5 | 6 | **7** | 8 | 9 | 10 ⟩

Kimura não consegue parar de revisitar todas as suas memórias que envolvem o Príncipe.

Na primeira vez que eles se encontraram, no shopping, ele pensou que nunca mais veria o garoto de novo.

Mas, duas semanas depois, se deparou com o Príncipe mais uma vez, como se houvesse uma força invisível os atraindo.

Wataru também estava com ele daquela vez. Eles estavam voltando da estação de trem após se despedirem dos pais de Kimura, que tinham ido a Tóquio no dia anterior para um reencontro de sua turma de colégio e ficaram num hotelzinho próximo ao apartamento do filho. Depois que Wataru voltou do jardim de infância aquele dia, eles o levaram até uma loja de brinquedos e se ofereceram para comprar o que ele quisesse. Wataru não tinha o costume de pedir nada e ficou nitidamente um pouco atordoado com a insistência do avô para que escolhesse alguma coisa. Ele já parecia bastante satisfeito com o balão que o dono da loja havia lhe dado.

Kimura viu-se como alvo de mais uma reprimenda descomedida do pai.

"Ele tem medo de pedir qualquer coisa porque você nunca compra nada pra ele! Pobrezinho desse menino."

"Wataru sempre foi desse jeito", explicou Kimura, mas seu pai não lhe deu ouvidos. Em vez disso, resolveu mencionar a ex-esposa de Kimura.

"Quando ela morava com vocês o menino tinha mais interesse em brinquedos, como uma criança deveria ter", disse, de forma implacável. "Ela te largou porque você é um traste."

"Isso não é verdade. Eu falei. Ela fez uma dívida monumental e fugiu."

"Ela não aguentou mais conviver com você e a sua bebedeira."

"Eu nem bebia tanto naquela época." Aquilo não era mentira. Ele sempre foi meio preguiçoso, mas quando sua esposa morava com eles, conseguia muito bem ficar sem álcool. Se estivesse bebendo tanto assim naquela época, jamais teria conseguido a custódia de Wataru.

"Bom, mas agora só bebe o tempo todo."

"Você nem tem como saber isso."

Ao ouvir aquilo, seu pai fechou ainda mais a cara. "Dá pra dizer só de olhar pra você. Só de sentir o seu cheiro." Ele usava esse argumento desde que Kimura era criança. Enchia o peito para falar que dava pra dizer qualquer coisa só de olhar para uma pessoa, que as características ruins simplesmente saltavam aos olhos. Kimura nunca gostou daquilo, e sempre colocou na conta dos preconceitos que os mais velhos nutriam. Shigeru, o amigo de seu pai, chegou a soltar um dia, rindo: "O Sr. Kimura está sempre dizendo: esse cara fede, aquele cara fede."

Ao ouvir aquilo, Kimura respondeu: "Mas é ele quem está sempre peidando!"

Depois que encontraram um brinquedo para Wataru, eles foram até um parque com um enorme playground. Kimura se sentou num banco e ficou vendo sua mãe gritar a plenos pulmões enquanto o menino corria na direção do maior escorregador. Estava feliz por aquela folguinha de principal companheiro de brincadeiras do filho. Ele enfiou a mão no bolso procurando pelo cantil, mas seu pai a segurou. Ele não tinha nem percebido que o velho estava sentado ao seu lado.

"Que diabos você pensa que está fazendo?", disse Kimura, com a voz impregnada de ódio, mas o pai permaneceu impassível. Apesar dos cabelos brancos, o velho ainda era forte e robusto. Ele apertou sua mão até começar a doer. Kimura abriu os dedos e seu pai pegou o cantil.

"Você sabe qual é a definição de alcoolismo?"

"Você vai dizer que sou eu e a minha vida, né?"

"Você está bem no limite, mas, se continuar nesse caminho, vai virar um alcoolista sem sombra de dúvida. O que eu estou perguntando é se você sabe o que alcoolista significa de verdade."

Ele estendeu de volta o cantil e Kimura o tomou de suas mãos.

"Significa que você gosta de beber, e que bebe muito."

"Em linhas gerais, sim, mas significa vício, o que significa doença. É diferente de alguém que gosta de beber alguma coisa de vez em quando ou que consegue controlar o quanto bebe. Significa que se você tomar o primeiro gole, vai continuar bebendo. E aí não é mais uma questão de resistência ou de moderação. Alcoolismo significa que você não consegue parar. Tem a ver com a sua fisiologia. Quando uma pessoa assim toma um gole, acabou."

"É hereditário, então acho que isso quer dizer que você é igual a mim. Ou será que eu herdei isso da minha mãe?"

"Nenhum de nós bebe. E sabe por quê? Porque nós dois sabemos que não tem volta pra quem é alcoolista."

"É óbvio que tem."

"Tem um nervo no cérebro, o nervo A10."

Ah, meu Deus, pai, uma palestra científica agora? Kimura começa a coçar a orelha para demonstrar sua falta de interesse.

"Eles fizeram uma experiência com uma máquina. Toda vez que você puxava uma alavanca, ela estimulava o nervo A10. O que você acha que aconteceu?"

"Não sei."

"As pessoas não paravam de puxar a alavanca."

"E daí?"

"Quando o nervo A10 é estimulado, o cérebro emite sinais de prazer. Quando alguém puxava essa alavanca, tinha uma sensação instantânea de bem-estar. Então, continuava puxando, sem parar. É como um macaco que não consegue parar de se masturbar, é o mesmo princípio. Aparentemente, essa sensação boa é parecida com o que vivemos quando comemos uma coisa muito gostosa ou quando finalizamos um trabalho bem-feito."

"E daí?"

"O álcool estimula o nervo A10."

"E daí?"

"Quando você bebe, a sensação é de ter feito algo importante, embora você não tenha feito coisa alguma. Isso é muito fácil, você pensa. É fácil e faz com que eu me sinta bem. E a partir daí, o que você acha que acontece? Você segue bebendo, igual às pessoas que seguem puxando a alavanca. E à medida que você vai fazendo isso, em algum momento, seu cérebro se transforma."

"Como assim, 'seu cérebro se transforma'?"

"Depois que isso acontece, não tem mais volta. Você desenvolve uma chave que é acionada no momento em que o álcool entra no seu sistema. Digamos que uma pessoa alcoólatra fique muito tempo sem tomar uma bebida. Os sintomas do vício desaparecem, ela é capaz de levar uma vida normal de novo. Mas se tomar um golinho que seja, ela vai voltar àquele ponto em que é incapaz de parar. Porque o seu cérebro ainda está programado desse jeito. Isso não tem nada a ver com força de vontade ou escolha. É só o jeito que o cérebro dela funciona. O mecanismo da dependência é assim."

"'Mecanismo da dependência.' Falando bonito, hein, pai? Mas o que você me diz do fato de que o uísque vem lá dos tempos da Mesopotâmia?"

"Nós nem sabemos se isso é mesmo verdade. Não acredite em tudo que você ouve por aí, senão vai acabar fazendo papel de bobo. Escuta, só tem um jeito de vencer o alcoolismo e é parando de beber completamente. Um gole e acabou. Você não deveria recorrer ao álcool ou às drogas para se sentir satisfeito. O que você deveria fazer era arranjar um emprego bom e honesto. Procurar caminhos fáceis para a satisfação pessoal leva o corpo humano a desenvolver dependência."

"Lá vem você com as palavras bonitas de novo."

"Você deveria fazer como eu e ter um emprego decente", disse o velho, assertivamente. "Isso te traria satisfação pessoal de uma maneira mais saudável."

"Um emprego decente? Você trabalhou no estoque de um supermercado a minha vida inteira." Desde que Kimura conseguia se lembrar, seus pais viviam de forma muito modesta. Trabalhavam num supermercado perto de onde moravam em empregos de meio período que eles adoravam glorificar. Trabalhos modestos, com salários modestos. Kimura sempre os desprezou por aquilo.

"O trabalho no estoque é muito importante. Eu tenho que gerenciar os estoques, fazer pedidos." Seu pai expirou com força pelas narinas dilatadas. "E você? Você nunca teve um trabalho honesto na vida!"

"Hã, você quer dizer menos o trabalho que eu tenho agora, na empresa de segurança, né?"

"Ah, bom, pois é. Esse é um bom trabalho. Desculpe." O pedido de desculpas pareceu sincero. "Mas você nunca tinha trabalhado antes."

"Esquece o passado. Agora você vai me acusar de não ter um trabalho quando eu estava na escola? Ninguém tinha! Mas, mesmo assim, eu tinha um trabalho antes de ser guarda de segurança."

"Que tipo de trabalho?" Seu pai o encara nos olhos, e Kimura vira o rosto.

Que tipo de trabalho? Alguém o contratava, ele pegava sua arma e ia estragar a vida de outras pessoas. Não era exatamente um trabalho humanitário. Mas se Kimura lhe contasse isso, o velho ia sentir que tinha fracassado como pai. Ele quase contou, só para que o pai se sentisse tão mal quanto ele estava se sentindo, mas acabou desistindo. Não lhe pareceu uma atitude honrada dar ao pai mais aquele fardo doloroso para carregar além de todas as mazelas naturais do envelhecimento.

"Imagino que seja o tipo de trabalho sobre o qual você não pode falar numa conversa educada, não é mesmo?", pergunta o pai.

"O quê, você consegue dizer só de olhar?"

"Exatamente."

"Você cairia para trás se eu te contasse, pai, então vou te poupar dessa dor."

"Ei, eu também me meti nas minhas encrencas quando eu era jovem."

"Acho que as minhas são de um outro nível", disse Kimura, dando um sorriso constrangido. Não tem nada mais chato do que quando os velhos começam a falar sobre como as coisas eram duras no passado, ou de todas as confusões que causavam.

"Esqueça isso tudo. Só pare de beber e ponto final."

"Obrigado por se preocupar com a minha saúde."

"Não é com você que eu estou preocupado, é com o Wataru. Você é durão, se um sapato gigante pisasse em você, você provavelmente sobreviveria."

"O quê, eu sou uma barata, agora?" Ele riu. "Se um sapato gigante pisasse em mim eu morreria, como qualquer outra pessoa."

"Escuta, se você se importasse com o Wataru, você pararia de beber."

"Ei, eu já pensei em parar, sabe, justamente por causa dele." Enquanto dizia isso, ele desenroscava a tampa do cantil.

"O que foi que você acabou de dizer mesmo?", resmungou seu pai. "Vou te falar mais uma vez, o único jeito de vencer a dependência é parando completamente."

"Acho que eu sou um bêbado imprestável."

O velho o encarou. "Se você fosse só um bêbado, estaria tudo bem. Mas se você for uma pessoa imprestável, aí não resta nenhuma esperança." Seus lábios tremiam de leve.

"Tá bem, tá bem." Kimura abriu o cantil e o levou até a boca. Com o alerta do pai ecoando em sua cabeça, sentiu um pouco de vergonha e tomou só um golinho. Ele sentiu quando o álcool fez efeito, sentiu seu cérebro se transformando como uma esponja sendo retorcida. Ele deu de ombros.

Mais tarde naquele dia, após deixar seus pais na estação de trem, Kimura estava voltando com Wataru pelo mesmo caminho que haviam feito até ali, cruzando o shopping em direção ao bairro onde moravam.

"Papai, tem alguém chorando", disse Wataru, segurando com força a mão de Kimura enquanto eles passavam por um beco ao lado de um posto de gasolina abandonado. Kimura estava numa espécie de transe, segurando a mão do filho embora não estivesse inteiramente ali, ainda assombrado pelas palavras de seu pai. Ele continuava ouvindo sem parar: "Não tem volta para quem é alcoolista." Até aquele momento, Kimura pensava que mesmo que você fosse dependente você poderia se tratar, melhorar e continuar bebendo. Como quando se pega gonorreia: o pau fica inflamado e, enquanto você não se tratar, não pode fazer sexo, mas depois que você se cura pode. Ele tinha certeza de que o alcoolismo funcionava do mesmo jeito. Mas se o que o pai disse era verdade, o alcoolismo era diferente da gonorreia. Não havia cura, e você nunca mais poderia voltar a beber.

"Olha, papai!" Ele ouviu seu filho chamando novamente, olhou para baixo, para o rosto do menino, e, depois, para onde ele apontava. Entre o posto de gasolina abandonado e o prédio ao seu lado havia um grupo de quatro garotos vestidos em uniformes escolares.

Dois deles estavam segurando um terceiro pelos braços para que ele não pudesse fugir. O quarto estava parado à sua frente, olhando para os demais. O que estava sendo contido parecia desesperado. "Por favor, para!", dizia. Ele estava chorando.

"O que está acontecendo, papai?"

"Não se preocupe, Wataru. São só uns meninos mais velhos fazendo coisas de meninos mais velhos."

Kimura queria seguir em frente. Pensou em seus tempos de escola, em como sempre havia alguém importunando os outros alunos, fazendo alguma coisa ofensiva. Geralmente, Kimura estava entre os que importunavam, então ele sabia que aquilo costumava acontecer sem precisar de nenhum motivo específico. As pessoas simplesmente se sentem melhores quando são capazes de estabelecer uma posição de superioridade sobre as outras. Quando você bota alguém pra baixo, automaticamente se coloca pra cima. É desse jeito que as pessoas funcionam.

"Espera, *espera!* Isso também é culpa de vocês!" O garoto que estava sendo contido estava quase gritando. "Por que eu sou o único que vai levar?"

Kimura parou de andar e olhou para eles mais uma vez. O garoto tinha o cabelo curto pintado de castanho e um uniforme que parecia muito pequeno para o seu tamanho. Ele era grande e forte — eles não estavam pegando no pé de alguém mais fraco, aparentemente eram amigos expulsando alguém do próprio grupo. Aquilo despertou o interesse de Kimura, mesmo que muito de leve.

"O que você estava esperando, cara? Ele pulou porque você exagerou na dose", disse o garoto que segurava o braço direito do de cabelo castanho. Esse tinha um rosto redondo e as sobrancelhas grossas, parecendo um pouco com um pedregulho, embora ainda inocente.

Acho que esses garotos ainda são, basicamente, crianças, pensou Kimura. Ver crianças tão novas agindo de forma tão bruta lhe pareceu um tanto surreal.

"Mas todo mundo estava colocando pressão no cara. E mesmo antes de eu colocar o vídeo na internet, ele já estava falando que, ah, eu queria estar morto, eu queria morrer."

"Era para a gente deixar o cara à beira do suicídio, não fazer com que ele se matasse. O Príncipe está irritadaço", disse o que segurava o braço esquerdo do garoto de cabelo castanho.

O Príncipe. Aquele nome lhe deu um estalo. Porém, mais do que isso, o que ficou ecoando na cabeça de Kimura foram as outras coisas que o garoto disse, sobre morte e suicídio.

"Depois que você tomar o choque, acabou, então é melhor fazer isso de uma vez."

"Eu não quero."

"Pensa um pouco", disse o quarto garoto, o mais alto deles. "O que vai acontecer se você não tomar o choque agora? Todos nós vamos tomar. Então você vai tomar choque de um jeito ou de outro. Só que se a gente tomar também, a gente vai ficar com raiva de *você*. Mas se só você tomar, vamos ficar agradecidos. Se você vai tomar o choque de qualquer jeito, como você prefere? Você quer que a gente fique com raiva ou agradecido?"

"E se a gente só fingir? A gente conta pro Príncipe que a gente fez."

"Você acha que ele vai cair nessa?" O mais alto deu um sorriso tristonho. "Você acha que dá pra enganar o Príncipe?"

"Com licença, meu jovem." Kimura adota um tom artificialmente formal ao entrar no beco, segurando a mão de Wataru. "Vocês fizeram bullying com um colega de classe a ponto de ele se matar?" Ele acenou com a cabeça em aprovação. "Estou bastante impressionado."

Os garotos olharam uns para os outros. Sua formação de três contra um se dissolveu e eles rapidamente retomaram o quarteto, olhando desconfiados para Kimura.

"Podemos ajudar?", disse o mais alto, num tom sombrio. Seu rosto estava vermelho, ou de nervosismo ou de raiva, Kimura não conseguia dizer, mas, obviamente, eles estavam tentando parecer durões. "Você está procurando alguma coisa?"

"Eu estou procurando alguma coisa, sim. Estou vendo que tem alguma coisa errada por aqui", rebateu Kimura, apontando para o garoto que estava sendo segurado pelos outros. "O que vocês querem dizer com choque? Choque elétrico? O que vocês estão aprontando?"

"Do que você está falando?"

"Vocês estavam falando bem alto, eu ouvi tudo. Vocês fizeram bullying com um colega de classe até ele se matar. Isso é bem doentio. E agora vocês estão fazendo uma reunião de avaliação de performance?" Enquanto Kimura falava, Wataru começou a puxar sua mão. Ele sussurrava que queria voltar para casa.

"Cala a boca, velhote. Pega o seu filho e dá o fora daqui."

"Quem é o Príncipe?"

Assim que ele disse aquilo, os quatro garotos ficaram brancos. Foi como se alguém tivesse rogado uma praga. A reação deixou Kimura ainda mais curioso. Naquele exato momento, ele se lembrou de que, na realidade, já tinha conhecido aquele aluno.

"Ah, sim, me lembrei do Príncipe. E de vocês também — eu vi vocês quatro no banheiro. Numa reunião secreta. Estavam todos preocupados, ah, não, o Príncipe vai ficar furioso, o que vamos fazer?" Enquanto provocava os garotos, ele se lembrou do outro que chamava a si mesmo de Príncipe. "Vocês estão mesmo com medo daquele moleque todo certinho?"

Os quatro ficaram em silêncio.

O mais alto segurava uma sacola de plástico de uma loja de conveniência. Kimura deu um passo para a frente e, rapidamente, a tomou de suas mãos. O menino foi pego totalmente de surpresa e, de repente, ficou enlouquecido, tentando pegar a sacola de volta a todo custo. Kimura se esquivou com facilidade, segurou o garoto pela mão e torceu com força seu dedo mindinho. O menino soltou um grito.

"Eu vou quebrar seu dedo. Não pensem que vocês podem se meter comigo, pessoal. Eu sou um adulto. Já estou por aí há muito mais tempo do que qualquer um de vocês. Já passei por tanta coisa barra-pesada que vocês nem imaginam aí nas suas vidinhas de merda. Vocês sabem quantas vezes eu já quebrei o dedo de alguém?" Apesar do que estava dizendo, ele falou tudo aquilo de uma forma muito serena. Entregou a sacola a Wataru. "O que tem aí dentro?"

Os garotos chiaram em protesto. "Um passo, e eu quebro o mindinho dele", ameaçou Kimura. "Experimentem para ver."

"Papai, o que é isso?" Wataru tirou um aparelho de dentro da sacola. Era bastante rudimentar, como o controle remoto de um carrinho de brinquedo, cheio de fios e chaves.

"Realmente, o que é esse negócio?" Kimura soltou a mão do garoto e pegou o aparelho. "Parece uma bateria de trenzinho elétrico."

Um dos amigos de Kimura no colégio, um menino que tinha um pai rico, possuía diversos trenzinhos elétricos que adorava ostentar. Aquela coisa se parecia com as baterias que alimentavam os trilhos. Talvez fosse exatamente isso. Tinha alguns fios saindo dela e fita isolante em uma das pontas. E um plugue elétrico pendurado na outra.

"Pra que serve isso?"

Os garotos deixaram aquela pergunta pairando no ar, sem resposta.

Kimura encarou o aparelho. Depois, olhou em volta e encontrou uma tomada no rodapé de uma das paredes do posto de gasolina. Provavelmente os funcionários do posto a usavam para alimentar algum tipo de ferramenta. Estava com uma tampa para protegê-la da chuva.

"Espera aí, vocês iam ligar isso na tomada e depois encostar os fios no corpo dele para dar um choque? Era isso?" Assim que ligou os pontos,

Kimura começou a se sentir um pouco desconfortável. Quando estava na escola, ele também tinha usado algumas coisas para machucar outras pessoas, mas no máximo para bater nelas. Nunca havia sequer cogitado usar eletricidade para causar dor. E aquele aparelho parecia ter sido modificado exatamente com aquele propósito. Ele teve a impressão de que aquilo era usado com bastante frequência.

"Vocês costumam fazer isso sempre?" Usar um negócio elétrico para fazer bullying era algo de outro nível, beirando a tortura. "Isso foi ideia do Príncipe?"

"Como é que você sabe sobre o Príncipe?", perguntou o garoto de cabelo castanho que estava sendo segurado pelos outros, com a voz trêmula.

"Eu o conheci no shopping, depois que vi vocês. Aquela vez em que vocês estavam todos chorando assustados no banheiro, com medo de o Príncipe estar bravo com vocês. Eu estava lá, vocês não lembram?"

"Espera aí…" O mais alto finalmente reconheceu Kimura, olhando bem para o seu rosto. Em seguida, todos os outros pareceram se lembrar também. Era aquele cara fedendo a álcool que tinha se metido na conversa do grupo.

"Daquela vez era o Takuya quem seria punido", disse Kimura, o nome que tinha ouvido no banheiro de alguma forma surgindo em sua cabeça. "Takuya estava com medo porque não tinha seguido as ordens de sua majestade, o Príncipe, e ele estava furioso. Vocês todos estavam falando 'Oh não, oh não, o que faremos?'"

Os meninos olharam uns para os outros mais uma vez, se comunicando em silêncio. Então, o garoto de cara redonda falou bem baixinho:

"O Takuya está morto."

Os outros três o encararam, furiosos, os rostos vermelhos, por ele ter revelado aquilo a um estranho.

"Como assim 'morreu'? Isso é uma metáfora?" Kimura falou aquilo com um toque de humor, para não ter que admitir para si mesmo que estava começando a ficar assustado. "Vocês estão querendo dizer que o Takuya está morto tipo o rock'n'roll está morto? Tipo o beisebol profissional está morto?"

Sorrisos constrangidos e forçados se espalharam pelos rostos dos adolescentes, não porque estivessem tirando sarro de Kimura, mas porque todos se identificaram com ele e foram afetados pela expressão atordoada do homem.

"Vocês estão me dizendo que ele está morto *de verdade*? Essa pessoa de quem vocês falaram antes, que pulou, era o Takuya?" Kimura deu um suspiro. Ele não imaginava que as coisas fossem ficar tão sombrias. "Vocês sabem que quando alguém morre é o fim, acabou."

Wataru continuava puxando sua mão, e o próprio Kimura estava começando a pensar que não tinha sido uma ideia tão boa ter parado ali. Ele se virou para ir embora.

Mas então ouviu um dos garotos gritando às suas costas:

"Moço, espera, ajuda a gente!"

Ele se virou novamente. Os quatro garotos pareciam pálidos e desanimados. Seus rostos tremiam.

"Moço", disse o mais alto e, na sequência, o outro, com o rosto redondo, completou: "Faça alguma coisa." E então os outros dois: "Ajuda a gente."

Eles não tinham planejado aquele coro. Não era como se aquilo fosse um ensaio para o show de talentos do colégio. Eles realmente pareciam arrasados, enfim percebendo que precisavam pedir ajuda, as vozes umas por cima das outras, fazendo seu sofrimento parecer ainda mais doloroso.

"Primeiro vocês bancam os durões e agora vocês me pedem ajuda? Qual das duas coisas vai ser?"

Àquela altura, eles não eram nada além de um bando de garotinhos assustados. Suas súplicas começaram a transbordar como uma barragem que tivesse se rompido.

"Você não parece um operário qualquer, moço."

"Você precisa fazer alguma coisa com o Príncipe!"

"Ele vai matar a gente!"

"Parece que tudo está de cabeça pra baixo, que nossa escola inteira enlouqueceu, tudo por causa dele!"

Kimura não conseguia acreditar que aquilo estava acontecendo. Ele tentou dispensá-los, tipo "me deixem em paz, o que vocês esperam que eu faça?". Era como se fosse um pescador que havia jogado um anzol no rio e pescado um peixe monstruoso que poderia facilmente arrastá-lo para o fundo das águas. Ele ficou com medo.

"Tá, tá bom, eu vou dar um jeito nesse Príncipe pra vocês", disse ele, meio por desespero, mas não estava falando sério. Mas, assim que disse aquilo, o rosto dos garotos se iluminou, como se um holofote tivesse sido apontado para eles. Aquela reação deixou Kimura ainda mais perturbado. Ele olhou em volta. Aquele era um beco bem estreito, embora totalmente visível da rua. Para qualquer pessoa que estivesse passando por ali, aquilo pareceria apenas um homem e seu filho sendo assaltados por um grupo de adolescentes. Ou um homem com seu filho dando um sermão em alguns adolescentes. "Eu faço isso se cada um de vocês me pagar um milhão de ienes."

Ele disse aquilo para deixar bem óbvio que isso jamais aconteceria, mas, incrivelmente, os garotos pareciam dispostos a levar a coisa adiante e começaram a discutir como poderiam levantar aquele dinheiro.

"Ei, pessoal", disse Kimura, nervoso. "É lógico que eu estava brincando. Falem com os seus pais. Se o Príncipe os está incomodando tanto assim, vão choramingar para a mamãe e o papai. Ou pros seus professores."

Os meninos balbuciavam, choramingavam, prestes a cair no choro.

"Olhe só pra vocês. Não dá pra aguentar. Me incluam fora dessa."

Kimura olhou para baixo e viu que Wataru olhava em sua direção. Mas o menino não estava olhando para o seu rosto; seus olhos encaravam o cantil que Kimura tinha na mão. *Quando foi que eu...?* Ele fechou a tampa. O que significava que ele a havia aberto. Ele nem percebeu que tinha feito aquilo. Havia tirado o cantil do bolso, desrosqueado a tampa e tomado um gole, tudo sem perceber. Ele se esforçou para não estalar a língua em frustração. Os olhos de Wataru expressavam preocupação, mas também tristeza.

Bom, esses adolescentes começaram a botar toda essa pressão em cima de mim. Kimura começou a procurar uma desculpa. *É óbvio que vou querer tomar um gole, eles me estressaram*. Ele disse a si mesmo que precisava beber alguma coisa para manter a cabeça no lugar, para conseguir cuidar de Wataru. O instante em que o álcool fez efeito foi como uma chuva caindo num solo ressecado, aliviando todos os nervos em seu corpo, limpando sua mente e o deixando alerta. *Viu só? O que tem de tão ruim no álcool?* Ele começou até mesmo a sentir uma pontinha de orgulho. *Se é veneno ou remédio, tudo depende de como você usa, e eu sei como usar direito.*

"O Takuya", resmungou um dos garotos. "O pai dele foi demitido no mês passado."

"Hã?" As sobrancelhas de Kimura se uniram diante daquela repentina mudança de assunto. "Você está falando do Takuya que morreu?"

"Isso foi antes de ele morrer. Seu pai foi preso por ter tocado numa das garotas do nosso colégio. Quando ficaram sabendo dessa história, ele foi demitido."

"Não sei o que esse cara fez, mas se ele se envolveu com uma adolescente, ele teve o que mereceu." As narinas de Kimura se inflaram enquanto ele falava aquilo, mas então ele percebeu que os garotos estavam hesitantes, sem saber muito bem o que dizer. "Espera um minuto." Ele sentiu uma dúvida pairando no ar. "Vocês tiveram alguma coisa a ver com isso? Estão me dizendo que vocês armaram para o pai do Takuya?"

Eles não negaram, o que fez Kimura acreditar que aquilo era verdade.

"O pai dele era inocente?"

Novamente, eles não disseram nada.

"Como é que vocês fizeram uma coisa dessas? Como isso é possível?"

"Nós só fizemos o que o Príncipe mandou", murmurou o de cara redonda. "O mesmo com a garota. E tudo isso porque o pai do Takuya estava tentando descobrir coisas sobre o Príncipe."

"Então o Príncipe mandou vocês forjarem um caso de abuso sexual? Ele fez isso? Que moleque esperto. E cruel." Kimura estava meio que brincando, mas os quatro meninos concordaram, balançando vigorosamente a cabeça. Estavam muito familiarizados com a crueldade do Príncipe.

"Ele se livrou de três professores também", disse um deles, num tom sombrio.

"Um caiu em depressão e se demitiu, um foi flagrado passando a mão numa aluna e outro teve um acidente."

"Não me digam que vocês também provocaram tudo isso."

Nenhuma resposta.

"Sabe, vocês não deveriam ter tanto medo dele. Se juntem e deem uma bela surra no cara. Aposto que vocês não teriam o menor problema se agissem em grupo, né?" O Príncipe não parecia particularmente forte. E mesmo que ele fosse algum prodígio das artes marciais, eles ainda poderiam dar conta dele por estarem em maior número.

A reação dos garotos foi peculiar. Os quatro arregalaram os olhos, como se Kimura tivesse sugerido uma coisa impensável. Como se eles sequer fossem capazes de processar o que ele estava dizendo.

Eles nunca tinham pensado nisso. Estava muito nítido que eles nunca haviam considerado a possibilidade de derrotar o Príncipe.

Kimura se lembrou de um trabalho que havia feito uma vez. Tinha sido contratado para vigiar um homem que havia sido sequestrado e estava sendo mantido seminu num apartamento velho e sujo. O homem não falava nada, ficava apenas olhando de um lado para o outro, como se estivesse em transe. Kimura ficou no quarto ao lado, sentado, assistindo à TV, bebendo, matando o tempo. Mas tinha alguma coisa naquilo tudo que ele não conseguia entender. O homem não estava amarrado e a porta não estava trancada. Ele poderia ter ido embora se quisesse. Então, por que não foi?

Kimura conseguiu uma resposta do vigia que veio mais tarde, para ficar em seu lugar.

"Você já ouviu falar de desamparo aprendido?", perguntou o cara.

"O quê?"

"Fizeram um experimento em que davam choques num cachorro. E daí montaram um esquema em que, se o cachorro desse um pulo, ele não levaria um choque. Aí você espera que o cachorro vá ficar pulando, né? Só que antes disso eles tinham colocado o cachorro numa situação em que ele levava um choque não importava o que fizesse. Então ele nem tentou pular pra escapar do choque."

"Ele desistiu, foi isso?"

"Basicamente, ensinaram pro cachorro que ele estava desamparado. Então ele parou de tentar, mesmo quando poderia ter evitado a dor se tivesse tentado fazer o mínimo. Com os humanos é a mesma coisa. Que nem em situações de violência doméstica. A mulher simplesmente continua apanhando. Porque esse sentimento de desamparo toma conta, sabe?"

"Então é isso", disse Kimura, olhando para o homem sequestrado.

"Sim. Ele não vai fugir. Ele acha que não pode. Seres humanos não operam com base na lógica. No fundo, somos todos como os animais."

A situação com os adolescentes era a mesma coisa. Muito tempo antes, eles tinham decidido que não havia como derrotarem o Príncipe. Ou será que aquilo havia sido ensinado a eles? Eles tinham testemunhado todo o sofrimento que seus colegas de classe e alguns adultos haviam passado nas mãos do Príncipe, repetidas vezes. Aquilo deve ter chegado a um ponto em que eles se convenceram de que não tinham força alguma. Os choques elétricos provavelmente faziam parte daquilo. Kimura não sabia como os choques eram aplicados, ou que tipo de ordens o Príncipe dava, mas via nitidamente que os choques haviam afetado bastante aqueles garotos.

Deu mais uma boa olhada neles. Eram muito jovens. Deviam passar muito tempo preocupados com o cabelo, tentando parecer descolados e durões, mas, na verdade, eram que nem um bando de cachorrinhos assustados. Para eles, conquistar uma posição naquele seu mundinho devia ser uma questão de vida ou morte.

Provavelmente não deve ser difícil controlar esses garotos, pensou Kimura. Ele resolveu, então, que não deveria se envolver naquilo. Quando um cachorro de rua se aproxima de você com os olhos tristes, o melhor que você pode fazer é ignorá-lo.

"Vocês que resolvam seus problemas sozinhos."

"Por favor, moço", disse o de cara redonda. "Você precisa ajudar a gente!"

Wataru segurou sua mão com força, apavorado, puxando-o para fora do beco e de volta para casa.

"Isso não é problema meu." Kimura levou um susto quando percebeu que, em algum momento, havia terminado o conteúdo do cantil. "Tenho certeza de que vocês vão crescer e virar adultos honestos e respeitáveis."

E então ele saiu andando.

— Ei, Sr. Kimura.

Kimura abre os olhos ao ouvir aquela voz. Ele leva alguns segundos para se dar conta de que está dentro do Shinkansen. Não tinha caído no sono completamente, mas também não estava totalmente acordado, e a aparição repentina do rosto do Príncipe à sua frente foi como se um fantasma de suas lembranças houvesse se materializado.

— Sr. Kimura, isso não é hora para o seu sono de beleza. Você não está nem um pouco preocupado com o que vai acontecer com você?

— Mesmo que eu estivesse preocupado, não ia poder fazer nada, todo amarrado aqui. Então, sabe como é, né?

— Ainda assim, você deveria ter o mínimo de noção de que está correndo perigo. Eu estava esperando que você viesse me encontrar neste trem, mas com certeza não para a gente se divertir juntos.

— Ah, não? Por que não? Vamos nos divertir, sim. A gente pode comer uns *noodles* gelados em Morioka. Eu pago.

O Príncipe não sorri.

— Tem uma coisa que eu quero te pedir para fazer.

— Não, valeu.

— Não diga isso. Eu ficaria muito triste se acontecesse alguma coisa ao seu filho no hospital.

Kimura sente um peso no estômago e seu sangue ferve de raiva.

— O que você quer que eu faça?

— Eu te digo quando estivermos chegando a Morioka.

— Você só vai me deixar cozinhando por enquanto?

— Imaginei que se eu pedisse para você matar uma pessoa, você não gostaria de saber.

Kimura morde o lábio. Aquela conversa tão casual sobre um assassinato parece infantil e adulta ao mesmo tempo.

— Quem? Quem você quer que eu mate?

— Vou deixar que você fique saboreando o gostinho da expectativa. — Assim que diz isso, o Príncipe se curva para baixo e começa a desamarrar as cordas nas pernas de Kimura.

— Você vai me soltar?

— Se você tentar qualquer gracinha, vai ter problema pro seu filho, ok? Só porque estou desamarrando as cordas não quer dizer que você está livre. Não se esqueça disso. Se o meu contato não conseguir falar comigo, pode dizer adeus ao seu filho.

O corpo de Kimura estremece de ódio.

— Ei, e você está checando seu celular?

— O quê?

Kimura franze a testa.

— Você disse que eu me daria mal se você não atendesse seu telefone.

— Ah, é mesmo. Se ele tocar dez vezes e eu não atender, sim, você realmente vai se dar muito mal.

— Eu não vou gostar de saber que você perdeu uma ligação porque não estava prestando atenção. Porque aí quem vai ser dar mal pra caralho é você.

— Não se preocupe com isso, senhor. — O Príncipe parece totalmente despreocupado. — Enquanto isso, tem outra coisa em que você pode me ajudar.

— O quê, você quer uma massagem nas costas?

Ele aponta para os fundos do trem.

— Eu quero que você venha comigo buscar uma mala.

GLÓRIA DA MANHÃ

⟨ 1 | 2 | 3 | 4 | 5 | 6 | 7 | 8 | 9 | 10 ⟩

O SINAL ESTÁ VERDE no enorme cruzamento em Fujisawa Kongocho. Os carros passam, um depois do outro. As pessoas se aglomeram na calçada, esperando que ele feche.

Glória da Manhã está a trinta metros dali, na frente de uma filial de uma rede de livrarias. Fica prestando atenção no sinal. Fica prestando atenção nas pessoas. Homem, alto, magro, uns trinta e tal, não. Homem, corpulento, uns vinte e tal, não. Mulher, não. Homem, baixo, uns vinte e tal, não. Mulher, não. Homem, uniforme de colégio, não. Ele espera pelo seu alvo.

O sinal muda. A massa de pessoas atravessa o cruzamento. Elas andam em todas as direções, em frente, para os lados, em diagonal. Em pouco tempo, o sinal começa a piscar, e então fica vermelho. O semáforo fica verde mais uma vez. Ele memoriza o intervalo de tempo. O ideal é quando o sinal ainda está amarelo, prestes a ficar vermelho. Os carros andam mais rápido no sinal amarelo do que no verde. Deixam de ser cuidadosos, vêm a toda velocidade.

Eu acho que o Empurra é que nem aqueles monstros folclóricos em forma de doninha, sabe? Os *kamaitachi*. Uma mulher havia dito isso para ele uma vez. Ela estava querendo contratar alguém para fazer um serviço. Glória da Manhã se encontrou com ela, dizendo ser o representante do Empurra.

Uma pessoa sente, de repente, um corte no braço ou na perna, disse a mulher, e então a pessoa grita e diz: "Um *kamaitachi* me pegou!" Mas não passou de um vento forte. Eu acho que o Empurra é a mesma coisa. Alguém é atropelado por um carro ou pula na frente de um trem e as pessoas dizem que foi o Empurra quem fez aquilo. Será que não é só uma história inventada?

As pessoas costumam cometer esse erro em relação aos *kamaitachi*. Mas os cortes não vêm do vento. Quando elas colocam a culpa no vento, é aí que estão inventando uma história. Glória da Manhã disse isso à mulher, mas ela não gostou de ouvir.

Se não tinha gostado, ela poderia muito bem ter ido embora, mas não fez isso, e pressionou ainda mais, fazendo um monte de perguntas sobre o Empurra, atrás de qualquer informação. Glória da Manhã decidiu que não gostava dela, recusou o serviço e saiu andando. Mas ela, teimosa, veio atrás dele, então ele a empurrou em direção à rua, bem na hora em que a luz estava prestes a ficar vermelha, no meio da noite. Uma caminhonete passando em alta velocidade pelo cruzamento a atingiu em cheio. O único arrependimento de Glória da Manhã foi ter feito aquilo de graça.

Homem, baixo, uns quarenta e tal, não. Mulher, não. Homem, corpulento, uns vinte e tal, não. Mulher, não. Mulher, não. Homem, corpulento, uns quarenta e tal. Seus olhos se fixam no sujeito que ia passando. Terno cinza de risca de giz. Cabelo curto, ombros largos. Glória da Manhã começa a segui-lo. O homem vai na direção do cruzamento. Ele se mistura ao grupo de pessoas esperando pelo sinal de pedestres. Glória da Manhã o acompanha. Está totalmente consciente e presente, mas tem a estranha sensação de que não controla os próprios movimentos.

O semáforo muda do verde para o amarelo. O homem para no começo da faixa de pedestres.

Os carros vêm da direita. Minivan preta, uma mulher dirigindo, cabelo curto, cadeirinha infantil no banco traseiro. Ele perde o timing. Por coincidência, o carro seguinte é outra minivan do mesmo tipo.

O sinal muda. O carro acelera. Glória da Manhã estica casualmente o braço e toca as costas do homem.

Há o barulho do impacto e, depois, os pneus cantando enquanto arranham o asfalto. Ninguém grita ainda. O choque das pessoas é como uma explosão silenciosa e transparente.

Glória da Manhã já não está mais ali. Ele se desloca fluidamente pelo mesmo caminho de onde veio, como se estivesse boiando numa correnteza. Às suas costas, escuta os gritos de "Ambulância!", mas seu coração está tranquilo como a superfície de um lago em que nenhuma pedra foi arremessada. A única coisa que passa pela sua cabeça é a vaga lembrança de que, um dia, muito tempo atrás, ele havia feito um serviço naquele mesmo cruzamento.

FRUTA

< 1 | 2 | **3** | 4 | 5 | 6 | 7 | 8 | 9 | 10 >

— Ei, Tangerina. Diz aí os nomes de alguns personagens de *Thomas e Seus Amigos*. — Limão voltou de mãos vazias de sua busca pela mala, mas, em vez de dar uma explicação, simplesmente se sentou despreocupado no assento do corredor. E agora pergunta isso.

Tangerina olha para o corpo do filho de Minegishi no assento da janela. Limão está agindo de forma muito descontraída, como se não quisesse reconhecer a gravidade da situação. Eles ainda têm um cadáver com que lidar, e não estão mais perto de descobrir o que aconteceu. Mas Limão fazia questão de começar aquela conversa absurda.

— Você encontrou a mala?

— Qual dos personagens de *Thomas* você conhece? Me fala aí o nome do personagem mais aleatório que você consegue lembrar.

— O que isso tem a ver com a mala?

— Nada. — Limão projeta o queixo para a frente, parecendo levemente incomodado. — Por que estamos preocupados com essa maldita mala, afinal?

Pelo jeito ele não encontrou. Faz cinco anos que Tangerina começou a trabalhar com Limão. Em relação a capacidades físicas, ele era o parceiro ideal para o ramo violento em que trabalhavam e, além disso, qualquer que fosse a encrenca que os dois se metessem, ele nunca entrava em pânico, continuava sempre de cabeça fria — dava até para dizer que era insensível. Por outro lado, porém, ele era péssimo com detalhes, irresponsável e descuidado. E, pior ainda, quando fazia alguma coisa errada, era rápido em surgir com alguma desculpa, sem nunca querer assumir os próprios erros. Como agora, quando se viam diante de uma situação que estava ficando cada vez mais séria e continuava com a atitude de "Ah, relaxa". Ele ignora os fatos, chegando a tentar esquecê-los. Tangerina sabe muito bem que sempre será seu trabalho limpar as cagadas de Limão. Tentar mudar isso seria o mesmo que tentar mudar a maré.

— Gordon — diz Tangerina, em meio a um suspiro. — Ele é um personagem, não? Gordon? Um dos trens amigos de Thomas?

— Ah, sério — rebate Limão, assumindo abruptamente sua postura de especialista. — O Gordon é um dos personagens mais conhecidos. Ele é praticamente um dos personagens principais. O desafio era citar um personagem *aleatório*.

— Como assim, o desafio? — Tangerina olha para o teto. Lidar com Limão era mais difícil do que qualquer serviço. — Tá, beleza. Me diz você. Fala um exemplo, então.

As narinas de Limão se franzem enquanto ele luta para conter o orgulho.

— Bom, acho que eu estava esperando uma resposta tipo Sir Handel, anteriormente conhecido como Falcon.

— Ele é um dos personagens?

— Também poderia ser o Ned.

— Realmente, são muitos trens. — Tangerina não tem escolha a não ser entrar naquele jogo.

— Ele não é um trem, é um veículo de construção.

— Quem não é um trem? Estou ficando perdido.

Tangerina olha para a paisagem atrás do cadáver encostado na janela. Um gigantesco condomínio de prédios residenciais passa rapidamente.

— Ei — diz Tangerina com firmeza para seu parceiro, que está agora cantarolando uma musiquinha enquanto folheia uma revista. — Você não quer assumir seu erro. Eu entendo. Mas agora não é hora de relaxar. Tá me ouvindo? O filho do Minegishi não está mais respirando. O corpo está ficando frio. E a mala desapareceu. Nós somos como dois moleques imprestáveis que alguém mandou ao mercadinho, mas a gente não comprou os vegetais e ainda por cima perdeu a carteira.

— Estou ficando confuso. Nunca consigo entender suas explicações.

— Pra resumir, nós estamos fodidos.

— Sim, eu sei, três palavras que descrevem nossa situação atual.

— Não parece que você sabe. É por isso que estou te lembrando. A gente deveria estar mais preocupado, tá bom? Ou melhor, não, eu estou bastante preocupado, é você quem deveria estar mais. Vou te perguntar mais uma vez. Você não encontrou a mala, né?

— Não. — Por algum motivo, Limão parecia satisfeito consigo mesmo. Tangerina estava prestes a criticá-lo mais uma vez quando ele acrescentou: — Mas aquele pestinha mentiu pra mim e me mandou pro lugar errado.

— Um pestinha mentiu pra você? Do que você está falando?

— "O cara que está com a mala que você está procurando foi para aquele lado", ele me disse, e parecia ser um bom menino, então acreditei nele, e fui até o final do trem atrás do cara.

— Talvez o menino não tenha mentido pra você. Alguém com certeza pegou a mala, e talvez o menino realmente tenha visto esse cara. Pode ser que você só não tenha encontrado ele.

— Mas é estranho. Não consigo entender como uma mala daquele tamanho possa ter simplesmente desaparecido.

— Você olhou em todos os banheiros?

— Praticamente.

— Praticamente? Como assim praticamente? — Tangerina não consegue deixar de subir o tom. Quando percebe que Limão não está brincando, fica ainda mais chocado. — Se você não checou *todos*, então não adianta! Quem pegou a mala pode estar escondido em algum deles.

— Se o banheiro está ocupado, eu não tenho como olhar lá dentro, né? Tangerina não consegue nem soltar um suspiro.

— Não faz nenhum sentido checar os banheiros se você não checa todos eles. Deixa que eu mesmo vou lá.

Tangerina olha para o próprio relógio. Cinco minutos até o trem chegar à estação Omiya.

— Merda.

— O que foi? Por que "merda"?

— Estamos quase chegando em Omiya. O capanga do Minegishi vai estar nos esperando.

Minegishi suspeitava de todo mundo e não confiava em ninguém, talvez porque estivesse no comando de uma organização criminosa há tanto tempo. Ele acreditava piamente que, sempre que uma pessoa tiver uma chance de traí-lo, ela vai fazer isso, sem sombra de dúvidas. É por esse motivo que mesmo quando contrata alguém para um serviço, ele faz questão de estar sempre vigiando-a de perto, para ninguém passar a perna nele.

Nesse trabalho específico, ele temia que Tangerina e Limão pudessem se virar contra ele, pegar o dinheiro e se mandar. Ou talvez que pudessem sequestrar novamente seu filho, levá-lo para algum lugar e pedir um novo resgate. "Vou ficar bem de olho em vocês dois", afirmou na última vez em que se encontraram, dizendo sem cerimônia que não confiava neles. Um de seus capangas estaria esperando por eles em cada estação em que o Shinkansen parasse, para se certificar de que Tangerina e Limão realmente estariam no trem para Morioka com seu filho, e que eles não tentariam nenhuma gracinha.

Lógico que quando ele disse isso a Tangerina e Limão, eles não tinham a menor intenção de traí-lo, planejavam simplesmente executar o serviço como havia sido contratado, de modo que não se incomodaram com aquilo. "Sem problemas, pode ficar de olho", disseram, despreocupados.

— Nunca imaginei que isso tudo aconteceria.

— Problemas podem acontecer. Tem até uma música sobre isso no *Thomas e Seus Amigos*. Ela diz: "Problemas podem acontecer, não há como evitar."

— Mas às vezes dá para evitar, sim.

Limão pareceu não escutar Tangerina e começou a cantar a música, todo animado, acrescentando alguns comentários. "É pura verdade, *Thomas e Seus Amigos* é profundo demais."

— Ei, espera um pouco. — Finalmente ele olha para Tangerina. — O capanga do Minegishi está nos esperando na plataforma. Você acha que ele vai embarcar no trem?

— Não faço ideia. — Ninguém lhes deu maiores detalhes. — Talvez ele fique só na plataforma e olhe para nós pela janela.

— Se for assim — diz Limão, inclinando-se para a frente e apontando para o corpo encostado na janela —, a gente faz de conta de que esse aí tá dormindo, damos um aceninho e sorrimos, e o cara nunca vai perceber a diferença.

Tangerina fica com um pé atrás instintivo com a proposta otimista de Limão, mas aquilo até poderia funcionar. Na verdade, desde que o capanga de Minegishi não embarcasse no trem, a ideia realmente tinha chance de dar certo.

— Quer dizer, se o garoto estiver sentado aqui, ele não teria nenhum motivo para pensar que está morto, né?

— Talvez você tenha razão. Eu nunca acharia isso.

— Beleza. Então pronto, ele nunca vai perceber a diferença.

— Mas, se, por algum motivo, ele suspeitar de algo, talvez ele embarque.

— O trem fica parado em Omiya por quase só um minuto. Ele não vai ter tempo pra nenhuma inspeção minuciosa.

— Hmm. — Tangerina fica tentando imaginar que ordens ele daria caso fosse Minegishi. — Aposto que mandaram esse cara ficar na plataforma, dar uma olhada na gente pela janela e, se suspeitar de qualquer coisa, vai ligar pro Minegishi.

— Chefe, seu filho estava com uma cara péssima. Deve ter tomado todas. Ha. E depois, o que você acha que aconteceria?

— Minegishi provavelmente se daria conta de que o filho não estava bêbado e começaria a se perguntar se tem alguma coisa esquisita acontecendo.

— Você acha que ele pensaria isso?

— Mandachuvas que nem ele prestam atenção a esse tipo de coisa. Então acho que ele mandaria um bando de capangas nos esperar na próxima parada, em Sendai. Eles não teriam nenhum problema em invadir o trem e nos pegar.

— E se roubássemos o telefone do cara que deveria ligar para dar um retorno? Se ele não falar com o Minegishi, o Minegishi não teria como ficar irritado com a gente. O moleque não está morto até que fiquem sabendo disso.

— Uma pessoa como Minegishi tem outras maneiras de entrar em contato com os capangas além de um telefone.

— Tipo usando mensageiros? — Por algum motivo, Limão parece gostar daquela ideia e a repete algumas vezes, isso, ele vai ter mensageiros, com certeza que tem.

— Tipo esses outdoors digitais, sabe? O cara que trabalha para ele pode até escrever uma mensagem em um dizendo: "Seu filho foi assassinado."

Limão pisca diversas vezes para Tangerina.

— Sério?

— Foi uma piada.

— Suas piadas são idiotas. — Mas ele parece bastante empolgado com a ideia. — A gente deveria tentar isso... na próxima vez que a gente terminar um serviço, pode usar um telão num estádio de beisebol para avisar ao cliente: "Trabalho Feito, Sucesso Total!"

— Não consigo imaginar por que a gente faria uma coisa dessas.

— Porque seria engraçado! — Limão sorri como se fosse um garotinho. Então tira um pedaço de papel do bolso e começa a rabiscar nele com uma caneta que tirou sabe-se lá de onde. — Toma, pega aqui.

Ele estende o papel a Tangerina, que o pega. É o bilhete do sorteio do supermercado.

— Não, olha atrás — diz Limão.

Tangerina vira o papel e vê o desenho de um trem com um rosto redondo. É difícil dizer se o desenho está bem-feito ou não.

— Que porra é essa?

— É o Arthur. Poxa, eu até escrevi o nome dele aí. Uma locomotiva tímida e marrom. Muito esforçado no que faz, ele se orgulha do fato de jamais ter sofrido um acidente. Sabe como é, zero problemas, um histórico impecável. Ele trabalha muito para continuar assim. Eu não tenho nenhum adesivo dele, então desenhei pra você.

— E por que está me dando isso?

— Porque ele nunca teve um acidente! Vai ser um amuleto da sorte.

Nem uma criança confiaria em algo tão frágil, mas Tangerina está irritado demais para discutir sobre aquilo, de modo que simplesmente dobra o papel no meio e o enfia no bolso de trás da calça.

— Se bem que, em algum momento, o Thomas engana o Arthur e ele acaba sofrendo um acidente.

— Bom, mas então de que isso adianta?

— Só que o Thomas diz uma coisa inteligente.

— O quê?

— Recordes existem para serem quebrados.

— Não é uma coisa muito legal para dizer a alguém cujo recorde você acabou de quebrar. Thomas parece ser um tremendo babaca.

NANAO

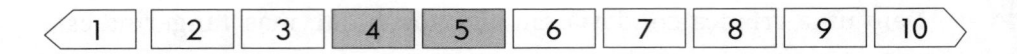

⟨ 1 | 2 | 3 | **4** | **5** | 6 | 7 | 8 | 9 | 10 ⟩

NANAO ESTÁ DE VOLTA à primeira fileira do quarto vagão. De acordo com o que Maria disse a ele, o dono da mala está no vagão três. Ele não gostava da ideia de estar tão perto, mas tinha a sensação de que qualquer lugar dentro daquele trem seria perto demais, então o mais fácil a fazer seria se sentar no lugar indicado em seu bilhete.

Ele fica pensando em Limão e Tangerina.

Será que são eles os caras que estão procurando pela mala? Ele sente como se o seu assento estivesse afundando no chão e o teto desmoronando. Aqueles caras eram frios e implacáveis, além de violentos tanto na aparência quanto em seus métodos. Nanao se lembra do intermediário barrigudo dizendo isso a ele.

Ele tinha considerado trazer a mala para algum lugar mais perto do seu assento, como o receptáculo de lixo entre o terceiro e o quarto vagão, mas acabou abandonando a ideia. Se trocasse a mala de lugar, havia uma boa chance de que alguém o visse. Parecia uma opção mais segura deixá-la onde estava. *Vai dar tudo certo, vai ficar tudo bem.* Ele ficava repetindo isso a si mesmo. *Não vai acontecer mais nenhum imprevisto.* "É mesmo?", sua outra voz interior sussurra, num tom provocativo. "Sempre que você faz qualquer coisa acontecem reviravoltas e mudanças de rumo que você não tinha previsto", diz ela. "Não tem sido assim a sua vida inteira? Desde aquela vez em que você foi sequestrado enquanto voltava do colégio."

O carrinho de lanches passa pelo corredor e ele chama a atendente.

— Eu queria um suco de laranja.

— Acabou. Costumamos ter, mas acabou agora mesmo.

Nanao não demonstra nenhuma emoção. "Eu devia ter imaginado", ele quase fala. Está habituado àquele tipo de azar nas coisas mais banais. Toda vez que vai comprar um sapato, o seu tamanho está esgotado na cor que ele gosta. Quando entra numa fila para pagar, a outra sempre anda mais rápido.

Sempre que é gentil e oferece que um idoso entre no elevador antes dele, assim que entra soa o alarme de excesso de peso. Aquilo faz parte da sua rotina.

Ele pede uma água com gás e paga.

"Você vive sempre todo nervoso e paranoico, é como se você atraísse todo o azar que tem", dissera Maria uma vez. "Você precisa relaxar. Toda vez que achar que está chegando perto do seu limite, beba um chá, respire fundo, fique desenhando caracteres chineses com o dedo na palma da mão. Faça alguma coisa para se acalmar."

"Eu não sou nervoso porque isso faz parte da minha natureza ou porque eu fico remoendo demais as coisas na cabeça nem nada desse gênero. É por causa da minha experiência pessoal. Eu tive má sorte a vida inteira", respondeu ele.

Ele abre a latinha de água com gás e toma um gole. As bolinhas começam a estourar em sua boca, fazendo-o engolir rápido, e a água desce pelo caminho errado.

Eu escondi a mala. Nós já estamos chegando a Omiya. Se eu ficar tranquilo, tudo vai acabar rápido, quase que de acordo com o plano, exceto pelo fato de eu desembarcar em Omiya em vez de Ueno. Eu vou me encontrar com a Maria, reclamar pra ela que o serviço acabou não sendo tão simples, e ponto final.

Quanto mais ele repete aquilo a si mesmo, mais ansioso fica.

Nanao reclina o assento e tenta relaxar. Respira fundo, abre a mão esquerda e começa a desenhar caracteres chineses com o dedo direito. Mas faz cócegas, e sua mão se retorce por reflexo.

Acaba derrubando a latinha de água, que rola pelo corredor fazendo um barulho tremendo até a outra ponta do vagão, impulsionada pelo movimento do trem. Nanao levanta e sai correndo atrás dela.

Ele não estava otimista a ponto de achar que a latinha poderia parar, mas, mesmo assim, fica surpreso com o modo errático com que ela desvia para a esquerda e para a direita. Ele se inclina para tentar pegá-la e pede desculpas aos outros passageiros, causando uma cena.

Finalmente a latinha diminui a velocidade, e Nanao se abaixa e consegue alcançá-la. Ele suspira e começa a se levantar quando sente uma dor aguda na costela. Um gemido escapa de seus lábios. Sem saber direito o que está acontecendo, imediatamente supõe que alguém o está atacando, talvez o dono da mala. Começa a suar frio, mas então escuta a voz de uma velhinha — "Ah puxa, me desculpe" — e sabe que não é um assassino. Apenas uma senhorinha. Aparentemente, ela estava tentando se levantar e, ao esticar sua bengala para se apoiar, sem perceber que Nanao estava agachado à sua frente, ela o atingiu na costela com a ponta. Deve ter acertado um lugar particularmente vulnerável, porque aquilo doeu mais do que o esperado.

— Com licença — diz ela, fazendo um esforço hercúleo para se equilibrar enquanto vai na direção do corredor, sem prestar muita atenção em Nanao, mas se assegurando de que ele saiba que ela quer passar. — Se me dá licença.

Ela sai mancando. Ele se apoia num assento próximo, e esfrega a costela enquanto procura recuperar o fôlego.

Está doendo demais para simplesmente ignorar, e ele se contorce desconfortavelmente. Ao fazer isso, vê o homem que está sentado na fileira logo atrás do assento no qual está se apoiando. Tem a sua idade, ou talvez seja um pouco mais velho, e usa um terno que faz Nanao pensar que talvez seja um funcionário certinho de alguma empresa. Ele imagina que o cara seja bom com números, que trabalhe na contabilidade, ou com finanças, algo desse tipo.

— Você está bem? — O homem parece preocupado.

— Sim. — Nanao tenta ficar de pé para mostrar que está bem, de verdade, mas sente uma fisgada e despenca no assento ao lado do homem. — Acho que está doendo um pouco. Tive uma colisãozinha com aquela mulher. Estava tentando pegar essa lata.

— Que azar.

— Bom, eu estou acostumado com o azar.

— Você sempre tem azar?

Nanao dá uma olhada no livro que o homem está lendo. Parece ser um guia de viagem, já que há várias fotos de hotéis e comidas.

A dor finalmente começa a diminuir, e Nanao está quase se levantando quando é acometido por uma vontade de falar mais.

— Por exemplo — diz ao homem —, quando eu estava na segunda série, fui sequestrado.

O homem ergue as sobrancelhas, surpreso com aquela revelação repentina, mas também abre um discreto sorriso.

— A sua família é rica?

— Quem me dera. — Nanao balança a cabeça. — Nós éramos o exato oposto do que é ser rico. As únicas roupas que os meus pais compravam pra mim eram os meus uniformes da escola, e eu sempre invejava os brinquedos que os pais dos meus amigos compravam para eles. Eu chegava a roer as unhas de tanta frustração. Tinha um outro garoto na minha turma, um garoto rico, que era o meu oposto. Ele tinha todos os brinquedos, uma mesada que parecia ilimitada, toneladas de mangás e bonequinhos. É o que você chamaria de um cara sortudo. Meu amigo sortudo. Uma vez meu amigo sortudo me disse: "Já que a sua família é pobre, você deveria tentar ser uma estrela do futebol ou um bandido."

— Entendo — murmurou o homem. Ele parece estar realmente sentindo empatia pelo jovem Nanao. — Com certeza existem crianças para as quais isso é verdade.

— Eu era uma delas. Parecia uma escolha meio extrema, virar jogador profissional de futebol ou ir para o crime, mas eu era uma criança obediente e achava ele inteligente, então fiz as duas coisas.

— As duas? Futebol e...? — O homem levantou as sobrancelhas mais uma vez e inclinou a cabeça.

— E crime. Meu primeiro crime foi roubar uma bola de futebol. Eu treinava futebol e roubava o tempo todo, e fiquei muito bom nos dois. Isso terminou definindo os rumos da minha vida, então, de certa maneira, eu tenho uma dívida de gratidão com aquele meu amigo sortudo.

Nanao está surpreso consigo mesmo por estar se abrindo daquele jeito com um estranho, quando, normalmente, costuma ser mais taciturno, mas tinha alguma coisa naquele homem. Parecia ser uma pessoa gentil, embora um pouco sem vida, o que passava a imagem de que ele era um bom ouvinte.

— Do que eu estava falando mesmo? — Nanao pensa por alguns instantes, e então se lembra: — Ah, sim, do meu sequestro. — *Eu vou mesmo falar sobre isso?*

— Seu amigo sortudo parece um candidato muito mais provável para um sequestro — diz o homem.

— Sim! — A voz de Nanao sai esganiçada. — Exatamente! Eles me pegaram por acidente. Acharam que eu fosse ele. Digo, os sequestradores. Eu estava voltando pra casa junto com o meu amigo rico. Mas como eu tinha perdido no pedra, papel e tesoura, eu estava carregando a mochila dele. A mochila dele era diferente das nossas.

— Era uma mochila especial?

— É, algo assim. Feita sob medida para os ricos. — Nanao dá uma risada. — E eu estava carregando essa mochila, então eles me levaram. Que confusão. Eu fiquei dizendo que eu não era o riquinho, que eles tinham pegado o garoto errado, mas não acreditaram em mim.

— Mas você acabou sendo resgatado?

— Eu fugi por conta própria.

Os sequestradores exigiram um resgate dos pais do amigo sortudo de Nanao, mas eles não levaram aquilo a sério. O que fez sentido, afinal de contas, o filho estava seguro, em casa, com eles. Os sequestradores ficaram furiosos e começaram a ameaçar Nanao de forma cada vez mais brutal. Ele continuou insistindo que não era o garoto que estavam procurando, até que, finalmente, eles lhe deram ouvidos. Então ligaram para os pais de Nanao, concluindo que, desde que conseguissem algum dinheiro, não importava de onde viesse.

— Meu pai respondeu aos sequestradores com uma lógica que não tinha como ser refutada.

— O que ele disse?

— Que um homem não pode dar o que ele não tem.

— Hum.

— Isso irritou os sequestradores. Eles disseram ao meu pai que ele era um péssimo pai, mas eu entendi o que ele quis dizer. Um homem não pode mesmo dar o que ele não tem. Ele poderia querer salvar o filho, mas não tinha o dinheiro para fazer isso. Não tinha nada que ele pudesse fazer. Eu percebi que precisaria me salvar sozinho. Então eu fugi.

As portas do armário da sua mente que armazenava as lembranças começaram a se abrir, clac, e depois se fecharam novamente, clac. As cenas de seu passado que ele via dentro da cabeça podiam estar empoeiradas, mas ainda eram muito nítidas, cenas da infância, mas que ainda assim pareciam próximas e tangíveis. A negligência dos sequestradores, a energia e determinação de sua juventude, o timing perfeito no acionamento de uma cancela no cruzamento de uma ferrovia e a chegada de um ônibus. Ele lembra da sensação de alívio quando o ônibus arrancou, misturada ao medo de não ter dinheiro para pagar pela passagem. Mas ele conseguiu, fugira completamente sozinho, na segunda série.

Clac, clac, mais portas do armário foram se abrindo em sua cabeça. Quando considera que talvez existam algumas memórias ali que ele não quer revisitar, já é tarde demais, e uma porta que deveria ter ficado fechada já está escancarada. Ele vê um outro garotinho, com os olhos suplicantes, dizendo: *Me ajuda.*

— O que foi? — O homem de terno percebe uma mudança em Nanao.

— Só um trauma — responde Nanao, usando a palavra que Maria havia usado para provocá-lo. — Um outro menino também tinha sido sequestrado.

— E quem era?

— Eu nunca soube.

Era verdade. Tudo que ele sabia era que o outro menino estava sendo mantido em cativeiro junto com ele.

— Era uma espécie de depósito de crianças sequestradas.

O garoto desconhecido de cabeça raspada percebeu que Nanao ia fugir. "Me ajuda", disse ele. Mas Nanao não o ajudou.

— Você achou que ele te atrapalharia?

— Não lembro por que eu não o ajudei. Talvez tenha sido só uma reação instintiva. Acho que eu nem cheguei a pensar naquilo.

— O que aconteceu com ele?

— Não faço ideia — respondeu Nanao, com sinceridade. — Ele se tornou um trauma para mim. Não quero pensar nisso.

Por que será que eu fiz aquilo?, ele se pergunta, fechando seu armário de lembranças. Se pudesse, trancaria aquela porta para sempre.

— E os sequestradores?

— Nunca foram pegos. Meu pai nem fez um boletim de ocorrência na polícia. Disse que seria muito trabalho e não valeria a pena, e eu não me importava muito. Só estava orgulhoso de mim mesmo por ter fugido. Foi assim que eu aprendi a fazer as coisas por minha conta... Por que eu te contei essa história, afinal?

Ele acha realmente bizarro ter sentido vontade de falar pelos cotovelos daquele jeito. Feito um robô falante de quem apertaram o botão de ligar.

— Enfim, desde que eu fui sequestrado, minha vida tem sido uma série de contratempos, um atrás do outro. Quando estava fazendo a prova para entrar no ensino médio, apesar de ter estudado muito, eu acabei rodando porque o garoto sentado do meu lado não parava de espirrar.

— Ele atrapalhou sua concentração?

— Não, não. Ele deu um espirro tão grande que um perdigoto imenso veio voando na minha direção e caiu em cima da folha de respostas. Eu fiquei nervoso e tentei limpar aquilo, mas acabei borrando todas as respostas que eu tinha dado tão duro para marcar. Até o meu nome ficou ilegível.

A família de Nanao não tinha dinheiro para pagar uma escola particular, então ele precisava de uma nota boa o bastante para conseguir entrar em uma escola pública, mas, graças ao nariz escorrendo de um garoto aleatório, suas chances foram arruinadas. Os pais de Nanao nunca se alteravam muito em relação a coisa nenhuma, de modo que não ficaram particularmente irritados ou incomodados com aquilo também.

— Você tem azar mesmo.

— Eu lavo meu carro e chove. Menos quando lavo na esperança de que vá chover.

— O que isso quer dizer?

— É aquela lei de Murphy da qual eles costumam falar na TV. É a história da minha vida.

— Ah, sim, lei de Murphy. Eu lembro de quando lançaram o livro.

— Se você algum dia me vir numa fila para um caixa, entre em outra. Qualquer uma em que eu estiver vai ser a mais lenta de todas.

— Vou me lembrar disso.

O celular de Nanao começa a vibrar. Ele confere quem está ligando: Maria. Sente um misto de alívio e irritação com a interrupção daquela conversa incomum. Uma espécie de "alivirritação".

— Estou me sentindo bem melhor da pancada na costela. Obrigado por me ouvir.

— Não foi nada de mais — diz o homem, educadamente.

Não há nada minimamente agitado em sua expressão, mas ele também não parece exatamente relaxado. Era como se algum circuito emocional básico tivesse sido desligado nele.

— Acho que talvez você seja bom em fazer as pessoas falarem — opina Nanao. — Alguém já te disse isso?

— Mas... — O homem parece achar que está sendo criticado. — Mas eu não fiz nada.

— É que nem um padre, que faz você falar só de estar ali. Você é como um confessionário ambulante, ou, talvez, um padre ambulante.

— Acho que a maioria dos padres anda. Mas, enfim, eu sou só um professor de escola preparatória.

Aquelas palavras acompanham Nanao enquanto ele entra no espaço entre vagões. Ele leva o telefone ao ouvido e, imediatamente, escuta Maria esbravejando:

— Que demora pra atender.

— Eu estava no banheiro — diz bem alto.

— Que ótimo pra você. Se bem que, com a sua sorte, provavelmente não tinha papel higiênico no banheiro ou sujou as mãos todas de mijo.

— Não nego. E aí?

Ele escuta o que julga ser Maria respirando irritada, mas também pode ser apenas o ruído habitual do Shinkansen. Está em cima do engate que conecta os vagões. As plataformas sob ele se movem como se tivessem vida.

— "*E aí?*", ele pergunta. Você parece bem despreocupado. O trem já está quase chegando em Omiya. Vê se desembarca dessa vez. O que você vai fazer com o cadáver do lobo mau?

— Não me faz lembrar dele. — Suas pernas oscilam com o movimento do trem, mas ele consegue manter o equilíbrio.

— Bom, mesmo que alguém descubra o corpo, não acho que vão conseguir ligar a morte dele a você.

Exatamente, pensa Nanao. Ninguém sabe muita coisa sobre o Lobo, o que inclui o verdadeiro nome do cara. Ele imagina que a polícia vá suar bastante para identificar aquele corpo.

— Então o quê, é pra eu me certificar de desembarcar mesmo em Omiya, é isso? Entendido.

— Tenho certeza de que vai dar tudo certo. Eu só queria mesmo fazer uma pressãozinha, só pra garantir.

— Pressãozinha?

— Acabei de falar com o nosso cliente. Eu disse a ele que meu craque já estava com a mala, mas que não conseguiu desembarcar em Ueno. Quer dizer, eu não acho que seja um grande problema você desembarcar em Omiya, mas achei que seria de bom-tom avisar a ele. São boas práticas de negócios. Da mesma forma que ensinam os novos funcionários de uma empresa a reportar quaisquer problemas ou falhas aos seus supervisores.

— Ele ficou bravo?

— Ficou branco que nem papel. Eu não estava vendo, mas deu pra perceber que todo o sangue do rosto dele correu para outro lugar.

— Por que ele ficaria branco?

Ele teria entendido se o cliente tivesse ficado bravo. Mas aquela reação lhe causou um mau pressentimento, uma sensação de que aquilo era muito mais do que um simples serviço, e também o sentimento incômodo de que essa sensação estava correta.

— Nosso cliente está recebendo ordens de outro cliente. Isto é, nós somos terceirizados de um terceirizado.

— Isso acontece com bastante frequência.

— Realmente, de fato acontece. Mas o cliente principal, o primeiro a contratar o serviço, é um homem de Morioka, chamado Minegishi.

O trem balança de um lado para o outro. Nanao perde o equilíbrio e tenta se segurar num corrimão próximo a ele. Leva o telefone novamente ao ouvido.

— Como é o nome? Eu não escutei.

Assim que ele pergunta, o trem entra num túnel. Fica tudo escuro do outro lado das janelas. Um ruído de movimento engole o trem, grave e alto, como o rugido de um animal. Quando era pequeno, Nanao ficava paralisado de medo toda vez que estava em um trem que entrava num túnel. Ele imaginava que havia um monstro gigante farejando no escuro, aproximando seu rosto do trem e examinando os passageiros atrás daquele que mais lhe apetecesse. Ele sentia o monstro vindo em sua direção, procurando lascivamente por uma criança malcriada, qualquer criança malcriada que fosse ideal para ser comida, de modo que se encolhia num canto e tentava permanecer completamente imóvel. Agora ele entende que aquilo provavelmente era algum tipo de medo residual por ter sido sequestrado por engano. Na época, pensava que se havia um passageiro azarado o bastante para ser escolhido, certamente seria ele.

— Minegishi, você já ouviu falar dele, não? O nome, pelo menos, você deve conhecer.

Por um instante, Nanao não entende o que Maria está dizendo, mas, então, tem um estalo e, assim que isso acontece, sente um aperto no estômago.

— Minegishi. Você quer dizer *aquele* Minegishi?

— Não sei o que você quer dizer com *aquele*.

— Aquele que pode ou não ter cortado o braço de uma garota porque ela se atrasou.

— Cinco minutos. Por causa de só cinco minutos.

— Ele é uma dessas pessoas que está sempre sendo citada nas histórias que nós contamos para assustar os novatos no crime. Eu ouvi alguns rumores. Dizem que ele odeia quando as pessoas não fazem o trabalho direito.

Assim que as palavras saem de sua boca, Nanao sente uma onda de vertigem. Isso somado ao movimento do trem é quase o bastante para derrubá-lo.

— Viu? — diz Maria. — Entendeu o que eu quero dizer? Nós estamos encrencados. Não fizemos nosso trabalho direito.

— Isso não parece estar acontecendo de verdade. Você tem certeza de que o cliente principal é o Minegishi?

— Não cem por cento, mas realmente é o que parece.

— Se só parece, então não temos certeza.

— É verdade. Mas nosso cliente parecia apavorado, como se estivesse preocupado com o que o Minegishi poderia fazer com ele. Eu disse a ele que o que está feito, está feito, que se você desembarcasse em Omiya não seria um grande problema, que ele tinha que ficar calmo e não se estressar.

— Você acha que o Minegishi sabe o que aconteceu? Que eu não desembarquei em Ueno. Que eu não fiz o trabalho direito.

— Boa pergunta. Acho que tudo vai depender de como nosso cliente vai lidar com isso. Se vai ficar com medo de contar isso a ele, ou se vai correndo confessar tudo com medo do que pode acontecer caso ele não fale.

— Ei, não teve uma pessoa que te ligou para dar os detalhes sobre o lugar em que a mala estava? — Nanao lembra do que aconteceu: assim que o Shinkansen deixou a estação Tóquio, Maria ficou sabendo que a mala estava no compartimento de bagagens entre os vagões três e quatro. — Isso significa que a pessoa que te passou essa informação talvez ainda esteja no trem.

— Talvez. E daí?

— E daí que essa pessoa está do meu lado, trabalhando junto comigo para roubar a mala. Né? — A ideia de ter um aliado naquele trem tranquiliza Nanao.

— Eu não contaria com isso. O trabalho dessa pessoa era só confirmar a localização da mala e me ligar. Ela provavelmente desembarcou em Ueno. — Ele tinha de admitir que ela devia estar certa. — Bem, e daí? Você está ficando nervoso? Está pensando que vai ter algum problema se não fizer o serviço direito?

— O meu plano sempre foi fazer o serviço direito.

Enquanto diz isso, Nanao balança a cabeça, resoluto. *Não consigo imaginar ninguém que se esforce tanto quanto eu para fazer as coisas direito. Quer dizer, depende da sua definição de fazer as coisas direito, mas eu nunca ando com a cabeça nas nuvens. Sempre faço as coisas com atenção. Nunca reclamo sobre os meus pais terem sido tão pobres. Nunca me entrego ao desespero. Eu fui lá e roubei aquela bola de futebol e fiquei treinando e treinando pra ficar cada vez melhor naquilo. Eu não ficaria surpreso se outras pessoas se espelhassem em mim.*

— Você faz o serviço direito. Mas é azarado. Não sei o que vai acontecer.

— Vai dar tudo certo. — É lógico que ele estava dizendo aquilo mais para si mesmo do que respondendo a Maria, prevendo o próprio futuro, insistindo em como as coisas deveriam acontecer. — Eu escondi a mala. Estamos quase chegando em Omiya. Quando eu desembarcar lá, o serviço vai estar encerrado. Minegishi não terá motivos para ficar bravo.

— Espero que você esteja certo. Mas eu aprendi uma lição muito importante desde que começamos a trabalhar juntos: a vida é cheia de azar, só esperando para acontecer. Um trabalho que parece impossível de dar errado pode desandar de uma forma inesperada. E mesmo que o trabalho não dê errado, alguma coisa horrível sempre pode acontecer.

Toda vez que você sai por aí, eu descubro uma nova maneira como tudo pode desmoronar.

— Mas você sempre me diz que é um serviço simples.

— O que é sempre verdade. Não é minha culpa que os problemas sempre encontrem você. Se você pisar forte numa ponte de pedra antes de atravessá-la só para ter certeza de que ela está firme, você vai acertar uma abelha que estava ali descansando, acabar sendo picado e vai cair dentro do rio. Com você é sempre assim. Aposto que você nunca jogou golfe, né?

Quê?

— Hã, não.

— Não jogue. Você vai acertar a bola no buraco, mas quando enfiar a mão lá dentro para pegá-la de volta, um rato vai sair e morder seu dedo.

— Isso é ridículo. Por que um rato viveria num buraco em um campo de golfe?

— Porque *você* foi jogar lá. Estou te falando. Você é um gênio em encontrar maneiras de arruinar tudo.

— Você deveria me dar um serviço em que a missão seja arruinar tudo. Aí as coisas provavelmente dariam certo — brinca Nanao. Mas Maria não ri.

— Não, porque aí você não arruinaria com tudo.

— Lei de Murphy.

— Você está falando do Eddie Murphy?

Então, de repente, a ansiedade toma conta de Nanao.

— Melhor eu dar uma olhada na mala.

Ele olha para a dianteira do trem.

— Boa ideia. Com você envolvido, a mala escondida desaparecer parece uma possibilidade bem real.

— Não me assusta, por favor.

— Toma cuidado. Quando você for conferir se a mala ainda está lá, é provável que você arruíne alguma coisa.

O que devo fazer, então?, Nanao sente vontade de gritar, mas precisa admitir que Maria provavelmente está certa.

O PRÍNCIPE

ELE TIRA A FITA ISOLANTE DAS MÃOS e dos tornozelos de Kimura, soltando o homem, mas não está nem um pouco preocupado com isso. Se Kimura permitir que suas emoções o dominem e ficar violento, isso colocará seu filho em risco. A essa altura, ele sabe bem disso. E não acha que o Príncipe está blefando. Provavelmente ele sabe que o Príncipe não mentiria sobre algo assim. E agora o Príncipe está pedindo a ajuda de Kimura, o que sugere que se ele fizer um bom trabalho, talvez seu filho escape do perigo. Há muitas coisas que Kimura poderia fazer para sair de sua situação atual, mas as chances de que ele vá, deliberadamente, pôr a vida do filho em risco, são extremamente pequenas. Quando uma pessoa acredita que tudo ainda pode dar certo, ela tende a não tomar nenhuma atitude desesperada.

— O que você quer que eu faça? — pergunta Kimura de forma desanimada, esfregando os tornozelos na parte em que a fita estava colada.

Devia ser humilhante para ele receber ordens de alguém que odiava, mas ele estava se esforçando para reprimir seus sentimentos. Para o Príncipe, aquilo era extremamente divertido.

— Nós vamos juntos até uma das áreas entre os vagões mais lá no fundo. Sabe aquelas lixeiras que ficam na parede? A mala está lá dentro.

— Ela cabe na lata de lixo?

— Não, eu também não sabia disso, mas a parede onde fica a lixeira tem uma portinha.

— E foi ali que o cara dos óculos pretos a escondeu? Ótimo, então a gente pega a mala, e daí? É uma mala, né, então não é exatamente pequena. Se a gente a deixar aqui, perto de onde estamos, ela vai ficar à vista.

O Príncipe concorda com a cabeça. A mala não é enorme, mas eles não conseguiriam escondê-la em nenhum lugar próximo aos seus assentos.

— Tem duas coisas que podemos fazer — diz ele, enquanto caminham pelo corredor. Então, ele se aproxima da janela e se vira para encarar Kimura. — A primeira é pedir para o condutor ficar com ela.

— O condutor?

— Sim. Eu levo a mala até o condutor, explico a situação e digo para ele ficar com ela. Imagino que exista uma sala dos funcionários ou algo assim, onde ele possa guardá-la. Se ela ficar lá, o dono nunca irá encontrá-la.

— Como assim? Você vai dizer que encontrou uma mala qualquer? Ou que ela caiu do compartimento? Eles vão fazer um anúncio no sistema de som e todo mundo no trem vai ficar sabendo. As pessoas que estão atrás da mala fariam uma fila na frente da sala dos funcionários.

— Eu pensaria em uma história bem melhor do que essa. Diria, por exemplo, que esta é minha mala, mas o homem sentado ao meu lado não tira os olhos dela, e eu estou com medo de que ele queira roubá-la, então, será que você poderia ficar com ela até que eu desembarque do trem, ou algo assim. — Quando ele menciona o homem sentado ao seu lado ele aponta para Kimura.

— Ah, sim, isso não é nem um pouco suspeito mesmo.

— Não quando quem diz é um adolescente com uma cara honesta, como eu.

Kimura bufa, para deixar bem óbvio seu desdém por aquele plano. Mas é evidente que, no fundo, ele sabe que o Príncipe provavelmente poderia enganar o condutor sem muito esforço.

— Mesmo assim, se você der a mala para os condutores, você não vai ficar com ela.

— Eu posso pegar de volta quando chegarmos a Morioka, e se isso for muito problemático eu posso simplesmente deixá-la com eles. Eu quero saber o que tem dentro dela, mas o mais importante é que ela fique escondida. Assim, eu posso manipular as pessoas que estão atrás dela.

— Como os seus colegas de turma com as figurinhas de robô?

— Exatamente. Mas eu também pensei em outra coisa que posso fazer com ela. Que seria simplesmente remover o seu conteúdo. — A mala com a qual o homem de óculos pretos parecia tão preocupado tinha uma tranca com uma combinação de quatro dígitos. — Ficar tentando diferentes combinações até que ela abra.

— Você vai tentar todas as combinações possíveis? Faz alguma ideia de quantas são? Boa sorte, moleque.

Kimura obviamente estava achando que aquela era uma ideia idiota elaborada por uma criança. O Príncipe sente pena daquele homem e da sua incapacidade de se livrar de seus preconceitos.

— Não sou eu quem vou fazer isso, vai ser você. Você vai com ela para o banheiro e começar a testar as combinações.

— Nem fodendo. Ainda por cima no banheiro? De jeito nenhum.

O Príncipe segura o riso pela facilidade com que Kimura perde a paciência.

— Sr. Kimura, eu estou ficando cansado de repetir isso pra você todas as vezes, mas, se você não fizer o que eu digo, o seu filho vai ter problemas. Seria muito melhor para você simplesmente levar a mala para o banheiro e ficar testando combinações para a tranca. Muito, muito melhor.

— Se eu ficar todo esse tempo no banheiro, o condutor vai perceber.

— Eu vou até lá dar uma olhada na situação de tempos em tempos. Se as pessoas começarem a fazer fila, eu te aviso. Você pode sair, esperar até que a poeira baixe e depois voltar. Não é como se estivesse fazendo alguma coisa errada só de ficar testando combinações para a tranca de uma mala. Existem várias desculpas que funcionariam nesse cenário.

— Eu vou ficar fazendo isso até morrer. Não tenho a intenção de ficar sentado testando combinações até estar velho e grisalho.

O Príncipe volta a andar. Ele entra no vagão seguinte e começa a percorrer o corredor, imaginando o que Kimura deve estar pensando enquanto o acompanha. O homem está bem atrás dele, olhando para as costas da pessoa que jogou seu filho de cima de um telhado. Sem dúvida ele gostaria de atacá-lo. Seu desejo de cometer uma violência é palpável. Se as condições permitissem, ele pegaria o Príncipe pelo braço, o puxaria para perto de si e o estrangularia até a morte. Mas Kimura não pode fazer nada disso. O Shinkansen é um lugar público demais e, além disso, a vida de seu filho corre perigo.

Só de imaginar Kimura rangendo os dentes de frustração, o Príncipe se sente tomado por uma sensação calorosa de bem-estar.

— Sr. Kimura — diz ele, enquanto caminham pelo sexto vagão, olhando para trás. Conforme esperado, o rosto de Kimura parece uma máscara horrenda de tão deformado pelo esforço de conter a raiva. O Príncipe se deleita com aquela visão. — Não vai levar tanto tempo quanto você acha para descobrir a combinação. É um número entre 0000 e 9999, ou seja, são dez mil combinações possíveis. Digamos que você tente uma por segundo, isso dá dez mil segundos. Cerca de 167 minutos. Menos de duas horas e quinze. E aposto que nem vai levar tanto tempo assim. Provavelmente você vai conseguir testar mais de uma por segundo e, além disso...

— Você fez todas essas contas de cabeça? Que menino inteligente — diz Kimura com desdém, mas isso só o faz parecer ainda mais burro para o Príncipe.

— ... e, além disso, você ficaria surpreso com o quanto eu sou sortudo. Mesmo quando eu ajo de forma mais ou menos aleatória, geralmente dá tudo certo pra mim. Eu sou premiado em rifas e coisas desse tipo o tempo todo. Sempre foi assim comigo, a minha vida toda. Chega quase a ser bizarro. Então, aposto que você vai descobrir a combinação certa relativamente rápido. Quem sabe até nos primeiros trinta minutos, em algum ponto entre 0000 e 1800.

Eles entram no espaço seguinte entre os vagões. Está deserto. O Príncipe vai direto até a lixeira na parede.

— O quê, está aqui?

Kimura para ao seu lado.

— Olha. — Ele aponta para a saliência arredondada. — Aperte isso aí, e depois puxe e gire.

Kimura faz o que lhe é dito, estende a mão, aperta, puxa, gira. A porta se abre. Ele emite um discreto ruído de surpresa. O Príncipe se aproxima e eles olham juntos para dentro. Ali está ela, na prateleira de cima: a mala preta.

— É isso aí. Vamos lá, pegue.

Kimura está levemente atordoado com a revelação do compartimento secreto, mas as palavras do Príncipe o trazem de volta à realidade. Ele enfia o braço lá dentro e puxa a mala para fora. Enquanto a coloca no chão, o Príncipe fecha novamente a portinha.

— Ok, Sr. Kimura, entre aí e comece o processo. — O Príncipe aponta para a porta do banheiro. — Vamos combinar um sinal. Se houver algum problema, eu bato na porta. Algum outro passageiro pode bater também, então a nossa batida precisa ser diferente. Então, se as pessoas estiverem fazendo fila e você precisar sair por um tempo, eu vou bater cinco vezes, *toc-toc-toc-toc-toc*. Duvido que alguma outra pessoa vá bater cinco vezes. E se alguém que talvez possa nos causar problemas estiver por perto, eu vou bater *toc-toc*, *toc*. Três vezes, com uma pausa.

— Quem você acha que poderia nos causar problemas?

— O homem dos óculos pretos, por exemplo.

Assim que diz isso, o Príncipe se lembra do homem de expressão preocupada. Ele fica pensando que, mesmo que o roubo da mala seja descoberto, tem certeza quase absoluta de que é capaz de contornar a situação na base da lábia. Existem dois tipos de pessoas, as que são fáceis de manipular e as que não são. Isso tem alguma coisa a ver com a inteligência e as habilidades de cada uma, mas baseia-se, principalmente, em aspectos psicológicos e no seu caráter. Pessoas que você pode manipular não vão ficando mais espertas à medida que envelhecem, e é por isso que sempre haverá golpes e vigaristas.

— Ou o outro homem mais alto que estava procurando pela mala — continuou o Príncipe. Este parecia mais perigoso, como se pudesse ficar violento numa fração de segundo. — Se alguém assim aparecer, vou bater duas vezes, e depois mais uma.

— *Toc-toc, toc*. E aí eu faço o quê?

O Príncipe não consegue conter um sorriso. Kimura já está confiando nele, recorrendo a ele para tomar suas decisões. Ele quase quer encorajá-lo a pensar por conta própria.

— Vai depender da situação. Continue lá dentro e fique alerta. Quando a pessoa se afastar, vou bater de novo, só uma vez.

— E se parecer que eles não vão embora?

— Aí eu penso em alguma coisa. De qualquer forma, acho que ninguém vai imaginar que você está aí dentro tentando descobrir a combinação, então eu duvido que fiquem muito tempo por aqui.

— Preciso dizer que eu não esperava um plano tão desleixado da sua parte.

Kimura diz aquilo com a intenção de alfinetá-lo, mas o Príncipe não dá a mínima. Ele não vê nenhuma necessidade de elaborar um plano complexo. Ser flexível é muito mais importante, manter a calma quando alguma coisa acontecer e então pensar no próximo passo.

— Muito bem, Sr. Kimura, pode começar. Descubra o código. Abra a mala. Está pronto? Vai.

O Príncipe puxa a manga do casaco de Kimura na direção do banheiro.

— Ei, não vai se sentindo tão confortável dando ordens. Você acha que eu vou fazer qualquer coisa que você mandar?

— Eu acho. Se eu voltar e você não estiver no banheiro, ou se você tentar fugir para algum lugar, é só eu fazer uma ligação. Você sabe, para o meu amigo no hospital. E, então, é o fim para o seu filho. Como os telefones são perigosos, né? Dá pra fazer de tudo com eles.

Kimura o olha de cara fechada, mas o Príncipe o ignora. Simplesmente abre a porta do banheiro. Kimura entra resmungando. A tranca da porta faz um clique.

O Príncipe confere seu relógio. Estão quase chegando a Omiya, mas ainda falta bastante tempo até Morioka. Ele tem um pressentimento de que a mala estará aberta antes disso.

Enquanto o Príncipe espera, ali, no espaço entre os vagões, a porta do quinto vagão que está voltada para os fundos do trem se abre, produzindo um som que se parece com uma lufada de vento.

O homem com os óculos pretos surge por ela. Ele está bem-vestido, em sua jaqueta jeans e calça cargo. As rugas no canto dos olhos lhe conferem um ar gentil, como se ele costumasse sorrir bastante. O Príncipe toma cuidado para parecer descontraído quando anda até o banheiro e bate duas vezes na porta e, em seguida, uma terceira vez. Ele tenta fazer parecer que está esperando há algum tempo para usar o banheiro, mas que está prestes a desistir. Então se vira, como se tivesse acabado de perceber o homem de óculos pretos.

— Ah, oi — diz. — Tudo bem com o seu amigo que bebeu demais?

— Ah, é você de novo. — Um traço de irritação percorre o rosto do homem, quase imperceptível, mas o Príncipe nota. *Ele me acha um chato*, percebe. Não é uma reação incomum. Alguns adultos ficam impressionados com um aluno exemplar, mas, para outros, não há nada mais irritante no mundo. — Ele apagou. Ainda está dormindo. Bêbados são sempre uma chateação, né?

Ele para e coça a têmpora. Então ele se vira para a lixeira na parede e olha mais uma vez para o Príncipe.

— Algum problema? — pergunta o Príncipe de maneira solícita, mas ele sabe exatamente o que homem quer fazer: conferir se a mala ainda está ali.

Fazia bem pouco tempo que ele a havia escondido; o Príncipe imaginava que ele demoraria um pouco mais até voltar para checá-la. *Ele está mais nervoso do que eu imaginava.* O Príncipe reajusta sua avaliação do homem. Provavelmente é do tipo que começa a se preocupar se trancou a porta ou desligou o gás assim que sai de casa.

— Ah, não é nada. — O homem obviamente quer que o Príncipe saia dali e o deixe sozinho. Ele não perde a paciência, mas está agitado.

O Príncipe faz toda uma cena olhando para o celular, como se tivesse recebido uma chamada.

— Com licença — diz, fingindo começar a falar ao celular e andando em direção à porta.

Ele espera que o homem vá tentar abrir a portinha na parede caso ache que não está sendo observado. Conforme esperado, ele registra, em sua visão periférica, a movimentação nervosa do homem em frente à lixeira.

Ouve-se um clique suave, provavelmente a portinha se abrindo. Ele se esforça para não olhar, mas consegue imaginar o rosto chocado do homem ao descobrir que a mala desapareceu. Ele reprime um sorriso.

— Só pode ser sacanagem! — choraminga o homem.

O Príncipe encerra sua ligação falsa e volta sem pressa na direção da porta do banheiro. Quando pergunta inocentemente ao homem, mais uma vez, se há algum problema, o homem simplesmente fica ali, parado, pálido e boquiaberto, olhando para a porta, que nem se deu ao trabalho de fechar.

— Ah, olha só, a parede abre — diz o Príncipe, casualmente.

O homem puxa o próprio cabelo, tira os óculos e esfrega os olhos. O gestual é uma pantomima tão estereotipada de consternação que o Príncipe não esperaria nem que um personagem de mangá agisse daquela maneira, mas o homem evidentemente não está tentando ser engraçado. Está profundamente confuso. A única coisa que o Príncipe não entende é o que ele diz depois.

— Eu sabia.

— Você sabia? O que você sabia?

Aparentemente devastado pelo choque, o homem nem tenta fingir.

— Tinha uma mala aqui, aquela que você viu antes comigo, a minha mala, eu tinha colocado aqui.

— Por que você colocou a mala aí? — O Príncipe assume o papel de estudante ingênuo e bem-intencionado.

— É uma longa história.

— E agora sumiu? O que você quis dizer quando disse que você sabia?

— Eu sabia que isso aconteceria.

Ele sabia que ela seria roubada? A ideia deixa o Príncipe um tanto desconfortável. *Será que ele está dizendo que sabia que eu a roubaria?* A possibilidade de aquele homem ter descoberto seu plano parecia tão surreal que ele quase o acusa de estar mentindo, mas consegue se controlar.

— Você sabia que a mala ia desaparecer?

— Não exatamente. Se eu soubesse disso, não a teria colocado aqui. É só que coisas assim sempre acontecem comigo. Tudo que eu tento fazer acaba dando errado. É só eu pensar "puxa, seria horrível se alguma coisa acontecesse, tomara mesmo que isso não aconteça", que aí acontece. Eu me dei conta de que teria um problema caso a mala desaparecesse, então vim aqui dar uma olhada e, lógico, ela desapareceu. — Enquanto vai falando, o homem parece estar cada vez mais próximo das lágrimas.

Ah, então é isso. O Príncipe fica aliviado.

— Isso parece horrível — diz ele, gentilmente. — Você disse que teria um problema se perdesse a mala?

— Um problemão. Seríssimo. Era para eu ter desembarcado em Omiya.

— Você não pode desembarcar se não estiver com a mala?

O homem encara o Príncipe, piscando rapidamente. Aparentemente, aquela possibilidade nunca havia lhe ocorrido. Ele parece refletir sobre o que aconteceria caso tivesse feito aquilo.

— Acho que sim, se eu quiser passar o resto da minha vida fugindo.

— O que quer que esteja dentro dessa mala deve ser muito importante. — O Príncipe toca a boca com os dedos num gesto que ele sabe ser exagerado e teatral, porém também algo que fará o homem o levar menos a sério. — Ahhh — diz ele, esganiçando a voz e prolongando o som —, agora que você comentou, eu acabei de ver, agorinha mesmo. A sua mala, quis dizer.

— Quê? — O homem arregala os olhos. — O-onde?

— Quando eu estava vindo para o banheiro. Eu vi um homem com uma mala preta. Era um cara alto, vestindo uma jaqueta. O cabelo meio comprido. — O Príncipe descreve a aparência do homem que ele encontrou procurando pela mala.

O homem de óculos pretos escuta com um ar desconfiado, mas, após alguns instantes, seu rosto se transforma numa carranca.

— Limão ou Tangerina.

Não fica claro por que o homem está citando frutas.

— Pra que lado ele foi?

— Não vi. Quando olhei de novo ele tinha sumido.

— Ah. — O homem olha para a frente e para os fundos do trem, tentando decidir em que direção começar sua busca. — Pra que lado você acha que ele foi? O que a sua intuição te diz?

— Hã? — *Por que ele quer saber da minha intuição?*

— Tudo que eu faço dá errado. Se eu for na direção do sexto vagão, provavelmente a pessoa que está com a mala terá ido na outra direção, e se eu começar pelo quinto, então a pessoa que estou procurando vai estar do outro lado. Qualquer decisão que eu tomar, vou levar uma rasteira.

— Levar uma rasteira de quem?

O homem engole em seco, sem saber o que dizer por um instante. Então ele explode:

— De alguém, tá bem? Como se tivesse alguém lá em cima olhando pra nós, controlando cada momento da nossa vida.

— Não acredito nisso — diz o Príncipe. — Ninguém está controlando nada. Não existe deus do destino e, se por algum motivo existir um, sinto que ele apenas colocou todos os humanos numa vitrine e se esqueceu de nós.

— Então você está dizendo que o meu azar não é culpa de Deus.

— É difícil explicar. Digamos que você coloque uma tábua inclinada num ângulo e solte algumas bolinhas de gude ou pedrinhas. Cada uma vai rolar numa direção, fazer um caminho diferente até o final, mas não porque alguém determinou esse caminho ou foi modificando sua direção na descida. O lugar em que elas vão parar depende da velocidade e do formato, de modo que elas vão descer daquele jeito sozinhas, por conta própria.

— O que está dizendo então é que eu sou azarado por natureza, que isso nunca vai mudar, não importa o que eu faça, o quanto eu me esforce.

O Príncipe esperava que suas palavras incomodassem o homem, o fizessem perder a paciência, mas não que sua reação fosse tão derrotista.

— Qual é o seu número favorito?

— Por quê? — O homem parece perplexo por aquela pergunta. Mas, apesar da confusão, ele responde: — Sete. É o "Nana" do meu nome, Nanao, Sete Caudas. E as pessoas achando que o sete é um número de sorte.

— Então por que você não procura no vagão número sete? — O Príncipe aponta para a dianteira do trem.

— Estou com a sensação de que vai terminar sendo o lado errado — diz o homem. — Vou na outra direção.

Ele começa a andar em direção aos fundos. O trem chegará a Omiya a qualquer momento.

— Espero que você encontre!

O Príncipe se aproxima do banheiro e bate uma vez na porta. *A mala que você está procurando estava bem aqui o tempo todo, e você simplesmente passou por ela. É azarado mesmo.*

FRUTA

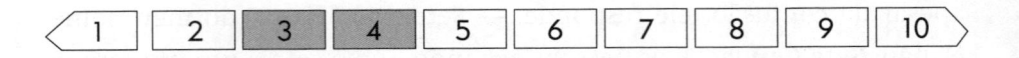

< 1 | 2 | **3** | **4** | 5 | 6 | 7 | 8 | 9 | 10 >

A MELODIA INDICANDO A IMINENTE chegada a Omiya começa a tocar no vagão, seguida pelo anúncio do nome da estação. Limão sorri em seu assento.
— Nervoso?
— Um pouco, sim. Você não?
O capanga de Minegishi estará esperando por eles em Omiya.
— Não. Nem um pouco.
Tangerina suspira.
— Que inveja. Deve ser ótimo ser tão simplório. Você sabe que é sua culpa estarmos nessa confusão, né?
— Certo, pode ser — diz Limão, comendo alguns biscoitos. — Só que a culpa não é toda minha. Quer dizer, sim, provavelmente é minha culpa que a gente tenha perdido a mala, mas o fato de o moleque estar morto não tem nada a ver comigo, nem contigo, é culpa dele.
— Dele? — Tangerina aponta para o cadáver encostado na janela. — Você está dizendo que é culpa dele estar morto?
— Sim. Ele não deveria simplesmente sair morrendo por aí. Isso foi muito egoísta. Você não acha? Ele nem deixou nenhuma pista.
O Shinkansen começa a diminuir a velocidade. Tangerina se levanta.
— Ei, aonde você vai? — Limão parece preocupado.
— Estamos chegando em Omiya. Eu preciso falar com o capanga do Minegishi, dizer que está tudo correndo bem. Vou esperar perto da porta.

— Você não vai se mandar do trem e fugir correndo, né?

Não tinha pensado nisso, percebe Tangerina.

— Fugir provavelmente só pioraria as coisas.

— Se você fugir, eu vou ligar para o Minegishi, dizer que é tudo culpa sua e me oferecer para te levar até ele. Sabe como é, vou puxar o saco dele, balançar o meu rabinho, "Ah, Sr. Minegishi, eu vou pegar aquele filho da puta do Tangerina, por favor me perdoe, poupe a minha vida!". Bem assim.

— Por algum motivo, não consigo imaginar isso. — Ele esbarra em Limão, que permanece sentado, e vai até o corredor.

Os freios do trem são acionados. Tangerina vê um estádio na janela à sua esquerda. Parece uma fortaleza, com suas dimensões monumentais e um aspecto um tanto irreal. À direita, uma loja passa.

— Se cuida, hein, não fica confiante demais — diz Limão, seguindo-o às suas costas. — Isso também está na música do *Thomas*. "Mundo de pernas para o ar quando você não se cuidar" — canta ele. — "Sem ter atenção no que estiver fazendo, confusões, problemas... você vai ter!"

— Pra mim isso parece uma grande besteira — replica Tangerina, indiferente. — Enfim, é você quem precisa ouvir a mensagem dessa música.

— Eu nunca fico confiante demais. Minha confiança está exatamente no ponto ideal, sem excesso nem falta.

— Eu estava falando da parte sobre ter atenção ao que está fazendo. Você faz tudo de forma desleixada, tudo pra você é uma tarefa banal. Você é incapaz de se concentrar, não presta atenção em nada.

— Ei, nada a ver isso de que não presto atenção em nada. Vou te dar um exemplo. Em *Thomas e Seus Amigos*...

— Ah, puta que pariu.

— Existem dois personagens chamados Oliver, você sabia disso? Tem a locomotiva que Douglas resgatou e tem a escavadeira. A maioria das pessoas só consegue se lembrar da locomotiva quando alguém fala "Oliver", mas existem dois Oliver.

— E daí?

— E daí que eu estou dizendo que eu presto atenção em coisas assim. Minha atenção é ótima.

— Tá bem, tá bem.

Tangerina faz um gesto de desdém. Ele fica com vontade de dizer que se é nesse tipo de coisa que Limão presta atenção, existem três personagens chamados Nikolai em *Anna Kariênina*, mas ele sabe muito bem que Limão diria alguma bobagem em resposta, tipo "não tem nenhuma Anna em *Thomas e Seus Amigos*, mas tem uma Annie, e você se deu conta de que Kariênina parece uma combinação de Kar e Nina, mas não tem nenhum Kar e nenhuma Nina também".

O trem para na estação Omiya.

Quando Tangerina entra no espaço entre vagões, o sistema de som diz que as portas do lado esquerdo serão abertas. Ele se posiciona de acordo com a informação. A plataforma desliza para a esquerda. Diversas pessoas espalhadas aguardam a chegada do trem.

Tangerina não sabe como é a aparência do capanga de Minegishi, nem se é apenas uma pessoa. *Será que eu sequer vou achar esse cara?*, ele se pergunta, em dúvida, porém, exatamente nesse momento, quando o trem começa a parar, ele enxerga um homem pela janela, um homem que, obviamente, não tem nada em comum com as pessoas trabalhadoras e seguidoras da lei que fazem parte da sociedade, nitidamente uma pessoa cujo habitat são as ruas estreitas e as vielas escuras. *Lá está ele.* É um homem alto, com o cabelo penteado para trás. Veste um terno preto e uma camisa azul berrante, sem gravata. Ele só fica visível por um momento enquanto o trem percorre seus últimos metros, de modo que Tangerina não consegue ver direito o seu rosto.

A porta vibra e então se abre, fazendo um som que parece uma expiração.

Tangerina acessa a plataforma sem hesitar. Ele vira para a direita e vê o homem de terno e camisa azul chegando mais perto do Shinkansen e aproximando seu rosto da janela, colocando as mãos ao redor dos olhos para cobri-los. Ele espia dentro do trem, ignorando duas mulheres que parecem escandalizadas com aquilo. Deve estar procurando pelo filho de Minegishi, que está sentado do outro lado do corredor, na janela oposta.

— Ei — Tangerina o chama.

O homem se vira, de cara fechada. Tangerina vê agora que esse cara não é um moleque qualquer. É um homem de quarenta e poucos anos, com um porte distinto. Se fosse um cidadão comum, provavelmente estaria em uma posição de gerência. Cabelo bem penteado para trás, com gel. Um olhar incisivo, sem barriga visível. Sua mera presença deixa o ar carregado de eletricidade, o que faz com que os nervos de Tangerina fiquem à flor da pele.

— O que posso fazer por você, cara? — O homem volta a olhar pela janela do trem, de vez em quando lançando mais alguns olhares para Tangerina.

— Eu sou o Tangerina. Imagino que você seja o cara que Minegishi mandou para se assegurar de que eu e meu parceiro estamos com o filho dele.

O carrancudo de camisa azul relaxa ao ser reconhecido, mas, um segundo depois, volta a fechar a cara mais uma vez.

— Está tudo indo bem?

— Mais ou menos. Sabe como é, três homens sentados juntos espremidos não é a coisa mais confortável do mundo.

Ele aponta para a janela e olha para dentro. Sentado em seu assento, Limão os vê, e acena, com entusiasmo infantil. Tudo que Tangerina pode fazer agora é rezar. *Não estrague tudo.*

— Ele está dormindo? — O Camisa Azul balança a mão apontando o dedão para a janela.

— Quem, o moleque? Sim, quando o encontramos ele estava amarrado numa cadeira, e não dormia há muito tempo. Deve estar exausto.

Tangerina se esforça o máximo que pode para que sua voz soe natural. O trem não vai ficar parado na estação por muito mais tempo. Ele precisa voltar para dentro.

— Cansado desse jeito, é? — O Camisa Azul cruza os braços.

Há um ar desconfiado em seu rosto enquanto ele olha para dentro mais uma vez. As mulheres fazem caretas e se afastam para desviar de seu olhar. Limão continua acenando.

— Ei, eu estava pensando uma coisa sobre o Minegishi — diz Tangerina. Ele não quer que o cara fique olhando muito para o garoto rico morto.

— Você quer dizer *o Sr.* Minegishi.

O Camisa Azul está praticamente enfiando o nariz na janela. Seu tom moderado transmite uma autoridade inquestionável.

— Sim, lógico, o Sr. Minegishi — Tangerina ajusta seu tratamento. — O Sr. Minegishi pega tão pesado quanto dizem? Quer dizer, a gente escuta de tudo, mas não dá pra saber bem o que é verdade.

— Ele não pega pesado com as pessoas que fazem o trabalho direito. As pessoas que não fazem o trabalho direito costumam achar que ele pega pesado. O que é perfeitamente justo, você não concorda?

O sinal indicando que o trem está prestes a partir começa a tocar na plataforma. Tangerina tenta esconder seu alívio.

— Acho que é a minha deixa.

Fica frio.

— Acho que é.

O Camisa Azul se afasta da janela e encara Tangerina.

— Diga ao Minegishi que está tudo sob controle.

— É *Sr.* Minegishi.

Tangerina dá meia-volta e vai andando em direção à porta do Shinkansen. *Ganhei algum tempo pra gente, pelo menos até chegarmos em Sendai*, diz a si mesmo, mas sente como se os olhos do Camisa Azul estivessem abrindo um buraco em suas costas. *Segura a onda.* Sua mão vai até o bolso de trás da calça, e ele toca no bilhete do sorteio que Limão lhe deu, onde tinha desenhado o trem que nunca havia sofrido um acidente. *Será que esse troço funcionou?*

— Ah, escuta — chama o Camisa Azul.

Tangerina para no meio do caminho, com um dos pés já dentro do trem. Tentando agir naturalmente, ele coloca o outro pé para dentro e se vira.

— O que foi?

— Vocês estão com a mala, né?

A expressão do Camisa Azul não sugere qualquer dúvida ou suspeita. Ele parece estar simplesmente executando uma tarefa administrativa, checando um dos itens de sua lista. Tangerina tenta manter a respiração sob controle.

— É óbvio.

— E vocês não fizeram nenhuma idiotice, tipo escondê-la em algum lugar onde não conseguem ficar de olho nela o tempo todo, né?

— Não, ela está bem ali, perto dos nossos lugares.

Tangerina se vira lentamente e entra um pouco mais no trem, bem quando a porta se fecha. Ele volta até o terceiro vagão e retorna ao seu assento. Seus olhos se encontram com os de Limão.

— Foi molezinha — diz Limão, fazendo um joinha todo entusiasmado.

— Para com isso — chia Tangerina. — Ele provavelmente ainda está olhando.

Limão se vira para a janela, reflexivo, mas seus movimentos são espasmódicos, fazendo-o parecer nervoso. Antes que Tangerina possa lhe repreender mais uma vez, ele faz o mesmo que Limão e também olha para a janela. O Camisa Azul está do outro lado, inclinado, olhando para eles.

Limão acena mais uma vez. Tangerina não consegue saber se é paranoia sua, mas parece que o Camisa Azul está mais desconfiado do que nunca.

— Sério, cara, não exagera. Ele está suspeitando que tem alguma coisa rolando. — Tangerina tenta movimentar os lábios o mínimo possível.

— Relaxa. O trem está saindo. Depois que ele começar a andar, ninguém pode pará-lo. A menos que você seja o Sir Topham Hatt, pode esquecer.

Conforme o trem começa a andar, o Camisa Azul os encara de forma penetrante. Tangerina lhe dá um leve aceno, como alguém faria com um colega de trabalho.

Camisa Azul abre a mão e mexe os dedos como quem diz "Vejo vocês depois", e caminha ao lado do trem enquanto ele parte. Então sua expressão fica séria, e seus olhos se arregalam, o que faz Tangerina franzir a testa, incomodado. *O que aconteceu?*, ele se pergunta, e então vira sua cabeça e vê algo em que não consegue acreditar: Limão ergueu a mão morta do filho de Minegishi e começou a abaná-la, como se estivesse brincando com um boneco gigante. Com a cabeça do garoto encostada na janela e o corpo apoiado na parede, o ângulo da mão parece totalmente bizarro.

— Que porra é essa que você está *fazendo*? — Tangerina abaixa o braço de Limão com força, o que faz com que o cadáver caia por cima dele.

A cabeça despenca para a frente, o queixo bate no peito. Não parece nem um pouco com alguém que está dormindo tranquilamente. Tangerina tenta arrumar o corpo com movimentos frenéticos.

— Ah, que merda. — Até Limão parece preocupado.

O Shinkansen ganha velocidade, e Tangerina olha de volta para a plataforma. A expressão no rosto do Camisa Azul é profundamente séria enquanto leva o celular ao ouvido.

De alguma maneira, eles conseguem arrumar o corpo e deixá-lo estável. Tangerina e Limão desabam simultaneamente em seus assentos.

— Nós estamos fodidos. — Tangerina não consegue evitar dizer o óbvio.

— Problemas podem acontecer — começa a cantar Limão, baixinho —, não há como evitar!

NANAO

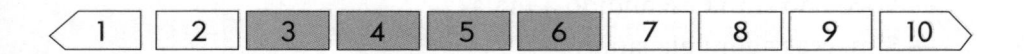

Enquanto fica olhando a estação Omiya desaparecer ao longe, Nanao se pergunta, vagamente, que diabos está acontecendo. Tem a sensação de que uma cortina de fumaça está pairando dentro de sua cabeça, impedindo seus pensamentos de circularem.

Ele fica com a impressão de que deveria estar fazendo alguma outra coisa em vez de voltar ao seu assento, então para no espaço entre os vagões e olha para o seu telefone. Sabe que precisa ligar para Maria, mas não consegue criar coragem para fazer aquilo. E também sabe que será apenas uma questão de tempo até que ela ligue para ele.

Ele toma a decisão e liga.

Ela atende antes mesmo de o telefone tocar direito, como se estivesse olhando fixamente para o aparelho, apenas esperando que ele tocasse. Aquilo dá a Nanao uma sensação ruim. Até Maria, que geralmente era tão otimista e flexível, pelo jeito chegara ao limite. Provavelmente porque ela sabia o quanto Minegishi era perigoso.

— Que trem você pegou para voltar para Tóquio? — Há uma calma forçada em sua voz, embora ela esteja morrendo de vontade de confirmar que ele está a caminho de casa.

— O mesmo trem de antes. Ainda estou no Hayate.

Ele diz aquilo de forma tão descontraída que quase parece uma provocação. Também está falando mais alto do que o normal por conta do barulho dos trilhos ali. Está difícil de entender a voz de Maria.

— Como assim, você ainda não chegou em Omiya?

— Eu já passei por Omiya. Ainda estou no Hayate.

Maria fica em silêncio, confusa por um momento. Mas então ela solta um suspiro, imaginando, por suas experiências passadas com Nanao, que alguma coisa deu errado.

— Sim, eu achei mesmo que isso poderia acontecer, mas não achei que fosse *realmente* acontecer. Acho que eu nunca devo te subestimar.

— A mala sumiu. Por isso não pude desembarcar.

— Você não tinha escondido a mala?

— Sim. Mas agora ela sumiu.

— Tá na hora de se casar.

— Perdão?

— Com o deus do azar. Vocês dois deveriam se casar de uma vez, já que são tão íntimos. Eu deveria ficar feliz, mas estou só irritada.

— Por que você deveria ficar feliz?

— Porque eu estava certa de pensar que você não conseguiria desembarcar em Omiya. É muito satisfatório ter razão, sabe? Mas, neste caso, estou apenas deprimida.

Nanao não gosta de ser zoado, e considera retrucar, mas não quer gastar nem seu tempo nem sua energia com aquilo. É mais importante pensar numa maneira de resolver aquele problema mais urgente.

— Próxima pergunta. Já entendi que você não sabe onde está a mala. Não estou contente com isso, mas aceito os fatos. Mas por que não desembarcou em Omiya? Se a mala desapareceu, isso quer dizer que provavelmente alguém a pegou. Agora que o trem passou por Omiya, imagino que existam duas possibilidades. Uma, que a pessoa que pegou a mala ainda está no trem. E a outra, que a pessoa que pegou a mala desembarcou.

— Certo.

Nanao tinha pensado sobre aquilo alguns instantes antes de o trem parar em Omiya, de forma tão confusa e atropelada quanto uma obra feita às pressas: seria melhor desembarcar do trem ou ficar lá e continuar procurando a mala?

— Então por que você decidiu não desembarcar em Omiya?

— Eu tinha duas opções, e tinha que escolher uma delas. Acabei ficando com a opção que parecia ter mais chances, mesmo que a diferença fosse pequena.

Ele havia tentado imaginar qual das duas escolhas lhe daria uma chance maior de recuperar a mala. Se tivesse desembarcado em Omiya e saísse procurando quem pudesse estar com ela, ele não tinha certeza de que seria capaz de encontrá-la. Se essa pessoa embarcasse num outro trem ou sumisse nas ruas, não haveria muito mais que ele pudesse fazer. Por outro lado, se ele permanecesse no trem e a pessoa com a mala também continuasse a bordo, havia, pelo menos, alguma chance de pegá-la de volta. O ladrão não poderia desembarcar durante algum tempo, de modo que se Nanao passasse um pente fino no trem, haveria boas chances de encontrá-lo. Com base nessas estimativas, Nanao decidiu que seria melhor ficar no trem. Em boa parte também porque se permanecesse no trem ele poderia continuar dizendo a si mesmo, e de forma bastante razoável, que ainda estava executando o seu serviço, em vez de colar uma etiqueta de fracassado nas costas. Pelo menos era o que ele esperava. Se Minegishi entrasse em contato para saber qual era o status da missão, Maria poderia dizer que Nanao ainda estava no trem, envolvido com o trabalho.

Porém, ele havia saído do trem por um instante. Achou que deveria pelo menos dar uma olhada na plataforma para se assegurar de que ninguém sairia correndo por ela com a mala. Se alguém lhe parecesse um provável suspeito, ele teria ido atrás dessa pessoa. Levando em conta o comprimento do trem e a curva da plataforma, não conseguiria vê-lo em toda a sua extensão, mas resolveu fazer o possível, e ficou ali parado, mexendo a cabeça de um lado para o outro, observando.

Alguns vagões para trás, talvez no terceiro ou quarto, dois homens chamaram sua atenção. O mais alto vestia roupas pretas e tinha o cabelo muito comprido para um homem. Tangerina, ou talvez Limão.

Quem quer que fosse, o homem alto ficou de costas para Nanao, olhando para um outro homem que, aparentemente, estava esperando por ele ali na plataforma. Um sujeito mais velho, usando uma camisa azul chamativa. O cabelo estava todo penteado para trás, de uma maneira que fez Nanao pensar no penteado de uma velhinha em algum filme estrangeiro. Quase fofo.

Não demorou muito para o homem mais alto voltar para dentro do trem. Nanao ficou olhando para o seu rosto, mas não conseguia dizer se era Limão ou Tangerina, ou mesmo uma terceira pessoa completamente diferente. O homem de camisa azul ficou na plataforma e se inclinou na direção do trem, olhando pela janela. Não pareceu que ele estava ali para se despedir do homem mais alto. Na verdade, não ficou muito claro o que o homem de camisa azul estava fazendo. O que Nanao podia afirmar com certeza, no entanto, era que aquilo tudo havia acontecido no terceiro vagão, não no quarto. Ele tinha contado.

— Você disse que o dono da mala está no terceiro vagão, né? — Nanao confere com Maria após contar a ela o que viu na plataforma em Omiya.

— Sim. Pelo menos foi o que me disseram. E você está dizendo que viu o Tangerina ou o Limão no terceiro vagão?

— Alguém que parecia ser um dos dois. O que reforça a teoria de que eles são os donos originais dessa mala.

— Acho que isso é mais uma certeza do que uma teoria.

— Perdão, o que você disse? — Ele estava prestando atenção, mas era difícil entendê-la. O Shinkansen é conhecido por ser bastante silencioso, mas no espaço entre os vagões a movimentação costuma ser intensa, e ele precisava se concentrar para ficar de pé, distraído pela incessante agitação dos trilhos. Era como se o trem estivesse tentando evitar que ele entrasse em contato com Maria, sua única aliada. — Enfim, eu decidi que ficar no trem me daria uma chance maior de recuperar a mala.

— Bem, você provavelmente acertou em relação a isso. Então você acha que os gêmeos-fruta roubaram a mala?

— Eu roubei deles primeiro. Depois eles roubaram de mim. Parece o mais provável. Se houver uma terceira parte envolvida, as coisas vão começar a se complicar. Eu realmente espero que não seja o caso.

— Se é o que você espera, então provavelmente é o caso.

— Nossa, pare de tentar me assustar, por favor!

Seus sonhos e esperanças jamais se concretizavam, mas tudo que o ele temia, sim.

— Não estou tentando te assustar. É só a sua vida. O deus do azar é completamente apaixonado por você. Ou deusa, quem sabe.

Nanao tentou se equilibrar em meio ao balanço.

— A deusa do azar é bonita?

— Você quer mesmo saber?

— Acho melhor deixar pra lá.

— Ok, mas sério, o que nós vamos fazer? — Ele consegue ouvir bem seu nervosismo.

— De fato, o quê?

— Que tal o seguinte. — Quando ela diz isso, o trem dá uma guinada e ele perde o equilíbrio, mas logo o recupera. — Pra começar, roube de novo a mala dos dois frutas.

— Como?

— Não importa como. Você precisa fazer isso, de qualquer maneira. Pegue essa mala. Esta é a sua prioridade. Enquanto isso, eu invento alguma coisa pra dizer para o nosso cliente.

— Tipo o quê?

— Tipo que a gente está com a mala, mas que você não conseguiu desembarcar em Omiya, e o Shinkansen agora só vai parar em Sendai, então teremos que esperar até lá. Isso é o que vou dizer a ele. O importante é termos a mala. Eu vou tentar parecer tranquila, mas não vou deixar dúvidas de que você está fazendo o seu trabalho. Você só não saiu do trem, infelizmente. Provavelmente isso vai ser o suficiente.

— Suficiente pra quê?

— Suficiente para evitar que o Minegishi fique furioso.

Faz sentido, pensa Nanao. Em vez de ser o menino que é mandado para o mercadinho e, como não compra nenhuma verdura, não pode voltar pra casa, é melhor ser o menino que comprou as verduras, mas ficou preso no caminho por causa de uma obra no meio da rua. Ainda achariam esse menino bastante confiável e, provavelmente, ele levaria uma bronca mais leve.

— Aliás, você acha que Tangerina e Limão te reconheceriam? — A voz de Maria está tensa. Sem dúvida ela está imaginando um possível confronto.

Nanao reflete.

— Acho que não. Nós nunca trabalhamos juntos. Uma vez eu estava num bar e alguém os apontou pra mim. "Aqueles ali são o Tangerina e o Limão, os caras mais brutais do ramo." Eu lembro de achar que os dois pareciam perigosos e, no fim das contas, eles acabaram realmente destruindo aquele lugar inteiro. Foi bem caótico. Eu só os conheço de vista.

— Bom, então o contrário pode ser verdade também.

— Como assim?

— Talvez alguém tenha mostrado você pra eles alguma vez. "Tá vendo aquele cara de óculos pretos? Ele ainda é jovem, mas já é, de longe, o sujeito mais azarado do ramo." Pode ser que eles consigam te reconhecer de volta.

— Eu... isso...

Nanao engole suas palavras. Ele não tem como afirmar, com certeza, que aquilo não aconteceu.

Maria parece saber o que ele está pensando.

— Né? Este é exatamente o tipo de coisa que acontece com você. Porque você é o preferido dela — diz ela, como quem sabe do que está falando —, a deusa do azar, com sua cara de cachorro, perdidamente apaixonada por você.

— Agora ela tem cara de cachorro?

— Cavalo dado não se olha os dentes. Ok, vamos nessa, vá até o terceiro vagão.

Então Nanao escuta uma comoção do outro lado da linha. Maria grita alguma coisa.

— Maria? O que aconteceu?

— Não acredito. Você está falando sério?

Nanao aperta o telefone com força em sua orelha.

— O que aconteceu?

— Estou só tão cansada disso tudo — resmunga ela.

Ele desliga, desconsolado.

KIMURA

⟨ 1 | 2 | 3 | 4 | **5** | **6** | 7 | 8 | 9 | 10 ⟩

Por que os banheiros de trem precisam ser tão nojentos? Kimura faz uma careta enquanto se debruça sobre a mala e começa a fuçar na trava. O banheiro é limpo com regularidade, e não está particularmente sujo, mas aquela situação toda lhe parece repugnante.

Ele está tentando descobrir a combinação da tranca. Muda um dos números do código, tenta abrir. Nem se mexe. *Próximo*, ele mexe novamente na tranca, mais um número, tenta abrir. Mais uma vez, a mala não coopera.

O Shinkansen se mexe de um lado para o outro, ritmicamente.

As paredes do banheiro minúsculo começam a lhe incomodar, parece que seu espírito está sendo esmagado. Ele fica se lembrando de onde estava até não muito tempo atrás. Não conseguia parar de beber, e se ficasse, mesmo que por pouquíssimo tempo, sem tomar uma bebida, ficava ansioso e mal-humorado. Mais de uma vez, sob a orientação de seus avós, Wataru escondeu todas as bebidas no apartamento, mas Kimura simplesmente revirava o lugar atrás delas e, se não as encontrasse, entrava em desespero, ficando a ponto de beber o tônico capilar. Ele fica feliz de pelo menos nunca ter sido violento com Wataru. Sabia que se alguma vez tivesse batido no filho, seu remorso o corroeria por dentro até consumir seu corpo inteiro e o matar.

E agora que finalmente havia parado de beber, agora que havia conseguido sair da floresta profunda do alcoolismo, seu filho estava num hospital, em coma. Na verdade, ele só havia decidido abandonar o vício depois que o filho foi levado ao hospital. Aquilo lhe dava vontade de gritar. *Como é que justo agora que eu derrotei essa coisa Wataru não está aqui para ver?* Ele sentia que aquele seu recomeço tinha perdido o sentido.

O movimento do trem joga seu corpo de um lado para o outro.

Seu dedo modifica os números. Ele faz pressão na tranca para abrir a mala. Mas ela não se mexe. Ele tinha ido do 0000 até 0261 e já estava de saco cheio daquela tarefa enfadonha. *Como é que eu acabei fazendo esse trabalho de merda para o merdinha daquele Príncipe?* A humilhação e a raiva se mesclam e fermentam até ele explodir e chutar brutalmente uma parede do banheiro. Aquilo acontece mais três vezes. A cada uma, ele retoma o controle, dizendo a si mesmo para se acalmar. *Calma, faça de conta que está seguindo as ordens do Príncipe, espere o momento certo. Mais cedo ou mais tarde você vai ter a chance de dar uma lição nesse filho da puta.*

Mas não demora muito para que seus nervos entrem em curto circuito e ele queira explodir mais uma vez. E o ciclo se repete.

Em determinado momento, o Príncipe lhe dera um sinal. Duas batidas, e depois uma terceira, *toc-toc, toc*. Eles combinaram que aquilo significava que havia alguém à procura da mala ali fora, talvez o cara de óculos pretos. Ele tentou entender o que estava acontecendo do outro lado da porta, mas tudo que podia fazer, na verdade, era continuar testando combinações. Por fim, houve uma nova batida, apenas uma, o que significava que o sujeito tinha ido embora.

Quando o mostrador chegou a 0500, ele interpretou automaticamente que eram cinco horas, o que o fez lembrar de um fim de tarde em que olhou para o relógio justamente quando ele marcava esse horário.

Ele estava em casa com Wataru, que terminava de assistir a um programa infantil na TV. Kimura estava esparramado no sofá atrás do filho, bebendo direto de uma garrafa. Era uma segunda-feira, mas ele estava de folga, então passou o dia inteiro jogado pela casa, bebendo. Aí, às cinco da tarde, a campainha tocou. *Deve ser alguém querendo vender uma assinatura de jornal*, pensou. Geralmente ele deixava Wataru atender à porta, já que a maioria das pessoas se sentia mais confortável de ser recebida por um garotinho do que por um bêbado de meia-idade.

Mas, daquela vez, Kimura foi ver quem era. Wataru estava concentrado no programa, e Kimura achou que já era hora de se levantar, de qualquer modo.

Havia um garoto na porta, vestindo um uniforme de colégio.

Kimura não conseguia imaginar por que um adolescente estaria tocando sua campainha e, por algum motivo, achou que talvez pudesse ter alguma coisa a ver com uma tentativa de angariar membros para um grupo religioso.

"Nós já estamos salvos, obrigado."

"Senhor."

O tom na voz do garoto era familiar. Definitivamente aquela não era a maneira como você falaria com alguém que está encontrando pela primeira vez. Mas não era um familiar no sentido de rude. Era vulnerável. O garoto parecia estar prestes a chorar.

"O que você quer?"

O álcool no organismo de Kimura lhe deu a sensação de que ele estava vendo coisas, uma miragem de um adolescente vestindo um uniforme de escola. Mas então ele se lembrou: ele já tinha visto aquele garoto antes. Ele não havia sentido a necessidade de se lembrar do seu rosto até então, mas estava tudo voltando: era um dos garotos com quem ele já havia cruzado duas vezes. Um garoto desengonçado, com o rosto pálido e uma cabeça comprida e ovalada, que fez Kimura pensar numa abobrinha. Seu nariz era grande e torto.

"Que diabos você está fazendo aqui?"

"Senhor, eu preciso da sua ajuda."

"Ah, qual é, sério?", disse Kimura. Ele queria fechar a porta, não queria ter nada a ver com aquele negócio, porém aquilo também o incomodou o suficiente para que ele quisesse saber um pouco mais. Ele saiu de casa, segurou bruscamente o garoto pelo colarinho, e o empurrou para a frente, jogando-o no chão. O garoto de cabeça de abobrinha tropeçou e caiu sentado, já fungando. Kimura não sentiu pena dele.

"Como você sabia onde eu moro? Você é um daqueles moleques que eu vi por aí. Como me encontrou aqui?"

"Eu te segui", choramingou o garoto, mas de uma forma resoluta.

"Você me seguiu?"

"Quando vou para a minha aula preparatória para as provas, eu passo por aqui de bicicleta. Eu vi você andando um dia e te segui. Foi assim que descobri onde você mora."

"Por que nunca são garotas bonitas que me seguem? Ou será que é isso que você quer? Você gosta de homens mais velhos ou algo assim?"

A piada estúpida de Kimura era para esconder seu medo, sua sensação de que aquele garoto era um mau presságio, que estava trazendo uma coisa sombria à sua porta.

"Não, é só que... não tem nenhuma outra pessoa que possa me ajudar a não ser você."

"De novo o Príncipe?"

Kimura deu uma grande bufada, bem na direção do garoto de cabeça de abobrinha. Ele não sabia se estava com bafo de bebida, mas a expressão de sofrimento no rosto do garoto o fez pensar que o cheiro devia estar bem ruim.

"... vai morrer."

"Ninguém morre por sentir cheiro de álcool. Não é que nem fumaça de cigarro."

"Não, o Takeshi vai morrer."

"Quem é Takeshi? Outro dos seus colegas?" Kimura parecia estar de saco cheio. "Da última vez alguém tinha cometido suicídio. Que tipo de escola é essa que você frequenta, afinal? Definitivamente não vou colocar meu filho lá."

"Dessa vez não é suicídio", disse o garoto de cabeça de abobrinha, com urgência.

"Não estou nem aí para o que vocês fazem." Ele estava se preparando para dar um chute no moleque e dizer para ele dar o fora dali, mas o garoto falou mais rápido.

"Não é uma pessoa, é um cachorro. O Takeshi é o cachorro do Tomoyasu."

Aquilo pegou Kimura.

"Quê? Como assim um cachorro? Vocês são muito confusos", rebateu ele. Mas agora estava interessado. Ele se virou para dentro da casa. "Wataru, vou sair. Fique assistindo a TV como um bom menino, tá bem?", falou para o filho, que respondeu, obediente. Então Kimura completou para o garoto do lado de fora: "Tá bom, moleque. Acho que vou com você dar uma olhada nisso aí."

Kimura ia com frequência ao parque que ficava na fronteira de seu bairro. Havia um playground e uma área de areia para as crianças na frente de um pequeno bosque com vários tipos de árvores. Era um parque muito bom, estranhamente grande para um bairro residencial.

O garoto foi inteirando Kimura da situação enquanto eles caminhavam até lá.

Tudo começou quando um de seus colegas, cujo pai era médico e dono um pequeno consultório, disse que ele tinha um aparelho médico que dava choques elétricos. Era parecido com um desfibrilador, para fazer o coração voltar a bater através de um choque, mas aquele era um protótipo, mais forte do que a versão original.

Era tão fácil de usar quanto um desfibrilador comum. Contava com dois eletrodos que deviam ser encostados no peito do paciente, um de cada lado do coração. Os eletrodos coletavam dados para gerar um eletrocardiograma. Se o aparelho determinasse que o coração necessitava de um choque, era só apertar um botão que a corrente fluiria.

"Assim que o Príncipe ficou sabendo disso, ele falou: 'Vamos ver se esse negócio é forte mesmo'", disse o garoto com cabeça de abobrinha, com uma expressão triste.

Kimura fez uma cara de nojo, como se tivesse engolido um inseto.

"Bem nobre esse Príncipe, pra ter uma ideia dessas. E aí, o que aconteceu?"

"O filho do médico disse que a máquina era automática, e que não funcionaria em um ser humano saudável."

"Ela funciona assim?"

O cabeça de abobrinha franziu a testa e balançou a cabeça.

"Ele achou que dizer isso faria o Príncipe desistir da ideia."

"Mas esse é justamente o tipo de coisa que o Príncipe gostaria de experimentar, né?"

O garoto concordou com a cabeça, pesarosamente.

Naquele mesmo dia, o Príncipe mandou o garoto roubar o aparelho de choque.

"Então, eles vão fazer isso no parque?"

"Está todo mundo lá."

"A máquina é para reanimar um coração parado, não é?"

"Sim."

"Então o que aconteceria se você usasse numa pessoa saudável?"

O rosto do garoto ficou triste.

"Eu perguntei isso pro filho do médico em particular, sabe? Ele disse que o pai falou que isso mataria a pessoa."

"Hum."

"Existem desfibriladores automáticos, então eles não funcionariam, mas este é um protótipo, e ainda por cima mais forte."

Kimura fez uma careta pensando naquilo. "E agora o Príncipe quer usar o Takeshi, o cachorro, como cobaia. Faz sentido. Acho que o Príncipe não tem culhões para testar em um ser humano."

O cabeça de abobrinha balançou a cabeça lentamente. Não era um gesto de negação, mas sim de decepção por Kimura subestimar o Príncipe. Um gesto de desespero diante da constatação de que, no fim das contas, talvez aquele homem não pudesse ajudá-lo.

"Não. Primeiro o Príncipe queria testar no Tomoyasu."

"O Tomoyasu fez alguma merda?"

Não era difícil de imaginar. Ele se lembrou de suas próprias experiências com gangues e organizações criminosas. Na maioria das vezes em que os chefões eram violentos com os membros de seus próprios grupos, era como forma de castigo, para usar alguém como exemplo. Fazer algo assim servia para fortalecer os laços do grupo através do medo. Era uma boa maneira de forçar obediência. O Príncipe, que havia conquistado sua posição perante seus colegas através do medo, provavelmente estava aplicando as mesmas táticas. Ele usava os choques como castigo, para lembrar a todos que deveriam sentir medo dele.

"O Tomoyasu é meio lento. Ele se move meio devagar, sabe. Outro dia a gente estava roubando mangá da livraria e ele ficou para trás e quase foi pego", explicou o garoto. Ele contou que o vendedor tinha perseguido Tomoyasu e até conseguiu pegá-lo, mas os outros voltaram e o chutaram até ele cair no chão, dando uma chance para que o colega escapasse. "Mesmo depois que ele caiu no chão, a gente continuou chutando até que ele desmaiasse. Acho que ele ficou bem machucado."

"Se vocês têm tanto medo de serem pegos, então não deveriam nem estar roubando."

"É sempre assim com o Tomoyasu. Mas ele também é meio metido."

"Um cara lento que é meio metido. Não é de se estranhar que o Príncipe esteja puto. Ele fica se exibindo falando que o pai dele é um advogado famoso ou alguma coisa assim?"

Kimura mencionou "advogado" aleatoriamente, mas, naquele caso, era exatamente isso. O cabeça de abobrinha fez uma cara de surpresa.

"Na verdade, sim, o pai dele é advogado."

"Bom, pois é, advogados não são nada de mais. E alguma coisa me diz que as leis não importam muito para o Príncipe."

"Mas o pai do Tomoyasu tem uns amigos bem sinistros, ou, pelo menos, isso é o que ele sempre diz."

"Ah, isso é um pouco irritante, mesmo. Ninguém gosta de ouvir alguém se gabando, mas alguém que se gaba pelas pessoas que conhece é o pior tipo. Quem faz esse tipo de coisa merece ser um pouco humilhado."

"O Tomoyasu foi escolhido para ser a cobaia para levar o choque, mas óbvio que ele não quis fazer isso. Ele chorou e implorou e beijou os sapatos do Príncipe bem aqui no parque."

"E o que sua majestade fez?"

"Ele disse que ok, mas que o Tomoyasu teria que pegar o seu cachorro, o Takeshi, para ficar no seu lugar. Eu conheço o Tomoyasu desde pequeno, e ele tem esse cachorro a vida inteira. Ele o ama de verdade."

Kimura dá uma risadinha. Agora ele entendeu o que o Príncipe estava querendo. Àquela altura, testar o desfibrilador era algo secundário. Ele estava mais interessado em se deleitar com Tomoyasu sacrificando seu amado cão para salvar a própria pele. Fazendo isso, ele estaria humilhando Tomoyasu, acabando com ele. Estava bem nítido qual era o objetivo do Príncipe. Mas, embora entendesse, Kimura também estava perturbado com a ideia de que o Príncipe realmente estava disposto a fazer aquilo.

"Sua alteza realmente é uma figura e tanto. Sabe, se ele é tão podre assim, isso o torna meio previsível."

"Senhor, eu não ficaria achando que o Príncipe é previsível se eu fosse você."

Assim que o garoto disse isso, a entrada do parque apareceu à sua frente.

"Hã, é melhor eu não continuar com você. Vamos nos separar aqui, e eu vou voltar pra casa. Se o Príncipe suspeitar que eu o dedurei, vai ser um problema."

Kimura não foi capaz de zombar dele, chamá-lo de covarde. Conseguia ver que o menino estava mesmo desesperado. E se os seus amigos descobrissem que ele foi buscar ajuda, quem sabe o que poderia acontecer com ele? No mínimo se tornaria a nova cobaia para o desfibrilador.

"Sim, tudo bem, dá o fora daqui. Vou fazer de conta que eu estava só passando pela área."

Ele espantou o garoto com um gesto. O cabeça de abobrinha acenou com a cabeça como um garotinho assustado e começou a ir embora.

"Ei, espere", chamou Kimura. O garoto se virou para dar de cara com o punho de Kimura atingindo sua mandíbula com toda força. Ele cambaleou, caiu e seus olhos ficaram se revirando loucamente. "Você também fez algumas coisas ruins, não é mesmo? Considere esse seu castigo. E agradeça que isso é tudo que vai te acontecer", esbravejou Kimura. "Mas por que eu? Por que você veio pedir a minha ajuda? Você não conhece nenhum outro adulto?" Pedir ajuda a um bêbado com um filho pequeno não parecia ser a melhor das escolhas.

"Mais ninguém", disse o garoto, passando a mão no rosto, procurando sangue. Ele não parecia bravo. Na verdade, parecia aliviado de achar que talvez pudesse sair daquilo com apenas um soco na cara. "Mais ninguém seria capaz de fazer isso. De deter o Príncipe."

"Que tal a polícia?"

"A polícia..." O garoto hesita. "Não, isso nunca daria certo. Eles precisam de provas pra fazer qualquer coisa. A polícia só vai atrás de pessoas que são obviamente ruins."

"O que isso significa, 'obviamente ruins'?"

Mas Kimura sabia o que aquilo significava. As leis funcionam para pessoas que roubam coisas e batem em outras pessoas. Assim, as autoridades podem citar alguma lei e aplicar a pena apropriada. Mas quando as coisas não são tão claras, quando estamos lidando com um tipo mais indefinido de mal, as leis não funcionam tão bem.

"Acho que é isso que os príncipes fazem: se escondem em seus castelos e fazem as próprias leis."

"Exatamente." O garoto começou a ir embora novamente, ainda esfregando o rosto. "Mas o senhor não parece ser uma pessoa que se importa com as leis do castelo."

"Você está dizendo isso porque eu sou um bêbado?"

Mas o garoto não respondeu, apenas desapareceu em meio ao crepúsculo. *Talvez a bebida esteja me fazendo ver coisas, afinal.*

Kimura entrou no parque. *Estou conseguindo andar em linha reta.* Pelo menos era o que achava, mas não tinha certeza se estava mesmo andando em linha reta. Ele podia ouvir seus pais lhe dando uma bronca, dizendo que ele nunca andaria na linha na vida. Expirou na mão para conferir se o hálito fedia a álcool, mas também não dava para ter certeza.

Ele chegou nas árvores e começou a encontrar o caminho em meio à escuridão.

Conseguia ouvir alguma coisa ao longe, não exatamente vozes ou barulhos identificáveis, apenas um murmúrio sombrio.

O chão começava a se inclinar suavemente num declive em uma parte do bosque em que as folhas mortas se acumulavam. Havia um bando de silhuetas reunido ali. O uniforme preto da escola fazia com que eles parecessem integrantes de um culto.

Kimura se escondeu atrás de uma árvore. Seus passos nas folhas produziam um som que lembrava pedaços de papel se esfregando. Ele ainda estava um pouco distante do grupo, e não pareceu que alguém havia percebido sua aproximação.

Ele espichou o pescoço para observar os adolescentes. Mais ou menos uns dez garotos de uniforme amarravam um cachorro. A princípio, ele não conseguiu entender ao que ele estava sendo amarrado, mas, logo em seguida, percebeu que o amarravam a outro adolescente. Provavelmente seu dono, Tomoyasu. O garoto estava abraçado ao cão, e os outros envolviam os dois com fita isolante. Kimura conseguia ouvir Tomoyasu tentando acalmar o cachorro. "Está tudo bem, Takeshi, está tudo bem." A visão do garoto tentando diminuir o pavor do bicho provocou um aperto no peito de Kimura.

Ele voltou a se esconder atrás da árvore. Os outros ao redor de Tomoyasu e do cachorro estavam todos em silêncio. O ar estava carregado de uma ansiedade sufocante. Kimura achou estranho o cachorro não estar latindo, e esticou a cabeça para fora mais uma vez. Viu que o cão tinha sido amordaçado com um pedaço de tecido firmemente amarrado.

"Vamos, coloquem logo essas coisas", disse um dos garotos. Eles estavam afixando os eletrodos do desfibrilador.

"Eles estão no lugar, olha."

"Essa coisa vai funcionar mesmo?"

"É lógico que vai funcionar. Você está me chamando de mentiroso? E você, que quando a gente estava batendo antes no Tomoyasu ficou pedindo desculpas? Você nem queria estar fazendo isso. Eu vou contar tudo para o Príncipe."

"Eu não pedi desculpas. Para de inventar merda."

O Príncipe tem mesmo esses garotos na palma da mão. Eles estão totalmente entregues. Kimura estava impressionado. Quando você lidera um grupo com base no medo, os membros deixam de confiar uns nos outros. Quanto maior o medo, menor a confiança. A fúria e o ressentimento contra o opressor se voltam contra aqueles que deveriam ser seus aliados, o que torna a possibilidade de uma rebelião cada vez menor. Todo mundo só quer garantir a própria segurança, seu único objetivo é evitar ser punido, e eles começam a vigiar uns aos outros. Quando Kimura andava armado e fazia seus serviços ilegais, ele ouvia falar bastante sobre um homem chamado Terahara, e sobre como os membros de sua organização estavam sempre desconfiados uns dos outros. Tentavam evitar erros, na esperança de que a fúria de Terahara fosse direcionada a outra pessoa. No fim das contas, aquilo fez com que todos se voltassem uns contra os outros, sempre procurando alguém que pudesse ser oferecido em sacrifício.

Isso parece exatamente o que está acontecendo aqui.

Kimura franziu a testa. Os adolescentes reunidos naquele campo de folhas mortas preparando seu experimento sinistro não pareciam estar se divertindo da mesma forma que Kimura lembrava de se divertir quando era mais novo e importunava outros garotos. Tudo que sentia vindo deles era terror. Eles estavam praticando uma violência contra alguém para protegerem a si mesmos.

Ele olhou para os próprios pés e, pela primeira vez, notou que estava usando sandálias. Pensando no que poderia acontecer quando confrontasse os garotos, ele ficou com a sensação de que estava terrivelmente mal preparado. *Será que eu tiro as sandálias? Não, se eu ficar descalço vai ser mais difícil me movimentar. Será que eu pego a minha arma? Isso resolveria logo o assunto, mas seria um saco voltar até em casa só pra isso.*

Enquanto examinava suas opções, Tomoyasu gritou: "Espera aí, pessoal, parem com isso. Eu não posso fazer isso. Eu não quero que o Takeshi morra!" A vegetação do bosque parecia absorver suas súplicas, mas Kimura tinha escutado muito bem. Em vez de fazer com que os outros parassem, as lamúrias de Tomoyasu apenas os deixaram ainda mais inflamados. Ouvir a vítima do sacrifício implorando serviu como a fagulha final para acender sua fogueira de sadismo.

Kimura saiu de trás da árvore e começou a descer o declive em direção ao grupo.

"Ei, é você", disse um dos adolescentes, reconhecendo-o imediatamente. Kimura não se lembrava do rosto do garoto, mas imaginou que fosse um dos que havia encontrado algumas vezes, como o cabeça de abobrinha.

Ele foi se aproximando, as sandálias esmigalhando as folhas. "Ei, o que vocês pensam que estão fazendo com esse cachorro? Não se preocupe, cachorrinho, eu vou te salvar." Kimura olhou feio para o grupo. O aparelho médico estava no chão. Dois cabos que saíam dele estavam plugados em eletrodos, que estavam colados ao cachorro. "Pobre cãozinho, olhe só pra você. Isso não é certo. Não se preocupe, este velho bêbado aqui vai te salvar."

Aproveitando que os garotos haviam ficado sem ação, Kimura se enfiou no meio deles e arrancou os eletrodos do cachorro. Em seguida, puxou a fita adesiva que o prendia ao seu dono. A cola era forte, e removê-la arrancou seu pelo, fazendo o bicho se debater. Mas, mesmo assim, Kimura conseguiu tirar tudo.

"Isso não é bom", ele ouviu alguém dizendo às suas costas. "Temos que impedir esse cara."

"É isso mesmo, pode ficar puto, moleque. Estou estragando a sua missão. Se vocês não fizerem alguma coisa logo, sua alteza, o Príncipe, vai ficar furioso." Kimura deu um sorriso cruel. "Ei, e cadê o Príncipe, afinal?"

Foi quando uma voz nítida e tranquila fez-se ouvir: "Uau, senhor, você parece realmente muito satisfeito consigo mesmo."

Kimura olhou para cima. Não muito longe dali, o Príncipe dava um de seus sorrisos brilhantes. Então, uma pedra veio voando do meio da escuridão.

Clic, faz a tranca, e a mala se abre, interrompendo a lembrança de Kimura. O mostrador indica 0600. *Pelo jeito sua majestade é mesmo sortuda.* Levando em conta o número de combinações possíveis, ele chegou muito rápido à correta. Ele coloca a mala em cima do assento da privada e a abre.

Está cheia de maços bem empilhados de notas de dez mil ienes. Kimura não está nem impressionado. As notas não são novas, são todas usadas e amassadas, e embora haja uma boa quantia em dinheiro ali, não é tanto assim para que ele se sinta abalado. Ele havia transportado somas muito maiores no passado.

Ele está prestes a fechar a mala quando percebe uma série de cartões dentro da redinha. Quando os tira de lá, percebe que são cartões de débito, cinco ao todo, cada um de um banco diferente. Todos com as senhas escritas na parte de trás com caneta permanente.

Pelo jeito é uma espécie de bônus. Tipo: pode pegar o que estiver nessas contas. Parecia uma coisa meio exagerada para acrescentar àquela pilha de dinheiro. *Deve ser assim que os criminosos agem hoje em dia.*

Tomado por um impulso, ele pega uma nota de dez mil ienes.

— Duvido que alguém vá dar falta disso.

Em seguida, ele a rasga em pedacinhos. Sempre quisera fazer aquilo. Ele fecha a mala, a tira de cima da privada e joga o dinheiro em pedaços dentro do vaso.

Um gesto com a mão na frente do sensor libera um volumoso jato d'água. Ele sai do banheiro. O Príncipe está ali esperando. Kimura nem percebe que, em algum lugar em sua mente, ele está torcendo para que o Príncipe o parabenize pelo trabalho bem-feito.

FRUTA

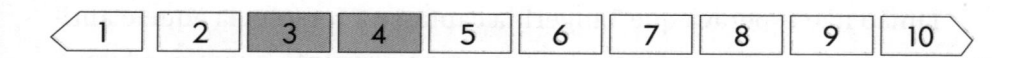

— Bom, meu caro Tangerina, o que a gente faz agora? — Limão está sentado no assento do meio, espremido entre o cadáver encostado na janela e Tangerina, sentado no assento do corredor. — Ei, troca de lugar comigo. Não gosto de ficar no meio.

— Que porra foi aquela que você fez? — Tangerina parece furioso e sem a menor intenção de trocar de lugar.

— Como assim?

— Limão, você sabia que o capanga do Minegishi estava bem ali, naquela plataforma.

— Claro que eu sabia. Eu não sou idiota. Foi por isso que eu acenei.

— Você acenando não teria problema — diz Tangerina num sussurro, se esforçando ao máximo para conter a raiva. — Mas por que você tinha que acenar com a mão *dele* também?

Ele aponta para o filho de Minegishi, com seus olhos fechados, encostado na janela. Limão não consegue segurar uma risadinha.

— Você está falando que nem naquele programa de TV em que eles entram no quarto das pessoas enquanto elas estão dormindo. Sussurrando desse jeito, sabe? — Ao dizer aquilo, Limão se lembra de algo que ouviu uma vez. — Ei, falando em entrar no quarto das pessoas, você já ouviu falar do assassino profissional que odiava ser acordado?

Tangerina não parece estar no clima para jogar conversa fora, mas responde secamente.

— Já.

— Quando alguém o acordava, ele surtava e atirava na pessoa. Dizem que ele ficava puto só de ver *qualquer pessoa* sendo acordada.

— Sim, sim, ele ficava furioso até com os parceiros e clientes quando eles tentavam acordá-lo. Aí, todos começaram a contatar o sujeito de forma indireta, sem nunca ir até a casa dele. Eu ouvi essas histórias, porra. Deixavam mensagens pra ele na lousa da estação de trem.

— Sério? Tipo o Ryo Saeba?

Limão não esperava que Tangerina captasse a referência àquele antigo mangá. Conforme o esperado, Tangerina pergunta quem é, e Limão responde:

— Um cara casca grossa das antigas. Falando em antigas, será que ainda tem lousa em alguma estação de trem?

— O ponto central dessa história, já que você nunca presta atenção nessas coisas, é que a comunicação pode ser a parte mais traiçoeira do nosso ramo de atuação. Descobrir como transmitir informação para alguém de uma forma segura, e sem deixar rastros. Mas quando as coisas se complicam muito, geralmente isso não funciona.

— Acho que não.

— Tipo o que a gente falou antes, sobre se comunicar usando painéis digitais, sabe? Digamos que a gente queira fazer algo assim: ou a gente precisaria plantar alguém que seja capaz de programar essas coisas, ou a gente precisaria dar uma prensa no responsável por programá-los.

— Tá, mas quando você coloca as coisas desse jeito, tudo que a gente precisaria fazer era assumir o controle do lugar que programa os painéis, e aí daria certo.

— Foi o que eu disse. Seria trabalho demais pra valer a pena.

— Mas, enfim, esse assassino profissional que detestava ser acordado, dizem que ele era um cara sensacional. Foi o que eu ouvi. Diziam que ele era um cara duríssimo. Uma verdadeira lenda.

— Lendas começam quando alguém as inventa. Esse cara provavelmente nunca nem existiu. Dizer que alguém é uma lenda é basicamente o mesmo que dizer que é uma lenda urbana. Provavelmente alguém ficou pensando muito numa maneira de passar mensagens de uma forma segura e acabou inventando esse assassino que não gostava de ser acordado. Tô dizendo pra você, esse cara nunca era acordado porque esse cara não existia. — À medida que vai falando, a voz de Tangerina vai ficando cada vez mais alta.

— Eu nunca te acordo porque eu sou um cara muito legal.

— Não, é porque você sempre acorda depois de mim.

— Escuta, eu achei que seria uma boa ideia fazer esse moleque se mexer para não parecer que ele estava morto.

— Quando alguém parece estar dormindo e, de repente, ele acena, ou ele é um boneco gigante ou um cadáver que está acenando porque tem uma outra pessoa mexendo o seu braço.

— Ah, qual é?! Aposto que funcionou direitinho. — Limão começa a balançar as pernas nervosamente. — Aquele cara com o cabelo lambido pra trás provavelmente ligou pro Minegishi e resumiu a situação em quatro palavras: está tudo O-K. Este "ok" conta como duas palavras.

— Com certeza ele ligou para ele. "Sr. Minegishi, tinha alguma coisa estranha com o seu filho. Acho que pode ter alguma coisa errada."

— Espera, não consegui contar quantas palavras tinha aí.

— Isso não importa!

Limão olha para o rosto de Tangerina e percebe que sua expressão está severa. *Por que ele está sempre tão estressado?*

— Tá, beleza. Fala o que você acha dessa situação.

Tangerina confere seu relógio.

— Se eu fosse o Minegishi, eu mandaria meus capangas para a próxima estação onde o trem vai parar. Uns caras perigosos, armados até os dentes. Eu diria para eles esperarem na plataforma para garantir que esses dois caras que estão no trem, que ele contratou, não fujam. E se eles ficarem dentro do trem, eu diria para os meus homens embarcarem. Por sorte, esse Shinkansen está cheio de lugares vagos. Neste exato momento, eu estaria comprando todos esses assentos.

— Fico com pena desses dois caras que estão no trem.

— Pois é, quem será que eles são?

— Então você acha que quando a gente chegar a Sendai um monte de marginais vai invadir o trem? Isso seria horrível. — Limão fica imaginando o trem se enchendo de homens barbudos empunhando facas e pistolas. Acha uma visão irritante. — Você acha que o Minegishi tem alguma garota trabalhando para ele? Que poderia nos atacar de biquíni?

— Não faz diferença quem são se estiverem armados. Enquanto você estivesse ocupado olhando para os seus peitos, elas estariam atirando em você.

A porta na frente do vagão se abre. Um homem jovem entra, vindo do quarto vagão.

— Sr. Limão — diz Tangerina, baixinho, o que chama a atenção de Limão.

— O que foi, meu caro Tangerina?

— Você quer ouvir uma história engraçada?

— Não, valeu. Quando um cara sério que nem você diz que vai contar uma história engraçada, noventa por cento das vezes não dá muito certo.

Tangerina continua mesmo assim.

— Outro dia eu esbarrei com alguém que eu conheço lá do bairro.

Agora Limão entendeu onde seu parceiro queria chegar. Ele se controla para não sorrir.

— Ah, sim, eu também conheço esse cara.

— Ah, você conhece, é?

E a conversa acaba assim.

A paisagem passa correndo do lado de fora. Limão fica olhando para um campo de golfe e um prédio residencial que deslizam e depois desaparecem ao longe. Ele começa a pensar em Thomas.

— Ei, em *Thomas e Seus Amigos*, o diretor da ferrovia de Sodor, Sir Topham Hatt, diz para o Thomas e para o Percy e pra todo mundo: "Vocês são trens muito úteis." É o que ele fala.

— Quem é esse? Sir Topham Hatt.

— Eu já te disse, é o Controlador Gordo. Quantas vezes vou ter que repetir? É o diretor da ferrovia de Sodor, que sempre usa uma cartola preta de seda. Ele elogia os trens que trabalham duro e dá bronca nos outros. Ele é muitíssimo respeitado pelos trens. Sabe como é, ele é tipo o chefe de todos os trens em Sodor. Então, ouvir isso de um cara como ele não é pouca coisa.

— Ouvir o quê?

— "Vocês são trens muito úteis." Qualquer pessoa ficaria feliz se você dissesse que ela é útil. Eu adoraria que alguém me dissesse isso, "ei, você é um ótimo trem".

— Então você deveria ser mais útil. Quer dizer, eu e você, hoje, estamos tremendamente distantes do que poderia ser considerado um trem muito útil.

— Isso é porque não somos trens.

— Foi você quem falou em trens pra início de conversa! — Tangerina solta um suspiro pesado.

— Deixa eu ver aqueles adesivos que eu te dei.

— Eu já te devolvi.

— Ah, é. — Limão tira a cartela de adesivos dobrada de dentro do bolso. — Qual desses é o Percy?

— Não sei e não quero saber.

— Há quantos anos trabalhamos juntos? Um tempão. Me faça um favor e tente, pelo menos, lembrar quem é quem em *Thomas e Seus Amigos*. Os nomes, no mínimo.

— E você? Você leu algum dos livros que eu te indiquei? *Cores proibidas*? Ou *Os demônios*?

— Eu já te disse que não estou interessado. Os livros que você me indica não têm desenhos.

— E tudo que você me indica é um bando de locomotivas a vapor.

— Tem umas movidas a diesel também. Mas, enfim, mais importante que isso: bateu uma inspiração.

— O que isso quer dizer?

— Bolei um plano.

— Quando um cara desleixado que nem você diz que bolou um plano, noventa por cento das vezes não dá muito certo. Mas, vamos lá, estou te ouvindo.

— Ok, é o seguinte. Você disse que precisamos descobrir quem matou o filho do Minegishi. Ou que temos que descobrir onde está a mala que desapareceu. Porque o Minegishi está puto com a gente.

— Isso. E nós não descobrimos nem uma coisa nem outra.

— Mas nós estamos procurando no lugar errado. Ou melhor, não no lugar errado, nós estamos procurando do jeito errado. Mas não tem por que esquentar com isso. Todo mundo faz alguma cagada de vez em quando.

— Existe um plano nisso tudo?

— Com certeza.

Os lábios de Limão se retorcem, quase formando um sorriso. Ao mesmo tempo, o rosto de Tangerina fica tenso.

— Ei, cuidado para o nosso conhecido do bairro não escutar.

— Eu sei — responde Limão. — Pergunta rápida. Uma citação famosa diz: "Não procure por um culpado. Invente um culpado." Quem disse isso?

— Hã, vou chutar que foi Thomas ou algum de seus amigos.

— Nem tudo que eu digo tem a ver com o Thomas. Fui eu. Fui eu quem disse isso! Essa frase é minha. Não procure por um culpado. Invente um culpado.

— E o que isso quer dizer, exatamente?

— A gente escolhe alguém aqui no Shinkansen, qualquer pessoa, e a gente torna ele o culpado.

Alguma coisa se altera no rosto de Tangerina. Limão percebe. *Ora, ora, veja só quem gostou do meu plano.*

— Nada mau — resmunga Tangerina.

— Né?

— Isso não quer dizer que o Minegishi vai cair nessa.

— Quem sabe? Mas é melhor do que ficar sentado sem fazer nada. Eu e você, quer dizer, você e eu, a gente fez merda nesse trabalho.

Deixamos o moleque morrer, perdemos a mala. É óbvio que o Minegishi vai ficar puto. Mas se a gente entregar o assassino pra ele, talvez isso signifique alguma coisa.

— E a mala?

— Podemos falar que o assassino se livrou dela, ou algo assim. Quer dizer, eu não acho que isso vai resolver todos os nossos problemas, mas se a gente fizer parecer que uma outra pessoa foi responsável por tudo, isso vai... Como é que você diz mesmo?

— Debelar a ira de Minegishi?

— Isso, era exatamente o que eu ia dizer.

— Em quem nós vamos jogar a culpa?

Limão fica feliz que Tangerina está disposto a seguir o seu plano e quer colocá-lo em prática imediatamente, mas, ao mesmo tempo, fica meio incomodado em ter que executá-lo.

— Espera, a gente vai mesmo fazer isso?

— A ideia é sua. Sabe, Limão, se tudo que você se dispõe a fazer é ficar de bobeira, uma hora eu vou acabar ficando puto. Tem uma passagem de um livro que eu gosto. "Eu desprezo este homem. Pois mesmo que a terra se abra sob seus pés e pedras despenquem sobre sua cabeça, ele mostra seus dentes num sorriso. Confere para ver se sua maquiagem foi borrada. Meu desprezo se transformaria numa tempestade, e eu devastaria esse lugar inteiro por sua causa."

— Tá bem, tá bem. — Limão balança a mão. — Não precisa ficar bravo.

Limão sabe muito bem o quanto Tangerina pode ser perigoso quando está bravo. Em geral, Tangerina fica satisfeito em ler seus livros e mantém a violência a um nível mínimo, mas quando perde a paciência, ele se torna implacável e é praticamente impossível detê-lo. Não há como dizer, pelo seu comportamento, se está bravo ou não, o que o torna ainda mais perigoso. Ele explode do nada, sem o menor aviso, uma coisa terrível de se presenciar. Mas Limão sabe que quando Tangerina começa a citar livros e filmes, é melhor ficar esperto. É como se, naquele estado de insanidade, sua caixa de memórias virasse de cabeça para baixo e todo o conteúdo se espalhasse, fazendo-o começar a citar suas frases preferidas. Quando isso acontece, é um ótimo sinal de que sua raiva está prestes a transbordar.

— Entendi. Vamos falar sério, então. — Limão ergue discretamente a mão. — Eu sei em quem podemos jogar essa culpa.

— Quem?

— Você sabe. Um cara que provavelmente sabe quem é o Minegishi.

— Nosso conhecido do bairro?

— Exatamente. O cara que a gente conhece das ruas.

— Sim. É uma boa ideia. — Tangerina se levanta. — Preciso ir ao banheiro.

— Ei, espera aí. O que foi?

— Preciso dar uma mijada.

— O que eu faço se aparecer uma oportunidade antes de você voltar? Você sabe, uma oportunidade de falar com o nosso conhecido do bairro. E se você não estiver aqui?

— Daí você está por conta própria. Você consegue fazer isso sozinho, né? Provavelmente seria até mais discreto se só um de nós fizesse.

Limão fica feliz por Tangerina confiar nele para fazer aquilo.

— Tá, beleza.

— Não crie nenhuma confusão.

Tangerina deixa o vagão e Limão o acompanha com o olhar. Então, ele se vira para o corpo do filho de Minegishi e segura-o por trás da cabeça, fazendo-a balançar para cima e para baixo, como se estivesse controlando um boneco.

— Limão, você é um trem muito útil — diz ele, na sua melhor imitação de um ventríloquo.

NANAO

< 1 | **2** | **3** | **4** | **5** | **6** | 7 | 8 | 9 | 10 >

NÃO DÁ PARA PERDER TEMPO se preocupando, Maria disse. Mas Nanao está preocupado. Ele anda na direção do vagão três, preocupado o percurso inteiro.

Fica pensando em Tangerina e Limão. Seu estômago começa a doer instantaneamente. Ele está acostumado a fazer trabalhos perigosos, mas também sabe como os profissionais de destaque podem ser ferozes.

No momento em que a porta para o terceiro vagão se abre, Nanao reafirma a própria decisão. *Eles estão aqui. Haja naturalmente*, diz a si mesmo. *Haja como se você fosse um passageiro qualquer voltando do banheiro. Não tem nada de suspeito.* Ele se esforça ao máximo para passar despercebido. Há muitos assentos vazios, o que é perfeito para que ele escolha calmamente onde quer se sentar, embora não seja tão ideal para quem quer se misturar à multidão. Ele olha ao redor com uma expressão desinteressada. *Eles estão ali.* No lado esquerdo do trem, numa fileira com três lugares, na metade do vagão, ele vê os três homens sentados. O homem que está no assento da janela está encostado nela, dormindo tão pesado que parece estar morto, mas os outros dois estão acordados. O que está sentado no corredor parece bem sério, aparentemente fuzilando o homem do meio com perguntas. Eles têm a mesma altura e se parecem. Cabelo comprido, altos e magros, as pernas mal cabem ali dobradas.

Nanao não sabe dizer qual deles é o Tangerina e qual é o Limão.

Ele toma a decisão impulsiva de se sentar perto deles. A fileira exatamente atrás dos três está vazia. Bem como a fileira atrás desta. Sentar mais longe o deixaria mais seguro, mas sentar mais perto lhe permitiria inteirar-se da situação mais depressa. Maria o havia deixado perturbado com aquela conversa sobre Minegishi, e ele estava um pouco abalado pela própria sequência de incidentes. Por um momento, ele imagina um jogador de futebol que faz uma jogada arriscada, do tipo que normalmente jamais faria, na esperança de se redimir pelos erros que havia cometido antes no jogo. Uma aposta desesperada para reconquistar confiança. Nanao se dá conta de que nunca tinha visto algo assim funcionar. Fracasso só atrai mais fracasso. Mas um jogador que está devendo precisa tentar.

Ele se senta na fileira logo atrás deles. É encorajado pelo fato de que, quando entrou no vagão, trocou olhares brevemente ou com Tangerina ou com Limão, e ele aparentemente não o reconheceu. *Eles não sabem quem eu sou, que bom,* pensa, aliviado. Por experiência própria, ele também sabia que as pessoas não costumam prestar muita atenção em quem está sentado às suas costas.

Ele prende a respiração e faz o possível para não chamar nenhuma atenção, puxa uma revista do bolso das costas do assento à sua frente e a abre. É um catálogo de compras com uma ampla gama de produtos. Enquanto o folheia, tenta escutar a conversa da dupla à sua frente.

Nanao se inclina levemente para a frente. Embora não consiga entender tudo que dizem, ele os ouve muito bem.

O homem sentado no banco do meio está falando alguma coisa sobre Thomas e sobre trens. Maria havia dito que achava que Limão era quem gostava de *Thomas e Seus Amigos*, o que queria dizer que o homem sentado ao seu lado é Tangerina, o que gosta de literatura.

Com os nervos em frangalhos enquanto tenta manter a discrição, Nanao vira a página do catálogo e se depara com uma seleção de malas. *Se eles estivessem vendendo a mala do Minegishi, eu compraria na mesma hora.*

— Ok, é o seguinte. Você disse que precisamos descobrir quem matou o filho do Minegishi. Ou que temos que descobrir onde está a mala que desapareceu. Porque o Minegishi está puto com a gente.

Nanao quase cai para trás quando escuta o que Limão está dizendo. *A mala também não está com eles.* E o nome Minegishi também não lhe passa despercebido. Mas ele não disse só "Minegishi", ele disse "filho do Minegishi". *Quem é esse? Minegishi tem um filho? Maria disse alguma coisa sobre isso?* Ele não consegue se lembrar. Mas com certeza escutou que o filho do Minegishi tinha sido morto. O que significava que alguém o havia matado. Um calafrio percorreu a espinha de Nanao. *Quem fez isso? Quem teria feito uma maluquice dessas?*

Ele se lembrou de uma vez em que estava num *izakaya* e o garçom disse às pessoas do bar: "Existem dois tipos de pessoas neste mundo." Aquele tipo de construção parecia sempre muito batida, então Nanao sorriu meio sem jeito, mas educadamente seguiu a deixa.

"Quais são?"

"Pessoas que nunca ouviram falar do Minegishi, e pessoas que morrem de medo dele."

Todos no bar ficaram em silêncio. Ao perceber isso, o garçom continuou: "E tem também o próprio Minegishi."

"Então são três tipos", disseram os clientes.

Apesar de ter rido junto com os outros clientes tirando sarro do garçom, ele ficou pensando que todas as pessoas que ele conhecia aparentemente morriam de medo de Minegishi. Temê-lo parecia, de fato, a coisa mais segura a se fazer. Aquilo lhe deu mais certeza do que nunca de que ele deveria sempre manter certa distância daquele homem.

— Pergunta rápida — diz Limão, levantando um dos dedos e parecendo todo cheio de si.

Nanao não consegue entender direito o que ele disse em seguida, mas conseguiu captar as palavras "culpado" e "invente".

Depois de conversarem mais um pouco num volume baixo demais para escutar, Tangerina se levanta, de repente, assustando Nanao.

— Preciso ir ao banheiro.

Limão o detém.

— Ei, espera aí. O que foi?

— Preciso dar uma mijada — responde Tangerina.

— O que eu faço se aparecer uma oportunidade antes de você voltar? Você sabe, uma oportunidade de falar com o nosso conhecido do bairro. E se você não estiver aqui?

— Daí você está por conta própria. Você consegue fazer isso sozinho, né? Provavelmente seria até mais discreto se só um de nós fizesse.

— Tá, beleza.

— Não crie nenhuma confusão.

Após dizer isso, Tangerina se vira e deixa o terceiro vagão.

O vagão mergulha no silêncio. Pelo menos é o que parece a Nanao. O trem continua balançando, lógico, e dá para ouvir o barulho das rodas sobre os trilhos enquanto a paisagem vai passando lá fora, mas Nanao tem a estranha sensação de que, no instante em que a conversa de Tangerina e Limão se encerrou, o trem caiu num silêncio mortal e o tempo parou.

Ele vira mais uma página do catálogo. Passa os olhos pelas palavras, mas não as lê. *É agora ou nunca*, pensa, enquanto seus olhos passeiam pela página. *Limão está sozinho. Se é pra falar com ele, a chance é agora.*

E o que você ganha se falar com ele?, pergunta uma voz na sua cabeça. *Você precisa encontrar a mala e, obviamente, ela não está com eles. Então, qual é o propósito disso?*

Mas não tem mais ninguém que possa me ajudar, responde Nanao.

Você acha mesmo que eles vão te ajudar?

Se eu falar do Minegishi, talvez eles me escutem. Como é mesmo aquele ditado? O inimigo do meu inimigo é meu amigo.

Ele não tinha entendido tudo o que estava acontecendo, mas ficou óbvio que Tangerina e Limão estavam transportando aquela mala para Minegishi. E Minegishi havia contratado Nanao para roubar a mesma mala. Isso queria dizer que ambos estavam trabalhando para o mesmo cliente. Não era difícil imaginar que Minegishi estava planejando algo. Nanao podia apostar que, se ele dissesse para Limão que também estava trabalhando para Minegishi, mesmo que Limão desconfiasse dele e não quisesse acreditar na sua história, talvez eles pudessem chegar a algum acordo. Ambos tinham o mesmo objetivo: encontrar a mala. Se Limão e Tangerina estivessem dispostos a ignorar o fato de que Nanao a havia roubado deles no começo de tudo, talvez fosse possível trabalharem juntos. Eles poderiam formar uma equipe, como um casal que supera uma traição e decide seguir em frente. Pelo menos, era isso que ele estava pensando em sugerir.

Nanao fecha o catálogo e estica o braço para colocá-lo de volta no bolsão. Ele não consegue enfiá-lo de primeira, mas ele dá um jeito de guardar. Endireita o corpo. Se ele se jogasse em cima de Limão, teria uma boa chance de imobilizá-lo. Depois, explicaria a situação. *Vamos nessa*, pensa, e se levanta.

Para encontrar Limão olhando bem para ele.

— Opa, e aí, tudo bem?

Nanao não consegue processar imediatamente o que está acontecendo. Sem dúvida, ele reconhece o homem que está à sua frente.

— Opa, tudo bem, e com você?

Parece que a pessoa que está falando com ele é um amigo de longa data. Limão está de pé no corredor, bem ao lado do assento de Nanao, bloqueando sua passagem.

Antes que Nanao possa responder à pergunta que está na sua cabeça, seu corpo se move. Primeiro ele se abaixa, e no tempo certo, pois o punho de Limão atinge o ar onde antes estava seu rosto. Se tivesse hesitado por um segundo que fosse, teria levado um gancho direto no maxilar.

Nanao se empertiga e estica a mão, segurando o punho direito de Limão. Ele dobra o braço de Limão às suas costas tentando fazer toda aquela movimentação da forma mais discreta possível, para não chamar muita atenção. Causar uma comoção não o ajudaria em nada. Se a polícia ou a imprensa se envolvesse naquilo, seria mais difícil esconder o seu fracasso de Minegishi. Ele ainda precisava ganhar mais algum tempo.

Por sorte, Limão também parece querer evitar uma cena. Com movimentos contidos, ele faz a mão começar a tremer, como se estivesse tendo um espasmo, o que faz com que Nanao a solte.

Nanao sabe que não pode se dar ao luxo de baixar a guarda, mas está tão preocupado em não chamar atenção que arrisca uma olhadela pelo vagão. A maioria dos passageiros está dormindo, olhando para o celular ou lendo revistas, mas, nos fundos do vagão, há uma criança de pé no seu assento, olhando para eles com grande interesse. *Isso não é bom.* Ele dá uma cotovelada no peito de Limão, não para feri-lo, mas para desequilibrá-lo. Enquanto Limão cambaleia, Nanao se joga para trás e ocupa o assento da janela. Se eles continuassem de pé, cedo ou tarde alguém os veria.

Limão também se senta, no assento do corredor, e eles começam a trocar socos por cima do assento vago do meio. O assento do meio na fileira à sua frente está bastante reclinado, o que dificulta o acerto de um golpe direto, mas eles se esforçam ao máximo para fazê-lo. Nenhum dos dois jamais havia trocado socos sentado.

Eles retorcem o corpo e esticam os braços, socando, esquivando e bloqueando.

Limão tenta um tremendo gancho nas costelas de Nanao, mas Nanao baixa o descanso de braço do assento e o punho de Limão colide com ele, produzindo um estalo. Ele solta um ruído de frustração. Nanao se anima, mas só por um segundo, porque percebe que Limão está com uma faca na outra mão. É uma faca pequena, mas parece afiada enquanto rasga o ar. Nanao pega uma revista no bolso nas costas do banco e a abre para bloquear a lâmina. A faca atravessa a fotografia de uma exuberante plantação de arroz. Ele tenta fechar a revista em volta da faca, mas Limão a puxa de volta.

Que bom que ele não pegou um revólver. Talvez porque Limão considere que usar uma faca seja melhor do que um revólver numa luta a curta distância, ou talvez ele não esteja sequer com uma arma de fogo. Nanao não está muito preocupado com o motivo.

Ele dá mais uma estocada. Nanao tenta pegar a faca com a revista mais uma vez, mas calcula errado o tempo e leva um corte no braço esquerdo. Ele sente uma pontada de dor. Os olhos de Nanao se voltam para o seu braço por um instante. Não é um corte profundo. Ele olha novamente para Limão e, num gesto rápido, pega o pulso da mão que segura a faca. Ele puxa esse braço na sua direção e dá uma forte cotovelada nele com seu braço livre. Limão dá um gemido e a faca despenca no chão, fazendo barulho. Nanao aproveita a vantagem e tenta enfiar dois dedos nos olhos de Limão. Como o ponto de recuar já passou, agora ele faz isso com a clara intenção de cegar seu oponente, mas Limão se esquiva no último instante, e seus dedos acertam as laterais dos olhos, em vez de atingi-los em cheio. Seu rosto se retorce de dor, e Nanao está prestes a repetir o movimento, preparando os dedos para um novo ataque, quando a mão de Limão escorrega na direção de seu peito, por dentro de seu casaco. Nanao pisca e, na fração de segundo que seus olhos levam para abrir, uma arma de fogo se materializa. Limão a segura discretamente, mas ela está apontada para Nanao.

— Eu não queria ter que usar isso, mas pra mim já chega — diz ele em voz baixa.

— Se você atirar em mim, você vai se expor.

— Não tenho escolha. Medida de emergência. Tangerina vai me entender. De qualquer maneira, é bem difícil brigar sem chamar a atenção de ninguém.

— Como você sabe quem eu sou?

— Eu te reconheci assim que entrou no vagão, todo nervoso. Você estava praticamente gritando "olha aqui pra mim, o cordeiro pronto para o sacrifício".

— Cordeiro pronto para o sacrifício? Do que você está falando?

— Você é o cara que trabalha com a Maria, não é?

— Você conhece a Maria? — Enquanto fala, Nanao divide o olhar entre o rosto de Limão e a arma apontada para a sua cintura. Ele sabe que pode levar um tiro a qualquer momento.

— Estamos todos no mesmo ramo. O McDonald's sabe tudo sobre o Mos Burger. A Bic Camera conhece a Yodobashi Camera. É a mesma coisa aqui. E esse nosso mundinho é bem pequeno. Não tem tanta gente assim disposta a pegar qualquer trabalho que alguém precisa que seja feito. Fiquei sabendo sobre você e a Maria por aquele velhote intermediário.

— Quem, o Senhor Boas Notícias, Más Notícias?

— Ele mesmo. Se bem que na maioria das vezes com ele são más notícias. Mas eu ouço falar da Maria o tempo todo. E também ouvi que, nos últimos anos, ela tem sido a agente do Quatro-Olhos.

— E o que as pessoas dizem sobre o Quatro-Olhos? — Nanao não quer abaixar a guarda por um momento sequer, mas tenta passar a impressão de que está despreocupado.

— Dizem que não é dos piores. Colocando isso em termos de *Thomas e Seus Amigos*, acho que eu diria que ele é como o Murdoch.

— Esse é um dos personagens?

— Sim. O Murdoch é bem maneiro. — Limão faz uma pausa e em seguida completa: — Uma locomotiva enorme, com dez rodas. Pacato por natureza, ele gosta de lugares tranquilos. Mas também de conversar com seus amigos no pátio da estação.

— Hã?

— Essa é a descrição de personagem do Murdoch.

Nanao fica desconcertado com aquela citação repentina, mas também sorri um pouco por dentro. *Realmente, eu gosto mesmo de lugares tranquilos. Tudo que eu quero é paz e tranquilidade. E mesmo assim*, reflete, com uma pitada de amargura, *aqui estou eu.*

— Eu já tinha visto uma foto sua, Quatro-Olhos. Mas não esperava te ver por aqui. Que coincidência, não?

— É mais ou menos uma coincidência, mas também não.

— Ah, espera. Saquei. — Limão parece ter finalmente entendido. — Foi você quem roubou a mala. Ah, que bom. Não vou nem precisar jogar a culpa em você, já que foi você mesmo quem fez isso.

— Me escuta primeiro. Minegishi contratou vocês pra levar essa mala, né?

— Então você *está* envolvido! Você sabe o que está rolando.

— Eu também estou trabalhando pro Minegishi. Ele me contratou para roubar essa mala.

— Do que você está falando?

— Eu não sei por quê, mas o Minegishi me contratou sem falar nada pra vocês.

— Você tem certeza?

Limão não apresenta nenhum outro contra-argumento além daquela simples pergunta, mas ela é mais do que o suficiente para deixar Nanao perturbado. Afinal, ele não tem nem certeza de que está trabalhando mesmo para Minegishi.

— Por que o Minegishi iria querer que você roubasse a mala? A gente precisa levá-la para ele.

— Pois é, esquisito, né? — Nanao tenta enfatizar que tem alguma coisa errada ali.

— Então, digamos que o Thomas tenha um frete para transportar, mas ele chama um outro trem para fazer isso por ele. Até onde eu entendo, teria apenas dois motivos para ele fazer isso: ou o Thomas está quebrado, ou alguém não confia nele.

— Você e o seu parceiro estão quebrados? Acho que não. Então não é esse o motivo.

Limão estala a língua.

— Você está dizendo que o Minegishi não confia na gente?

O cano do revólver treme de nervoso. Limão está nitidamente incomodado, e aquele incômodo está fazendo seu dedo pressionar o gatilho com mais força.

— É melhor você devolver a mala pra gente, e rápido. Onde ela está? Eu vou atirar em você, tá me entendendo? E enquanto você estiver estrebuchando, eu vou revirar seus bolsos e encontrar o seu bilhete. Se eu for até o seu assento eu vou encontrar a mala, né? Então é melhor você me entregar a mala antes que eu meta uma bala em você.

— Espera, você não entendeu. Eu também estou procurando a mala. Ela não está comigo.

— Pelo jeito, você está querendo tomar um tiro.

— Estou falando a verdade. Se estivesse com a mala, eu não viria atrás de vocês. Achei que vocês estavam com ela. Foi por isso que eu vim até aqui, mesmo sabendo que seria perigoso. E, de fato, está bem perigoso mesmo.

Nanao mantém a voz baixa e repete para si mesmo para ficar calmo. Demonstrar medo ou agitação apenas encorajaria Limão. E, embora ainda tivesse problemas para aceitar seu lendário azar, ele está bem acostumado a ter uma arma apontada para si. Na verdade, elas nem o assustavam tanto assim.

Era evidente que Limão não acreditava nele, mas parecia estar refletindo.

— Beleza, então ela está com quem?

— Se eu soubesse, eu não estaria aqui falando com você. Outra resposta mais simples é que ela está com alguma outra pessoa, ou algum outro grupo, que também está atrás dela.

— Algum outro grupo?

— Além de mim e de vocês dois. E é esse outro grupo que está com ela agora.

— E eles também trabalham pro Minegishi? O que é que ele está pensando, porra?

— Vou repetir mais uma vez: eu não sei exatamente o que está acontecendo. Não sou a pessoa mais inteligente do mundo.

Só sei jogar futebol e fazer trabalhos perigosos.

— Como é que você usa óculos se não é inteligente?

— Não tem nenhum trem que usa óculos?

— Sim, o Whiff usa. Uma locomotiva de óculos, um carinha gente fina, que não fica puto nem quando as pessoas falam dele pelas costas. Mas, pois é, acho que ele também não é dos mais inteligentes.

— Meu palpite é que o Minegishi não confia em pessoas como nós. — Nanao está compartilhando aquelas ideias à medida que elas surgem. Conclui que há menos chances de ser baleado enquanto estiver falando. — Então, talvez ele tenha contratado várias pessoas diferentes para garantir que a mala chegasse até ele.

— Por que ele teria todo esse trabalho?

— Quando eu era pequeno, tinha um homem na minha vizinhança que costumava me pedir pra fazer compras pra ele.

— E o que isso tem a ver?

— Ele me disse que se eu fosse até a estação e comprasse o jornal e as revistas dele, eu ganharia um dinheirinho, então fui correndo fazer isso. Quando voltei, ele disse: olha só pra essa revista, toda amassada, não vou te dar nada.

— E daí?

— Ele nunca teve a intenção de me dar um dinheiro, então já tinha uma desculpa pronta. Aposto que o Minegishi tem a mesma coisa em mente para vocês. Ele vai querer saber o que aconteceu com a mala. E depois vai dizer "vocês estragaram tudo, e agora vocês vão pagar".

— Então foi por isso que ele te mandou roubar a mala da gente?

— Pode ser.

Assim que termina de falar, Nanao fica pensando que aquilo pode mesmo ser verdade. Talvez Minegishi deteste a ideia de dizer "bom trabalho" e pagar o valor combinado. Ao provocar uma situação como esta, ele pode fazer com que as pessoas que contratou fiquem com a sensação de que devem alguma coisa a ele, em vez do contrário.

— "Agora vocês vão pagar", o que você acha que isso significa, exatamente?

— Talvez o cara faça vocês darem algum dinheiro para ele, talvez mande alguém atirar em vocês. Aposto que ele está pensando: "Quero que outra pessoa faça o trabalho sujo por mim, mas não quero ter que pagar por isso. Não seria ótimo se eu pudesse contratar uma pessoa e depois me livrar dela?"

— Mas se ele contratasse alguém para estragar o nosso trabalho, ele não teria que pagar essa pessoa também? Aí isso não faria sentido.

— Se o trabalho é mais simples, ele pode contratar alguém por um valor menor. Sairia mais barato pra ele, no fim das contas.

— Quando um trem trabalha duro, você precisa fazer com ele que ele se sinta bem, tem que dizer que ele é um trem muito útil.

— Tem gente que prefere morrer a elogiar outra pessoa. Talvez Minegishi seja um sujeito assim.

Nanao ainda está preocupado com a arma, mas tenta passar a impressão de que não está nem aí. Está fazendo o melhor que pode para distrair Limão da possibilidade de apertar aquele gatilho.

— O seu parceiro Tangerina ainda está no banheiro?

— Realmente já tem um tempo que ele saiu daqui. — Mas Limão não olha para a porta, ele mantém o olhar em Nanao. — Talvez tenha fila.

Um pensamento ocorre a Nanao.

— Será que ele não pode ter passado a perna em você?

— Tangerina não faria isso.

— Ele pode ter escondido a mala em algum lugar.

Nanao fala aquilo pisando em ovos. Quer deixar Limão um pouco transtornado, mas não o suficiente para que ele aperte o gatilho.

— Não, Tangerina não ia me sacanear. Não porque temos algum tipo de confiança mútua profunda, nem nada assim. Mas ele é um cara precavido. Ele sabe que se ficar contra mim, vai se meter numa encrenca daquelas.

— E você não fica puto que, enquanto você estava aqui, lutando comigo, ele estava lá, de bobeira, no banheiro?

Nanao fica procurando maneiras de semear a discórdia, mas Limão desdenha das suas palavras.

— Tangerina sabe que eu estou aqui falando com você, parceiro.

— Quê?

— Assim que você entrou, ele disse que havia esbarrado com alguém que conhecia lá do bairro. Assim, do nada, sabe? Esse é o nosso código para quando alguém que a gente conhece aparece. A gente fala desse jeito para que a pessoa não saiba que a gente sabe. Quando o Tangerina se levantou pra ir ao banheiro, ele disse que me deixaria cuidar de você.

— Ah, é mesmo?

Nanao é assaltado por uma sensação de incompetência. Todo mundo naquele ramo usava mensagens e códigos secretos. Ele tenta repassar a conversa que escutou e não consegue lembrar de nada que tenha se destacado em especial, então conclui que Limão provavelmente estava falando a verdade.

Há também uma nova sensação de urgência. Se Tangerina sabe que Nanao está aqui, ele pode voltar a qualquer momento, e dois contra um é uma grande desvantagem.

— Ei — diz Limão, de repente —, você não odeia ser acordado, odeia?

— Ser acordado?

— Ouvi falar de um cara do ramo que odeia ser acordado. Supostamente, o cara é um animal. Por um segundo, cheguei a pensar que era você, mas acho que não.

Nanao nunca tinha ouvido falar de ninguém assim. Aquilo lhe pareceu uma coisa meio idiota pela qual um assassino profissional seria conhecido.

— Esse cara é barra-pesada, então?

— É como o lendário trem City of Truro. Nem mesmo o Gordon seria rápido o bastante para vencê-lo.

— Desculpe, não peguei a referência.

— Escuta, você não vai conseguir me derrotar, parceiro. E se você, de alguma forma, conseguir me matar, mesmo assim eu não vou morrer.

— O que quer dizer com isso?

— Eu quero dizer que o grande Limão é imortal! Mesmo se eu morrer, vou voltar. Vou aparecer para você e te matar de medo.

— Não, valeu — diz Nanao, fechando a cara. — Não gosto de ficar pensando no além e não gosto de fantasmas.

— Eu sou pior do que um fantasma!

Naquele momento, Nanao percebe que há um outro Shinkansen vindo na direção contrária, passando do outro lado do corredor, na janela oposta. Ele passa rugindo, e parece até que os dois trens estão se acotovelando, como se aquilo fosse uma metáfora de que na vida não existe situação fácil, que tudo era sempre uma luta.

— Talvez esse aí seja o Murdoch — murmura Nanao, distraído, sem nenhum motivo específico.

Não era uma armadilha e, mesmo que fosse, ele nunca esperaria que desse certo. Apenas havia percebido a passagem de outro trem, ficou imaginando que modelo seria e falou em voz alta o que passou em sua cabeça.

Porém Limão, de maneira ingênua, perguntou, empolgado:

— Onde? — E virou-se para olhar.

Nanao ficou perplexo. Limão estava com uma arma apontada para ele, mas olhou para trás como se eles estivessem batendo papo. *Não vou ter outra chance igual a esta*, percebe Nanao. Ele segura a mão da arma e a empurra para baixo ao mesmo tempo que enfia seu outro punho fechado no queixo de Limão. Arrebente o queixo, sacuda o cérebro, bote o adversário para dormir. Essa era outra das técnicas que Nanao havia praticado incontáveis vezes quando era adolescente, da mesma maneira que treinava futebol. Ele escuta um som que parece um músculo se rompendo ou um grande interruptor sendo acionado.

Os olhos de Limão se reviram e ele desaba no assento. Nanao arrasta o corpo comprido até o lugar próximo à janela e o encosta nela. Por um instante, ele fica pensando se deveria quebrar o pescoço de Limão, mas algo o impede. Depois do Lobo, parece arriscado demais matar novamente. E ele também tinha certeza de que, se tirasse a vida de Limão, teria que lidar com a ira de Tangerina. Ele precisava tentar evitar que aqueles dois virassem seus inimigos. Era difícil imaginar que se tornariam aliados, mas ele sabia que não deveria provocá-los além do necessário.

E agora, o que eu faço? E agora? E agora?

Sua cabeça parece ferver. As engrenagens começam a girar mais rápido.

Ele pega a arma de Limão e a pendura no cinto, por baixo do casaco. Também pega o celular de Limão. Em seguida, se curva e olha para a faca no chão. Ele pensa em pegá-la, mas decide deixar para lá.

E agora? As engrenagens na sua mente trabalham em um ritmo furioso, produzindo uma ideia atrás da outra. Elas aparecem e desaparecem logo em seguida. *O que você vai fazer?*, sussurra uma voz interna.

Vou para a frente ou para os fundos do trem? Tangerina vai estar aqui a qualquer minuto. Assim que pensa nisso e se lembra para onde Tangerina foi, ele sabe que não pode seguir em frente. Sua única opção é ir em direção aos fundos.

Sua cabeça fervilha com opções e fragmentos de planos de fuga. *Mesmo que eu vá para os fundos, Tangerina virá atrás de mim. Qualquer direção vai me colocar num beco sem saída.* Tem que pensar numa maneira de passar por Tangerina.

Ele abre a sua pochete. Primeiro, tira de lá um tubo de pomada, desrosqueia a tampa e aplica um pouco no lugar em que Limão o cortou. Não está sangrando muito, mas parece uma boa ideia estancar o sangramento. O braço pulsa de dor, tanto por causa do corte quanto por ter se defendido dos socos. Já há hematomas se formando nos lugares em que foi atingido. Limão acertou alguns bons golpes, pegando os músculos e os ossos de Nanao. Sempre que ele se mexe, sente dor, mas não há nada que possa fazer.

Em seguida, ele pega um relógio de pulso. *Não tenho tempo para pensar.* Coloca o volume do alarme no máximo e escolhe uma hora. *De quanto tempo eu preciso? Muito pouco não vai me ajudar, mas muito tempo também não vai ser uma boa.* Só para garantir, ele decide programar um segundo alarme num outro relógio, dez minutos depois do primeiro.

Ele coloca um dos relógios no chão, debaixo do assento de Limão, e o outro no compartimento de bagagem sobre a sua cabeça.

Nanao está prestes a sair dali, mas resolve dar uma olhada para a fileira à sua frente, com três lugares, onde Limão e Tangerina estavam sentados originalmente. O terceiro homem permanece imóvel, encostado na janela. Tem alguma coisa estranha com aquele homem, de modo que Nanao se aproxima e o toca cuidadosamente no ombro. Nenhuma reação. *Não pode ser,* ele pensa. Coloca os dedos no pescoço do homem. Sem pulso. *Quem é esse?* Nanao suspira, assoberbado pela falta de respostas, mas sabe que não pode mais ficar ali. Quando começa a se afastar, ele percebe uma garrafa de água de plástico pela metade, no bolso nas costas do banco em frente ao assento em que Limão estava sentado. Ele tem uma ideia ardilosa e tira um saquinho com um pó de dentro da pochete. Um remédio solúvel em água. Abre a embalagem, despeja o pó dentro da garrafa, a sacode e devolve para o bolso. Ele não faz ideia se Limão irá bebê-la ou se aquilo sequer funcionará, mas conclui que é melhor plantar esse tipo de semente sempre que possível.

Então, vai apressado até o segundo vagão. *Ok. E agora?*

O PRÍNCIPE

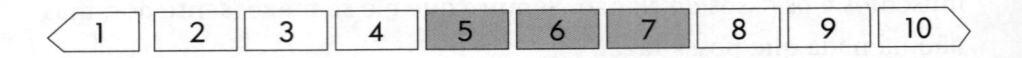

< 1 | 2 | 3 | 4 | **5** | **6** | **7** | 8 | 9 | 10 >

BEM QUANDO ESTÁ PENSANDO em retornar ao seu assento, a porta do banheiro se abre e Kimura sai por ela, um olhar de empolgação no rosto.

— Qual era a combinação?
— Como você sabe que eu abri?
— Dá pra ver pela sua cara.
— Bem, você não parece nem surpreso e nem feliz. Está realmente tão acostumado assim a ser sortudo? Era 0600. — Kimura dá uma olhada para a mala. — Eu tranquei de volta por enquanto.
— Vamos sair daqui.

O Príncipe se vira e vai na frente, e Kimura vem logo atrás com a mala. Se encontrarem o dono da mala, será mais fácil botar toda a culpa no homem mais velho.

Eles chegam aos seus assentos, e o Príncipe manda Kimura sentar-se no lugar próximo à janela. *O próximo passo é crucial*, pensa ele, enquanto se prepara. Ele se sentiria muito mais seguro se pudesse amarrar Kimura novamente.

— Sr. Kimura, eu vou amarrar suas mãos e seus pés de novo, ok? O bem-estar de seu filho está em jogo, de modo que imagino que você não vá tentar nada estúpido, mas acho melhor que você fique como estava antes.

Eu não me importo, na verdade, se você está amarrado ou não, pra mim tanto faz — o Príncipe tenta projetar essa atitude, quando, na verdade, a diferença entre um adversário estar preso ou solto é considerável. Kimura é muito maior do que ele. Mesmo quando um homem sabe que a vida do filho corre perigo, alguma coisa pode fazê-lo perder a cabeça e se lançar num ataque suicida. Se isso acontecesse, talvez o Príncipe não conseguisse detê-lo. As coisas nem sempre ocorrem conforme o esperado quando a situação fica violenta. A melhor maneira de garantir sua segurança é deixar as coisas como estavam antes, quando Kimura não podia se mexer livremente. Mas ele também precisa se assegurar de que Kimura não perceba tudo isso.

O Príncipe sabe que esta é a chave para exercer controle sobre outra pessoa. Se uma pessoa entende que a hora da verdade chegou, se ela vê que aquele é o momento ideal para tomar uma atitude que pode alterar a situação em que se encontra, provavelmente ela fará isso, não importa que tipo de pessoa ela é. Se tiver certeza de que aquela é a sua única chance, provavelmente vai lutar com um desprendimento selvagem. Portanto, se você puder evitar que essa pessoa saiba disso, terá muito mais chances de vencer. Muitos governantes fazem isso. Eles escondem suas verdadeiras intenções. É como se estivessem levando um grande número de passageiros para dar um passeio num trem, mas não dissessem para onde o trem está indo, como se aquilo fosse a coisa mais normal do mundo. Os passageiros poderiam desembarcar em qualquer estação pelo caminho, mas nunca lhes permitem que eles percebam isso. O condutor simplesmente vai passando por todas as estações sem parar, calma e tranquilamente. Quando as pessoas começam a se arrepender de não terem descido antes, já é tarde demais. Seja numa guerra, num genocídio, ou quando são feitas mudanças em alguma lei, na maioria dos casos as pessoas não percebem nada até que a coisa já esteja acontecendo, ficando apenas com a sensação de que poderiam ter protestado antes, se ao menos soubessem.

É por isso que quando o Príncipe termina de prender as mãos e os pés de Kimura com bandagens e fita, ele sente um alívio considerável. Kimura nem parece ter notado que acaba de perder sua chance de reagir.

O Príncipe coloca a mala aos seus pés e a abre, revelando os maços de notas empilhados.

— Olha só pra isso.

— Não acho muito surpreendente. Não tem nada de mais numa mala cheia de dinheiro. Mas os cartões de banco, sim, isso é uma novidade.

O Príncipe olha mais uma vez para dentro e, realmente, na redinha dentro da tampa da mala ele encontra cinco cartões de débito. Cada um deles tem uma sequência de quatro dígitos escrita com caneta no verso.

— Acho que são as senhas para fazer o saque.

— Provavelmente. Dois tipos de pagamento, dinheiro e cartão. Que saco.

— Eu achava que, quando você usava os cartões, o dono da conta conseguia saber onde tinha sido o saque...

— De jeito nenhum, eles não são a polícia. Sejam quem for, nem as pessoas que deram esse dinheiro nem as que receberam levam uma vida honesta. Provavelmente fizeram algum tipo de acordo para evitar que um sacaneasse o outro.

— Hum. — O Príncipe passa o dedão sobre algumas notas. — Ei, Sr. Kimura, o senhor pegou uma dessas notas, né?

A expressão de Kimura fica tensa e seu rosto se enrubesce.

— Por que você diz isso?

— Estou com a impressão de que assim que viu isso você quis fazer alguma coisa, tipo pegar uma ou duas notas, rasgá-las, jogar os pedaços no vaso e dar descarga. Você fez isso?

O Príncipe nota o sangue se esvaindo do rosto franzido de Kimura. *Acho que meu palpite está certo.*

Kimura começa, então, a mexer as mãos e os pés. Infelizmente, eles estão bem amarrados. *Se ele queria fazer alguma coisa, deveria ter feito antes.*

— Sr. Kimura, o senhor sabe o que é certo nessa vida? — O Príncipe tira os sapatos e traz seus joelhos em direção ao peito. Ele joga o corpo para trás e se equilibra no cóccix.

— Sim. Nada.

— Exatamente. É exatamente isso. — O Príncipe concorda com a cabeça. — Na vida, tem coisas que *dizem* que são certas, mas não há nada que indique que elas *realmente* são certas. É por isso que as pessoas que dizem "*isto* é o certo" detêm todo o poder.

— Agora você foi meio longe demais, sua majestade. Fale de uma maneira que os plebeus possam entender.

— É como naquele documentário dos anos 1980, *The Atomic Cafe*. Um filme bem famoso. Tem uma parte em que os soldados estão treinando para uma missão que envolve armas nucleares. Os soldados precisam entrar numa área em que uma bomba nuclear acaba de ser detonada. Antes de eles irem, um oficial de alta patente está escrevendo numa lousa e explicando a operação aos soldados. "Só existem três coisas com que vocês têm que se preocupar", ele diz. "A explosão, o calor e a radiação." E então ele diz: "A radiação é a ameaça mais recente, mas também é aquela com a qual vocês precisam se preocupar menos."

— Como é que eles não precisariam se preocupar com a radiação?

— Ela é invisível e inodora. Disseram aos soldados que, desde que seguissem os procedimentos, eles não ficariam doentes. A bomba é detonada, e os soldados começam a marchar na direção da nuvem em forma de cogumelo. Usando uniformes normais!

— É sério isso? E a radiação não afeta os caras?

— Não seja ridículo. Todos ficaram doentes por causa da radiação e sofreram à beça com isso. Na prática, se as pessoas ouvem uma explicação na qual querem acreditar, e se quem diz é uma pessoa importante, falando "Não se preocupe, está tudo bem" com convicção, em geral, as pessoas acreditam. Quando, na verdade, a pessoa importante não tem a intenção de ser honesta com ninguém. Nesse mesmo filme, tem um vídeo educacional para crianças, um desenho animado com uma tartaruga. Ela diz: "Se houver uma explosão nuclear, se esconda imediatamente! Entre debaixo de uma mesa e se agache!"

— Que idiotice.

— *Nós* achamos idiota, mas quando o governo afirma isso de uma forma tranquila e com convicção, não temos escolha a não ser acreditar que eles estão certos, né? E talvez estivessem mesmo, até onde se sabia na época. É que nem com o amianto. Hoje é proibido usar em construções por causa dos danos para a saúde, mas ele costumava ser celebrado por conseguir resistir ao calor e retardar incêndios. Houve uma época em que todo mundo achava que usar amianto na construção civil era a melhor opção.

— Você está mesmo no colégio? Como é que fala desse jeito?

Que imbecil, pensa o Príncipe, rindo. Só porque ele está na escola, como é que deveria falar? Se você leu muitos livros e acumulou conhecimento suficiente, a maneira de falar evolui naturalmente. Não tem nada a ver com a idade.

— Mesmo depois que surgiram estudos mostrando que o amianto era perigoso, ainda levou anos até ser proibido. O que provavelmente fez com que muita gente pensasse: "Se isso realmente fosse perigoso haveria um clamor popular e aprovariam alguma lei proibindo o uso, mas, como isso não aconteceu, acho que está tudo bem." Hoje em dia nós usamos materiais diferentes, mas não se surpreenda se você começar a ouvir que eles também causam problemas de saúde. O mesmo vale para a poluição, a contaminação dos alimentos, alguns remédios. Não tem como ninguém saber ao certo no que acreditar.

— O governo é podre, os políticos são um lixo, tudo é uma bagunça. É isso? Não é uma opinião das mais originais.

— Isso não é, nem de longe, o que eu estou tentando dizer. Meu ponto é que é muito fácil fazer as pessoas acreditarem que uma coisa errada, na verdade, é certa. Embora eu tenha a impressão de que naquela época até os políticos achavam que aquilo era o certo e não estavam tentando enganar ninguém.

— Mas... e daí?

— E daí que a coisa mais importante que existe é ser uma dessas pessoas que diz no que você deve acreditar. — *Mas mesmo te explicando isso, duvido que você vá entender.* — E não são os políticos que controlam as coisas. Os burocratas e os executivos, eles é quem dão as cartas. Mas você nunca vai ver esses figurões na televisão. A maioria das pessoas só conhece os políticos que aparecem na TV e nos jornais. O que é um ótimo negócio para quem está por trás deles.

— Botar a culpa nos burocratas também não é nenhuma grande novidade.

— Na verdade, o nosso país vai tão bem, em grande parte, por causa dos bons burocratas. Mas digamos que alguém considere os burocratas inúteis. A verdade é que essa pessoa não sabe quem são realmente os burocratas, de modo que ela não tem ninguém para quem direcionar sua raiva ou insatisfação. Só uma série de declarações sem fundamento. Já os políticos trabalham com exposição pública. Os burocratas se aproveitam disso. Os políticos absorvem todas as críticas e os burocratas ficam protegidos atrás deles. E quando um político causa algum problema, é tudo uma questão de vazar informações delicadas para a imprensa. — O Príncipe percebe que já está falando demais. *Provavelmente só estou empolgado com isso de ter conseguido abrir a mala.* — Na prática, a pessoa que tiver o maior número de informações e for capaz de usá-las para atingir seus objetivos é a mais poderosa. É como esta mala, só de saber onde ela está eu já consigo controlar as pessoas que a desejam.

— O que você vai fazer com o dinheiro?

— Nada. É só dinheiro.

— Bom, sim. Exato. É dinheiro.

— Não é como se você também quisesse, Sr. Kimura. Nenhum dinheiro nesse mundo faria o imbecil do seu filho melhorar.

As rugas no rosto de Kimura se aprofundam e ele fica sombrio. *É fácil demais,* pensa o Príncipe.

— Por que você está fazendo isso?

— Precisa ser mais específico. O que você quer dizer com "isso"? Você está falando da mala? Ou sobre te amarrar e te levar comigo até Morioka?

De início, Kimura não responde. *Ele nem sabe direito o que está perguntando,* percebe o Príncipe. *Ele faz perguntas sem ter certeza do que quer descobrir. Uma pessoa como ele nunca vai conseguir dar um jeito na própria vida.*

Por fim, Kimura decide sobre o que deseja perguntar.

— Por que você fez aquilo com o Wataru?

— Eu já te disse, o pequeno Wataru foi atrás de mim e dos meus amigos lá no telhado e simplesmente caiu. Deixa eu brincar, ele dizia, deixa eu brincar. Cuidado, é perigoso, eu disse. Eu avisei.

O rosto de Kimura fica vermelho e seu corpo parece soltar fumaça. Mas ele contém sua raiva.

— Tanto faz. Não estou interessado nas suas desculpas esfarrapadas. O que eu estou te perguntando é: por que o Wataru? Por que ele?

— Bom, é óbvio que foi para te atingir — diz o Príncipe, num tom cômico. Em seguida, ele ergue um dos dedos, encosta-o em seus lábios e sussurra: — Mas não conte a ninguém.

— Sabe o que eu acho? — Kimura dá um meio sorriso. Num instante, toda a tensão desaparece de seu rosto, sua expressão fica animada, seus olhos brilham. Ele parece jovem de novo, um adolescente, como se também estivesse no colégio. O Príncipe é assaltado pela sensação repentina de estar lidando com um igual. — Eu acho que talvez você tenha ficado com medo de mim.

O Príncipe está acostumado a ser subestimado. Não foram poucas as pessoas que o menosprezaram por ele ser um adolescente, por ser pequeno e ter uma aparência frágil. E ele adorava transformar aquele menosprezo em medo.

Mas, naquele momento, era ele quem estava incomodado.

Ele se lembra daquela noite, alguns meses atrás.

No parque, em meio às árvores de um pequeno bosque, no final de um suave declive no terreno, o Príncipe e seus colegas de turma estavam se preparando para testar o equipamento médico. Ele sugeriu que o usassem para dar um choque em Tomoyasu, o tapado de pé chato. Apesar de não ser realmente uma sugestão, e sim uma ordem. Diferentemente de um desfibrilador, caso fosse usado em uma pessoa cujo coração estivesse funcionando, este equipamento poderia possivelmente matar o dito cujo. O Príncipe sabia disso, mas não disse aos outros. Ele sempre passava a eles o mínimo de informação possível. Também sabia que se Tomoyasu acabasse morrendo, aquilo criaria uma oportunidade: todos os outros entrariam em pânico e, em seu estado de extrema confusão, iriam até ele atrás de respostas.

Tomoyasu gritou e chorou de forma tão patética que o Príncipe concordou em usar o cachorro como cobaia em seu lugar. Naquele momento, seu interesse não estava mais nos efeitos do desfibrilador. Em vez disso, o Príncipe queria saber como Tomoyasu seria afetado pelo sacrifício de seu fiel cachorro, de quem ele havia cuidado desde pequeno.

Tomoyasu amava aquele cachorro, mas estava disposto a submetê-lo à dor e ao sofrimento. Como ele poderia justificar uma coisa dessas? Sem dúvida estava procurando uma maneira de fazer isso, tentando convencer a si mesmo de que não era uma má pessoa.

O primeiro passo para assumir o controle sobre seus colegas foi desestabilizar sua autoestima. Ele os fez enxergar o quanto eles haviam fracassado como seres humanos. A maneira mais rápida de fazer isso foi explorando seus desejos sexuais, descobrindo suas vontades mais secretas e expondo-as, para humilhá-los. Ou, em alguns casos, ele os confrontava com as atividades sexuais de seus pais, maculando a imagem das pessoas de quem eles mais dependiam. Embora ter impulsos sexuais seja algo natural, expô-los sempre faz com que as pessoas se sintam envergonhadas. O Príncipe não conseguiu evitar se surpreender em constatar como aquilo funcionava bem.

O próximo passo foi obrigá-los a trair alguém. Poderia ser um de seus pais, um irmão, ou um amigo. Quando se voltavam contra alguém importante para eles, sua autoestima despencava. Era isso que o Príncipe pretendia fazer com Tomoyasu e o cachorro.

Entretanto, assim que eles terminaram de amarrar o cachorro e estavam prestes a administrar o choque, Kimura apareceu.

O Príncipe o reconheceu imediatamente da vez em que eles se encontraram no shopping. Ele lhe deixara a impressão de ser um delinquente juvenil que havia crescido e tido um filho. Uma pessoa vulgar e grosseira, o tipo de homem que pode apenas sonhar em um dia andar na linha.

"Ei, o que vocês acham que estão fazendo com esse cachorro?" Kimura parecia querer apenas resgatar o cão e seu dono. "É isso mesmo, pode ficar puto, moleque. Estou estragando a sua missão. Se vocês não fizerem alguma coisa logo, sua alteza, o Príncipe, ficará furioso. Ei, e cadê o Príncipe, afinal?"

Ele não gostou nem um pouco do jeito como Kimura estava rindo.

"Uau, senhor, você parece realmente cheio de confiança." Em seguida, ele jogou uma pedra no rosto do homem. Ela o atingiu com toda a força, jogando-o para trás. "Devemos tentar pegar esse cara?", disse o Príncipe, calmamente. E seus colegas obedientemente se lançaram sobre ele. Levantaram Kimura do chão e o seguraram pelos braços. Um terceiro veio por trás e passou o braço ao redor do seu pescoço.

"Ai, isso dói", bradou o homem.

O Príncipe se aproximou.

"Acho que o senhor não viu que eu estava ali. Você deveria prestar mais atenção."

O cachorro começou a latir, chamando a atenção do Príncipe. Tomoyasu e o cão estavam parados ao seu lado. Ele devia ter se levantado enquanto todos estavam ocupados com Kimura. Suas pernas tremiam. O cachorro não tentou fugir, simplesmente ficou parado ao lado do dono, latindo corajosamente. *Quase*, pensa o Príncipe, amargo. Teria levado apenas mais alguns segundos para quebrar o elo entre um menino e seu cão, apenas um pouco mais de dor, um pouco mais de traição.

"Ei, sua majestade, então você gosta de ficar dando ordens aos seus amigos desse jeito, é?" Apesar de seus agressores serem adolescentes, os dois garotos segurando seus braços e aquele que segurava seu pescoço estavam dificultando seus movimentos.

"Veja a posição em que você está", respondeu o Príncipe. "E mesmo assim ainda está fingindo que é durão? Hilário."

"Posições mudam. Tudo depende do que acontece." Kimura parecia totalmente calmo, inabalado pelo fato de estar sendo contido.

"Quem quer dar um soco na barriga desse cara?" O Príncipe olhou para seus colegas. Uma lufada de vento passou por entre as árvores, revolvendo as folhas no chão. Os adolescentes, confusos com aquela ordem repentina, olharam desconfiados uns para os outros, mas, em seguida, começaram a brigar para ver quem seria o primeiro a bater em Kimura. Eles o socaram com tremenda satisfação, um depois do outro.

Ele gemia com o que parecia ser dor, mas, então, com a voz bastante tranquila, disse: "Eu andei bebendo, vocês vão me fazer vomitar. Vocês sabem que não precisam fazer tudo o que ele manda, né?"

"Eu tenho uma ideia. Por que o senhor não vira nossa cobaia?" O Príncipe olhou para o desfibrilador no chão. "O que você acha de tomar um choque?"

"Parece ótimo", respondeu Kimura, despreocupadamente. "Fico feliz em doar meu corpo à ciência. Sempre achei os Curie muito legais."

"Eu não ficaria tão relaxado se fosse você." *Que imbecil*, pensou o Príncipe. *Como é que ele sobreviveu todo esse tempo? Aposto que ele nunca trabalhou duro na vida, que nunca sofreu, que sempre fez exatamente o que teve vontade de fazer.*

"É, você tem razão, eu deveria mesmo levar isso mais a sério. Ah, não, que medo! Sua majestade!" A voz de Kimura subiu uma oitava. "Me salve, sua majestade! E depois me beije!"

O Príncipe não achou aquilo engraçado, mas também não ficou bravo. Estava mais era chocado com o fato de Kimura ter ficado vivo por tanto tempo.

"Beleza, vamos testar essa coisa."

O Príncipe olhou para os seus colegas mais uma vez. Depois de socarem Kimura, eles tinham ficado todos parados por ali feito uns bobos, aguardando as instruções seguintes. Assim que o Príncipe falou, vários deles foram correndo pegar o desfibrilador e o trouxeram até mais perto de Kimura. Precisariam colar os eletrodos em seu peito, e um deles se agachou, levantou a camiseta de Kimura e estava prestes a colocar os eletrodos quando o homem falou novamente.

"Ei, vocês deveriam tomar cuidado com as minhas pernas. Não tem ninguém segurando elas. Olha que eu chuto todo mundo. Sua alteza, diga para esses idiotas segurarem as minhas pernas."

O Príncipe não sabia dizer se Kimura estava tentando passar uma imagem despreocupada ou se o homem era simplesmente maluco, mas aceitou a sugestão e ordenou que um de seus colegas segurasse as pernas de Kimura.

"Não tem nenhuma garota nessa gangue de vocês? Eu preferiria que fossem umas garotas que estivessem me agarrando. Vocês todos fedem a porra."

O Príncipe ignorou a provocação e ordenou que eles afixassem os eletrodos.

E se isso o matar, ele pensou, *a gente diz pra polícia que esse bêbado apareceu com um desfibrilador e o conectou a si mesmo*. Ele imaginou que ninguém daria a mínima se um bêbado maltrapilho surgisse morto.

"Aqui vamos nós", disse o Príncipe, olhando para Kimura. Do jeito que os quatro estudantes o estavam segurando, ele parecia Jesus pregado na cruz.

"Espere um instante", replicou Kimura, calmamente. "Tem uma coisa me incomodando." Ele virou a cabeça para encarar o adolescente segurando seu braço esquerdo. "Acho que tem uma espinha aqui no meu lábio, ela tá muito feia?"

"Hã?" O garoto piscou, confuso, e chegou mais perto.

Kimura cuspiu violentamente nele, projetando uma carga de saliva em sua cara. O garoto se retorceu e começou a passar mão no próprio rosto para limpar o cuspe, soltando o braço de Kimura.

Na mesma hora, Kimura deu um golpe para baixo, acertando um soco no topo da cabeça do garoto que segurava suas pernas. O garoto ficou vesgo e pôs as mãos na cabeça, soltando as pernas de Kimura.

Então, Kimura deu um chute para trás, acertando o calcanhar na canela do estudante às suas costas. Por fim, ele acertou um soco na cara do menino que o estava segurando pelo braço direito. Em questão de segundos, ele estava livre e tinha deixado quatro adolescentes gemendo de dor.

"Tcharam! Viu só isso, majestade? Pode mandar todos os adolescentes que quiser pra cima de mim, não faz diferença. Olha só, nem um arranhão. Sua vez, agora."

Ele avançou na direção do Príncipe, socando a palma da mão de forma ameaçadora.

"Pessoal, deem um jeito nesse velhote", ordenou o Príncipe aos colegas. "Podem machucá-lo sem dó."

Além dos quatro infelizes de quem Kimura havia se livrado, ainda havia mais três garotos. Eles estavam nitidamente apavorados.

"Quem não quiser lutar vai jogar um joguinho mais tarde. Ou talvez eu faça os irmãos, as irmãs ou os pais de vocês jogarem."

Aquilo era tudo que o Príncipe precisava dizer para que eles se mexessem. Bastou ouvir uma insinuação sobre tomar um choque e eles seguiram as ordens como se fossem robôs programados.

Mas Kimura acabou com todos eles rapidinho. Alguns estavam com facas, só que ele saiu distribuindo pancadas para todos os lados, deu uma bela surra em cada um, pegou-os pelos colarinhos para lhes dar socos, arrancou botões dos uniformes em meio à briga. Não pegou leve. Um dos garotos caiu no chão com a boca sangrando, mas ele continuou aplicando múltiplas cotoveladas e tapas em seu rosto. Dos outros dois, ele quebrou os dedos de propósito. No final, estava com as pernas tremendo, ou por causa do álcool ou da fadiga, mas aquilo apenas servia para lhe dar um aspecto ainda mais monstruoso.

"O que você diz, sua majestade? Você se acha durão pra caralho, mas não consegue dar conta nem de um velhote?"

O rosto de Kimura brilhava, coberto de gotículas de saliva. Antes que o Príncipe pudesse esboçar uma reação, Kimura estava em cima dele, gesticulando violentamente. Ele não entendeu de imediato o que tinha acontecido: Kimura havia agarrado o uniforme do Príncipe com ambas as mãos e puxado com força, rasgando o tecido. De repente, estava prestes a colar os eletrodos no peito desnudo do Príncipe.

E o Príncipe começou a agitar os braços para se defender.

★ ★ ★

— É, acho que você talvez tenha ficado com medo de mim. — Sentado ali, agora, no Shinkansen, o tom na voz de Kimura era quase triunfante. — Foi por isso que foi atrás do meu filho. Você quis se vingar de mim por eu ter te assustado. Você queria apagar o fato de que ficou com medo.

O Príncipe quase disparou *Isso não é verdade!*, mas engoliu as palavras. Ele sabia que demonstrar emoções era um sinal de fraqueza.

Em vez disso, ele parou por um instante e se perguntou: *Eu fiquei mesmo com medo?*

Era verdade que o ataque frenético de Kimura no parque o havia intimidado. Kimura era forte, estava furioso e não parecia ter um pingo de moral ou bom senso. O encontro com uma forma tão pura de superioridade física foi um choque para o Príncipe, que confiava no que havia aprendido nos livros para compensar a sua falta de experiência de vida. A visão de Kimura espancando seus colegas lhe deu a sensação de testemunhar a humanidade em sua forma mais verdadeira, enquanto ele, por outro lado, era apenas um embuste, um cenário pintado nos fundos de uma peça de teatro amador.

Foi por isso que ele deu meia-volta e fugiu correndo. Na hora, prometeu a si mesmo que se vingaria de Tomoyasu e seu cachorro.

Naturalmente, não demorou muito tempo para que recuperasse a compostura. Ele sabia que Kimura não passava de um perdedor que recorria facilmente à violência sem pesar as consequências. Mas o momento de terror e confusão que Kimura fez o Príncipe passar ficou em sua mente, o atormentando, e o desejo dele de vingança foi aumentando, dia após dia. Ele sabia que não sossegaria até fazer Kimura sentir aquele mesmo terror, até dominar aquele homem.

E, caso não pudesse fazer aquilo, ele ficaria com a sensação de que havia atingido o limite de seus poderes.

Ele encarava aquilo como um desafio, como um teste para os seus talentos e habilidades.

— Não fiquei com medo de você, Sr. Kimura — responde ele. — O que aconteceu com o seu filho foi apenas parte de um teste. Foi como um teste de aptidão.

Kimura não parece entender o que aquilo significa, mas entende que o Príncipe está zombando do coma do seu filho. Seu rosto fica vermelho novamente, e a confiança que estava sentindo um instante atrás desaparece. *Assim é melhor,* pensa o Príncipe.

O Príncipe traz a mala até o seu banco, coloca o código e a abre.

— Então agora sua alteza quer o dinheiro? A mesada que seus pais te dão não deve ser grande coisa.

Ele ignora a provocação de Kimura e pega os cartões, enfiando-os no bolso. Em seguida, fecha e tranca a mala e a segura pela alça.

— O que você está fazendo?

— Pensei em botar a mala de volta no lugar.

— Que diabos isso significa?

— Exatamente o que eu falei. Vou colocá-la de volta onde ela estava, na prateleira dentro da portinha da lixeira. Ah, ou talvez num lugar mais fácil de ser encontrada. Talvez seja melhor. Eu poderia simplesmente deixá-la no compartimento de bagagens.

— Por que você faria isso?

— Eu já sei o que tem dentro. Agora ela não me interessa mais. Vai ser mais divertido ficar observando as pessoas que estão atrás da mala brigarem por ela. E eu peguei os cartões, o que deve causar algum problema para alguém em algum momento.

Kimura fica olhando para ele, embasbacado. Não consegue entender as motivações do Príncipe. *Aposto que ele não está acostumado a alguém fazer qualquer coisa por qualquer outro motivo que não seja dinheiro ou para poder se gabar. Ele não consegue se identificar com o meu desejo de entender como as pessoas funcionam.*

— Já volto.

O Príncipe fica de pé e sai na direção da porta, puxando a mala às suas costas.

GLÓRIA DA MANHÃ

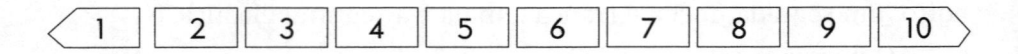

< 1 | 2 | 3 | 4 | 5 | 6 | 7 | 8 | 9 | 10 >

Ele faz uma ligação e informa: O serviço está feito. Do outro lado da linha está um homem que poderia ser chamado de intermediário. Ele também costumava executar esse tipo de serviço alguns anos atrás, mas engordou alguns quilos, ficou mais lento, e agora, já na casa dos cinquenta, atua repassando trabalhos.

Glória da Manhã costumava negociar os próprios serviços, mas, ultimamente, vem pegando seus trabalhos com esse intermediário. Ele cansara de fazer as próprias negociações depois das complicadíssimas condições envolvendo uma operação em larga escala para derrubar a organização Maiden, seis anos atrás.

A coisa toda começou naquele mesmo cruzamento. Suas memórias começam a despertar. Um homem que trabalhava como tutor, duas crianças e uma mulher, Brian Jones, macarrão, as imagens se proliferam sem nenhum contexto ou ordem. Elas surgem em sua cabeça e depois se assentam, como poeira, para, em seguida, desaparecer.

O intermediário diz Bom trabalho e, em seguida: Já que estamos nos falando...

Ele sente um frio na barriga.

O intermediário prossegue: Eu tenho boas e más notícias.

Ele dá um sorriso amarelo. O intermediário sempre diz isso.

Não estou interessado em nenhuma das duas.

Não diga isso. Ok, primeiro as más notícias, diz o homem. Acabo de receber uma ligação urgente de uma pessoa que eu conheço. Tem um serviço, talvez seja meio chato, e tem que ser realizado imediatamente.

Parece complicado. A voz de Glória da Manhã está neutra, ele está sendo apenas educado.

Agora, as boas notícias. A localização desse serviço é bem perto de onde você está.

Glória da Manhã para de andar. Ele olha ao seu redor. Uma avenida larga, uma loja de conveniência, e não muito mais.

Essas duas coisas me soam como uma má notícia.

O cliente, bom, é uma pessoa que eu conheço há bastante tempo, alguém que já me ajudou no passado. Não estou numa posição em que posso lhe dizer não, confessa o intermediário.

Isso não tem nada a ver comigo. Não é que Glória da Manhã seja contra aquele serviço em si, mas prefere não fazer dois trabalhos no mesmo dia.

Esse cara que me ligou é como um irmão mais velho, ele me ensinou tudo. E ele não é brincadeira, é um clássico, diz o intermediário, entusiasmado. Se fosse um videogame, seria tipo o *Hydlide* ou o *Xanadu*, um dos melhores de todos os tempos.

Você vai precisar usar uma analogia que eu consiga entender.

Ok, se ele fosse uma banda, seria o Rolling Stones.

Ah, eles eu conheço. Glória da Manhã dá um sorrisinho.

Ou, não, mais tipo o The Who. Porque eles se separaram, mas voltam a se reunir de tempos em tempos.

Entendi. Mas, enfim, tanto faz.

O quê, você não gosta dos clássicos?

Qualquer coisa que exista há muito tempo merece respeito. Sobrevivência é uma prova de superioridade. Que tipo de serviço é esse, exatamente?

Ele decide, pelo menos, ouvir o homem. O intermediário parece feliz, aparentemente interpretando aquilo como um sinal de concordância.

Glória da Manhã escuta a descrição do serviço e quase dá uma gargalhada. Não apenas os detalhes são extremamente vagos como não é, nem de longe, o tipo de trabalho que ele costuma fazer.

Por que você diz isso? O que te faz pensar que você não é a pessoa certa para o trabalho?

Eu só trabalho onde existem carros ou trens passando. Veículos não passam por dentro de prédios. Minha área de atuação são os espaços ao ar livre. Peça para outra pessoa.

Entendo isso, mas não dá. É bem perto de onde você está. Ninguém mais chegaria a tempo. Na verdade, eu estou indo para lá agora mesmo. Já faz anos que venho arrumando trabalhos para as pessoas, e faz milênios que eu mesmo não atuo em nenhum deles, mas dessa vez eu não tenho escolha. Preciso ir até lá.

Vai fazer bem pra você. E, como você mesmo disse, você não está numa posição em que pode dizer não.

Estou um pouco nervoso, diz o intermediário, a voz levemente trêmula, como a de um recém-formado confessando seu medo de encarar o mundo real. Faz bastante tempo desde o meu último trabalho, então estou nervoso. É por isso que estou pedindo para você vir comigo.

Mesmo se eu fosse, o que eu poderia fazer? As pessoas me chamam de Empurra. Esse serviço não exige nenhum tipo de empurrão. É como pedir para um atleta de arremesso de peso correr uma maratona.

Tudo que estou pedindo é que você venha comigo. Estou quase chegando.

Vou rezar por você.

Sério? Valeu, Glória da Manhã. Te devo uma.

Glória da Manhã fica se perguntando como, exatamente, o homem interpretou aquilo como um sinal de que ele teria concordado em acompanhá-lo.

FRUTA

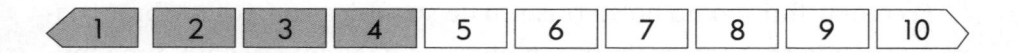

| 1 | 2 | 3 | 4 | 5 | 6 | 7 | 8 | 9 | 10 |

Tangerina sai do banheiro e caminha até a pia, sem nenhuma pressa.

Ele havia reconhecido imediatamente o homem que entrou no terceiro vagão como uma pessoa do mundo deles. O homem parecia um pouco mais jovem do que Tangerina e Limão, e os óculos de armação preta lhe davam uma aparência intelectual. Ele também parecia um tanto quanto ingênuo, tentando agir de maneira natural quando, obviamente, estava nervoso. Ao passar pela fileira em que estavam sentados, ele teve que se esforçar muito para não olhar para os dois. Tangerina, por sua vez, precisou segurar uma gargalhada.

O timing não poderia ser mais perfeito.

Chegou a nossa oferenda para o sacrifício, bem na hora. Se era para atribuir seu fracasso a outra pessoa, como Limão havia sugerido, não havia ninguém mais perfeito do que este indivíduo em particular. Sua chegada foi como um raio de sol iluminando um beco escuro.

Tangerina deixou Limão sozinho com ele só porque precisava mesmo ir ao banheiro. Não queria ter que se preocupar em ficar se segurando caso as coisas ficassem sérias, e achou que deveria se aliviar enquanto ainda havia algum tempo para isso. Não parecia provável que Limão fosse ter qualquer problema para lidar sozinho com aquele cara.

O cara de óculos pretos — aquele que trabalha pra Maria. Enquanto mijava, ficou lembrando o que sabia sobre o sujeito. Atuava no mesmo ramo que ele e Limão, o que significava que não era exatamente um cara muito exigente sobre os serviços que aceitava. Um pau pra toda obra. Eles nunca haviam trabalhado juntos, mas diziam que ele era bom no que fazia, apesar de ser relativamente novo no meio.

Mesmo que ele seja bom, duvido que seja páreo pro Limão, fica pensando Tangerina enquanto lava cuidadosamente as mãos. *A essa altura, com certeza já levou uma prensa e está bem-comportadinho.* Ele esfrega os dedos, um por um, depois fecha a torneira e sacode as mãos debaixo do secador.

O celular fininho no bolso traseiro de sua calça começa a vibrar suavemente. Ele reconhece o número que está ligando: é Momo, uma mulher gorda que comanda uma livraria pornográfica imunda em Tóquio. Ela tem tudo que se pode imaginar, desde coisas meramente sugestivas até o conteúdo mais pesado, uma seleção imensa de revistas adultas para pessoas antiquadas, que ainda preferem a pornografia em papel. Embora ainda consiga clientes o suficiente para se manter aberta, suas vendas nunca são muito expressivas. Mas a loja também funciona como uma central de informações do mundo do crime. A clientela que vai até ela atrás de informações precisa lhe dar alguma informação também como moeda de troca. Ao longo dos anos, Momo se consolidou como um ponto crucial na rede de informações do mundo do crime. Dependendo do trabalho, Tangerina e Limão iam atrás dela para comprar informações e, às vezes, também para vender.

— Tangerina, querido, você está com algum problema? — pergunta ela, ao telefone.

É difícil ouvi-la por causa do barulho dos trilhos, e Tangerina se aproxima da janela e fala bem alto, fingindo ignorância.

— Do que você está falando?

— Ouvi falar que o Minegishi está tentando reunir um monte de gente. Em Sendai e em Morioka.

— Em Sendai? Por que o Minegishi reuniria um monte de gente em Sendai? Esse é um daqueles encontros de amigos on-line no mundo real que eu sempre ouço falar?

Ele escuta Momo suspirando.

— Limão tem razão, as suas piadas são mesmo horríveis. Não tem nada mais sem graça do que um homem sério tentando ser engraçado.

— Poxa, desculpa.

— E não é só o pessoal que trabalha pro Minegishi. Ele está chamando qualquer pessoa confiável que possa ir imediatamente para Sendai. Muita gente está entrando em contato comigo falando disso. Reunir um monte de gente em Sendai na próxima meia hora não me parece ser para um serviço qualquer.

— E você está me ligando pra saber se eu quero participar?

— Não exatamente. Fiquei sabendo que você foi visto com o filho do Minegishi. Achei que talvez vocês estivessem querendo comprar uma briga com ele.

— Uma briga?

— Achei que vocês tivessem sequestrado o filho dele e estivessem pedindo um resgate.

— De jeito nenhum. A gente sabe como é perigoso bater de frente com o Minegishi. — Tangerina faz uma careta. Ele sabe muito bem disso. E esta é exatamente a situação em que ele se encontra. — É exatamente o contrário. O Minegishi nos contratou para resgatar o filho dele de uns sequestradores. Agora estamos no Shinkansen, levando o garoto pra casa.

— Então por que o Minegishi está reunindo essas pessoas?

— Acho que ele quer nos dar uma recepção de boas-vindas.

— Espero que sim. Eu gosto de vocês. Fiquei preocupada que talvez vocês tivessem se metido numa furada e pensei em entrar em contato pra avisar o que estava acontecendo. Ajudar as pessoas dá uma sensação boa, sabe?

Tangerina estava quase perguntando se ela sabia de mais alguma coisa quando lhe ocorreu um pensamento.

— Ei, você conhece aquele cara que trabalha para a Maria?

— Sim, o Joaninha.

— Joaninha?

— O nome dele é Nanao. A primeira parte do nome significa sete. E aí, sete pintinhas numa joaninha. Ele é um docinho, gosto dele também.

— Dizem que quando você gosta de alguém no nosso ramo, Momo, essa pessoa tende a desaparecer. Você sabe, né?

— Tipo quem?

— O Cigarra.

— Ah, poxa, foi horrível o que aconteceu com ele. — Ela parece sincera.

— Esse Joaninha, como ele é?

— Não posso te dizer isso de graça, querido.

— O que aconteceu com aquela mulher que acabou de dizer que ajudar as pessoas dá uma sensação boa? Traga ela de volta.

A risada de Momo se mistura ao barulho da porta vibrando.

— Deixa eu ver, o Nanao é educado e cordial, parece meio tímido, mas não o subestime. Ele é um cara durão.

— Durão, é?

Não parecia. Ele parecia mais um cara que nasceu para trabalhar num escritório.

— Durão, ou talvez rápido seja melhor. Isso é o que as pessoas dizem, pelo menos. "Eu ia bater nele, mas ele me acertou primeiro", esse tipo de coisa. Tipo uma mola encolhida. Sabe como é, quanto mais quietinha a pessoa parece, mais perigosa ela vira quando entra em ação. É uma ameaça maior do que alguém que parece perigoso. Esse é o Nanao. Um cara todo discreto, mas quando ele é pressionado, cuidado.

— Ok, beleza, mas provavelmente não é páreo para o Limão.

— Não subestime o cara, é tudo que eu estou dizendo. Não foram poucas as pessoas que fizeram isso e se arrependeram depois. Provavelmente o bastante para fazer um encontro com bastante gente na vida real.

— Ha, ha.

— Você já pegou uma joaninha? Digo, o inseto. Sabe como ela sobe até a ponta do seu dedo se você o levantar?

Tangerina nunca se decidiu muito bem sobre como se sentia em relação aos insetos quando era criança. Ele tem lembranças de matá-los indiscriminadamente, mas também lembra de chorar por algum besouro morto, e de fazer pequenos funerais em sua honra.

— E quando a joaninha fofa chega até a ponta do seu dedo, o que acontece depois?

Ele lembra da sensação do inseto subindo pelo seu dedo, uma mistura de estranheza alienígena com uma prazerosa sensação de cócegas. *Ah, agora lembrei.* Quando chega ao topo do dedo, o inseto faz uma pausa, como se estivesse recuperando seu fôlego e, então, abre as asas e sai voando pelo céu.

— Ela voa.

— Exatamente. Esse é o Nanao. Ele voa.

Tangerina não sabe bem como responder.

— Hã. Seres humanos não voam.

— Lógico que não. Qual é, Tangerina, você está muito tenso. É uma metáfora. Eu quis dizer que, quando ele é encurralado, ele sai voando. Tipo, ele decola.

— Ele surta ou algo do tipo?

— É mais como se ele entrasse num modo turbo. Superfocado. Quando o encurralam, o tempo de reação dele, a velocidade de resposta, seja lá como você quiser chamar isso, vira um troço de outro mundo.

Tangerina encerra a conversa e desliga. *Não tem como,* pensa ele, mas uma pontinha de dúvida percorre o seu corpo. De repente, ele começa a ficar preocupado se Limão está bem. Seus pés o conduzem velozmente até o terceiro vagão. A porta se abre e a primeira coisa que ele vê é Limão, de olhos fechados, sentado uma fileira atrás de onde estava antes, exatamente atrás do corpo sem vida do filho de Minegishi. Limão não está se mexendo. *Ele perdeu.* Tangerina vai até lá, senta-se no assento ao seu lado e coloca os dedos no pescoço de Limão. Tem pulso. Mas ele não está tirando um cochilo: Tangerina abre as pálpebras de Limão, mas não há resposta. Está inconsciente.

— Ei, *Limão.* — Ele fala direto no ouvido de Limão. Sem resposta.

Então, ele dá tapinhas em seu rosto. Nada.

Ele se levanta e olha ao redor. Nenhum sinal de Nanao.

O carrinho de lanches passa bem naquele momento, então ele o para e pede uma lata de água com gás, se esforçando para manter a voz sob controle.

Assim que o carrinho deixa o vagão, ele encosta a lata gelada no rosto de Limão. Depois, em seu pescoço. Nada ainda.

— Qual é, isso é ridículo. Você não está nem perto de ser considerado um trem muito útil. Está mais para um trem inútil — murmura ele. — Você nem sequer é um trem.

O corpo de Limão dá um sobressalto para a frente. Seus olhos se abrem, mas ele não parece estar enxergando nada. Ele segura o ombro de Tangerina.

— Quem é um trem inútil? — grita ele, tão alto que Tangerina tapa sua boca com a mão.

As pessoas não devem gritar num trem, especialmente sobre serem trens. Mas o Shinkansen passava por um túnel e a barulheira é suficiente para abafar a explosão de Limão.

— Calma, sou eu. — Tangerina encosta a lata na testa de Limão.

— Hã? — Limão volta a si. — Isso tá gelado, cara. — Ele pega a lata das mãos de Tangerina, abre e toma um gole.

— O que aconteceu?

— O que aconteceu? Eu peguei a lata e agora estou bebendo.

— Não, eu quis dizer o que aconteceu antes. Cadê o nosso conhecido? — Ele percebe que usou automaticamente o seu código, então, para ser mais preciso, tenta mais uma vez: — Cadê o Nanao? O cara da Maria, pra onde ele foi?

— Ah, ele. — Limão tenta se levantar e passar por Tangerina em direção ao corredor, mas Tangerina o impede e o empurra de volta para o seu assento.

— Espera. Primeiro me conta o que aconteceu.

— Abaixei a guarda. Eu apaguei?

— Como se tivessem desligado o seu disjuntor. Ele deve ter te acertado em cheio.

— Ei, ele não me acertou. Ele só desligou meu disjuntor.

— Você não tentou matar o cara, tentou? — Tangerina esperava que Limão não fizesse nada além de nocautear Nanao e depois amarrá-lo.

— Olha, eu me empolguei um pouco. Escuta, Tangerina, esse cara é beeem mais durão do que eu pensava. E quando me deparo com alguém durão, fico empolgado. É tipo quando o Gordon, o trem mais rápido da ilha de Sodor, se depara com um desafiante. Ele fica todo entusiasmado e corre na velocidade máxima. Eu sei exatamente como ele se sente.

— Momo me ligou e falou um pouco sobre ele. Aparentemente, subestimar esse cara pode ser fatal.

— Pois é, acho que sim. Eu o subestimei. Por que o Murdoch tinha que aparecer, também? — Limão pausa por um instante e olha em volta. — Ei, espera um minuto. Esse não é o meu lugar.

Ele tenta voltar ao seu lugar, ao lado do filho de Minegishi, mas se desequilibra. É evidente que ele ainda não está totalmente recuperado.

— Fica aqui. Descansa um pouco. Eu vou atrás dele. Ele está em algum lugar neste trem. Ele sabia que eu estava no banheiro na parte da frente do nosso vagão, então imagino que ele tenha ido em direção aos fundos.

Tangerina se levanta e caminha pelo corredor. A porta para o espaço entre o segundo e terceiro vagão se abre. Não há banheiros ou pias ali. Uma rápida olhada é tudo de que ele precisa para concluir que não há onde se esconder naquele lugar.

Partindo do princípio de que Nanao foi naquela direção, Tangerina imagina que poderá encurralá-lo com facilidade entre aquele ponto e os fundos do primeiro vagão. As opções de Nanao são bem limitadas: ele pode estar sentado em algum assento, agachado no corredor ou enfiado no meio do compartimento de bagagens, e, se não estiver em nenhum desses lugares, então pode estar entre os vagões — ou num dos banheiros, ou na área da pia. E é só. Tudo que Tangerina precisa fazer é passar um pente fino no primeiro e no segundo vagão e vai encontrar quem procura.

Ele tenta lembrar como Nanao estava vestido quando o vira antes. Óculos pretos, jaqueta jeans, calça escura.

Então ele entra no segundo vagão. Passageiros espalhados, menos de um terço dos assentos ocupados, todos sentados virados para a porta quando Tangerina entra.

Antes de conferir todos os rostos, ele tenta enxergar a cena toda de uma só vez, como uma câmera fazendo uma imagem panorâmica. Ele está procurando por qualquer reação ao momento de sua entrada. Se alguém se levantar de repente, desviar o olhar ou ficar tenso, ele vai perceber.

Tangerina anda sem pressa pelo corredor. Examina cada passageiro, mas sem tentar ser muito óbvio.

O primeiro a chamar sua atenção é um homem sentado numa fileira com dois lugares na metade do vagão, dormindo ao lado da janela, com o assento totalmente reclinado. Seu rosto está coberto por um chapéu puxado até embaixo, um chapéu de caubói que parece saído diretamente de um filme de faroeste, vermelho vivo. Certamente suspeito. O resto da fileira está desocupada.

Se esse é o Nanao, ele acha mesmo que pode se esconder assim? Ou será que está tentando me atrair para uma armadilha?

Tangerina se aproxima, alerta, pronto para ser atacado a qualquer momento. Assim que está perto o suficiente, ele estica o braço e tira o chapéu de caubói, esperando que Nanao pule sobre ele, mas nada acontece. É apenas um cara qualquer, dormindo pesado. O rosto é diferente do de Nanao, assim como a idade.

Estou pilhado demais, pensa Tangerina soltando a respiração que vinha prendendo. Então ele vê um borrão verde através da janela na porta que dá para o espaço entre o primeiro e o segundo vagão. A porta automática desliza quando ele se aproxima. Há uma pessoa ali, usando um vestido verde colado ao corpo e com o braço esticado na direção da porta do banheiro.

— Espera — Tangerina se pega dizendo.

— O que você quer? — A pessoa que se vira para encará-lo está usando roupas femininas. É bem alta, tem os ombros largos e os braços bem definidos.

Tangerina não sabe quem é, mas não é Nanao.

— Nada — responde ele.

— Você é uma gracinha. Quer entrar comigo no banheiro e se divertir um pouco?

— O tom é de escárnio. Tangerina sente vontade de lhe bater, mas se contém.

— Você viu um cara de óculos pretos?

A pessoa dá uma bufada e um sorrisinho sacana, fazendo brotarem covinhas debaixo de sua sombra de barba.

— Você quer dizer o moleque que roubou minha peruca?

— Pra onde ele foi?

— Sei lá. Se você o encontrar, pega a minha peruca de volta pra mim? Agora, com licença, senão vou molhar minha calcinha.

A pessoa entra no banheiro e fecha a porta. Tangerina fica irritado com aquele encontro. A porta do banheiro se tranca, com um clique.

Há outro banheiro, com a porta destrancada. Tangerina olha dentro dele. Vazio. A área da pia e do urinol também.

Ele fica pensando na peruca mencionada na conversa que acaba de ter. *Será que Nanao a roubou para usar como disfarce?* Mesmo se tivesse feito isso, ninguém havia passado por ele. O que significava que não havia nenhum outro lugar onde Nanao poderia estar além do primeiro vagão.

Só para ter certeza, Tangerina dá uma olhada no compartimento de bagagens. Há uma mala coberta de adesivos. Ao seu lado, uma caixa de papelão, aberta. Dentro dela há uma outra caixa, essa de plástico. É transparente, parece um terrário, mas sem nada dentro. Ele tenta tirá-la de lá, mas desiste quando a tampa se solta. Ela não está presa em nenhum lugar. Tangerina fica com medo de que a caixa contenha algum tipo de gás venenoso, mas está atrás de alguém, e não tentando descobrir o que tem ali dentro, então simplesmente fecha a tampa e segue em frente.

A porta do vagão se abre. Mais uma vez, ele dá uma boa olhada em seu interior, registrando os poucos passageiros sentados de frente para ele. A primeira coisa que chama sua atenção é uma silhueta preta numa das fileiras de três assentos. Ele fica confuso por um instante, imaginando tratar-se de um cabelão gigantesco, mas, quase imediatamente, entende o que realmente é aquilo: um guarda-chuva aberto, de tamanho compacto, esquecido numa fileira vazia de assentos.

Alguém está dormindo a duas fileiras de distância do guarda-chuva, mas não é Nanao. *Então, qual é a desse guarda-chuva? Só pode ser uma distração*, conclui Tangerina. Uma isca, plantada ali para distraí-lo de alguma outra coisa. Seus olhos percorrem o vagão, meticulosamente: esticada pelo corredor há uma espécie de cabo. Ele se aproxima cuidadosamente e se curva para examiná-lo. É uma corda de plástico, levemente desgastada, amarrada aos apoios de braço de dois assentos, um de cada lado do corredor, e enrolada debaixo dos bancos bem perto do chão, para fazer com que alguém tropeçasse nela.

Agora entendi. Ele quis me distrair com o guarda-chuva para que eu tropeçasse nisso.

Tangerina dá um sorrisinho irônico pensando na simplicidade daquele plano, mas também lembra a si mesmo para não baixar a guarda. Nanao pensa rápido quando é encurralado — foi o que Momo dissera. Provavelmente ele tentaria tudo e qualquer coisa que lhe ocorresse. Não fazia muito tempo que ele nocauteara Limão. Nesse intervalo, ele esticou esse cabo e, provavelmente, armou o guarda-chuva também. Sem dúvida com a intenção de derrubar Tangerina. Mas e depois? Havia duas respostas possíveis: atacar seu inimigo quando ele estava no chão ou tentar fugir. De qualquer maneira, Nanao precisaria estar por perto.

Tangerina olha rapidamente ao seu redor. Mas as únicas pessoas que ele vê são duas adolescentes vestidas para sair e um homem careca que não tirou nem uma vez os olhos do seu notebook. As garotas parecem ter notado a presença de Tangerina, mas não demonstram estar particularmente preocupadas. Há também um casal, um homem de meia-idade e uma mulher mais jovem que estão, obviamente, no meio de um encontro romântico. Nenhum sinal de Nanao.

Sentada ao lado da janela, na última fileira de dois lugares, há mais uma pessoa, com a cabeça abaixada. Tangerina percebe que, quem quer que seja, acabara de abaixar a cabeça. Ele começa a andar pelo corredor.

A peruca. Ele consegue vê-la pela fresta entre os assentos. Tem aquele brilho peculiar de cabelo artificial. Tangerina viu que a pessoa percebeu que estava sendo olhada por ele e tentou sair do seu campo de visão o mais rápido possível, o que apenas chamou mais atenção.

Será que é ele? Tangerina fica olhando pelo resto do vagão. Os passageiros estão sentados de costas para ele, e os assentos mais próximos estão todos vagos.

Ele vai se aproximando e começa a se preparar para o ataque. Então, a pessoa de peruca levanta a cabeça de supetão, e Tangerina, por reflexo, diminui o ritmo de seus passos. O homem de peruca ergue os dois braços, acuado, e grita:

— Não me machuque! — Em seguida, ele ajeita a peruca, que começava a escorregar da cabeça.

Não é Nanao. Não se parece nem um pouco com ele — rosto redondo, barba, um sorriso constrangido.

— Me desculpe, eu só fiz o que me mandaram!

Ele parecia nervoso. Os dedos de uma das mãos mexendo nas teclas do seu celular.

— Quem te disse pra fazer o quê? — Tangerina olha mais uma vez ao redor do vagão, e então segura o homem pelo colarinho. Ele mantém a voz baixa. — Cadê o cara que te mandou fazer isso, seja lá o que você está fazendo? Foi um cara de óculos pretos, não foi? — Ele puxa a camisa listrada barata pra cima, fazendo o homem se levantar um pouco.

— Não sei, não sei — responde o homem, com a voz esganiçada. Tangerina chia, pedindo silêncio. Mas o homem não parece estar mentindo. — Ele tentou roubar a peruca e eu disse para ele parar, mas ele me deu dez mil ienes — explica o cara, agora fazendo um esforço para controlar o volume da voz.

Apesar disso, um dos passageiros percebe a comoção e levanta-se meio de lado em seu assento, girando o pescoço para trás para conferir o que está acontecendo. Tangerina solta imediatamente o colarinho do sujeito, fazendo-o despencar no seu banco. A peruca cai da sua cabeça.

Esse cara é mais uma distração.

Tangerina decide voltar para o segundo vagão. Na metade do corredor do vagão um, ele para ao lado do homem de meia-idade curtindo um encontro romântico e coloca a mão sobre o seu ombro. O homem quase tem um troço.

— Você viu quem colocou aquele guarda-chuva ali? — Ele faz um gesto na direção do guarda-chuva preto, cuidadosamente posicionado sobre o assento, como uma obra de arte moderna.

O homem está visivelmente apavorado. Sua companheira mais jovem está muito mais tranquila.

— Um cara de óculos pretos. Ele saiu daqui não tem nem um minuto.
— Por que ele fez isso?
— Não sei. Talvez ele quisesse dar uma arejada no guarda-chuva?
— Onde ele está?
— Acho que ele foi pra lá — disse ela, apontando para a frente do trem, isto é, na direção do segundo vagão.

Como é que ele conseguiu passar por mim? Tangerina não tinha visto ninguém entre o terceiro e o primeiro vagões que fosse minimamente parecido com Nanao.

Ele se vira para olhar para a porta que dá para o espaço entre os vagões e, pela janela, enxerga a mesma pessoa de antes saindo do banheiro e rebolando os quadris enquanto retorna para o vagão um. *Esse esquisito de novo não,* pensa Tangerina, e, como se aquela fosse a sua deixa, o homem vem exatamente em sua direção e coloca a mão em seu braço.

— Oi, querido, estava esperando por mim?

Tangerina recua.

— Espero que você tenha lavado as mãos.

Sua voz permanece inalterada.

— Ah, puxa vida, esqueci completamente.

NANAO

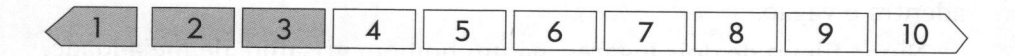

< 1 | 2 | 3 | 4 | 5 | 6 | 7 | 8 | 9 | 10 >

Enquanto sai do terceiro vagão, a mente de Nanao repete incessantemente a ladainha: *O que eu faço, o que eu faço?* Ele imagina que Limão ficará inconsciente por mais algum tempo. Mas também sabe que Tangerina voltará do banheiro a qualquer minuto, e não vai demorar muito para que ele junte os pontos e entenda o que aconteceu. Então, Tangerina virá atrás dele. Num mundo perfeito, ele iria para o lado errado, seguindo para o quarto vagão, mas isso não parece muito provável. É quase certo que ele vai imaginar que Nanao foi em direção aos fundos do trem. *Ele vai vir direto para cá.*

Não há banheiros nem pia no espaço entre o segundo e o terceiro vagões. Nanao se aproxima da lixeira, aperta o botão para revelar a manivela e abre o painel. Havia espaço suficiente para esconder a mala ali, mas era óbvio que não uma pessoa.

Não posso me esconder aqui. Então onde? O que eu faço, o que eu faço?

Nanao sente o seu campo de visão se estreitar. Seu coração acelera por conta da ansiedade, sua respiração encurta, começa a sentir um aperto no peito. Ele sacode a cabeça. Sua mente está tomada por uma cacofonia de vozes exigindo saber seus próximos passos. A água vai subindo até transbordar, levando seus pensamentos na corrente. Um redemoinho se forma, engolindo todas as suas palavras e emoções, fazendo-as rodopiar como se estivessem dentro de uma máquina de lavar na etapa de centrifugação. Nanao se entrega à torrente. A enxurrada enxágua sua mente, deixando-a limpa. Tudo isso acontece numa questão de segundos, no intervalo de um piscar de olhos, então o momento passa e Nanao sente-se renovado. O caos em seu cérebro desaparece e, sem pensar nem hesitar, ele começa a agir. Seu campo de visão, antes estreito, agora se expande.

A porta para o segundo vagão se abre com um suspiro forçado. Nanao olha para todos os passageiros e assentos voltados para ele e adentra o vagão.

Numa fileira de dois lugares, há um homem grisalho, de meia-idade, dormindo. Seu assento está reclinado o máximo possível, sua boca está aberta e ele ronca baixinho. Há um chapéu de caubói no assento ao seu lado, vermelho e chamativo como um caminhão de bombeiros. Obviamente pertence àquele sujeito, independentemente de ficar bem nele ou não. Ao passar ao seu lado, Nanao pega o chapéu e o coloca na cabeça do homem, torcendo para que ele não acorde, mas o cara parece estar em um sono profundo, pois não esboça qualquer reação.

Será que o Tangerina vai ver isso e parar para investigar? Ele não sabe, assim como também não sabe o que acontecerá — ou se acontecerá, de fato, qualquer coisa — caso Tangerina morda aquela isca. Porém, mesmo que aquilo não funcione, ele sabe que precisa criar o máximo de distrações possíveis. Se Tangerina as perceber, se ele se interessar por elas e tentar entendê-las, isso o atrasará. Quanto mais devagar seu oponente avança, mais chances de escapar com vida você tem.

Nanao vai até o espaço entre o primeiro e o segundo vagão e esquadrinha seu interior, procurando por qualquer coisa que possa usar. No compartimento de bagagens há uma mala que parece que viajou por todo o mundo, gasta e coberta de adesivos. Ele a pega pela alça e começa a puxá-la para tirá-la da prateleira, mas é muito pesada e mal se mexe, então ele acaba desistindo.

Ao lado da mala há uma caixa de papelão fechada com um fitilho de plástico resistente. Nanao solta o fitilho e olha lá dentro, apenas para deparar-se com outra caixa.

A segunda caixa é uma caixa transparente de plástico com outro pedaço de corda preta enrolada dentro dela. *Por que alguém se daria ao trabalho de transportar uma corda dentro de uma caixa de plástico? Será que isso é um terrário...?* Nanao se aproxima para olhar mais de perto e solta um gritinho. A coisa que está enrolada dentro da caixa não é uma corda. É uma cobra. Há um brilho viscoso em sua pele manchada. Nanao dá um pulo para trás e cai sentado. *O que uma cobra está fazendo aqui?* Ele chega à triste conclusão de que aquela é apenas mais uma manifestação de sua terrível falta de sorte. *Talvez a deusa do azar seja fã de répteis.* Então ele percebe que, quando mexeu na caixa, abriu a tampa e, antes que pudesse fazer qualquer coisa, a cobra sai de lá. Sua surpresa se converte em alarme.

Ele fica observando a cobra deslizar pelo chão em direção à dianteira do trem, e experimenta uma sensação difusa de ter cometido um pecado que não pode ser desfeito. Mas, mesmo que pudesse fazer alguma coisa para consertar aquela situação, não há tempo a perder indo atrás de uma cobra, não enquanto Tangerina está no seu encalço. Ele fica de pé e recoloca a tampa da caixa no lugar. Está prestes a amarrá-la com o fitilho novamente, mas muda de ideia e o leva junto consigo, enrolando-o num formato que o faz pensar na cobra, agora desaparecida em algum lugar no trem. Ele tenta tirar aquilo da cabeça. Por ora, precisa dar um jeito de fugir.

O banheiro está vazio, mas não é um bom esconderijo. Se Tangerina for até lá e encontrar a porta trancada, vai saber que seu inimigo está ali dentro, deixando Nanao numa situação equivalente à de um rato preso numa ratoeira.

Nanao entra no primeiro vagão, olha para os passageiros e então sai em disparada pelo corredor. Na fileira de três lugares à esquerda, há um homem cochilando. No compartimento de bagagens sobre sua cabeça, Nanao vê um guarda-chuva, um modelo compacto dobrável jogado ali de qualquer jeito. Ele o tira da prateleira e aciona o botão. O guarda-chuva faz um som de estalo e se abre bem na sua frente. Vários passageiros olham em sua direção, mas Nanao os ignora e coloca o guarda-chuva num assento duas fileiras mais para trás.

Em seguida, ele começa a enrolar o fitilho de plástico no apoio de braço do assento do meio. Nanao se ajoelha, passa o fitilho por debaixo do assento e o estica pelo corredor, enrolando-o na parte de baixo do outro banco. Ele puxa o que restou e há fitilho suficiente para amarrar no apoio de braço deste assento. Agora, o fitilho havia se transformado numa excelente armadilha.

Ele toma muito cuidado ao passar por ela. Levando em conta seu histórico, não seria nenhuma surpresa se caísse em sua própria armadilha. Sem olhar para trás, Nanao segue na direção dos fundos do vagão e atravessa a porta que leva ao deque de observação na traseira do trem. Não há nenhum lugar para se esconder ali, nem nada que lhe pareça útil, então ele retorna ao primeiro vagão.

Até agora, tudo que ele fez foi abrir um guarda-chuva e fazer uma armadilha. Ele sabe que aquilo não vai ser o suficiente.

Ele tenta imaginar Tangerina sendo distraído pelo guarda-chuva e tropeçando no fitilho de plástico. Em seguida, ele próprio saltaria de um assento ali perto e o atacaria, se possível acertando um golpe certeiro em seu queixo, para nocauteá-lo, e então fugiria na direção da parte da frente do trem. *Isso é realista?* Ele sabe que a resposta é não. *Tangerina não cairia numa armadilha tão simples.*

Nanao vasculha o primeiro vagão.

Por um momento, seus olhos param no painel digital acima da porta dos fundos, com as manchetes correndo sem parar. Ele dá um sorriso amarelo. *Tudo que está acontecendo neste trem vai acabar nas manchetes, com certeza.*

Como já imaginava, não havia nenhum lugar bom para se esconder naquele vagão.

Vamos em frente, então. Ele sai dali e vai na direção do segundo vagão. Uma cena da plataforma da estação Tóquio volta à sua mente. Alguém usando maquiagem pesada reclamava de não poder viajar no vagão verde. Uma pessoa musculosa vestindo roupas de mulher, tendo um chilique. E o seu acompanhante, um homem baixinho de barba, fazia o máximo para acalmá-la. O vagão verde é muito caro, disse ele, mas olha só, estamos no vagão número dois, na fileira dois. Dois-dois, que nem dois de fevereiro. Seu aniversário!

Nanao passa pela pia, pelos banheiros e segue adiante. Ele presta atenção para ver se encontra a cobra, mas ela sumiu. *Deve ter se enfiado dentro da lixeira.*

Ele entra no segundo vagão. Lá estão eles, na segunda fileira. A pessoa com maquiagem pesada lê um jornal e o homem barbudo mexe no celular. No compartimento de bagagens acima deles há uma sacola de uma loja, a mesma que Nanao tinha visto na plataforma, ainda em Tóquio. Ele sabe que há uma jaqueta vermelha espalhafatosa e uma peruca ali dentro. *Talvez eu possa usar isso como disfarce.* Os assentos atrás do casal estão vagos, então ele entra nessa fileira, estica o braço, pega discretamente a sacola e a traz para baixo. A sacola de papel faz algum barulho quando ele a puxa, mas o casal aparentemente não percebe.

Nanao vai rapidamente até o espaço entre os vagões e para perto da janela, onde começa a vasculhar a sacola. Jaqueta, peruca e um vestido. Ele tira a peruca de lá. A jaqueta vermelha é muito chamativa. Ele tenta imaginar se a peruca realmente funcionaria como disfarce.

— Tire as mãos das minhas coisas, sua putinha traiçoeira.

Nanao toma um susto com aquela voz vindo do nada.

Ele se vira e dá de cara com o homem barbudo e sua dupla parados bem na sua frente, olhando para ele de uma maneira agressiva, chegando cada vez mais perto. Pelo jeito, eles perceberam sua movimentação e o seguiram até ali.

Nanao sabe que não tem tempo a perder. Imediatamente, ele pega o pulso do barbudo e o torce para suas costas, lhe dando uma chave de braço.

— Ai, aaaaiii — choraminga o homem.

— Por favor, fale baixo — sussurra Nanao em seu ouvido.

Ele sente o tempo passando, quase consegue ouvir os passos de Tangerina cada vez mais perto. *É uma questão de minutos, de segundos.*

— Ei, é sério, cara, o que você quer? — pergunta a pessoa musculosa com roupas femininas.

— Não tenho tempo para explicar. Por favor, façam o que eu mandar — diz Nanao, o mais rápido que pode, e depois repete, abandonando seu costumeiro tom polido. — Façam o que eu disser. Se vocês obedecerem, eu pago. Se não obedecerem, quebro o pescoço dele. Estou falando sério.

— Você está chapado? — A parte maquiada da dupla parece em choque.

Nanao solta o homem barbudo e o gira para que eles fiquem novamente de frente um para o outro. Em seguida, coloca a peruca na cabeça dele.

— Vá até os fundos do primeiro vagão. Fique com isso na cabeça. Daqui a pouco, alguém vai vir atrás de você. Quando ele chegar perto, ligue para ela.

Nanao percebe que está se referindo à pessoa usando roupas femininas como "ela", mas o casal parece perfeitamente confortável com aquilo.

E depois, e depois?

Sua cabeça está funcionando a todo vapor, formulando planos, rascunhando esboços, apagando tudo, começando de novo.

— Por que eu tenho que ligar para ela?

— Deixe tocar algumas vezes e depois desligue.

— Deixar tocar e depois desligar?

— Vocês não precisam nem falar nada. É apenas um aviso. Rápido, não temos tempo. Vai.

— Ah, até parece que eu vou fazer o que você mandar! Quem você pensa que é?

Em vez de discutir, Nanao puxa a carteira e tira de dentro uma nota de dez mil ienes, que ele imediatamente enfia no bolso da camisa do homem.

— Esta é a sua recompensa.

Os olhos do homem se iluminam, o que é um alívio para Nanao. É mais fácil lidar com as pessoas quando elas podem ser motivadas com dinheiro.

— Se vocês fizerem um bom trabalho, eu dou mais vinte mil.

Subitamente entusiasmado apesar de ter sido ameaçado há poucos instantes, o homem pergunta:

— Quanto tempo eu tenho que ficar lá? Quem exatamente está vindo atrás de mim?

— Um homem alto, bonito.

Nanao dá um empurrãozinho no homem para ele começar a se mexer.

— Ok, ok, já entendi. — Parecendo bem esquisito com aquela peruca, o homem dá meia-volta e parte para o primeiro vagão. Na metade do caminho, porém, ele para e olha para trás. — Ei, isso não é perigoso, né?

— Nem um pouco — diz Nanao, convicto. — É totalmente seguro.

Isso é cem por cento mentira, Nanao repreende a si mesmo, sentindo-se culpado. O homem não parece muito certo daquilo ao entrar no vagão, deixando Nanao com o mesmo sentimento. Ele se vira para a outra parcela da dupla.

— Venha comigo.

Felizmente, ela não demonstra a menor resistência. Parece até mesmo empolgada. Segue Nanao até a porta do banheiro.

— Olha, querido, você é bem bonitinho. Eu faço o que você quiser.

O brilho em seus olhos faz Nanao se encolher um pouquinho, mas ele não quer perder tempo se preocupando com aquilo.

— O cara que está vindo aí é mais bonito ainda. Me escuta. Ele vai aparecer a qualquer momento, vindo daquela direção. Fique aqui até ele aparecer.

— Uau, ele é modelo?

— Quando ele chegar, entre no banheiro. Faça questão de que o modelo veja você entrando no banheiro.

— Por quê?

— Só faça isso — diz Nanao, com urgência.

— E depois?

— Eu te conto no banheiro.

— Como assim "no banheiro"?

Nanao já tinha aberto a porta do banheiro e estava com um pé lá dentro.

— Eu vou esperar aqui. Daí, quando você vir esse cara, você entra também. E não deixe ele saber que eu estou aqui. — Ela não parece ter entendido direito a situação, mas seria muito arriscado perder mais tempo tentando explicar. — Só faça o que eu estou dizendo. E, se por algum motivo, ele não aparecer nos próximos dez minutos, entre aqui mesmo assim.

Então, Nanao termina de entrar no banheiro e fecha a porta. Ele se posiciona ao lado da privada, bem encostado na parede. Não há como saber se aquilo vai dar certo ou não, então ele quer estar num bom ângulo para atacar Tangerina caso ele entre ali.

Após alguns instantes, a porta se abre. O corpo inteiro de Nanao se tensiona.

— Vou molhar minha calcinha — diz a maquiada enquanto entra, fecha e tranca a porta.

— Era ele?

— Sim, e é mesmo muito gato. Ele poderia ser modelo, com as pernas compridas daquele jeito.

Tangerina. Apesar de estar esperando pelo seu perseguidor, o estômago de Nanao se revira.

— Parece que agora somos só eu e você, nesse espacinho tão apertado — diz ela, rebolando e se aproximando, fazendo biquinho.

— Sai pra lá e cala a boca — responde Nanao, secamente, tentando ser o mais ameaçador possível.

Ele nunca foi muito bom intimidando os outros, e nem sabe direito se ele está brincando ou dando em cima dele de verdade, mas, de qualquer forma, ela precisa ficar quieto. Não dá para saber o que os outros conseguem ouvir do lado de fora.

Ele tenta imaginar o que Tangerina estaria fazendo agora. Provavelmente examinando o espaço entre os vagões para, em seguida, rumar para o primeiro. Nanao precisa que ele vá até os fundos do vagão, ou seu plano não funcionará. Ele sabe que Tangerina vai checar os dois banheiros, mas aposta que, após ter visto uma pessoa entrando neste, deve seguir em frente. De acordo com o que Limão havia dito, Tangerina conhece Nanao. Isso significa que, ao olhar para esta pessoa, ele saberia que não é quem ele procura. E não parece provável que Tangerina deduzisse imediatamente que haveria duas pessoas naquele banheiro.

Deve estar no primeiro vagão a essa altura. Nanao imagina a cena: Tangerina parando para examinar o guarda-chuva. Depois, indo na direção do fitilho de plástico. *Será que ele vai perceber?... Sim, vai sim.* Em seguida, ele concluirá que foi Nanao quem preparou aquela armadilha, o que lhe dirá que ele foi naquela direção. O que significa que ele deverá continuar avançando na direção dos fundos do vagão.

A partir daí, vai depender de o homem barbudo seguir ou não suas instruções. Ele precisará se esconder na última fileira, e fazer uma ligação quando Tangerina se aproximar. *Vamos lá, barbudo, não me decepcione.* No instante em que Nanao faz esse apelo silencioso, ele escuta a bolsa começar a vibrar, provavelmente o celular tocando. E para de vibrar logo depois. *Perfeito.*

— Vamos lá — diz Nanao. Não há tempo para pensar. É instinto puro. — Saia do banheiro e entre no primeiro vagão.

— Quê?

— Saia do banheiro e entre agora no vagão número um.

— E depois?

— O homem que você acabou de ver provavelmente vai falar com você. Simplesmente diga a ele que você não sabe de nada. Diga que eu te ameacei e que você só fez o que eu mandei.

— E o que você vai fazer?

— É melhor que você não saiba. Assim, se ele perguntar, você pode dizer que não sabe de nada e não vai estar mentindo.

Nanao sabe que só tem uma chance. Ele terá que sair do banheiro junto com ela e partir na direção contrária, rumando para a frente do trem. Dessa forma, mesmo que Tangerina olhe naquela direção, o corpo dela ficará no meio do caminho, dando alguma cobertura a Nanao. *Pelo menos assim espero.*

— Ah, espera aí — diz Nanao, tirando um celular de seu bolso e colocando na mão dela. É o celular que ele tirou do Lobo. — Dê isso a ele.

— Ei, e o meu dinheiro?

Nanao tinha esquecido, mas ele puxa duas notas de dez mil ienes de dentro da carteira e entrega a ela.

— Agora, vamos lá. — Ele destranca a porta.

Ela vira para a esquerda, para o primeiro vagão, e ele segue para a direita, e sai andando rapidamente, sem olhar para trás.

KIMURA

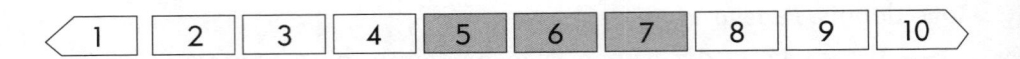

O Príncipe sai pela porta traseira do vagão, puxando a mala atrás dele.

Kimura se inclina na direção da janela e fica olhando para fora. A visão o lembra do quão rápido o trem está indo. Todo prédio e pedaço de terra em que ele pousa os olhos aparecem e desaparecem num segundo. Com as mãos e os pés amarrados, ele não consegue encontrar uma posição minimamente confortável.

O Shinkansen entra num túnel. Um ruído que reverbera intensamente engole o trem, fazendo as janelas chacoalharem. Uma pergunta surge na sua mente: *Será que há uma luz no fim desse túnel?* Ocorre a ele que, para Wataru, deitado numa cama de hospital, tudo é tão escuro quanto este túnel. *Tudo escuro, tudo incerto.* Pensar naquilo lhe causa uma dor no coração.

Ele fica se perguntando onde o Príncipe foi largar a mala. *Tomara que ele encontre o dono.* Abre um sorriso ao pensar naquilo. Uns caras da pesada encurralando o moleque. "O que você está fazendo com a nossa mala, seu merdinha?" Kimura torce para que eles lhe deem uma prensa. Mas, quase que imediatamente, ele lembra que, se qualquer coisa acontecer ao Príncipe, Wataru também estará em perigo.

Será que isso é mesmo verdade? Será que tem mesmo alguém perto do hospital só esperando por um sinal? Ele começa a se questionar. *Será que não é tudo um blefe?* Talvez o Príncipe só esteja dizendo aquilo para intimidá-lo. Talvez esteja rindo dele naquele momento.

É possível. Mas é impossível saber ao certo. Enquanto houver a mínima chance de que aquilo seja verdade, ele sabe que precisa manter o Príncipe vivo. Só de pensar naquilo, ele arde de raiva, fica com vontade de destruir tudo à sua frente. É preciso um esforço extremo para acalmar sua respiração enfurecida.

Eu nunca deveria ter deixado o Wataru sozinho. O remorso toma conta de Kimura.

Ele praticamente não saiu do hospital durante o mês e meio em que Wataru esteve em coma. O menino não responde a nada, de modo que não existe uma conversa, nenhuma maneira de Kimura lhe dar força, mas ele fez tudo que estava ao seu alcance. Trocou suas roupas, mudou sua posição na cama, tudo. E era difícil ter uma boa noite de sono no hospital, de modo que o cansaço de Kimura só se acumulava. Havia outros pacientes no mesmo quarto, às vezes chegavam a ser seis, todos crianças pequenas, e seus pais também ficavam lá, do mesmo jeito que ele fazia. Nenhum dos outros pais puxou papo com o tristonho e mal-humorado Kimura, mas também não deram nenhum sinal aparente de que estavam tentando evitá-lo. Ao vê-lo sentado ao lado de Wataru, murmurando consigo mesmo e com o menino inconsciente, eles conseguiam entender o que ele estava passando, já que todos estavam vivendo situações similares, de modo que o encaravam com simpatia. De certa forma, todos estavam lutando a mesma batalha. Já para Kimura, todas as pessoas em sua vida ou eram suas inimigas ou o evitavam, portanto, a princípio, ele não soube muito bem o que pensar desses outros pais e mães. No fim das contas, porém, começou a vê-los como pessoas que estavam ao seu lado, todas dentro de um mesmo barco.

"Amanhã eu vou ter que passar o dia inteiro no trabalho, então, se acontecer alguma coisa com o Wataru, vocês podem me ligar, por favor?" Ontem, após avisar às enfermeiras que não apareceria, Kimura pediu isso a alguns dos outros pais no quarto de Wataru. Não era natural para ele fazer um pedido tão educado.

Ele não pretendia contar aquilo aos seus pais. Eles com certeza lhe passariam um tremendo sermão. "Como é que você deixou o Wataru sozinho, o que você estava pensando, aonde é que você está indo?" O que ele poderia responder? Que estava indo matar um adolescente para se vingar por Wataru? Aquilo daria um nó na mente idosa dos dois.

"É claro, sem problema", lhe disseram os outros pais, gentilmente. Eles nunca tinham visto Kimura deixar o hospital, então não sabiam como ele se sustentava, ou se havia tirado uma licença do trabalho, ou se era, quem sabe, até mesmo um investidor riquíssimo — porém, se isso fosse verdade, por que seu filho não estava num quarto particular? Eles costumavam fazer todo tipo de especulação, então ouvi-lo dizer que tinha que ir até um lugar para trabalhar lhes trouxe certo alívio. Aquilo era sinal de que ele era uma pessoa normal e trabalhadora. De sua parte, embora soubesse que o hospital supriria a maioria das necessidades de Wataru, Kimura queria ter a certeza de que o filho seria plenamente atendido, então ele sentiu que precisava fazer aquele pedido. Os outros pais ficaram mais do que satisfeitos em ajudar.

"Como neste último mês a única coisa que ele fez, vocês sabem, foi dormir, não imagino que vá ter nenhum problema amanhã."

"Nunca se sabe. Pode ser que justamente no dia em que você não está aqui ele acorde", disse uma mãe, esperançosa. Kimura conseguia ver que ela não estava sendo sarcástica. Havia esperança genuína em sua voz.

"É, talvez."

"Pode mesmo", disse ela. "E se você precisar ficar mais um dia no trabalho, ligue para nós. Vamos fazer tudo que for preciso."

"Eu vou me afastar só um dia", respondeu ele, imediatamente. O que ele precisava fazer era simples. Entrar no Shinkansen, apontar a arma para a cabeça daquele filho da puta, puxar o gatilho. Depois, voltar para o hospital. Era isso.

Ou, pelo menos, era o que ele achava. Nunca imaginou que as coisas acabariam daquele jeito. Ele olha para suas mãos e seus pés amarrados. Tenta lembrar como foi que Shigeru, o amigo de seu pai, escapou daquela vez em que estava amarrado, mas não dava para se lembrar de uma coisa que você não sabia.

Não importa o que aconteça neste trem, Wataru está lá, dormindo, esperando por mim. De repente, ele não consegue mais ficar apenas ali sentado. Sem nem pensar no que está fazendo, Kimura fica de pé. Ele não tem nenhum plano, mas sabe que precisa fazer alguma coisa, e vai saltitando até o corredor. *Preciso voltar para o hospital.*

Ele pensa que talvez deva fazer uma ligação, então tenta pegar o celular, mas, com as mãos atadas, ele perde o equilíbrio e cai, batendo a cintura no apoio de braço do assento do corredor. A dor se espalha pela lateral de seu corpo, e ele estala a língua, frustrado, enquanto se contorce.

Alguém se aproxima pelas suas costas. Uma mulher jovem, aparentando estar, ao mesmo tempo, irritada por Kimura estar bloqueando o corredor e intimidada por ter que interagir com ele.

— Hum... — diz ela, examinando-o.

— Ah, ei, desculpa. — Kimura consegue se levantar e se sentar no assento do corredor e, então, tem uma ideia. — Escuta, posso usar o seu telefone?

Ela pisca os olhos, em choque. Obviamente está achando que tem alguma coisa errada com ele. Kimura se curva de uma maneira esquisita e enfia as mãos entre as pernas para esconder o fato de que elas estão amarradas.

— Eu preciso fazer uma ligação. É urgente. Meu celular ficou sem bateria.

— Pra quem você precisa ligar?

Ele hesita. Ele não sabe o novo número dos pais depois de eles terem mudado de operadora. Na verdade, não sabe de cabeça nenhum número para o qual pudesse ligar. Estão todos salvos no seu telefone.

— Hã, para o hospital — diz ele, dando o nome do lugar em que Wataru está internado. — Meu filho está lá.

— Perdão?

— Meu filho está correndo perigo, ok? Eu preciso ligar para o hospital.

— Ah, ok, hã... qual é o número do hospital? — Sentindo-se pressionada pela urgência na voz de Kimura, ela pega seu celular e se aproxima. Então, olha para Kimura como se ele estivesse ferido. — Você está bem?

Ele faz uma careta.

— Eu não sei o telefone do maldito hospital de cor.

— Ah. Bom, então eu acho que eu... hã... desculpa.

Ela bate em retirada rapidinho.

A raiva de Kimura lhe sobe à cabeça, mas ele decide não correr atrás da mulher. Ele quase grita para ela ligar para a polícia e dizer para eles protegerem Wataru, mas aquilo também não funcionaria. Ele não tem nenhuma informação sobre a pessoa que está recebendo ordens do Príncipe, nem sabe ao certo se é um aluno do colégio, alguém da área médica, ou até mesmo alguém que tenha ligações com a própria polícia, por mais improvável que pareça. Mas se o Príncipe ficasse sabendo que Kimura tentou entrar em contato com as autoridades, é fácil de imaginar qual seria a retaliação.

— O que você está tramando, Sr. Kimura? Estava indo ao banheiro? — O Príncipe ressurge, olhando de cima para Kimura, sentado no banco do corredor. — Ou estava tentando alguma gracinha?

— Banheiro.

— Com os pés amarrados desse jeito? Tenho certeza de que você consegue segurar mais pouco. Vamos lá, volte para o seu lugar. — O Príncipe tira Kimura do assento do corredor com um empurrão e se senta no seu lugar.

— O que você fez com a mala?

— Coloquei de volta no lugar. No compartimento de bagagens em que ela estava antes.

— Demorou um tempão.

— Eu recebi uma ligação.

— De quem?

— Já disse. Do meu amigo que está perto do hospital onde está o seu filho. Ele me liga pra conferir onde eu estou. Ele já tinha me ligado quando saímos de Omiya, conforme o combinado, então fiquei me perguntando o que teria acontecido para ele me ligar de novo. "Quando é que eu vou poder agir?" ele perguntou, "quanto tempo mais vou ter que esperar?" "Quero resolver isso logo, me deixa matar esse garoto."

Parece que ele está realmente interessado em fazer o serviço. Não se preocupe, eu disse a ele para não fazer nada. Mas se eu disser para ele que chegou a hora, ou se eu não atender quando ele ligar...

— Ele vai machucar o Wataru.

— Ele não vai só machucar o garoto — diz o Príncipe, rindo. — O pobre Wataru, que agora não está fazendo nada além de respirar, vai parar de fazer até isso. Se você parar pra pensar que tudo que ele está fazendo agora é liberar CO_2 na atmosfera, dá até para dizer que estamos sendo ecologicamente corretos. Matar o pequeno Wataru Kimura não seria um pecado, mas sim um favor ao meio ambiente.

Ele dá uma tremenda gargalhada.

Ele está tentando me tirar do sério, diz Kimura a si mesmo, mantendo sua raiva sob controle. *Escolhendo as palavras certas para me irritar.* Ele começa a perceber que, às vezes, o Príncipe diz "seu filho" e, às vezes, "pequeno Wataru", e faz isso de forma metódica, com a intenção de fazê-lo reagir. *Não deixe ele entrar na sua cabeça,* alerta Kimura a si mesmo.

— Quem é esse cara tão disposto que você mandou pra lá, afinal de contas? Qual é o lance dele?

— Aposto que você adoraria saber. Mas, para falar a verdade, eu também não sei muita coisa sobre ele. Só sei que ele aceitou esse trabalho em troca de dinheiro. Até onde sei, pode ser que ele já esteja dentro do hospital, de jaleco branco. Se ele estiver vestido como um médico, andando pelos corredores como se pertencesse àquele lugar, duvido que alguém o questione. Tudo que ele precisa fazer é agir com naturalidade e ninguém vai suspeitar de nada. Mas, sério, não se preocupe, por enquanto está tudo bem. Eu disse a ele para não fazer nada com seu filho ainda. Disse pra ele ficar bem quietinho, esperando. Não mate o garotinho ainda.

— Bom, me faça um favor e não deixe que a bateria do seu celular acabe, então. — diz Kimura casualmente, mas, no fundo, está falando muito sério. Ele não gosta nem de pensar no que aconteceria se o lacaio do Príncipe tentasse ligar e ele não atendesse.

Ele fica olhando para o Príncipe por um longo tempo, como se estivesse vendo uma coisa repugnante.

— Qual o seu objetivo na vida, afinal?

— Que tipo de pergunta é essa? Não sei como responder.

— Pra mim é difícil imaginar que você não tenha algum objetivo.

O Príncipe sorri, de uma forma tão despreocupada e inocente que, por uma fração de segundo, a repulsa de Kimura é substituída por uma vontade de cuidar dele, de protegê-lo.

— Você está me dando muito crédito. Eu não sou assim tão sofisticado. Só quero ter o máximo de experiências que conseguir.

— Experiências de vida, você diz?

— Só se vive uma vez.

Aquilo não parece calculado. Ele está sendo totalmente sincero.

— Se você continuar abusando desse jeito, sua preciosa vida pode acabar antes do que você gostaria.

— Talvez você esteja certo. — De novo, o mesmo olhar inocente, sem filtro. — Mas tenho a sensação de que você está errado.

"Como você pode ter tanta certeza?", quer perguntar Kimura, mas ele se contém. Sabe que a resposta seria alguma conversa fiada de criança. Estava bastante claro que o Príncipe havia nascido com um senso de autoridade sobre outras pessoas, o poder de decidir quem vive e quem morre, e que ele não tem a menor dúvida a respeito da sua superioridade. Um verdadeiro príncipe costuma ter mais sorte do que os demais porque é ele quem faz as regras.

— Ei, Sr. Kimura, sabe como todo mundo aplaude quando uma orquestra termina sua apresentação?

— Você já assistiu a uma orquestra?

— É óbvio. Nem todo mundo começa a aplaudir ao mesmo tempo... são umas poucas pessoas que começam, e depois as outras se juntam a elas. O aplauso vai ficando mais alto e, e seguida, mais baixo, porque cada vez menos gente aplaude.

— E eu lá tenho cara de quem ouve música clássica?

— Se você fizesse um gráfico do som desses aplausos, seria uma curva em forma de sino. No começo, poucas pessoas aplaudem, depois são mais e, depois que passa o pico, a curva começa a cair de novo.

— E eu tenho cara de quem se interessa por gráficos?

— Se você fizesse um gráfico de uma outra coisa totalmente diferente, por exemplo, das vendas de um modelo específico de celular, ele seria exatamente igual ao gráfico dos aplausos.

— O que você espera que eu responda? Quer que eu te diga que as suas descobertas são incríveis e que você deveria divulgar a sua pesquisa?

— A questão é que as pessoas agem com base na influência das pessoas à sua volta. A primeira coisa que motiva os seres humanos não é a razão, mas o instinto. Então, mesmo quando parece que uma pessoa está agindo de acordo com as suas motivações pessoais, ela está sempre imitando alguma outra pessoa. Talvez elas achem que estão vivendo de forma original e independente, mas, quando você as coloca num gráfico, elas são apenas mais um ponto. Sabe? Por exemplo, se você disser a uma pessoa que ela é livre para fazer o que quiser, qual você imagina que será a primeira coisa que ela vai fazer?

— Não faço ideia.

— Ela vai olhar em volta para ver o que as outras pessoas estão fazendo. — O Príncipe parece tremendamente satisfeito com aquela declaração. — Mesmo quando você diz pra ela que ela pode fazer o que quiser! Ela tem liberdade total, mas, ainda assim, se preocupa com o que os outros estão fazendo. E as pessoas têm uma tendência maior a imitar os outros quando a pergunta apresentada é importante, mas sem uma resposta objetiva. Estranho, né? Mas é assim que os seres humanos foram programados.

— Bom pra eles. — Kimura dá uma resposta qualquer, porque já não está mais conseguindo acompanhar o raciocínio do Príncipe.

— Eu sou fascinado por como isso funciona, como as pessoas são controladas por uma força tão poderosa que elas nem sabem que existe. Elas caem nas armadilhas da racionalização e ficam tentando se justificar, enquanto, naturalmente, acabam agindo de acordo com o que as outras pessoas estão fazendo. É divertido ver isso acontecendo. E se você consegue se aproveitar disso para controlar as pessoas, é mais divertido ainda. Não acha? Se eu fizer tudo direitinho, eu posso provocar um acidente de trânsito, ou até mesmo um genocídio, como o que aconteceu em Ruanda.

— Como, controlando as informações?

— Olha só, nada mau, Sr. Kimura — diz o Príncipe, dando um sorriso generoso. — Mas só isso não é o bastante. Não é só informação. Manipular as relações humanas é como jogar sinuca... se você deixa uma pessoa ansiosa, assustada ou com raiva do jeito certo, é fácil fazer com que ela ataque outra pessoa, ou coloque outra pessoa num pedestal, ou a ignore completamente.

— E me levar até Morioka faz parte das suas pesquisas independentes?

— Com certeza. — O Príncipe soa muito convicto.

— Quem exatamente você quer que eu mate? — Assim que essas palavras saem da boca de Kimura, outra coisa lhe ocorre, uma coisa que ele havia afastado da memória de tal forma que, agora, aquilo parece a lembrança de uma história fantasiosa. — Anos atrás, tinha um cara em Tóquio, um bambambã, que, de repente, resolveu voltar para o interior.

— Ah, você definitivamente está na pista certa. Continue.

Aparentemente, o Príncipe está se divertindo com aquilo, mas Kimura franze o rosto. Parece que suas próximas palavras estão sendo arrancadas a fórceps.

— Não me diga que você está indo atrás do Sr. Minegishi.

As bochechas do Príncipe começam a subir lentamente, formando um sorriso.

— Ele é realmente um bambambã?

— Não estamos falando de uma celebridade aqui. Ele é um fodão que comanda uma gangue de bandidos fodões. Você não faz ideia de quanto dinheiro ele tem, ou do quanto ele despreza as leis e a moral.

Kimura nunca havia se encontrado com Minegishi, é lógico, e, quando ele ainda estava na ativa, nunca havia sido contratado diretamente por ele. Mas, naquela época, a influência de Yoshio Minegishi no mundo do crime era tamanha que praticamente qualquer trabalho poderia ser ligado a ele... ou era isso que as pessoas diziam. Kimura sabia que havia boas chances de que boa parte dos serviços que ele fez tivessem sido terceirizados por alguém trabalhando para Minegishi.

— E antes dele havia um homem chamado Terahara, né?

O Príncipe parecia um garotinho pedindo que alguém lhe contasse alguma história do passado, como se ouvir sobre chefões do mundo do crime fosse a mesma coisa que ouvir sua avó lhe contando sobre quando ela lavava as roupas no rio.

— Como você sabe disso?

— É fácil conseguir informações. Só mesmo os velhos estúpidos acham que podem impedir que seus segredos circulem por aí. É impossível impedir que a informação circule. Se me der na telha, eu consigo a informação que eu quiser, seja perguntando por aí e depois ligando os pontos ou obrigando alguém a abrir o jogo.

— Você procura essas informações na internet ou o quê?

O sorriso do Príncipe ganha ares de decepção.

— É óbvio que eu uso a internet, mas essa é só uma das fontes. Gente velha pensa de uma forma básica. Ou despreza a internet, ou tem medo dela. Eles rotulam as coisas para se sentirem melhores com aquilo. Mas, apesar de não fazer diferença se você busca informações na internet ou não, a maneira como você usa essas informações é que realmente importa. E ainda tem aquelas pessoas mais jovens que dizem que você não pode confiar em nada que está na TV ou nos jornais, e que os adultos que engolem essas coisas são idiotas, mas eu acho que os idiotas são eles por engolirem esse papo de que tudo que está na TV e nos jornais é automaticamente falso. É muito evidente que qualquer fonte de informação é uma mistura de verdades e mentiras, mas todo mundo gosta de dizer que uma é melhor do que a outra.

— E suponho que vossa alteza tenha o poder mágico de diferenciar a verdade da mentira.

— Não é tão complicado assim. É tudo uma questão de buscar as informações em fontes variadas, isolar os pontos relevantes e fazer o máximo para confirmar tudo por conta própria.

— Então, o Minegishi está te causando problemas?

— Não sei se eu chamaria de problema — responde o Príncipe, fazendo um beicinho, o que lhe dá aquele aspecto infantil. — Tem um colega de quem eu não gosto. Você o conheceu, era aquele com quem a gente estava brincando no parque aquela vez. O do cachorro.

— Ah, ele. — Kimura franze a testa tentando lembrar seu nome. — Tomoyasu, né? Você chama aquilo de brincar? Parecia mais que vocês estavam torturando o cara. — Ele está quase perguntando por que eles estão falando de Tomoyasu quando se lembra de um outro detalhe. — Espere aí, ele não tinha dito que o pai dele tinha um amigo sinistro que viria atrás de você?

— Eu achei que ele estava inventando aquilo, não dei muita atenção, mas, no fim das contas, ele realmente foi choramingar para o pai. Patético, né? Quem é que vai choramingar para os pais? Daí o pai dele ficou furioso. Não é idiota a maneira como os pais ficam nervosos por causa dos filhos? Advogado imbecil, se acha tão importante.

— É, eu nunca quis ser esse tipo de pai — diz Kimura, num tom sombrio. — E o que ele fez?

— Ele me dedurou!

— Pra quem?

— Pro Sr. Minegishi.

Ouvir aquele nome sendo dito pelo Príncipe pegou Kimura desprevenido, mas, então, todas as peças finalmente se encaixaram e ele conseguiu entender a ligação do garoto com Minegishi.

— Pelo jeito o amigo sinistro do pai dele era mesmo sinistro.

— Eu tenho mais respeito por alguém como você, que lida com os problemas com as próprias mãos. O pai do Tomoyasu é um inútil. Fiquei muito decepcionado. — O Príncipe não parecia estar tentando parecer durão. Soava mais como uma criança que tinha ficado arrasada ao descobrir que o Papai Noel não existia. — Mas mais decepcionante ainda foi a falta de consideração com que aquele palhaço do Minegishi me tratou.

— Como assim?

Kimura mal podia acreditar que tinha acabado de ouvir alguém se referindo tranquilamente a Yoshio Minegishi como um palhaço. E mais, com uma tranquilidade que não era fruto de ignorância, mas sim de confiança.

— Tudo que ele fez foi ligar para mim. Ele ligou para a minha casa e disse: "Deixe o Tomoyasu em paz. Se você não fizer isso, eu vou me irritar e você vai se arrepender." Foi como se ele estivesse dando uma bronca numa criança.

— Você é uma criança.

Kimura solta uma risada de escárnio, mas ele sabe muito bem que o Príncipe não é uma criança qualquer.

— Concluí que a melhor coisa a fazer era fingir que eu estava assustado. "Desculpa", eu disse, "eu nunca vou fazer isso de novo." Deixei a voz embargada para parecer que eu estava quase chorando. E foi isso.

— Então saiu barato pra você. Minegishi não perderia o tempo dele com um adolescente que ainda nem saiu do ensino fundamental. Se ele viesse mesmo atrás de você, seria muito pior do que ter que fingir voz de choro.

— É sério mesmo?

O Príncipe parecia ter perguntado de forma sincera. Com seu cabelo sedoso e o corpo esbelto e gracioso, era a representação clássica de um aluno aplicado e exemplar. Ele parecia tão certinho que era difícil imaginá-lo roubando uma loja ou até mesmo enfiando um doce no bolso enquanto voltava do colégio para casa. Kimura tem a breve e repentina ilusão de que está viajando para o norte com um sobrinho refinado.

— O Minegishi é sinistro assim? — pergunta o Príncipe.

— Ele é completamente assustador.

— Fico me perguntando se isso não é só o que as pessoas pensam. Que nem aqueles soldados estadunidenses no filme, que estão convencidos de que a radiação não vai ter efeito nenhum neles. Será que todo mundo não simplesmente acredita nos boatos sobre o Minegishi como se eles fossem verdade? Ou talvez seja que nem os velhos, que sempre falam que os programas de TV e os jogadores de beisebol eram muito melhores antes. É tudo nostalgia.

— Se você subestimar o Minegishi, vai acabar morrendo.

— Eu só estou dizendo que é que nem superstição. Não bata de frente com Minegishi, senão você vai morrer! É como uma percepção distorcida alimentando um favoritismo intragrupal que, por sua vez, distorce ainda mais a realidade.

— Que tal falar como um adolescente normal?

— Quando você diz às pessoas que alguém é perigoso, elas simplesmente aceitam isso e passam a ficar com medo dele. Funciona assim com o terrorismo e com as doenças também. Ninguém tem tempo ou energia para tirar as próprias conclusões. Aposto que o tal Sr. Minegishi não tem nada além de dinheiro, ameaças, violência e uma vantagem numérica em termos de capangas.

— Isso já é mais que suficiente para me assustar.

— Ele não me levou a sério. Só porque estou na escola.

— E o que você está planejando, sua majestade?

O Príncipe aponta delicadamente para a frente do Shinkansen, na direção do seu destino.

— Vou uma vez por mês até Morioka para me encontrar com o Sr. Minegishi. Você sabia que ele visita a filha que tem com a amante? Ele também tem um filho com a esposa, que é o herdeiro dele, mas, pelo jeito, o cara é um idiota egoísta, praticamente um inútil. Talvez seja por isso que o Minegishi mima tanto a filhinha linda dele. Ela ainda está no fundamental.

— Você fez o seu dever de casa, isso eu reconheço.

— Esse não é o ponto. O que é importa é que tem uma criança envolvida.

Kimura franze a testa.

— O que isso quer dizer?

— Nos programas infantis na TV, não importa o quanto um vilão seja durão, ele sempre tem um ponto fraco. Quando eu era criança, costumava achar aquilo conveniente demais.

— Você ainda é criança.

— Mas, no fim das contas, aquilo era verdade. Todo mundo tem um ponto fraco, não importa quem seja e, geralmente, é a família ou os filhos.

— Simples assim, é?

— Foi por isso que você veio atrás de mim, não foi? Por causa do seu filho. As pessoas ficam tremendamente vulneráveis quando os filhos estão envolvidos. E Minegishi tem uma filha que ele ama, também. Se eu puder explorar isso, vou ter atingido o ponto fraco dele.

— Você vai atrás da *filha* do Minegishi? — Kimura sente uma mistura de emoções: raiva, pura e simples, pelo fato de o Príncipe estar disposto a fazer mal a uma garotinha inocente; e dúvida se Minegishi realmente baixaria a guarda para proteger a filha. — Você acha mesmo que isso vai dar certo?

— Eu não vou fazer isso.

— Não vai?

— Ainda não. Hoje é só o primeiro passo. Uma introdução, como uma investigação preliminar.

— Você acha que o Minegishi vai receber você?

— Fiquei sabendo que a amante e a filha dele chegaram ontem. Eles estão juntos na casa de campo, um complexo que fica perto de um monte de fazendas.

— Como você vai descobrir onde ele está?

— Não é como se fosse um segredo. Ele não está se escondendo nem nada assim. Só tem um monte de seguranças ao redor da casa, pra não deixar ninguém entrar.

— Então, o que você está planejando fazer?

— Como eu disse, uma investigação preliminar. Mas achei que seria um desperdício não tentar alguma coisa. É por isso que estou levando você comigo, Sr. Kimura. Vou te botar para trabalhar.

O detalhe crucial para Kimura: o Príncipe planeja levá-lo para matar Yoshio Minegishi.

— Isso não é uma investigação preliminar. Para mim, está parecendo o evento principal.

— Nós vamos até o complexo, aí eu distraio os guardas e você entra e mata o chefão.

— E você acha que isso vai dar certo?

— É uma aposta. Eu diria que existe vinte por cento de chance de dar certo. É mais provável que não dê, mas ainda assim seria aceitável.

— Nem fodendo!

— As chances de vitória aumentam se eu usar a filha contra ele. Se a segurança dela estiver em risco, duvido que ele tome qualquer atitude impulsiva.

— Eu tomaria cuidado se fosse você. Não dá para saber o que um pai furioso faria pelo filho.

— Ah, quer dizer que nem você? Que está disposto a morrer pelo seu filho? E mesmo se morresse, você se preocupa tanto com ele a ponto de voltar à vida?

— Pode apostar.

Kimura pensa na imagem de mães mortas escavando para sair da sepultura. Levando em conta a maneira como ele se sente no papel de pai, aquela não parece uma possibilidade muito distante.

— As pessoas não são tão fortes assim. — O Príncipe ri. — Minegishi faria qualquer coisa pela filha. E o que quer que aconteça com você, eu vou ficar bem. É só eu dizer que você me obrigou.

— Nada vai acontecer comigo. — Aquilo não passava de pura bravata.

— Sabe, eu ouvi um boato. Dizem que o Minegishi não morre mesmo se você atirar nele — diz o Príncipe, com uma empolgação caricata.

— Parece uma tremenda mentira.

— Pois é, né? Provavelmente ele deve ter sobrevivido depois de levar um tiro. Deve ser um cara muito sortudo.

— Se você quer ver as coisas desse jeito — replica Kimura, com um tom mais duro —, então eu também fui sortudo quando estava na ativa. — Aquilo não era mentira. Em duas ocasiões diferentes, as coisas haviam saído do controle enquanto estava fazendo algum trabalho, e parecia que seria o fim, mas, nas duas vezes, Kimura fora salvo no último minuto, uma vez por um colega e na outra pela chegada da polícia. — Mas seria difícil dizer quem é mais sortudo, Minegishi ou vossa alteza.

— É isso que eu quero descobrir. — Os olhos do Príncipe brilham, como os de um atleta que finalmente encontrou um rival à altura. — Então, hoje eu vou mandar você para cima do Minegishi. Um pequeno teste para descobrir o quanto ele é sortudo. O que quer que aconteça, vou aprender alguma coisa a respeito dele. Na pior das hipóteses, poderei me aproximar do seu complexo e ver de perto que tipo de segurança ele tem por lá. Ver de perto como ele opera. Nada mal para uma investigação preliminar, eu acho.

— E o que você vai fazer se eu me voltar contra você?

— Você vai dar tudo de si, pelo bem do seu filho. Você é o pai dele, afinal de contas.

Kimura desloca a mandíbula para a esquerda e para a direita, produzindo um estalo. Ele não suporta aquele garoto, com suas respostas espertinhas para tudo.

— Ok, vamos dizer que você bata de frente com o Minegishi, e tudo dá certo, embora eu ainda não tenha entendido direito o que dar certo significa pra você, mas digamos que tudo sai conforme o planejado e você constrange todos os adultos...

— Eu não estou querendo constranger ninguém. É mais que isso. É, tipo, como eu posso dizer? Eu quero que eles fiquem desesperados.

Isso ainda é muito vago, pensa Kimura.

— Não interessa o que você fizer, você ainda é só um merdinha tentando fingir que é grande coisa.

— É exatamente isso, Sr. Kimura. Exatamente o que você disse. — O Príncipe exibe seus lindos dentes brancos. — Eu quero mostrar pra todo mundo que acha que eu sou só um merdinha que não podem fazer nada contra mim. Foi isso que eu quis dizer quando falei que queria vê-los desesperados. Eu quero que eles percebam o quanto a vida deles não têm qualquer sentido. Eu quero que eles se sintam completamente derrotados.

FRUTA

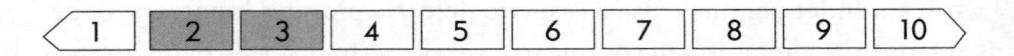

< 1 | **2** | **3** | 4 | 5 | 6 | 7 | 8 | 9 | 10 >

LIMÃO AINDA ESTÁ UM POUCO ZONZO. Fica olhando pela janela. Enquanto observa os prédios que passam rapidamente do lado de fora, ele leva a mão ao queixo. Não doeu na hora em que aquilo aconteceu, ele simplesmente apagou. *Não deveria ter subestimado aquele carinha só porque ele usa óculos.*

— Poxa, essa passou perto, eu poderia ter ido parar no mesmo lugar em que você está — diz ele ao filho de Minegishi. — O que foi? Tá me ignorando agora?

De repente lhe ocorre um pensamento, e ele apalpa a lateral do seu corpo. Sua arma desapareceu. Ele faz uma careta. *Não é legal pegar as coisas dos outros, Murdoch.*

Então, Limão se lembra do que Nanao havia dito a ele: que ele também estava trabalhando para Minegishi. Mas, depois que ele roubou a mala deles, outra pessoa a roubou dele. *Então, onde é que está essa mala agora?*

Ele fica em pé, pensa em conferir o que está acontecendo com Tangerina, mas, quando está prestes a partir em direção aos fundos do trem, ele desiste da ideia. *Não tô a fim. Vou ficar aqui relaxando por mais um tempo.* Ele procura o celular para ligar para Tangerina, mas descobre que ele também sumiu. *Puta merda, Quatro-Olhos!* Ele fica especialmente chateado por ter perdido o chaveirinho de Thomas que tinha pendurado no seu telefone.

Finalmente, ele nota um barulhinho que já estava soando há algum tempo, um pulso digital insistente por trás das vibrações do trem. Primeiro, ele acha que é algum celular tocando.

— Qual é, de quem quer que seja esse telefone, atende logo!

Mas aquilo não para. Então, ele percebe que está vindo de algum lugar ali por perto e começa a procurar, tentando identificar de onde vem o barulho.

Bem debaixo de mim.

Ele consegue ouvir o som emanando de baixo do seu assento, um pouco mais pra trás. Limão se inclina e começa a procurar, mas não consegue ver direito. Não fica muito feliz com a ideia de sujar a calça, mas o som está lhe dando nos nervos, então ele se ajoelha e curva o corpo para baixo, olhando para o espaço entre a parte inferior do banco e o chão. Não há nada lá. Parece que o barulho está vindo da fileira de trás, então ele se levanta, troca de fileira e se agacha novamente.

O barulho está muito mais alto agora, e não demora muito até que ele encontre sua fonte.

Um reloginho digital de pulso. Pulseira preta, bem baratinho.

O mostrador está piscando. Ele se pergunta se alguém teria deixado cair por acidente. *Cuidem melhor das suas coisas, pessoal.* Resmunga uma sequência de impropérios. Então, Limão congela. *Será que isso é parte de uma armadilha?* Não parece ser uma bomba, mas não é difícil imaginar que o alarme seja um sinal para desencadear alguma consequência imprevista. Melhor não deixar o relógio ali. Ele manobra o corpo e encontra um bom ângulo para enfiar o braço debaixo do assento e pegar o relógio. Acaba se atrapalhando um pouco, mas, no final, consegue alcançá-lo. Em seguida, se levanta e retorna ao seu assento.

— Ei, riquinho — diz ele, balançando o relógio na frente do rosto morto do filho do Minegishi. — Você já tinha visto uma porcaria dessas antes?

O barulho para assim que ele aperta um botão. Parece um relógio comum, sem nada de especial. *Será que é uma escuta?* Ele o vira de ponta-cabeça, o traz mais perto do ouvido e fica escutando. *É só um relógio mesmo.*

Enquanto tenta decidir se joga o relógio fora ou não, Tangerina entra em seu vagão.

— Você encontrou o Quatro-Olhos? — pergunta Limão.

Mas ele já sabe a resposta só de olhar para a expressão sisuda em seu rosto.

— Ele escapou.

— Como assim? Ele foi na outra direção? Para a parte da frente do trem? — Limão aponta para a porta que leva ao quarto vagão.

— Não, com certeza ele estava no primeiro vagão. Mas, em algum momento, ele conseguiu escapar.

— Em algum momento? Como assim, você não estava prestando atenção? — Limão sente os cantos da boca se curvarem para cima. Imaginar seu parceiro frio e calculista cometendo um erro é um prazer singular. — Quer dizer, isso não era pra ser difícil. Você saiu daqui e foi até o primeiro vagão. O Quatro-Olhos estava em algum lugar entre esses dois pontos. Ele não tinha para onde fugir. Você deve ter se encontrado com ele em algum momento. Não encontrar o cara seria bem mais difícil do que encontrá-lo. O que aconteceu, Tangerina, você ficou preso dentro do banheiro? Ou você piscou de uma forma extremamente longa e ele escapou enquanto os seus olhos estavam fechados?

— Eu não fui ao banheiro e eu pisco com muita rapidez. Alguém o ajudou. — Tangerina franze a boca.

Ih, caralho, ele está puto da vida, Limão percebe, com uma pontada de angústia. *É um saco quando o Sr. Cabeça Fria fica puto.*

— Então você deveria ter dado um aperto nos comparsas.

— Aparentemente, ele os obrigou a ajudar. Um casal, um cara vestido de mulher e outro cara vestido normalmente.

— Você acha que isso é verdade, que ele obrigou os dois?

— Eles pareciam ser bem cabeça oca. Não acho que estavam mentindo. — Ele esfrega as juntas da mão direita, incomodado. *Deveria ter dado uma prensa neles.*

— Então isso quer dizer que o Quatro-Olhos escapou e foi na outra direção. — Limão olha para a frente do trem. — Mas eu não vi ninguém passar por aqui.

— Talvez você tenha dado uma piscada muito longa.

— De jeito nenhum. Quando eu estava no fundamental, venci o campeonato de quem conseguia ficar mais tempo sem piscar. Fui melhor que todo mundo no colégio.

— Fico feliz de não ter estudado na sua escola. Tem certeza de que ninguém passou por aqui? Ninguém mesmo?

— Bom, uma ou duas pessoas passaram, óbvio. As pessoas se movimentam pelo trem, e tem a menina com o carrinho de lanches, também. Mas ninguém parecido com o Quatro-Olhos.

— Você passou todo esse tempo no seu lugar, virado para a frente?

— Lógico. Eu não sou criança, não é como se eu tivesse passado esse tempo todo com a cara grudada na janela. — Assim que as palavras saem pela sua boca, Limão se lembra do relógio de pulso em sua mão. — Ahhh... — Ele solta um suspiro. — Eu me agachei pra pegar esta coisa.

Tangerina fica imediatamente desconfiado. Limão mostra o relógio a ele.

— O alarme estava tocando. Estava no chão, bem aqui — diz ele, apontando para o assento onde ele está sentado —, então eu peguei. — Tangerina endurece seu olhar, no que Limão se apressa em dizer: — Essa foi a única hora em que eu não estava olhando!

— Então foi isso.

— Foi isso o quê?

— Ele deve ter colocado esse relógio aí. O Quatro-Olhos é um cara que pensa rápido, lembra? Ele deve ter bolado um plano.

— Que tipo de plano ele teria bolado?

— Ele gosta de usar objetos e dispositivos. Olha isso aqui. — Tangerina mostra o celular em sua mão.

— Comprou um celular novo?

— Ele me deu. Ela. A pessoa com roupa de mulher. Disse que Nanao tinha mandado.

— O que ele está tramando? Será que vai nos ligar chorando e pedir pra o deixarmos em paz?

Limão estava brincando, mas assim que ele termina de dizer aquela frase a tela de cristal líquido do celular se ilumina, e o aparelho emite uma melodia suave.

— É. Pelo jeito você tem razão — diz Tangerina, dando de ombros.

NANAO

Após despistar Tangerina entre o primeiro e o segundo vagões, Nanao consegue chegar à entrada do terceiro. Ele tenta espiar pela janelinha, mas o sensor o detecta e a porta se abre no mesmo instante. *Minha má sorte de novo.* Ele sabe por experiência própria que não há porque tentar mudar os rumos da sorte. Em vez disso, ele entra no terceiro vagão. A primeira fileira está vazia, então ele se senta discretamente ali para sumir logo de vista.

Tomando cuidado para não chamar atenção, ele examina todo o vagão por entre as frestas nos encostos de cabeça. Lá está Limão, de pé.

Acordado. Certamente não bebeu a água da garrafa com o sonífero. Isso teria facilitado as coisas, mas Nanao não estava realmente contando que aquilo fosse acontecer. Era só mais uma das pequenas armadilhas que havia espalhado na pressa. Não fazia sentido ficar chateado porque uma delas não tinha dado certo.

Ele arrisca mais uma olhada.

Limão está se movendo. Provavelmente procurando pelo relógio que está tocando.

— Qual é, de quem quer que seja esse telefone, atende logo! — diz ele.

É meu, pensa Nanao. *É o meu relógio, que eu deixei aí no chão pra você.*

Como está acostumado à sua falta de sorte, ele esperava que o alarme não fosse tocar, ou que a bateria acabasse, apesar desses relógios quase nunca ficarem sem bateria, ou, quem sabe, que alguém o encontrasse antes de Limão, mas, por algum motivo, nenhuma dessas coisas aconteceu.

Nanao começa a calcular seus movimentos.

O momento exato para ficar de pé, o momento exato para sair andando. Teme que Tangerina possa aparecer bem às suas costas.

Ele ergue os quadris do assento bem de leve, pronto para correr, e estica a cabeça por cima do encosto à sua frente.

O alarme está tocando desesperadamente. Nanao espera, se perguntando se Limão irá atrás dele, apostando que ele fará isso. Conforme o esperado, Limão se levanta mais uma vez, vai até a fileira de trás e se agacha.

Agora.

Nanao obedece ao comando de sua cabeça e parte. Ele sai pelo corredor sem hesitar por sequer um segundo, movendo-se numa pressa controlada. Enquanto Limão está ocupado tateando o chão, Nanao passa rapidamente por ele, prendendo a respiração.

Ele solta o ar assim que atravessa a porta e acessa o vão entre os vagões. *Não pare agora. Siga em frente.*

Atravessa o quarto vagão, depois o quinto. Assim que deixa este, tira o celular do bolso e começa a vasculhar a lista de contatos, até encontrar o número que acabara de adicionar, o telefone do Lobo, e então liga. Entre os vagões, o barulho do trem se parece com o rugido de um rio violento, mas Nanao encosta o aparelho no ouvido e fica escutando o telefone chamando do outro lado. Ele se recosta na janela e sua ligação é atendida.

— Onde você está? — Exige saber a voz do outro lado da linha. — Que jogo é esse?

— Fica calmo, por favor. Eu não sou seu inimigo — diz Nanao com firmeza. Sua prioridade é fazer com que Tangerina desista de vir atrás dele. — Eu peguei a mala de vocês, mas só estava cumprindo ordens do Minegishi.

— Minegishi? — Tangerina parece desconfiado.

Nanao consegue ouvir Limão dizendo alguma coisa no fundo. Provavelmente está dizendo a Tangerina que tinha ouvido a mesma coisa de Nanao mais cedo. *Então eles estão juntos de novo.*

— Acho que a gente brigar uns com os outros é exatamente o que Minegishi quer.

— Onde está a mala?

— Também estou procurando por ela.

— Você espera que eu acredite nisso?

— Se eu estivesse com ela, teria desembarcado do trem em Omiya. Não haveria absolutamente nenhum motivo para que eu entrasse em contato com vocês. Estou fazendo isso, independentemente do perigo que estou correndo, porque não tenho outra opção.

— Meu pai me disse uma coisa antes de morrer. — A voz de Tangerina é fria e cautelosa, o exato oposto do tom descontraído de Limão. Ele parece o tipo de pessoa prudente, que pondera cuidadosamente antes de tomar cada decisão. — Ele me disse para nunca confiar em autores que abusam de frases fragmentadas e nem em falastrões que usam a palavra "independentemente". Sabe o que eu acho? Eu acho que talvez você não tenha sido contratado só para roubar a mala da gente, mas também para nos apagar. Você está entrando em contato mesmo sabendo que está correndo perigo porque você precisa chegar perto o bastante para nos matar. Você está nervoso porque ainda não conseguiu terminar o serviço.

— Se eu tivesse sido contratado para apagar vocês, eu teria matado o Limão quando tive a oportunidade, quando ele estava inconsciente.

— Ou pode ser que você estivesse esperando que nós dois estivéssemos no mesmo lugar. Você queria matar dois coelhos com uma cajadada, Limão e Tangerina ao mesmo tempo.

— O que você ganha, exatamente, sendo desconfiado desse jeito?

— Foi assim que eu consegui me manter vivo todo esse tempo. Agora, onde você está? Em qual vagão?

— Troquei de trem — diz Nanao, de uma forma um tanto desesperada. — Eu saí do Hayate, estou no Komachi agora. — Ele sabe que, apesar de estarem ligados, não existe conexão entre esses trens.

— Essa mentira não enganaria nem uma criança no jardim de infância. Não dá pra passar do Hayate para o Komachi.

— Às vezes, uma mentira que não engana uma criança funciona melhor com um adulto. — O balanço do trem faz a situação ficar ainda mais tensa. Nanao aperta o telefone com força contra o ouvido e tenta manter o equilíbrio. — Mas, escuta. Qual é o seu plano? Nenhum de nós tem muitas opções.

— Exatamente. É como você disse, não temos muitas opções. É por isso que nós íamos entregar você pro Minegishi. Dizer pra ele que era tudo sua culpa.

— Vocês vão botar a culpa da mala ter desaparecido em mim?

— E também da morte do seu precioso filhinho.

Nanao fica atordoado. Ele pensou ter ouvido algo assim quando estava tentando escutar a conversa dos dois, mas, agora que sabe o que aconteceu, leva alguns segundos para digerir as terríveis implicações daquilo.

— Acho que acabei me esquecendo de comentar. O filho do Minegishi estava com a gente, mas acabou morrendo.

— Como assim "acabou morrendo"? — Nanao se lembra de ter visto o corpo do jovem ao lado de Tangerina e Limão. Não respirava, não se movia, obviamente estava morto. *Então aquele era o filho do Minegishi. Por que ele estava neste trem? Por que tudo isso está acontecendo comigo?* Ele tem vontade de gritar de frustração. — Isso, hã, isso não é nada bom.

— Não é mesmo, nem um pouco. — Tangerina parece despreocupado.

Idiota, Nanao quer gritar. Quem perde um filho fica louco de tristeza, não importa que tipo de pessoa ela seja. E se ela descobrir quem foi o responsável pela morte, sua tristeza se converte numa fúria infernal. Nanao não quer nem imaginar a intensidade da fúria infernal de alguém como Yoshio Minegishi. Só de pensar naquilo ele já consegue sentir as chamas ardendo, escurecendo e ressecando sua pele.

— Por que vocês mataram o garoto?

Neste momento, o trem dá uma guinada para o lado. Nanao flexiona os músculos das pernas para não cair e joga o corpo contra a janela, pressionando a testa nela em busca de apoio. Do nada, alguma coisa molhada bate com força do outro lado do vidro, bem na sua cara. Nanao não consegue dizer se é cocô de um passarinho ou uma pelota de lama, mas leva um susto tão grande que dá um gritinho constrangedor e um salto para trás, caindo de bunda no chão.

Tá aí a minha maldita falta de sorte de novo, suspira. A dor no cóccix o incomoda menos do que seu persistente azar.

Na queda, ele derrubou o celular.

Um homem que passava por ali se abaixa e recolhe celular do chão. É o mesmo homem que Nanao conheceu mais cedo, o professor da escola preparatória, com seu rosto plácido, embora desprovido de vida.

— Ah, oi, fessor — diz Nanao, sem muita vontade.

O homem olha para o celular em sua mão. Escuta uma voz saindo dele e, instintivamente, o leva ao ouvido.

Nanao se levanta apressadamente e estende a mão, pedindo o telefone de volta.

— Estou vendo que você está com problemas para ficar em pé de novo — diz o homem, com bom humor, entregando o celular a ele, depois entra no banheiro.

— Alô? — diz Nanao para o celular. — Derrubei o telefone. O que você estava dizendo?

Ele escuta alguém estalar a língua, irritado.

— Eu disse que a gente não matou o filho do Minegishi. Ele estava ali sentado e, de repente, quando a gente viu, estava morto. A gente acha que ele deve ter morrido por causa de algum choque ou qualquer coisa assim. Mas não foi a gente, tá me ouvindo?

— Duvido que o Minegishi vá acreditar em vocês. — *Eu também não acredito,* diz Nanao a si mesmo.

— É por isso que a gente vai dizer que foi você. Isso é mais fácil de acreditar, né?

— Nem um pouco.

— É melhor do que nada.

Nanao suspira mais uma vez. Estava torcendo para que pudesse contar com a ajuda de Tangerina e Limão, mas, agora que sabe que eles pretendem culpá-lo pela morte do filho de Minegishi e pelo desaparecimento da mala, se arrepende de ter entrado em contato. Percebe que aquela havia sido uma ideia idiota, como tentar se livrar de uma acusação de roubo pedindo a ajuda de assassinos para explicar a situação para a polícia. No que estava pensando?

— Ei, você ainda está aí?

— Sim, só estou surpreso que vocês dois conseguiram se meter nessa encrenca toda.

— Nós dois não. Isso é tudo culpa sua, Quatro-Olhos. — Tangerina não parece estar de brincadeira. — Você perdeu a mala e matou o filho do Minegishi. Então a gente vai te matar. Minegishi vai ficar puto, com certeza, mas a maior parte da raiva vai estar direcionada a você. Talvez ele até nos elogie pelo serviço bem-feito.

O que eu faço, o que eu faço? A cabeça de Nanao está funcionando a todo vapor.

— Não é assim que as coisas vão acontecer. Enfim — diz Nanao, olhando para a sujeira do outro lado da janela, que agora mudou de formato e está sendo espalhada pela velocidade do Shinkansen —, enfim, a gente ficar tentando se matar dentro deste trem não vai acabar bem pra ninguém. Você concorda comigo?

Tangerina não responde.

Alguém está parado atrás de Nanao. É o professor da escola preparatória, que, aparentemente, acaba de sair do banheiro. Ele está olhando fixamente para Nanao, com uma expressão inescrutável no rosto.

— Se vocês não querem trabalhar comigo, vamos, pelo menos, combinar um cessar-fogo temporário. — Nanao fala baixinho, ciente da presença do homem. — Eu também não posso sair do Shinkansen. Vamos deixar tudo como está até a gente chegar a Morioka. Quando a gente chegar lá, resolvemos isso. Ainda temos tempo.

O trem chacoalha violentamente.

— Duas coisas — diz a voz de Tangerina no ouvido de Nanao. — Primeiro, quando você diz que a gente resolve isso em Morioka, parece que você está achando que vai se dar bem.

— Por que diz isso? Vocês estão em vantagem numérica. Dois contra um.

— Independentemente disso.

— Ei, você acabou de dizer "independentemente".

Nanao quase pode ouvir Tangerina sorrir.

— Dois: não podemos esperar até Morioka. Nós temos que te entregar em Sendai.

— Por que em Sendai?

— Tem homens do Minegishi esperando por nós em Sendai.

— Por quê?

— Eles querem vez se o filho do Minegishi está bem.

— E ele não está.

— É por isso que precisamos te pegar antes de chegarmos a Sendai.

— Mas isso... — Nanao percebe que o professor ainda está parado bem ao seu lado, como se tivesse acabado de flagrar umas crianças aprontando. Ele não parece ter a intenção de ir a lugar algum. — Desculpe, preciso desligar por um segundo. Já ligo de volta.

— Ah, sim, nós vamos ficar aqui apreciando a paisagem enquanto esperamos a sua ligação, é isso que você espera que eu diga? Assim que você desligar, nós vamos atrás de você.

A voz de Tangerina está saindo picotada, mas Nanao também escuta Limão dizendo ao fundo:

— Ei, isso parece uma boa ideia, vamos apreciar a paisagem um pouco.

— Estamos no mesmo trem, então não precisa ter pressa. Ainda falta mais de meia hora até chegarmos a Sendai.

— Não podemos esperar todo esse tempo — diz Tangerina.

Mais uma vez, Limão fala por cima:

— Qual é, cara, deixa isso pra lá, desliga esse troço.

Então, a ligação cai.

Desapontado com o desenrolar das negociações, Nanao quase liga de volta, mas, então, conclui que Tangerina não é o tipo de cara que toma atitudes impulsivas. Provavelmente não há motivo para entrar em pânico. *Calma*, diz a si mesmo, *uma coisa de cada vez*. Ele olha para o professor.

— Posso ajudar?

— Ah, desculpe — diz o homem, parecendo ter acabado de perceber que estava ali parado. Ele balança a cabeça enquanto pede desculpas, num movimento rápido e mecânico, como um brinquedo em que tivessem acabado de colocar pilhas novas. — Quando eu peguei o telefone antes, ouvi a pessoa na linha dizendo uma coisa perturbadora, e aquilo me deixou pensando. Acho que fiquei meio perdido nos meus pensamentos aqui.

— Uma coisa perturbadora?

— Ele estava falando sobre uma pessoa que tinha sido assassinada. Uma coisa assustadora.

Ele deve ter pegado o telefone bem quando Tangerina falava sobre o filho de Minegishi.

— Você não parece muito assustado.

— Quem foi assassinado? Onde?

— Foi neste trem.

— Quê?

— O que você faria se isso fosse verdade? Provavelmente o melhor a se fazer seria ir correndo contar a um dos condutores. Ou anunciar no sistema de som: "Algum policial a bordo poderia, por favor, se manifestar?"

— Se é para fazer isso — diz o professor, com um sorriso tão fraquinho que nem aparece direito, como um traço desenhado por um dedo numa superfície molhada —, melhor perguntar logo: "Todos os assassinos a bordo poderiam, por favor, se manifestar?"

Nanao ri alto daquela resposta inesperada. *Essa seria uma ideia bem melhor.*

— Mas, enfim, estou só brincando. Se eu soubesse qualquer coisa sobre um assassinato no Shinkansen, eu não estaria calmo desse jeito, estaria? Provavelmente eu me esconderia no banheiro até a minha parada. Ou agarraria um condutor e ficaria abraçado nele como se a minha vida dependesse disso. Se uma coisa violenta dessas acontecesse num espaço fechado como este, seria um escândalo e tanto.

Aquilo tudo era mentira, óbvio. Nanao já havia matado o Lobo e lutado com Limão, e nenhuma dessas duas coisas foi, nem de longe, um escândalo.

— Mas, mais cedo, você me disse que tem uma má sorte horrível. Então não fiquei surpreso quando peguei o seu celular e ouvi alguém falando sobre um assassinato. Lei de Murphy, né? Toda vez que você pega o Shinkansen, você se envolve em alguma confusão, exceto quando você está, especificamente, atrás de uma.

O professor chega mais perto. De repente, parece haver algo de ameaçador em seus olhos. Era como se uma árvore gigantesca tivesse se materializado entre os dois homens, uma árvore invisível, exceto por dois buracos no tronco, por onde se pode ver os olhos do homem, brilhando no escuro, de uma forma sombria. Nanao encara o outro nos olhos, com a sensação de que pode ser engolido por eles a qualquer momento, absorvido por toda aquela escuridão. Dominado pelo medo, ele recua. Aqueles olhos parecem um mau presságio, mas Nanao não consegue parar de olhar para eles, o que só o faz sentir mais medo.

— Você também é? — gagueja Nanao. — Quer dizer, você também é uma pessoa que faz serviços perigosos?

— Que pergunta engraçada. Lógico que não. — O homem ri polidamente.

— Seu assento fica no final do quarto vagão. Você poderia ter ido ao banheiro entre os vagões três e quatro. Por que você até aqui, exatamente? — Nanao examina o homem dos pés à cabeça.

— Eu saí para o lado errado. Acabei vindo para a frente do trem. Quando me dei conta disso, achei mais fácil seguir em frente do que voltar. Sabe como é.

Nanao resmunga. Não está muito convencido.

— Mas eu também já me envolvi em situações perigosas.

— Eu estou envolvido numa neste momento — diz Nanao, sem pensar. Ele consegue sentir as palavras saltando da sua boca sem que consiga impedir. — O filho de um homem muito perigoso foi assassinado. Eu não vi quando aconteceu. Ninguém viu, aparentemente. Mas ele está morto.

— O filho de um homem perigoso... — O professor parece estar falando consigo mesmo.

— Pois é. Num instante ele estava vivo e, no outro, não estava mais.

Nanao não consegue acreditar que está falando tudo aquilo. Ele sabe que não deveria, mas não consegue parar. *Este homem faz a gente querer contar tudo pra ele*, pensa Nanao. *É como se ele tivesse alguma espécie de aura especial. Como se o espaço ao seu redor fosse um confessionário.* Ele adverte a si mesmo para não dizer mais nada para o homem, mas é como se houvesse uma membrana dentro dele, impedindo-o de seguir seus próprios conselhos. *São os olhos dele*, pensa Nanao, mas este pensamento também acaba sendo sufocado.

— Agora que você comentou isso, quando eu me meti numa encrenca, o filho de um outro homem perigoso tinha sido assassinado. E o homem acabou morrendo também, na verdade.

— De quem você está falando?

— Acho que você não vai saber quem é. Embora, aparentemente, ele tenha sido famoso no seu ramo. — Pela primeira vez, o homem faz uma cara de sofrimento.

— Não tenho muita certeza de qual ramo você está falando, mas algo me diz que vou saber quem é.

— O nome dele era Terahara.

— Terahara — repete Nanao. — Ele era mesmo famoso. Morreu envenenado. — Ele não queria ter dito aquilo, e, assim que diz, se arrepende.

Mas o professor não fica nem um pouco abalado.

— Isso! O pai foi envenenado. O filho foi atropelado por um carro.

A palavra "veneno" fica rodeando a cabeça de Nanao e desencadeia uma lembrança.

— Veneno... — murmura ele. Então, o nome do assassino profissional que havia matado Terahara vem à sua mente. — Vespa?

— Perdão? — O homem inclina a cabeça.

— Aposto que o filho do Minegishi também foi morto pelo Vespa. — Então, antes que pudesse evitar a pergunta, ele aponta para o homem. — Você... Você é o Vespa?

— Dá uma boa olhada pra mim. Eu pareço uma vespa? — Ele sobe um pouco seu tom de voz. — Sou só um professor de escola preparatória. Sou só o Sr. Suzuki. — Depois, ele dá uma risadinha autodepreciativa. — Eu sou um ser humano. Uma vespa é um inseto.

— Eu sei que você não é um inseto — diz Nanao, com seriedade. — Mas eu ainda acho que você é um padre ambulante.

A verdade é que Nanao não tinha a menor ideia de como era o profissional conhecido como Vespa. Não sabia quais eram suas principais características físicas e nem nada de muito concreto a seu respeito. *Aposto que a Maria sabe*, pensa ele, enquanto tira o celular do bolso e começa a procurar pelo número dela. Quando olha de novo, o homem sumiu. Ele sente uma pontada de medo, como se tivesse acabado de conversar com um fantasma. O telefone chama, e ele olha para dentro do quinto vagão pela janela. O professor está ali, se afastando. Ele põe a mão sobre o coração acelerado. *Não era um fantasma, no fim das contas.* De volta à janela onde a paisagem passa voando, ele leva o telefone ao ouvido. A gosma do outro lado do vidro foi reduzida a pequenas gotículas.

O telefone continua chamando, mas Maria não atende. Nanao vai ficando cada vez mais apreensivo, na expectativa de que Tangerina e Limão apareçam a qualquer momento. Ele começa a andar de um lado para o outro. O engate que conecta os vagões se retorce para a frente e para trás, como um réptil.

— Onde você está? — A voz de Maria finalmente ressoa em seu ouvido.

— Hã? — Nanao emite um repentino ruído de surpresa.

— O que aconteceu?

— Está aqui. — Ele soa totalmente estarrecido.

— O que está aí?

Havia sido Nanao quem ligara para Maria, mas agora ele tinha se esquecido completamente daquilo. Está olhando para a mala. Bem ali, no compartimento de bagagens, o lugar onde a havia encontrado da primeira vez. Como se ela jamais tivesse saído dali.

— A mala. — A aparição inesperada do objeto que ele procurava não parece exatamente real.

— Por "a mala" você quer dizer aquela que fomos contratados para pegar? Onde ela estava? É bom trabalho por ter encontrado.

— Na verdade, eu não encontrei, só liguei pra você e de repente ela apareceu. No compartimento de bagagens.

— Onde você a perdeu da outra vez?

— Não, onde eu a peguei, no começo de tudo.

— O que você quer dizer?

— Ela voltou.

— Como um cachorro que volta para o dono? Muito comovente.

— Talvez alguém a tenha pegado por engano e, quando se deu conta, a colocou de volta.

— Ou será que a pessoa que roubou a mala ficou com medo de ficar com ela? E aí colocou de volta?

— Com medo do Minegishi?

— Ou com medo de você. Talvez a pessoa tenha pensado: "Nanao está envolvido nisso, esse sim é um cara muito perigoso. Ele é como uma lâmpada mágica atraindo e concentrando todo o azar do mundo." De qualquer maneira, que bom pra nós, né? Agora, não a perca de novo. E vê se dá um jeito de desembarcar em Sendai. — Maria solta um tremendo suspiro de alívio. — Fiquei preocupada por um momento, isso poderia ter sido muito ruim, mas agora está tudo certo. Tenho a sensação de que tudo vai ficar bem.

Nanao franze a testa.

— Talvez, mas eu ainda tenho o Tangerina e o Limão com que me preocupar.

— Você acabou se encontrando com eles, afinal?

— Foi você quem me disse para criar coragem e ir até o terceiro vagão!

— Não me lembro disso.

— Eu me lembro muito bem.

— Ok, vamos dizer que eu tenha dito para você ir até o terceiro vagão. Eu falei pra você se meter com eles? Não, acho que eu não disse isso.

— Disse, sim — retruca Nanao, mesmo sabendo que aquilo não é verdade. — Eu me lembro muito bem.

Maria ri, desdenhando.

— Bom, o que está feito, está feito. Acho que você vai ter que bolar uma forma de ficar longe deles.

— Como?

— Dê um jeito.

— É fácil dizer que eu preciso ficar longe deles, mas não tem muitos lugares onde eu posso me esconder dentro de um trem. Eu simplesmente me enfio no banheiro?

— É uma opção.

— Mas, se eles fizerem uma busca minuciosa, é só uma questão de tempo até me encontrarem.

— Sim, mas é bem difícil arrombar a porta de um banheiro no Shinkansen. Na pior das hipóteses, você vai ganhar um tempo. Quando menos esperar, vai estar em Sendai.

— Mas, se eu sair do banheiro em Sendai e eles estiverem de tocaia esperando para me pegar, a coisa vai ficar feia.

— Ok, bom, aí você vai ter que forçar a sua saída.

Muito vago isso, não parece exatamente uma estratégia, Nanao pensa. Mas ele reconhece que ela não está falando nenhuma loucura. A entrada para o banheiro é bem estreita, de modo que se eles entrarem atrás dele e ele estiver preparado para atacar, aquilo pode funcionar. Se Nanao usar uma faca ou tentar quebrar o pescoço de um deles, suas chances seriam maiores contra a dupla num espaço apertado do que num espaço aberto. Ou, assim que o trem chegar a Sendai, ele pode sair do banheiro de supetão, pegando os dois de surpresa, e fugir correndo pela plataforma da estação. Talvez.

— E pode ser que mais de um banheiro esteja sendo usado, então eles levariam algum tempo até conferir todos. Se você tiver sorte, um monte de banheiros pode estar sendo usado ao mesmo tempo, e Tangerina e Limão vão ter um trabalhão para descobrir em qual você está. O trem pode chegar a Sendai antes de eles conseguirem te encontrar.

— Se eu tiver sorte? Você só pode estar de sacanagem. — Nanao quase ri. — Você sabe com quem você está falando, né? Dizer pra mim "se você tiver sorte" é o mesmo que dizer "isso nunca vai acontecer".

— É, tem razão — concorda Maria. — Ah, ei, você pode usar a sala dos funcionários.

— Sala dos funcionários?

— No espaço multiuso, nos fundos do vagão verde. O vagão verde é o nono, então a sala fica entre os vagões nove e dez. As pessoas costumam usar como berçário, para amamentar os bebês.

— E como eu vou usar esse lugar?

— Ué, se você ficar com vontade de amamentar...

— Maravilha. Se ficar com vontade, vou dar uma passada lá.

— Ah, e mais uma coisa, caso você não saiba, você não pode passar do Hayate para o Komachi enquanto o trem está em movimento. Eles são conectados por fora, mas não existe uma passagem entre eles, então não tente se esconder no Komachi.

— Até uma criança no jardim de infância sabe disso.

— Tem coisas que as crianças sabem que os adultos não sabem. Por sinal, o que você queria? Foi você quem me ligou.

— Ah, é. Quase esqueci. Da última vez que conversamos, você falou do Vespa. Não o inseto. O assassino profissional, que usava agulhas envenenadas.

— O cara que matou o Terahara. Embora algumas pessoas digam que foram o Vespa, o Baleia e o Cigarra trabalhando juntos.

— Como é o Vespa, afinal de contas? Como é a aparência dele?

— Não sei ao certo. Acho que é um homem, mas já ouvi que há uma mulher envolvida também. Pode ser uma operação solo, mas pode ser uma dupla. De qualquer forma, não imagino que ele se destacaria numa multidão.

Não, provavelmente não, pensa Nanao. Era improvável que ele andasse por aí vestindo uma peça de roupa escrito "assassino de aluguel".

— Acho que o Vespa pode estar neste trem.

Maria fica em silêncio por um instante.

— Como assim?

— Não sei direito. Mas tem um homem morto a bordo, sem nenhum ferimento visível.

— Sim, o Lobo, e foi você quem o matou.

— Não, não o Lobo. Uma outra pessoa.

— Como assim "outra pessoa"?

— Foi o que eu disse, tem uma outra pessoa no trem que foi morta, talvez por uma agulha envenenada.

Ele não consegue dizer a ela que é o filho de Minegishi. Ao mesmo tempo, quando ela mencionou o Lobo, ele se lembra de outra coisa.

— Ah, fala sério — diz Maria, soando um tanto exasperada. — Não sei o que está acontecendo, mas tem alguma coisa muito errada com esse trem. É uma confusão atrás da outra.

Nanao não responde. Ele acha exatamente a mesma coisa. Tangerina e Limão, o cadáver do filho do Minegishi, o cadáver do Lobo. O trem está infestado de gente do mundo do crime.

— Mas não é culpa do trem, a culpa é minha.

— Isso é verdade.

— O que eu faço se o Vespa realmente estiver a bordo?

— Faz muito tempo que não ouço falar dele. Acho que se aposentou.

Aquilo faz com que Nanao comece a especular: será que o Vespa está tentando voltar à cena assassinando o filho do Minegishi da mesma forma que matou o Terahara? Ao mesmo tempo, o Lobo se junta àquela mistura de pensamentos. O Lobo não trabalhava pro Terahara?

— Imagino que você esteja com medo. Agulhas são assustadoras. Você provavelmente é do tipo que chora quando vê uma agulha.

— Na verdade, eu ajudava uma senhorinha do meu bairro com as injeções de insulina. Fazia isso o tempo todo.

— Isso é um procedimento médico. Acho que é ilegal para alguém que não é parente dela fazer algo assim.

— Sério?

— Sim.

— Ah, por sinal, parece que Tangerina e Limão também estão trabalhando para o Minegishi.

— Como assim?

— Eles têm que levar a mala pra ele. — Nanao começa a falar mais rápido enquanto compartilha sua teoria. — Acho que o Minegishi não confia em ninguém, então contratou diversos profissionais para fazer o mesmo serviço. Todos ficam brigando entre si e ele sai por cima. Talvez não queira pagar ninguém e simplesmente planeje se livrar de todos nós.

Maria fica pensando naquilo.

— Olha, se realmente for isso o que está acontecendo, não tente bancar o herói nem nada assim. Você sempre pode desistir.

— Desistir?

— Sim. Ou "abortar a missão", se preferir. Esqueça a mala, entregue ao Tangerina e ao Limão em troca da sua vida. Aposto que eles vão ficar satisfeitos se a pegarem de volta. E, se o Minegishi tiver algo maior em mente, não vai fazer muita diferença se a gente não concluir esse trabalho, né? A gente abre mão do pagamento e pede desculpas. Provavelmente vai dar tudo certo no fim.

— O que deu em você de repente?

— Só estou pensando que se as coisas estão complicadas do jeito que parecem, talvez a melhor opção seja pular fora.

É lógico que não é só a mala. Tem também a questão nada insignificante da morte do filho do Minegishi, mas Nanao não sabe como contar isso para Maria. Isso só a deixaria ainda mais preocupada.

— Não acredito no que estou ouvindo. Você está dizendo que o trabalho vem em segundo lugar, que a minha segurança é a prioridade aqui?

— Estou falando do pior cenário possível. Só estou dizendo que se você chegar a um ponto em que parece que não tem para onde correr, você pode desistir. O trabalho com certeza não vem em segundo lugar. O trabalho é a sua prioridade. Mas, você sabe, às vezes simplesmente não dá pra ir até o final.

— Ok. Entendi.

— Entendeu? Então, para começar, tente tirar essa mala do trem. Faça o que tiver que fazer. E aí, se nada que você tentar der certo, siga para o plano B.

— Entendi.

Nanao desliga.

Fazer o que eu tiver que fazer? Jamais. Eu vou desistir, com certeza absoluta.

O PRÍNCIPE

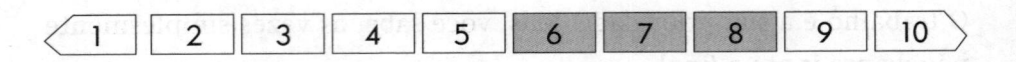

A porta se abre atrás dele e alguém entra no vagão. O Príncipe se recompõe e se recosta em seu assento.

Um homem caminha pelo corredor com uma mala. O homem de óculos pretos. Ele não diminui a velocidade e nem olha ao redor, simplesmente continua, apressado, em direção à outra porta. Kimura parece ter notado sua presença também, mas apenas fica observando, em silêncio.

O homem de óculos deixa o sétimo vagão, e a porta se fecha às suas costas, como se o estivesse trancando do lado de fora.

— É ele? — cochicha Kimura.

— É. Aposto que está muito empolgado por ter encontrado a mala. E tem uma outra dupla procurando por ela também. Eles devem aparecer aqui atrás dele a qualquer minuto. Ele vai continuar andando até a frente do trem. As coisas estão ficando interessantes!

— O que você vai fazer?

— Vamos ver. — O Príncipe estava justamente pensando naquilo. — Como podemos deixar as coisas ainda mais interessantes?

— Eu estou te dizendo: é perigoso para uma criança como você ficar metendo o nariz em assuntos de adulto.

Um celular começa a vibrar dentro da mochila do Príncipe.

— É o seu telefone, Sr. Kimura — diz ele, tirando o celular de lá. O identificador de chamadas diz Shigeru Kimura. — Quem é? — pergunta o Príncipe, segurando o aparelho na frente do rosto de seu prisioneiro.

— Não faço ideia.

— É um parente seu? Seu pai, talvez?

Kimura comprime os lábios, o que diz ao Príncipe que seu palpite está certo.

— O que será que ele quer, hein?

— Provavelmente quer saber como está o Wataru.

O Príncipe parece pensativo olhando para o telefone, que segue vibrando.

— Tive uma ideia. Vamos jogar um jogo.

— Um jogo? Não tem nenhum jogo no meu celular.

— Vamos ver quanta fé o seu pai bota em você.

— De que diabos você está falando?

— Atenda a ligação e peça ajuda a ele. Diga que você está preso e que precisa de ajuda.

— ... sério? — Kimura parece desconfiado.

— Mas não diga nada sobre o seu filho. O vovô vai amolecer na hora se achar que tem algo de errado com o neto.

O Príncipe fica pensando em sua avó, agora já falecida. Sua família não tinha muita proximidade com outros parentes, e seus outros três avós faleceram quando ele era bem pequeno, então a mãe de seu pai era o único membro idoso de sua família. Para o Príncipe, ela era tão fácil de manipular quanto os demais. Ele agia de forma inocente e bem-comportada quando estava perto dela e sempre demonstrava ficar feliz quando ela lhe comprava alguma coisa. "Você é um bom menino", ela sempre dizia, o rosto se enrugando em um sorriso. "Você está enorme." Seus olhos brilhavam quando ela olhava para ele, sabendo que, mesmo que sua vida estivesse chegando ao fim, ela seguiria viva através dele.

Nas férias de verão de seu último ano no Fundamental I, ele estava sozinho em casa com a avó e perguntou a ela: "Por que matar pessoas é errado?" Ele havia feito aquela mesma pergunta a outros adultos, e eles nem tinham se dado ao trabalho de tentar lhe dar uma resposta, ou, talvez, simplesmente não pudessem fazer isso, de modo que ele não tinha grandes expectativas em relação à avó.

"Satoshi, você não deveria falar esse tipo de coisa", respondeu ela, com um ar de preocupação. "Matar é uma coisa horrível."

A mesma coisa de sempre, pensou ele, novamente decepcionado.

"E durante uma guerra? Todo mundo diz que matar é errado, mas a gente faz guerras, né?"

"A guerra também é horrível. E matar é contra a lei."

"Mas o mesmo governo que faz leis proibindo matar entra em guerras e tem pena de morte. Você não acha isso estranho?"

"Você vai entender quando for mais velho."

Suas esquivas o incomodaram.

"Você tem razão", disse ele, por fim. "É errado machucar as pessoas."

Ele pressiona o botão e atende a ligação. A voz de um idoso vem do outro lado da linha.

— Como está o Wataru?

O Príncipe cobre o microfone e diz, com pressa:

— Vamos lá, Sr. Kimura. Lembre-se: não fale nada sobre o seu filho. Se você quebrar essa regra, o Wataru nunca mais vai acordar.

Então, ele encosta o telefone na orelha de Kimura.

Kimura fica olhando de lado para o Príncipe por um longo tempo, tentando pensar no que fazer.

— Wataru está bem — responde Kimura para o celular. — Mas, pai, eu preciso que você preste atenção no que vou te dizer agora.

Um sorriso sardônico se forma no rosto do Príncipe enquanto ele fica ali sentado, ouvindo. Seria mais lógico entender melhor sua situação antes de aceitar participar de qualquer coisa, mas, mesmo assim, Kimura simplesmente segue em frente, sem pensar. O Príncipe havia dito que eles jogariam um jogo, mas nunca explicou as regras. Kimura nem quis saber os detalhes antes de começar a jogar. O Príncipe quase sente pena dele. As pessoas querem agir de acordo com as próprias vontades, mas, no fim das contas, sempre acabam aceitando o comando de outra pessoa. Se um trem parasse, de repente, numa estação e alguém mandasse você entrar, seria uma boa ideia perguntar para onde aquele trem iria, para calcular melhor os riscos. Mas uma pessoa como Kimura simplesmente entraria. A ignorância é uma coisa assombrosa.

— Estou no Shinkansen — prossegue Kimura. — Indo em direção a Morioka. Quê? Não, isso não tem nada a ver com o Wataru. Eu já disse que ele está bem. Pedi às pessoas no hospital que cuidassem dele.

Aparentemente, o pai de Kimura fica furioso pelo menino ter sido deixado sozinho. Kimura tenta acalmá-lo, explicando a situação.

— Escute. Eu fui capturado. Por um bandido. Isso. Quê? Óbvio que estou falando a verdade. Por que eu mentiria para você?

O Príncipe precisa morder o lábio para segurar uma gargalhada. Kimura está fazendo tudo errado. O pai nunca vai acreditar nele enquanto ele falar daquele jeito. Para que alguém acredite em você, você precisa pensar muito bem no seu tom de voz e no que dizer, para dar à outra pessoa um motivo para confiar no que você está dizendo. Kimura não está fazendo nada disso, está simplesmente despejando tudo aquilo em cima do pai e dizendo que é seu papel acreditar.

O Príncipe inclina o telefone na própria direção.

— Você está bebendo de novo, não está? — Ele escuta o velho dizer.

— Não. Não! Eu já te disse, eu fui preso.

— Pela polícia?

Aquele era um palpite sensato: quando alguém diz que foi preso, a maioria das pessoas automaticamente imagina que foi pela polícia.

— Não, não pela polícia.

— Então por quem? O que você está tramando? — O pai de Kimura parece escandalizado.

— Tramando? O que você está dizendo? Você não quer me ajudar?

— Você está pedindo a ajuda de um velho como eu? Um gerente de estoque vivendo de aposentadoria? E da sua mãe, com os joelhos tão ruins que ela mal consegue sair do banho sozinha? Como é que nós vamos te ajudar se você está no Shinkansen? E de qual Shinkansen você está falando, pra começar?

— O Tokohu Shinkansen. Em vinte minutos vou chegar a Sendai. E quando eu digo que você não quer me ajudar, não estou te pedindo para vir até aqui. Estou falando da sua atitude.

— Escute, eu não sei o que você está fazendo. Mas o que estava pensando quando abandonou o Wataru e embarcou num Shinkansen? Eu sou seu pai, mas não consigo te entender.

— Eu te disse, estou sendo mantido prisioneiro!

— Quem ia querer prender você? Que tipo de jogo é esse?

Muito esperto, vovô, pensa o Príncipe. Isso não passa de um jogo. Kimura franze o rosto.

— Como eu disse...

— Vamos dizer que você está mesmo sendo mantido prisioneiro. Não tenho a menor ideia de como alguém conseguiria fazer isso dentro de um trem. Se é que isso é verdade mesmo. E se for, eu diria que você provavelmente mereceu. Se você está sendo mantido prisioneiro, por que o seu sequestrador te deixaria atender o telefone desse jeito?

O Príncipe percebe que Kimura não sabe o que dizer. Com um sorriso triunfante, ele coloca o telefone no próprio ouvido.

— Alô, estou sentado ao lado do Sr. Kimura. Sou aluno do ensino fundamental. — Sua fala é refinada, mas sua voz ainda é jovem.

— Aluno do ensino fundamental? — O pai de Kimura parece confuso com aquela nova voz.

— Aconteceu de estarmos sentados um ao lado do outro. Acho que o Sr. Kimura está só brincando. Quando você ligou, ele disse: "Vamos fingir que estou com algum problema para atazanar os meus velhos."

O idoso do outro lado da linha suspira, um suspiro tão pesado que parece emanar do aparelho.

— Entendi. Mesmo sendo meu filho, eu não consigo entender por que ele faz essas coisas. Desculpe se ele está te incomodando. Ele gosta de fazer piadas.

— Eu acho que ele é um homem muito legal.

— Esse homem muito legal não está bebendo, está? Se parecer que ele vai começar a beber, me faça um favor e tente impedi-lo.

— Tá bom. Vou fazer todo o possível — diz o Príncipe, animado, num tom que certamente agradaria a um adulto.

Após desligar o telefone, ele segura o pulso de Kimura.

— Que pena, Sr. Kimura. Você perdeu. Seu pai não acreditou em uma palavra do que você disse. Mas eu não o culpo: você não estava fazendo mesmo muito sentido. — Enquanto diz isso, ele puxa uma bolsinha de dentro de sua mochila com a mão livre e tira uma agulha de costura de lá.

— O que você está fazendo?

— Você perdeu o jogo. Agora você precisa encarar o castigo.

— Não foi um jogo muito justo.

O Príncipe ajeita a agulha em sua mão e se inclina sobre ele. As pessoas podem ser controladas através da dor e do sofrimento. Ele não podia arriscar dar mais um choque no trem, mas tudo bem usar uma agulha. Poderia inventar diversas desculpas caso alguém o questionasse. Ao instituir as regras e obrigar alguém a segui-las, ele determinava sua dominância.

Kimura fica ali sentado, com uma expressão confusa, e o Príncipe introduz a agulha debaixo de sua unha.

— Ai! — grita Kimura.

O Príncipe chia para que ele faça silêncio, como se estivesse repreendendo uma criança.

— Fique quieto, Sr. Kimura. Quanto mais barulho você fizer, mais eu vou te machucar.

— Sai de cima de mim, porra!

— Se você gritar de novo, eu vou enfiar essa agulha num lugar onde dói mais. Aguente em silêncio e tudo vai acabar muito mais rápido. — Enquanto diz isso, o Príncipe tira a agulha e começa a enfiá-la debaixo de outra unha. As narinas de Kimura se inflam e seus olhos se arregalam. Ele está prestes a urrar em protesto, nitidamente. O Príncipe suspira. — Da próxima vez que você gritar, o pequeno Wataru é quem vai sofrer — sussurra no ouvido de Kimura. — Eu vou ligar. Estou falando sério.

O rosto de Kimura fica vermelho feito uma beterraba. Mas então ele se lembra de que o Príncipe não costuma blefar e, imediatamente, fica pálido e trava a mandíbula. Está fazendo tudo que pode para controlar sua fúria e se preparando para a dor que está por vir.

Ele está totalmente na minha mão, comemora o Príncipe. O homem vinha seguindo suas ordens já fazia algum tempo. Depois que uma pessoa obedece a um comando, é como se ela tivesse descido um degrau numa escada e, quanto mais ela obedece, mais ela vai descendo, até chegar ao ponto de fazer qualquer coisa que lhe mandarem. E subir tudo de volta não é nada fácil.

— Ok, lá vamos nós.

Ele enfia a agulha lentamente, mergulhando-a entre a unha e a carne. Aquilo lhe dá a mesma sensação de prazer de tirar uma casquinha de ferida.

Kimura geme baixinho. Para o Príncipe, ele parece uma criança tentando segurar as lágrimas, e aquela visão é hilária. *Por quê?*, ele se pergunta. *Por que as pessoas se dispõem a sofrer por outras? Mesmo que seja um filho? Assumir a dor de outra pessoa é muito mais difícil do que jogar a sua dor em alguém.*

Um impacto súbito abala o Príncipe, cegando-o momentaneamente. Ele solta a agulha, derrubando-a no chão, então se recosta no assento.

Incapaz de suportar mais dor, Kimura havia acertado a cabeça do Príncipe com o joelho e o cotovelo. O rosto do homem é uma mistura de triunfo e horror pelo que havia feito.

A cabeça do Príncipe começa a latejar, mas ele não perde a paciência. Em vez disso, sorri gentilmente.

— Ah, doeu demais, foi? — Seu tom é de escárnio. — Você tem sorte que sou eu, e não qualquer outra pessoa. Minha professora sempre me elogia por ser o aluno mais paciente e tranquilo da turma. Se fosse alguém um pouco mais esquentadinho, estaria pegando o telefone neste exato momento e mandando um assassino acabar com o seu filho.

Kimura bufa. Ele não parece saber o que fará em seguida.

A porta atrás deles se abre mais uma vez. O Príncipe se vira para olhar quando dois homens passam pelo corredor, ambos magros e com pernas e braços compridos. Eles esquadrinham minuciosamente o vagão enquanto avançam por ele. Quando aquele com a cara mais fechada nota o Príncipe, diz:

— Ei, é o Percy. Eu já te encontrei antes.

Seu cabelo parece a juba de um leão que acabou de acordar. O Príncipe se lembra dele.

— Você ainda está procurando aquela coisa? O que era mesmo?

— Uma mala. Sim, ainda estamos procurando por ela.

Ele aproxima seu rosto do Príncipe, que fica preocupado que ele talvez possa ver que as mãos e os pés de Kimura estão amarrados. Rapidamente, ele fica de pé para distraí-los.

— Acabei de ver um homem passando com uma mala — diz o Príncipe, tentando soar o mais ingênuo possível. — Ele estava de óculos.

— Tem certeza de que não está mentindo de novo pra mim?

— Eu não menti antes.

O outro homem vira-se para o seu parceiro com a cabeleira desgrenhada.

— Vem, vamos logo.

— O que será que tá rolando ali na frente? — pergunta o cabeludo.

— Uma briga, provavelmente.

Uma briga? Que briga? O Príncipe presta atenção, sua curiosidade atiçada.

— Murdoch vs. Vespa. Ou eu posso chamá-lo de James, a Vespa.

— Todo mundo precisa ter um nome tirado de *Thomas e Seus Amigos*?

— James é conhecido por ter levado uma picada de vespa no nariz.

— Não deve ser muito conhecido, porque eu nunca ouvi falar dele.

Depois disso, os dois saem andando. O Príncipe não entendeu uma palavra do que eles disseram, o que só deixou tudo ainda mais interessante.

Ele se vira para Kimura.

— Vamos mais para a frente do trem? — Kimura o encara em silêncio. — Parece que todo mundo vai se reunir.

— E daí se eles estiverem fazendo isso?
— Vamos dar uma olhada.
— Eu também?
— Você não quer que nada aconteça comigo, não é mesmo? Você tem que me proteger. Me proteger como se eu fosse o seu próprio filho, Sr. Kimura. De certa maneira, eu sou a única coisa que mantém o Wataru vivo. Pense em mim como o salvador dele.

FRUTA

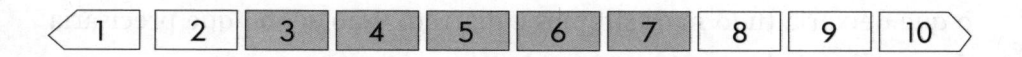

⟨ 1 | 2 | **3** | **4** | **5** | **6** | **7** | 8 | 9 | 10 ⟩

Uma breve recapitulação, antes de Tangerina e Limão passarem pelo Príncipe, no sétimo vagão.

Assim que deixam o quinto vagão, Limão dá uma conferida em seu relógio.

— Só falta meia hora para chegarmos em Sendai.

Eles param no espaço entre os vagões.

— Ah — diz Tangerina, arrastando as palavras —, mas o Quatro-Olhos disse que ainda faltava *mais de* meia hora.

A plaquinha ao lado da tranca do banheiro feminino indica que ele está ocupado. Todos os outros banheiros estão abertos; não há ninguém dentro deles.

— Quais as chances de ele estar escondido no banheiro feminino? — Limão parece extremamente entediado.

— Por que eu saberia quais são as chances? Agora, é claro que ele pode estar aí. Nosso amigo de óculos está desesperado, duvido que fosse ter qualquer restrição a se esconder no banheiro feminino em vez de no masculino. — Tangerina pausa por um segundo. — Se ele estiver nesse banheiro, vamos descobrir rapidinho.

Após a ligação de Nanao, Limão disse:

"Existe um número limitado de lugares em que ele pode estar dentro de um trem. Nem mesmo nosso talentoso amigo pode se esconder para sempre."

"O que a gente faz quando encontrá-lo?"

"Ele pegou a porra da minha arma, então é você quem vai ter que atirar nele."

"Atirar dentro do trem vai atrair atenção."

"Então a gente leva ele até um banheiro e mata ele silenciosamente lá dentro, que tal?"

"Queria ter trazido um silenciador."

Tangerina ficou imaginando um mísero silenciador no cano da arma, o que deixaria tudo mais simples e discreto. Não achou que precisaria de um silenciador para aquele trabalho.

"Talvez a gente encontre um por aí."

"Ah, lógico, talvez eles vendam no carrinho de lanches. Ou você pode pedir um para o Papai Noel."

Limão juntou as mãos.

"Por favor, Papai Noel, este Natal eu quero um silenciador para a minha arma."

"Para com isso. A gente precisa resolver o que vai fazer. Primeiro, vamos entregar o assassino do filho do Minegishi para ele."

"Que é o Quatro-Olhos."

"Mas, se nós o matarmos, vamos ter que carregar o cadáver dele por aí. Seria muito mais fácil entregar o cara vivo para o Minegishi. Matá-lo agora só complicaria mais as coisas."

"Sim, mas se a gente colocar o Quatro-Olhos na frente do Minegishi, ele vai dizer que não foi ele, que a gente está armando pra cima do cara."

"Qualquer pessoa diria que estão armando pra cima dela numa situação dessas. Não se preocupa com isso."

Então, eles decidiram vasculhar cada centímetro do trem. Se conferissem todos os assentos, todos os compartimentos de bagagem, todos os banheiros e pias, certamente o encontrariam. Se algum banheiro estivesse sendo usado, eles esperariam para ver quem sairia de lá.

Agora, parado ao lado do banheiro ocupado, Limão diz:

— Deixa esse banheiro comigo. Vai na frente. — Ele aponta para a dianteira do trem, mas, em seguida, completa: — Tenho uma ideia melhor... vamos fazer o contrário!

— De que contrário você está falando? — Tangerina sabe que nada de bom sairá daquilo, mas pergunta mesmo assim.

— Eu posso trancar todos os banheiros. Assim, mesmo se a gente não encontrar o cara, ele vai ter cada vez menos lugares para se esconder.

Alguns minutos atrás, eles haviam escondido o corpo do filho do Minegishi num dos banheiros entre o terceiro e o quarto vagões. Os dois acharam que não seria uma boa ideia deixá-lo em seu assento enquanto ambos se ausentavam. Eles o acomodaram em cima do vaso sanitário, e Limão usou um pedaço de fio de cobre para trancar a porta pelo lado de fora. Ao prender o fio no pino da tranca que fica por dentro da porta, era possível fechá-la e trancá-la por fora. Tem toda uma questão de ângulo envolvida, e é preciso puxar o fio bem na hora em que a porta se fecha, mas Limão fez tudo direitinho.

"Pronto, um assassinato a portas fechadas", disse ele, orgulhoso. Em seguida, Limão ficou empolgado: "Ei, não tinha um filme antigo em que eles usavam um ímã gigante para abrir uma porta trancada por dentro?"

"Sim, *Expresso para Bordeaux*." Tangerina se lembrava de ter gostado daquela cena, em que o ímã gigantesco em formato de U fazia a tranca da porta se mexer.

"Esse é aquele com o Steven Seagal?"

"Alain Delon."

"Sério? Tem certeza de que isso não foi em *A Força em Alerta 2*?"

"Não foi em *A Força em Alerta 2*."

Após alguns instantes de espera, a porta do banheiro feminino se abre e uma mulher magrinha sai de lá. Sua blusa branca lhe dá uma aparência jovem, mas a maquiagem pesada e as rugas em seu rosto denunciam a idade. Ela faz Tangerina pensar numa planta murcha, e ele a observa se afastar.

— Definitivamente não é o Joaninha. Pelo menos essa foi fácil.

★ ★ ★

Eles entram no sexto vagão e olham para os passageiros um por um. Ao confirmarem que nenhum deles é Nanao, seguem adiante. Eles verificam embaixo dos assentos e nos compartimentos de bagagem, embora duvidem que encontrarão ou ele, ou a mala, em qualquer desses lugares. Felizmente, os dois conseguem dizer só de olhar que nenhum daqueles passageiros pode ser Nanao disfarçado — todos ou são de outro gênero, ou têm outra idade.

— Quando eu estava falando com a Momo no telefone, ela me disse que o Minegishi está tentando reunir um exército na estação Sendai.

— Então quando a gente chegar lá a plataforma vai estar cheia de bandidos. Que merda!

— Com tão pouca antecedência, não acho que ele vá conseguir reunir muita gente — supõe Tangerina enquanto eles saem do sexto vagão. — Todo mundo que é bom está sempre com a agenda lotada.

— Sim, mas quem ele conseguir chamar vai estar lá, e mandando bala. Ninguém vai querer conversa.

— Verdade, isso pode acontecer, mas duvido.

— Por quê?

— Porque nós somos os únicos que sabem o que aconteceu com o filho do Minegishi. Você e eu. Eles não podem nos matar de cara.

— Hum... Acho que você tem razão. Somos trens muito úteis. — Limão assente, concordando. — Não, espera aí.

— Que foi?

— Se fosse eu, eu me mataria, ou você.

— Não tenho a menor ideia do que está acontecendo nessa frase que você disse. Parece o trecho de um livro mal escrito.

— O que eu estou tentando dizer é que os capangas do Minegishi só precisam que um de nós esteja vivo se ele quiser saber o que aconteceu com o filho. Né? E tentar levar nós dois juntos também é muito mais perigoso. Melhor matar um de nós. Esse trem só precisa de um vagão.

Um celular começa a tocar. Tangerina procura o seu próprio, mas o telefone que está tocando é o que ele recebeu da pessoa no outro vagão. Não é um número que ele conheça. Ele atende e escuta a voz de Nanao.

— Sr. Tangerina? Ou Sr. Limão?

— Tangerina.

Limão olha para ele como quem faz uma pergunta, então ele responde desenhando círculos na frente dos seus olhos: óculos.

— Onde você está? — pergunta Tangerina.

— No Shinkansen.

— Quem diria? Nós também. Por que você está ligando? Nós não vamos fazer nenhum acordo com você.

— Não estou querendo fazer um acordo. Eu desisto. — Ele consegue perceber a tensão na voz de Nanao.

A agitação e o barulho são muito mais intensos entre os vagões do que dentro deles. Parece que estão sendo atingidos por uma ventania num campo aberto.

— Você desiste? — Tangerina acha que não escutou aquilo direito. Ele repete, mais alto. — Você está desistindo?

Limão semicerra os olhos.

— E eu encontrei a mala.

— Onde?

— No compartimento de bagagens, entre os vagões. Ela simplesmente apareceu lá, do nada. Não estava ali antes.

Tangerina acha aquilo estranho.

— Por que ela reapareceria desse jeito? Deve ser alguma armadilha.

Nanao fica em silêncio por um instante antes de responder:

— Não tenho como dizer que isso não é verdade. Tudo que posso dizer é que a mala estava lá.

— E o conteúdo dela?

— Não sei. Não sei qual é a combinação para abrir a tranca, e eu nunca soube o que tinha dentro dela, pra começar. Mas quero entregá-la a vocês dois.

— Por que você faria isso?

— Acho que não consigo continuar fugindo de vocês aqui no trem, então, em vez de ficar preocupado com vocês tentando me matar, achei que seria melhor pros meus nervos simplesmente desistir. Eu entreguei a mala a um dos condutores. Em breve ele vai avisar no sistema de som. É a sua mala. Vocês podem pegá-la e depois voltar para os fundos do trem? Eu desço em Sendai, e aí encerramos esse assunto. E encerro o meu trabalho também.

— Se você não finalizar o seu trabalho, a Maria vai ficar furiosa. E imagino que o seu cliente, Minegishi, vai ficar mais furioso ainda.

— Prefiro isso do que ser alvo de vocês.

Tangerina baixa o celular e se dirige a Limão.

— O Quatro-Olhos está desistindo.

— Cara inteligente — diz Limão, satisfeito. — Ele sabe que somos durões.

— Isso ainda não resolve o nosso problema com o filho do Minegishi. — Tangerina leva o telefone de volta ao ouvido. — No nosso cenário, você é o assassino.

— Seria mais fácil de acreditar se vocês entregassem o verdadeiro assassino.

— Como assim "o verdadeiro assassino"?

— Você já ouviu falar do Vespa? — pergunta Nanao.

Limão estica a cabeça na direção do telefone.

— O que o Quatro-Olhos está dizendo?

— Perguntando se a gente já ouviu falar de vespa.

— Lógico que sim — replica Limão, pegando o telefone da mão de Tangerina. — Quando eu era pequeno e colecionava besouros, eu era perseguido por vespas o tempo todo. Vespas são um horror! — Gotas de saliva voam de sua boca. Então, sua testa se franze ao ouvir a resposta de Nanao. — Como assim, se eu estou falando de vespas de verdade? Você está falando de vespas de mentira? As pessoas fazem vespas falsificadas?

Tangerina tinha entendido tudo. Ele faz um gesto para que Limão lhe devolva o telefone.

— Você está falando do assassino profissional que envenena pessoas. O Vespa.

— O próprio — afirma Nanao.

— E o que eu ganho por ter acertado a resposta?

— Você ganha o assassino.

A princípio, não fica evidente o que Nanao está sugerindo, e Tangerina está quase bradando com ele por fazê-lo perder tempo, mas então ele se dá conta.

— Você está dizendo que o Vespa está neste trem?

— Putz, onde? Eu odeio vespas! — Limão cobre imediatamente o rosto e começa a olhar em volta, nervoso.

— Eu acho que o Vespa pode ter envenenado o filho do Minegishi — continua Nanao. — Isso explicaria por que ele não tem nenhum ferimento visível.

Tangerina não sabia exatamente como o Vespa atuava, mas diziam que ele usava agulhas para provocar choques anafiláticos. A primeira picada não mata, apenas põe o sistema imunológico em alerta, mas a segunda desencadeia uma reação alérgica tão devastadora que faz com que a vítima morra. Esse, diziam, era o método do Vespa. Tangerina conta tudo aquilo a Nanao.

— Então só a segunda picada é a letal?

— Pode ser. Onde ele está?

— Não sei. Também não sei como o Vespa é fisicamente... mas acho que é uma mulher. E tem uma foto dela.

— Como assim "tem uma foto dela"? — Tangerina começa a ficar irritado, sem entender aonde Nanao quer chegar com aquilo. — Vá direto ao ponto.

— Nos fundos do sexto vagão, no lado virado para Tóquio, vocês vão encontrar um homem de meia-idade sentado ao lado da janela. Tem uma foto no bolso da jaqueta dele.

— E essa foto é uma foto do Vespa, então? Quem é esse velhote? — Tangerina dá meia-volta e começa a ir na direção do vagão número seis. Ele tem a impressão de ter visto um homem com aquela descrição dormindo por lá.

— Ele está no nosso ramo. Um cara detestável. Disse que era uma foto do alvo dele. E aí eu fiquei pensando que isso quer dizer que ela deve estar nesse trem.

— O que faz você pensar que ela é o Vespa?

— Na verdade, não tenho nenhuma prova. Só sei que o homem que está com essa foto era um dos lacaios do Terahara. Gostava de se gabar do quanto o chefão gostava dele. E o Terahara...

— ... foi assassinado pelo Vespa.

— Exato. E o homem no sexto vagão disse que estava no Shinkansen em busca de vingança. Ele chegou a dizer que era uma vingança sangrenta. Não dei muita bola quando ele falou aquilo, mas, provavelmente, ele estava falando de se vingar do Vespa.

— Isso é tudo especulação em cima de especulação.

— Ele também comentou alguma coisa sobre Akechi Mitsuhide. Acho que ele quis dizer que o Vespa ter matado Terahara tinha sido como o Akechi ter matado o Nobunaga.

— Não posso dizer que isso me convence muito, mas acho que vamos lá pegar essa foto com esse velhote e ver o que ele tem a dizer.

— Ah, acho que vocês não vão conseguir tirar muita coisa dele — responde Nanao rapidamente, mas Tangerina fala por cima dele.

— Espere um pouco. Vou dar uma olhada nessa foto e já te ligo de volta.

Ele desliga. Limão se aproxima e pergunta o que está rolando.

— Parece que eu estava certo.

— Sobre o quê?

— Eu disse que o filho do Minegishi morreu por causa de uma reação alérgica, lembra? Parece que pode ter sido isso mesmo.

Eles entram no sexto vagão e caminham pelo corredor. Vários passageiros olham para os dois, se perguntando o que aquela dupla de homens esguios está fazendo, indo de um lado para o outro do trem. Eles ignoram o escrutínio e seguem andando até os fundos do vagão.

Um homem de meia-idade está encostado na janela numa fileira de dois lugares. Sua boina está puxada para baixo.

— Qual é a do Tio Soneca aí? — Limão franze a testa. — Esse não é o Quatro-Olhos.

— Dormindo feito pedra.

Assim que diz isso, Tangerina percebe que o homem está morto. Ele se senta ao lado do cadáver e começa a apalpar sua jaqueta. De alguma forma, ela parece suja, embora não esteja particularmente imunda, e Tangerina faz uma cara de nojo ao abri-la para enfiar a mão por dentro. Como esperado, há uma foto no bolso interno. Ele a tira de lá. A cabeça do morto escorrega pela janela e cai para a frente. Seu pescoço está quebrado. Tangerina arruma a cabeça e a encosta novamente na janela.

— Você vai roubar esse cara assim? — sussurra Limão. — E, olha, ele nem está fazendo nada!

— Isso porque ele está morto — diz Tangerina, apontando para a cabeça do homem.

— Acho que é perigoso ficar trocando de posição enquanto você está dormindo.

Tangerina atravessa a porta que leva ao espaço entre os vagões. Ele acessa a lista de ligações recentes no celular e liga para o último número.

— Alô — diz Nanao.

O barulho do trem ruge nos ouvidos de Tangerina.

— Peguei a foto.

Limão também entra no espaço entre os vagões.

— O que aconteceu com o cara? Pescoço quebrado é a nova moda da temporada?

— Às vezes essas coisas simplesmente acontecem — diz Nanao, sério, sem maiores explicações.

Tangerina nem se dá o trabalho de perguntar a Nanao se foi ele quem fez aquilo. Em vez disso, ele olha para a fotografia.

— Então esta mulher é o Vespa?

— Bom, eu não consigo ver a foto, mas eu diria que há uma boa chance. Se você vir uma pessoa que se pareça com ela a bordo, tome cuidado.

Tangerina nunca tinha visto aquela mulher. Limão se inclina para olhar melhor.

— Como você derrota o Vespa? — pergunta ele, empolgado. — Com inseticida?

— Em *Ao Farol*, da Woolf, eles matam uma abelha com uma colher.

— Como eles fizeram isso?

— Eu me faço essa mesma pergunta toda vez que leio essa parte. — Então, Tangerina ouve Nanao dizer uma coisa que ele não entende direito. — O que você disse?

Ele não responde. Tangerina pergunta mais uma vez e, após um instante, Nanao responde:

— Desculpa, eu estava comprando um chá. O carrinho de lanches acabou de passar. Eu estava com sede.

— Para alguém metido em toda essa encrenca, até que você está bem tranquilo.

— A gente precisa consumir nutrientes e líquidos sempre que possível. E ir ao banheiro também.

— Bom — diz Tangerina —, eu não acredito exatamente em você, mas vou ficar de olhos abertos para ver se encontro essa mulher. Vai demorar um bom tempo para conferir todos os passageiros, mas também não é nada impossível.

Então, Tangerina tem um estalo: talvez aquilo seja apenas um plano de Nanao para ganhar tempo até que o trem chegue a Sendai.

— Eeeei — diz Limão, como quem acaba de reconhecer alguém, apontando para o rosto da garota da foto. — É ela!

— Ela quem?

Limão parece surpreso que Tangerina não a tenha reconhecido.

— A garota do carrinho de lanches. A que está empurrando o carrinho pra cima e pra baixo esse tempo todo.

NANAO

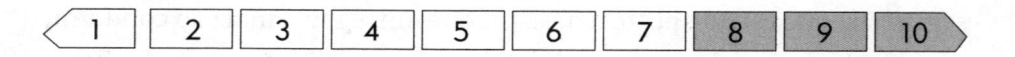

| 1 | 2 | 3 | 4 | 5 | 6 | 7 | **8** | **9** | **10** |

RECAPITULANDO MAIS UM POUCO. Nanao está prestes a entregar a mala a um condutor. Do lado direito do espaço entre o oitavo e o nono vagões há uma porta estreita com uma placa que diz SALA DOS FUNCIONÁRIOS. Quando Nanao está chegando perto, um condutor sai por ela, e os dois quase trombam.

— Opa, perdão — diz Nanao.

Estou vindo encontrar um condutor e quase o nocauteio. Minha má sorte de sempre.

Embora Nanao esteja um tanto desnorteado, o condutor, surpreendentemente jovem e usando um terno transpassado muito bem cortado, está perfeitamente sereno.

— Posso ajudar?

Antes que mude de ideia, Nanao lhe entrega a mala.

— Posso deixar isso com você?

O condutor parece confuso. Seu chapéu é grande demais para sua cabeça, o que o faz parecer com um garotinho apaixonado por trens que, de alguma forma, conseguiu um emprego no Shinkansen. Ele transmite gentileza, apesar da formalidade de seu uniforme.

— Você quer que eu guarde a sua bagagem?

— Eu a encontrei no banheiro — mente Nanao. — Entre o quinto e o sexto vagões.

— É mesmo? — pergunta o condutor, aparentemente sem desconfiar de nada. Ele gira a mala, examinando-a, tenta abri-la e percebe que está trancada. — Pode deixar que eu aviso no sistema de som.

Nanao o agradece, entra no vagão verde, atravessa-o e sai no espaço entre o vagão verde e o vagão dez. O final do Hayate. Ele fica pensando no Lobo e no Vespa e na conexão entre os dois. Após um segundo, pega o celular.

Tangerina atende, e Nanao explica a situação o mais rápido que consegue. Diz que está disposto a desistir, que entregou a mala ao condutor, conta sua teoria sobre o filho do Minegishi ter sido morto pelo Vespa, e sobre o homem nos fundos do sexto vagão ter uma foto do Vespa no bolso. Em seguida, Tangerina desliga.

Nanao se apoia na janela e fica olhando para fora, segurando seu telefone como se estivesse esperando a ligação de uma namorada. O trem entra num túnel. Mergulhar na escuridão, para ele, é como prender a respiração debaixo d'água. Quando a paisagem se torna visível de novo, o ar retorna aos seus pulmões. Mas vem outro túnel quase que imediatamente. Mergulha, emerge, mergulha, emerge, escuridão, luz, escuridão, luz, azar, sorte, azar, sorte. Ele se lembra de um velho ditado que diz que a sorte e o azar andam sempre de mãos dadas. *Mas, no meu caso, é quase sempre azar.*

Nesse momento, a menina do carrinho de lanches entra no espaço entre os vagões. O carrinho está abarrotado de comidas e bebidas, com uma torre de copos de papel empoleirada em cima.

Nanao pede uma garrafinha de chá bem na hora em que Tangerina liga de volta. Ele segura o telefone entre o ombro e a orelha e dá algumas moedas à garota. Tangerina pergunta o que está acontecendo, e Nanao explica que está comprando chá.

— Para alguém metido em toda essa encrenca até que você está bem tranquilo.

— A gente precisa consumir nutrientes e líquidos sempre que possível. E ir ao banheiro também.

A garota agradece e começa a empurrar o carrinho para o décimo vagão.

— Ei, Nanao — diz Tangerina, animado. — Uma coisa que você vai gostar de saber. Parece que a garota do carrinho de lanches é o Vespa.

— Quê? — Aquela revelação repentina pega Nanao tão desprevenido que sua voz sai bem mais alta do que ele gostaria.

O carrinho de lanches para.

A garota está de costas para ele, mas vira a cabeça para trás, olhando por cima do ombro, na sua direção. Seu rosto muito jovem exibe um sorriso gentil, como quem diz "está tudo bem? Posso ajudar com alguma coisa?". Ela parece completamente normal.

Nanao desliga o telefone e fica olhando para ela. *Será que ela é o Vespa?* Parecia difícil de acreditar. Ele a examina cuidadosamente, dos pés à cabeça.

— Algum problema, senhor?

Ela se vira lentamente para olhar para ele. Com aquele avental por cima do uniforme, ela não parece nada além de uma funcionária do trem com seu carrinho de lanches.

Nanao guarda o telefone no bolso traseiro da calça.

— Ah, hã, não, está tudo bem. — Ele tenta não demonstrar seu nervosismo. — Hã, essa sala pode ser usada por qualquer pessoa?

Ele aponta para a porta à esquerda, que diz ESPAÇO MULTIUSO. Ao lado da porta de correr há uma plaquinha dizendo aos passageiros que eles precisam informar um funcionário do trem caso desejem utilizar aquele espaço. *Devia ser disso que Maria estava falando, o lugar para amamentar.* Ele tenta abrir a porta e nota que ela está destrancada. Não há nada digno de nota lá dentro, apenas uma sala vazia com um único lugar para se sentar.

— A maioria das pessoas usa como berçário — responde a funcionária —, mas, desde que você avise um funcionário, tudo bem.

Àquela altura, seu sorriso parece forçado, artificial. Ele não consegue decidir se é um sorriso padrão de atendimento ao consumidor ou se há alguma tensão mais profunda por trás dele.

Na frente do espaço multiuso há um banheiro, maior do que aqueles que ficam entre vagões. Na parede ao seu lado há um enorme botão para abrir a porta, certamente para que os passageiros em cadeiras de roda possam usá-lo.

A funcionária ainda está sorrindo. *O que eu faço, o que eu faço?* A frase reverbera na cabeça de Nanao. *Será que eu tento descobrir se é ela mesmo? E se for, o que eu faço?*

Nanao ouve o barulhinho de algo rasgando.

É o rótulo da garrafa de chá em suas mãos. Ele estava arrancando sem perceber.

— Desculpe, mas tem uma vespa aqui nesse trem?

Ele tenta soar o mais natural possível, como se aquilo tivesse acabado de lhe ocorrer. Ele termina de arrancar o rótulo da garrafa enquanto se afasta da porta do espaço multiuso.

— Perdão? — Ela parece surpresa com aquela pergunta. — Uma... vespa?

— Você sabe, uma vespa gigante asiática. Dessas venenosas — insiste ele. — Eu acho que tem uma neste trem.

— Você viu uma vespa voando por aí? Ela pode ter entrado numa das estações em que o trem parou. Pode ser perigoso. Vou avisar um dos condutores.

Ele não consegue entender se ela está se esquivando ou se realmente não entendeu aonde ele quer chegar com aquilo. Nada na maneira como ela está se portando lhe dá qualquer pista.

A mulher dá mais um sorriso e se vira novamente, seguindo em direção ao vagão número dez.

— Não, hum, eu mesmo falo com o condutor. — Nanao também dá meia-volta e faz de conta que está voltando para o vagão verde. Foca toda a atenção às suas costas, tentando detectar qualquer movimento.

Ele ergue a garrafa de plástico à sua frente, tentando utilizá-la como uma espécie de espelho. Ali, vagamente refletida no líquido ondulante, ele vê a mulher aproximando-se silenciosamente.

Nanao vira-se repentinamente. Ela está bem à sua frente.

Ele joga a garrafa no seu rosto. Ela se esquiva, mas Nanao usa a abertura para empurrá-la, depressa e com força. A mulher cambaleia para trás e cai por cima do carrinho de lanches, derrubando a torre de copos de papel e espalhando diversas caixas de lanchinhos de cortesia. Encostada no carrinho, ela desliza até cair sentada no chão.

Nanao percebe mais uma coisa: algo que se parece com um pedaço de corda se desenrolando abaixo do carrinho, serpentando para a frente e para trás. *A cobra.*

A mesma cobra que ele tinha visto fugindo do terrário nos fundos do trem. Ela devia estar escondida em meio às caixas de lanches na parte de baixo do carrinho.

A cobra desliza pelo chão e, em questão de segundos, Nanao a perde de vista.

A mulher segura o guidão do carrinho e se levanta. Algo brilha em sua mão direita. Uma agulha.

Sua camisa apertada e abotoada e seu avental de brim não são adequados para grandes movimentos, mas isso não parece diminuir sua agilidade nem um pouco. Ela se lança para cima dele, sem hesitar. A maneira como se move não dá nenhuma pista a Nanao sobre como ela o atacará, se vai golpeá-lo com a agulha ou se vai arremessá-la.

Ela está quase o alcançando.

Nanao aperta o botão gigantesco que abre a porta do banheiro para quem usa cadeiras de rodas. A porta desliza e se abre.

A mulher olha de soslaio para a porta aberta.

Nanao não perde a chance. Ele avança e a chuta com toda a sua força, na tentativa de jogá-la para dentro do banheiro. Ele sabe que não importa se o seu adversário for um homem, uma mulher ou uma criança — quando é um assassino profissional, não há espaço para piedade.

Ela entra capotando no banheiro e ele vai logo atrás. Quase não há espaço para os dois ali dentro. Eles estão bem em cima do vaso sanitário. Nanao mira um soco em seu rosto com a mão esquerda, mas ela bloqueia o golpe com o antebraço, então ele rapidamente a golpeia com a direita, mirando suas costelas. Quando o golpe parece que vai acertar, ela desvia o corpo.

A mulher é rápida. Parece levemente preocupada. Nanao está fazendo ela suar, mas ela consegue se esquivar de seus ataques.

Ele tem a sensação de que, a qualquer momento, uma agulha virá voando em sua direção.

A porta automática começa a fechar, então Nanao aperta o botão dentro do banheiro para que ela reabra. Ele dá um salto para trás na direção do espaço entre os vagões e, na tentativa de se equilibrar, bate as costas com força na porta do espaço multiuso. Ele sente uma dor lancinante no braço, no lugar em que Limão o havia esfaqueado.

A arma cai de sua cintura, a arma que ele havia tirado de Limão, fazendo um estardalhaço quando atinge o chão. Ele se abaixa para pegá-la quando escuta um estalo metálico na porta às suas costas. Alguma coisa havia acertado a porta e caído no chão. Uma agulha, arremessada como se fosse um míssil.

A mulher sai do banheiro e chuta a arma para tirá-la do alcance de Nanao, fazendo com que ela saia rodopiando para longe.

Nanao vai rapidamente na direção do carrinho e pega uma das caixas de lanches espalhadas pelo chão. Ele a levanta na direção da mulher, usando-a como um escudo. Exatamente quando faz aquilo, uma agulha a atravessa. *Se eu demorasse mais uma fração de segundo...* Ela ergue a mão, segurando uma agulha entre os dedos, com o punho fechado. Tenta golpeá-lo. Nanao intercepta a agulha com a caixa mais uma vez.

Ele joga a caixa para o lado com a agulha presa nela, puxando junto o braço da mulher. Tenta acertar outro chute nela, mirando no plexo solar com a ponta do sapato. Dessa vez, dá certo. Ela leva as mãos à barriga enquanto se encolhe e cai para trás.

É agora, pensa Nanao, indo para cima para aproveitar sua vantagem.

Porém, bem quando ele está se aproximando, parado em cima do engate dos vagões, o trem dá um solavanco. Dura apenas um segundo, mas é um movimento intenso, como um animal se sacudindo para tirar a água do pelo. Se Nanao fosse uma joaninha nas costas desse animal, ele poderia facilmente sair voando para escapar daquele terremoto de carne, mas como é um ser humano dentro do Shinkansen, isso é impossível. Antes que conseguisse reagir, ele já havia perdido o equilíbrio e despencado no chão.

Em vez de pensar *Por que logo agora?*, ele diz a si mesmo: *Óbvio que eu ia cair bem no meio de uma luta. Mais uma prova do quanto a deusa do azar me ama.*

Nanao fica tentando se levantar, todo atrapalhado. A mulher ainda está gemendo com as mãos na barriga.

Quando ele apoia as mãos no chão para se levantar, sente uma pontada de dor. *Quê?* Em seguida, sente o sangue deixando seu rosto. Há uma agulha cravada na sua mão. Seus olhos se arregalam e o cabelo em sua nuca se arrepia. A agulha que a mulher havia arremessado nele entortou quando bateu na porta, e a sua ponta ficou encurvada, como um anzol. Nanao tinha colocado a mão exatamente em cima dela. *E essa não é uma agulha qualquer.* Ele sabe que aquela está envenenada.

No instante seguinte, a cabeça de Nanao é invadida por uma tormenta de palavras e pensamentos fragmentados. *Má sorte. Vespa. Veneno. Morrendo. Sempre tão azarado.* Então: *É assim que eu vou morrer?* Ele sente um tremendo peso cair sobre si. *Desse jeito?*

Ao mesmo tempo, porém, sua cabeça pulsa com o familiar refrão: *O que eu faço, o que eu faço?* Ele sente sua visão cada vez mais limitada e começa a olhar loucamente ao redor, forçando-se a permanecer acordado. A mulher, caída. O carrinho. As caixas espalhadas pelo chão. Ele consegue sentir o veneno se espalhando pelo seu corpo. *Será que está se espalhando muito rápido?* Então, lá vem: a água que sobe, se agita e transborda. *O que eu faço? O que eu faço?* A pergunta o inunda.

Mais um segundo e pronto. A água recua e seu campo de visão se abre novamente. Sua mente está nítida. Ele sabe exatamente o que fazer.

Primeiro, ele arranca a agulha da mão.

Não há tempo a perder.

Há outra agulha no chão, ao lado da mulher. Nanao levanta-se rapidamente e começa a agir.

Finalmente, ela consegue se sentar, embora ainda esteja com uma das mãos sobre a barriga. A outra tateia o chão, tentando pegar a arma que Nanao derrubou.

Nanao avança sobre ela. Primeiro, ele pega a arma. Depois, a agulha e, sem hesitar por um instante sequer, a crava no ombro da outra, como se estivesse lhe dando um tapinha de encorajamento nas costas. Sua boca se abre e fica daquele jeito, como um filhote de passarinho dentro do ninho, esperando pela comida. Então, ela vê a agulha em seu braço e arregala os olhos.

Nanao dá um passo para trás, e depois mais um.

Ela não consegue acreditar que foi atingida por uma de suas próprias agulhas envenenadas.

Nanao não sabe quanto tempo demorará para que o veneno entre em ação, nem quais sinais indicariam que isso aconteceu. Parado ali, de pé, ele começa a imaginar que sua respiração ficaria irregular, sua consciência começaria a se apagar, sua vida a se esvair, e o terror toma conta dele. Ele pensa no fim, rápido e repentino, como uma tomada sendo puxada, e começa a ficar difícil permanecer de pé. Suor frio passa a brotar em sua pele. *Por favor, vamos logo, eu estou implorando.* Como se tivesse escutado seus apelos, a mulher começa a tatear seu avental, procurando por um bolso. Tira de dentro dele uma coisa que parece com uma caneta pilot. Ela está visivelmente agitada. Então, tira a tampa, dobra a perna e puxa a roupa até revelar sua coxa. Ela leva a caneta na direção da perna.

Em um instante, Nanao se inclina em sua direção e quebra seu pescoço.

Ele pega o objeto que parece uma caneta. Parece um dispositivo de injeção, que nem os que usava para aplicar insulina em sua vizinha idosa quando era mais jovem. Normalmente, ele investigaria o dispositivo para se certificar de que funcionava do mesmo jeito dos que ele conhecia, mas não tinha tempo para fazer isso agora. Ele enfia o dedo num buraco em sua calça cargo perto do joelho esquerdo e o puxa, abrindo o rasgo para expor a perna. Assim que vê a coxa, ele enfia a ponta do injetor na pele e fica se perguntando se aquilo era mesmo um antídoto, se ele o estava aplicando da maneira correta, se já não seria tarde demais. As dúvidas e os medos fervilham em sua cabeça, mas ele consegue ignorá-los.

A picada não dói tanto quanto ele esperava. Ele pressiona o dispositivo contra a perna por alguns instantes e, em seguida, o tira dali. Quando tenta ficar de pé, sente o seu coração batendo mais forte do que deveria, mas talvez seja apenas nervosismo.

Ele levanta a mulher de pescoço quebrado do chão, a carrega até a sala multiuso e a posiciona com a cabeça encostada na parede e as pernas esticadas, de modo a impedir a abertura completa da porta. Depois, sai pela fresta.

Talvez aquela não seja a solução perfeita, mas ele fica imaginando que se um passageiro tentar abrir a porta e ela não ceder com facilidade, ele concluirá que ou a sala está interditada, ou sendo usada. Ele também ajusta a plaquinha da porta para indicar que o cômodo está ocupado.

Em seguida, Nanao recoloca todas as caixas de volta no carrinho. Não quer deixar nenhum indício daquela luta para trás. Após arrumar tudo, estaciona o carrinho num canto do espaço entre os vagões.

Ele tira o pente da pistola e o joga no lixo. Conhecendo sua sorte, sabe que é muito provável que ele acabasse perdendo aquela arma, causando ainda mais problemas. Isso quase tinha acontecido ali, com aquela mulher. É mais seguro pra ele não andar por aí com uma arma carregada.

A arma volta para o lugar na sua cintura. Mesmo sem balas, pode ser útil para ameaçar alguém.

Ele se encosta na parede ao lado da lata de lixo e deixa o corpo cair, dobrando os joelhos à sua frente.

Nanao respira fundo e solta o ar. Então, ele olha para sua mão, para o lugar onde a agulha o havia perfurado.

Um homem de meia-idade entra no espaço entre os vagões, vindo do décimo. É apenas um passageiro. Ele olha para o carrinho de lanches encostado num canto, mas não parece preocupado com o fato de que está abandonado, e então desaparece dentro do banheiro. *Essa passou perto*, pensa Nanao. *Se ele tivesse chegado um minuto antes, teria visto tudo.* Ele se pergunta se aquilo tudo foi sorte ou azar e fica conferindo se o homem ainda está ali. *Ainda estou vivo. Ainda estou vivo. Ou não?*

A vibração do Shinkansen reverbera por todo o seu corpo.

KIMURA

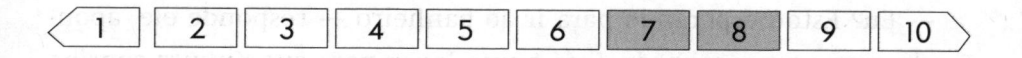

⟨ 1 | 2 | 3 | 4 | 5 | 6 | **7** | **8** | 9 | 10 ⟩

— Vem, vamos lá. Tenho certeza de que tem algo de interessante acontecendo.

O Príncipe empurra Kimura pelas costas. Ele está sem as amarras nas mãos e nos pés, mas, mesmo assim, não se sente livre. Está completamente tomado pelo ódio que sente pelo Príncipe, óbvio, mas sabe que não pode deixar que esse sentimento aflore. A parte de Kimura que está tremendo de raiva e murmurando *Puta que pariu, vou te matar* parece algo nebuloso e indistinto, como se estivesse sendo vista através de um vidro fumê, como se fosse uma outra pessoa, que apenas se parece com ele, como se aquela animosidade toda pertencesse a um estranho e Kimura estivesse só imaginando como seria sentir aquilo.

Eles percorrem o corredor do sétimo vagão. Ele sabe que a pessoa às suas costas é só um aluno do ensino fundamental, mas mesmo assim tem a impressão constante de que está sendo seguido por um monstro capaz de devorá-lo a qualquer momento. *Eu estou com medo desse moleque?* Essa pergunta, também, parece passar por uma névoa. *Será que esse adolescente realmente tem o poder de ameaçar as pessoas, de fazer os outros terem medo dele?* Kimura balança a cabeça, tentando deixar aquele pensamento de lado.

Quando eles adentram o espaço entre os vagões, encontram ali um homem alto, encostado na parede ao lado da porta, de braços cruzados, parecendo entediado. Seu olhar é frio e cruel, e sua cabeça parece envolta numa auréola, como os raios de sol desenhados por uma criança.

Kimura o reconhece como um dos dois homens que tinham acabado de passar pelo sétimo vagão.

— Ah, se não é o Percy — diz o homem, de maneira letárgica.

Kimura nunca tinha ouvido falar de Percy, mas ele imagina que seja um personagem de algum programa de TV.

— O que você está fazendo parado aqui? — pergunta o Príncipe.

— Eu? Estou esperando para ir ao banheiro — responde ele, apontando para a porta fechada. Está muito longe para que Kimura consiga ver a plaquinha, mas parece ocupado. — Estou esperando a pessoa sair.

— É o seu amigo?

— O Tangerina seguiu para a dianteira do trem.

— Tangerina?

— Sim — diz o homem, orgulhosamente. — Eu sou o Limão e ele é o Tangerina. Um é azedo e o outro é doce. De qual você gosta mais?

O Príncipe não parece entender o sentido daquela pergunta, então simplesmente dá de ombros, em silêncio.

— E aí, você e seu pai sempre vão juntos ao banheiro?

Ah, é, Kimura se dá conta, *deve parecer que esse moleque horroroso é meu filho*. E então ele se pega imaginando aquilo.

O Shinkansen sacode. Parece que o trem está sendo açoitado por uma ventania violenta. Aquela sensação faz Kimura se lembrar de quando ele parou de beber do dia para a noite e precisou de toda a sua força de vontade para lutar contra o vício. Naqueles dias, Kimura tremeu muito mais do que o Shinkansen estava tremendo agora.

— Ele não é meu pai — diz o Príncipe. — Eu já volto, tio Kimura, tá bem? — Enquanto se dirige ao urinol, o garoto abre um sorriso tão inocente que o peito de Kimura se enche de ternura só de olhar. Ele sabe que aquela reação é meramente instintiva, que não é algo racional, mas aquilo lhe dá vontade de perdoar o Príncipe por tudo que ele fez. — Me espere aqui.

Kimura sabe que o que o Príncipe realmente está dizendo é "Espere aqui e não diga nada que você não deva". De repente, ele se sente incomodado de estar parado ali, com aquele homem de cabeleireira selvagem olhando com irritação para ele.

— Ei, amigo — diz Limão, sem cerimônia —, você é um bebum, né?

Kimura desvia o olhar.

— Você é, não é? Eu conheço um monte de bebuns, então geralmente consigo identificar. Minha mãe e meu pai, os dois eram bebuns. Os dois tinham o mesmo vício, nenhum dos dois ajudou o outro, nenhum dos dois pisou no freio, eles só foram afundando cada vez mais. Que nem em *Thomas e Seus Amigos*, quando o Duck estava sendo puxado por um trem de carga, não conseguiu parar e bateu na barbearia. Bem assim. "Socooorro, eu não consigo paraaaar", sabe como é. A vida inteira por água abaixo. Não tinha nada que eu pudesse fazer, então eu só mantinha a distância, me escondia pelos cantos. Meu camarada Thomas me ajudou a sobreviver.

Kimura não entende metade do que Limão está dizendo, mas responde:

— Eu não bebo mais.

— Pois é. Quando um bebum toma um gole, acabou. Quer dizer, olhe só pra mim. Não dá pra brigar com os genes, então eu nunca bebo. Só água. Engraçado que tanto a água quanto o álcool são molhados e transparentes, mas ainda assim completamente diferentes. — Ele ergue a garrafa de água mineral em sua mão com um gesto floreado, desrosqueia a tampa e toma um gole. — O álcool mexe com a sua cabeça, mas a água faz o contrário, te faz pensar melhor.

Kimura não percebe imediatamente, mas, quanto mais ele olha para o líquido dentro da garrafa de Limão, mais aquilo lhe parece bebida alcoólica. Uma bebida doce e deliciosa, descendo goela abaixo de Limão. Kimura se contorce.

O trem não sacode de uma maneira rítmica ou mecânica, mas sim como uma criatura viva, dando uns saltos, de vez em quando parecendo flutuar por um instante. A sensação de estar em pleno ar e aqueles solavancos repentinos começam a afastar Kimura da realidade.

— Voltei — diz o Príncipe, ao retornar. — Vamos dar uma olhada no vagão verde — sugere o garoto a Kimura, não de uma forma exatamente tímida nem escancarada, mas sim perfeitamente equilibrada. — Aposto que vamos ver umas pessoas ricas lá! — Ele soa como um garoto empolgado no meio de uma viagem de férias.

— Não necessariamente — responde Limão. — Quer dizer, beleza, as pessoas do vagão verde viajam com um pouco mais de conforto que os outros passageiros, sim.

A porta do banheiro se abre e um homem de terno sai lá de dentro. Ele registra a presença de Kimura e dos outros, mas não lhes dá muita atenção, apenas lava as mãos na pia e volta para o vagão número sete.

— Hum. Acho que não era o Nanao, afinal de contas — diz Limão.

— Nanao? — Kimura não faz ideia de quem seja.

— Bem, acho que vou nessa. — Limão suspira e começa a andar na direção da dianteira do trem.

O Príncipe olha para Kimura como quem diz que eles também vão. Em seguida, fala:

— Eu posso ajudar você a procurar a sua mala.

— Não vai ser necessário, Percy. Eu já sei onde ela está.

— Onde?

Limão fecha a boca e encara o Príncipe. É um olhar assustador, repentinamente desconfiado do garoto. Ele não parece disposto a fazer nenhum tipo de concessão só porque está lidando com um adolescente. Assim como, na natureza, o predador não dá a menor importância para a idade de sua presa.

— Por que eu contaria a você? Também está atrás dessa mala?

O Príncipe não parece se abalar.

— Não, de forma alguma. É só por diversão, como uma caça ao tesouro.

Limão ainda parece desconfiado. Ele lança um olhar penetrante para o garoto, como se estivesse tentando entrar na cabeça do Príncipe e ler seus pensamentos.

— Deixa pra lá. — O Príncipe faz um beicinho. — Meu tio e eu vamos procurar sozinhos.

Kimura sabe que ele está fingindo aquela reação infantil, para mostrar que não tem nenhuma intenção oculta.

— Fique fora disso. Nada de bom acontece quando o Percy tenta fazer alguma coisa. Tipo aquela vez em que ele esfregou chocolate no rosto todo só pra não ficar sujo de carvão. Ele está sempre bolando alguma coisa e nunca dá certo.

Limão se vira e começa a se afastar.

— Bom, espero que você fique feliz quando a gente encontrar a mala antes de você! — O Príncipe está sendo o mais petulante que consegue. — Né, tio Kimura?

— É, eu quero uma parte da grana — responde Kimura sem pensar.

Ele não estava nem falando sério, só disse a primeira coisa que veio à sua cabeça quando o Príncipe passou a bola pra ele. Embora também fosse verdade que a lembrança de ter visto todas aquelas notas e cartões de banco ainda estivesse viva em sua cabeça.

— Como você sabe o que tem nela? — Limão se vira novamente, com o olhar vidrado.

Kimura consegue sentir a tensão no ar.

Mesmo naquela situação, o Príncipe permanece calmo. Ele lança um olhar severo para Kimura, repreendendo-o por aquela falha, mas não parece preocupado, apesar disso.

— Uau, a mala está cheia de *grana*? — diz para Limão, a voz totalmente desprovida de malícia.

Há uma pausa na conversa, durante a qual todos escutam os ruídos do Shinkansen.

Limão franze a testa e olha para Kimura e depois para o Príncipe.

— Eu não sei o que tem dentro dela.

— Então não é o que tem dentro dela, é a própria mala que é muito valiosa! É por isso que todo mundo está atrás dela.

Parado ali, ouvindo aquilo, Kimura precisa reconhecer que a coragem e a inteligência do Príncipe são admiráveis. Os dois estão sendo interrogados, mas, pouco a pouco, o moleque está tentando desviar o foco deles. Não é qualquer um que consegue fazer isso, fazer um adversário baixar a guarda só fingindo inocência.

Mas Limão é mais difícil de dissuadir do que a maioria das pessoas.

— Como você sabe que todo mundo está atrás dela?

O rosto do Príncipe fica tenso, mas apenas por uma fração de segundo. É a primeira vez que Kimura vê o moleque reagir daquela maneira.

— Foi o que você disse na primeira vez em que nos encontramos — diz o Príncipe, voltando a ser um adolescente jovial. — Você disse que todo mundo estava atrás dela.

— Não disse, não — resmunga Limão, apontando o queixo para a frente. — Acho que eu não gosto muito de você. — Ele coça a cabeça, irritado.

Kimura fica paralisado pensando no que fazer. Se ao menos pudesse dizer "Ei, esse moleque é perigoso, acabe com ele antes que ele acabe com você"... Mas não pode. Se o Príncipe entrar em contato com o tal cúmplice, isso poderia custar a vida de Wataru. Ele não sabe ao certo nem se aquilo é mesmo verdade, mas, de alguma forma, sente que é.

— Tio — chama o Príncipe, mas Kimura está distraído. — Tio Kimura!

— Hã? O quê?

— Acho que a gente disse alguma coisa errada. Acho que o Sr. Limão ficou brabo.

— Desculpe por isso. Não queríamos te incomodar. — Kimura inclina a cabeça para baixo.

— Tio Kimura — diz Limão, abruptamente. — Você não me parece um cidadão comum.

— Bom, eu sou um bebum.

Kimura está começando a se preocupar com o que Limão vai fazer. Sente o suor escorrendo pelas costas. Quando estava na ativa, ele tinha encontros desse tipo o tempo todo. Ficava cara a cara com alguém que tentava descobrir que tipo de homem ele era. Podia sentir um fio sendo puxado entre ele e Limão, prestes a se romper.

— Tenho uma pergunta para você, titio. Você odeia ser acordado?

Quê? A pergunta soa totalmente aleatória.

— Você fica puto quando está dormindo e alguém te acorda?
— Que diabos isso significa?
— Então pra você tudo bem ser acordado?
— Ninguém gosta de ser acordado.

Estrelas aparecem. A cabeça de Kimura é projetada para trás.

O soco acerta sua boca em cheio. Ele não chegou a ver o braço se movendo, nem o punho vindo em sua direção. Há alguma coisa pequena e dura entre sua língua e sua gengiva. Ele mexe a língua: um de seus dentes da frente não está mais ali. Ele leva a mão até a boca e limpa o sangue. Em seguida, pega o dente e o guarda em seu bolso.

— Ei, por que você fez isso? Tio Kimura, você está bem? — O Príncipe segue firme no seu papel de estudante inocente. — Isso não foi legal. Por que você bateu nele?

— Imaginei que se você fosse um profissional você teria se esquivado. Mas eu te acertei bem fácil. Acho que estava errado.

— É óbvio que você estava errado, meu tio é uma pessoa comum!

— Hum. — Vendo o sangue pingando da boca de Kimura, Limão parece finalmente desarmado. — Meu instinto estava me dizendo que esse velhote era do ramo, o nosso ramo.

— Seu instinto estava errado — responde Kimura, falando a verdade. — Eu costumava fazer uns trabalhos por aí, mas me aposentei faz anos. Agora eu trabalho de segurança. Pra ser sincero, estou bem enferrujado.

— Ah, isso é que nem andar de bicicleta. Mesmo quando você passa alguns anos afastado, seu corpo sempre sabe o que fazer.

Que bobagem, Kimura quer retrucar, mas não diz nada.

— Você disse que estava indo para a frente do trem? — Mais sangue escorre da boca de Kimura.

— Tio, você está bem? — O Príncipe tira sua mochila das costas, puxa um lenço do bolso da frente e o oferece a Kimura.

— Uau, você tem até um lencinho aí — diz Limão, abrindo um sorriso irônico. — Você é um carinha muito sofisticado.

O Príncipe coloca a mochila de volta nas costas. Então, Kimura lembra que dentro da mochila está a arma que ele havia trazido. Ele poderia muito bem esticar o braço, abrir a mochila e pegá-la. Isso é o que ele diz a si mesmo.

Então, duas perguntas brotam em sua mente.

A primeira é: o que ele faria assim que pegasse a arma? Ameaçar? Ou atirar? E em quem ele deveria mirar? Em Limão ou no Príncipe? Óbvio que a coisa que ele mais gostaria de fazer seria apontar a arma para aquele adolescente sem coração e puxar o gatilho, e é exatamente isso o que faria se pudesse. Mas nada na situação de Wataru havia mudado. Sua vida ainda corria perigo. *Não se preocupe com isso. Faça logo.* O trem parece estar batendo nele a cada solavanco, minando seu autocontrole aos poucos. *Você sempre fez tudo de um jeito simples e direto. Quando você quer fazer uma coisa, vai lá e faz. A vida fica mais curta a cada dia. Por que se segurar? Faça esse moleque de merda sofrer. Ele merece. Ele está só blefando. Não tem ninguém naquele hospital, o Wataru não está em perigo.* Ele vinha usando todas as suas forças para conter aquela parte de si que queria optar pelo caminho mais fácil, mas, agora, sentia que estava começando a ceder.

E ainda havia uma segunda pergunta: *será que ele está me manipulando?*

A mochila está bem na sua cara. Ao vê-la, Kimura lembrou que sua arma estava dentro dela. *Será que o Príncipe planejou tudo isso? Será que ele espera que eu pegue a arma e mate Limão? Será que ele está me controlando?*

Quanto mais pensa naquilo, mais Kimura afunda na lama. Suas dúvidas vão se acumulando. Ele procura algum galho para se puxar para fora daquele atoleiro, mas sequer tem certeza de que o galho aguentará seu peso. E há, ainda, aquele outro Kimura, sobre quem ele está perdendo o controle, pouco a pouco, que quer agir sem pensar nas consequências. Ele sente como se estivesse prestes a ser feito em pedacinhos.

— Agora, vamos dar uma olhada nessa sua mochila.

Aquilo é dito em tom de brincadeira, mas, antes que Kimura possa entender o que está acontecendo, Limão pega a mochila do Príncipe. O Príncipe fica boquiaberto. Ele também não esperava por aquilo. A mão de Limão veio voando, desenhando uma trajetória discreta pelo ar e, de repente, ele estava com a mochila.

Kimura sente seu rosto empalidecer. Até o Príncipe parece abalado.

— Ok, Percy e seu tio. Eu não sei o que tem nesta mochila, mas, pelo jeito que o tio Kimura estava olhando pra ela, aposto que tem alguma coisa aqui que pode dar alguma vantagem para vocês na presente situação. — Limão pega a mochila, abre o zíper e olha lá dentro dela. — Ah! Encontrei uma coisa boa.

A arma aparece e tudo que Kimura consegue fazer é olhar para ela.

— Se eu tivesse que resumir como estou me sentindo em seis palavras, seria: "Pai, o Papai Noel existe!" Opa, espera. Isso são cinco palavras? — Kimura não entende se Limão está falando com eles ou sozinho. O homem fica admirado olhando para a arma em sua mão, com um silenciador acoplado a ela. — Se você disparar uma arma dentro de um trem, vai fazer tanto barulho que todo mundo vai perceber. Esse era exatamente o nosso problema. Mas olha só, eu realmente consegui encontrar um silenciador dentro do trem! E nem precisei pedir pro Papai Noel!

Os olhos do Príncipe estão grudados na arma. A situação está se deteriorando rápido demais para que Kimura consiga reagir.

— Agora, escutem aqui. Eu tenho uma pergunta para vocês.

Limão solta a trava de segurança e mira em Kimura.

— Você vai atirar em mim? — pergunta Kimura, sem conseguir dizer o resto: *Não atire em mim, esse moleque é o verdadeiro bandido aqui.*

O Shinkansen retumba, amplificando a ansiedade de Kimura.

— Vocês dois estavam com uma arma. E com um silenciador, o que significa que não são amadores. Nunca ouvi falar de uma equipe formada por um adulto e uma criança, mas também não é uma coisa tão estranha assim. Tá cheio de equipe esquisita no nosso ramo. O que eu quero saber é: por que estão aqui? Eu quero saber qual é o seu plano, ou se alguém enviou vocês até aqui. Qual é o seu objetivo? E qual é a sua ligação comigo e com o meu parceiro?

A verdade é que não havia nenhuma ligação entre Kimura e Limão ou Tangerina. Kimura tinha levado a arma para matar o Príncipe, e foi uma iniciativa do próprio Príncipe se envolver com aquela mala. Mas ele não achava provável que Limão fosse acreditar naquilo.

O Príncipe olha para Kimura.

— Tio, o que está acontecendo? Eu estou com medo.

Ele faz uma cara de quem está prestes a chorar. O senso de dever diz a Kimura que ele precisa proteger aquela criança vulnerável, mas, no mesmo instante, ele diz a si mesmo: *Não deixe que ele te engane. Ele pode parecer uma criança assustada, mas é só um vilão interpretando um papel. Uma criatura ardilosa fingindo ser um aluno do ensino fundamental.*

— Fiquei me perguntando aqui se vocês também estariam trabalhando para o Minegishi — diz Limão. — Vocês estão?

— Minegishi? — Kimura olha para o Príncipe com nervosismo. *Por que ele está falando do Minegishi?*

— Bom, é o seguinte. Eu vou atirar em um de vocês dois. Ou em você, ou em você. Se vocês estão se perguntando por que não mato os dois, é porque o Tangerina ficaria puto. Geralmente ele fica puto quando eu mato alguém de quem ele poderia ter arrancado alguma informação. Ele é muito chato com esse tipo de coisa. Bem típico de quem tem sangue tipo A. Mas eu também não posso deixar vocês dois vivos, né? É perigoso demais. Preciso matar um dos dois. Então, tenho mais uma pergunta.

Limão baixa a arma. Ele flexiona uma das pernas e se apoia na parede.

— Qual de vocês é o líder? Não vou me deixar enganar nem pela aparência e nem pelo tamanho. Eu não diria, com certeza, que o moleque não é o líder, por exemplo. Então, quando eu contar até três, o líder levanta a mão e o outro aponta para o líder. Se as respostas não baterem, tipo, se vocês dois levantarem as mãos ou se os dois apontarem um para o outro, eu vou saber que vocês estão mentindo, e aí vou atirar nos dois.

Kimura sente um aperto de desespero.

— Achei que você teria problemas se matasse nós dois.

— Ah, qual é, titio, o seu tipo sanguíneo também é A? Chato. Bom, de qualquer maneira, eu não gosto quando o Tangerina fica puto comigo, mas também não é como se ele fosse me matar. Estou mais interessado em me divertir um pouquinho.

— Isso é divertido pra você? — Kimura franze a testa.

Mais cedo o Príncipe havia dito "Vamos jogar um jogo" e agora Limão estava se divertindo. *Qual é o problema dessa gente?* Ele se sente como se fosse o mais respeitável entre os três, capaz de se divertir discretamente, apenas bebendo.

— Beleza, vamos lá. Respondam sinceramente, agora — diz Limão, fazendo um biquinho.

Bem naquele momento, uma jovem mãe e seu filho pequeno entram no espaço entre os vagões. Limão fica em silêncio. Assim como Kimura e o Príncipe.

— Vem, mamãe — diz alegremente o menininho, enquanto passa correndo por Kimura.

Ele o faz se lembrar de Wataru. A mãe olha para os três e percebe que há algo de errado ali, mas apenas segue em frente, para o sétimo vagão.

A voz do menininho aciona alguma chave dentro de Kimura. *Eu preciso sobreviver. Eu preciso sair dessa pelo Wataru. Aconteça o que acontecer, eu não posso morrer.* Ele fica repetindo aquilo insistentemente, como se estivesse tentando hipnotizar a si próprio.

O menino e sua mãe atravessam a porta do vagão, que se abre por um segundo e, em seguida, fecha-se lentamente.

Limão fica olhando a porta se fechar.

— Quem é o líder? — Ele abre um sorriso largo. — Um, do-o-ois... três!

Kimura não pensa duas vezes. Ele levanta a mão direita. Numa rápida olhada para o lado, ele vê que o Príncipe está apontando para ele. Ele volta a olhar para a frente, para Limão e a arma.

Atrás da cortina na área da pia, ouve-se o barulho de um secador de mãos sendo acionado. Alguém estava ali esse tempo todo. O barulho discreto do ar quente atrai a atenção de Kimura para a cortina.

Não se ouve o barulho do tiro. Só um suave *tchac*, como se alguém estivesse passando a chave numa porta, enquanto o secador de mãos segue funcionando. *Tchac, tchac*, a chave gira mais duas vezes. Leva algum tempo até que Kimura perceba que aquele era o barulho do silenciador. Um barulho tão discreto que ele nem percebeu que havia sido baleado. Então, ele sente um calor em seu peito. Nenhuma dor, só a sensação dos fluidos escapando do seu corpo. Sua visão fica embaçada.

— Sem ressentimentos, titio. — Limão ainda está sorrindo. — E acho que é fim de papo.

Quando Kimura ouve essas últimas palavras, ele não está mais vendo nada. Ele sente uma coisa dura na parte de trás da cabeça. *Estou no chão?*

A dor se espalha pelo seu crânio. Então, tudo que ele consegue sentir é o balanço do Shinkansen. Perante seus olhos se abre um abismo e, depois disso, tudo fica escuro. Não há a sensação de espaço, nem acima, nem abaixo.

Sua mente se desliga.

Após alguns instantes, ele sente como se estivesse flutuando. Ou sendo puxado?

Ele não sabe o que está acontecendo, nem quanto tempo havia se passado desde que fora baleado.

Isso não se parece nem um pouco com cair num sono profundo. É muito mais solitário.

É como ser trancado num espaço escuro e apertado.

Tio, tio, diz alguém, em algum lugar.

Kimura sente sua consciência se dissipando como uma névoa, prestes a extinguir-se para sempre, mas sua mente ainda vaga. Ele quer uma bebida. Seus sentidos estão se desvanecendo. O medo e a incerteza envolvem seu coração e o apertam com cada vez mais força, de uma maneira excruciante. *Mas ainda tem uma última coisa. Uma última coisa, só para garantir.* Seu amor de pai jorra como lava.

Wataru está bem?

Claro, deve estar.

Em troca da minha morte, a vida do meu filho vai continuar. Eu posso me dar por satisfeito com isso.

Ao longe, a voz do Príncipe é como o vento uivando do lado de fora de casa.

Tio Kimura, você está morrendo. Você está triste? Com medo?

E o Wataru?, Kimura quer perguntar, mas não consegue respirar.

— Seu filho também vai morrer. Eu já, já vou fazer aquela ligação. Isso significa que você morreu em vão, tio. Ficou decepcionado?

Kimura não sabe o que está acontecendo. Tudo que ele sabe é que acaba de ouvir que seu filho vai morrer.

Deixe ele viver, ele tenta dizer, mas sua boca não se mexe. Seu sangue quase não corre mais.

— O que foi, tio? Você quer dizer alguma coisa?

A voz do Príncipe soa descontraída e distante.

— Você consegue. É só dizer "Por favor, deixe meu filho viver" e eu deixo.

Ele não está mais com raiva do Príncipe. Se ele está disposto a poupar Wataru, então Kimura está disposto a perdoá-lo. Ele decide aquilo mesmo enquanto sua mente se esvai.

Ele tenta mexer os lábios. Sangue escorre de sua boca, e ele se sente como se estivesse vomitando. Sua respiração está fraca.

— Wataru... — diz Kimura. Mas ele está muito fraco, e sua voz não sai.

— Desculpe, o que você disse? Não consegui ouvir. Ei, tio.

Kimura não sabe mais quem está falando com ele. *Me desculpe. Eu falo assim que puder, sério, eu prometo, mas, por favor, salve o meu filho.*

— Você é mesmo uma desgraça, tio Kimura. O pequeno Wataru vai morrer. E a culpa é toda sua.

A voz parece se deliciar com aquilo. Kimura se sente afundando no abismo. Sua alma grita alguma coisa, mas ninguém escuta.

O PRÍNCIPE

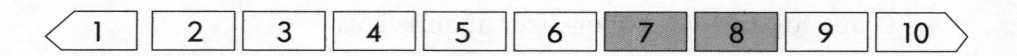

< 1 | 2 | 3 | 4 | 5 | 6 | 7 | 8 | 9 | 10 >

— Prontinho — diz Limão.

O Príncipe o observa endireitar o corpo.

— Está trancada agora?

Depois de enfiar Kimura, que mal respirava, dentro do banheiro, Limão usou um finíssimo fio de cobre para trancar a porta pelo lado de fora. Ele deu um puxão no fio bem quando a porta estava se fechando. Não deu certo da primeira vez, mas a tranca girou na segunda tentativa. O Príncipe considerou aquela técnica um tanto primitiva. Agora há um pedaço de fio pendurado para o lado de fora da porta.

— E esse pedacinho aqui?

— Não se preocupe. Ninguém vai perceber ou se importar e, assim, eu posso abrir a porta se puxar o fio para cima. Agora me dá aqui.

Ele estende a mão. O Príncipe lhe devolve a garrafa de água mineral. Limão dá um grande gole, enchendo a boca. Em seguida, olha fixamente para o Príncipe.

— Eu tava pensando... vi você falando ali baixinho com ele. O que você disse?

Depois de arrastar Kimura até o banheiro, o Príncipe pediu para dizer uma última coisa para o moribundo, e se aproximou dele para falar.

— Nada de mais. Ele tem um filho, eu disse uma coisa sobre o filho dele. E parecia que ele queria dizer alguma coisa pra mim também, então fiquei esperando para ouvir o que era.

— E?

— Ele não conseguiu falar.

O Príncipe se lembra da cena, instantes atrás, quando disse a Kimura que o pequeno Wataru iria morrer. Ver Kimura ficando pálido e perdendo suas forças daquele jeito e, em seguida, perceber o desespero em seu rosto após a menção ao filho — este momento, em especial — deu ao Príncipe um prazer indescritível.

O Príncipe está orgulhoso. *Eu fiz uma pessoa que já estava à beira da morte ficar ainda mais desesperada,* pensa. *Não é qualquer um que consegue fazer isso.* A visão de Kimura tentando formular as palavras para implorar pela vida do filho tinha sido hilária, o quanto ele estava se esforçando e, mesmo assim, não conseguiu dizer nada.

Aquilo o fez se lembrar de algo que havia lido no livro sobre Ruanda. A maioria dos tutsis que morreram foram assassinados a golpes de facão. Muitos foram mutilados. Temendo pelo seu destino, uma pessoa ofereceu tudo que ela tinha aos seus agressores para que eles atirassem em sua cabeça em vez disso. Não disse "Por favor, não me matem", mas sim "Por favor, me matem de uma maneira menos dolorosa". O Príncipe achou aquilo totalmente patético. A ideia de levar uma pessoa àquele ponto também o empolgava.

A morte abrevia a vida de uma pessoa, mas não é a pior coisa que você pode fazer com ela. Você pode fazê-la ficar desesperada antes de matá-la. Quando o Príncipe descobriu isso, soube que teria que tentar. Ele encarou aquilo como um desafio, da mesma forma que um músico que tenta executar uma composição muito difícil.

Desse ponto de vista, o que aconteceu com Kimura não poderia ter sido melhor. O Príncipe sente vontade de rir sempre que pensa que, mesmo no momento da própria morte, Kimura não conseguiu parar de se preocupar com o filho, outro ser humano. O que lhe deu mais uma ideia: talvez ele pudesse usar a morte de Kimura para atormentar outras pessoas. Como o filho de Kimura, ou seus pais.

— Beleza, vamos lá. Vem comigo. — Limão gesticula com a cabeça na direção da dianteira do trem.

Limão provavelmente sabia como dar um tiro sem fazer muita sujeira, já que quase nenhum sangue espirrou no chão. Havia ficado um leve rastro vermelho quando eles arrastaram Kimura até o banheiro, como se uma lesma vermelha tivesse rastejado por ali, mas Limão limpou tudo usando lenços umedecidos.

— Por que eu tenho que ir com você? — O Príncipe tenta demonstrar medo, tomando cuidado para não exagerar na dose. — Eu só fiz o que aquele velhote me mandou fazer. Ele não era meu tio de verdade. Eu não sei de nada. Eu nem sei como usar uma arma.

Limão havia colocado a arma de volta na mochila do Príncipe.

— Bom, pois é, só que eu não acredito em você. Eu acho que você é um profissional.

— Profissional?

— Uma pessoa que faz certos trabalhos em troca de dinheiro. Trabalhos perigosos, sabe, como os que Tangerina e eu fazemos.

— Eu? Mas sou só um aluno do fundamental.

— Existem muitos tipos de alunos diferentes no fundamental. Não estou querendo me exibir nem nada, mas eu matei algumas pessoas quando estava no fundamental.

O Príncipe cobre a boca com as mãos, como se tivesse ficado surpreso. Mas, por dentro, está decepcionado. Ele vinha matando pessoas há muito mais tempo. Esperava que Limão o surpreendesse, mas aquela esperança já era. Mais um teste.

— Por que matar pessoas é errado?

Limão já tinha começado a andar, mas, ao ouvir aquilo, ele para. Outro homem entra no espaço entre os vagões, então ele dá um passo para o lado, parando ao lado da porta.

— Chega aqui, Percy. — O lugar onde eles estão é bem espaçoso. — Por que matar pessoas é errado? Percy nunca faria uma pergunta dessas. — Seus olhos estão semicerrados. — É por isso que as crianças adoram o Percy.

— Eu sempre me perguntei. Quer dizer, nós matamos pessoas na guerra, e temos a pena de morte. Então, por que dizemos que matar pessoas é errado?

— Eu acabei de matar uma pessoa, então é meio engraçado você me fazer essa pergunta — comenta Limão, embora não pareça muito contente com aquilo. — Ok, é o seguinte: pessoas que não queriam ser mortas inventaram essa regra de que é errado matar. Elas não podiam fazer nada para se proteger, mas queriam se sentir seguras. Se você quer saber minha opinião, acho que se você não quer ser morto, é só agir de uma forma que não faça com que ninguém queira te matar. Não deixe ninguém irritado, ou fique bem forte, sei lá. Tem um monte de coisas que você pode fazer. Você devia levar isso muito a sério, é um ótimo conselho.

O Príncipe não acha aquela resposta nada profunda. Quase dá uma risada debochada. O homem se comporta de uma maneira bem bizarra, mas só está envolvido no mundo crime porque não tem nenhuma outra forma de sobreviver. Existem muitos como ele, pessoas sem qualquer filosofia. O Príncipe chega a ficar irritado por Limão não estar à altura de suas expectativas. Uma pessoa que se torna violenta após uma profunda consideração a respeito de quem ela é como ser humano seria uma coisa fascinante, mas alguém que simplesmente sai por aí tocando o terror é vazio, não passa de uma figurinha de papel.

— Por que você está sorrindo?

A voz de Limão vem como uma chicotada, mas o Príncipe rapidamente começa a balançar a cabeça.

— Estou aliviado. — Para o Príncipe, criar uma teia de explicações e argumentos é a melhor técnica para controlar alguém. Dar um motivo, ocultar um motivo, explicar as regras ou omiti-las... essas ferramentas facilitam bastante o processo de influenciar ou enganar uma pessoa. — Aquele velhote me dava muito medo.

— Você não pareceu nada chateado quando eu atirei nele.

— Depois do que ele fez comigo...

— Ele era ruim assim, é?

O Príncipe tenta parecer amedrontado.

— Ele era horrível.

Limão olha fixamente para ele. Seu olhar penetrante quebra a superfície, despindo as camadas, como se ele estivesse descascando uma fruta cítrica. O Príncipe teme revelar seu verdadeiro eu na expressão de seu rosto, então encosta o queixo o mais perto que pode do peito.

— Estou achando isso tudo muito estranho.

A mente do Príncipe começa a trabalhar a toda velocidade, tentando pensar no que fazer. Enquanto isso, balança a cabeça, como se estivesse se lamentando.

— Sabe, isso me lembra de um episódio. — Os olhos de Limão se iluminam e seu rosto relaxa, exibindo um sorriso.

— Que episódio?

— Da vez em que o Diesel foi até a ilha de Sodor. O Diesel não foi com a cara do Duck, a locomotiva a vapor verde. Ele decidiu se livrar dele, então começou a espalhar uma fofoca sobre o Duck.

— Não conheço esse episódio.

Embora Limão agora pareça mais descontraído, o Príncipe ainda o observa com cautela, enquanto tenta elaborar algum plano.

— Aquele malvado do Diesel saiu por aí dizendo que o Duck era quem saía fazendo fofoca de todos os outros trens! Todas as locomotivas da ilha de Sodor são um pouco ingênuas, sabe, então elas ficaram furiosas com o Duck. "Ele tá falando mal de mim", esse tipo de coisa. Basicamente, armaram pra cima dele.

Limão estava falando de uma forma bem empolgada, como se estivesse diante de uma plateia. Até o Príncipe tinha ficado interessado. Ao mesmo tempo, não passou despercebido aos olhos do Príncipe o fato de que, enquanto falava, o outro segurava a arma numa das mãos e o silenciador, que ele havia removido anteriormente, na outra, mas, agora, ele o acoplava novamente à arma, como um chef de cozinha enrolando um sushi. Aquela sequência de movimentos parecia a preparação para uma cerimônia, muito calculada e treinada. *Quando foi que ele...?* O Príncipe se dá conta de que nem percebeu quando Limão tirou a arma de dentro da mochila.

— O Duck ficou em choque. Quando ele se deu conta, todo mundo já estava chateado com ele. E quando o Duck finalmente descobriu que tinham armado pra cima dele, sabe o que ele disse?

Limão olha para o Príncipe esperando uma resposta, como um professor dando uma aula. Ele dá um último giro no silenciador, fixando-o no cano, e aponta a arma para o chão. Ele puxa o ferrolho para trás e examina a câmara.

O Príncipe fica paralisado. Ouvir aquele homem contando uma história infantil enquanto se prepara para matar alguém não parece real.

— Eu te digo. O Duck disse algo do tipo: "Eu nunca conseguiria inventar todas essas coisas!" O que era verdade. Aquelas fofocas horríveis eram inteligentes demais para que o Duck tivesse pensado nelas.

O braço direito de Limão fica balançando no ar, com a arma em punho. "Pronta para o disparo", a arma parece dizer, "eu posso atirar a qualquer momento".

— E então — diz o Príncipe, desviando o olhar da arma para encarar Limão —, o que aconteceu?

— Então o Duck disse uma coisa muito boa. Uma coisa que você deveria lembrar.

— O que ele disse?

— Nenhum trem a vapor teria uma atitude assim!

O cano da arma aparece na frente do Príncipe. O braço de Limão está esticado e a arma, apontada diretamente para a testa do garoto. O silenciador acoplado parece flutuar no ar.

— Por quê? — pergunta o Príncipe.

Ele está tentando loucamente pensar no que fazer. *Isso é muito ruim*, admite, por fim. Ele resolve continuar no papel de criança inocente. Controlar as emoções das pessoas depende, em grande parte, das aparências. Se bebês não fossem tão bonitinhos, se não causassem uma reação emocional, ninguém se daria ao trabalho de cuidar deles. Coalas são criaturas violentas, mas, mesmo quando você sabe disso, é difícil se sentir ameaçado por um coala adorável com um filhotinho nas costas.

Da mesma maneira, se uma coisa tem uma aparência grotesca, não importa o quanto você goste dela, sempre existirá uma certa repulsa instintiva. É uma resposta animalesca simples, o que torna ainda mais fácil tirar vantagem dela.

Pessoas tomam decisões baseadas em instinto, não em intelecto.

A resposta física é um atalho para o controle emocional.

— Por que você vai atirar em mim? Você disse que ia deixar um de nós vivo.

Aquele parecia um bom movimento inicial. Talvez Limão tivesse se esquecido do que havia dito, e fazia sentido lembrá-lo.

— Sim, mas daí eu me dei conta.

— Se deu conta do quê?

— De que você é o malvado do Diesel.

— Como assim "eu sou o Diesel"?

— Bom, tipo... — ele começa a recitar — Diesel é um trem que vem para ajudar nas estradas de ferro do Sir Topham Hatt. Ele é malvado e arrogante. Tira sarro dos trens a vapor e tudo que ele faz é sempre em benefício próprio. Mas, no fim das contas, seu plano maligno é descoberto e ele acaba sendo castigado... Esse é o Diesel. Igualzinho a você. Não é verdade? — Limão não está mais sorrindo. — Você disse que o seu tio era um homem horrível, mas eu acho que ele era como o Duck. Ele nunca conseguiria inventar todas essas coisas. Né? Ele não parecia um cara muito esperto. Ele era um bebum inútil, com certeza, mas não acho que fosse um cara cruel.

— Não entendi.

O Príncipe tenta se recompor. Ele para de se concentrar no cano da arma. *Se eu tenho tempo para ficar olhando pra essa arma, então tenho tempo pra bolar um jeito de escapar dessa. Se você entrar em pânico, você perde.* Ele começa a analisar suas opções: barganhas, súplicas, ameaças, tentações. *Primeiro eu preciso ganhar tempo. O que prenderia a atenção dele?* Ele tenta imaginar qual é a coisa que aquele homem mais quer.

— Hã, sobre a mala...

— Por outro lado — continua Limão, ignorando o Príncipe —, também não acho que ele era um cara bonzinho tipo o Duck. Mas o fato de terem armado pra cima dele, isso os torna parecidos.

A arma está apontada como se fosse um dos dedos de Limão, extremamente compridos. O cano o encara de frente, sem piscar.

— Espere, espere. Não estou entendendo o que você quer dizer. E, hã, sobre aquela mala...

— Você não é o Percy, você é o malvado do Diesel. Eu só levei um tempo pra perceber.

Tomei um tiro. O Príncipe não consegue ver nada. Então, ele percebe que havia fechado os olhos. Ele os abre novamente.

Se vou morrer aqui, eu quero ver tudo acontecendo. Fechar os olhos para escapar do medo e do perigo é para os fracos.

Ele não está sentindo medo, o que é bom. Tudo que ele sente é um sentimento difuso de decepção pelo fato de tudo estar acontecendo de forma tão abrupta. Como se o fim de sua vida fosse uma televisão sendo desligada, e alguém lhe dizendo que "não tinha nenhum programa bom passando, de qualquer jeito". Mas aquilo também não o incomoda tanto assim. O que ele mais sente é orgulho, por estar encarando seu fim de maneira tão serena.

— É, você é o Diesel — ele ouve Limão dizer.

Então, o Príncipe fica olhando fixamente para o cano da arma. *A bala que acabará com a minha vida vai sair por esse buraco.* Ele não pretende desviar o olhar.

Alguns momentos se passam, e o Príncipe começa a se perguntar por que ainda não atiraram nele.

Atrás da arma, ele percebe que o braço direito começa a amolecer.

Ele olha para Limão, que está piscando e franzindo a testa, tocando seu rosto e seus olhos com a mão livre. É bem evidente que tem algo errado com ele. Ele sacode a cabeça e dá dois bocejos, com a boca bem aberta.

Ele está caindo no sono? Não pode ser. O Príncipe dá um passo para o lado e, depois, mais um, saindo da mira da arma.

— O que foi? — tenta perguntar.

Soníferos. O pensamento lhe ocorre de repente. Uma vez ele atacou uma colega, tentando humilhá-la, e havia usado um remédio forte para dormir. Aquilo parecia exatamente a mesma coisa.

— Merda. — A arma treme na mão de Limão. Uma sensação de perigo o impele a matar o Príncipe antes de desmaiar. — Estou com *muito sono.*

O Príncipe segura o braço de Limão com ambas as mãos, aproveitando a oportunidade enquanto ele está daquele jeito e, em seguida, consegue tomar a arma dele. Limão rosna e começa a balançar o outro braço loucamente. O Príncipe se esquiva de seus golpes e se encosta na parede mais distante de Limão no espaço entre os vagões.

Os joelhos de Limão cedem, e ele despenca na direção da porta. Ele está travando uma luta contra Morfeu... e está perdendo feio. Seus braços procuram apoio nas paredes, mas, sem forças para se sustentar, ele desaba no chão, como uma marionete que teve as cordas cortadas.

O Príncipe guarda a pistola na mochila, sem se preocupar em remover o silenciador.

Há uma garrafa de plástico aos pés de Limão. Ele se aproxima com cautela e a recolhe. Parece uma garrafa comum de água. *Talvez o remédio esteja aqui.* Ele olha pelo gargalo. *Quem teria colocado soníferos aqui?* Bem quando aquela pergunta vem à tona, outro pensamento a soterra imediatamente.

Eu sou muito sortudo. Eu sou muito sortudo mesmo.

Ele mal consegue acreditar. Quando parecia que não havia nada que pudesse fazer, quando estava a um fio de cabelo de distância da morte, acontece aquela reviravolta estupenda.

Ele vai até as costas de Limão e põe as mãos em suas axilas. Tenta levantá-lo e nota que ele é pesado, mas não a ponto de não conseguir movê-lo. *Ok.* Ele devolve Limão ao chão e vai até a porta do banheiro. Tomando cuidado para não se cortar, pega a pontinha do fio de cobre e a puxa para cima. A tranca se abre.

Ele volta até Limão, vai até as suas costas, o levanta e o arrasta até o banheiro.

Então, o ataque acontece.

Limão parece dormir profundamente, mas então estica os braços, pega o Príncipe pela lapela de seu blazer e o puxa para baixo. O Príncipe vai tropeçando para a frente e se estatela no chão. Tudo vira de cabeça para baixo, e ele perde o controle da situação. Ele fica rapidamente de pé, apavorado com a possibilidade de um novo ataque de Limão, um que acabaria com o Príncipe de vez.

— Ei. — Limão continua sentado. Seus olhos apontam cada um para uma direção, e suas mãos tateiam o ar à sua frente, como se ele estivesse bêbado. Então, balbucia: — Fala pro Tangerina...

O remédio deve ser forte, se Limão não consegue ficar acordado não importa o esforço. Assistir a Limão lutando contra o efeito é extremamente cômico para o Príncipe, como ficar olhando para alguém tentando colocar um pé em terra firme quando o barco já zarpou. Talvez aquilo não fosse apenas um remédio para dormir, e sim alguma coisa mais pesada. Com a arma em punho, o Príncipe chega mais perto de Limão. Ele aproxima seu rosto do dele.

Limão trinca os dentes na tentativa de se manter acordado.

— Fala pro Tangerina que a coisa que ele está procurando, a *chave*, está num armário na estação Morioka. Diz isso pra ele.

Então, sua cabeça cai para a frente e não se levanta mais.

Parece morto, mas o Príncipe vê que ele ainda respira.

Quando o Príncipe volta para as costas de Limão para levantá-lo novamente, ele vê uma coisa debaixo de sua mão.

É um adesivo colado no chão.

Um trenzinho verde com um rosto. Um personagem de algum programa infantil. *Ele gosta mesmo desse programa idiota*, pensa o Príncipe, mas então lhe ocorre que aquilo pode ser uma espécie de pista para o seu parceiro. Ele o arranca, o amassa e o joga no lixo.

Em seguida, arrasta Limão até o banheiro. Kimura está lá dentro, no chão. Uma mancha vermelha escura se espalha ao redor do seu corpo, o sangue se misturando às gotas de urina no piso. O Príncipe sente uma pontada de asco.

— Que nojo, Sr. Kimura — resmunga.

Antes que alguém possa chegar e ver o que está acontecendo, ele fecha a porta e a tranca, levantando, em seguida, o corpo inconsciente de Limão até sentá-lo no vaso sanitário. Depois, ele tira a arma de sua mochila e, sem hesitar, encosta o cano na testa de Limão. Mas ele não quer arriscar que nada respingue nele, então dá um passo para trás, encostando-se na porta.

O Príncipe se posiciona, mira e puxa o gatilho. *Tchac*. O barulho deixa uma leve vibração no ar. Graças ao silenciador e aos ruídos do Shinkansen, ninguém ouve o disparo. A cabeça de Limão fica pendurada, balançando. Sangue brota do buraco do tiro.

Levar um tiro enquanto se está dormindo... parece que falta alguma coisa. *Aposto que ele nem sentiu dor.*

O sangue mal escorre do ferimento. O Príncipe dá um sorriso maquiavélico. Um brinquedo que fica sem bateria tem uma morte mais digna.

Eu não quero morrer desse jeito.

Após pensar por um momento, o Príncipe decide deixar a arma no banheiro. Primeiro havia pensado em ficar com ela, mas o risco parecia ser alto demais. A arma de choque ele poderia alegar que era para se defender, mas isso não colaria para uma arma de verdade. E, levando em conta que tanto Kimura quanto Limão haviam morrido baleados, faria sentido ter uma arma no banheiro.

Ele retorna ao espaço entre os vagões e usa o fio de cobre para trancar a porta. Dá alguns passos na direção do vagão número oito, mas hesita, uma nova ideia brotando na sua cabeça. Ele tira um telefone de dentro da mochila. É o celular de Kimura. Procura pela última ligação e liga de volta para o número.

O telefone chama algumas vezes.

— Sim? — É a voz de um homem mal-humorado.

— Quem fala é o pai do Sr. Kimura? — Está difícil de ouvir por conta dos ruídos do trem, mas o Príncipe não se importa.

— Perdão? — O homem faz uma pausa e, então: — Ah, sim, você é o garoto com quem eu falei antes. — Sua voz fica mais suave.

O Príncipe imagina aquela cena pacata, o homem bebendo seu chazinho na frente da TV, e tem vontade de rir. *Seu filho foi assassinado enquanto você estava aí bebendo seu chazinho!*

— Eu só queria dizer que tudo que o seu filho te disse antes era verdade.

O pai de Kimura não responde. Sempre que o Príncipe está prestes a fazer uma revelação, ele sente uma onda de prazer percorrendo seu corpo.

— O Sr. Kimura acabou se envolvendo numa situação muito perigosa. E o filho dele também corre perigo.

— Como é que é? O Wataru está no hospital.

— Não tenho tanta certeza disso.

— Cadê o Yuichi? Quero falar com ele.

— Ele não pode mais falar ao telefone.

— Como assim "não pode mais"? Ele ainda está no Shinkansen?

— Eu sei que você e sua esposa devem estar descansando, talvez eu não devesse ter ligado. — Seu tom de voz é insípido e monótono, como se ele estivesse simplesmente narrando os fatos. — E acho que é melhor vocês não falarem com a polícia.

— Do que você está falando?

— Desculpe, isso era tudo que eu tinha para dizer. Vou desligar agora.

O Príncipe encerra a ligação.

Isso vai funcionar, pensa ele. Os pais de Kimura provavelmente estão tendo um troço naquele momento. Eles não fazem ideia do que está acontecendo com o filho e com o neto, e ficarão atormentados de preocupação. Tudo que podem fazer é ligar para o hospital. Mas, quando ligarem, se nada tiver acontecido ainda, as pessoas do hospital dirão "Está tudo bem, não tem nada de errado por aqui". Ele não imagina que eles falarão com a polícia. E, mesmo que façam isso, os policiais vão dizer que não passa de um trote.

Então, quando tudo for explicado, eles vão sentir um profundo desespero. Um casal idoso, que vivia seus últimos anos em paz e sossego, agora terá todo o tempo que lhes resta preenchido pela raiva e pelo arrependimento. O Príncipe mal podia esperar. Para ele, aquilo era como espremer pessoas para beber o suco que escorre delas. Não havia nada mais doce em todo o mundo.

Ele ruma para o oitavo vagão. *Você não era grande coisa, no fim das contas, Sr. Limão. Ninguém é. Crianças, adultos, animais, todos são fracos, todos são inúteis, todos são lixo.*

GLÓRIA DA MANHÃ

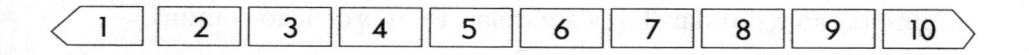

⟨ 1 | 2 | 3 | 4 | 5 | 6 | 7 | 8 | 9 | 10 ⟩

A CORRIDA É TÃO CURTA QUE O VALOR do taxímetro nem muda.

Ele paga, desce do carro e fica olhando o táxi se afastar. Do outro lado da estrada municipal, com duas pistas em cada direção, há um prédio. É um prédio alto, que parece novo.

Será que o intermediário já chegou? Ele faz a parte administrativa dos serviços, é alguém que trabalha usando o telefone, sentado numa escrivaninha, e pensar no cara se aventurando ali na prática faz Glória da Manhã sorrir. Muito melhor do que alguém que só fica usando desculpas para se esconder.

Ele faz a ligação. O intermediário não atende, apesar de ter sido ele quem disse que estaria aqui. Ele não fica bravo, apenas com a sensação de ter desperdiçado seu tempo. Pensa em voltar para casa, mas, quando dá por si, já está atravessando a rua em direção ao prédio.

Parado no canteiro central, ele espera que o sinal de pedestres fique verde. Contempla a estrada. Para Glória da Manhã, ela se parece com um rio. Ele sente seu campo de visão se limitar, as cores esmaecerem. O rio corre à sua frente, cheio de ondas irregulares se erguendo e se quebrando. As grades de proteção ao lado da calçada são como um baluarte, impedindo a torrente de inundar as margens.

De tempos em tempos, desaba uma tempestade, transformando a água em espuma, mas, fora isso, a superfície mal parece oscilar.

Sua visão volta ao normal. O rio desaparece e a estrada ressurge. A cena ganha cores e se solidifica.

Em meio aos arbustos do canteiro central, há uma bandeira pedindo cautela aos pedestres e uma pequena lata de lixo feita de alumínio. Ele olha para baixo. Ao redor dos arbustos há alguns dentes-de-leão. Suas flores amarelas têm uma intensa vitalidade, como uma criança que dorme quando quer dormir e brinca quando quer brincar. Seus ramos verdes sustentam as flores, que são acariciadas pelo vento. Há folhas verdes e murchas ao redor das flores amarelas. Dentes-de-leão comuns.

Os dentes-de-leão comuns, estrangeiros, tomaram o lugar dos dentes-de-leão *kanto*, a variedade local.

Ele se lembra de ter ouvido isso alguma vez.

Mas não era verdade.

O dente-de-leão *kanto* está desaparecendo porque os seres humanos estão invadindo o seu habitat. E aí o dente-de-leão comum simplesmente ocupa o espaço que os outros dentes-de-leão costumavam ocupar.

Glória da Manhã acha aquilo tudo fascinante.

As pessoas agem como se o dente-de-leão comum fosse o culpado pelo sumiço do dente-de-leão *kanto*, e como se os seres humanos fossem meros espectadores, mas a verdade é que os seres humanos é que são os culpados. O dente-de-leão comum simplesmente é forte o bastante para viver junto com os seres humanos. Mesmo que o dente-de-leão comum não tivesse aparecido, o dente-de-leão *kanto* continuaria desaparecendo.

Perto de uma das flores amarelas há um ponto vermelho.

Menor que uma unha, uma perfeita gotícula vermelha. Uma joaninha. Nas costas daquela gotinha vermelha, vários pontinhos pretos, como se tivessem sido pintados por um pincel finíssimo. Glória da Manhã se aproxima para olhar de perto.

Quem projetou esse inseto?

Aquilo não parecia uma adaptação ao ambiente. Do ponto de vista evolutivo, existia algum motivo para a existência de um corpo vermelho com pintas pretas? Ela não é grotesca nem bizarra como os outros insetos, e tem uma aparência que ele não diria que poderia ocorrer naturalmente.

Glória da Manhã vê a joaninha escalar uma folha com dificuldade. Ele estica o dedo, e o animal desvia, dando uma volta no caule da planta.

Quando ele olha para cima, o sinal está verde. Ele se prepara para atravessar a rua.

Seu celular toca. É o intermediário.

FRUTA

Tangerina está começando a se perguntar por que Limão está demorando tanto, mas esquece disso no instante em que entra no espaço entre vagões vindo do vagão verde e vê um homem de óculos sentado no chão.

O trem entra num túnel e o som dos trilhos muda. Tudo fica escuro às suas voltas. Uma pressão repentina cai sobre o trem, como se ele tivesse mergulhado na água.

Nanao está recostado na parede virada para os fundos do trem, sentado com os joelhos dobrados. De início, parece que está inconsciente. Seus olhos estão abertos, porém é como se ele não estivesse vendo nada.

Tangerina enfia a mão dentro do casaco para pegar sua arma, mas é Nanao quem aponta uma arma para ele antes que ele possa sacar.

— Não se mexa — diz Nanao. Ele ainda está sentado, mas aponta a arma com firmeza. — Ou eu atiro.

O Shinkansen sai do túnel. Do lado de fora da janela aparecem campos de arroz maduro, pronto para a colheita. Quase que imediatamente, o trem mergulha no próximo túnel.

Tangerina levanta um pouco as mãos.

— Não tente nenhuma gracinha. Não estou de bom humor. Eu vou atirar. — Nanao mantém a arma apontada para Tangerina. — Só para você saber, encontrei a pessoa que matou o filho de Minegishi. A Vespa.

Com o canto do olho, Tangerina vê o carrinho de lanches. A vendedora não está em lugar algum.

— Sério? Foi fácil? Onde ela está?

— No espaço multiuso. Não foi nada fácil — diz Nanao. — Agora você não precisa mais se livrar de mim, né? Não tem motivo para me atacar.

— Talvez.

Tangerina dá uma boa olhada em Nanao. *Eu poderia encontrar uma brecha. Provavelmente consigo tirar essa arma dele.* Ele repassa a cena em sua cabeça.

— Como eu disse antes, nossa melhor opção é trabalharmos juntos — continua Nanao. — Não vamos conseguir nada se nos atacarmos. Isso só serviria aos propósitos de alguma outra pessoa.

— Tipo quem?

— Não sei. Mas de alguém.

Tangerina permanece imóvel, virado para Nanao. Ele está pensando. Por fim, concorda com a cabeça.

— Beleza. Abaixa essa arma. Vamos acabar com essa briga.

— Não fui eu quem começou a briga, para início de conversa.

Nanao levanta lentamente um dos joelhos e apoia uma das mãos na parede. Ele coloca a outra mão sobre o peito e respira fundo diversas vezes. *A luta com aquela mulher deve ter exigido muito dele.* Ele está conferindo o corpo com cuidado. Há um rasgo na perna de sua calça cargo. No chão, há uma coisa parecida com uma seringa de brinquedo. Quando Nanao percebe que Tangerina está olhando para ela, ele a recolhe e a joga no lixo.

Então, ele coloca a arma na parte de trás do seu cinto.

— Você estava injetando alguma coisa?

— Ela era uma profissional, então imaginei que pudesse ter algum tipo de antídoto. Cheguei muito perto de morrer. Eu estava contando com o fato de que ela surgiria com o antídoto caso fosse atingida por uma das agulhas. Mas isso também não era garantia de nada.

— Como assim?

— Eu não sabia se já não seria tarde demais para mim.

Nanao abre e fecha as mãos algumas vezes para conferir se está tudo bem. Então, se curva e fica revolvendo entre os dedos o tecido rasgado da calça.

O bolso de Tangerina vibra com a chegada de uma ligação. Ele tira o telefone do bolso e confere quem está ligando. Sente um peso recair sobre seus ombros imediatamente.

— É o nosso cliente em comum.

— Minegishi? — Nanao arregala os olhos. Bem quando ele estava começando a parecer mais vivo, a mera menção daquele nome o faz empalidecer novamente.

— Estamos quase chegando a Sendai. Ele está ligando para dar uma última conferida.

— Como assim?

— Ele quer se certificar de que eu sei que, se não disser a verdade, ele vai perder a paciência.

— Mas o que você vai dizer pra ele?

— Quem sabe eu não te dou o telefone e você fala com ele?

Tangerina atende.

Minegishi nem se dá ao trabalho de se identificar.

— Tenho uma pergunta para você.

— Sim?

— Está tudo bem com o meu filho?

Aquela pergunta é tão direta que Tangerina nem sabe como responder.

— Eu recebi uma ligação agora há pouco — diz Minegishi —, dizendo que tinha alguma coisa estranha com o meu filho aí no trem. O cara disse: "O seu filho está meio estranho, talvez seja melhor dar uma conferida nisso." Daí eu disse: "Meu filho não está sozinho no Shinkansen. Contratei dois homens em quem eu confio para acompanhá-lo. Não há motivo para preocupação." Mas então ele disse: "Você não deveria confiar tanto assim nesses dois. Pode ser que eles estejam com o seu filho, mas ele não estava se mexendo, e não consegui ver se estava respirando."

Tangerina dá um sorriso desconfortável.

— Senhor, seu homem em Omiya se enganou. Seu filho estava dormindo. Talvez possa ter parecido que ele não estivesse respirando.

Ele está apavorado pensando que Minegishi pode pedir para ele colocar o garoto no telefone. Nanao fica parado, olhando, tenso.

— Senhor, sabe do que eu acabei de me dar conta enquanto estamos aqui conversando? Um dos dois caracteres chineses que compõe a palavra *filho* é o mesmo usado para a palavra *respiração*. Seu filho só pode estar respirando.

Minegishi ignora Tangerina. Ele está acostumado a dar ordens e fazer exigências. Os conselhos e as opiniões dos outros entram por um ouvido e saem pelo outro. Tudo que ele quer das outras pessoas são respostas.

— Sendo assim — prossegue Minegishi —, só para me certificar, enviei algumas pessoas para se encontrarem com vocês na estação Sendai.

Pelo jeito, Momo tinha razão. Tangerina se encolhe um pouquinho.

— Por mim tudo bem, só que o Shinkansen não fica parado por muito tempo.

— Então saiam. Vocês dois podem desembarcar em Sendai, junto com o meu filho e a mala. Vários dos meus homens vão estar esperando na plataforma. Eu também contratei alguns profissionais colegas seus.

— Todo mundo na estação ficará muito surpreso com essa reunião de homens de bem na plataforma, senhor.

A melodia indicando a chegada à próxima estação começa a tocar. É um som doce e esquisito ao mesmo tempo. Tangerina dá mais um sorriso nervoso.

— Se tudo estivesse correndo normalmente, isso não seria necessário, mas, às vezes, esse tipo de coisa é inevitável. Então, vou perguntar mais uma vez. Está tudo bem com o meu filho? E vocês estão com a mala?

— Si-sim, lógico — responde Tangerina.

— Então isso tudo vai acabar bem rápido. Vocês precisam só mostrar o meu filho e a mala e depois podem embarcar de novo.

— Seu filho que ainda está respirando. Entendido, senhor.

Após o anúncio automatizado da estação, ouve-se a voz do condutor no sistema de som, informando aos passageiros que eles chegarão a Sendai dentro de instantes.

— Você parou de falar — diz Minegishi do outro lado da linha. — O que aconteceu?

— O anúncio da estação é muito alto. Estamos chegando a Sendai.

— Vocês estão no terceiro vagão, certo? Meus homens vão esperar em frente a ele. Quando o trem chegar a Sendai, desembarquem. Está entendido?

— Ah, o seu filho está no banheiro agora — diz Tangerina de supetão, sem pensar, fazendo uma careta logo em seguida. *Que desculpa fajuta. Você é mais inteligente do que isso.*

— Mais uma vez, suas instruções são para desembarcar do terceiro vagão e mostrar a mala e o meu filho aos meus homens. Isso é tudo.

— Na verdade, a gente teve um desentendimento com um dos condutores — acrescenta Tangerina rapidamente —, e passamos para o nono vagão. Não vai dar tempo de chegar ao terceiro.

— Então vão até o sexto. É no meio do caminho entre o nono e o terceiro. Nesse dá tempo de vocês chegarem, né? Vou pedir ao meus homens que esperem do lado de fora dele. Desçam do sexto vagão. Com o meu filho.

— Só por curiosidade, senhor — diz Tangerina, tentando parecer casual —, o que aconteceria se os seus homens achassem que tem algo de errado com a gente? Eles não vão começar a atirar de cara, né...?

— Está tudo bem com o meu filho e com a mala? Se estiver, então você não tem nada com o que se preocupar.

— Mas seus homens podem se confundir. Se a gente começar a discutir e a coisa ficar feia ali na plataforma da estação, vai ser uma puta dor de cabeça.

— Para quem?

Tangerina não sabe qual seria a melhor resposta. Tem consciência de que não dá muito para sair em defesa dos transeuntes inocentes.

— Há muitos passageiros nesse trem, eles podem entrar em pânico se ouvirem um disparo.

— Não tem tanta gente assim no trem — replica Minegishi, secamente.

— Na verdade, senhor, está praticamente lotado.

Tangerina mente sem hesitar. Ele não acha que tem a menor chance de Minegishi saber quantas pessoas tem no trem.

— Não está lotado. Eu reservei a maioria dos assentos.

— Você reservou...?

— Assim que fiquei sabendo em qual trem vocês estariam com o meu filho, eu comprei todos os assentos disponíveis.

— Todos?

O tom de Tangerina sobe diante daquela notícia inesperada. Em seguida, ele retorna ao seu ceticismo costumeiro. *Não é impossível, mas por que ele faria uma coisa dessas?*

— Eu quis eliminar o maior número de variáveis possível. Reduzir os riscos. Quem sabe o que poderia acontecer no Shinkansen? Quanto menos passageiros, mais fácil para que vocês dois mantenham meu filho seguro. Estou errado?

Fatalmente errado. Tão fatal quanto foi para o seu filho, que morreu quase imediatamente. Tangerina luta contra a vontade de contar tudo para Minegishi. E entre as poucas pessoas que estão naquele trem, várias são profissionais. A estratégia de Minegishi de comprar todos os lugares não parece ter ajudado seu filho em absolutamente nada.

— Quanto custa uma coisa dessas?

— Não foi tanto assim. Em cada vagão tem cem lugares, então são menos de mil passagens.

Tangerina franze a testa. Não é nenhuma surpresa o padrão financeiro de Minegishi estar numa escala muito diferente da sua — a maioria das pessoas que contratam ele e Limão estão em outro patamar —, mas, considerando o tanto de dinheiro que ele gastou naquela situação, a medida parece um pouco tola. Que vantagem aquilo realmente lhe dava? E ele não pensou que os condutores não achariam estranho o fato de todos os assentos terem sido comprados, mas pouquíssimas pessoas terem embarcado?

Dá para ouvir a risada de uma garotinha pelo telefone. Deve ser a filha que Minegishi tem com a amante. A dissonância entre a cena doméstica que ele imagina e os eventos macabros ocorridos no Shinkansen incomodam Tangerina. Como é que Minegishi pode estar curtindo tranquilamente uma folga com a filha quando sabe que seu filho e herdeiro está correndo perigo? A única explicação seria o fato de seus valores serem completamente diferentes dos valores de uma pessoa comum, o seu psicológico ser todo ferrado.

— De qualquer forma, você me disse que o trem está lotado, o que é mentira. Esse trem não está lotado. Se eu fosse você, pararia com essas mentiras e exageros. Eu vou te desmascarar todas as vezes. E sempre que isso acontecer, a coisa vai ficar pior pra você. Mas eu quero que você fique tranquilo. Desde que não cause nenhum problema em Sendai, vai ficar tudo bem.

A linha fica muda.

O Shinkansen começa a reduzir a velocidade, fazendo uma curva suave.

Não há tempo para pensar. Tangerina atravessa o nono vagão e entra no oitavo.

— O que está acontecendo? — pergunta Nanao, confuso, vindo logo atrás.

Tangerina não responde. Ele segue andando, às vezes colocando a mão num encosto de cabeça para se apoiar, tentando não perder o equilíbrio enquanto o trem vai parando aos solavancos.

Um punhado de passageiros está tirando suas malas do compartimento superior, evidentemente planejando desembarcar em Sendai. Quando Tangerina se aproxima da porta na ponta do vagão, um garoto sai por ela e para bem na sua frente. *Sai do meu caminho.* Tangerina tenta desviar, mas o garoto fala com ele.

— O senhor é o Tangerina, né? O Sr. Limão estava te procurando.

Ah, é. Ele havia se esquecido completamente de Limão. Mas agora não havia tempo para isso.

— Onde ele está?

— Ele disse que tinha que resolver uma coisa e foi para os fundos do trem.

Tangerina dá uma boa olhada no garoto. Cabelo bem-cuidado, repartido no meio, olhos grandes como os de um gato, um nariz elegante. *Mais um riquinho.*

Sem tempo. Tangerina atravessa a porta e entra no espaço entre vagões. Ele sente que o condutor começou a acionar os freios.

— Ei, o que você está fazendo? Pra onde está indo? Qual é o seu plano? — Nanao não cala a boca.

Um grupo de passageiros está de pé no espaço entre os vagões, esperando para desembarcar. Eles lançam olhares desconfiados para Tangerina e os outros dois enquanto eles passam, apressados.

Tangerina dá uma olhada no compartimento de bagagens e pega a primeira mala preta que vê pela frente, uma grandona e robusta, muito maior do que a que estava com ele e Limão.

— O que vai fazer com isso? — pergunta Nanao.

Desviando das pessoas que esperam para descer, Tangerina entra no sétimo vagão. Ele vai passando depressa pelos passageiros que lotam o corredor para saírem do trem, o encarando incomodados.

Ele entra no próximo espaço entre vagões. Há uma fila de pessoas aguardando pelo desembarque. É ali que ele deveria estar, entre o sétimo e o sexto vagões. Ele se posiciona um pouco atrás da fila. Nanao aparece ao seu lado. O garoto os segue de perto.

— Escute — ele se vira para Nanao —, vamos ter que desembarcar por um instante em Sendai.

— Foi isso que o Minegishi disse?

— Os homens dele estão na estação. Eu preciso sair na plataforma com o filho e a mala. Os caras vão conferir se eu estou com essas duas coisas.

— Esta — aponta Nanao — é uma mala diferente.

— Isso mesmo. E você não é o filho do Minegishi.

— Quê?

— A única coisa que podemos fazer é tentar essa mentira pra ver se cola. Tanto a mala quanto o filho são falsos. É só ficar quieto, entendeu? Só fique parado perto de mim.

Nanao já está perto dele, incapaz de processar o que Tangerina está falando.

— Eu?

Ao frear, o Shinkansen faz com que todos se inclinem para a frente e depois para trás. Tangerina não consegue manter o equilíbrio sozinho e se apoia numa parede.

— Você vai fingir que é o filho do Minegishi, entendeu?

O trem segue diminuindo a velocidade, aproximando-se da estação Sendai.

— Mas... — Nanao começa a olhar para todos os lados, nervoso. — O que eu...

— Só me segue.

O garoto resolve falar.

— Não seria melhor se você simplesmente ignorasse essas instruções? Se você não descer, esses homens não vão ter como saber o que está acontecendo. E enquanto eles não souberem qual é a situação, não acho que vão tomar alguma atitude. É só você se fazer de bobo e ficar dentro do trem até que ele saia de novo.

Isso lá é coisa que uma criança diria? Tangerina não gosta daquilo. A ideia faz sentido, mas ele não quer mudar seu plano àquela altura.

— Se a gente não sair, esses homens vão entrar. Um monte deles. Não queremos que isso aconteça.

A porta se abre. A fila de passageiros começa a desembarcar do trem. Tangerina diz a Nanao:

— Vamos lá.

NANAO

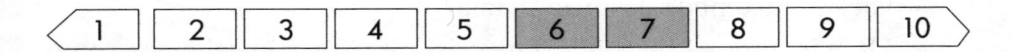

< 1 | 2 | 3 | 4 | 5 | 6 | 7 | 8 | 9 | 10 >

O ANÚNCIO DA CHEGADA ECOA pela estação Sendai e pessoas carregando malas começam a embarcar no Shinkansen. Nanao registra a movimentação pelo canto do olho, parado ao lado de Tangerina na plataforma. À sua frente há três homens de terno. *Nós somos dois, eles são três*, pensa agitado. A alguns metros, há ainda um homem alto de cabeça raspada e, atrás dele, dois caras musculosos com pinta de lutador. Todos estão ali parados, olhando para ele e Tangerina.

— Parece uma cobrança de pênalti num jogo de futebol. Uma fileira de caras formando uma barreira — comenta Tangerina, completamente tranquilo. Ou, pelo menos, é o que parece. Suas palavras são comedidas e sua respiração está normal.

— Você deve ser o Tangerina — diz o homem de terno no meio. Ele não tem pelos no lugar das sobrancelhas, e seus olhos são pequenos e redondos. — Já ouvi falar muito de você e do seu parceiro. Recebemos uma ligação urgente do Sr. Minegishi, pedindo que déssemos uma conferida em vocês.

Apesar de suas palavras, o tom de voz do homem de terno é educado.

Nanao olha discretamente para a frente e nota um condutor um pouco mais afastado deles, na plataforma. O homem está nitidamente olhando desconfiado em sua direção, o que, para Nanao, fazia sentido — aquela não parecia uma reunião qualquer. Certamente não eram namorados nem um grupo de amigos se despedindo. O condutor parece perceber que é mais seguro para ele manter distância, no entanto.

Enganar os homens de Minegishi com a mala deveria ser bastante simples. Tangerina só precisava afirmar que aquela era a mala e, provavelmente, eles acreditariam nele. *O problema sou eu,* pensa Nanao, mantendo a cabeça baixa, olhando para o chão. Tangerina havia dito para ele fingir que era o filho de Minegishi, mas Nanao não tinha a menor ideia de como fazer aquilo. Como ele saberia?

— Você se incomoda de abrir a mala?

— Ela não abre — responde Tangerina. — Nós não sabemos como abri-la. Vocês sabem o que tem dentro? Eu é que deveria pedir para vocês abrirem.

Sem dizer nada, o homem de terno e sem sobrancelhas estica o braço e pega a mala. Ele se agacha para examiná-la mais de perto, colocando a mão sobre a alça. Há uma tranca com um código. Ele a observa como um colecionador à procura de um vaso raro, mas, até onde Nanao consegue perceber, o homem ainda não notou que é falsa.

— Que iniciais são essas? — Ele olha para Tangerina.

Debaixo da mala há dois adesivos com as letras MM. São cor-de-rosa, chamativos e extravagantes. Parece algo que uma adolescente teria colado.

— Provavelmente o M é de Minegishi. — A voz de Tangerina permanece tranquila.

— Mas por que dois M? O primeiro nome do Sr. Minegishi é Yoshio.

— Como eu disse, o M é de Minegishi.

— Estou falando do segundo M.

— Também é de Minegishi. Quer dizer, o nome Yoshio significa "cara legal". Só pode ser piada, né? De qualquer maneira, não fui eu quem colou esses adesivos aí. Não me pergunte. O Shinkansen já vai sair. Podemos voltar pra lá?

Não há mais ninguém saindo do trem. Ninguém entrando também. As únicas pessoas que ainda estão na plataforma são as que estão esperando pelo próximo trem.

O homem de terno se levanta e para bem na frente de Nanao.

— Ele sempre usou óculos?

Nanao quase tem um troço. Sente vontade de arrancar os óculos na mesma hora, mas resiste ao impulso.

— Eu pedi pra ele usar — responde Tangerina. — Não sei o quanto te contaram, mas o filho do Minegishi aqui — ao ouvir isso, o rosto do homem de terno e sem sobrancelhas se tensiona de leve —, quer dizer, o filho do Sr. Minegishi aqui — se corrige Tangerina —, estava sendo mantido refém por uns caras bem perigosos. O que significa que ele é um alvo. Poderia haver alguém atrás dele no Shinkansen. Achei que precisaria de um disfarce.

— Óculos?

— Sim, e algumas outras coisinhas. Ele está diferente do normal, não está?

Tangerina não parece nem um pouco abalado.

— Pode ser — responde o homem de terno. Mas então ele pega o celular. — Ele me mandou uma foto do filho.

Há um rosto na tela. O homem de terno se aproxima para colocá-la ao lado do rosto de Nanao.

— Ei, qual é, o trem já está saindo. — Tangerina dá um suspiro zangado.

— Não parece nem um pouco com a foto.

— É óbvio que não parece. A gente disfarçou ele pra que ninguém pudesse reconhecer o cara. Cabelo, óculos. Ok, nós vamos voltar agora. Pode dizer para o Sr. Minegishi que está tudo bem.

Tangerina coloca uma das mãos sobre o ombro de Nanao e começa a andar na direção do trem. Nanao acena com a cabeça. *Mal posso esperar pra que esse teatrinho acabe.* Ele faz o melhor que pode para emular um ar de arrogância, evitando, assim, demonstrar o alívio.

Então, o cara sem sobrancelhas diz um nome desconhecido. Nanao quase o ignora, até que ele se dá conta de que aquele deve ser o nome do filho de Minegishi e, então, ele olha para o homem. Parece que seu palpite estava certo.

— Pelo jeito o seu pai é o único que consegue abrir essa mala, né?
Nanao faz cara de bobo e assente.

— Não faço ideia. — Mas, então, ele sente que precisa fazer algo além de ficar parado ali. A inquietação toma conta dele mais uma vez. Sem pensar muito, ele pega a mala e começa a mexer nos números do código. — Quer dizer, seria ótimo se você só precisasse ficar brincando com os números...

O mostrador faz sons de cliques conforme ele vai girando os números. De alguma maneira, ele sente que aquela demonstração faz sua ignorância parecer mais plausível. É uma cena clássica de alguém agindo de forma esquisita quando tudo que deseja é parecer natural.

Ele não acha que existe a menor chance de que mexer daquele jeito nos números vá produzir a combinação correta. *Ninguém acertaria, muito menos eu, com a minha sorte.* Mas ele havia se esquecido da lei de Murphy: ficar tentando combinações aleatórias jamais abriria uma tranca, a não ser que você não queira que ela se abra.

A mala se escancara.

Ele estava mexendo desajeitadamente na tranca, de modo que, no momento em que a mala abriu, seus conteúdos foram projetados para fora, promovendo uma verdadeira avalanche de roupas íntimas femininas.

O homem sem sobrancelhas fica paralisado, assim como os outros dois de terno, além do homem de cabeça raspada e os dois caras musculosos. Ninguém consegue processar aquela visão inesperada.

Mas, pelo menos, eles sabem que aquela mala cheia de roupas íntimas não pertence a Minegishi. Até Tangerina parece perplexo. A pessoa mais calma na situação é Nanao. Ele está acostumado àquele tipo de golpe de azar. Está um pouco surpreso, lógico, mas, principalmente, sentindo algo como: *De novo isso?* Ou mais na linha de *Eu deveria ter imaginado.* Ele deixa a plataforma e pula no trem. Tangerina vai logo atrás. Assim que entram no espaço entre vagões, a porta se fecha atrás deles, e o trem começa a se mover.

Do outro lado da janela, o homem de terno e sem sobrancelhas leva o celular ao ouvido.

— E aí — diz Nanao, olhando para Tangerina, que está respirando fundo. — O que acontece agora?

O Shinkansen aumenta a velocidade, alheio ao estado de agitação dos dois.

— Por que você abriu a mala?

Tangerina lhe lança um olhar severo. Talvez ele esteja pensando que Nanao tenha algum plano em mente, mas é difícil de ler seu rosto, frio e cadavérico.

— Sei lá, achei que seria mais convincente se eu tentasse abrir a tranca.

— Você achou que isso foi convincente?

— Se eu não tivesse acertado a combinação, eles teriam acreditado.

— Mas você acertou.

— Acho que dei sorte. — Nanao ri da própria piada. — Bom, imagino que agora eles estejam achando que tem alguma coisa rolando. No mínimo, vão pensar que a mala era falsa.

— Com certeza. Nossa cotação no mercado estava em leve queda quando saímos de Omiya. Agora, ela está despencando.

— Mas o trem só vai parar em Morioka, então estamos a salvo, por enquanto — observa Nanao. Ele procura alguma coisa de positivo para dizer sobre a situação e, mesmo sabendo que aquilo não passa de uma ilusão, se agarra a ela com todas as forças.

— Limão diria a mesma coisa. — Assim que as palavras saem de sua boca, Tangerina se pergunta em voz alta: — Onde está o Limão, afinal? — Ele olha para a esquerda e para a direita. — Ei, você disse que o Limão tinha ido para os fundos do trem.

Ele aponta para o adolescente. *Ele ainda está aqui?*, pensa Nanao. O garoto estava escutando a conversa de Nanao e Tangerina e tinha testemunhado tudo que se passara na plataforma em Sendai. Ele sabe que há algo perigoso acontecendo, mas não fugiu e nem denunciou nada para ninguém. Parece estar simplesmente viajando junto com eles. *Onde estão seus pais?* Ele parece um aluno bem-comportado e aplicado, mas talvez algum toque de rebeldia juvenil faça com que se sinta atraído pelo que é errado. Nanao tenta imaginar aquilo. Ou talvez o moleque só queira se exibir para os amigos, contando as coisas malucas que viu acontecendo dentro daquele Shinkansen.

— Sim — concorda o garoto —, seu amigo saiu apressado naquela direção — completa, apontando para o vagão seis —, como se tivesse se esquecido de fazer alguma coisa.

— Talvez ele tenha desembarcado em Sendai — diz Nanao, assim que a ideia vem à sua mente.

— Por que ele faria isso?

— Não sei. Talvez tenha ficado de saco cheio de tudo isso e desistiu do serviço?

— Ele não faria isso — responde Tangerina baixinho. — Ele queria ser um trem muito útil.

— O homem que estava comigo também desapareceu — diz o adolescente, olhando para Nanao e depois para Tangerina. — O que está acontecendo aqui? — Ele tem ares de representante de turma, ou de capitão de algum time, testando o ânimo da equipe antes de delegar responsabilidades. — Ah, e...

— O que foi?

— Sobre o que vocês estavam falando antes, a próxima parada não é em Morioka.

— *Quê?* — Nanao praticamente dá um grito com aquela informação inesperada. — Onde é a próxima parada?

— Em Ichinoseki. Vamos chegar lá em vinte minutos. Depois Mizusawa-Esashi, depois Shin-Hanamaki, e daí Morioka.

— Eu pensei que o Hayate ia direto de Sendai para Morioka.

— Nem todos. Esse é um dos que não vai.

— Eu não sabia. — Tangerina aparentemente pensava o mesmo que Nanao.

O telefone de Nanao toca, e ele o tira do bolso.

— Atende. Provavelmente é a Maria — diz Tangerina imediatamente.

Não há motivo para não atender.

— Imagino que você não tenha desembarcado em Sendai — acusa Maria.

— Como você sabe?

— Mais importante, você está bem? Fiquei preocupada que Tangerina e Limão pudessem ter te pegado.

— Estou com o Tangerina neste exato momento. Quer falar com ele?

Nanao parece estar fazendo piada.

Maria não diz nada. Ela deve estar preocupada.

— Eles te pegaram?

— Não, não. Estamos trabalhando juntos. — Ao dizer aquilo, ele olha para Tangerina, que dá de ombros. — Vou fazer o que você sugeriu e entregar a mala para eles.

— Eu disse pra você só fazer isso como último recurso.

— E agora é o momento para o último recurso.

Maria fica quieta de novo. Em meio àquele silêncio, Tangerina recebe uma ligação e se afasta para atendê-la. O garoto fica sozinho, mas não retorna ao seu assento. Simplesmente fica ali, parado, olhando para os dois homens.

— Qual é a próxima estação?

— Você sabia que não é Morioka, no fim das contas, Maria? É Ichinoseki.

— Então é aí que você deve saltar. Esquece a mala. Simplesmente se manda daí. Esse trem deve estar amaldiçoado. É perigoso demais! Sai daí e não olha para trás.

Nanao dá um sorriso incrédulo.

— Não tem nenhum problema com o trem, eu é que sou o amaldiçoado.

— Não baixe a guarda perto de Tangerina e Limão. Eles também são perigosos.

— Nem precisa me dizer.

Nanao desliga. Após alguns instantes, Tangerina volta.

— Era o Minegishi. — Sua expressão não se altera, mas ele transmite uma sensação tensa.

— O que ele disse? — pergunta o adolescente.

Tangerina dá uma encarada dura no garoto, e depois se vira para Nanao.

— Ele me disse para ir até Morioka.

— Até Morioka.

Aparentemente, Minegishi estava mais preocupado do que furioso. Quis saber por que Tangerina mostrou a mala errada aos seus homens.

— Eu fiquei pensando. Será que eu peço desculpas, será que eu me faço de burro, será que eu dou alguma resposta atravessada? Então eu disse: "Seus homens ficaram enchendo o meu saco, então eu quis dar uma enquadrada neles."

— Por que você falou uma coisa dessas? — Parecia uma resposta que deixaria Minegishi ainda mais furioso.

— Achei que com isso ficaria mais difícil ele descobrir o que está acontecendo. Se eu me voltei contra ele ou se estou só de sacanagem. Mas a verdade é que a gente não se voltou contra ele. A gente estragou tudo.

Sim, e esse estrago custou a vida do filho do Minegishi. Nanao sente o estômago se embrulhar.

"Se você não tem nada a esconder", Minegishi aparentemente dissera, "venha até Morioka. E se você desembarcar antes, eu vou entender que está fugindo. E aí você vai se arrepender de ter fugido. Eu vou te fazer sofrer tanto que você vai desejar ter vindo até Morioka."

E Tangerina teria respondido: "Lógico que a gente vai até Morioka. Seu filho mal pode esperar para te ver."

Após relatar toda a conversa a Nanao, Tangerina dá de ombros novamente.

— Então, agora o Minegishi está a caminho da estação Morioka.

— Ele está indo em pessoa?

— Sim, quando deveria estar relaxando na casa de campo — responde Tangerina, irritado. — Ele recebeu uma ligação dizendo que tinha alguma coisa estranha acontecendo, que talvez fosse uma boa ideia ele ver aquilo com os próprios olhos.

— Alguém falou isso?

— Aquele cara lá da estação Sendai. "É melhor você mesmo dar uma olhada nisso", ele disse.

Nanao não sabe como responder a princípio. *Será que um subordinado de Minegishi realmente falou para o chefão fazer isso?*

— Bem — diz ele, após um instante. — Te desejo boa sorte. Eu vou descer em Ichinoseki.

Tangerina saca sua arma, apontando-a para Nanao. É uma pistola pequena e lustrosa, que parece mais uma câmera digital do que uma arma de fogo.

Os olhos do garoto se arregalam e ele dá um passo para trás.

— Você vai ficar comigo, Joaninha.

— Sinto muito. Eu vou sair. Desse serviço e desse trem. Sua mala está na sala dos funcionários e a mulher que matou o filho de Minegishi está dentro do espaço multiuso, atrás do vagão verde. Com isso você pode explicar tudo ao Minegishi.

— Não. — A voz de Tangerina sai dura como aço. — Você acha mesmo que tem escolha? Você acha que eu estou blefando com essa arma apontada pra você?

Nanao não consegue nem assentir nem balançar a cabeça.

— Hã, você não vai procurar pelo Sr. Limão? — O garoto está soando novamente como um representante de turma, tentando encerrar as complicadíssimas discussões durante um bizarro encontro do conselho estudantil. *Criança acha que tudo é sempre tão fácil*, pensa Nanao.

KIMURA

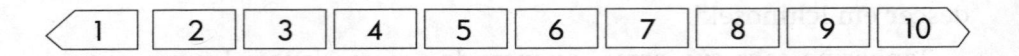

< 1 | 2 | 3 | 4 | 5 | 6 | 7 | 8 | 9 | 10 >

Assim que Shigeru Kimura coloca o telefone no gancho, sua esposa, Akiko, pergunta:

— Quem era?

Eles vivem numa antiga comunidade residencial no extremo norte de Tóquio, pegando a Rodovia 4 até o fim, em direção a Iwate. Ela havia sido construída por um empreendedor ambicioso numa época de grande desenvolvimento econômico. Conforme o tempo foi passando e a economia piorando, os residentes mais jovens se mudaram para áreas mais urbanas, a população encolheu, os projetos para expansão urbana nunca saíram do papel e a região se tornou um lugar abandonado e triste. As cores das construções esmaeceram, passando uma impressão de que a cidade, de repente, havia sido forçada a envelhecer. Mas, para Shigeru e Akiko Kimura, uma cidade com aspecto envelhecido era justamente o que eles queriam, bem longe do barulho e da agitação da cidade grande. Quando encontraram uma casinha ali, dez anos atrás, compraram sem pensar duas vezes, e viviam felizes nela desde então.

— Era alguém ligando do Shinkansen — responde ele.

— Ah, é mesmo — diz Akiko, colocando uma travessa com biscoitos de arroz e bolachas apimentadas em cima da mesa. — Aqui. Reveze entre os biscoitos doces e os apimentados. Só está faltando uma frutinha. — Ela avalia animadamente o lanche. — O que eles queriam?

— Quando eu liguei antes pro Yuichi, ele me disse que tinha sido preso. Me ajude, ele disse.

— Sim, eu me lembro. Você disse que ele estava no Shinkansen, fazendo algum tipo de piada com você.

— Eu disse. Mas agora estou achando que não foi uma piada. — Com dificuldade para ligar os pontos, Shigeru Kimura só consegue se expressar de uma maneira muito vaga. — O menino com quem falei antes ligou de novo.

— Ele disse que o Yuichi estava aprontando alguma coisa?

— O que ele falou foi estranho.

Ele compartilha com a esposa o que ouviu. Ela inclina a cabeça, confusa, e em seguida pega um biscoito e o leva à boca.

— Não é tão apimentado assim. Você quer tentar ligar mais uma vez para o Yuichi?

Shigeru opera os menus do telefone aos trancos e barrancos, na tentativa de retornar a ligação para o último número que havia ligado. Quando ele finalmente consegue e aperta o botão, a ligação vai direto para uma gravação dizendo que o número que está tentando contatar está desligado.

— Não estou gostando disso — diz Akiko, mastigando outro biscoito.

— Estou preocupado com o Wataru.

Shigeru sente alguma coisa pesar cada vez mais em seu estômago, de uma forma sombria e indistinta, mas, ainda assim, mortalmente presente. Como o menino que ligou não havia falado nada de muito específico, ele não consegue impedir que sua imaginação vá para mil lugares.

— O Wataru está em perigo?

— Não sei. — Ele pega o telefone novamente para ligar para o hospital.

— Que diabos o Yuichi estava pensando, deixando o Wataru sozinho e embarcando num Shinkansen? Você acha que ele estava vindo aqui nos visitar?

— Se estivesse, acho que teria nos dito. Mesmo que estivesse tentando fazer uma surpresa, no mínimo teria ligado para confirmar que estamos em casa.

— Será que ele se cansou de cuidar do Wataru e fugiu?

— Ele é um alcoólatra e um preguiçoso, mas não é do seu feitio fazer algo assim.

Shigeru liga para o hospital. Ninguém atende. O telefone fica chamando. Finalmente, uma enfermeira com quem ele já havia se encontrado diversas vezes surge do outro lado da linha, e a voz dela fica mais branda quando ele se apresenta.

— Está tudo bem com o Wataru?

— Acabei de dar uma olhada nele e não houve nenhuma mudança, mas vou com todo o prazer dar mais uma olhada para vocês. — Shigeru espera por um ou dois minutos e, então, ela retorna ao telefone. — Ele está praticamente igual, mas se acontecer qualquer coisa pode deixar que eu ligo.

Ele agradece a ela, e então faz uma pausa.

— Eu estava tirando um cochilo e tive um sonho perturbador com ele. Um homem perigoso tinha se infiltrado no hospital para matar o Wataru. — Ele soava constrangido.

— Meu Deus. — A enfermeira não parece nem saber como responder. — Você deve ter ficado muito preocupado.

— Desculpe incomodar você com isso. Acho que os velhos dão muita importância aos próprios sonhos.

— Não, não, eu entendo perfeitamente.

Ela está obviamente se esforçando para ser educada, e ele reconhece aquilo. Com certeza é melhor do que fazê-lo se sentir como um estorvo. Ele desliga.

— Você está com medo de que possa acontecer alguma coisa? — Akiko franze a testa enquanto leva a xícara de chá até os lábios e toma um gole.

— Eu acho que já aconteceu. E os meus palpites costumam estar certos. — Ele coça a barba branca e pensa. — Tem alguma coisa errada.

— Como assim?

— A pessoa que ligou. Antes, ela parecia um garoto de colégio qualquer, mas, agora, ele pareceu diferente. Deu pra perceber.

Ele endireita o corpo e estica os braços para cima. Seus ossos rangem e suas juntas estalam. Shigeru fica pensando naquele telefonema. Era uma voz masculina, alguém dizendo ser um aluno do ensino fundamental, e, embora ele falasse de forma muito clara, na realidade ele não disse muita coisa.

"Eu sei que você e sua esposa devem estar descansando, talvez eu não devesse ter ligado", desculpou-se ele, como se tivesse feito algo errado. "Desculpe, isso era tudo que eu tinha a dizer. Vou desligar agora." Depois a linha ficou muda, deixando Shigeru Kimura completamente no escuro.

— Você acha que esse menino estava aprontando alguma coisa? — Akiko pega mais um biscoito. — Estes são mais doces que picantes.

— Você sabe que eu costumo estar certo nesse tipo de situação.

— Mesmo que você esteja, o que pretende fazer? Você não conseguiu falar com o Yuichi? Vamos ligar para a polícia então.

Shigeru se levanta com dificuldade e vai em direção ao armário na sala adjacente. Há alguns futons enrolados nas prateleiras.

— Você vai tirar um cochilo? Você sempre faz isso quando está preocupado. — Akiko dá um suspiro e morde mais um biscoito. — E na maioria das vezes você tem um pesadelo.

Mas, para Shigeru, com a mente envolta numa bruma sombria, parecia que o pesadelo já havia começado.

FRUTA

<1| 2 | 3 | **4** | 5 | 6 | 7 | 8 | 9 | 10 >

CADÊ O LIMÃO?

Tangerina anda pelo corredor em direção aos fundos do trem, alerta para qualquer sinal do parceiro. Mas não encontra nada.

— Estou dizendo, ele provavelmente desembarcou em Sendai — diz Nanao por trás dos óculos, seguindo Tangerina pelo espaço entre vagões. — Talvez tenha surgido alguma coisa urgente.

Tangerina se vira para encará-lo.

— E o que poderia ter sido tão urgente?

Nanao para imediatamente. Seu corpo está tenso e ele parece ansioso, mas também havia se posicionado na distância perfeita para repelir qualquer tipo de ataque repentino. Tangerina fica impressionado. Esse cara pode até parecer nervoso e instável, mas, para este ramo perigoso de trabalho, dá para dizer que ele é um verdadeiro profissional. Logo atrás vem o garoto. Sua presença incomoda Tangerina, mas ele não se dá ao trabalho de se livrar do moleque.

— Talvez ele tenha visto uma pessoa suspeita e resolvido segui-la quando desembarcou do trem — sugere Nanao.

— Pensei a mesma coisa.

Limão poderia muito bem ter cismado com alguma pessoa que saiu do banheiro e a seguiu. Tangerina não conseguia imaginar quem poderia ser aquele possível suspeito, mas Limão funcionava mais na base do instinto do que da razão, e poderia muito bem ter tomado a decisão impulsiva de perseguir alguém. Não era nada difícil imaginar aquilo. Tangerina esteve na plataforma com Nanao, mas não teve a oportunidade de olhar para todos os lados e talvez não tenha visto Limão desembarcar, se é que isso de fato aconteceu.

— Mas se ele tivesse feito isso, eu imagino que ele entraria em contato — diz Tangerina, mais para si mesmo do que para Nanao. — Ele sempre fez isso das outras vezes. Ele pode ser preguiçoso e sem jeito, mas, quando há uma mudança de planos, ele sempre liga.

Limão sempre diz que trens muito úteis estão sempre no horário. Quando precisam mudar de pista, eles avisam alguém, se não antes, assim que possível. Para Limão, aquilo era uma questão de princípio.

Tangerina pega o celular do bolso e olha para ele. Nenhuma ligação.

Quando olha para o próprio telefone, o garoto recebe uma ligação. Tangerina não escuta nem o toque e nem a vibração por conta dos ruídos do trem, mas, de repente, o garoto leva o telefone ao ouvido e se encosta ao lado da porta do vagão. Como quer se livrar daquele incômodo, Tangerina vira e segue em frente.

A porta automática para o próximo vagão se abre e Tangerina entra, mais uma vez examinando os rostos e bagagens dos passageiros. Ninguém se parece com Limão. Ninguém se parece com alguém que teria qualquer ligação com ele, também.

Ele vai até o próximo espaço entre vagões, seguido por Nanao.

— Como eu disse, ele desembarcou em Sendai.

Tangerina para mais uma vez.

— Algo me diz que ele não fez isso.

Ele se vira para novamente encarar Nanao. As reverberações do trem chocando-se contra os trilhos parecem um coração gigantesco pulsando. Tangerina fica imaginando-os viajando por dentro de uma enorme artéria metálica.

— Ei, Joaninha. — Algo lhe ocorre subitamente. — Você chegou a conversar com o Limão?

— Conversar com ele? Quando, você quer dizer?

— Em qualquer momento.

— Sim, conversamos um pouco, sim.

— Ele disse qualquer coisa sobre a minha chave? Eu estou procurando uma chave. Ou deixou qualquer outra mensagem pra mim?

Nanao parece confuso.

— Uma chave? Que tipo de chave?

— Esquece — diz Tangerina.

E se, ele pensa. *E se o Limão estiver morto?* Ele finalmente se permite considerar aquela possibilidade. *Pode ser.* Aquilo não era impossível e, na verdade, naquele Shinkansen em particular, parecia totalmente plausível. *Por que eu não estava levando isso em consideração até agora?* Tangerina fica surpreso por ter demorado tanto tempo para pensar naquilo.

Se Limão foi morto, aquilo deve ter acontecido há pouco tempo, o que significava que o assassino provavelmente ainda estava por perto. Tangerina não tinha como ter certeza de que não havia sido Nanao, e, se tivesse sido, imagina que talvez Limão pudesse ter deixado alguma mensagem ou pista.

— Ele não falou nada pra você?

— Sobre uma chave, não, nada.

Nanao não parece estar tentando esconder nada. Então, Tangerina se dá conta de que quando deixou Limão para trás, perto dos banheiros, ele próprio havia seguido até os fundos do trem, onde encontrou Nanao. Ou seja, Nanao não poderia ter matado Limão sem que Tangerina soubesse. Assim que consegue ligar os pontos, tudo se torna bastante evidente. Ele dá um sorrisinho irônico.

— É difícil imaginar que alguém tenha conseguido derrubá-lo.

— Ele é um cara bem durão, mesmo — concorda Nanao, com sinceridade. — E uma coisa que ele me disse foi que se ele morresse, ele voltaria.

Por um instante, Tangerina tenta entender se aquilo poderia ser uma mensagem deixada por Limão, mas logo descarta a possibilidade.

Limão está sempre falando isso. Sempre que conhece alguém, ele se exibe dizendo que é imortal, que sempre voltará. Às vezes ele diz que voltará como Limão Z, embora Tangerina nunca tenha entendido exatamente o significado daquilo.

— Pois é, o Limão e eu não desistimos fácil. Não importa o que aconteça, a gente sempre volta quando você menos espera.

Naquele momento, um condutor entra no espaço entre vagões vindo dos fundos do trem. É um sujeito de aparência jovem, mas anda com a cabeça erguida e os ombros para trás, passando uma sensação de dever e confiabilidade.

Nanao não hesita.

— Com licença, sabe aquela mala que eu entreguei pra você? Ela pertence a esse cara aqui.

Ele aponta para Tangerina, e o condutor dá uma rápida olhada no outro.

— Ah, sim. Eu fiz um anúncio sobre ela há pouco, mas ninguém veio buscá-la. Ainda está na sala dos funcionários. Você quer pegá-la agora?

— Boa ideia — diz Nanao, virando-se para Tangerina. — Vamos pegar a mala, ok?

Tangerina hesita. Ele ainda não vasculhou todo o trem atrás de Limão. Mas não quer deixar a mala se perder novamente. Provavelmente seria melhor pegá-la enquanto existe a possibilidade.

— Sr. Tangerina — diz uma voz baixa, e ele percebe que o adolescente voltou.

Deve ter vindo atrás deles depois de terminar sua ligação. *Que merdinha insistente.* Tangerina está quase passando do ponto de considerá-lo um incômodo para começar a odiá-lo pra valer. Provavelmente o garoto quer se meter nos assuntos dos adultos para se sentir adulto também, mas tudo que está conseguindo é ser um baita pé no saco. Tangerina está começando a pensar no que pode fazer para se livrar dele, quando o garoto engata a falar de novo:

— Encontrei uma coisa estranha.

O condutor não presta muita atenção no menino.

— Vamos pegar a sua mala?

Após dizer isso, ele começa a andar, evidentemente esperando que os demais o sigam. E é o que fazem, Nanao logo atrás do condutor, depois Tangerina e, por fim, o garoto.

Assim que atravessam o sétimo vagão e adentram o espaço entre o sétimo e o oitavo, o adolescente começa a puxar o casaco de Tangerina. São puxões curtos e urgentes, como se ele estivesse tentando chamar sua atenção. Tangerina se vira e se depara com o garoto olhando para a porta do banheiro de forma sugestiva.

— Ei — diz Tangerina a Nanao. — Vá na frente e pegue a mala. Eu vou esperar pelo garoto enquanto ele vai ao banheiro.

Ele gesticula com o queixo na direção do colegial. O condutor não parece perceber que há nada de errado, mas talvez Nanao tenha entendido a mensagem, porque ele simplesmente assente, e os dois desaparecem no vagão seguinte.

Assim que eles se vão, Tangerina se aproxima da porta do banheiro.

— Foi aqui que você encontrou uma coisa estranha?

O garoto está com uma expressão neutra.

— Sim, essa coisa aqui. — Ele aponta para o pedaço de fio de cobre pendurado para fora da porta.

Os olhos de Tangerina se arregalam. É o fio de cobre de Limão. Sem sombra de dúvida. O mesmo fio que ele havia usado para trancar a porta do banheiro por fora quando esconderam o corpo do filho de Minegishi.

— Estranho, né? O banheiro está trancado e diz ocupado, mas não parece que tem ninguém aí dentro. Tem alguma coisa estranha acontecendo. Estou um pouco assustado. — O menino parece estar com medo daquele banheiro do mesmo jeito que um garotinho tem medo do escuro.

— Será que o Limão deixou isso aqui? — Tangerina segura a ponta do fio e puxa para cima. A tranca se abre com um clique.

— Tem certeza de que você quer entrar?

Tangerina o ignora e abre a porta. A cena que o aguarda ali dentro é definitivamente diferente do que se espera de um banheiro de trem. Sim, havia um vaso sanitário ali, mas não era tudo. Também havia corpos pelo chão, membros retorcidos e enrolados como num ninho de serpentes. Era uma cena de filme de terror, um emaranhado macabro de braços e pernas.

O mundo de Tangerina fica em silêncio.

Dois homens adultos empilhados no chão do banheiro, mas seus corpos não parecem ser humanos. Lembram mais algum tipo de inseto gigantesco. Uma poça de sangue se espalha. Parece mijo.

— O que *aconteceu*? — Às suas costas, a voz do garoto sai esganiçada.

— Limão — Tangerina diz o nome suavemente.

O som retorna aos seus ouvidos. O balanço do Shinkansen adentra até sua alma. Ele fica imaginando o rosto de Limão. Não o rosto que está à sua frente, com os olhos fechados abaixo de um buraco ensanguentado, mas sim o rosto do homem que estava sempre ao seu lado, falando pelos cotovelos. O brilho em seus olhos quando ele dizia, como se fosse uma criança, que queria que as pessoas achassem que ele era um bom trem. Tangerina sente o peito se rasgando, se estilhaçando. Uma rajada de vento gelado toma o buraco que se formou no seu coração. Ele percebe que nunca havia sentido aquilo antes, o que o deixa ainda mais abalado.

Uma frase de um livro ecoa em sua cabeça. *Perecemos, cada qual a sós.*

Nós passamos tanto tempo juntos. Mas, no final, estamos sempre sós.

O PRÍNCIPE

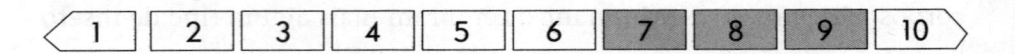

< 1 | 2 | 3 | 4 | 5 | 6 | **7** | **8** | **9** | 10 >

Espiando o banheiro por trás de Tangerina, o Príncipe recua um passo e, depois, mais um passo. Ele se esforça para fingir que está com medo, enquanto observa o rosto de Tangerina. Não lhe passa despercebido que o homem fica momentaneamente tenso e pálido, parecendo que está prestes a explodir e se estilhaçar como se fosse de vidro. *Não achei que você seria tão frágil.* O Príncipe quase diz aquilo em voz alta.

Tangerina entra no banheiro e fecha a porta, deixando o Príncipe sozinho no espaço entre os vagões. Ele fica decepcionado; queria ver o que Tangerina fará. Aquele homem parecia tão calmo e sereno, será que ele perderia a cabeça ao ver o cadáver de Limão ou lutaria para controlar suas emoções? O Príncipe queria muito assistir àquilo.

Após alguns instantes, a porta se abre e Tangerina surge. Sua expressão voltou ao normal, o que deixa o Príncipe um pouco desapontado.

— O outro que está ali é o homem que estava com você, né? — Ele gesticula com o dedão de uma das mãos enquanto fecha a porta do banheiro às suas costas com a outra. — Ele foi baleado no peito, mas não no coração. O que você quer fazer?

— O que... eu quero fazer?

— Limão está morto, mas o seu amigo ainda está vivo.

O Príncipe não consegue entender direito o que Tangerina está dizendo. *Kimura está vivo?* Ele tinha certeza de que Limão o matara. Não havia muito sangue, realmente, mas pensar que Kimura havia sobrevivido fez com que o Príncipe imaginasse, de repente, que Kimura pudesse ser imortal. Ele precisava repensar suas críticas a respeito da tenacidade daquele homem.

— Não me entenda errado, ele não está exatamente bem — acrescenta Tangerina. — Ele não está morto, mas mal está respirando. Então, o que você quer fazer? De qualquer jeito, é pouco provável que a gente consiga algum tipo de tratamento intensivo aqui no trem, então não tem muito que podemos fazer por ele. Você sempre pode ir chorando contar para um condutor e pedir que parem o trem e chamem uma ambulância.

O Príncipe leva apenas um segundo para decidir como responder. Ele nunca teve a menor intenção de parar o trem e envolver as autoridades.

— Ele me sequestrou.

O Príncipe explica como Kimura estava levando-o consigo contra a sua vontade, e como ele estava com medo. É óbvio que é tudo invenção, mas aquela é a sua história. Ele diz a Tangerina que ver Kimura à beira da morte, embora seja assustador e confuso, é, em última análise, um alívio. Ele tenta insinuar que ficaria feliz se Kimura simplesmente morresse.

Tangerina não parece nem um pouco interessado naquilo. Seus olhos estão vidrados, difíceis de ler. O Príncipe esperava que um adulto fosse dizer que eles deveriam chamar a polícia de qualquer maneira, mas Tangerina devia ter os próprios motivos para não querer que o trem parasse, então não fala nada.

Tangerina também não faz nenhum movimento que indique que vá sair da frente do banheiro. Ele simplesmente fica encarando o Príncipe.

— Tem dois corpos aí no banheiro. Seu amigo ainda não está morto, mas em breve estará. Mas o corpo de Limão está por cima dele. O que significa que o seu amigo foi baleado e colocado ali antes de Limão morrer. Imagino que tenha sido Limão quem atirou no seu amigo, e, depois disso, ele foi baleado.

— Por quem?

— Tem uma arma ali também. Mas só uma.
— Só uma arma. Então, quem atirou nele?
— Primeiro, Limão atirou no seu amigo. Então, antes de morrer, o seu amigo surtou e conseguiu pegar a arma. Daí ele atirou no Limão. Não sei se foi realmente isso o que aconteceu, mas é uma possibilidade.

Seria incrível que você continuasse pensando assim. Mesmo estando alerta, o Príncipe sente vontade de dar uma gargalhada. Esse Tangerina é um cara esperto. Ele pensa nas coisas. *Adoro lidar com gente inteligente.* Quanto mais racional é uma pessoa, mais difícil é, para ela, escapar das correntes das desculpas, e mais fácil é, para o Príncipe, manipulá-las do jeito que ele quiser.

Tangerina se inclina para examinar o fio de cobre pendurado na tranca.

— Mas isso aqui não se encaixa.
— O fio de cobre? Pra que ele serve?
— Limão usava para trancar portas pelo lado de fora. Era um dos seus truques. Ele fazia isso o tempo todo. — Tangerina puxa a ponta do fio. Não de uma maneira emotiva, nem com qualquer tristeza pelo amigo. Parece que ele está simplesmente testando a resistência. — Estou tentando entender quem foi que trancou a porta depois que Limão morreu. Precisaria haver uma terceira pessoa além do homem que está no banheiro.
— Você parece um detetive.

O Príncipe não está zombando de Tangerina, é um comentário sincero. Ele se lembra de uma cena que lera uma vez num livro, na qual um famoso inspetor explicava um assassinato de forma calma e sem emoções, enquanto caminhava ao redor do cadáver.

— Eu não estou pagando de detetive aqui. Só estou tentando imaginar o cenário mais provável baseado nos fatos que consigo enxergar — diz Tangerina. — Acho que o Limão atirou no seu amigo, colocou o corpo no banheiro e o trancou. Foi aí que ele usou o fio de cobre.

O Príncipe não consegue entender onde Tangerina quer chegar com aquilo e concorda com a cabeça um tanto quanto desconfiado.

— Mas aí, depois disso, uma outra pessoa atirou nele. E essa mesma pessoa o colocou no banheiro também. Provavelmente ela achou que seria mais seguro esconder os dois corpos juntos. Então, quem quer que tenha sido usou o fio para trancar a porta de novo.

— Não estou entendendo...

— Quem quer que tenha feito isso provavelmente viu Limão usando o fio de cobre. Então, fez a mesma coisa para voltar a trancar a porta. Ficou observando Limão fazendo da primeira vez e depois o imitou.

— Você acha que o Sr. Limão ensinou essa pessoa a fazer isso?

— Não, ele não ensinou ninguém. A pessoa que fez isso viu Limão usando o fio para trancar a porta da primeira vez.

Tangerina fica tateando a ponta do fio. Em seguida, dá alguns passos dentro do espaço entre os vagões. Ele se abaixa e examina o chão, chegando bem perto, em busca de pistas, passando os dedos por algumas protuberâncias na parede. Parece um policial, investigando a cena de um crime.

— Aliás, você e o Limão chegaram a conversar, né? — De repente, Tangerina está parado bem na sua frente. Ele diz aquilo como se a pergunta tivesse acabado de lhe ocorrer.

— Quê?

— Vocês chegaram a conversar um pouquinho, né?

— Quando ele estava vivo?

— Não estou perguntando se você falou com ele depois de morto. Ele te disse alguma coisa?

— O que... o que ele teria me dito?

Tangerina fica pensativo por um instante.

— Alguma coisa sobre uma chave. — Ele inclina a cabeça e o encara.

— Uma chave?

— Estou procurando uma chave. O Limão sabia algo sobre isso. Ele falou alguma coisa pra você?

Na verdade, o Príncipe quase diz. Ele se lembra das últimas palavras que ouviu da boca de Limão, quando ele estava lutando desesperadamente para se manter acordado e, com as últimas forças, falou: A chave está num armário na estação Morioka. Fala isso pro Tangerina, dissera. O Príncipe não sabia do que ele estava falando quando mencionou a chave, e por isso aquilo ficou na sua cabeça. Agora ele está pensando na chave, se perguntando se contar aquilo para Tangerina pode trazer algo de interessante à conversa.

Está na ponta da língua. *Ele falou mesmo de uma chave, mas eu não entendi do que estava falando...* as palavras estão quase saindo.

Porém, assim que ele abre sua boca, um alarme dispara em sua cabeça. *É uma armadilha.* Ele não tem provas daquilo. É apenas uma sensação, algo que lhe diz para abortar a missão.

— Não, ele não falou nada sobre isso — responde o Príncipe.

— Sério? — Tangerina fica em silêncio, mas não parece particularmente decepcionado.

O Príncipe observa Tangerina. *Será que eu deveria ter contado pra ele sobre o armário na estação Morioka, no fim das contas? Por outro lado, não dizer nada não me causou mal nenhum. A situação está igual a como estava antes. Ou quem sabe eu tenha até mesmo conquistado alguma vantagem.*

— Mas ainda tem uma coisa que eu não entendo — diz Tangerina, de repente.

— O quê?

— Quando o seu telefone tocou, antes, você se afastou de nós. Isso foi no espaço entre o quinto e o sexto vagões.

— Acho que sim.

— E o seu assento fica lá no sétimo.

Ele lembrava disso? Tangerina só tinha passado pelo seu assento uma vez. *Foi o suficiente para ele se lembrar?*

Tangerina o encara fixamente.

O Príncipe diz a si mesmo para se manter firme. Ele sabe que o homem está tentando desestabilizá-lo.

— Sabe — diz ele, timidamente —, eu voltei até o meu lugar, e...

— E?

— E eu tive que ir ao banheiro, então eu vim pra cá.

Boa, o Príncipe balança a cabeça, *uma resposta completamente aceitável.*
Foi mesmo, Tangerina também balança a cabeça.
— Me diz uma coisa, você já tinha visto isso antes?
Ele mostra uma cartela amassada de adesivos coloridos. O Príncipe reconhece os personagens de *Thomas e Seus Amigos.*
— O que é isso?
— Encontrei no bolso da jaqueta do Limão.
— Ele realmente gostava do Thomas.
— Sim, aquilo me deixava louco.
— Mas o que isso significa? — insiste o Príncipe, sem muito interesse na resposta.
— Alguns adesivos estão faltando.
Tangerina aponta para dois espaços vazios. O Príncipe se lembra de quando Limão estava caído e colou um adesivo no chão. Um desenho de um trem verde, que o Príncipe havia arrancado e jogado fora.
— Ele não deu nenhum adesivo pra você, deu?
O Príncipe sente como se as antenas de um inseto invisível ou os galhos transparentes de uma planta tivessem saído do corpo de Tangerina e tateassem seu rosto, tentando encontrar alguma coisa. Cavoucando a superfície para revelar o que está escondido debaixo dela.
A mente do Príncipe está a mil. Ele não sabe como responder àquilo, se é melhor fingir que não sabe de nada ou inventar alguma história sobre os adesivos que soe plausível.
— Ele me deu um, mas eu fiquei assustado e joguei no lixo.
O Príncipe dá graças aos céus por ainda estar no colégio.
Ele sabe que Tangerina poderia muito bem se deixar levar pelo instinto e se tornar violento, usar a força para interrogá-lo sobre a morte de Limão. Sem dúvida aquele homem já havia feito aquilo diversas vezes.
Mas, com o Príncipe, ele não ia fazer. *E por que não?* Porque o Príncipe ainda é uma criança. Este é o único motivo que impede Tangerina de fazer algo assim. Ele acha que esta pessoa é jovem e fraca demais para ser agredida sem um motivo consistente. Seu lado bom lhe diz para descobrir algo mais concreto antes de começar a infligir qualquer tipo de

punição. *Apesar de o lado bom de qualquer pessoa nunca ter sido de muita utilidade para nenhuma delas.*

Tangerina era mais inteligente do que Limão. Tinha mais profundidade e substância. Sua consciência era mais desenvolvida, o que aumentava a potência de sua imaginação. Isso levava a uma capacidade maior de exercer empatia. O que, no fim das contas, só o tornava mais fraco. Tangerina era mais fácil de manipular do que Limão. *O que significa que eu provavelmente vou vencê-lo.*

— Ah, você jogou fora, então? E qual era o personagem? — O rosto de Tangerina está sério.

— Quê?

O trem dá um solavanco e o Príncipe se desequilibra. Ele coloca a mão na parede para não cair.

— O adesivo que ele te deu. Um desses que estão faltando. Qual era o personagem? Você lembra o nome? — A cartela de adesivos na mão de Tangerina está manchada de sangue.

O Príncipe balança a cabeça.

— Não sei o nome.

— Hm, que estranho — murmura Tangerina.

O Príncipe sente um frio na barriga, como se estivesse andando numa corda bamba e, de repente, pisasse em falso e despencasse no vazio.

— O que é estranho?

— Ele sempre queria ensinar pra todo mundo os nomes dos amigos de Thomas. Toda vez que ele dava um adesivo pra alguém, fazia questão de dizer o nome. Cem por cento das vezes. Ele nunca simplesmente dava nada pra ninguém. Se ele te desse um adesivo, ele te diria o nome. Mesmo se você não lembrasse, você teria ouvido.

O Príncipe calcula o seu próximo movimento. Algo lhe diz para não responder. Ele se concentra em sair cuidadosamente do abismo, recuperar o equilíbrio e voltar a andar naquela corda bamba.

— Eu chutaria — diz Tangerina, olhando para as silhuetas dos dois adesivos que estão faltando — que ele te deu esse aqui — e aponta para um dos espaços. — O verde. Não foi?

— Ah, isso mesmo! — O adesivo que ele jogou no lixo era, realmente, o trem verde.

— É o Percy. O Percy fofinho. Limão adorava ele.

— Acho que era esse o nome. — O Príncipe não se compromete totalmente, esperando para ver o que acontece.

— Hum. — A expressão de Tangerina não lhe diz nada. — E você sabe qual personagem estava aqui? — Ele aponta para o outro espaço vazio.

— Não, não sei. — O Príncipe balança a cabeça mais uma vez. — Ele não me deu esse aí.

— Eu sei quem era.

— Você sabe qual personagem estava aí?

— Sei. — Tangerina avança na direção do Príncipe e o pega pelo colarinho do seu blazer. — Por que ele está colado bem aqui, em você. — Ele o solta tão rapidamente quanto o pegou.

O Príncipe fica paralisado.

— Olha. Este é o Diesel. O malvado do Diesel. — Nos dedos de Tangerina há um trem preto com um rosto quadrado.

O Príncipe é pego de surpresa com a aparição inesperada daquele adesivo, mas luta desesperadamente para não demonstrar.

— Você também sabe bastante sobre *Thomas e Seus Amigos*, Sr. Tangerina — consegue dizer.

O rosto de Tangerina se franze, produzindo uma leve carranca. Há também uma insinuação de um sorriso, intencional ou não.

— Ele só falava disso. Era de se esperar que eu fosse lembrar de uma ou outra coisa. — Então, ele tira um livrinho do bolso traseiro. — Também encontrei isso na jaqueta dele. — O livro tinha uma capa laranja-claro, e nada além do título e do nome do autor. Tangerina passa os dedos sobre o livro e então o abre, onde o livro estava marcado. — Ele leu até aqui. — Sua voz está num tom normal. Então, continua, baixinho: — Limão nunca gostou desse aí. Nem eu. Ele era uma maçã podre.

— Hum.

— Diesel é maldoso e vingativo. Limão sempre me dizia, nunca confie no Diesel. Ele mente e esquece o nome das pessoas. E agora eu encontro um adesivo do Diesel no seu casaco.

— Deve ter sido... — O Príncipe olha de um lado para o outro.

Limão deve ter colado aquele adesivo quando o agarrou, um último ato desesperado. O Príncipe nem tinha percebido.

Isso não está indo bem. Aquele pensamento o incomoda. *Mas ainda há esperança.* Com base em suas experiências passadas, ainda havia muitos motivos para acreditar que ele poderia virar a situação a seu favor.

Tangerina ainda não havia sacado a arma. Talvez porque soubesse que poderia fazer aquilo a qualquer momento, ou talvez tivesse algum outro motivo para não ter feito nada até agora. De qualquer maneira, ele não parecia preocupado.

Então, Tangerina começa a falar, de uma maneira calma e serena:

— Tem uma passagem do Dostoiévski, em *Crime e castigo* — o Príncipe fica desorientado por aquela mudança brusca —, que fala: "A ciência diz: ama acima de tudo a ti mesmo, porque tudo no mundo está fundado no interesse pessoal." Basicamente, a coisa mais importante que existe é a sua própria felicidade. Se você focar nisso, vai ajudar todos os outros a serem felizes também. Eu nunca passei muito tempo pensando na felicidade ou na tristeza alheia, então quando leio essa passagem ela me parece verdadeira. Mas o que você acha?

O Príncipe responde com uma pergunta própria, a sua favorita:

— Por que matar pessoas é errado? Se alguém te fizesse essa pergunta, o que você diria?

Tangerina não parece nem um pouco abalado com aquilo.

— Bom, tem uma coisa que o Dostoiévski diz, em *Os demônios*. "Não considero mais o crime uma insanidade, mas sim bom senso, quase um dever; no mínimo um protesto heroico. Como podemos esperar que um homem civilizado não cometa um assassinato se estiver precisando de dinheiro?" O que ele está dizendo é que não há nada de estranho na transgressão. É algo completamente normal. É assim que eu também penso.

Tangerina trouxe algumas citações bastante significativas de romances, mas o Príncipe não acha que elas chegam a responder a sua pergunta. E embora ele concorde com o trecho que diz que o crime é uma questão de bom senso, a insinuação de que seja um protesto heroico lhe parece muito narcisista, algo apenas superficialmente interessante, na melhor das hipóteses. Mais uma vez ele fica decepcionado.

Mais uma resposta baseada em emoções, mesmo que seja um pouco mais espirituosa do que as respostas tradicionais. São só palavras. Eu queria uma resposta mais imparcial sobre o porquê do assassinato não ser permitido.

Mas, ao mesmo tempo, ele se lembra da ligação que recebeu logo depois de o trem passar pela estação Sendai, do homem à espreita no hospital, apenas esperando para atacar o filho de Kimura.

"Entrei", dissera o homem. "Estou vestido de enfermeiro. Imagino que vocês já tenham passado de Sendai a essa altura, certo? Não tive mais notícias suas e fiquei pensando se devia continuar esperando." Ele parecia inquieto, ansioso para executar o serviço.

"Não faça nada por enquanto", respondeu o Príncipe. "Lembre-se das regras: se você me ligar e eu não atender depois de dez toques, aí você pode agir."

"Ok. Entendido."

O homem estava sem fôlego de tanta empolgação. Ele era do tipo que não amava ninguém além de si mesmo, alguém que não via o menor problema em assassinar uma criança em troca de dinheiro. Sem dúvida dizia a si mesmo que aquilo nem era assassinato, que ele simplesmente mexeria nos aparelhos, desestabilizando um pouco a situação do garotinho. As pessoas realmente adoram arranjar desculpas.

— Você está no fundamental, certo? — pergunta Tangerina. — Quantos anos você tem?

— Catorze — responde o Príncipe.

— Perfeito.

— Perfeito?

— Você conhece o artigo quarenta e um do código penal?

— Hã?

— O artigo quarenta e um diz que pessoas com menos de catorze anos não podem ser sentenciadas por nenhum crime. Você sabia disso? Mas, assim que você faz catorze, você pode ser punido como qualquer outra pessoa.

— Não sabia disso.

Óbvio que ele sabia. O Príncipe sabia tudo sobre esse tipo de coisa. Mas isso não o impediu de continuar fazendo o que ele fazia mesmo depois de completar catorze anos. Não era como se ele estivesse fazendo tudo aquilo porque sabia que não poderia ser punido pela lei. A lei era simplesmente algo a se ter em mente quando fazia todas aquelas coisas. Seus crimes existiam numa outra dimensão, alheia aos detalhes insignificantes da lei.

— Vou compartilhar com você mais uma passagem que eu gosto. Esta é de O marinheiro que perdeu as graças do mar.

— O que ela diz?

— É uma menção ao artigo quarenta e um, feita por um garoto, mais ou menos da sua idade. Ele diz: "É o símbolo dos sonhos que os adultos têm a nosso respeito, embora seja, ao mesmo tempo, o símbolo de que estes sonhos jamais serão realizados. Como são idiotas o suficiente para pensar que não podemos fazer nada, eles nos deram um vislumbre de um pedacinho de céu azul, um fragmento da liberdade perfeita." Eu gosto desse trecho pelo estilo distante da escrita, mas ele também tem uma pista para responder a sua pergunta, sobre por que é errado matar pessoas. Dizer que matar é errado é a expressão de um sonho adulto. Apenas um sonho. Uma fantasia. Como o Papai Noel. Uma coisa que não existe no mundo real, um quadro de um lindo céu azul pintado por alguém muito angustiado, que, então, se escondeu e se isolou com essa pintura, para a qual olha em vez de olhar para o mundo real. É assim que funciona a maioria das leis. Elas não passam de símbolos inventados para fazer com que as pessoas se sintam melhor.

O Príncipe ainda não está entendendo por que Tangerina começou a citar romances do nada. Mas perde um pouco do respeito que tinha por ele, por ter recorrido às palavras de outras pessoas.

Então, ele vê a arma.

Duas armas. Bem à sua frente.

Uma delas está encostada em seu peito. A outra está na mão estendida de Tangerina, que a oferece ao Príncipe como um salva-vidas.

O que é isso?

— Escute o que eu vou dizer. Estou mais do que um pouco irritado. Moleques como você me incomodam bastante. Mas não gosto da ideia de simplesmente te dar um tiro sem que você tenha como se defender. Eu não caio em cima dos fracos. Então, estou te dando esta arma. Assim, cada um de nós tem uma arma, e aí tudo vai ser uma questão de quem leva e de quem dá o tiro.

O Príncipe não quer tomar nenhuma atitude. Ele ainda não sabe o que o seu oponente está planejando.

— Vamos lá, pegue. Eu te ensino a usar.

Olhando atentamente para Tangerina, o Príncipe envolve os dedos na arma que está na mão do homem. Em seguida, dá dois passos para trás.

— Pegue o ferrolho desse jeito e puxe para trás. Segure a arma pelo cabo e abaixe essa alavanca. É a trava de segurança. Depois, tudo o que você precisa fazer é apontar pra mim e puxar o gatilho.

O rosto de Tangerina está impassível, e ele dá as instruções com toda a tranquilidade do mundo. *Será que ele está mesmo com raiva?*

O Príncipe está ajustando sua pegada na arma para agir da maneira que foi instruído quando ela escapa de sua mão e cai no chão. Ele sente seu corpo ser tomado por um pânico, achando que Tangerina aproveitaria aquele momento para atacá-lo. Porém, o homem apenas abre um leve sorriso.

— Calma. Pegue a arma e tente de novo. Eu só vou começar quando você sentir que está pronto.

Ele não parece estar mentindo. O Príncipe se agacha para pegar a arma, mas um pensamento vem à sua cabeça. *Será que eu deixar a arma cair num momento tão crucial quer dizer alguma coisa?* Para uma pessoa como ele, cuja sorte abundante sempre o manteve a salvo, cometer um erro como aquele não parece uma coisa natural. Isso o faz perceber que provavelmente ele *precisava* derrubar essa arma. Aquele erro tinha sido necessário.

— Eu não preciso dessa arma — diz o Príncipe, entregando-a de volta a Tangerina.

Uma expressão de perplexidade surge no rosto do homem, e ele franze a testa.

— O que foi? Você acha que vou te poupar se você se render?

— Não, não é isso. — O Príncipe agora está se sentindo confiante. — Eu acho que isso é uma armadilha.

Tangerina fica em silêncio.

Eu sabia. Mais do que aliviado, o Príncipe se sente realizado. *Minha sorte ainda funciona.* Ele não sabe explicar aquilo de um ponto de vista técnico, mas percebeu que havia algo de estranho com aquela arma. Imagina que usá-la acabaria prejudicando-o de alguma maneira.

— Estou impressionado por você saber disso. Se você puxasse o gatilho dessa coisa, ela explodiria. Não acho que você morreria, mas ficaria bastante machucado.

Minha sorte é como um campo magnético. O Príncipe não está mais com medo de Tangerina. *A essa altura, talvez seja Tangerina quem está começando a ter medo de mim.*

Naquele instante, a porta às costas de Tangerina se abre e uma pessoa passa por ela.

— Socorro — grita o Príncipe. — Ele quer me matar! — Ele grita da maneira mais desamparada que consegue. — Socorro!

Não se passa sequer um segundo. A cabeça de Tangerina gira com violência. Ela estava virada para a frente, e agora está virada para o lado. Ele desmorona, e a arma despenca junto com ele.

O piso do Shinkansen absorve o impacto do corpo e o sustenta. O trepidar do trem parece o clamor de uma procissão fúnebre. De pé, logo atrás do corpo, está parado Nanao.

NANAO

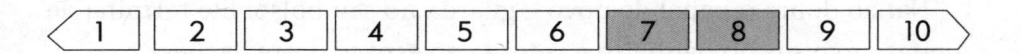

< 1 | 2 | 3 | 4 | 5 | 6 | **7** | **8** | 9 | 10 >

Não sobrou mais nenhum suspiro para dar. Nanao fica olhando sem reação para o cadáver de Tangerina com o pescoço quebrado.

Por que isso continua acontecendo?

— Ele ia me matar — diz o garoto, com a voz trêmula.

A irritação que Nanao sentia pelo garoto fica em suspenso, bem como o resto de suas emoções.

— O que está acontecendo aqui?

— Essas pessoas começaram a atirar — explica o garoto.

— Essas pessoas?

Ele nota o plural. O menino aponta para o banheiro.

— Se você puxar esse fio de cobre, ele abre.

Nanao segue as instruções e, conforme esperado, a porta se destranca.

Ele olha para dentro, e seus olhos se arregalam. Há um corpo aos pés do vaso sanitário. Dois corpos. Foram deixados ali de qualquer jeito, como lixo, como um eletrodoméstico que para de funcionar.

— Ah, não. Pra mim já *deu*. Estou de *saco cheio* disso! — No final de seu protesto, Nanao deixa escapar um lamento infantil. — Cansei!

Ele sabe que não pode simplesmente deixar o corpo de Tangerina ali no chão, então o arrasta até o banheiro, que já estava bastante lotado de corpos. *Uso exclusivo para cadáveres,* pensa, sombrio.

Ao revistar Tangerina, Nanao encontra seu celular e o pega, além de uma folha de papel dobrada. Ele a desdobra: é um bilhete de um sorteio. *Que diabos é isso?*

— Tem alguma coisa escrita atrás — diz o garoto.

Ele vira o papel. Há o desenho de um trem feito com caneta esferográfica. Debaixo do desenho está escrito Arthur.

— O que é isso?

— O desenho de um trem.

Nanao dobra o papel de novo e guarda no seu bolso. Ele termina de ajeitar as coisas no banheiro e retorna ao espaço entre vagões.

— Você me salvou — diz o adolescente, tirando a mochila que está em seus ombros. Nanao acha ter visto algo que parecia ser uma arma na mão do menino, mas ela não estava mais lá. *Foi só a minha imaginação.* Ele fecha a porta e fica mexendo no fio de cobre até trancá-la.

Ele repassa em sua cabeça o que acabara de acontecer.

Após pegar a mala na sala dos funcionários, ele havia voltado até ali e se deparado com Tangerina apontando uma arma para o moleque.

O olhar no rosto do garoto e o sofrimento em sua voz fizeram com que Nanao agisse imediatamente. Ali, naquela criança indefesa pedindo ajuda, ele enxergou o menino sequestrado que havia abandonado tanto tempo atrás.

Parou de pensar e agiu de forma automática, posicionando-se às costas de Tangerina e torcendo sua cabeça para o lado. Alguma sensação primitiva no corpo de Nanao fez com que ele usasse aquela força letal, sentindo que, se atacasse Tangerina, mas não o matasse, ele estaria colocando a si próprio em perigo.

— Por que ele queria atirar em você?

— Não sei. Ele achou os corpos no banheiro e perdeu a cabeça do nada.

Será que a visão do amigo morto o fez surtar? Poderia ser possível.

— Não sei nem dizer quem matou quem. — Nanao dá mais um suspiro.

Ele não se importa mais com os detalhes. Só quer dar o fora daquele trem ridículo. Parece que aquele Shinkansen é a própria má sorte, viajando a duzentos e cinquenta quilômetros por hora. O Expresso do Azar e da Calamidade rumando para o norte — e Nanao está a bordo.

Ele reflete por um instante sobre o que fazer com a arma que Tangerina deixou cair. Em seguida, ele a joga no lixo.

— Ah... — O adolescente murmura.

— Quê?

— Acho que a gente se sentiria mais seguro se você ficasse com ela.

— Ficar com essa arma só traria mais problemas, confie em mim. — Nanao acha que manter uma boa distância de qualquer coisa perigosa é o mais inteligente que ele pode fazer, levando em conta a própria sorte. Ele também joga fora o celular de Tangerina. — Melhor me livrar disso também. — Ele segura a mala pela alça. — Pra mim já deu. Só quero sair desse trem.

O rosto do garoto fica tenso, e seus olhos parecem marejados.

— Você vai sair do trem?

— Não sei mais o que estou fazendo.

Agora que Tangerina e Limão estão mortos, ele não tem a menor ideia do que Minegishi fará. Mas parece provável que sua raiva fosse ser direcionada para aqueles dois, e não para ele. A missão de Nanao era roubar a mala e sair do Shinkansen. Se ele desembarcasse na estação seguinte levando a mala consigo, provavelmente não haveria nenhum problema. Talvez ele não tirasse a nota máxima, mas ainda seria uma nota alta. Ou, ao menos, é o que ele pensa. É no que quer acreditar.

O sistema de som anuncia a próxima parada, em Ichinoseki. *Timing perfeito.*

— Será que... você, por favor, poderia ficar comigo até Morioka? — O menino parece prestes a chorar. — Estou com medo.

Nanao gostaria de poder ignorar tudo. Ele não tem o menor interesse em se envolver em mais nada. Nada de bom poderia acontecer se ele fosse até o final da linha, em Morioka. E ele consegue imaginar várias coisas ruins que poderiam acontecer.

— Porque... porque...

Tem alguma coisa que o garoto não está conseguindo dizer. Nanao tem um pressentimento horrível. A sensação de que há alguma verdade inconveniente prestes a sair pelos lábios do moleque que o deixará sem opção. Só pensar naquilo já o aterroriza. Ele começa a levar as mãos à cabeça para tapar os ouvidos.

— ... se eu não conseguir chegar até Morioka, um garotinho vai estar em perigo.

As mãos de Nanao param a milímetros das orelhas.

— Do que você está falando?

— Ele está sendo mantido refém. É o filho de alguém que eu conheço. Ele tem só uns cinco ou seis anos, e está no hospital. E se eu não for até Morioka, a vida dele vai estar em perigo.

— A vida dele? O que está acontecendo, exatamente?

— Eu não sei direito.

Aquele era justamente o tipo de coisa que Nanao não queria ter escutado. Sente a preocupação de que aquele garoto chegue em segurança a Morioka crescendo dentro de si, mas, ao mesmo tempo, ele também quer sair do Shinkansen o mais rápido possível.

— Você vai ficar bem. Duvido que vá acontecer qualquer outra coisa daqui até Morioka. — Nem Nanao acredita no que está falando. Aquilo era como uma prece vazia, que ele duvidava que fosse ter qualquer efeito sobre qualquer coisa. — Volte pra o seu lugar e vai ficar tudo bem.

— Você me promete que não vai acontecer mais nada?

— Bom, eu não tenho como ter certeza absoluta.

— Não sei o que vai acontecer quando eu chegar a Morioka. Estou com medo.

— Duvido que tenha qualquer coisa que eu possa...

A porta do sétimo vagão se abre e um homem passa por ela. Nanao para no meio da frase. Não querendo levantar suspeitas, ele congela, o que, lógico, só levanta mais suspeitas.

— Ah, oi — diz o homem.

Nanao se vira para olhar. É o professor da escola preparatória. O homem fica parado ali, com um ar etéreo, quase como se fosse transparente. Como se alguém pudesse atravessá-lo com a mão. Que nem um fantasma.

O professor coça a cabeça, envergonhado.

— Eu disse aos meus alunos que viajaria no vagão verde. E me dei conta de que se eu não visse como ele era, não conseguiria convencê-los de que realmente viajei nele, então estava indo até lá dar uma olhada.

O homem parecia sincero. Ele dá um sorriso sem graça por ter explicado o que estava indo fazer antes mesmo que Nanao pudesse perguntar.

— Deve ser complicado ser professor — comenta Nanao, com um sorriso amarelo.

— Ele é seu amigo? — pergunta o garoto, desconfiado.

Esse garoto deve estar achando que todo mundo que está no trem é perigoso, Nanao percebe. *Duvido que ele esperasse ter uma arma apontada para ele, ou descobrir cadáveres num banheiro. Crianças não deveriam se afastar do parquinho.*

— Não exatamente, só conversamos um pouco — explica Nanao. — Ele é professor numa escola preparatória para exames.

— Meu nome é Suzuki — diz o homem.

Ele não precisava se apresentar, mas o fez mesmo assim, o que Nanao toma como um sinal de sua franqueza. Então, ele tem uma ideia.

— Sr. Suzuki, até onde o senhor vai nesse trem?

— Até Morioka. Por quê?

— Eu preciso desembarcar em Ichinoseki. Se importa de tomar conta deste menino para mim?

Suzuki parece um pouco incomodado com aquele pedido repentino, o que faz sentido, porque ele é mais uma exigência do que um pedido. O garoto também parece tão incomodado quanto. Ele olha para Nanao como se estivesse sendo abandonado.

— Ele está perdido? — pergunta Suzuki, por fim.

Nanao inclina a cabeça.

— Não, não está perdido. Só está com medo de ir até Morioka sozinho.

— Eu preciso ficar com você... — O garoto está nitidamente irritado com aquela mudança de planos. Sua expressão é uma mistura de insubordinação com ansiedade.

— Eu tenho que levar isso — diz Nanao, levantando a mala — e descer na próxima estação.

— Mas...

— Eu não me importo de viajar com o rapazinho, mas não me parece que isso vá aplacar o medo dele. — Suzuki parece desconcertado.

Nanao solta um suspiro.

O Shinkansen começa a reduzir a velocidade à medida que se aproxima de Ichinoseki. Nanao observa a paisagem do outro lado da janela e, então, dá uma olhada para o adolescente, que também está olhando para fora. Naquele momento, ele percebe que o garoto está surpreendentemente tranquilo. *Isso não faz sentido. Ele não está controlado demais para alguém que viu um monte de armas e cadáveres dentro de um trem? E eu, que quebrei o pescoço do Tangerina bem na sua frente? E isso também não foi nenhum acidente. Eu quis fazer aquilo, e fiz como se eu soubesse exatamente o que estava fazendo. Ele não deveria ter um pouco mais de medo de mim, ou, no mínimo, ter feito algumas perguntas sobre o que estava acontecendo aqui? Por que ele iria querer ir até Morioka junto com um assassino?*

E então, a resposta vem a Nanao. *Foi demais pra ele. Ele não está conseguindo processar tudo, então simplesmente se fechou.* Aquilo fez todo o sentido, especialmente depois de o garoto ter quase levado um tiro. *Coitado.*

KIMURA

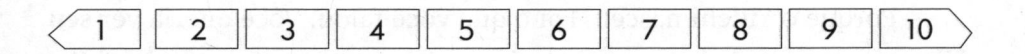

< 1 | 2 | 3 | 4 | 5 | 6 | 7 | 8 | 9 | 10 >

SHIGERU KIMURA PARA DE MEXER NO ARMÁRIO e se vira para a esposa.

— Você mudou de lugar de novo?

— Ah, você não ia tirar um cochilo? — Akiko mordisca um biscoito. — Achei que você ia pegar o futon.

— Você não ouviu nada do que eu disse? Agora não é hora de cochilo.

— Mas você nem sabe o que está acontecendo — reclama Akiko, pegando uma cadeira pequena na sala e levando até o armário.

Ela faz com que Shigeru saia da frente, posiciona a cadeira e sobe em cima dela. Em seguida, estica os braços e abre as portas de um compartimento em cima do armário.

— Ah, está aí em cima?

— Você nunca coloca as coisas onde elas deveriam estar. — Ela tira de lá alguma coisa embrulhada num *furoshiki*. — Era isso que você estava procurando, não era?

Shigeru pega o embrulho e o coloca no chão.

— É isso mesmo que você quer fazer? — Akiko desce da cadeira com a cara fechada.

— Não consigo parar de pensar numa coisa.

— Que coisa?

— Num cheiro. — Sua expressão é severa. — Um cheiro que eu não sentia há muito tempo.

— E que cheiro é esse? — Ela olha para a cozinha, murmurando que não havia cozinhado nada que tivesse um cheiro particularmente forte.

— Más intenções. Deu pra sentir o cheiro pelo telefone. Fedia.

— Nossa, isso me traz lembranças. Você dizia isso o tempo todo, querido. Sinto cheiro de más intenções. Era como se fosse assombrado pelo espírito das más intenções. — Akiko dobra os joelhos e se senta sobre as pernas na frente dos conteúdos do *furoshiki*.

— Você sabe porque eu saí do meu antigo trabalho?

— Porque o Yuichi nasceu. Foi o que você falou. Você queria ver seu filho crescendo e achou que deveria mudar de ramo. E eu fiquei feliz, porque queria aquela mudança tinha muito tempo.

— Esse não foi o único motivo. Trinta anos atrás, eu enchi o saco de tudo aquilo. Todo mundo ao meu redor fedia.

— Como o espírito das más intenções?

— Pessoas que gostam de machucar as outras, que gostam de humilhar as outras, que querem subir na vida, não importa o que precisam fazer. Elas vivem impregnadas desse cheiro.

— Sinceramente, isso que você está dizendo parece ridículo.

— Todos fediam a más intenções, e eu comecei a ficar com nojo. Então, resolvi mudar. Trabalhar no mercado é difícil, mas nunca senti sequer um cheirinho de más intenções por lá.

Shigeru Kimura dá um sorriso triste ao lembrar que o filho havia entrado no mesmo ramo profissional que ele deixara para trás. Na primeira vez que ele ouviu, por um amigo, rumores de que o filho havia começado a atuar naquele ramo perigoso, Shigeru ficou tão preocupado que chegou a pensar em segui-lo para ficar de olho nele.

— Por que estamos falando nisso mesmo?

— Porque quem quer que tenha ligado, tinha esse mesmo cheiro. Ah, você conferiu os horários do Shinkansen?

Quando Yuichi disse, mais cedo, ao telefone, que estava no Shinkansen, Shigeru achou que tinha alguma coisa estranha ali, embora nada lhe apontasse isso além de seu próprio instinto, e o cheiro discreto de podridão que emanava da outra pessoa com quem falou. Assim que a ligação terminou, ele disse a Akiko: "Yuichi disse que chegaria a Sendai em vinte minutos. Confira pra mim se tem algum Shinkansen indo para o norte com esse horário." Akiko havia resmungado um pouquinho e se arrastado até a estante ao lado da TV para folhear o livrinho com os horários dos trens.

Agora, ela assente.

— Sim, conferi, e tem um trem nessa rota. Chega em Sendai às onze em ponto. Ichinoseki às onze e vinte e cinco, Mizusawa-Esashi às onze e trinta e cinco. Você sabia que não precisa mais procurar isso naquele monte de papel? Hoje em dia você descobre isso on-line rapidinho. Lembra quando a gente fazia os trabalhos juntos? Nossa, eu tinha que conferir tantos horários de trem e anotar tantos números de telefone! Minha agenda era grossa assim, lembra? — Ela demonstra a grossura com o indicador e o polegar. — Hoje em dia a gente não precisaria mais dela, né?

Shigeru Kimura se recosta na parede e olha para o velho relógio. Onze e cinco.

— Se a gente sair agora, chega tranquilamente a Mizusawa-Esashi.

— Você vai mesmo entrar no Shinkansen? Está falando sério?

Kimura tinha saído mais cedo para entregar a circular do bairro para os vizinhos, de modo que já estava vestindo sua calça cáqui e a jaqueta verde-escura. Tudo pronto, ele diz a si mesmo e, depois:

— Você não vem comigo?

— É óbvio que não.

— Se eu vou, você também vai.

— Você quer mesmo que eu vá?

— Nós sempre fizemos isso juntos.

— Isso é verdade. Não foram poucas as vezes em que você só escapou vivo porque eu estava lá. Tenho certeza de que você se lembra disso. Apesar de eu não ter muita certeza de que você chegou a me agradecer alguma vez. Mas isso já tem mais de trinta anos!

Akiko se levanta e esfrega os músculos nas pernas, reclamando das dores e da rigidez dos joelhos.

— É que nem andar de bicicleta. O corpo sempre sabe o que fazer.

— Acho que é bem diferente de andar de bicicleta. Nesse caso, são os nervos que você precisa exercitar para se manter em forma, e os nossos estão muito longe disso. É como se agora eles fossem feitos de algodão.

Shigeru sobe então na cadeira e tira duas peças de roupa, enroladas, jogando-as no chão.

— Ah, essas vestes têm história. Se bem que acho que ninguém mais chama isso de veste, hoje em dia eles dizem colete. — Akiko passa a mão sobre uma das peças. Depois, entrega o outro a Shigeru. — Este é o seu. A gente podia misturar as duas coisas e chamar de vestelete!

Shigeru faz uma careta enquanto tira a jaqueta e veste o colete de couro. Em seguida, coloca a jaqueta por cima de novo.

— O que você planeja fazer quando estivermos no Shinkansen?

— Eu quero descobrir o que está acontecendo com o Yuichi. Ele disse que estava indo para Morioka.

— E você não acha que isso pode ser alguma piada dele?

— Já esse garoto, que eu nem sei se é mesmo criança, mas, enfim... tem alguma coisa nele que eu não gosto.

— E você acha mesmo que isso tudo é necessário?

Depois de vestir o próprio colete, Akiko olha para as ferramentas de trabalho, todas dispostas em cima do *furoshiki* aberto.

— Todos os meus sinais de alerta estão apitando — responde Shigeru. — A gente tem que estar preparado. Por sorte não é um avião, e não precisamos passar pela segurança para embarcar no Shinkansen. Ei, o cão desta arma está com problema.

— Você não vai querer usar esse revólver, de qualquer jeito. As cápsulas saem voando por todo o lado, e você fica sempre tão ansioso pra atirar que eu prefiro que use uma arma que tenha trava de segurança. — Akiko pega uma das armas e encaixa um pente na entrada. Ela o desliza para dentro com um clique e puxa o ferrolho. — Essa é melhor. Leva essa.

— Aquela eu estou sempre limpando.

Shigeru pega a arma das mãos de Akiko e a acomoda dentro de um dos coldres costurados no seu colete.

— A arma pode estar em boas condições, mas tem trinta anos que você não faz isso. Tem certeza de que ainda lembra como usar?

— Com quem você acha que está falando?

— E o Wataru? Estou mais preocupada com ele.

— Ele está no hospital. Não acho que nada de muito terrível possa acontecer com ele enquanto estiver lá. E não consigo imaginar nenhum motivo pelo qual ele possa estar correndo perigo. Você não concorda?

— E se tiver alguém do nosso passado, que tenha alguma coisa contra nós, e queira se vingar?

Shigeru Kimura congela no meio do movimento, e então se vira para encarar a esposa.

— Não tinha pensado nisso.

— Já se passaram trinta anos, estamos idosos agora. Alguém que tinha medo de nós naquela época pode achar que agora é a chance.

— Acharam errado. Você e eu somos tão perigosos agora quanto éramos naquela época — diz Shigeru. — Mesmo que tenhamos passado esses últimos anos brincando com o Wataru.

— É verdade.

Akiko começa a conferir as outras armas. Suas mãos parecem se mover por conta própria, em movimentos treinados, vivendo a mesma sensação boa de manusear um brinquedo favorito da infância. Akiko sempre era mais cuidadosa com as armas do que Shigeru, e melhor de pontaria. Ela escolhe uma, a enfia em seu coldre e abotoa o casaco.

Kimura vai até o telefone, pega o último número para o qual ligou e o anota em um papel. Só para garantir, anota também o número do hospital.

— Você se lembra do telefone do Shigeru? Do outro Shigeru? Ele é a única pessoa que nós conhecemos em Tóquio.

— Como será que anda o Shigeru? Vamos lá, querida? Se a gente não sair agora, vamos perder nosso trem.

O PRÍNCIPE

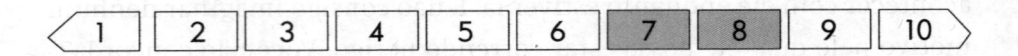

< 1 | 2 | 3 | 4 | 5 | 6 | **7** | **8** | 9 | 10 >

O Hayate se aproxima da estação Ichinoseki. A plataforma aparece, e então começa a deslizar para o lado. Conforme o trem começa a reduzir a velocidade para parar, Nanao ajeita os óculos pretos no rosto e fica parado na frente da porta.

— Muito bem, Sr. Suzuki, vou deixar esse garoto em suas mãos até Morioka.

— Desde que sua consciência fique tranquila com isso — responde o homem que alega ser um professor de escola preparatória.

O Príncipe não entende bem se ele está falando com ele ou com Nanao, mas, seja como for, aquilo é quase inútil, então ele ignora.

— Você vai mesmo me deixar? — Ele fala para as costas de Nanao.

Sua cabeça está a mil. *Será que eu deixo ele desembarcar do trem? Ou tento impedi-lo?* Seu plano era ir até Morioka apenas para ver de perto quem era esse Minegishi. Como ele havia conseguido prender Kimura, achou que seria uma boa ideia usá-lo para testar Minegishi, mas agora Kimura estava fora da jogada, mal respirando, servindo de tapete para duas frutas mortas.

Então talvez eu possa usar esse Nanao no lugar. Para fazer isso, ele precisa descobrir como controlá-lo. Como botar uma coleira em seu pescoço. O único problema é que ele não tem a chave para trancar aquela coleira. Com Kimura, essa chave era a vida de seu filho, e o Príncipe também fez um bom uso do ódio que o homem sentia por ele. Mas ele ainda não sabia qual era o ponto fraco de Nanao. Levando em conta a destreza com que Nanao havia quebrado o pescoço de Tangerina, parecia bastante óbvio que ele não era do tipo que seguia as leis, de modo que não era difícil imaginar que, se cavoucasse um pouquinho, o Príncipe encontraria alguma vulnerabilidade para explorar.

Será que eu devo fazer o que for necessário para impedir esse cara de desembarcar? Acho que não. Isso provavelmente só o faria pensar que eu estou tramando alguma coisa. Acho que talvez eu tenha que aceitar que ele simplesmente vai desembarcar e pronto. O monólogo interno do Príncipe continua.

Acho que eu vou até Morioka, dou uma olhada no complexo do Minegishi e volto para Tóquio. Eu lido com o Minegishi quando estiver totalmente preparado, decide. Ele pode ter perdido Kimura, mas ainda tinha muitos peões ao seu dispor. Melhor voltar quando todos estivessem devidamente posicionados.

— Posso pelo menos pegar o seu número? — pede ele. Sente que seria uma boa ideia ter alguma maneira de entrar em contato com Nanao. *Talvez ele também possa se tornar um dos meus peões.* — Estou preocupado com o que pode acontecer. Se eu souber que posso ligar para você...

Ao seu lado, Suzuki emite um som de concordância.

— É uma boa ideia. Queria poder falar com você também quando chegarmos a Morioka, para dizer que está tudo bem.

Nanao parece incomodado, mas, por reflexo, saca o celular.

— Chegamos na estação, eu preciso desembarcar — diz ele, agitado.

Então, o Shinkansen para. Ele dá uma guinada para a frente, e depois para trás. O movimento é mais forte do que o Príncipe esperava, e ele perde um pouco do equilíbrio.

Nanao perde muito mais. Ele se choca com a parede e derruba o celular, que quica no piso e depois desliza até a área de bagagens, se enfiando entre duas malas grandes, como um esquilo que cai de uma árvore e corre para se esconder num buraco em meio às raízes.

Nanao larga a mala e dá um salto na direção da área de bagagens para recuperar o aparelho.

As portas do Shinkansen se abrem.

— Ah, sério isso?! — resmunga Nanao, apoiado num dos joelhos e contorcendo o corpo para enfiar o braço por entre as malas, bufando freneticamente.

Ele não consegue alcançar o celular, então fica de pé e puxa uma das malas para fora, abaixando-se novamente para, enfim, pegar o telefone. Ele se levanta e acerta uma prateleira do compartimento de bagagens com a parte de trás da cabeça.

O Príncipe fica olhando, maravilhado. *Ele é um caos completo.*

Com as mãos pressionando a nuca, Nanao fica de pé e enfia de volta a mala que havia tirado do lugar. Então, vai tropeçando de forma absurda em direção à porta aberta.

Ela se fecha bem à sua frente, sem o menor sinal de compaixão.

Os ombros de Nanao desmoronam.

O Príncipe nem sabe o que dizer.

O trem começa a se mover lentamente para a frente.

Ainda segurando a alça da mala, Nanao não parece surpreso, nem constrangido.

— Esse tipo de coisa acontece comigo o tempo todo. A essa altura é quase que um padrão.

— Bom, o que a gente ainda está fazendo aqui de pé? Vamos procurar um lugar para sentar — sugere Suzuki.

Após deixar Sendai, o trem, que já tinha poucos passageiros, tinha ficado praticamente vazio, de modo que não havia motivos para que eles retornassem aos seus assentos originais. Eles entram no vagão mais próximo, o oitavo, e sentam-se juntos na primeira fileira desocupada.

— Estou com muito medo pra ficar sozinho — diz o Príncipe, de maneira convincente.

Os dois adultos acreditam. Nanao pega o assento da janela, o Príncipe senta no meio e Suzuki fica com o corredor.

O condutor passa por ali e Suzuki explica o motivo de terem trocado de lugar. O jovem uniformizado nem pede para conferir suas passagens, simplesmente dá um sorriso, assente e segue andando.

Sentado ao lado do Príncipe, com um aspecto taciturno, Nanao murmura para si mesmo.

— Nem tem tanto problema.

— O que foi?

— Ah, eu só estava aqui pensando que, comparado ao meu azar de sempre, isso até que não foi tão ruim assim.

Há um heroísmo triste no tom de sua voz, e ele evidentemente está tentando convencer a si mesmo das próprias palavras. *Talvez a sorte tenha fugido dele e caído toda em mim.* Incapaz de entender como é ser azarado, o Príncipe não sabe o que falar.

— Como você ainda está aqui, é melhor ficar com o garoto até chegarmos a Morioka — sugere cordialmente Suzuki.

O homem soa como se estivesse animando um aluno que não passou em alguma prova, num tom tão professoral que perturba o Príncipe, mas ele obviamente não deixa aquilo transparecer.

— Sim, por favor — concorda. — Seria ótimo se você ficasse comigo.

— Eu vou dar uma olhada no vagão verde — declara Suzuki, e se levanta com uma expressão aliviada pelo problema ter se resolvido e ele não ser mais o responsável.

O professor não faz ideia de que há homens perigosos e cadáveres a bordo do Shinkansen, não viu nenhuma arma sendo puxada, por isso que está tão tranquilo. *A ignorância é uma bênção, Sr. Suzuki,* pensa o Príncipe enquanto observa o homem andando pelo corredor.

Ele se vira para Nanao, agora que os dois estão a sós.

— Muito obrigado — diz ele, tentando fazer parecer que está bastante aliviado. — Eu me sinto muito melhor que você está aqui.

— Isso é muito gentil da sua parte — responde Nanao, com uma risadinha. — Se eu fosse você, não ia querer estar perto de mim. A única coisa que eu tenho é azar.

O Príncipe morde o lábio para reprimir a risada ao se lembrar da performance cômica de Nanao no espaço entre vagões.

— O que você faz da vida, Sr. Nanao?

Não que ele não tivesse um palpite. *Provavelmente está no mesmo ramo de Tangerina e Limão, ajudando outras pessoas a cometerem seus crimes. Mais um gado.*

— Eu vivo no Shinkansen — responde Nanao, franzindo a testa. — Não consigo desembarcar em nenhuma estação. Eu devo estar amaldiçoado. Você viu o que aconteceu agora em Ichinoseki. Coisas assim estão sempre acontecendo comigo. Vou ficar nesse trem pelos próximos dez anos. — Então, ele parece se dar conta do quanto aquilo parece idiota. — Deixa pra lá. — E após um instante: — Você não tem ideia do que eu faço? Você me viu antes.

— O negócio de você não conseguir sair do trem?

— Não, estou falando sério. Antes disso. Eu faço pequenos serviços. Trabalho sujo.

— Mas você parece uma pessoa tão boa, Sr. Nanao.

Ele tenta passar a seguinte mensagem para o homem: *Sou uma criança indefesa, você é o único com quem eu posso contar, eu confio em você.* O primeiro passo do Príncipe é fazer com que Nanao sinta a necessidade de protegê-lo.

Este homem é tão azarado e tem uma autoestima tão baixa que deve ser fácil influenciá-lo e acabar com o seu livre-arbítrio.

— Você deve estar bem confuso se ainda não entendeu o que está acontecendo, mas posso te dizer, com toda certeza, que eu não sou uma boa pessoa. Não sou um herói. Eu mato pessoas.

Quem está confuso é você, o Príncipe sente vontade de falar. *Eu sei exatamente o que está acontecendo.*

— Mas você me salvou. Eu me sinto muito mais seguro com você do que ficando sozinho.

— Bom, talvez — replica Nanao num tom suave.

Embora pareça aborrecido, o homem também está corado. Mais uma vez, o Príncipe tem que lutar para não cair na gargalhada. *Seu senso de dever entrou em ação, o que significa que ele parou de pensar. É como um homem de meia-idade sorrindo depois de ser elogiado por uma mulher. Patético.*

Ele fica olhando pela janela. Plantações de arroz vão passando do lado de fora. Ao longe, uma cadeia de montanhas surge.

Em pouco tempo, eles chegarão a Mizusawa-Esashi. O Príncipe se pergunta se Nanao tentará desembarcar de novo, mas ele parece ter decidido ficar no trem até Morioka. Ou, talvez, ele só não queira fazer papel de bobo mais uma vez tentando desembarcar sem conseguir. Qualquer que seja o motivo, Nanao não demonstra nenhuma reação ao ouvir o anúncio da próxima estação.

Ainda existe uma chance de que Nanao mude subitamente de ideia, se levante de supetão do assento e parta em direção à saída. Mas o Shinkansen para na estação Mizusawa-Esashi, as portas abrem e fecham e o trem segue viagem. Nanao reclina o assento, dá um suspiro resignado e encara o nada.

O Shinkansen segue em direção ao norte.

Após alguns minutos, um celular começa a vibrar. O Príncipe confere o seu e, em seguida, se dirige a Nanao:

— Sr. Nanao, é o seu telefone que está tocando?

Nanao leva um susto e volta a si, vasculhando os bolsos, mas, depois, balança a cabeça.

— Não é o meu.

— Ah... — O Príncipe percebe que é o telefone de Kimura. Ele o tira do bolso da frente da mochila. — Era daquele homem de antes.

— De antes? Quem, daquele cara que estava com você?

— O nome dele era Sr. Kimura. Ei, parece que estão ligando de um telefone público. — Ele fica olhando para a tela por um instante, pensando no que fazer. Não consegue imaginar nenhum motivo pelo qual alguém estaria ligando para Kimura de um telefone público. — Será que eu atendo?

Nanao balança a cabeça.

— Nenhuma das minhas decisões resultam em nada de bom. Você vai ter que decidir sozinho. Agora, se resolver atender, não precisa ir até o espaço entre os vagões. Não tem praticamente mais ninguém aqui.

O Príncipe assente e atende o telefone.

— Yuichi, é você? — diz a voz na linha.

A mãe de Kimura, imagina o Príncipe. Uma sensação de euforia toma conta dele. Ela deve ter ficado sabendo pelo marido do telefonema de antes e está morrendo de preocupação. Sem dúvida ficou imaginando todas as coisas terríveis que poderiam ter acontecido ao filho e ao neto; sua ansiedade foi se multiplicando até ela não aguentar mais, então ela foi atrás de um telefone. Nenhum tipo de medo lhe dá mais prazer do que o de um pai ou de uma mãe pelo próprio filho. Ela deve ter ficado devastada pelo medo para demorar tanto tempo assim para ligar.

— Ah, ele não está aqui — responde o Príncipe. Então, começa a pensar na melhor maneira de alimentar as chamas de sua angústia.

— E onde você está agora?

— Ainda estou no Shinkansen. No Hayate.

— Disso eu sei. Eu quis dizer, em qual vagão?

— Mesmo que eu dissesse pra você, do que adiantaria?

— A gente estava pensando em dar uma passadinha pra te ver. Meu marido e eu.

O Príncipe percebe pela primeira vez que a voz da mãe de Kimura está estranhamente serena e estável, como uma árvore poderosa, com raízes profundas.

A porta às suas costas se abre.

Ele se vira, com o telefone ainda na orelha, bem quando um homem entra no vagão. Forte, estatura mediana, cabelo branco e usando uma jaqueta verde-escura. Sobrancelhas grossas e um olhar duro e cortante.

O Príncipe vira o pescoço de uma maneira desconfortável para olhar melhor para o homem parado logo atrás dele. Um sorriso se espalha pelo rosto do homem.

— Então você está mesmo no fundamental.

NANAO

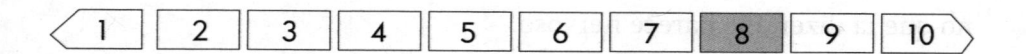

< 1 | 2 | 3 | 4 | 5 | 6 | 7 | **8** | 9 | 10 >

Ele parece um aposentado tranquilo, de bochechas coradas, e vai andando até a fileira na frente do lugar onde Nanao e o garoto estão sentados. Então, aciona a alavanca e gira as cadeiras.

Agora, as duas fileiras de três lugares estão viradas uma de frente para a outra. O homem está sentado na frente deles, com uma expressão desafiadora no rosto. Tudo aconteceu rápido demais para que Nanao pudesse falar alguma coisa. Antes que seja capaz de processar o que está acontecendo, os três estão ali, como se fossem três gerações de homens de uma mesma família viajando juntos.

A porta às suas costas se abre e uma mulher surge, também com idade para estar aposentada.

— Ah, você está aí. — Ela se senta ao lado do homem, olhando para a dupla, como se aquilo fosse a coisa mais natural do mundo. — Te encontrei muito mais rápido do que imaginei, querido. — Em seguida, ela olha para Nanao e para o colegial como se estivesse examinando uma mercadoria.

Impactado com a chegada surpresa daquele estranho casal, Nanao leva algum tempo até conseguir abrir a boca.

— Hã...

— Sabe — a mulher o interrompe —, essa foi a primeira vez que usei um telefone público num Shinkansen, mas não vi nenhum fio telefônico. Como será que eles fazem a ligação?

— Vai saber? Talvez seja pelos fios elétricos que ficam nos trilhos.

— A gente deveria comprar uns celulares. Facilitaria muita coisa.

— Que bom que o telefone do Yuichi consegue receber chamadas do telefone público que eles têm aqui. Ouvi dizer que algumas operadoras não oferecem esse serviço.

— Isso é verdade? — A mulher direciona a pergunta a Nanao.

Como é que eu vou saber?, ele se pergunta.

— Com licença, vovô e vovó, mas o que vocês... — O garoto se perde no que ia dizer. Ele parece nervoso.

Eles são um casal idoso, de fato, mas não parecem ter sentido o peso da idade nem um pouco, com certeza não o bastante para serem chamados de vovô e vovó. *Talvez para alguém que está no ensino fundamental faça sentido chamá-los assim,* pensa Nanao, distraído, mas então o homem começa a falar.

— Você sabe exatamente o que está fazendo, não é mesmo?

— Quê...? — O menino parece surpreso.

— Você está nos tratando como velhotes de propósito. Você não nos chamou de vovô e vovó por acaso. Ou estou enganado?

— Ora, querido, não assuste o menino — diz a mulher, gentilmente. — É por isso que as pessoas não têm paciência com os mais velhos.

— Esse aí não é um garotinho inocente. Ele escolhe as palavras com muito cuidado. E ele fede.

— Eu estou cheirando mal? — O garoto faz uma careta. — Isso não é uma coisa muito legal de se dizer na primeira vez que a gente se encontra. Eu não tive a intenção de desrespeitar quando chamei você de vovô.

— Talvez a gente esteja se encontrando pela primeira vez, mas você me conhece. Eu sou o Kimura. Você me ligou há pouco tempo. — O homem dá um sorriso. Sua voz é suave, mas seu olhar é penetrante. — O que você disse no telefone me deixou preocupado, então viemos correndo pegar esse trem em Mizusawa-Esashi.

O garoto abre a boca fazendo um *aah* de compreensão, como se estivesse juntando as peças de um quebra-cabeça.

— Vocês devem ser os pais do Sr. Kimura.

— Acho que você pode dizer que somos superprotetores vindo correndo desse jeito quando nosso filho está em perigo. Onde está o Yuichi, afinal?

Nanao também está juntando as peças. *Yuichi Kimura é o homem que estava com esse garoto, o homem que está no chão do banheiro. Mas por que o garoto ligou para o pai dele?*

— Você mesmo me disse isso, no telefone. Yuichi está em perigo e meu neto Wataru também.

— Ah, isso foi só... — O garoto fica em silêncio. Seus lábios parecem tremer.

— Você disse: "Você e sua esposa devem estar descansando, talvez eu não devesse ter ligado." Lembra?

— Isso foi só... — Ele olha para o próprio colo. — Eles me obrigaram a dizer que o Sr. Kimura tinha me ameaçado. Ele e um outro homem.

Que outro homem? Enquanto Nanao escutava aquilo tudo ali sentado, observou o garoto. Um rosto proporcional, um nariz perfeito, uma cabeça lindamente redonda. Era como uma peça elegante de cerâmica. Uma memória lhe vem à cabeça, de um colega rico do colégio dizendo que ele deveria tentar ser jogador de futebol ou criminoso se queria fugir da pobreza. Esse colega tinha esse mesmo tipo de visual imaculado. *Pelo jeito os sortudos ganham até mesmo na aparência.*

— Ele é só um adolescente qualquer, que acabou sendo envolvido numa situação perigosa. Vocês não precisam pegar tão pesado com ele — intervém Nanao, sem conseguir se conter.

— Só um adolescente qualquer, é? — O homem olha para Nanao. Seu rosto é enrugado e seco. Mas há uma dignidade inquestionável nele, como uma árvore enorme, que permanece firme mesmo quando está perdendo sua casca, com um tronco tão robusto que nem mesmo os ventos mais fortes são capazes de balançar. — Eu não acho que ele seja só um adolescente qualquer.

Assim que essas palavras saem de sua boca, o homem enfia a mão dentro do casaco.

Nanao reage, um movimento puramente automático. Ele puxa a arma de suas costas ao mesmo tempo que o homem saca a sua pistola e aponta para o garoto.

Eles estão sentados tão perto que tanto o garoto quanto o homem estão com armas a centímetros do rosto. A cena parece surreal para Nanao. Em geral, quando as pessoas se sentam dessa maneira, elas ficam tão próximas que costumam conversar e jogar cartas. Porém, ali estão eles, apontando armas uns para os outros.

O homem gesticula com a arma na direção do nariz do garoto.

— Se você nos disser a verdade, talvez saia vivo dessa, meu jovem.

— Querido, se você não tirar essa coisa do rosto do garoto, ele não vai poder te dizer nada, mesmo que queira — comenta a mulher, num tom carinhoso. Ela parece completamente tranquila.

— Vamos lá, isso é loucura. — Nanao não está gostando da rapidez com que as coisas desandaram. — Se você não abaixar essa arma, eu vou atirar.

O homem olha para a arma de Nanao como se só a estivesse vendo agora.

— Dá um tempo. Essa coisa não está nem carregada.

Nanao fecha a boca. É verdade, o pente está no lixo. *Mas como é que ele sabe disso?* Não parece ser algo que alguém pudesse saber só de olhar.

— Do que você está falando? É óbvio que está carregada.

— Beleza, então atira. Eu atiro também.

Nanao fica constrangido de ser tratado como um amador, mas não é hora de se preocupar com o próprio ego. Ele coloca lentamente a arma de volta no cinto, mantendo os olhos fixos no homem.

— Vocês chegaram a comprar passagens? Vocês sabem que todos os assentos do Shinkansen são reservados, né? — O garoto diz aquilo numa voz neutra.

— Não venha com papo pra cima de mim. De qualquer maneira, todas as passagens para esse trem estavam esgotadas.

— Esgotadas? — Nanao olha ao seu redor, o vagão praticamente vazio. — Mas não tem praticamente ninguém aqui.

— Eu sei. É bem estranho. Talvez um grupo grande tenha cancelado a viagem no último minuto. Mas isso não interessa. Não é como se o condutor fosse nos expulsar. Então, cadê o Yuichi? O que aconteceu com ele? E o que vai acontecer com o Wataru?

— Olha, na verdade eu não sei — diz o garoto, de uma forma sombria. — Tudo que sei é que, se eu não chegar a Morioka, uma coisa muito ruim vai acontecer com o Wataru lá no hospital.

Nanao olha novamente para o garoto. Baseado no que tinha acabado de ouvir, o garotinho que o menino disse que estaria em perigo caso ele não chegasse a Morioka devia ser neto desse casal. A ligação entre o casal e o garoto é que ainda não estava muito clara.

Mas tinha uma outra coisa que ele queria saber mais ainda: *Quem diabos são esses dois?* Um olhar mais atento o faz concluir que a mulher também está com uma arma debaixo do casaco. *Uma vovozinha armada?* Eles parecem tão calmos que é difícil imaginar que sejam cidadãos comuns. *Não, eles são profissionais. Nunca tinha ouvido falar de profissionais tão velhos.*

Nanao não sabe no que se meteu, mas é mais do que evidente que o homem está achando que aquele garoto é o inimigo. *Isso não faz sentido. Nada nessa viagem de trem fez qualquer sentido até aqui, e muito menos isso. Um casal de idosos armado interrogando um aluno do fundamental.*

Naquele instante, um celular começa a vibrar. Ele vibra alegremente, como se estivesse tirando sarro das quatro pessoas ali sentadas.

Os quatro continuam na mesma posição, prendendo a respiração, escutando. Todos ao redor parecem estar em silêncio também.

Nanao tateia os bolsos da calça, mas não é o seu telefone que está tocando.

— Ah — diz o garoto, colocando a mochila no colo e abrindo o zíper. — É o meu.

— Não se mexa.

O homem o cutuca com o silenciador. Eles estão tão próximos que parece que ele está ameaçando o garoto com uma faca.

— Mas o meu telefone...

— Fique parado e esqueça ele.

Nanao fica escutando o telefone tocar. Ele conta, três, quatro vezes.

— Sabe, eu realmente preciso atender essa ligação.

— Qual o problema de ele atender o telefone? — Nanao não tem nenhum motivo para dizer aquilo. Parece um pai que quer defender o filho quando ele está sendo repreendido na escola.

— De jeito nenhum. — O homem está irredutível. — Não gosto desse daí. Se ele diz que só vai atender o telefone, é porque está tramando alguma coisa.

— Querido, sério, o que ele poderia fazer? — A mulher está mais tranquila do que nunca.

— Não sei exatamente. Mas o que eu sei é que quando você está lidando com um espertinho, você não pode deixá-lo fazer o que quiser. Nunca. Mesmo que seja uma coisa insignificante, eles sempre estão tramando alguma coisa que a gente não consegue ver. Uma vez eu estava lidando com um camarada que tinha um restaurante de lámen. Eu estava com a arma apontada para ele. E não porque o lámen do sujeito era ruim. Eu estava dizendo para ele me entregar uma coisa, uma coisa importante, não consigo lembrar o quê. De repente, o telefone do lugar começou a tocar. O cara disse que se ele não atendesse, alguém acharia que alguma coisa estava errada. Achei que aquilo fazia sentido, então eu fui legal e deixe ele atender. "Não tente nenhuma gracinha", eu falei. Ele atendeu e começou a anotar um pedido, lámen de missô, lámen de chashu, como se alguém estivesse pedindo uma entrega. Mas o que eu não sabia era que aquilo era um código. Menos de cinco minutos depois, chegaram os reforços, um monte de bandidos. Foi um baita tiroteio dentro daquele restaurantezinho. É óbvio que eu sobrevivi, mas foi uma grande dor de cabeça. E teve uma outra vez que eu estava dentro de um escritório, dando uma prensa no patrão. O telefone tocou, eu fui legal e deixei que ele atendesse. Assim que ele fez isso, *bang*! Então, o que aprendemos com isso?

— Que não existia celular trinta anos atrás — diz a mulher, num tom sarcástico. Ela obviamente escutara aquelas histórias incontáveis vezes.

— Não, o que nós aprendemos é que, numa situação como esta, nunca é bom quando alguém recebe uma ligação.

— Ou pelo menos não era trinta anos atrás. — Ela ri.

— Segue valendo para os dias de hoje.

Nanao olha na direção do menino. A mochila está no assento entre os dois, aberta. O garoto parece concentrado, pensando em alguma coisa. Uma dúvida invade a mente de Nanao. O medo juvenil que emanava do garoto quando ele estava implorando por sua ajuda tinha se evaporado. Agora, sua calma, inabalável mesmo com uma arma apontada para o rosto, parecia estranha. Antes, Nanao a havia atribuído ao choque, mas o garoto parecia estar bem naquele momento.

Então, uma coisa chama a atenção de Nanao. Dentro da mochila aberta ele consegue ver algo que parece ser o cabo de uma arma. *Uma arma? Por que um aluno do fundamental teria uma arma? Foi ele quem a colocou aí?* Nenhuma resposta vinha à sua mente. A única coisa da qual ele tinha certeza é que havia uma arma dentro daquela mochila.

E, Nanao pensa, tentando não demonstrar nada, *eu poderia usá-la.*

A arma de Nanao não estava carregada. O homem sabia disso. O que significava que ele tinha ficado com a impressão de que Nanao estava desarmado. Ele jamais esperaria que Nanao puxasse uma arma de dentro da mochila. Tanto o garoto quanto o casal eram perigosos. Qualquer coisa poderia acontecer. Se não tomasse cuidado, ele poderia acabar ferido, ou até pior. *Se eu pegar essa arma, posso tomar as rédeas da situação.*

Ele começa a se concentrar, esperando uma oportunidade para pegar a arma. Se errar, certamente vai levar um tiro.

O telefone para de tocar.

— Ah. Quem estava ligando deve ter desistido. — O garoto abaixa a cabeça.

— Se for importante, eles vão ligar de novo — diz o homem.

Há uma leve vibração no ar, uma expiração ritmada pelo nariz. Nanao olha para o garoto e leva alguns instantes para perceber: sua cabeça está baixa, mas ele está mordendo o lábio, incapaz de conter uma risada.

O PRÍNCIPE

< 1 | 2 | 3 | 4 | 5 | 6 | 7 | **8** | 9 | 10 >

Seu corpo treme por inteiro com a risada que está tentando segurar, uma risada que vem das profundezas do seu ser, e que não consegue disfarçar. *Este velho é igual a todos os outros*, ele se deleita. *Agindo como um cara durão, dando tanta importância para o fato de ser muito mais experiente do que eu, como se isso fosse a coisa mais fácil do mundo para ele, mas, no fim das contas, ele é só mais uma vítima do excesso de confiança, tolo demais para perceber que caiu numa armadilha mesmo depois de já estar dentro do buraco.*

Era quase certo que aquela chamada perdida fosse do homem dentro do hospital em Tóquio. Talvez ele quisesse fazer uma pergunta, ou talvez estivesse começando a entender o que estava prestes a fazer e pensava em desistir, ou talvez estivesse simplesmente cansado de esperar.

Eles haviam combinado que, se o telefone tocasse mais de dez vezes e o Príncipe não atendesse, ele deveria seguir adiante com o trabalho. E, agora, o telefone havia acabado de tocar bem mais de dez vezes sem uma resposta do Príncipe.

Ele não sabia ao certo se o homem teria coragem suficiente para fazer aquilo de fato, mas, julgando pela sorte que teve em toda a sua vida até agora, o cara certamente estaria a caminho do quarto de Wataru Kimura com a intenção de matá-lo. O Príncipe está acostumado a pessoas e animais se comportando exatamente da maneira como ele quer.

É tudo culpa sua, ele estava louco para dizer para o homem à sua frente, *você achou que me ameaçar com uma arma te daria algum tipo de vantagem, mas, na verdade, isso custou a vida do seu precioso netinho*. Ele quase sente pena do velho, uma necessidade bizarra de consolá-lo. Ao mesmo tempo, ele começa a calcular como poderia tirar proveito daquela situação. Se fizesse tudo direitinho, talvez conseguisse controlar o casal de idosos. Primeiro ele lhes daria a notícia da tragédia, depois, se deliciaria com a visão do homem devastado pela angústia e da mulher atordoada pelo choque e, por fim, ele os manipularia usando seu sentimento de culpa, privando-os de seus poderes de decisão e os dominando. *Eu vou fazer o que eu sempre faço*.

Mas não ainda. Era fácil imaginar o que aconteceria se ele dissesse a eles que seu neto estava correndo grave perigo: o homem ficaria maluco, apontaria a arma para todos os lados e, provavelmente, ligaria para o hospital suplicando para que salvassem o menino. Aquela informação específica teria que ficar oculta por mais algum tempo.

— Ei — diz o homem. — Comece a falar. Ou vou atirar em você antes de chegarmos a Morioka.

— Por quê? — pergunta Nanao. — Por que você está tão obcecado em atirar nele?

— Sério, eu juro que não sei o que está acontecendo! — O Príncipe aproveita a deixa de Nanao e retoma seu papel de adolescente apavorado.

— Você acha mesmo que essa criança está mentindo, querido? Pra mim não é o que parece.

O rosto da mulher o faz lembrar, por um momento, de sua própria avó falecida. Ele sente um toque de nostalgia, mas não de afeto. Mais do que qualquer outra coisa, ele se sente reconfortado por saber que será fácil manipulá-la. Os velhos não conseguem evitar sorrir para as crianças e tratá-las com indulgência. Não é uma questão de moralidade ou dever, é instinto animal puro e simples. Criaturas da mesma espécie devem proteger os mais jovens do bando. É assim que elas são programadas.

— Mas onde está o Yuichi? Ele desembarcou em Sendai? É por isso que ele não pode mais atender o telefone? — diz a mulher.

— Estou te dizendo, esse garoto fede. — O homem se acomoda na cadeira e aponta o queixo para o Príncipe. Mas também para de apontar a arma para ele, e a coloca de volta no coldre, debaixo do casaco. Ele não baixou a guarda, mas está um pouco menos agressivo. — De todo modo, vamos dar uma checada no Wataru. Eu pedi para o Shigeru ver como ele está, mas essa coisa toda foi tão corrida que não sei se ele já foi até lá.

— O Shigeru é meio atrapalhado, mesmo — ri a mulher.

Eles mandaram alguém para o hospital?

— Será que eu vou até o telefone público e ligo para ele?

Isso não é bom, pensa o Príncipe. *Preciso ganhar tempo.*

— O seu neto está doente? — pergunta Nanao.

O Príncipe dá graças aos céus por aquilo. Agora eles vão perder tempo falando. *Porque eu sou muito sortudo.*

— Ele caiu do telhado de uma loja. Está em coma no hospital desde então — responde o homem, de forma seca, talvez para não demonstrar suas emoções.

O Príncipe leva a ponta dos dedos à boca.

— Ah, não! Sério? — Ele faz uma cara de surpresa, como se aquela fosse a primeira vez que tivesse ouvido falar disso. — Do telhado? Ele deve ter ficado com tanto medo!

Por dentro, no entanto, ele está sorrindo de orelha a orelha. Fica se lembrando do terror no rosto do garotinho, que não entendeu nada na hora em que o Príncipe o empurrou do telhado.

— Wataru estar em coma é como a Amaterasu escondendo sua luz na caverna — continua o homem, com a voz rouca. — O mundo inteiro ficou escuro. Precisamos de todos os outros deuses dançando e rindo para chamar o Wataru de volta. Senão, essa escuridão horrível nunca vai terminar.

O Príncipe luta para reprimir o riso. *Vocês são os únicos que estão no escuro. O resto do mundo está bem.* E ele não dá a mínima se o seu neto vive ou morre.

— O que os médicos dizem? — pergunta Nanao.

— Eles estão fazendo tudo que podem, mas não tem muito que possa ser feito. Eles dizem que ou ele pode acordar a qualquer momento, ou nunca mais.

— Vocês devem estar muito preocupados — diz Nanao, gentilmente.

O homem dá um sorriso caloroso.

— Já você, rapaz, você não tem cheiro algum. Estou quase chocado por não estar sentindo nenhuma má intenção emanando de você. Pela maneira como você puxou aquela arma, eu diria que está no mesmo ramo que nós. Mas como? Não acho que você não cheira a nada por ser novo no negócio, porque diria que não é o caso.

— Não, eu já venho fazendo isso há algum tempo. — Nanao dá um sorrisinho irônico. — É só que eu tenho um azar bizarro. Então, quando eu fico sabendo de alguma coisa ruim que aconteceu a alguém, pra mim é fácil imaginar como essa pessoa se sente.

— Hum, tem uma coisa que eu me pergunto há algum tempo — diz o Príncipe, querendo prolongar aquela conversa e impedi-los de fazer qualquer ligação telefônica.

— O que é? — O homem lhe lança um olhar de desconfiança e irritação.

— Será que temos a resposta para a sua pergunta? — questiona a mulher.

— Por que matar pessoas é errado?

A mesma pergunta de sempre. A pergunta que sempre choca os adultos, que fazem eles tentarem mudar de assunto, que nunca conseguem responder.

— Ah... — Nanao faz um barulho, de repente. O Príncipe se vira, achando que ele vai tentar responder à pergunta, mas o que ele vê é Nanao olhando para a frente do trem. — ... lá vem o Sr. Suzuki.

E realmente, Suzuki, o professor da escola preparatória, está vindo pelo corredor em sua direção.

— Quem é ele? — O homem saca a arma novamente e a aponta para Nanao.

— É uma pessoa que eu conheci no trem. Não somos amigos nem nada, só conversamos algumas vezes. Ele é um civil e não sabe que estou armado. É só um professor de escola preparatória. Ele estava preocupado com o garoto e estava sentado aqui com a gente — explica Nanao rapidamente. — É por isso que ele está vindo para cá.

— Eu não confiaria nele — diz o homem. — Você tem certeza de que ele não é um profissional? — Ele segura o cabo da arma com mais força.

— Se acha que ele é, atire nele quando ele vier até aqui — diz Nanao, com firmeza. — Mas vai se arrepender se fizer isso. O Sr. Suzuki é um homem bom, honesto.

A mulher inclina o corpo em direção ao corredor e apoia o braço no descanso do assento para se virar e dar uma olhada. Ela gira de volta após um instante.

— Na minha opinião, é um homem comum. Não parece estar tramando nada e, obviamente, não está armado. Só parece ter sentado um pouco no vagão verde para ver como é viajar lá, e agora está voltando.

— Você acha? — pergunta o homem.

— Você está totalmente correta, senhora — concorda Nanao gentilmente.

O homem põe a mão por dentro do casaco, ainda segurando a arma e apontando-a para Nanao por debaixo do tecido.

— Se as coisas ficarem esquisitas, eu vou atirar.

Então, Suzuki se aproxima deles.

— Olha só, as coisas ficaram mais animadas por aqui! Quem são esses?

Os olhos da mulher se enrugam quando ela sorri.

— Entramos na última estação e achamos que ficaríamos solitários demais, só nós dois, um casal de velhos nesse trem vazio, então estes dois jovens foram gentis e nos convidaram para sentar com eles. — Ela vai contando aquela história inventada com a maior calma do mundo.

— Ah, entendi. — Suzuki assente. — Que legal!

— Ele contou que você é professor — diz o senhor em voz baixa. Seus olhos seguem alertas. Ele não pisca nenhuma vez.

— Numa escola preparatória. Acho que pode-se dizer que sou professor, sim.

— Bom, era justamente do que precisávamos. Sente-se aqui, ao lado da vovó. — O homem indica para Suzuki assento do corredor de frente para Nanao e o Príncipe. Suzuki obedece, e, assim que se senta, o homem continua. — O garoto acabou de fazer uma pergunta pesada.

Ele parece já ter desfeito suas suspeitas sobre Suzuki, embora permaneça de olho, tentando identificar o momento certo para começar a atirar.

— E qual foi? — Suzuki arregala os olhos, querendo saber.

— Ele quer saber por que é errado matar pessoas. Você é professor. O que tem a dizer? Vá em frente.

Suzuki parece surpreso de ter sido colocado no centro das atenções. Então, ele olha para o Príncipe.

— É isso que você quer saber? — Ele franze a testa, ou de preocupação, ou de tristeza.

O Príncipe evita revirar os olhos. Quase todo mundo para quem ele pergunta faz aquela mesma expressão. Ou isso, ou suas bochechas ficam vermelhas de indignação.

— Só estou curioso — responde o Príncipe.

Suzuki respira fundo e depois deixa o ar sair durante vários segundos, como se estivesse se acalmando. Ele não parece chateado, apenas desconsolado.

— Não tenho certeza se sei como responder isso.

— É difícil de responder, né?

— Bom, é mais o caso de eu não ter certeza do que você quer saber, exatamente. — O rosto de Suzuki está adquirindo um aspecto cada vez mais professoral, algo que o Príncipe considera detestável. — Em primeiro lugar, vou te dar a minha opinião pessoal.

Existe alguma opinião que não é pessoal?

— Se você tentasse matar uma pessoa, eu o impediria de fazer isso. E se fosse o contrário, se alguém tentasse matar você, eu também a impediria.

— Por quê?

— Porque quando alguém é assassinado, ou quando alguém ataca outra pessoa, mesmo que não a mate, é de partir o coração — diz Suzuki. — É uma coisa muito triste, desesperadora. Eu preferia que isso nunca acontecesse.

O Príncipe não tinha o menor interesse em escutar uma coisa dessas.

— Eu entendo o que você está dizendo e me sinto da mesma maneira — mente ele. — Mas o que eu quero ouvir não é uma argumentação baseada em ética, como esta. Se existisse uma pessoa que não pensasse desse jeito, pra essa pessoa não estaria tudo bem se ela matasse alguém? Existem coisas como a guerra e a pena de morte, mas a maioria dos adultos não vê nada de errado com elas.

— Isso é verdade — concorda Suzuki, como se estivesse esperando que o Príncipe dissesse aquilo. — Como eu falei, essa é a minha opinião pessoal sobre a questão. Mas isso é o que mais importa. Eu acho que as pessoas não deveriam matar ninguém, em nenhuma circunstância. Morrer é a coisa mais triste que existe. Mas não é essa a resposta que você está procurando. Então — continua ele, sua voz adotando, de repente, um tom gentil —, tem algo que eu gostaria de perguntar a você.

— O quê?

— O que você faria se eu mijasse em você agora?

O Príncipe não estava esperando algo tão infantil.

— O quê?

— O que você faria se eu te obrigasse a tirar todas as suas roupas?

— Você gosta desse tipo de coisa?

— Não, não. Mas pense nisso. É errado mijar no vagão do trem. É errado forçar alguém a se despir. Você não deve fofocar. Não deve fumar. Não deve entrar no Shinkansen sem comprar uma passagem. Você precisa pagar se quiser beber um suco.

— Do que você está falando?

— Eu gostaria de te dar uma surra neste exato momento. Isso seria certo?

— Você está falando sério?

— E se eu estiver?

— Eu não iria querer isso.

— Por que não?

O Príncipe reflete. *Será que eu digo pra ele que eu não quero que ele me dê uma surra, ou que ele deveria se sentir à vontade para me dar uma surra?*

— A vida é cheia de regras e proibições. — Suzuki dá de ombros. — Tem regras sobre tudo. Se você estivesse sempre sozinho não seria um problema, mas assim que outra pessoa entra em cena, tudo quanto é regra começa a existir. Estamos cercados o tempo todo por regras infinitas sem um fundamento muito objetivo. Às vezes parece que a gente não pode fazer nada. É por isso que eu acho estranho que, de todas as regras que você poderia questionar, a que mais te interessa é por que é errado matar alguém. Já ouvi essa pergunta de outros garotos também. Você poderia perguntar por que é errado dar um soco numa pessoa, ou por que você não pode simplesmente aparecer na casa de alguém e dormir lá, ou por que não pode acender uma fogueira no pátio da escola. Ou por que é errado xingar as pessoas. Muitas regras fazem muito menos sentido do que a proibição do assassinato. É por isso que sempre que eu ouço alguém da sua idade perguntando por que é errado matar pessoas eu fico com a sensação de que elas estão apenas querendo levar a discussão a um extremo, querendo fazer os adultos se sentirem desconfortáveis. Perdão, mas é isso que me parece.

— Mas eu realmente queria saber.

— Como eu disse, a vida é cheia de regras intermináveis. Agora, com muitas delas, mesmo se você desrespeitá-las, ainda é possível se redimir. Digamos que eu roube a sua carteira. Eu posso devolver depois. Ou se eu derrubar alguma coisa na sua roupa: mesmo que ela fique totalmente arruinada, eu sempre posso te dar uma roupa nova. Isso talvez prejudique a nossa relação, mas as coisas podem voltar, mais ou menos, a ser como eram. Mas quando alguém morre, não dá para voltar atrás.

O Príncipe dá uma bufada e está quase perguntando se é porque a vida é uma coisa linda, mas, antes que possa fazer isso, Suzuki continua:

— E eu não estou dizendo isso porque eu acho que tem qualquer coisa particularmente linda sobre a vida humana. Mas pense assim: e se você queimasse o único exemplar existente de um mangá? Depois de queimado, você nunca mais poderia tê-lo de volta. Eu não acho que vidas humanas e mangás têm o mesmo valor, mas, numa comparação objetiva, dá para dizer que elas são parecidas nisso. Então, quando você pergunta por que é errado matar pessoas, é o mesmo que perguntar por que é errado queimar um mangá raríssimo.

— Como fala esse professor — comenta o homem, rindo.

Quanto mais Suzuki falava, menos empolgado e mais calmo foi ficando, o que fez o Príncipe achar que havia algo de estranho a seu respeito.

— E agora que eu disse tudo isso, vou te dizer qual é a minha conclusão — engata Suzuki, como se estivesse dizendo aos seus alunos algo que cairia na prova e que eles deveriam prestar atenção se quisessem acertar a resposta.

— Sim?

— Se fosse permitido cometer assassinatos, o Estado jamais funcionaria.

— O Estado? — O Príncipe faz uma careta ao ouvir aquilo, preocupado que a resposta fosse terminar caindo em algo abstrato.

— Se as pessoas soubessem que poderiam ser assassinadas amanhã, a economia pararia. Pra começar, uma economia não pode existir sem direitos sólidos à propriedade. Tenho certeza de que você concorda comigo. Se não existe uma garantia de que algo que você compra pertence a você, o dinheiro não serve pra mais nada. Ter dinheiro passaria a não ter qualquer importância. Então, vamos examinar a vida de uma pessoa, que é o bem mais valioso que ela possui. Se olharmos para ela desse ponto de vista, para que a atividade econômica funcione direito, precisaria haver algum tipo de proteção para a vida humana, ou, no mínimo, uma ilusão de proteção. E é exatamente por isso que o Estado institui regras e proibições, uma das quais sendo a proibição ao assassinato. Essa é apenas uma entre as muitas regras importantes. Tendo isso em mente, faz todo o sentido a pena de morte e as guerras serem permitidas. Porque elas servem às necessidades do Estado. As únicas coisas que são permitidas são as coisas que o Estado diz que são certas. O que não tem nada a ver com ética.

O Shinkansen para na estação Shin-Hanamaki.

Ele fica ali parado ao lado da plataforma durante um minuto, como se estivesse recuperando o fôlego. Depois, parte novamente, e a paisagem volta a correr.

NANAO

< 1 | 2 | 3 | 4 | 5 | 6 | 7 | **8** | 9 | 10 >

NANAO ESCUTA COM GRANDE INTERESSE o que Suzuki está dizendo. Há algo de revigorante em assistir a um professor de uma escola preparatória falando de forma tão assertiva e imparcial com um aluno do ensino fundamental.

— Determinados países, países muito distantes, talvez digam que não existe problema em matar alguém. Não posso afirmar com certeza, mas é possível que exista, em alguma parte do mundo, um país ou uma comunidade na qual o assassinato é permitido. A proibição do homicídio pode ser reduzida a uma ideologia de Estado. Então, se você fosse a um desses países, você estaria livre para matar pessoas, e as pessoas estariam livres para te matar também.

Não era a primeira vez que Nanao ouvia esse tipo de argumento, mas a maneira metódica com que Suzuki foi expondo suas ideias tornou aquilo mais fácil de escutar. Nanao já havia matado, incontáveis vezes, de modo que ouvir um longo discurso sobre os argumentos por trás da proibição do assassinato não o fariam refletir sobre as suas atitudes ou mudar de comportamento, mas ele gosta muito do jeito que Suzuki se expressa, gentil e resoluto ao mesmo tempo.

— Se você está procurando motivos pelos quais o assassinato não é permitido e que não tenham uma natureza ética, então as únicas respostas possíveis estão nas leis. Ou seja, procurar por uma explicação além da própria lei é meio desonesto, é como perguntar por que precisamos comer vegetais além de pelo fato de que eles contêm muitos nutrientes. — Suzuki expira por alguns segundos. — Mas aqui eu gostaria de dizer mais uma vez o que falei no começo, que eu acho que matar pessoas é simplesmente errado. Para mim, leis e ideologias de Estado não têm nada a ver com isso. Quando alguém desaparece deste mundo, quando o seu ser some, é uma coisa trágica e aterradora.

— Quando você fala isso — pergunta o homem —, você tem alguém em particular em mente, por acaso?

— Sim, eu estava me perguntando a mesma coisa — diz a mulher.

— Minha esposa morreu, embora já faça bastante tempo. — Suzuki fica olhando para o nada. Deve ser por isso que Nanao não conseguiu ver nenhum brilho em seu olhar. — Na verdade, ela foi assassinada.

— Ah, não. — Os olhos da mulher se arregalam.

Nanao fica apenas surpreso.

— O que aconteceu com o assassino? — pergunta o homem, evidentemente pronto para se oferecer para se vingar.

— Ele morreu. Estão todos mortos, e é isso. — Suzuki permanece sereno. — Quando eu fico pensando por que tudo aquilo aconteceu, por que minha mulher está morta, ainda não consigo entender. A coisa toda parece um sonho. O sinal não mudava nunca, e, quando eu comecei a me perguntar quando é que ele ficaria verde, lá estava eu, na plataforma.

— O quê? — O homem ri de forma brusca. — O que é isso, algum tipo de alucinação?

— Eu sempre achei que a estação Tóquio fosse o fim da linha, nunca imaginei que um trem fosse passar por ela sem parar.

A voz de Suzuki vai ficando cada vez mais fraca. Ele começa a dizer coisas que não fazem sentido, e surgem sinais de desespero em seu olhar, como se ele tivesse sido sugado para um pesadelo antigo e não conseguisse sair. De repente, ele balança a cabeça e parece voltar a si.

— Sempre que eu começo a pensar na minha esposa, é como se eu tivesse caído num buraco escuro e apertado. Ou eu a imagino andando, perdida, por um deserto completamente escuro. Ela está sozinha, incapaz de gritar ou de me ouvir chamando por ela, cega e assustada, perambulando para sempre, e não há nada que eu possa fazer para ajudar. Eu nem consigo encontrá-la. Se não tomar cuidado, às vezes fico com a impressão de que eu posso até mesmo esquecê-la por lá, sozinha, no escuro, sem nada para lhe fazer companhia além de uma tristeza eterna.

— Estou ficando um pouco perdido — diz o homem —, mas dá pra ver que você é um bom sujeito. Está decidido, Wataru vai estudar com você. — Ele nem parece estar brincando. — Me dê o seu cartão.

Suzuki enfia a mão dentro do casaco e, em seguida, dá uma risada.

— Ah, eu deixei as minhas coisas no meu assento. Todos os doces que eu comprei! — Ele parece voltar a ser um universitário despreocupado. — Preciso ir lá pegar antes que a gente chegue a Morioka. — Ele se levanta. — Estou indo visitar os pais da minha esposa pela primeira vez desde que ela morreu. Demorei muito tempo até sentir que estava pronto para vê-los.

— É mesmo? Então é bom que você preste suas condolências! — diz o homem num tom sério, mas também parece feliz de saber daquela reunião.

Suzuki desaparece rumo aos fundos do trem.

— Bom, está satisfeito? — O homem olha para o adolescente. — Essa resposta foi boa o suficiente para você? Se você me perguntasse, eu diria que matar ou não matar é uma decisão pessoal, então não posso dizer que assino embaixo de tudo que o seu amigo professor disse. Mas ele levantou alguns pontos interessantes. O que você acha?

Alguma coisa brilha intensamente nos olhos do garoto. Nanao tenta identificar o que pode ser aquilo, se ele ficou furioso ou impressionado, mas, antes que consiga desvendar, a expressão do menino retorna ao normal e a tensão se desfaz, como o ar escapando de um balão.

— Não, não acho que foi uma resposta muito útil. Fiquei decepcionado. — A tensão pode ter sumido, mas o tom em sua voz, definitivamente, é agressivo.

— Ah, olha, ele ficou chateado. Bom, por mim, tudo bem. Estou ficando cansado dessa sua atitude arrogante, de quem acha que sabe de tudo — diz o homem em alto e bom som, a arma novamente em riste.
— Escuta aqui, Sr. Aluno do Fundamental. Deixa eu te dizer uma coisa.
— O quê?
— Essa pergunta que você fez. Quando eu tinha a sua idade, eu costumava perguntar a mesma coisa.

A mulher ao seu lado dá uma risadinha de lábios fechados, delicada e sibilante.

— Você se acha muito esperto, mas todo mundo faz essa pergunta quando é jovem e imbecil. Por que é errado matar pessoas, na tentativa de perturbar os adultos. Crianças costumam perguntar, se todos nós vamos morrer, qual o sentido da vida, e elas acham que estão sendo muito filosóficas, como se fossem as únicas pessoas que já se fizeram essa pergunta. É a mesma coisa que você se gabar por ter tido sarampo. Todos nós já passamos por isso há muito tempo.

— Concordo — diz a mulher. — Não gosto de crianças que ficam se gabando de não chorar no cinema, porque ninguém chora assistindo a um filme quando é jovem. As pessoas só começam a ficar mal por causa de besteiras depois de velhas. Eu nunca chorei no cinema quando era mais nova, ninguém faz isso. Se uma pessoa quiser se gabar por não chorar, ela deve fazer isso quando for velha. Mas, ah, desculpe, não queria te passar um sermão.

Ela leva os dedos à boca de uma forma exagerada e teatral, depois faz um gesto de zíper nos lábios e dá um sorriso.

Aquilo lembra Nanao do zíper na mochila, e seus olhos constatam que ela segue aberta. E a arma está bem ali.

Eu realmente deveria pegá-la. É só esperar o momento certo. Ele se concentra.

Porém, bem naquele instante, o Príncipe abaixa a cabeça e diz, numa voz delicada:

— Vovó, vovô, eu sinto muito.

O PRÍNCIPE

| 1 | 2 | 3 | 4 | 5 | 6 | **7** | **8** | 9 | 10 |

Ele se sente irritado, o que só o deixa mais irritado ainda. Suzuki não estava sendo condescendente com o Príncipe, mas sua resposta pareceu, de alguma forma, uma parábola, o que produziu nele uma retração inesperada, quase biológica. Como ver um inseto com muitas pernas, ou uma planta com uma cor particularmente espalhafatosa.

E ficar ouvindo o casal falando sem parar sobre como os seus anos de experiência os tornavam muito mais sábios o estava irritando profundamente.

Ele respira fundo para esfriar a cabeça e controlar a raiva e, então, começa:

— Sinto muito. Mas acho que é tarde demais para o seu neto.

Finalmente, o momento da revelação havia chegado. O homem e a mulher ficam completamente paralisados. *Assim que eu menciono o neto, vocês ficam prestes a desmoronar. E se acham tão fortes.*

— Aquela ligação que eu recebi antes. Eu precisava atender.

— Do que você está falando?

O rosto do homem se retorce e sua expressão fica sombria. Não por estar tentando parecer implacável, mas porque ele está lutando contra uma preocupação agonizante, como bem sabe o Príncipe.

— Foi o que me mandaram fazer. Atenda o telefone, eles disseram. Senão o garoto no hospital morre. Eu tinha que atender antes que ele tocasse dez vezes.

O homem fica em silêncio. O único som que se ouve é o barulho do Shinkansen.

— Mas você não me deixou atender. — O Príncipe fala numa voz dócil e treme os ombros de leve.

Espero que esteja satisfeito. Você agiu como se fosse muito esperto, mas não foi capaz nem de proteger o seu neto. Eu te derrotei, e sou só um aluno do fundamental, é o que ele adoraria dizer.

— Isso é verdade? — O homem fica em silêncio.

Agora ele está começando a pensar que isso não é apenas um jogo. Ele está ali, sentado, desamparado, esperando para ouvir o que eu vou dizer. O Príncipe sente um prazer físico subindo pela coluna.

— É verdade. Se eu ao menos tivesse atendido...

— Querido. — A mulher parece abalada pela primeira vez. A dúvida, enfim, havia brotado por baixo de sua casca grossa.

— O quê?

— Vamos tentar ligar. — Ela começa a se levantar.

— Boa ideia — solta o Príncipe. Àquela altura, certamente o serviço já teria sido feito. — Vocês querem usar o meu telefone? Ah, mas eu não posso me mexer — diz, num tom sarcástico, olhando fixamente para o homem.

O rosto do outro fica tenso. Antes ele queria evitar que o Príncipe tocasse no celular, mas, agora, seu corpo grita o oposto. *Me dá o telefone*, ele urrava. *Que delícia*, pensa o Príncipe. *Este foi um bom primeiro passo.* Agora, ele iria reafirmar sua dominância na dinâmica de poder.

Ele está quase pegando o telefone quando percebe Nanao olhando para ele e para a mochila. Entende de imediato o porquê.

A arma. Nanao quer a arma.

O coração do Príncipe bate mais forte.

Ele tinha pegado aquela arma de Tangerina, e não era uma arma qualquer. Ela tinha sido modificada para explodir quando alguém puxasse o gatilho, ferindo a pessoa no processo. Uma arma que, na verdade, era uma armadilha explosiva. Mas Nanao não sabia disso.

Eu deveria deixar, pensa o Príncipe, em júbilo.

Ele não tem como saber o que aconteceria se aquela coisa explodisse a menos que tentasse. Mas consegue imaginar que tanto Nanao quanto o homem sentado à sua frente acabariam feridos pela explosão. Mesmo que não seja fatal, ela certamente os atrasaria.

Tudo se tornaria um caos.

E, quando isso acontecesse, o Príncipe daria um jeito de escapar. *É exatamente isso que vai acontecer.*

Lógico que ele não tem como ter certeza de que não vai se ferir também, mas ele acha que as chances são pequenas. Ele ficaria bem desde que pulasse para o corredor assim que Nanao apontasse a arma. Mais do que tudo, ele confia em sua sorte para escapar daquela situação. *Sempre que uma coisa dessas acontece, eu consigo escapar em segurança.*

Uma melodia agradável começa a tocar no sistema de alto-falantes, seguida de um anúncio: em cinco minutos, o trem chegará a Morioka.

Então, tudo começa a acontecer, uma coisa atrás da outra.

Primeiro, na outra ponta do vagão, uma criança grita, numa voz empolgada:

— Vovô!

O garotinho está chamando pelo avô, mas o casal de idosos sente o impacto de sua voz. Da maneira que estão sentados, eles escutam a voz da criança vindo de suas costas. Para eles, é como se o próprio neto os estivesse chamando. Sua atenção é desviada para trás, e a mulher se inclina em direção ao corredor e se vira para olhar.

É nesse instante que Nanao age. Ele pega a mochila com a mão esquerda e enfia a mão direita lá dentro.

O Príncipe fica em êxtase com a sorte, com o fato de o garotinho ter distraído o casal bem na hora, criando a oportunidade para que Nanao pudesse pegar a arma. *Ele vai sacá-la, puxar o gatilho e aí será o fim.* O Príncipe salta do seu assento.

Mas a explosão não acontece.

No meio do caminho em direção ao corredor, ele se vira. Nanao não pegou a arma.

E não só isso, ele está ali sentado, olhando para a mão que tirou de dentro da mochila, sem mover um músculo, como se a energia de seu corpo tivesse sido desligada.

Só quando o Príncipe olha para o braço de Nanao é que percebe o que aconteceu, e aquela visão o deixa tão atônito que ele começa a voltar para onde estava sentado.

O homem também está paralisado, ainda apontando sua arma, com os olhos esbugalhados. A mulher está boquiaberta.

O braço de Nanao está bizarramente inchado, como se suas veias tivessem se inflado.

Foi o que pareceu à primeira vista. Mas não é nada disso.

Há uma cobra enrolada em seu braço.

— O que uma cobra... — diz o homem com a arma, e depois começa a rir. — O que uma cobra está fazendo aqui?

— Meu Deus — fala a mulher, perplexa.

Nanao dá um grito, mas seu corpo permanece paralisado.

— O que está acontecendo aqui? — O homem não consegue parar de rir.

— Ela se enrolou toda em você, jovenzinho. Você é mesmo muito azarado!

A mulher se esforça para segurar o riso, gentil, mas aquilo é demais para ela, que solta, então, uma tremenda gargalhada.

— Quando foi que essa coisa entrou aí? — A voz de Nanao e seu braço tremem juntos, em sincronia. — Ela não estava aí antes! Eu sabia que ela iria aparecer de novo, mas por que agora?

O Príncipe fica parado olhando. Ele mal consegue acreditar que aquilo está acontecendo.

Nanao começa a sacudir o braço e gritar.

— Ela não solta!

Ele parece um garotinho apavorado.

— Tenta jogar água nela — sugere a mulher, e Nanao dá um pulo por cima do Príncipe e sai correndo como se fosse tirar o pai da forca, atravessa a porta e ingressa no espaço entre os vagões.

A mulher ainda está rindo e, ao seu lado, o homem sorri.

— Inacreditável — repete ele diversas vezes. — O que uma cobra está fazendo dentro de um Shinkansen? Não dá pra acreditar nisso. Você tem razão, esse rapaz é muito azarado.

O Príncipe se sente paralisado pela confusão. *O que está acontecendo? Por que teria uma cobra aí, justo agora?* Aquilo foi completamente inesperado. Ele sente uma pontada de raiva, mas também pavor, um medo de que sua boa sorte tenha sido abocanhada pelas mandíbulas de um monstro sombrio do azar, que, em seguida, a destroçou em pedacinhos.

Então, ele escuta uma grande gargalhada, vinda do homem.

Achando que o homem estava rindo novamente do episódio da cobra, o Príncipe apenas o encara. Ele está olhando para cima, quase na direção do teto, com os dentes à mostra, num sorriso bem largo. Olhando para um ponto acima da cabeça do Príncipe.

— Aí, ó.

A mulher olha na mesma direção, e seu sorriso se soma ao dele.

— Ah, sim. É ele!

Do que eles estão falando? O Príncipe segue o olhar deles, esticando e girando o pescoço. Ele imagina que verá alguém entrando no vagão, o professor da escola preparatória ou Nanao, mas não vê ninguém. Ele não sabe direito para onde deveria olhar. Seus olhos vão da esquerda para a direita. Ele se vira novamente para o casal, mas os dois continuam olhando para a mesma direção. O Príncipe volta a se virar.

É aí que ele percebe o painel digital na parede, acima da porta.

Um texto desliza para o lado: De Shigeru para Shigeru. Wataru está a salvo. O invasor está morto.

GLÓRIA DA MANHÃ

< 1 | 2 | 3 | 4 | 5 | 6 | 7 | 8 | 9 | 10 >

O INSETO ESCALA A LONGA HASTE do dente-de-leão como se estivesse subindo uma escada em espiral, primeiro pela frente, depois por trás, e depois voltando para a frente, percorrendo lentamente seu caminho em direção ao topo. Ele vai circulando a planta com diligência, como se tivesse uma entrega importante a fazer, como se estivesse transportando um carregamento de boa sorte.

Ei, Glória da Manhã, você está me ouvindo? A voz do intermediário sai pelo telefone. Onde você está?

Ao lado de um dente-de-leão e uma joaninha, Glória da Manhã responde. Ele estava pensando num grupo de crianças que havia encontrado em um de seus trabalhos, que adoravam colecionar figurinhas de insetos. Devem estar quase no ensino médio, a essa altura. O tempo passa tão depressa. Só ele permanece no mesmo lugar, sozinho, alheio ao fluxo incessante, possivelmente porque se agarrou a um pedregulho arrastado pela corrente, mas, por qualquer que seja o motivo, não consegue se mexer. Está totalmente sozinho.

Um dente-de-leão e uma joaninha? Isso é um código para alguma coisa?

Não é código nenhum. Eu realmente estou parado ao lado de um dente-de-leão e uma joaninha. Na frente do hospital para onde você me disse para vir. Estou vendo a entrada principal. Onde você está?, pergunta ele.

Glória da Manhã sente um impulso inconsciente, estica o braço em direção ao dente-de-leão e arranca sua cabeça amarela, produzindo um estalo satisfatório.

Estou perto dos quartos dos pacientes. Meu amigo me pediu para ir até um específico, o que eu fiz, e foi bem a tempo, porque um homem de jaleco branco apareceu.

Você estava esperando esse homem de jaleco branco?

Não, responde o intermediário. Ele só pediu que eu fosse até o quarto do hospital onde estava o neto dele e visse como estava o garoto. Bem quando eu estava chegando, vi um homem de jaleco branco se aproximando. Eu me escondi debaixo da cama. Não foi fácil, com todos aqueles cabos e tomadas emaranhados lá embaixo e, você sabe, o meu corpo do tamanho que está, mas consegui me esconder a tempo. Então, o homem de jaleco branco entrou no quarto e começou a mexer nos botões da máquina que estava mantendo o menino vivo.

Não tem nada de errado num homem de jaleco branco operando um aparelho hospitalar. O que fez você suspeitar dele?

Eu vi os sapatos dele quando estava debaixo da cama. Estavam sujos. De barro. Não parecia certo um médico estar usando sapatos daquele jeito.

Você deveria largar o trabalho como intermediário e começar a atuar como Sherlock Holmes.

Então, eu saltei de baixo da cama e perguntei o que ele estava fazendo.

Você saltou de baixo da cama?

É só uma expressão. Óbvio que não. Eu comecei a me sacudir e rastejar e, de alguma forma, consegui sair de baixo da cama.

Ele deve ter ficado surpreso.

Tão surpreso que fugiu. Saiu correndo pelo corredor e se jogou dentro do elevador.

Muito suspeito. E onde você está agora?

Glória da Manhã tem a impressão de que ele já perguntou aquilo diversas vezes.

Ainda esperando pelo elevador. Eles demoram demais nesse hospital.

Entendi. Glória da Manhã olha novamente para a joaninha. Ela chegou ao topo da haste. Naturalmente, não faz ideia de que, até um instante atrás, havia uma florzinha amarela ali. Ela fica esperando pelo momento certo para alçar seu voo.

Tentomushi, em japonês, o inseto é chamado de joaninha, ou besourinha. Alguém lhe disse uma vez que o seu nome costumava ter alguma ligação com a Virgem Maria. Ele não consegue se lembrar quem lhe contou isso. Tem a lembrança de alguém sussurrando aquilo em seu ouvido, e também a lembrança de ter lido num livro ilustrado. Há ainda uma lembrança de um professor escrevendo isso no quadro quando ele era jovem, e a lembrança de ter ouvido aquilo de um de seus clientes. Todas essas memórias são igualmente vívidas, o que é o mesmo que dizer que são todas igualmente nebulosas, e ele não tem como saber qual é a verdadeira. Todas as memórias de Glória da Manhã são assim.

Ela leva consigo as sete dores de Nossa Senhora quando parte em direção aos céus. É por isso que algumas pessoas a consideram sagrada.

Glória da Manhã não sabe quais são as sete dores. Mas quando pensa naquela criaturinha minúscula carregando cuidadosamente toda a tristeza do mundo em suas pintinhas pretas, cercadas por aquele vermelho tão vivo, e depois escalando até a ponta da haste de uma flor antes de sair voando, ele sente uma boa sensação. A joaninha sobe o mais alto que consegue, e então para, como se estivesse se preparando. Após o tempo de uma respiração, ela abre sua couraça vermelha bem aberta, suas asas começam a bater e ela sai voando. Ele fica imaginando que qualquer um que testemunhe aquilo sinta que sua tristeza é aliviada, mesmo que só um pouquinho, mesmo que só o tanto que cabe naqueles sete pontinhos.

O exato oposto do meu trabalho, reflete Glória da Manhã. Toda vez que eu empurro alguém, mais sombras surgem no mundo.

Ei, Glória da Manhã. O intermediário segue falando. O homem de jaleco branco deve sair do prédio a qualquer minuto. Eu preciso que você dê um jeito nele. Eu estou descendo, mas acho que não consigo chegar a tempo.

Pediram pra você proteger o garoto nesse quarto de hospital. Acho que não importa se o agressor escapar.

Não, diz o intermediário. Minhas instruções foram que se alguém tentasse fazer mal ao garoto, eu não deveria ter misericórdia.

Isso parece bem pesado.

É assim que os profissionais da velha guarda são. Quer dizer, quando eles estavam no colégio ainda existia castigo físico. Mas este meu amigo é o mais barra-pesada de todos.

Então, esta é uma oferta formal de um trabalho? Glória da Manhã quer confirmar. Você quer que eu elimine um homem usando um jaleco branco? Se for o caso, isso não é informação suficiente. Se você não puder me dar mais detalhes, não posso executar o serviço.

Fique de olho num homem de jaleco branco.

Isso é muito vago. Por outro lado, imagino que vá ser fácil caso um homem de aparência suspeita e jaleco branco saia correndo do hospital.

Assim que diz aquilo, Glória da Manhã começa a rir baixinho no telefone. Um homem surge correndo pelo pátio do hospital. Enrolado no seu braço esquerdo, há uma coisa branca que se parece muito com um jaleco dobrado de qualquer jeito. Sim, é exatamente isso.

Ele descreve o homem para o telefone.

É ele, sem sombra de dúvida, afirma o intermediário.

Eu aceito o trabalho. Glória da Manhã desliga.

O homem com a trouxa branca olha para a esquerda e para a direita, tentando decidir para que lado ir. Em seguida, atravessa a rua correndo em direção ao canteiro central. Ele esbarra de leve em Glória da Manhã, que percebe os sapatos sujos de barro.

Quando se vira, ali está o homem, esperando que o sinal mude de cor, tirando um celular do bolso.

Glória da Manhã não faz nenhum barulho enquanto se aproxima às suas costas. Fica prestando atenção na respiração de seu alvo. Ele olha para o sinal. Abre as mãos, estica bem os dedos, fecha uma vez, abre de novo. Prende a respiração. Olha para a esquerda, para o tráfego na pista. Não é pesado, mas todos os veículos estão a toda velocidade. Ele calcula o tempo. Solta o ar, se concentra na ponta dos dedos, toca as costas do homem.

Assim que ele o faz, exatamente ao mesmo tempo, a joaninha sai voando pelo ar. As dores daquele lugar se aliviam, mesmo que só um pouquinho, só o tanto que cabe naquelas sete pintinhas pretas.

A cantada de pneus do carro reverbera. O celular despenca da mão do homem e cai no chão.

KIMURA

< 1 | 2 | 3 | 4 | 5 | 6 | 7 | **8** | 9 | 10 >

Nos fundos do oitavo vagão, a mensagem desliza da direita para a esquerda no painel digital, onde normalmente ficam passando manchetes e anúncios internos do trem.

— O quê... — O garoto está com o corpo todo retorcido, olhando para o painel. — ... o que isso significa?

— Surpreso? — Shigeru Kimura ri.

Wataru está a salvo. A mesma frase percorre a tela cinco vezes, só para garantir.

— Está surpreso? — repete ele, em tom sarcástico, à medida que o alívio vai se espalhando pelo seu peito.

— O que aconteceu?

O menino está deixando as emoções à mostra pela primeira vez. Ele se vira para olhar para Kimura, com as narinas infladas e o rosto muito vermelho.

— Parece que Wataru está a salvo.

— Era essa a notícia? — O garoto não consegue entender o que está acontecendo.

— Sabe, os profissionais tinham que se esforçar muito para entrar em contato no passado. Na nossa época não havia celulares.

— Nosso amigo Shigeru sempre adorou essa parte do trabalho — concorda Akiko.

— Shigeru fazia tudo ao contrário. Ele escolhia os trabalhos baseado em alguma nova forma de comunicação que queria tentar. Mas, hoje, isso acabou sendo muito útil.

Antes de saírem de casa para pegar o Shinkansen na estação Mizusawa-Esashi, ele havia ligado para Shigeru.

"Eu preciso que você dê uma olhada no meu neto", dissera. "Proteja-o. E se qualquer pessoa suspeita se aproximar, não tenha misericórdia." Ele fora bem vago nos detalhes, mas a urgência em sua voz era evidente. "Se acontecer qualquer coisa, liga pra mim, no telefone público do Shinkansen." Era uma maneira rudimentar de entrar em contato, já que ele não tinha celular.

Shigeru respondeu imediatamente: "Acho que os telefones públicos do Shinkansen não recebem mais ligações. Vou entrar em contato com você de outra maneira", sugeriu ele, orgulhoso.

"Como?"

"Fique de olho nos painéis digitais dos vagões. Se acontecer qualquer coisa, vou usá-los para entrar em contato."

"Você tem como fazer isso?"

"Eu evoluí um pouquinho depois da sua aposentadoria, Sr. Kimura. Como intermediário, eu conheço muita gente. E tenho uma boa relação com alguém que trabalha no escritório de transmissão de informações", respondera Shigeru, parecendo empolgado.

Quando a mensagem desaparece pela última vez, Kimura diz:

— Me entregue seu telefone. — Mas, ao ver que o garoto está numa espécie de transe, ele aproveita a oportunidade para tomá-lo de suas mãos.

— O que você está fazendo?! — protesta o garoto.

— Espere — interrompe Kimura. — Se eu fizer essa ligação, nós vamos descobrir o que aquilo significa.

Óbvio que não passa de um plano para que o seu inimigo coopere. Kimura tira um pedaço de papel de dentro da jaqueta e digita um número escrito nele. É o telefone de Shigeru, que ele havia anotado em casa.

— Alô — ele escuta o amigo dizer.

— Sou eu. Kimura.

— Hã? Você tem um celular agora, Sr. Kimura?

— Estou no Shinkansen. Um moleque suspeito me emprestou o telefone. — Kimura ergue a arma até a altura do ombro, mantendo-a sempre apontada para o garoto.

— Seu timing foi perfeito. Acabei de enviar uma mensagem para o painel digital do seu trem.

— Nós vimos. Você mandou a mensagem, mas quem a enviou para cá?

— Eu te falei, o homem que controla o sistema de transmissão de informações do Shinkansen.

Kimura acha desnecessário perder tempo perguntando maiores detalhes.

— Hum, Sr. Kimura, eu tenho boas e más notícias para o senhor — diz Shigeru. Kimura franze a testa, sentindo uma onda de nostalgia. Trinta anos atrás, toda vez que Shigeru contratava os Kimura para um serviço, ele sempre dizia que tinha boas e más notícias. — Qual você quer ouvir primeiro?

— Comece pelas boas.

— O homem que tentou matar seu neto está morto, estirado na rua, atropelado por um carro — diz ele, tudo num só fôlego.

— Você fez isso?

— Não, não fui eu. Foi um profissional. Uma pessoa bem habilidosa, não que nem eu.

— Tem razão nisso. — Kimura começa a se permitir sentir que Wataru está a salvo do perigo. O peso que estava sentindo no estômago finalmente desaparece. — Quais são as más notícias? — pergunta ele.

O Shinkansen começa a reduzir a velocidade, os sons que faz vão mudando e o trem para de sacudir, como se estivesse se soltando dos trilhos que vinha segurando com muita força. Em breve, eles chegarão à estação Morioka.

O garoto está olhando para Kimura com os olhos arregalados. Ele não consegue ouvir toda a conversa, então faz sentido estar preocupado, mas está estranhamente concentrado, tentando escutar qualquer coisa da voz do outro lado da linha. *Não posso abaixar a guarda com esse daí*, reconhece Kimura.

— As más notícias — diz Shigeru, falando com maior cautela agora. — Sr. Kimura, não fique bravo comigo, ok?

— Desembucha.

— Quando eu estava no quarto do seu neto, eu tive que me esconder debaixo da cama. E quando eu saltei de lá...

— Você saltou de baixo da cama do meu neto? Desde quando você é ágil desse jeito?

— É só uma expressão! — diz Shigeru, sem graça. — Mas quando eu saí de baixo da cama, eu tropecei.

— Aconteceu alguma coisa com o Wataru? — A voz de Kimura fica tensa na mesma hora.

— Sim, eu sinto muito.

— O quê? — Kimura se controla para não gritar.

Seu amigo deve ter esbarrado em uma das máquinas, talvez tenha até quebrado.

— Eu tropecei, ou, melhor dizendo, eu trombei nele. Mas, enfim, eu o acordei, e ele estava dormindo tão tranquilo. Mas ele abriu os olhos e murmurou alguma coisa, e ficou mexendo os lábios algumas vezes. Eu sei o quanto você odeia que as pessoas sejam acordadas quando estão dormindo, Sr. Kimura. Sei que você tem um ódio mortal disso. Mas não fiz por mal.

— Você está falando sério?

— Lógico que estou falando sério. Por que eu iria querer fazer mal a ele? Eu sei o quanto você odeia ser acordado, tenho as cicatrizes que não me deixam mentir. Você acha que eu realmente acordaria o seu neto de propósito?

— Não, eu quis dizer: você está falando sério que Wataru acordou?

Quando Akiko ouve o marido dizendo aquilo, seu rosto se ilumina por inteiro. Ao mesmo tempo, à sua frente, o rosto do adolescente fica paralisado.

Conforme o trem vai se aproximando de sua última parada, meia dúzia de passageiros começam a andar pelo corredor, preparando-se para o desembarque. Por um instante, Kimura fica preocupado que alguém possa ver sua arma, mas eles simplesmente vão passando e desaparecem no espaço entre vagões. Há tão poucos passageiros que nem chegam a formar uma fila na frente da porta.

— É verdade, o seu neto realmente acordou. Sinto muito — diz Shigeru.

— Não, estou muito feliz de ter pedido a sua ajuda — responde Kimura. Quando havia ligado para Shigeru, praticamente o único amigo que tinha em Tóquio, ele nem sequer sabia ao certo se Wataru estava correndo perigo de verdade. Mas Shigeru tinha salvado o dia, de fato.

— Desculpe por ter jogado essa responsabilidade em cima de você.

— Você me ajudou muitas vezes, Sr. Kimura.

— Sim, mas muito tempo atrás. Já faz um bom tempo que eu me aposentei.

— É verdade. Embora o seu filho Yuichi também tenha entrado para o ramo. Foi uma surpresa quando fiquei sabendo.

— Você sabia disso?

Tal pai, tal filho, pensa Kimura, com pesar, mas, ao mesmo tempo, ele sabe que aquilo precisa acabar com Wataru. *Tomara que não seja tal neto também.*

— Pra falar a verdade, eu salvei a pele do Yuichi algumas vezes — diz Shigeru, um pouco acanhado, não por estar insinuando que Kimura lhe deve alguma coisa, mas relutante por contar as encrencas de um filho ao pai. — Ei, tem uma coisa que um amigo acabou de me dizer.

— O que foi?

— Os mais fortes vivem mais, ou algo assim. Sejam os Rolling Stones ou você, Sr. Kimura. Você é um sobrevivente, o que te torna um vencedor.

— Você está me dizendo que este aqui velho é um vencedor? — pergunta Kimura, num tom bem-humorado, desligando em seguida.

O Shinkansen descreve uma curva suave, exibindo toda a sua força e graça uma última vez antes de chegar ao final da linha. O alto-falante começa a fazer um anúncio sobre transferências e baldeações.

Kimura devolve o telefone ao garoto.

— Parece que a mensagem no painel estava correta. Nosso neto, Wataru, está a salvo.

Akiko inclina-se em sua direção e pergunta, animada, se aquilo é mesmo verdade.

O garoto abre a boca.

— Com licença.

— Nem começa. Não vou responder a nenhuma das suas perguntas — rebate Kimura secamente. — Enfim, chegamos a Morioka. Escute o que eu vou dizer. Tem muitas coisas que eu imagino que você não sabia. Com quem eu estava falando no telefone, como é que Wataru está a salvo. Como é que ele acordou. *Você não sabe.* Tenho certeza de que, até este momento, você sempre desprezou os adultos, convicto de que sabe de tudo. É como aquela sua perguntinha fajuta, "por que é errado matar pessoas?". Você se convenceu de que sabe de tudo. Quer dizer, você é inteligente. E passou a vida inteira rindo de todos nós, os idiotas.

— Isso não é verdade. — Mesmo naquele momento, o garoto ainda está tentando parecer fraco e desamparado.

— Mas tem coisas que você não sabe e nunca vai saber. Eu não vou te contar tudo. Você vai ficar no escuro.

— Espere, por favor.

— Estou vivo há mais de sessenta anos. Ela também. Você deve pensar que somos velhos e inúteis, que não temos nenhum futuro pela frente.

— Não, eu...

— Deixa eu te dizer uma coisa. — Kimura leva a arma até a testa do garoto e encosta entre as suas sobrancelhas. — Não é fácil chegar aos sessenta anos sem morrer. Você tem o quê? Catorze? Quinze anos? Acha que vai viver outros cinquenta? Pode achar o que quiser, mas você não sabe quanto tempo vai viver até chegar lá. Pode ser uma doença. Pode ser um acidente. Você se acha intocável, um garoto de muita sorte, mas vou te dizer uma coisa que você não pode fazer.

Os olhos do garoto brilham. E dessa vez, não pela expectativa de uma vitória. É ira, um fogo que se junta à ansiedade em seu rosto puro e perfeito. Sua autoestima deve estar abalada.

— Me diga o que eu não posso fazer.

— Você não pode viver mais cinquenta anos. Desculpe, mas minha esposa e eu vamos viver mais tempo do que você. Você achou que nós éramos estúpidos, mas temos mais futuro pela frente do que você. Irônico, né?

— Você vai mesmo me matar?

— Não me irrite, eu sou adulto.

— Querido, o número para o qual você ligou não ficou gravado no celular dele? — pergunta Akiko. — Você o devolveu para ele, mas o número do Shigeru ainda está aí. Não seria melhor apagar?

— Não se preocupe com isso.

— Ah, eu não devo me preocupar com isso?

— Esse daí nunca mais vai mais usar o telefone.

O garoto olha fixamente para ele.

— Isso é o que vai acontecer — começa Kimura. — Eu não vou te matar ainda. Eu só vou te dar um tiro para que você não possa ir para lugar algum, porque daí eu posso te carregar. Você sabe por quê?

— Não, eu não sei.

— Porque eu quero te dar uma chance para refletir sobre o que você fez.

O rosto do garoto fica um pouco mais tranquilo.

— Uma chance... para refletir?

— Não me entenda errado. Tenho certeza de que você é excelente fingindo que se arrependeu. Aposto que você sobreviveu até aqui enganando adultos com esse seu teatrinho. Mas eu não sou tão fácil de enganar. De todas as pessoas com quem eu já me encontrei, você foi a que mais fedeu. Aposto que você já fez um monte de coisas horríveis, não é mesmo? Então, vou te dar uma chance de refletir sobre elas, mas isso não quer dizer que eu vou livrar a sua cara.

— Mas...

Kimura o interrompe, e fala de uma forma direta, numa voz calma.

— Você vai demorar bastante para morrer.

— Nossa, querido, você é mesmo horrível. — Apesar das palavras, Akiko parece totalmente despreocupada.

— Mas, mas o seu neto... ele está bem.

O garoto está prestes a chorar.

Kimura tem uma crise de riso.

— Eu sou velho, não enxergo muito bem e tenho dificuldades para ouvir. Sinto muito, mas o seu teatrinho não me afeta. Você tentou machucar o nosso neto. Isso foi um grande erro. Não existe nenhuma esperança para você agora. Como eu disse, eu não vou te matar neste instante. Vou fazer aos pouquinhos, bem devagar. E depois que você tiver pensado bastante em tudo o que fez...

— O que vai acontecer? — pergunta Akiko.

— Eu vou parar de cortá-lo em pedacinhos pequenos e começarei a cortar em pedaços grandes.

O garoto parece assustado, mas também estar tentando entender o que aquilo quer dizer.

— Ei, isso não é uma figura de linguagem. Eu realmente vou te cortar em pedaços. E não quero ter que lidar com choro e gritaria, então vou começar dando um jeito para que você não possa gritar, e sigo daí.

Akiko lhe dá um tapinha no ombro.

— Não vamos fazer isso de novo! — Então ela se vira e dá um sorriso para o menino. — Olha, sabe, geralmente eu consigo persuadir meu marido a pegar um pouco mais leve com as pessoas, mas, dessa vez, duvido que eu consiga.

— Por quê?

— Bem — diz Akiko, — você tentou machucar nosso neto. Você acha que a gente te mataria de uma maneira rápida?

O garoto parece abandonar todos os seus esquemas e planos e, ao sentir-se afundando inexoravelmente naquele pântano, decide sacar sua última cartada desesperada.

— Seu filho alcoólatra está no banheiro, no chão. Ele está *morto*. Ele chorou que nem um bebê até o fim. Sua família inteira é uma família de fracos, vovô.

Kimura sente um arrepio de ansiedade percorrer seu corpo. Embora saiba que aquilo é exatamente o que o garoto deseja que aconteça, não consegue impedir que o sentimento cresça. Mas o que mantém sua cabeça no lugar são as palavras que a esposa fala em seguida, com firmeza, em meio a uma risada.

— O Yuichi é durão. Com certeza ele está vivo. Ele se preocupa demais com o Wataru para desistir tão fácil, não tenho dúvidas.

— Você tem um ponto aí — concorda Kimura, assentindo. — Um sapato gigante poderia pisar nele e mesmo assim ele não morreria.

Assim que ele diz isso, o Shinkansen para na estação Morioka.

NANAO

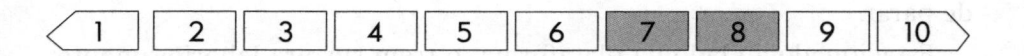

< 1 | 2 | 3 | 4 | 5 | 6 | 7 | 8 | 9 | 10 >

NANAO SE DEBRUÇA SOBRE A PIA e joga água na cobra, mas isso apenas a faz apertar seu braço com mais força, deixando-o ainda mais nervoso. *Ela vai cortar a circulação, vou perder o meu braço!* Em pânico, ele encosta o braço na beira da pia e começa a bater com o outro punho fechado o mais forte que pode. Parece que está socando uma mangueira. A cobra amolece e solta o seu braço. De onde está, perto da pia, Nanao olha para a porta, onde alguns passageiros se preparam para desembarcar em Morioka. Ele pega a cobra atordoada, a enrola e sai carregando-a de uma maneira que, ele espera, se pareça com uma bolsa de couro pra quem está olhando. Rapidamente, ele vai até a lixeira na parede e joga a cobra ali dentro. Por um segundo, teme que algo possa pular de dentro da lixeira para atacá-lo, mas nada acontece.

Que azar. Se bem que ela não me mordeu, então talvez eu tenha tido sorte, afinal.

O Shinkansen continua a desacelerar, e um som agudo e estridente reverbera. *Quase lá. Essa jornada absurda está finalmente chegando ao fim*, pensa, tomado por uma sensação de alívio. Mas, então, ele tem uma visão de si mesmo não conseguindo desembarcar do trem, e o medo volta a se apossar dele.

Preciso voltar até o oitavo vagão e pegar a mala. Uma pequena multidão esperando para desembarcar bloqueia a porta. Ele não está muito a fim de se espremer por entre as pessoas. Uma pergunta surge em sua mente: o que aconteceu com o casal e o garoto, será que o menino está bem? Mas o episódio com a cobra o abalou tanto que ele não quer ter mais nada a ver com o que quer que esteja acontecendo naquele vagão. Para ele, já tinha dado. Então, o trem dá um solavanco, fazendo-o perder o equilíbrio. Ele tenta apoiar as mãos nas paredes mas não alcança e despenca sobre os joelhos. *Pronto. Pra mim já chega.*

Os freios guincham. O trem dá mais um tremendo solavanco antes de parar.

Estacionado ao lado da plataforma, o trem suspira laboriosamente. Então, as portas se abrem, deixando entrar uma lufada de ar. A atmosfera dentro do trem parece ficar mais leve, e uma sensação de livramento o invade.

Um por um, os passageiros vão cruzando a porta em direção à plataforma. Não são muitos, mas todos desembarcam lentamente, tomando cuidado com onde vão pisar quando saem.

Um estalo repentino atravessa o ar.

Seco, como um prego de aço sendo martelado numa parede, uma violência sonora que dura uma fração de segundo.

Nenhum dos passageiros parece perceber. Talvez tenham achado que era apenas o Shinkansen recuperando o fôlego, uma trava se encaixando em suas rodas, ou algum outro som típico de trem que Nanao não seria capaz de identificar, mas todos parecem aceitar aquilo como algo natural, as juntas de uma máquina cansada estalando.

Nanao sabia que havia sido um disparo.

E, provavelmente, no oitavo vagão.

Nas duas fileiras de três lugares de frente uma para a outra.

Será que o garoto levou um tiro?

Ele olha para os fundos do trem, mas não há sinal de Suzuki. Ele deve ter retornado até o seu lugar para buscar suas coisas e voltado à normalidade, perguntando-se por que tinha passado todo aquele tempo com um homem estranho de óculos e um adolescente.

Cara esperto. Não é de se estranhar que seja professor.

Nanao olha para a porta que leva ao oitavo vagão. Ela permanece inabalavelmente fechada, uma sentinela silenciosa e imóvel, impedindo a visão da cena macabra que se desenrola lá dentro.

Ele desembarca do trem na estação Morioka. *E era pra eu ter descido em Ueno!* Quase diz aquilo em voz alta. Deveria ter sido uma viagem de trem de cinco minutos, mas aqui está ele, duas horas e meia depois e quinhentos quilômetros ao norte. E, de certa forma, ele sente como se não tivesse ido a lugar algum. Tragado para uma jornada na qual ele não tinha a menor intenção de embarcar, exausto e perplexo, com o corpo pesado e a mente anuviada.

Há diversos homens de terno enfileirados na plataforma. É uma visão estranha. Grupos de cinco parados na frente de cada vagão, formando paredes humanas. Os passageiros que desembarcam olham desconfiados para eles, tentando entender o que está acontecendo, mas seguem em frente, em direção às escadas rolantes.

Cinco homens estão parados em frente a Nanao, com a disciplina característica de soldados. Soldados de terno.

— Você deve ser o Nanao. Onde está a mala? E o que está fazendo aqui em Morioka? — É o que Nanao espera que eles perguntem. Mas os homens não demonstram qualquer interesse nele. Talvez não saibam como ele se parece, mas, qualquer que seja o motivo, eles não fazem nenhum movimento em sua direção.

Em vez disso, eles invadem o trem, todos os homens, em todos os pontos da plataforma. O recém-chegado Hayate será enviado para a garagem, ou, talvez, higienizado antes de ser mandado de volta para Tóquio, mas os homens não parecem se incomodar de interromper o cronograma do trem enquanto o vasculham, como se estivessem revistando a casa de alguém.

Parece uma horda de formigas atacando uma minhoca, destroçando-a. Eles fazem uma varredura completa e implacável no interior do trem.

É apenas uma questão de tempo até que descubram os corpos no banheiro e o cadáver do Lobo, que Nanao deixou sentado num assento.

Nanao começa a apertar o passo, querendo dar o fora dali o mais rápido possível. Há um homem corpulento na frente do Hayate. Um rosto escarpado, como o de um dinossauro, e o corpo de um jogador de rúgbi. *Sem dúvida é o Minegishi*. Ele está cercado por homens de terno preto.

O exército de formigas investigando as entranhas do Shinkansen são os seus soldados.

O condutor se aproxima de Minegishi. Provavelmente está reclamando da perturbação que ele está causando ao trem. Deve ter percebido que aquele homem com cara de réptil é o chefão por trás de todo esse caos e está pedindo que ele pare com aquilo.

Obviamente, o Minegishi não fará nada daquilo. Ele simplesmente dispensa o condutor com um gesto, impassível.

O homem permanece ali, rijo como um cabo de vassoura, e apela mais uma vez. Nanao não consegue ouvir o que ele está dizendo, mas é bastante nítido que não está dando certo, então o condutor sai de perto de Minegishi e vai em direção às escadas rolantes.

Alguma coisa acerta Nanao pelas costas, lhe dando um tremendo susto.

— Ah — grita ele, quando se vira, agarrando imediatamente o pescoço do seu agressor.

— Ei, pega leve aí! — É uma mulher usando um vestido de risca de giz, o olhando de cara fechada.

— Maria — diz Nanao, aturdido. — O que você... como... aqui...

— Relaxa, sou eu. Não é um fantasma.

— Você não estava em Tóquio?

— Quando você não desembarcou em Ueno, eu tive a sensação de que você viria até o final da linha. Eu tinha certeza de que você se meteria em alguma encrenca.

— Que foi exatamente o que eu fiz.

— Então eu achei que seria melhor vir até aqui te resgatar. Fui correndo até Omiya e embarquei no trem. — Maria olha na direção do

Minegishi. — Aquele ali é o Minegishi, né? Isso é ruim. A gente deveria dar o fora daqui. Não tem nenhum bom motivo para ficarmos. E se ele nos perguntar sobre a mala? Que medo. Vamos embora. — Ela puxa Nanao pelo braço.

— Acho que ele está mais preocupado com o filho.

— Aconteceu alguma coisa com o filho dele? — Mas antes que Nanao possa responder, Maria diz: — Deixa isso pra lá. Acho que eu prefiro não saber.

Eles seguem para as escadas rolantes.

— Onde você estava? — pergunta Nanao. Ele tinha andado por todo o Shinkansen e não a vira. — Você embarcou, mas não veio me salvar nenhuma vez.

— Bom — diz Maria, ficando alguns segundos em silêncio. Evidentemente ela queria dizer algo difícil. — Eu... eu embarquei no Komachi.

— Você está falando sério?

— E não existe passagem entre o Komachi e o Hayate! Eu não consegui acreditar nisso! Por que eles são conectados, afinal?

— Até uma criança no jardim da infância sabe disso!

— Bom, tem coisas que as crianças sabem que os adultos não sabem.

— Mas como você sabia que eu ficaria no trem até Morioka? — Ele quase havia desembarcado em Ichinoseki. — E se eu tivesse saído em Sendai?

— Foi o que eu achei que aconteceria, mas...

— Mas?

— ... mas eu peguei no sono.

Os olhos de Nanao se arregalam.

— Você pegou no *sono*? Com tudo o que estava acontecendo?

— Eu te disse que eu tinha virado a noite vendo filmes!

— Por que você parece orgulhosa disso?

— Depois que a gente desligou o telefone, eu achei que poderia fechar os olhos por um minuto, mas, quando eu abri de novo, já tínhamos passado por Sendai. Eu liguei para você, toda preocupada, mas você não tinha desembarcado, lógico. Foi aí que eu soube: com a sorte que ele tem, ele vai ficar nesse trem até o final da linha.

— Eu passando por tudo aquilo e você dormindo!

— Você é a pessoa que faz o serviço, eu sou a pessoa que dorme. Dormir é uma parte importante do meu trabalho.

— Achei que você estava cansada porque tinha assistido a *Star Wars*.

— Nanao reprime a frustração e alcança Maria, passando a andar ao seu lado.

— E o Tangerina e o Limão?

— Mortos. Estão num banheiro do trem.

Maria suspira.

— Quantos corpos estão nesse trem, afinal? O que é isso, o expresso cadáver? Quantos?

— Vamos ver. — Nanao começa a contar, mas acaba achando melhor parar. — Cinco ou seis.

— Ou sete? Você está contando as pintinhas de uma joaninha?

— Mas nem todos são por minha causa.

— É como se você atraísse a má sorte de todo mundo à sua volta.

— Será que é por isso que eu sou tão azarado?

— Se não fosse por isso, não teria como você ter tanto azar. Acho que, no fim, você acaba fazendo um bem a todas essas pessoas.

Nanao não diz nada, sem saber direito se as palavras de Maria são um elogio ou uma provocação. Quando estão prestes a pisar na escada rolante, o barulho de um forte impacto reverbera às suas costas. Ele quase consegue sentir. Um tremor, como se um gigante houvesse tombado. Talvez a vibração nem fosse pelo som, mas pela gravidade do ocorrido. Eles ouvem um grito.

Nanao se vira e vê os homens de terno preto agachados na plataforma, tentando ajudar alguém. Onde antes Minegishi estava de pé, parecendo tão sólido, agora ele está no chão, caído, feito um boneco de madeira quebrado.

— O quê... — Maria também percebe a comoção e se vira para olhar.

Uma multidão se forma.

— É o Minegishi — murmura Nanao.

— O que aconteceu?

— Talvez ele seja anêmico. Ele caiu.

— Nós realmente não queremos nos envolver nisso. Vamos nos mandar. Ela o cutuca entre suas escápulas.

É verdade, nada de bom pode acontecer se eles ficarem ali. Nanao aperta o passo.

— Tem uma coisa presa nas costas dele — grita uma voz lá atrás.

Há um clamor na multidão que se formou às voltas de Minegishi, mas, àquela altura, Nanao e Maria já estão descendo pela escada rolante.

— É uma agulha — outra pessoa grita.

Na metade do caminho, Nanao se vira para Maria, parada ao seu lado.

— Você acha que foi o Vespa?

Maria pisca várias vezes.

— Vespa? Ah, não o inseto. O envenenador.

— Eu encontrei com ela no trem. Ela estava controlando o carrinho de lanches. Mas eu a eliminei. — A voz de Nanao está baixa e distante. Então, uma imagem emerge em sua cabeça, do homem de terno transpassado confrontando Minegishi. — O condutor?

— O que tem o condutor?

— Não tinha uma história de o Vespa talvez serem duas pessoas?

— Sim, talvez seja uma, talvez sejam duas.

— Eu tinha certeza de que era só uma pessoa, mas, talvez fossem duas, no fim das contas. Talvez estivessem atrás do Minegishi e do filho. Talvez a mulher empurrando o carrinho fosse responsável por matar o filho e o condutor, por matar o pai, quando chegassem a Morioka. *Quem sabe?*

Eles chegam até o final da escada rolante e Nanao é o primeiro a sair, com Maria logo atrás. Em seguida, ela para ao seu lado.

— Sabe, Nanao, acho que você pode estar certo. O Vespa ficou famoso depois que executou o Terahara — diz ela, pensando em voz alta. — Talvez eles tenham pensado que poderiam ganhar fama de novo executando o Minegishi.

— Recuperar a glória do passado?

— É o que qualquer pessoa faz quando fica sem boas ideias. Revisita os antigos sucessos.

Aparentemente, as autoridades haviam sido alertadas sobre a confusão no trem, ou o desmaio de Minegishi na plataforma. Policiais, funcionários e seguranças da ferrovia passam correndo por Nanao e Maria em direção às escadas rolantes. Eles já deviam estar isolando a área, mas parecem não saber muito bem o que está acontecendo.

— Será que ele sabe? — diz Nanao para si mesmo.

Se aquele condutor é um dos Vespas, será que ele sabe que a parceira está morta? A pergunta o incomoda. Apesar de ter sido ele quem a matou, Nanao sente certa tristeza pelo homem. Ele fica imaginando uma banda sem um de seus membros, esperando, em vão, pela sua volta.

— Por sinal, o que aconteceu com a mala? Você não estava com ela? — A voz de Maria o traz de volta à realidade.

Merda, pensa ele, e em seguida sente uma pontada de ansiedade e irritação.

— Quem se importa? — diz, tenso. — Com certeza não o Minegishi.

Ele enfia seu bilhete na catraca e dá um passo à frente. Porém, na metade do caminho, um alarme começa a soar e uma grade se fecha na altura de sua coxa.

Um funcionário da estação aparece imediatamente, confere o bilhete de Nanao e inclina a cabeça para o lado.

— Não tem nenhum problema com o seu bilhete, não entendi por que não funcionou. Tente na última catraca ali.

— Sem problema, estou acostumado com esse tipo de coisa — diz Nanao, dando um sorriso bem-humorado.

Ele pega o bilhete e vai andando até o final das catracas.

JOANINHA

< 1 | 2 | 3 | 4 | 5 | 6 | 7 | 8 | 9 | 10 >

Um vento gelado sopra lá fora, a temperatura estranhamente baixa mesmo para o começo de dezembro. *Pelo jeito, o tal inverno ameno de que tanto falaram não vai acontecer*, pensa Nanao, mal-humorado. O céu parece estar perdendo o controle sobre as nuvens, prestes a se fechar a qualquer momento e fazer despencar uma nevasca geral.

Ele está num grande supermercado perto da estação Urushigahara, do tipo que tem de tudo, desde comida e utensílios para o lar até brinquedos e itens de papelaria. Não está procurando nada específico para comprar, mas ele vai em direção aos caixas carregando uma caixa de *mochi*. Cada um dos caixas tem uma fila de, mais ou menos, cinco pessoas. Ele tenta estimar qual seria a mais rápida e escolhe a segunda da esquerda para a direita.

Seu telefone toca e ele o leva até o ouvido.

— Onde você está? — pergunta Maria.

— Num supermercado — responde Nanao, dando, em seguida, o nome do lugar e a localização.

— O que você está fazendo aí tão longe? Há muitos outros supermercados perto da minha casa. Eu tenho muita coisa pra te contar, anda logo e vem pra cá.

— Estou indo assim que terminar aqui. Mas as filas dos caixas estão bem grandes.

— Aposto que a sua é a mais lenta de todas.

Baseado em suas experiências passadas, Nanao não tinha como discordar.

O cliente à sua frente termina de pagar e vai embora. A fila anda para a frente como se fosse uma esteira automática, levando Nanao junto com ela.

— Então, sobre aquele garoto que você me perguntou — diz Maria.

— O que você descobriu?

Os eventos ocorridos naquele Shinkansen dois meses atrás tinham abalado o país inteiro. Notícias sobre múltiplos corpos encontrados nos banheiros e assentos naturalmente fizeram as pessoas exigirem mais informações. Porém, conforme as investigações da polícia foram avançando e foi ficando evidente que nenhum dos mortos eram cidadãos comuns — e sim figuras esquivas com passados suspeitos, incluindo a mulher que trabalhava com o carrinho de lanches —, a maior parte da mídia começou a adotar a versão da polícia e reportar o que aconteceu como um acerto de contas do mundo do crime. Na prática, os veículos fizeram vista grossa para qualquer detalhe que não se encaixasse na explicação oferecida. Eles devem ter sentido uma necessidade de encerrar aquele caso antes que as pessoas ficassem com medo de andar de trem, ou seja, antes que aquilo pudesse causar um estrago na economia do país, de modo que a versão aceita passou a ser a de que aquele incidente havia sido um caso excepcional, e que pessoas normais não deveriam se preocupar com nada parecido acontecendo com elas. Quanto a Minegishi, foi noticiado que um proeminente cidadão de Iwate teve uma morte súbita na estação de trem em decorrência de a dificuldades respiratórias. O fato daquilo ter acontecido na mesma plataforma em que o trem da morte parou era uma mera coincidência, e não havia nenhuma ligação entre os dois acontecimentos. A carreira sangrenta de Minegishi e sua imensa rede de influência nunca foi mencionada nas notícias.

Surpreendentemente, o homem que estava com o garoto, Kimura, foi encontrado ainda vivo no banheiro. Ele foi levado às pressas para o hospital, onde seu quadro se estabilizou. Não se falou mais sobre essa história.

— O que eu descobri foi que realmente havia evidências de um disparo no oitavo vagão, onde você estava sentado. Mas nenhum sangue.

Não havia nenhuma informação sobre o que acontecera ao garoto ou ao casal de idosos. Pelo que Nanao havia testemunhado, ele não tinha a menor dúvida de que o homem teria atirado no garoto, fosse ele adolescente ou não. Então, provavelmente teria carregado o menino para fora do trem, fazendo com que parecesse que estava ajudando seu neto enfermo.

— Dei uma investigada em casos de alunos do ensino fundamental de Tóquio desaparecidos, mas acabei descobrindo que são vários. No que esse país está se transformando? Um monte de crianças desaparecidas. Mas eu também fiquei sabendo de um cadáver pequeno que foi encontrado no porto de Sendai. O corpo não pôde ser identificado.

— Será que foi esse garoto?

— Talvez, mas pode ser outra pessoa. Se você quiser, eu posso conseguir as fotos de todas as crianças que desapareceram.

— Ah, não se preocupe com isso. — Fazer essa pesquisa seria incrivelmente deprimente. — E o profissional, o Kimura?

— Parece que ainda não voltou a andar, mas está bem melhor. O filho está o tempo todo com ele, é uma visão muito fofa.

— Não, não estou falando dele. Estou falando do pai, e da mãe também. Eles têm uns sessenta e poucos anos. Os Kimura.

— Ah, eles — diz Maria, empolgada. — As histórias que ouvi sobre eles são lendárias. Vou te dizer que você se deparou com uns peixes bem graúdos.

Ela diz aquilo como alguém que está sentindo inveja de uma pessoa que teve a oportunidade de assistir a um músico famoso se apresentando no final da carreira.

— Pra mim eles pareciam um casal de aposentados tranquilos.

— Bom, se as histórias que eu ouvi forem verdadeiras, o seu garoto provavelmente está morto e nunca vão encontrar o corpo.

— Como assim?

— Esses profissionais da velha guarda, quando levam as coisas a sério, podem ser bem extremos.

— O que você quer dizer com extremos, exatamente?

Embora Nanao tenha feito a pergunta, ele a interrompe antes que ela possa responder. Deixa pra lá, ele não estava a fim de ouvir sobre alguém sendo esquartejado ou seja lá o que ela estivesse prestes a dizer.

Aparentemente, diversos homens foram encontrados baleados no oitavo vagão do trem em Morioka, todos berrando de dor. Todos haviam sido baleados nos dois ombros e nas duas pernas, deixando-os imobilizados. Aquilo só poderia ter sido obra dos Kimura. Eles devem ter aberto caminho a bala quando os homens de Minegishi invadiram o trem. Era difícil para Nanao imaginar aquele casal de velhinhos em ação, baleando várias pessoas exatamente no mesmo lugar, como se estivessem marcando-as com um selo oficial. Mas só podiam ter sido eles.

— E tem mais uma coisa que eu andei pensando.

— Então me conte quando eu chegar aí.

— Só um pequeno spoiler. — Maria parecia empolgada para contar sua teoria. — Acho que o nosso serviço não veio do Minegishi, mas sim dos Vespas.

— O quê? Mas foi você mesma quem disse que a gente tinha sido terceirizado pelo Minegishi.

— É verdade, mas era só um palpite.

— Sério?

— Se os Vespas estavam atrás do Minegishi e do filho, Tangerina e Limão os atrapalhariam. Nos usar para roubar a mala os tiraria do caminho.

— Você acha que fomos uma distração? — Nanao mal consegue acreditar naquilo.

— Exatamente. Eles precisavam de uma brecha para matar o filho com uma agulha envenenada. E por isso que nos contrataram para roubar a mala.

— Se realmente foi isso, a pessoa que entrou em contato com você dando a localização da mala depois que o trem saiu de Tóquio deve ter sido ou a menina do carrinho de lanches, ou o condutor, um dos dois — conclui Nanao. — Qualquer um deles poderia andar pelo trem e conferir esse tipo de coisa sem levantar nenhuma suspeita.

— E podem ter sido eles também que entraram em contato com o Minegishi, para manter as coisas dentro do trem confusas. Talvez eles tenham dito para ele, tem alguma coisa de errado, vá para Morioka.

— Por que eles teriam...

Mas, então, ele se dá conta. Dessa forma, eles também poderiam matar Minegishi. Fazê-lo ir até a estação tornaria tudo mais fácil para eles.

Eles terminam a conversa, e Nanao desliga. A fila onde ele está mal se moveu. Ele olha por cima do ombro e vê que mais pessoas entraram na fila. Então, reconhece uma delas, no final da fila, e quase a chama.

É o professor da escola preparatória, Suzuki. Vestindo um terno, com uma aparência saudável e uma cesta cheia de compras numa das mãos. Ele reconhece Nanao e seus olhos se arregalam, mas, quase que imediatamente, sua expressão se relaxa em um sorriso, feliz por aquele encontro fortuito. Embora eles mal se conheçam, quase parece que são velhos amigos.

Nanao acena com a cabeça, e Suzuki faz o mesmo em resposta. Então, ele parece subitamente lembrar-se de alguma coisa importante e sai da fila em que Nanao está.

Ouve-se o barulho de moedas caindo. Nanao se vira e vê que, na frente, em sua fila, a bolsa de uma senhorinha havia aberto acidentalmente. Ela tenta recolher as moedas apressadamente, e as pessoas atrás dela se agacham para ajudar. Uma moeda vem rolando até os pés de Nanao e, bem ali, começa a descrever um círculo perfeito. Ele tenta pegá-la, mas não consegue.

Enquanto isso, as filas adjacentes seguem andando normalmente. Nanao escuta Suzuki rindo, divertido.

★ ★ ★

Perto da saída do supermercado, Nanao tira um bilhete de um sorteio de dentro da carteira. No verso, há uma ilustração de um trem, feita de qualquer jeito. Arthur, está escrito logo abaixo do desenho. Aquilo estava no bolso de Tangerina, dentro do Shinkansen. Nanao o tinha pegado sem muita certeza do porquê, e depois esquecido por completo. Até alguns dias atrás, quando foi lavar roupa e o encontrou. O bilhete o lembrava de todas as coisas horríveis que haviam acontecido naquela viagem, e ele estava prestes a jogá-lo fora, para se livrar de qualquer lembrança de toda aquela confusão. Mas alguma coisa o impedira. Ele não sabia exatamente o quê. Viu que o supermercado ficava numa estação na qual ele nunca havia estado, e decidiu ir até lá.

— Eu com certeza não esperava te encontrar aqui.

Ele se vira na direção da voz e encontra Suzuki parado ali perto.

— Você fez a coisa certa na fila do caixa. Qualquer fila em que eu estou anda mais devagar.

Rugas se formam em torno dos olhos de Suzuki enquanto ele ri.

— Eu estava atrás de você. Nunca imaginei que passaria minhas compras antes. Ainda não estou acreditando.

Aparentemente, Suzuki estava esperando por Nanao do lado de fora do supermercado, mas aí começou a se perguntar por que ele estava demorando tanto e voltou para dentro. Foi quando viu Nanao esperando na fila do sorteio.

— Aqui só tem uma fila, então não estou preocupado — diz Nanao, rindo.

— Você vai entrar no sorteio? Sabe, eu não ficaria surpreso se você ganhasse — diz Suzuki. — Talvez seja aqui que a sua sorte mude.

Nanao olha para o quadro com os prêmios.

— Vou ficar um pouco decepcionado se todo esse azar que eu tive até hoje fosse só para eu poder ganhar uma passagem de trem.

Suzuki ri mais uma vez.

— Mas é verdade, eu realmente sinto que eu posso ganhar. Sair vivo daquele Shinkansen me fez pensar que eu finalmente tive um pouco de sorte. E eu achei esse bilhete no trem naquele dia, então espero que ele possa ser o começo de uma mudança na minha sorte. Acho que é por isso que eu vim até aqui.

— Mas sua fila nos caixas ainda foi a mais lenta — comenta Suzuki, de forma gentil.

— Realmente — diz Nanao, franzindo a testa. — Mas eu também me encontrei com você. Isso não é um lance de sorte?

— Talvez, se eu fosse uma garota bonita. — Há um toque de pena na voz de Suzuki.

— O próximo, por favor.

A funcionária acena para Nanao dar um passo à frente. Ele entrega o bilhete com o desenho do trem.

— Só uma jogada.

A funcionária é uma mulher rechonchuda de meia-idade, com o uniforme apertado. Ela o incentiva cordialmente, boa sorte, rapaz. Suzuki fica olhando interessado enquanto Nanao segura a alavanca que comanda o globo e o põe para girar. Pela alavanca, ele consegue sentir as bolas ricocheteando dentro do globo.

O globo expele uma bola, num amarelo vivo.

Numa fração de segundo, a funcionária faz soar um alarme escandaloso. Surpreso, Nanao olha para Suzuki.

— Parabéns — diz outro funcionário do supermercado, trazendo uma caixa de papelão, aberta em cima, que ele entrega e anuncia: — Terceiro prêmio!

— Bom trabalho — comenta Suzuki, dando um tapa no ombro de Nanao.

Mas quando Nanao olha para dentro da caixa, seu sorriso se desfaz. Ele está feliz por ter ganhado, mas não tão feliz assim em relação ao prêmio.

— O que eu vou fazer com todas essas coisas?

A caixa está abarrotada de frutas, de dois tipos, meio a meio. Tangerinas do tamanho de um punho e limões de um amarelo intenso.

A funcionária lhe parabeniza efusivamente, que boa sorte, que bom pra você, ela não para de sorrir, de modo que Nanao aceita a caixa humildemente. *Como é que eu vou levar isso pra casa? E o que eu vou fazer com todos esses limões?* Ele guarda aquelas perguntas para si.

Nanao dá uma boa olhada nas frutas. Por um breve momento, sente como se uma onda de orgulho estivesse emanando de todas aquelas tangerinas e limões, quase como se estivessem dizendo a ele: *Viu só? Não te disse que a gente ia voltar?*

1ª edição	MAIO DE 2022
impressão	PANCROM
papel de miolo	POLEN SOFT 70G/M²
papel de capa	CARTÃO SUPREMO ALTA ALVURA 250G/M²
tipografia	NUSWIFT